21世纪年度小说选
2018 中篇小说

2018中篇小说

人民文学出版社编辑部 编

21世纪年度小说选

人民文学出版社

图书在版编目(CIP)数据

2018中篇小说/人民文学出版社编辑部编. —北京：人民文学出版社，2019

(21世纪年度小说选)

ISBN 978-7-02-015052-6

Ⅰ.①2… Ⅱ.①人… Ⅲ.①中篇小说—小说集—中国—当代 Ⅳ.①I247.5

中国版本图书馆CIP数据核字(2019)第031266号

责任编辑　文　珍　王　晓
装帧设计　李思安
责任印制　任　祎

出版发行　人民文学出版社
社　　址　北京市朝内大街166号
邮政编码　100705
网　　址　http://www.rw-cn.com

印　　刷　三河市宏盛印务有限公司
经　　销　全国新华书店等

字　　数　434千字
开　　本　880毫米×1230毫米　1/32
印　　张　16.25　插页2
版　　次　2019年5月北京第1版
印　　次　2019年5月第1次印刷

书　　号　978-7-02-015052-6
定　　价　58.00元

如有印装质量问题，请与本社图书销售中心调换。电话：010-65233595

出 版 说 明

我社自1977年起,即每年编选和出版年度短篇小说选和中篇小说选,两种年选曾经深得读者的喜爱,在文学界和读者中具有广泛影响。1994年后,这项工作一度中断。21世纪肇始,根据文学界人士和读者的建议,我社决定恢复中、短篇小说年选的编选和出版工作,以便及时总结年度中、短篇小说创作的成绩,向读者集中推荐优秀的中、短篇小说,也为新世纪的文学积累做出我们的贡献。

恢复出版的中、短篇小说年选总冠名为"21世纪年度小说选",以示我们一百年不动摇,长期做下去的决心。"21世纪年度小说选"分中篇小说和短篇小说,各编一册,于次年出版;编选范围为当年全国各报刊上发表的中、短篇小说,入选篇目的排列以作品发表时间先后为序。

"21世纪年度小说选"的编选工作得到许多著名文学评论家和编辑家的支持和帮助,他们应我社之邀,对当年的中、短篇小说创作状况进行深入、广泛的研讨,提出许多极有价值的选目。我们在广泛阅读的基础上,充分参考专家们的意见,严格进行编选。在此,谨向诸位专家深表谢忱。

人民文学出版社编辑部

目　　录

绕着仙人掌跳舞 …………………… 鲁　敏　 1
婚姻生活 …………………………… 阿　袁　 43
候鸟的勇敢 ………………………… 迟子建　 78
摊牌 ………………………………… 留　待　116
固若金汤 …………………………… 宋小词　157
楼顶上的下士 ……………………… 王　凯　210
龙门 ………………………………… 胡学文　245
人妻 ………………………………… 马金莲　302
偏方 ………………………………… 包　倬　365
甜蜜点 ……………………………… 须一瓜　392
城市海蜇 …………………………… 王威廉　421
寂静史 ……………………………… 罗伟章　455

绕着仙人掌跳舞

鲁　敏

1

您何先生？我姓金,北京来的,几天前……

别先生。叫老何。

好的好的老何。哈真不容易,约了六天这才约上。

总归先来后到,最远的有香港来的呢,我整天就忙着洗杯子烧开水了。你？哪家报纸？还是网站？网站现在效果更好。坐。哟茶叶不多了。

泡我这个吧,出差习惯带着。我啊,不是记者。

那是研究所？事务所？你们这些专家学者大律师要帮着呼吁啊。喏,第一是成年人,第二是自愿,第三……

抱歉我也不是专家。电话里讲过的呀,搞电影的。我们公司想把你们这事儿,给拍成大电影。喏,这我名片。

哦,金……金策划,搞电影的。找我干吗？哈哈开玩笑,我这哪能？

太能啦老何！干巴巴的好人好事,谁会掏钱跑电影院瞧去？公司请好多专家论证过啦,都说了:这题材,绝对牛逼。

牛逼,有可能吧,不牛逼也不会弄成这样。可,我们这情况！咋拍？拍出来真能放？

杀人放火、贪官污吏能拍,洪水猛兽、宇宙灭绝能拍,怎么换妻游戏——不介意吧,我们暂且就用报纸上这说法,怎么就不能拍？老何您这就别操心了。电影有电影的路数,我这不就是来找道道儿的吗。你不知道吗,你们共有二十多人,我还得分头聊。哟,您屋里还有人,这位?

我家老爹,痴呆了。要不为着照顾他,我还争取不到监视居住呢。他摸你手就是打招呼的意思。

老伯好！老人家身体可好?

金策划你喝你的茶,他铁聋子一个。行了,老子哎,我扶你进去睡吧！我说,咱们统共,有二十三个,你都要去见?

难呐。都换手机号了,QQ 停了,好不容易找上个把,也不肯见。只有老何您活跃啊,四处接受采访。来一根?

我这有。不能怪他们,都有家有口,我就只一个傻老子。这摊都摊上了,不如闹一闹,没准到最后能减点刑呢。

老何你是聪明人。你想,要能做成大电影,不是更替你正名嘛！来,掐了,抽我这。

那我给老爹也点一根去,我家可是两根枪。这事儿出来,出租也跑不成了。不过你晓得吗,有上门找我做广告的,都是那方面的,啥喷剂啥丸的。哪天真没招了,我就接。

那跟电影没法比,咱这都是上亿的卖。

再上亿,又没我什么事。

我这不就是来跟你"有事"的！第一步谈得好了,第二步项目就起来了,到第六步第七步大卖,完了就大家一块儿数钱。老何你要乐意的话,宣发路演什么的也拉上你一块儿,你想想那效应,绝对网红！我还有个主意,你要能减个二十斤肉,换个发型,修整修整,我都想建议你在里头本色出演一个男配,那更牛大发了。真的,咱可以跟老板提。电影就可以用伪纪录片的那种风格,或者干脆以你的角度来叙事——唉呀,这点子绝不绝?绝不绝！

行了。这屋里,除了我爹,可没别的傻子。先跟我说清楚,你,要我卖什么?

放心吧,绝不会害你,只会帮你。就是聊天儿呗。咱附近找个茶馆?

这不是都泡上茶了吗,就我这里好了。

当着老人家面?

不是说了,我老子又呆又聋。不管来记者还是来民警,还是以前来那些"群友",他都笑嘻嘻出来跟人家拉手。他有个特点,只要吃上一大碗红烧肉加肉卤子拌饭,马上就能打呼噜睡觉,地震了都不晓得。因此以前每回大家过来玩,都有人负责带红烧肉。

红烧肉,早说呐!我看你这里,实话实说,条件不咋的呀。喏,才两间卧室。

你是不知道,去旅馆太不方便了。正好我老爹这样,也算得天独厚吧。

看看,你这就成"提供场所"了,还得多判一些。

大家兴头头的,来都来了,还给我爹拎了红烧肉,我能轰出去?

对还有一位,也判得重。就你们那个QQ群的群主。好不容易啊,我打听到,都摸到他是哪个大学了,就,死活的,不肯见面!你想想,譬如说,男主角是个文质彬彬的大教授,可以假定是法语或哲学教授,这样,电影里可以自然而然加点外国佬的说法在里头,不光是洋气,关键是压得住啊!一个长镜头,室内,夜,中景,一群男女的纵乐场景,然后定格,转黑白,屏幕上叭叭叭打出一段儿,"不要依据你达成多少欲望来衡量你的生活,而该以获得多少真诚、怜悯、理性,甚至自我牺牲的时刻来衡量。"是不是特有份量?这是谁说的,名字都到嘴边了,不管了,反正叭叭叭把这段话,打在你们的裸体上,一帧定格,来几秒动作,再定格,太帅了……

你刚才是讲刘教授?他在大学里头搞后勤,也就是我们群里这么叫叫玩的。据说他起初搞这个群只是讲讲食补按摩啊阴阳功什么的。不过到我加入时,已经在线下玩起来了,我进去才开口报个到,就给拉到小窗里私聊了。新人嘛,最受欢迎。刘教授后来退群了,但活动他基本都参加。

嗳,每个人都要带老婆,可我看报道说你很早就离婚了。

3

你们一个个的都爱问这笨蛋问题。我讲过好多遍了。换妻就是个说法，就是得带个女的来，否则怎么弄嘛。像刘教授，他带的人，向来都不是同一个。我么，因为提供了地方，就不用带了。

嗨，你这等于算是，蹭了？我开个玩笑哈。

切，我还会在乎难听话吗。这几个月可听得过瘾了。

那没准是妒忌呢。你想想，谁不喜欢看这些啊。路边有两只野狗干事儿，还会里外围三层哩。你以为我们老板是投资做公益吗，就我们这片子，获不获大奖另说，起码一条，票房绝对是有保证。

我看不见得。看动物世界没问题，看植物世界更没问题——花花朵朵的授粉期，大家还凑上去使劲儿闻呢。但是，看人……是另一回事。你去看看网上，骂得我们畜牲不如啊。我倒是不生气他们骂什么，我只是生气他们不承认……

何苦甭跟外面一般见识。你刚刚不也说了，都到这份儿上了。咱们赶紧的，讲实质性内容。

哼，你，油滑。我是替你们操心，别吭哧吭哧弄出来，没人肯抹下脸来进电影院。

这就看我们的本事啦。你以为电影是什么，就是桩买卖，凡买卖都是要"做"的，得找一个拿得出手的故事核，像瓜子儿一样的经得住反复嗑，白天晚上的嗑，正大光明的嗑。我们现在就是得找到这么个瓜子儿！这样，那些观众，一手抓着瓜子儿，两条腿不就挪进来了嘛。

你们弄电影的，真能扯。哟水没了，我再去烧点儿。前几天，有两个律师，也来磨了一个下午，想替我搞点什么"硬正"的理由来，到最后也是白忙。讲实话，金策划，我们这就纯粹是玩，确实没个说头，弄不出什么瓜子儿来嗑。

所以才要"编"剧！无中生有嘛，这就是咱这一行的优势，绝对比律师的空间大多啦，尽管交给我来替你挖，保证能替你挖出又漂亮又结实的"因为、所以"来。

你以为挖红薯哪。又不是寻仇滋事、欠钱偿命，我这真没啥前因后果,纯属脚踩西瓜皮而已。想打盹就闭眼,想抽烟就点火,耳朵痒了就掏掏。

想那个啥了就换妻,多高的境界,小弟佩服。我把腿跷这里,可以?你也换到长沙发上坐吧。咱们都找个舒坦姿势。我下面就开始随便问啦。

2

你把那垫子扔我。得靠着,腰不好。

啧。老何你这腰子,肯定得好呀。

好个屁,下雨下雪天就酸胀。你多大了?

我查过,也比你小一轮。瞧瞧,同样是两头牛,唉——呀。

唉什么?

有点感慨呗,在这个事儿上,你是什么记录我又是什么记录?你晓得有个全球统计的数据吧,关于每个人的性生活次数、性伴侣个数?那个数据,不仅分了国家,还分了宗教,人种,年代……

什么机构忙活出来的呀,没事忙这干嘛。

也算是大数据吧。就比如这个性伴侣数目,我记得大部分国家都是两位数。嗳老何,你讲讲!透露下,你这前前后后的,截至目前吧,多少个?

谁没事儿数这个啊。前面数后面忘啊这。

这都数不清?你是有意气我吧。这不可能数不过来的!

跟电影有关系吗这。

你不愿讲就直说呗,别吊我胃口。

这有什么好吊的。金策划我跟你讲,我这人是有点瞎胡闹,但我不爱说瞎话。有零不说一,有一不说二。我确实报不出具体数目,我从来就没想过这还要数数儿。打个比方,就好比那些书呆子看书,他们整天的数吗,这一周几本,这一年几本,有什么数头?多一本少一本,有啥区别。

您可真爱打比方,可是嘿,这比方!读书!

5

觉得我污辱读书人了还是污辱书了？那要不要重新打比方？改成打牌？钓鱼？但凡真喜欢的事情，谁会数数儿？人家钓了鱼还直接放掉呢。

反正我要是你啊，肯定数，哪怕划正字嘛，多有成就感！行，不扯了。换一浇水，这茶色更好了。嗯，老何，既然我这大老远的来了，下面咱敞开来讲，我问的，你尽量地跟我讲，好不好？

争取吧。但不讲瞎话。

咳。嗯。你最早的一次，是多大？跟谁？男的还是女的？老头子还是老女人？大姑娘还是小孩子？

哟哟金策划！慢点儿慢点。什么老头子老女人的？还男的，还小孩子？你以为我是个变态？跟你说在前头，你要搞搞清楚，我们这个群里，可全都是正常人！

别急啊，老何我前面不是打过招呼了。我这是奔着做电影、找瓜子儿去的，因此我问的，可能大于你做的。你做的，也可能大于我问的。咱得往两边尽可能地拉啊，越宽越有戏啊。你得习惯这个模式，否则这没法搞的。

不是，我是指你说话的态度。就好像我们是些有毛病的人，或什么特殊动物，是你观察和研究的对象。你是不是，得问一下我的籍贯饮食睡眠血型既往病史排便习惯什么的？嗯？

您也太多心了。退一步说，要有人这么关心我，我还巴不得，还觉得荣幸之至呢。真的，就从来没有人关心过我"那件事儿"，谁要从头问起，我肯定竹筒倒豆，拽着对方的衣角不放、一直讲一直讲！

行了行了。很简单，我第一次，24岁，一碰就怀上了，后来就跟她结婚了。

哈哈这么可怜，跟小弟我一样！可你很快就离了对吧。看我这，对，到明年，整十年。

十年，这叫什么婚？要办个什么纪念仪式吧。

办那干嘛。最多替我女儿过个整生日。

你是女儿？好，我就喜欢女孩。我要能有孩子，也情愿是女儿。

打住打住。我……

怎么了?

咳咳。可能烟抽多了,突然涌上痰了。算了,其实……我是有点儿不想跟你聊我女儿。

……

老何别介意。这是我不对,我,正式跟你打招呼。

算啦,这也气那也气,我气得过来吗。赶紧的吧,早聊早了。

要不,嗯,讲讲你小时候吧。十来岁时,或再小点儿,发生过什么好玩事情吗,你印象里比较深的?

十来岁,那我可是大皮猴儿一只,还在高淳乡下呢,爬树捞鱼是我强项。尤其是捞鱼,空手能捞,最大一条你猜……你摇什么头啊?

不是讲这些个。

你要听什么?别曲里拐弯行吗,我可没这个劲去琢磨。

得,不绕。你小时候看到过男女做这个事情吗?你家里人?或者爸爸跟不是你妈妈的人,妈妈跟不是你爸爸的人?老何,我再啰嗦一句——我所有的问题,都是一种假设性提示,您别当真动气。

没看过。

那么附近的光棍儿小痞子,调戏女人搞点下流动作什么的?那总有的吧。

也没看过。

女疯子呢?春天来了脱光衣服到处跑的那种?你不是说下水捞鱼的,肯定偷看过女人洗澡吧。对咱们还讲到狗,这个最起码看过的吧,连着几个时辰,拉都拉不开的。狗东西啊,确实有意思的,仿佛是无动于衷的、无比漫长地干着……

那都是你自己看的吧金策划。我就不懂了,你们那电影里头,需要这些个?

我这不是,在为我们的故事找一个"源头"嘛。

两只狗干,能算?

能啊,可以把少年看狗的场景做长镜头,反复蒙太奇,与你们的客厅游戏交叉闪回。不是挺有意味嘛。我知道这听起来有点好笑，可这也是一个思路啊。不信你看，我翻给你看，我这本子上的即时贴，这可是专家们研究出来的各个方向。喏，生理、心理、病理、童年事件、父母关系、婚恋经历、职业……

嘀，一只手都数不过来。哈哈！

还没呢。喏，翻过来这边还有两条，贫富状况，三观，括号，信仰，这是不是更好笑啊？你好好的笑，我停下来等你慢慢笑。

行行行，生气了？我不笑了，下面都不笑。这也是你工作，跟我开车拉客一样。

我看咱们得提高点儿效率。这样，我讲我一个事情，看对你有没有启发。

可别再讲狗了。

行啦。小时候，我外婆家有个表姐，外婆邻居家有个小妹妹。我们仨老一块儿玩。太阳好就在外头爬草垛，下雨天就在家钻帐子。表姐比我们大两岁，我和邻居小妹妹都听她的。下雨天钻帐子，她最爱叫我们玩一个叫"爸爸妈妈"的游戏。她让我趴在小妹妹身上。嘴巴对嘴巴，小便地方对小便地方。还要动，还要喘气，还叫小妹妹在下面扭来扭去。老何你别做怪脸。都穿着衣服，那时我还不到十岁呐。但确实一直记得这个事，有点画面感不是吗。下雨天，蚊帐，三个小孩。总之，老何啊，就类似这样的思路，你想想呗。我得起来走两步。你是不是窗户没关好？怎么坐得冷起来。

我去阳台看下……估计要变天了，腰酸得厉害。啊金策划，我想起一个来了。

看看，只要肯想！干嘛不开空调？

嗯，我一般聚会时才开，温度打老高——外面越冷，里头越热，就好像我们屋子里头和外面大街，根本不在同一个季节。那才有感觉呢。要不，我去给你找一床毯子吧。

别忙活了。快说吧，刚才想起什么了？

我们那儿有个老流浪汉，浑身乱糟糟的，衣服丝丝拉拉，冬天坐在草垛边晒太阳,从裤裆里掏出家伙来抓痒捉虱子,全是毛,黑乎乎的,谁看了都要往地上吐唾沫。我也吐的。不过还是想看。于是走过去看,吐,走回来看,吐。

就这?

对,那时我还不到十岁,年龄符合你要求!

你觉得这拍出来,好看?

可百分百是真的呀,我好不容易想到。

算了,不扯小时候了。反正童年阴影的把戏,老外都拍个底儿掉了,咱也弄不出什么新花样。聊聊你老婆?

前妻?嗨,你明知我早就离了嘛,都忘了还有这码子事了。

泛泛而谈也行。比如你怎么看一夫一妻制,配偶之间的忠贞……

又是小本子上写的?我看这得你来谈才好呢。你说你,这十年,就一直忠于你老婆?

别搞颠倒了。是我问、你答。

这问题我没法答啊。什么忠贞什么配偶,听上去就像古时候的盔甲长矛,跟我完全没关系!我看你才最该说说呢。我是真感到好奇,到现在就你老婆一个女人?小兄弟你说说你呢?

算啦,那不谈这个了。

看看,你心里肯定有鬼!

有鬼倒好。我是急啊,你看你,到现在都没跟我讲个什么!

你的问题都太"有道理"了。而我这人可能就是个"没道理"的。你看我开这么多年出租,连车子都没买过,起先跑二驾,后来直接开公司的。我很少想那些弯弯绕,只管眼跟前的事。

就没有个长远考虑?

哪条法律规定一定要长远的。听听,我老爹这呼打得,睡得可真香。得,真要说什么长远的想头,就是把我这呆老爹给养养好,每天都能听到他打呼。

倒是个大孝子。老何——当行行好,讲讲你跟前妻,你们为啥离?

都是些零头巴脑的。她在一个小厂里做出纳,我那时跑夜班。时间难得碰一块儿,她还碎嘴子,一会儿嫌我老爹碍事,一会说我做菜难吃,一会儿怪我不带她自驾游。你说我天天开车,哪里还想自驾游?她脾气很爆,总爱砸东西……

这些不需要。直接讲夫妻生活成吗。她冷淡还是怎么的,外头有人?

啧,金策划,你问话之前,就不能稍微过过脑子?

怎么了这?这不是最基本的问题吗?

这是最傻的问题!这跟夫妻生活有什么关系?人皇帝佬儿有三千佳丽都还要到民间访村姑呢。你,你拍拍胸口想想,就从来没想过换换别的女人?

就算这么想,或者,就算所有人都这么想,但不等于付之行动、闹出事情啊。

闹不闹出事情,咱另说。关键是,这种想法是天生的,男的,女的,写字的,习武的,骑高头大马的,站树荫下望呆的,统统都一样。这里根本就没有为什么。唯一的区别只是,我们这个群里的傻逼们,行动了,被逮住扒光了。你们群外边的傻逼,干瞧热闹,发贴子骂我们是畜牲。

别把我划到对立面儿去啊老何,我是挺你的,搞这个电影就是想替你们讲话,只要你别介意最后那"伟大光明正确"的尾巴……

怎么着?我听你这意思,这电影到最后还是要批判?

"打是疼,骂是爱"啊——总不可能明晃晃地来赞美你们吧,再说总得过审啊,这里斗智斗勇的讲究可大了,能讲三天三夜。你放心好了,我们最擅长的就是正话反说、反话正说。这样一来,越是带点批判,观众越会站在你们这边。总之肯定对你有利。

哼,有利。

咱们聊聊你的离婚吧。咱们可以走这个思路,比如,你婚姻里有许多高低不平、捋不直的事儿。同时在婚姻之外,又有各种花式悲惨经历,总之,加足戏码,进而形成了心理黑洞,这黑洞越来越大、越来越走投无路,最终一头钻到这个换妻群里——这样,成吧。

小本儿上专家讨论出来的?你随意好了,问我意见干吗。我的情况是,我十二年前就离的婚呀。加这个群才三年!你说这跟离婚有关系嘛!

那我问你,离婚之后,到加入换妻群之前,你怎么解决的?右手啊?

我最讨厌用手,像口干了喝尿。我以前听个笑话,说有个男的呀,拼命健身减肥并苦练柔术,因为他有个目标,能用自己的嘴巴够着自己的家伙。哈哈哈好玩吧。

好玩。可我不想在这部片子里有任何搞笑。我一直想弄一个有分量的黑色的东西,嗯就像《拳击俱乐部》那种,或者像《肠子》。你平常看不看外国电影?

不看。我也不爱看拳击。偶尔晚上空了,就看看NBA。听高级球鞋与球场摩擦的那个声音。叽、吱……我特别爱听。

……

对不起,我讲岔了?你想讲就讲吧。《肠子》,听这名字就是黄色,不黑啊。

不要乱猜好吗。《肠子》是本书。说是有个男孩,在游泳池的水泵处自慰,高潮时出了意外,水泵把整个他的大肠都从屁股里吸了出来……

别讲了,这太不舒服了。刚刚前面,你想问我什么来着?

哦对,我大概是想问,就算不爱用手,那网上约嘛,找情人嘛,渠道多了去,还可以买。可你们为什么要这样,我本人无意指责,但确实让大部分人不好接受——干嘛要集体行动,并且互相交换,这无论如何,不符合常情。

情人我可养不起,也没看中的。至于买么?不如,你先讲讲,你当真喜欢买的吗?

又来了,咱们抓紧时间谈你,别扯我什么。

你这人,就是没劲!看看你这样,我就感觉这电影是不可能拍出来的。

别激我。你先说,完了我也谈几句好了。

哼。这么说吧,买衣服是买,下馆子是买,坐火车坐轮船是买,随便买啥,都行。可独独这事,一手交钱、一手办事的话,我就特别不舒服。这,不能是某个人的工作明白吗?就好比,你早上去上班,忙着打开水抹桌子,跟领导欠身问早上好——这个问好,根本不是问好——你,能听得明白吧。

又是打比方。我觉着,当一份工作来做也没什么不对,何况也有人对工作有感情的。

屁,我才不是要感情。我是指,这事,得纯粹的是玩儿。一买一卖,那就压根不对!听起来,你倒是喜欢鸡?

不扯我。反正据我了解,好多人是喜欢的,专有术攻,她们技术很好……

得得,我最烦这种说法了。这难道像考试或体操比赛啊,要争名次或追求花样?一只裱了很多彩色奶油的蛋糕,或者老灶膛里烤出的杂粮饼子,我就觉得后面那个才香,才管饱。

你真的什么都要打比方!但无论如何,找妓女或者出轨,反而人人都能理解。不像你们。

什么叫理解?为什么要理解?这么着说吧。有人爱打牌,打得手都抽筋屁股都坐扁了,费钱费脑子的,这算什么?有人爱出门旅游,爬上下高,起早贪黑的,那又图个啥呢。包括你讲的那些什么专家,看啊看啊看许多我们从来没听过的书,然后写啊写啊写许多我们也从来不要看的书,不滑稽嘛。可你看,他们并不要我们来"理解",反过来,我们也不求别人来"理解"。我们理解自己就成——这就跟鱼友一起钓鱼、跑友一起跑步啥的一样,一块玩儿嘛。我,要是说我们,这算是"志同道合",你不会发笑吧。

3

添根烟?老人家那边?唔,还在打呼呢。老何,你的想法,讲实话我很欣赏。但你也体谅体谅我,比如说我们拍个杀人案件,不能仅仅解释成,这凶手就是喜欢杀人,对吧?他得有:原因!动机!就是外国电影里那些连环杀手、激情杀手,那也都是有一大套解释的。这也算是替你们表达一种权利,哪怕我唱歪了经唱走了调,也还是在替你们叫阵,对不对?

行啊,还跟杀人犯比起来了。我虽不大看外国电影,但外头的事也大概齐知道,你凭良心讲,这要在美国,能算个事儿?就是从国内法律上讲,你一进门我就说了的,起码三点是硬正的:成年人、全是自愿、私人场合。我们没有妨碍到什么公共安全或公共利益。当然,我这是跟大律师学舌的。

不是律师,这是李博士说的。

对,那个胖胖的戴眼镜女人,短头发。大名人是吧。哟,这茶,又凉了。我来换热的。

不用了。老何求求你专心点。我晚上还约了要谈一桩买卖呢。这一大下午的,你得给我点料啊。

我一直配合所有的记者律师呀。你看群里别的人,见都不见你们。

别的人!对!我也是糊涂了,你可以讲讲别人!细细慢慢讲,今天讲不完明天讲。我保管明天给你带一整条好烟来,软壳的。

那你真不如买两三条差点儿的呢,反正都是个抽。讲别人也成,咱不提名字,而且我有把握,他们不会介意的。——比如有一个女的吧,自称小主,模样像个大学生,笑眯眯的,场场不拉。不管是老胖的、浑身毛的,满嘴黄烂牙的,她都一概接纳,十分随和。有次她还主动组了一个局,外头喊了几个女的加入,吃喝全是她请客。后来才知道,那天是她生日。

这女孩大气。那你看,有没有可能,介绍我跟她聊一下?哪怕是电话。我特别想找一个女的聊一下,可以付采访费的,公司不报我私人掏。

不可能。

看看,还是的呀!

是老兄你、来迟了!小主都死掉半年多了。后来有人告诉我，她一直吃很多药，具体是啥毛病没人清楚。不过，我敢保证，她跟大家伙儿聚会时，真的是开心的。这姑娘，也值了。

绝症啊，这不行，逻辑上肤浅了，反而把这个事情，给工具化了。

这怎么就肤浅了？讲实话，我们还时常聊聊她，并不伤心，倒觉得她临了这一程，走得挺好。我们都记得她的习惯、声音甚至是皮肤的感觉……能留下这些，不错了，跟留下别的，嗯，比如说留下房子还是留下个孩子，我觉得更好呐！当然了，我估猜大部分人会觉得这是无聊或下流的——金策划，这真的认为这很肤浅？那你讲讲，什么算深刻，我学学，我配合，只一条，别让我乱编。我这人有零不说一，有一……

不说二。你就这样讲吧，挺好。那别的人呢？

还有个女的，福建人，我印象也蛮深的。每次都是坐飞机来，提前在群上约好，不要我们带女伴。就她一个人压全场。她看上去起码得有四十了，但体形很好，胖瘦匀称。每次都拎一只挺讲究的小皮箱，里头各种假发，换一个人她换一顶假发。

这倒也有点画面感，可我觉着，她这，是不是有点性瘾症？对不住我又得讲电影了，外国佬常拍过这个，还有专门的互助小组，像嗜食症一样，大家坐在一起互相检讨。以前拍过男的，最近也拍了部女版，就叫《女性瘾者》，性镜头超多，拍得落落大方，大方里又有种说不上来的悲哀。女主角很瘦，整天丧着脸，可我喜欢她，尤其是她决定放弃"正确"一意孤行，并突然放把火烧掉汽车的那个镜头……

你这人，是整天坐被窝里看毛片吗？

哪儿啊，这百分百艺术片儿。越是高级的艺术，越会牵涉到性。我讲这些内容，主要也是为了引起你的共鸣，进而理解我要做的电影嘛。

理解，哼，我觉得只要理解好这事本身就可以了，干吗非得折腾电影。

电影就是我的通道，或者说，是大部分人的通道。举个例子。日本老早有部片子，讲一对偷情的人，去参加一个葬礼，死亡很刺激他们,于是找个避人处就做了起来。衣服都还穿得严严实实的,那种很复杂的黑白丧服,确实也不好脱就是了。那一场性,太完美了,完美到绝无可能发生,只有在电影里才能啊。

绝不可能?谁限制你了。

哈哈老何,你是能干的!你们那个群都能干!反正我不行。老何你接着讲吧,不过我建议下,你不仅要讲"如何",还要讲"为何"。就算人家拍女性瘾者,拍葬礼上乱搞,也还是整了前因后果的那一大套。刚才那位坐飞机戴假发的女士,讲过她什么事儿没?我这里最需要的,是故事啊!

有些人爱讲,张口就来,也许是现编,反正大家也就随便听听。这女的,连编也不编的,基本不吭声儿。其实我们不要听什么故事。只有你们这些记者啊律师啊,就包括民警,都挺爱打听的。前几天有个老民警来查访,也是好一阵问东问西,我实在都有点不耐烦,又不好发作……

瞧见没,这就是需求,就是这市场,咱这电影不火都不行啊,谁不想知道你们背后的特别之处?我还专门查了一段李博士的分析,说你们这是,类似于对传统性爱的破旧立新,并从反叛中获得加倍快感,从快感中体会到类似隐喻性的独立与自由……可电影上总不能配专家画外音吧。讲道理的电影太难做了,若真能做出来,就会特牛逼。你知道《大卫·戈尔的一生》吗?别翻白眼了,好好好,我不讲、不讲电影了。不过,李博士那说法,你觉得有道理吗?

还有人说我们是反社会反人类呢。就算李博士是替我们讲话,我也不喜欢。我讨厌各种说法。刘教授倒常在群里提她。哦对了,我想起来了,刘教授有故事!

那还不快讲!

刘教授以前头发花白,不管天冷天热,脖子里总缠个围巾啥的,挺讨女人喜欢。后来为了显年轻,染了头发,黑得发绿,反而不自然了。要说刘教授的故事,就一个字:惨。他爸,得精神病自杀的。他有个当兵的哥哥,复员没多久也疯了,整天戴着铁锅四处逃跑,说是有人监控他,后来意外触电死了。还有个姐姐,脑子倒是好的,都到结婚嫁人了,哪晓得却得产后败血症死了——你看这一家子,惨不惨——还没完呐,姐姐留下的这个女娃,就由刘教授带着,他一直单身,正好当自家女儿养。哪料到这外甥女考上大学没几天,在学校里还是发病了,跳楼死掉,留下的遗书也是疯话,全然是她亡母、也就是刘教授死去姐姐的口气。这事情对刘教授打击巨大,他担心自己也要发病。他看了许多医书,认为精神的问题可以通过身体来转移,就像有人专门用跑步来治病一样。反正吧,我们群里都能知道,刘教授这啊,主要是为了防病。

哈……哈哈。

刘教授这……你倒能笑?

对不住对不住。只是突然想到那句保健品口号,有病治病,没病防病!

你不相信刘教授的故事?

别管我信不信,你们群里头、个个儿都信?

反正从来没人像你这样对刘教授的事发笑的。他天生一张愁苦脸。笑得多的人腮上有括弧纹,老苦着脸的人额头有竖挂线。老刘那额头,竖挂线都能夹住好几个硬币了。不过女人还挺愿意跟他的,可能是想帮他吧。有时候他做着做着,都能哭起来,一边哭一边做——那半行眼泪水,怎么说呢,好像在伤心全人类似的。

这好!一边做一边哭全人类,有点儿意思。可惜也只能做边角料。男主角可不能设计成家族神经病啊,说服力不够,并且这还是等于解构了嘛!但我要表扬你一下老何,这几段儿素材,都不错。我本人挺喜欢这位教授!再来根烟。

听不见打呼声了?那给我老爹送根烟去。你明天真的不要买这个软壳,又贵又淡。快看……我能吐烟圈,就老也吐不成一根烟棍子,再穿过这个烟圈。你试试,吐个圈儿,再套根烟棍子?

别玩了,效率。还有别的人哭吗?

有个矮女人也会哭,她管这叫"好吃得哭了"。别的,没。

那会有人懊恼、发火什么的,觉得自己不像个人样?哪怕就说你自己吧。

不像人,倒像牲口,老弟你这是骂人呐。

得!有个说法你不知道吗,很多兽类,尤其是大型哺乳类,在性活动之后,兴奋度耗尽,血质变凉,希望独处。专门有个词儿,形容这种情况的,叫动物性忧伤。我就是这样,跟我老婆完事儿之后,马上就觉得空洞、难过,真他妈的忧伤。你看,我才是牲口,牲口忧伤。

也别损自个儿了。除了老婆,都没别人儿,不忧伤才怪呢。

不,这不是由于多和少才难过的,我就是对这个事情本身。

别多愁善感啦老弟,我来告诉你,什么才叫真他妈的"忧伤"。我们群里有两个家伙,是每场活动的标配。其中一个,起先从不参加活动,只是没日没夜地猫在群里插科打诨,我们给他取一绰号叫"24小时"。像他这样的空谈家有不少,从不下线。终于有一次,不知是光棍节还是双12节,反正随便三八节、护士节、教师节、建军节我们都过,图个开心呗。那天又是个什么节吧,大家盯牢他起哄,"24小时"实在是架不过,答应来了,也真来了。然后你猜怎么着?门一开,我们看到两个粗壮护工,吭哧着直喘气,问我:康复课是在这里吗?然后把一个胖小伙连同一只轮椅丢在我家门口。敢情,"24小时"是高位截瘫!车间事故,还不到三十哩,因为有工伤赔偿和医疗补贴,吃喝拉撒倒是不愁的,可整个髋部以下都没有感知。当天的聚会,确实相当别扭,毕竟,要在一个没腿的人跟前忙活……

你这又让我想到一部片子,名字忘了,应当是北欧的,根据真人真事拍的。那哥儿们比这小伙子更惨,就比植物人强点儿。我记得那片子里,有一种机构,专门负责上门给残障人士提供性帮助。你瞧,这机构多仁义,好像就一定要保证着,绝不能让任何人在这事上给饿着荒着……就连我这好手好脚的,看这片子也直挠心。

那电影上,怎么帮的?

这倒记不得了,可能也没啥大动静,你想,植物人了都。具体真记不清了。电影看太多,反而哪部也记不清了。

那你就别再咧咧了。听我讲完。"24小时"这可怜的小伙儿啊,当然看出大家的不自在与某种内疚——他从前在群里,真是全天候搞笑、想逗每个人开心。好在他是个机灵鬼,你真不会相信,很快啊,他就快活上了!起初,是有个岁数比他大得多的女人,去陪他说话,他就半撒娇地喊嫂子,拉嫂子的手来摸他,胸口啊,后背,腰啊,很慢地拉着摸,像在探测区找雷。好久没有人、更别说女人摸过他了吧。唉呀,每碰到一个新地方,"24小时"简直就直喘,大家都在拿余光注意他,搞得那嫂子也来兴致了,她不仅用手,还用嘴去亲了,真是加柴添火,她一路慢慢地亲,亲到他的槽头肉、脖子,下巴,耳朵……唉呀,到耳朵了,你猜怎么回事?

能怎么着,还能把耳朵给吃了?

亲到耳朵那里,"24小时"突然哑着嗓子叫唤出来,眼神都不会拐弯了,头发根瞬间就湿了,那模样,我们都挺熟悉。小伙子有了呀,来了呀。

当真?就只是亲了他的耳朵!

我从不说瞎话,在场人全都亲眼所见,后来也多次见到。显然这就是"24小时"的快捷通道嘛。确实有点不可思议。更有趣的是,女人们都很愿意这样跟他玩,并且个个儿还挺满足的样子!

也可能是成就感?这确实有点儿意思,怎么我在资料里没发现有残疾人的?

那估计是公安有意把他给漏了,真把他弄去蹲牢房,还得派俩护工伺候呢。再说,他这种情况,律师肯定有话可以讲,他哪里算淫乱了哈哈!

这个我先记下,但估计拍不了,耳朵做爱,准会被观众骂大街,搞不好残联还要找我们麻烦。刚才你不是讲有两个家伙的吗,另一个呐?

哦,那个是老头,家住得特别远,又舍不得叫车,愣是倒三趟公交才能到我家。这个是真"忧伤"的——他来了是纯粹的啥也不干,就看,像坐在观众席似的。他手里捧个大保温杯,里面泡着黑枸杞,看一会儿,喝一大口黑枸杞。据说他从前是坐机关的,做到正处呐。

那得算老干部了,就这么看看?

想坏也坏不了呀。实在太老了,左手左脚常会乱抖一气,难得不抖呢,脸上眼睑又会直跳,讲起话来大舌头,呜呜的不大清楚。可他就是一场不落,像一尊像似,端端正正地坐着。喏,就是你后头那个位置,视野好,哪个角落都可以看到……怎么,这回倒不笑了?

……我倒突然有点,难过。他妈的,任何人啊,我啊你啊,迟早,就都是这个老干部,啥也干不了,就是一堆人在眼皮子底下现场直播,也只能喝喝枸杞茶。

那也不见得。我经常看些报屁股新闻,好玩死了,比如说,七旬老教授欲娶小保姆,众儿女轮流闹绝食,还有什么低保老汉买春拒付嫖资之类的……瞧瞧人家那劲头!

可叹!想想那些老脸老身子,垂肉挂挂的。

行啦,现在七十岁还能考大学呢,反正我挺欣赏老干部的,我常站在他边上陪着他喝茶。本来嘛,谁也不能老在忙活,总是要看看别人,也会被别人看看呗。还有人专门就是来瞧的呢。比如有一对,当真是两口子,那男的从来都不玩,但要看别人跟他老婆玩。偶尔有人觉得别扭,他就很诚恳地做工作,老婆也在边上帮腔。到聚会散了两人都高高兴兴、手挽着手走了。看看,瞧着,比真来还好玩的。就好比烤山芋,闻起倒总比吃的香,一样的。

嗬,老何你这比方打的……倒也贴切。不,慢一点慢一点。我觉得你刚才讲到一个"点"了——你们聚一块儿,除了交换,还为了看和被看?

我是这么说的吗?就算是,也没什么大惊小怪吧。那些约着跳舞的,约着打太极的,一起画画写字儿的,不也都是边比划边瞧热闹的?前面说过,我们这就是志同道合。

老何你真搞笑,这比喻就岔了,这跟打太极、写书法,是一回事儿吗。

我可、一点不是、搞笑。金策划,我讲话都是实实在在,你也要实实在在地听。你用平常心想一想,所有这些个,是不是、一回事儿?

成,反正,都算……爱好。

4

你看你,又划拉手机。还讲我效率不高。看天都快黑了,你不是还约了人谈买卖的,要不咱今天……

不用去了,刚才给我留言了,说有公司报价比我们高。

什么买卖?这么抢手。

95后一小孩,写了个幻想故事。说白了,也是个瓜子。我估计小孩是在跟我玩谈判战术,正好先搁一搁吧。我们多聊会儿。刚才,讲到哪里了?

老头儿。枸杞茶。打太极写书法。

对对,我划拉手机就是要找一个收藏的,关于看和被看的!这回可不是电影,是真人真事!找到了。还是外国,那种西部汽车旅馆,你知道的吧,一个大院子停车,然后一大溜圈房间。大致相当于咱从前的大车店吧。这大车店店长,有个爱好,就是"看"。他呀,暗中改造了一下大车店的房顶,从第一间打通到最后一间,并在每个房顶上都装了一个假的通风口,对,老何你一听就懂,那里其实就是一个窥视孔,他可以在房顶上随便爬行,从第一间房看到最后一间房……你看看,这店长,像不像你那位捧着保温杯喝枸杞茶的老同志?

感觉比咱老干部还要辛苦点儿哈。不过这比你那些电影好。

这才前半部分。不久,有那么一位客人,无意中发现了店长的这个么勾当。

别用"勾当"。你刚才不是说"爱好"的。各人都是图个喜欢,这不就是爱好吗。

好好、爱好。这客人发现了店长的这个爱好,然后你猜怎么着?

他威胁敲诈?然后店长把他杀了埋在大车店后院?

切,要连你都想得出来,还值得我巴巴儿的收藏吗。这位客人啊,什么也没说。可他从此,就隔三岔五地来这个店,从不空跑,都带个女人,简直像专门来为店长表演的……

哈我懂了,这就跟吃咸鸭蛋似的,一个正好爱吃黄,一个正好爱吃白。绝配了。

别再打比方了,这也压根不是绝配。你仔细想想,有意识的被看和无意识的被看,能是一回事儿?趴在屋顶上的那位店长,能"看"不出来?

哦哦,我倒真没想这么多。

店长很快发现他被耍弄了。他等于成了这位客人的春药,人家就靠着他这双看不见的眼睛来助兴了。他很不高兴,不干了。他有意跳过这位客人的房间。可敏感的客人很快就发现房顶上少了那道刺激人的视线,直到这时候,客人才启动了敲诈明白吗,他要求保持他原来的"待遇"不变,否则的话,他就要去警局揭发大车店店长的这个……爱好!

啧,外国佬可真实诚,不玩儿虚的!

瞧,这故事好吧,我没事儿就翻出来琢磨一通,看以后能不能用上。

我看你,叨来叨去的就总归这些事儿。你们公司主要做这一块,还是你本人只做这一块?

哪儿能呢。我手上也有别的瓜子啊,民国刺杀案,失踪的魔术师,武林大师传奇。我这不是因为,在跟您聊嘛。

没拿我当幌子,我能感到:你,有这偏好。

也,也有一定的可能吧。但我是很挑的。你想,普天之下,这每天每夜的,多呢,每天都有跟性有关的乱七八糟案子,为什么我要选你们这一宗?就是得有特别之处!像这个大车店店主吧,精彩的还在后头呢。

还没完?

这位国际友人,他不仅看,还做记录,完了他年纪大了,就一转手卖掉大车店,然后匿名出了本回忆录,里头净是他这些年的所闻所见,挺讲究的,整了一堆类似于数据统计什么的。喏,这报道里摘了一部分,我读给你听听。1975年,所观察到的301次异性性行为中,有43次双方同时出现高潮反应,146次仅男性有高潮,53次仅女性有高潮。(注:高潮的准确性可能有误差,只是说看上去是),有59对双方都没有高潮反应。1979年,329对性爱观察中,12%兴致盎然。53%机械行事,有的只脱半身衣服,刚刚结束就谈割草机或汽油费,23%……

我烧壶水去。哟,这腿麻的,站不起来了。

做几节广播体操吧。听我接着念。23%性欲消淡,仅止于隔着衣服的拥抱。还有13%完全没有肢体接触,像两根木棍。1983年,他所记录的296次性行为中,235次是常见的二人异性,余者则为三人四人或同男、同女、多男多女……

……二、二、三、四。五、六、七、八。

看这家伙,他每年的统计角度还不一样呐。他统计过各种姿势的比例。再一年,根据对话内容来推测双方关系,夫妻占多少,固定情人占多少,偶然行为占多少,纯粹购买占多少,他很惊奇地发现,还得单独列出乱伦这一条来!你能想象吗。

……四、二、三、四。五、六、七、八。

要是这本书能翻译过来就好了!我以前买过几本性学家的书,那里头也有问答统计卷,但我都觉得没这个大车店店长的好玩又可信!

我得再抽根烟。你从北京过来,火车几小时,不累?来一根我的?

怎么,我刚才念的,你不觉得有趣?

嗯,还行。

瞧你,挺勉强似的,这位店长,难道不是你们的同"好"之人吗。噢,我都差点忘了,这位店老板还记录过各种工具。你猜这让我想到了什么?一个特别逗的贴子,就是关于工具的,嗳你说说看,你觉得什么工具最逗?我是指搞笑。

都在讲什么呀,网上的吗?我不看那些的。

那你都看些什么？我还就不信了。这也是有大数据的，85%以上的男性会浏览色情网站。这数据我觉得还太保守了！你敢说你没看过？

都这样了，我有必要骗你吗。我上网主要看看小猫照片。我可想养一只了，名字早都想好了，叫画虎，怎么样？然后我就抱着画虎坐在沙发上看电视，那多美。可惜啊，我老爹啥都糊涂啥也能将就，就这一点不行：他讨厌毛茸茸的小东西。因此呢，得等我将来把老爹养老送终，并且我这官司也吃完了，到时候啊，我就可以安安心心养一只小猫了。画虎，你听听，又威风又高雅吧？

别猫啊虎的了老何，谈重点！是不是你净天儿的真刀实枪，段位太高了，不屑于跟我这样纸上谈兵？

我只是觉得并没啥好谈……算了算了，你讲吧，我好好听。

你没看过更要听我讲了！那是一条很牛的贴子，从头到尾一个字儿没有，就是一家医院急诊室的X光片记录，全是拍的屁股，你猜X光片都拍到了什么？蜡烛、电池、牛奶瓶、勺子、拖把棍、茶壶嘴儿。好多奇怪东西，我这会儿想不全了。我只记得最绝的，是电灯泡！小号的那种螺旋节能灯泡！这人真他妈的很有创意吧？

创意，嗯，是的是的。

你投入点儿好吗，其实我主要是想提示一下，你们群里，肯定有人会搞些什么特别花样吧。工具还是服装？地点据说也有各种癖好的，有人爱在厨房的水池边，有人放着好好的床不要，非跑到汽车后座，有人则喜欢开着窗户，冲着对面楼的人家？

……

你不来劲嘛。要不我先讲！几年前网上有个关于性幻想的调查表，当时我其实有些闹不清，但是看看那些选项，我倒明白了。我最喜欢的是两种衣服：迷彩服，校服，不，三种，说了你别笑，我还喜欢尼姑服，不过得配光头，很瘦很白……

打住吧金策划，真忍不住了！我总觉得你看这个事情的角度不对，显然你很欣赏那些整电灯泡整蜡烛的家伙？莫非搞这事儿就非得稀奇古怪？要是这部电影净弄这些玩意儿，那不如就此拉倒，您也累了，早点回去歇着。我啊，一分钱的财都不要发，最多也就是占了你几根烟的便宜！

干吗呀这，还生气了？咱们之间，没有必要再装正人君子吧，你不是最讨厌假正经嘛？我只是想聊点儿实在的。

这是两回事。你到现在还没弄清楚吗，我们这个群，就是出于一种基本的同时也是共同的爱好与需要，大家一起玩儿。你想想，我们有的老得只能喝枸杞茶，有的是胖大嫂，有的都没腿了，当然也有年轻女人，有很棒的小哥儿们。但无论如何，我们可从没觉得我们不正经。你讲的，我不喜欢，那些胡天扯地的做法，越听越闹心，要是电影弄成那样，回头我怎么对群友们交待？我们都是很平常很自然的！

平常！自然！老何，你摸摸良心，你们这不都……了嘛。

只是交换而已。我说过了，大家志同道合你情我愿。话说到底吧，你实在要替我们编些花花头的背景啊故事啊，我勉强可以接受。但瞎搞或变态，我不认。

可是老胡啊，我所讲的，那也绝对不是变态。公正地说，这恐怕只是同一个事情的两个方向而已。我理想中的电影呢，最好是能把这两方面揉合在一起，几组人物关系，既有社会层面的心理因素，同时还有原始意义上的生理丰富性。搞电影嘛，现在都要揉杂的，比方说，悬疑加职场、科幻加伦理。这样的话，票房也算是双保险……讲得也真是有些累了，四个小时的二等座啊。等票房赚到了，妈的我只坐商务座。

5

我来叫外卖吧。汉堡王还是必胜客？

算了，那些都不实惠，我老爹还吃不惯。除了红烧肉，他最喜欢的就是方便面，加俩鸡蛋。出事前，有个群友送来过两大箱，各种口味都有。我替你泡吧，也加两鸡蛋？

酸菜味的有吗。

这味我爸喜欢。鲜虾鱼板的成吗？我爸正好不爱这个味儿。

倒也不拿我当外人。你放着……我喜欢泡烂乎点儿。

我爸今天可真来事。他夸你的烟好。

给他送去，喏，这整一包正好没开！

那你来一根我这个？

看来，老人家蛮清楚嘛。

不……其实是我讲的，替他谢你的烟。

哈哈你！其实你这更提神。老何，咱这会儿算是休息时间，我问点题外话？

随便啊，反正对我都一样。

嗯，你们大家伙一块儿，彼此不会有点儿攀比吗？

比什么？你指？嗨，比那干吗，那都是天生的呀，矮个儿非得跟人比高，麻子非得比油光水亮吗。这没比头的。

那我问你，最久的，多长时间？真能有半小时吗——我看网上有人这么吹，就老也不信。你想想，我们等个出租，或者给个长镜头，就四五分钟，可那真的是很长时间呀。

真没在意。就像咱们刚才泡面，这一碗泡软了，你吃，那一碗泡软了，我吃，呼哧呼哧各自埋头也就吃了，谁也没在边上掐着个马表啊。那事也一样，不就是吃喝拉撒呗。金策划，你啊你，整天就钻这些牛角尖？

纯属好奇，我白羊座。这不就跟寿命一样，谁不希望越长越好？有次我到广州去跟一部戏，剧组里有个黑人群演，会讲一点中文，我老想上去搭话，想问问他的时间有多长，不是一直听说黑人很强的……别这样瞅我，其实后来我也没问成，非洲朋友在组里只一天半就走了。

吃苹果吗？我一起削。

我不爱吃水果。你别打岔，真难得有机会跟人聊这些。我承认，不由自主地，我会留意这方面的料，医学新发现也好，旧案子也好。但凡哪里发生了，我脑门上就自动长出两个老长的触角，千方百计地怎么的也要伸过去。可以说，我简直就是欣赏那些当事人！他们一定也是出于某种热情和追求,才会那样的惊世骇俗、花样百出。我恨不得能一一查访到那些屁股 X 光片的主人,当面问问他们的感受。所以你看,我这都千里迢迢地过来拜访你……

我就知道！电影啥的,就是一块骗我开门的砖头。

哈哈你又乱打比方了,能用电影当砖头,也都算个本事。你别说,这方便面,还挺香,怪不得咱爹爱吃。你吃的什么味？

也是鲜虾鱼板。把老爹不爱吃的给吃掉拉倒。他最喜欢老坛酸菜,人老了,口里没味吧。

唔,老坛酸菜……我,还想再说最后一段,成吗？关于那美国大车店,话不说完还真不舒服。

我也挺喜欢这家大车店的,我们这儿要有这么个店,就不用到我家了。

就是啊,我简直就想自己去开上一家！就在那篇长微信的结尾,店长同志总结了,这么多年的屋顶趴下来,他所看到的所有做爱,都是三心二意、为了各种东西而做的。带游泳池的房子啊。大钻石啊。长青藤学校啊。某份合同啊。他就是没有看到有人是为了"爱",有时还是"爱"的反面,是仇恨、报复或别的什么。

哪一条？有哪一条法律规定一定要为了"爱"来做的。这什么狗屁总结啊,真他妈的没劲。

可是,做爱嘛,多多少少得有一点"爱"才对。

那是英语翻来的,非把做和爱连在一起,根本就是瞎扯。做爱。我最烦这个词了！

那你、你们……怎么说呢？

反正我们从来不用这个词。

那怎么讲？

大部分时候不用讲的。真要讲,说法多呢,你想想咱们老祖宗那多顺口,日就是日,操就是操,扯什么爱不爱？我就不信那话是大车店老板讲的,他爬了那么多屋顶,偷看那么久,做那么详细的纪录,怎么会到末了还来这么一出？真倒胃口！我去把这些碗筷,处理一下。

当心这里头有汤……但从我们搞片子来看,还真得抓这个角度——我可以这么展开,这位大车店店长,本来只是想单纯的偷窥"肉搏战",但这个过程中,那些床上翻滚或静止着的人们,却让他看到各种冷漠、麻烦,相互间的欺骗折磨,从而让店长感到迷惑乃至某种愤世嫉俗的苦涩——如此这般吧,那么我这就不再是一个下流故事了,就成了"瓜子儿",就是对"人生"的探讨,你看,这猛然就高级了吧。

别再瓜子瓜子的。你打的比喻也挺讨厌的。

反正吧,就算你跟大车店店长一样啥都没想、也不乐意想,但我还是要替你们这个事,找到个耐嚼的体面的核,就跟中学生作文似的,得有中心思想,有个神不散,形就可以随便散了。可是问题是老何啊,瞧瞧,聊到现在,咱们还什么都没聊出来呢。

是谁在东一榔头西一棒的?是我吗、是我老爹吗。

哟,老人家又呼上了,这才刚刚吃完哪。

他就这样,前一分钟还在跟人说着话,一扭头他就争分夺秒地打起小呼噜了。

还从没见过这么能睡的老人家!得,我俩这也算是吃饱喝足、抽过烟了。接着开动脑筋吧,谈好了咱们一起发财!

发财,我还能发什么财呢,最多能管老爹红烧肉的!

等等,别动。停在这里。老何,就你刚才那口气、那表情,配上你后头那灰蒙蒙的窗台还有这张硬木头桌子,挺什么的!我突然有感觉了。唉呀老何我想到一个好角度,绝对中国,绝对批判现实,绝对牛B,参加国际电影节一准冲奖的那种……我问你,你一直跑出租对吧,见识到各种人间冷暖、贫穷富贵对吧。

这,不开出租也能知道哇。

钱不好挣吧?外头那么多打车软件,还有公司租子,还有堵车与汽油涨价,有时还碰到无赖客人?

对二驾来说,还好。而且我跑机场比较多,加上几家饭店的兼职代驾,东补西贴的还行。再说,你别看我老爹这样,他原来是无线电厂的,退休金两千出头呢,够我们俩平常嚼吃的。

那总归感到一种差别的对吧。你想想那些有钱人。哼。中国话都讲不利落的就把太太小孩送出国,恨吧?拍一部片子就抵你几辈子工资的小破明星,恨吧?一个狗屁不通的公司就上市圈钱然后股民供着他们去买个海岛度假?还有那些刚上班的小毛孩,凭个富妈干爹的就开起宝马大奔,你就是开一辈子车也摸不到那只方向盘……

哈哈金策划你也蛮搞笑的。各是各命,全世界有几个人能做美国总统啊。这没头没脑的我恨他们干吗呀,白耽误我干活呢。

我不是说你很当真的这样想,而是一种无意识……你想,为什么有人要跑到幼儿园去乱砍,有人要放把火烧掉公交车,他们其实也不是存心的呀!讲老实话,我啊,一直都觉得——觉得这是可以解释的,有前因后果的。

解释个屁!那些王八蛋,作死还要拉那么多垫背的,尤其是小孩子!我每次看了都气得要命。人比人吧,得看怎么比。比我们强的,有。比我们惨的,也多了去。我跟老爹两个、挺好,最多舍不得买好烟呗。

好吧好吧,看来老何您啊,是知足常乐型儿的。那群里别的人呢,他们都是干嘛的呀,一个个的,日子过得怎么样?

做什么的都有,过成什么样儿也都有。有做药物代理的。有厨师。有设计玩具的。有卖劳保用品的。有导游。也有坐机关的。还有像刘教授。像我。反正,就跟你在大马路上随便碰到的人一样嘛。

对啦!我要就是这种复杂性,最方便编戏了!你回想回想,你们这些人里头,有没有人谈起什么让你印象深刻、听着都有点倒竖汗毛的想法?

你以为呢,我们又不是开会、一个个拿话筒发言的!偶尔搭几句,也都是些鸡零狗碎。比方说今天走了多少步。有的推荐哪里的鸡汁汤包好吃。有的讨论股票……你又那个死样子了,直说吧,你想让我讲什么?或者干脆地说,你想替我们编什么?

我不是成心要胡编,可你说的这些,放到电影上不是叫人打瞌睡嘛！你再好好想想，有没有哪个晚上，大家玩嗨了、也讲嗨了，有没有产生过什么共振，比如说末世感，绝望感，破罐子破摔之类的？你仔细想想？

干吗非要逼我这么说？我们怎么就破罐子了？我倒记得有次聚会，正好电视里在放什么大地震的电影，大家随意扯了几句，才发现以前都给汶川捐过款。还有每年都献血的，有寄棉袄给西部儿童的。其实我们都是挺认真的人。别的不多讲，就比如说参加线下的这个活动，是需要克服许多困难的，没有积极的行动力和相互的合作，这个群也是根本办不成的。

认真，积极，合作。老何你啊，挺有意思。

怎么，我们不能用这些个词？跟你说，我们这，可比同学群同事群战友群什么的要清爽多了。从来没人刷小广告、拉投票或推销维生素片。谁要真有点事呢，也不装。有个坐机关的，每次进群都会大骂他的顶头上司，狗屁鸡巴神经病挨千刀的，怎么不突发心梗出门撞车，那个深仇大恨啊，听得我们都哈哈大笑。想起这家伙倒是有点问题，他每次来玩的时候都是一脸黑、像所有人都欠他，等聚会结束，他倒松快有弹性了，总热心地要替我搞卫生呢。

这我信。你晓得现在韩国片子很牛的，既赚钱又深刻。什么原罪的出身啦，倒霉蛋的经历啦，不公平的环境啦，这样一来呢，主人公越是变态越是反社会，就越有力量了。但我，我总不能做一个压抑的公务员吧。

听听，你内心里就总是觉得我们变态？可你明明知道，我们连一只蚂蚁都没害过！

6

外头这什么声音？你听到没，是不是风？怎么这么怪？

是风。我家这幢楼，是被左右错开来夹在中间的，因此一有风呢，这里听起来就很大。一年到头都是这样。冬天嘛，更响一点。

听上去真有点瘆人！呜呜呜地简直像鬼哭狼嚎。

是哎，第一次来我家的群友，先是被呆老爹吓一跳，他总爱拉着手跟人聊天，然后如果起风，又会再吓一跳。我也试过把电视开响一点，可那也别扭的，像有外人在场。到最后大家伙统一意见，就听风声吧，听听也就习惯啦。

……嘘，别讲话，听听。这风声，带拐弯的，太瘆人了，可也瘆得特别……感觉你这屋子，成了单独的一艘大航船，或者是个孤岛，在一个又远又空旷的什么地方。老何，怎么搞的，我突然有点感伤。你不觉得这风活像是刮在末日吗，简直让我腿都发软了——这诡异的风，包括你的呆老爹，让我，有了个新思路。我不考虑冲奖了，现在外国奖很不好搞，一会儿流行同性恋，一会儿照顾种族，一会儿回归宗教。我们搞不来的，不如彻底换思路。

哈，不冲国际奖啦。要我说，压根连电影都不要做！

就主攻票房！神神鬼鬼的没准也能挖一大勺子。比如，这间屋子本身就是一个设置，像《万能钥匙》或《小岛惊魂》，然后有一个关键人物是被灵异附身、被恶魔诅咒过的！你们其实都是无辜的，像木偶一样被操纵的，真正淫荡的是背后这个激情但孤独的鬼魂！这样的话，就算把你们拍得比较露骨、反常，也情有可原，因为你们都是受害者啊。怎么样，这想法牛吧，整部剧就会完全没有心理负担或价值导向上的问题！当然，最后，鬼魂被暴露了、被制伏了，你们最终都恢复了道德高尚、正确洁净的生活。

太弱智了，童话还是动画片儿？可惜少儿不宜啊。

你这人，真扫兴。你是不知道现在的电影，我这肯定不能算最烂的。就算不搞神鬼片，但封闭空间依然是很有意思的，你们一群人在这个空间里，除了乱搞，必须还有别的！像有部外国片子《完美陌生人》，还有那个老经典《十二怒汉》，都是封闭空间，一群人互相撕、互相审判，群戏、交叉互动，每个人都有身世和故事，什么方向都有，太牛逼了——这，显然还是要拿奖啊，想不拿都难啊！你说对不对？

行,那就拿奖,随便你。反正跟我们这些人也没啥关系了。我这里除了风声,没别的你能用上的。

别冷嘲热讽的。你要习惯我们这行业的表达方式,但凡谈项目到高潮,真的感觉全北美全欧洲的奖都不够我们拿的。其实我也就是过过嘴瘾。群戏,那多难把控啊,还有演员,多费钱哪。老板肯定不让的。

哈哈图个嘴上痛快,这我明白。我们群里有个人最逗了,从不现身儿,但活动完了就会特地拉我、再拉一个女的,单独开窗户聊,非常详细地询问前一天的活动。双胞胎真带他弟弟去了吗。胖姑娘还是穿的紫色蕾丝吗。开的小台灯还是大日光灯啊。他基本自问自答,没完没了地自己想象、添补各种细节。喏,就这位图个嘴瘾的,倒是没有被传讯。但在我看来,他是跟我们一样……嗳,你在听吗?

停。请求你再给我三十秒!我,这次我真不骗你,我想到了一个金点子,绝对金点子。

统统说出来好了,索性过足嘴瘾。

这回不一样的。你老实跟我讲,刚才,说我这烟不错的,到底是你老爹本人,还是你代他夸的?

这有那么要紧吗?我……是我老爹自己讲的。

看看!他知道好歹!我就觉着,他不是你说的那样。刚见面时他出来跟我打招呼,那眼神,那一丝窄窄的笑,我就觉得是坏笑、蔫笑、啥都清楚的笑。真的,你老爹实际上一点儿不呆,他夸我的烟,是想再来几根嘛。

切,你以为呆子就不讲究吃喝?我以前跑夜车时听说书,说明朝有个什么开国功臣,怕皇上杀头,就吃屎装疯,后来皇上就放心了。我听这个就觉得不对。你去喊个疯子来,咱们在他面前放上屎,咱们一起守个几天几夜,你看那疯子会不会真吃!

先不跟你争,就算这是你爹的本能好了。那我再问你,你们聚会时,老爹他干吗呢?

早不就说了,他把红烧肉一块不剩全拖光,然后肉汁拌饭,完了倒头就睡嘛。

你不是说,他爱拉手跟人聊天儿的吗。

哦,那是大家刚进门,或者最后要散——他差不多到那时就醒了,算是出来打招呼呗。

没准儿早就醒了呢?你房子这么小,老年人从来就是睡得浅也睡得少,很容易醒的。我甚至认为,你们这一切,他都一清二楚,他是有意……

乱讲什么呢!起码一条,我爹他是个铁聋子啊!你不要瞎创意了,搞得我怪别扭的。

这只是在谈电影,谈瓜子儿……

那也别往我老爹身上扯!你这样真的有点儿恶心人明白吗。

怎么急上了?前面我们不是还谈没腿的小哥儿、谈枸杞茶老干部的,怎么就不能谈你老爹?他也一样有这个权利和需要……

他听不见,他傻了,他都不认识我是他儿子!别看这就是一墙之隔,我在外头哪怕杀人放火抹脖子上吊,他没准都还在笑嘻嘻直打小呼噜呢。真的,他屁都不知道!我连一碗红烧肉都不如,连一包酸菜方便面都不如,连一根好烟都不如。

别啊,还跟一根烟攀上了?既然老人家是傻了,你又有什么好气的!

谁让你瞎他妈胡扯,说他不傻的!

我跟你说个故事。说的就是老头子,应当比你家老头儿还老一些。就是再老,还是喜欢女人啊。故事里讲了这么一种服务。开店的女人会找一些非常纯洁不用说也非常美丽的小少女,给她们吃药,让她们很深的睡着,接近于深度昏迷那个程度吧,然后把她们收拾得香喷喷地放到被窝里,老头子们可以花钱购买服务,来与这熟睡的处女同寝一夜,当然,规定是不能发生性器官接触,但别的都是可以的。她们睡得像死了一样,连梦都不会做的,但她们给了老头子最好的夜晚……是日本的,他们啊,弄这方面的东西,绝。

别老讲外国的了,就跟外烟一样,我还抽不来呢。

咱们就事谈事。我正经问你,假如真要有这种"睡美人"的话,你会给老爹买这个服务?并假如有人替你出这个钱的话。

说了嘛,别扯我老爹。

咱这不是在谈电影嘛。比如说,我以一种特别的机位,从你老爹那个角度来叙事,他假装爱吃红烧肉,并且一吃完就假装打呼噜……我可以搞一个圆构图代表秘密窥孔,你们在外头的所有一切,他其实也看到也听到也享受到,这主题,其实很牛逼很现代的,表现老年人的性通道嘛,前不久有个韩国片子,好像是叫《酒神小姐》还是什么,从头到尾拍的就是老家伙们在公园里头乱转,跟些半老徐娘拉拉扯扯。丑丑的老老的,可是很感动人,甚至有种伟大的澎湃般的感……

金策划你再讲我要翻脸了!我一直对你很礼貌,由着你随便问啥,但我心里头,有数——你一进门来,活像是要替天行道、替我申冤,可实际上你是拿我们这事当耍猴对不对?又脏又搞笑!这也就都算了,我早就他妈的虱多不痒也不生气。可临了你还把我老爹给拉进来!你到底什么意思啊。

没有啊!没什么意思!老何你真是误会大了。我哪里会耍你,我一百个佩服、一百个羡慕都来不及啊!我是气我自己绝不可能做到你这样,最多只能来问东问西……

那我,也可以对你问东问西吧?

那是自然。可惜我没啥好说的。

我问你、你听好了。你,会带着你老婆,加入我们这个群吗?我是指线下的活动?假设我们没出事儿的话。

讲什么呢老何!

看看,你不也恼了。我就是叫你将心比心,不要扯上我老爹。

这根本不是一回事好吗?

就是一回事!我刚才,其实也不全是生你的气,还生我自己的气。我从没想到过,老爹万一不傻呢……我这事儿,所有人知道、全世界知道,我都无所谓,但我老爹绝不该知道,他绝不能知道。

我真没想到你……得,消消气,我去厨房漱个口,嘴里老是一股子鱼虾腥味儿,怪不得你老爹不肯吃这味儿呢。

厨房比较脏,将就吧。以前我爹好的时候,可讲究,我们那油烟机,用了五年,都还能用白衬衫去蹭。你想,他要是好好的,哪会容得下我这样!

……亏好你打预防针,我就从来没见过那么脏的水池子,起码一礼拜没刷碗吧……你怎么了?头疼还是怎么的?

没哪儿疼,是突然想起我爹以前,他做面食是一把好手,面疙瘩汤,饺子,刀削面,包子,还会揉鸡蛋面。我心里想想真是别扭,他现在怎么会爱吃方便面的。

你爹什么时候变成这样的?耳聋也是最近?我实在是很好奇,您母亲,是去世了?还是离掉的?你从小就跟着老爹?讲点吧,讲讲你家里的事。

我才不上你的当,我这一讲就会变成你的瓜子。你要再问我爹我妈的事,信不信我能把你赶走?

7

其实我这个人,并不是总在找瓜子。我们,都聊这一大通了,不该算是哥儿们吗?

哥儿们个屁。你都没有回答我,愿意吗,或者,你会考虑这个可能吗?

什么啊?

别装傻。就是我前面问过的,愿不愿意,带着你妻子,别的女人也行,参加到我们这个群?

……

就假设一下,你想不想的?

老何,你到现在还看不出,我只是个胆小鬼嘛!胆小到我只能做好人的呀。给老人让座。不随地吐痰。按时交物业费。周末送女儿上体操课。同事聚餐时抢着买单。我真的从来没有考虑过我活成别的样子。你这问题,我假设不了。

那我们不假设。谈真事儿。你,一直就只有老婆这一个女人?

我要说实话,你会发笑吗。

干吗要发笑。你以为我是个什么人?生来就是个泔水桶?记得我,22岁的时候吧,有人给我介绍过个姑娘,两人去玄武湖划船,划了一个大下午,天都擦黑了才出来。坐到摊子上吃柴火馄饨,她才发现一条红围巾给丢在鸭子船里了。她很心疼,可嘴上直说算了天都黑了公园都关门了。我愣是求了看门的,还翻了一条栅栏才进到船坞里。那些鸭子船都回来了,几十只全绑在一起。我就借着夜色,一条船一条船地摸索过去。别说,还真给我找着了。我才刚刚认识那姑娘半天,她皮肤偏黄,也不合适红围巾……我讲这事,是说,我也是知道的——好人,那是怎么回事。

是啊,好人,老好人,总是好人,好得真枯燥。不过我里外不统一。我喜欢你们这样,喜欢的程度可能都超出你们自己。你看,为见你一下我连着打了多少电话!

那我是不是可以理解为,假如我们这个群仍在运转的话,你是有可能加入的?我仅指你本人。

这……该怎么说呢,我连你老爹都不如,我连装聋做傻都不会。

什么叫装?又来了!他是真的傻、也真的聋。

对不住,我忘了,我收回这句。

我不要你讲对不起。我要你回答我的问题。

好。我回答你:我不会来。

嗯,不会来。你讲得很清楚。你不会来——我听清了。

我他妈的确实不会去……前面说过,我有个女儿,六岁半了。

嗯,很可爱的岁数。

你没听懂。我每天从外面回家,小丫头就眼睛亮亮的朝我扑过来。有时我回去迟了,她早上床了,半睡半醒地,也会把热烘烘的小脸颊凑到我脸颊边。你就没法想象,那会让我心里多疼多软。我真希望我不是我。我不是她爸爸。或者没把她生下来。

什么意思,你想说什么?

我也说不清楚。我是说,我已经把她生下来了、并做她爸爸了,还要带着她一天天长大,因此我就必须干干净净像一只小白兔,这样我每天下班,才能很放心地让她来亲我。你听明白吗?

我又没有过孩子……我连一只猫都没有养过,起码得把我老爹送终了,到时我就会养一只叫"画虎"的猫。

别打岔!因此我只能像现在这样。但我一定要找到、要晓得、要保证,有你们这么一帮子,跟我不一样、相反地活着……这样我才能好好地、过我的小白兔日子。我甚至想说,我打心眼里感谢你们……

呸。我们这都要坐牢了,拿我们当替身吗,要替我们立烈士碑吗。讲的啥呀这是。狗屁不通,你这人真是狗屁不通。

怪我嘴笨。我明明感到有个什么意思或道理,都在我舌头尖上、在牙齿缝里了!

哼。什么道理啊,我听懂了,不就是你来做好人,我们来做坏蛋,完了你还可以过来采访、同情、批判,同时还赚银子、继续做好人。

别说气话了老何。你要是看到我电脑里那些收藏和网址,要是那些个也都作数的话,估计我也能坐好多回牢了……但我就是没那个胆子来真的,我这,叫叶公好龙吧。

哼,"好"到要让我们替你来"好"了!

这下,真瞧不起我了?

你真以为人跟人,像站到磅秤上似的,有人是铁砣子,有人是白棉花?

这又怎么讲?你一打比方我倒犯糊涂。你这人真的很不会打比方。

我常常琢磨那些老实小夫妻,从洞房花烛夜开始同床共枕,然后就死心眼地,一辈子只骑一匹笨马、只睡一个人,大概连脑子里的想法都绝不出格——又或者呢,像我这样,乱,结啊离啊搞啊大半辈子都瞎闹。这些个,并没好坏之分,更谈不上谁瞧不起谁的。

你难道不是很同情我们?像有钱人想着访贫问苦!

我这是诚心诚意在跟你说话——这两种生活,都很好,都是一百斤铁或一百斤棉花……就是只能走其中一条。我走这条道了,就走不到你那儿。你也一样。这是老天爷最狡猾的地方。

哈哈,老何,你这句话讲得很高级嘛——有个美国诗人就这样写过。我是大一时学的,记得老师在台上走来走去。他当时举了个是分文科、理科的例子。说他真该做理科,不讲别的,课题经费好申请啊。好好的一首诗,给他讲得倒胃口,比你差远了,想想你说的,简直他妈的哲学啊。

你知道我为什么,一直耐着性子在跟你聊?

谁不喜欢聊性呢,完全地敞开……

不!是你这人啊,有个奇怪的本事。就这点子事情吧,你呢,一会儿外国电影了,一会日本老头了,好,现在又扯到诗歌,还他妈的哲学,你下面能扯到火星土星外星人或机器人吗?

就笑话我好了!不过真的有做爱机器人你知道的吧,无敌永动机,质感也绝逼以假乱真……老何啊,我讲真的,人这辈子,睡觉这事,真的很重大,可大家都装得没事人似的。我真常常憋得慌,不是替我,是替所有人,我简直想跑大街上随便拉个一个人,眼睛看眼睛地盯着问男的他或女的她:你的性生活怎么样?你满意吗?有什么幻想吗?打算改变并付之行动吗?

电视台不是老搞这一套嘛,大街上随便扯个人,话筒一伸:你觉得空气质量怎么样?对环境整治你有什么希望和建议吗?

如果大家都能把这事当作跟刮风下雨一样,就好了。

别人我管不了。反正我不装。不装好人,也不装变态。

你也装的!刚才有个地方,你肯定没说实话。

哪里?

那位姑娘,丢了红围巾你又替她找回的那个,你肯定有点儿喜欢她。我猜,得算一见钟情?

没有,没有的事。

后来,怎样的你们?我猜肯定是好上了!但末了并没有成?
……
又不想说了?
不想。
我就猜到!我就不信你没喜欢过谁!并且,我还能猜到,你唯一动心的这个姑娘,偏偏就是没有睡过的……好好,我闭嘴。我能不能……问最后一句,你信爱情吗?
问我这个,不觉得太滑稽了吗。
我是认认真真的。就像你问我会不会换妻,我最终不也抻开脸答的嘛。
我……
行。不用讲完。我明白了。我喜欢你这个回答。
屁,你听出我回答啥了?其实我是——不——知——道。
这说明你起码不否定啊。并且,老何你这样,可给我带来了一个大主意!我终于知道这电影该怎么弄了。就这围巾、这条红围巾,替我解决大问题了。千条江万条河,得,还是讲爱情吧。这可不是瓜子儿了,这是万能的口香糖,古今中外就没有哪一部电影不要嚼一遍的,嚼完了就吐,完了又捡起来再嚼!咱们这电影,还是绕不开啊。这就像一部我很喜欢的小说……
又是怪老头儿?
的确,还是讲老头儿的。这故事里的老头吧,一辈子只爱过一个他的青梅竹马,相当于你那位红围巾吧。可是呢,各种原因,最后没能在一块儿,这也跟你一样。那女孩呢,嫁给"更合适"的人过起日子来。这小伙子呢,从此就一辈子浪啊荡啊,成了个十足大淫棍,像你们这种QQ群,只能算他的一个脚趾头罢了。他一边浪荡一边衰老一边在专心至志地等,直等到他的青梅竹马成了个老太婆,在"合适的"那个丈夫的葬礼当天,所有吊唁的人都走光了,这位差不多也把自己给耗成肉干儿的老头子,捏着礼帽,冲着新寡的老太婆,恭敬而紧张地求起婚来:我一直爱着你,最最童贞地爱着……怎么样,有劲儿吧?邪得叫人拍巴掌吧。

成。我拍几巴掌。

看来你喜欢这个故事。

反正比日本老头儿强。

好,很好,我们总算找到个最大公约数了。现在呐,得再琢磨琢磨主角,是一边做爱一边哭的刘教授,还是抱着枸杞茶在边上看的老干部,或者,是你这样的,费尽心机地把老爹关在房里,招待大家在你这里——随便哪个做主角,其实都是因为"爱",以一种特别的"童贞"方式在守候着那个红围巾姑娘!

为配合你这奇思妙想,我真的像个洋人似的,耸耸肩了。

喜欢这样编吗?还没完呢。很多年以后,作为男主角的你,老了,成肉渣了,终于等到了那条红围巾,说不定,我还让你们重新坐到玄武湖的一条小鸭子船上,去划船,最后的镜头就定在湖里的水面上,一晃一晃,波光粼粼!唉呀,我喜欢这样拍!

你开心就好。可我,不是成心要煞你风景,我是最烦这种"感情戏"的,这跟那个大车店报道的结尾一样。我觉得吧,这人呢,只要用上屌了,就不该关爱什么事。而要是爱的话,就得用脑子用心肝,万不能用屌。但现在大家是混在一起的……

你跟你那些群友,就是这么爽利的,完事了一掉脸儿都互相不认了?

是你啊、是你在扯淡什么"爱"不"爱"的。我们群友之间,压根不存在这个概念,但不管异性同性,怎么说呢,出事以后,我经常会想到他们。你别笑,绝对不是想我们一起做的事情,而是,怎么说呢?

想念好朋友的那种意思?

也不到那个程度。我们并没有任何联系。这群一封,就互相找不着了。但我心里有种感觉,我懂他们,他们也懂我。这种懂,根本不需要有来有往,也不需要从哪个角度来使劲儿证明什么的。怎么说呢,我们这些坏人坏事,就算没啥道道可讲但也绝对不算白做,我们多少也算是做了点什么。

可不,就此还催生出一部牛逼的大电影!

不,我不是指具体的什么……再说你这片子,就算最后真能捣估出来,肯定也跟我们无关的。

这等于,我一大下午带一大晚上的,全白忙活了?真让我越坐越冷了,是不是外头下雪了?你看厨房那边的窗户边上。

8

下得蛮像回事呢,阳台窗户都挂边儿。这都开春了,还下雪。

哟,我得走了。晚上回去没事我再想想,咱明天接着聊。我一准带好烟过来,给你老爹!

难道小本子上,还有没问到的?

别再笑话了,其实我……

要来就来吧,这闲着也是闲着,有人带茶叶、还发烟,挺好啊。等拍成电影还能给我赚钱,还能正名、减刑对吧。

嗯,如果一切顺利的话……

看到这雪,我真的是想他们了。去年差不多也是这个时候,天比这还冷。我空调打得高,里外冰火两重天。那时小主还在,我记得她躺在谁的下边,扭头看着阳台的窗户,细声地叫嚷着:看,下雪了……那晚上太神奇了,外头的雪像是直接落在我们身上,真不晓得时间怎么过去的,大家都不想散……最终我送大家一起下楼,顺便也是到楼下丢垃圾。这才发现雪其实也不是很大,但雪的意思都有了,树上地上淡淡的一层,灰白灰白。大家都在楼下站着,默不作声地看着雪往下飘。我身边一个男的,突然抽起鼻子,嗓子里哽上了。也可能是给冻的吧。这男的,可是个大有钱人,总有内部消息,炒股只赚不赔。他抽嗒了好一会,没有人劝。有两女的,偶尔争风吃醋,这会却姐妹一样挨得紧紧的。我在边上看着,拎着垃圾,心里头特别的舒服。我觉得我们,怎么讲呢?我形容不出。

……打比喻吧,这不是你最擅长的吗。

说不清,就是心里有种亲近感。但这亲近也是无所谓的,薄薄的,跟这雪差不多,过个小半夜差不多也就要化了。

这比方好,我喜欢你说的这个意思。不过我真得走了。你也要下去扔垃圾吗,家里一股泡面味儿。

等等。其实……我也会想到的,我这老爹,并不喜欢泡面,他大概就跟明朝那个大臣装着吃屎蛋蛋一样是吧?

这,可不是我说的哈。

真是怨你啊金策划,你那么一讲,害得我脑子里总也要想到……你说,你跟我说,我老爹真的全都清楚?

没有没有!我前面那纯属胡言乱语,老人家他傻着呢聋着呢,绝不会听见也不会知道,我保证。绝无可能!

绝无可能?可我又多么巴望他真的是好好的!知道我到底在干些什么,也知道他在干什么!

老何啊,该怎么接你这话呢。也许,老人家的听力,并没那么差,包括,他的头脑也很……实在不行,咱可以想个办法测试下?很简单,比方我敲门说要送烟……

别动!不许靠近我爹房间……

干嘛呢老何?松手!我只是去洗手间。再说,他真要听到我们前面讲的,肯定死活不开门的。你知道那句话吧,叫不醒装睡的人,一样的,也叫不醒装聋做傻的人

行啦,你他妈的赶紧撒完尿下楼吧。我不是真的要搞清楚我老爹。你根本不明白我是在讲什么。如果一个人,周围没任何人在乎你。或者反过来,你也不在乎任何人,更不在乎自己……

可我倒觉得,谁都不在乎谁,这他妈的多好哇。你瞧瞧我,我什么人都在乎,也有好多人在乎我,于是我就活成这么个怂样。算了算了,这等于又把话讲回去了。

翻过来倒过去的,也就这点事儿,就这些话。慢点儿……这里还有级台阶。

老何,嗯,跟你打个招呼。也可能我,明天不见得来了。

随你。

其实我们这电影,可能做得成,也有可能,做不成。

没事啊,我从一开始就没当真。

我是说，其实，嗯，我还没找着老板来投资这个项目。这就是我自己瞎鸡巴忙活的。当然，如果我们谈得好，确实也可能找来大投资……可咱真要找不着也无所谓不是吗。我还舍不得拿你们这个题材来拍电影呢，那是白糟蹋。没有人会懂的，也没人配看这个电影。你说是吧，谁配！

行啦，用不着描红着绿的找补这些。这情况多了去，我前面接待过的那些记者、律师什么的，一坐老半天，问东问西、谈南讲北，但我也能瞧出来，有好几位，都不是真的在谈业务。

啊哈哈！你也不早讲，哈这么说，有跟我差不多的人？我可真高兴呐。

我也蛮高兴，反正我都跟今天一样，都尽量配合呗。这说明你们啊，都挺热爱生活。好事儿！怎么着，也抽嗒上了？还是给冻着了？

不是……我是看这雪，多细密，又多精巧啊，可是，要不借着窗口那些灯光，肉眼都看不大出来。

是啊是啊，上回也是，大半夜的从热乎屋子里出来，突然迎头碰雪，细细麻麻的，又胡天遍地的，真能把人给看呆了。

（选自《大家》2018年第1期）

婚 姻 生 活

阿　袁

其实季尧第一次和周黍约会时就应该看出来,他们俩不是一类人,就像分属不同科目的植物,一个属于单子叶植物兰科,另一个属于被子植物茴香科,彼此有着完全不同的属性。

那天他们本来约了去电影资料馆。是他提议的。之前余孟春告诉他,说周黍是个内向的人,不怎么善言辞的。他就动了点心思,为那次约会的地点选择。因为他也不善言辞,如果去公园之类无依无靠的地方,势必就需要更多的对话。两个男女初次见面,不好老夫老妻似的只干坐着。于是他就想着该去博物馆或书店,那种地方有掩体——书和藏品相当于中国古代屏风了,两人可以躲在后面,各自看各自的东西,然后再在吃饭时就各自看的东西稍微聊几句,发表一点看法,就可以了。这是比较稳妥安全的。但巴黎的博物馆多如牛毛,去哪一个呢?他又吃不准了。他对周黍还不怎么了解,余孟春的介绍不过三言两语:性格内向,不怎么擅言辞。长得还可以,不好看也不难看。二十九岁,学产品设计——听上去,还真是和他挺合适的。

这也是他对见周黍这事比较认真的原因——他开始还以为她叫"周淑",余孟春是江浙人,发"黍"这个去声音时发的却是平声;而且,"淑"作为女性名字,也是更普遍的。他母亲就叫"李淑"。这要在古代,为了避讳,周淑是不是就要改名呢?像宋朝为了避孔子的讳,凡读到"丘"字要用"某"字代替,那样的话,他和周淑结婚后,是不是他从此就应该叫周淑为"周某"呢。

他当时还在心里这么自娱了一下。他这个人，一向善于自娱自乐的。

电影资料馆是他突然想到的。有谁会不喜欢看电影呢？他导师 Bastien——一个搞湍流研究的物理学家，说电影是他们夫妇唯一的共同点。他们之所以结婚三十年了还没有分开，就是因为他们习惯了一起看电影。这当然是法国人的幽默。但他们确实每个月至少要一起去一次电影资料馆的。他们都喜欢看老电影，《贝壳与僧侣》，《一夜风流》，甚至卢米埃尔兄弟的《水浇园丁》，他们看过无数遍，可每次重看时，他们还是会被逗得哈哈大笑。就因为这一起的哈哈大笑，他容忍了她抽烟喝酒高谈阔论等波伏娃式恶习。婚姻生活就这样，只要有一个共同点，就可以坚持下去了，Bastien 说。好像婚姻是一件多么艰难的事情。法国人就这样，哪怕是科学家，也一样带着文艺家的巴洛克式浮夸风格。他不怎么信 Bastien 这话的，婚姻能有多难？那么多人都在过着呢。但他觉得导师夫妇结婚三十几年还经常一起去电影资料馆是件很有意思的事情。怎么说呢？有一种仪式般的美。因为这个，他打算把电影馆当作巴黎第一个要去的地方，算是对婚姻和电影的双重致敬，却一直拖着没去。学业忙是一个方面，主要还是因为他这个人有蛰居的习性。他是那种"房间里的男人"。这是在清华读硕士时师母对他的归类，师母是搞社会学研究的，在书里把男人分成两种，一种是"房间里的男人"，另一种是"房间外的男人"。作为结婚对象，还是找"房间里的男人"比较理想，师母说。师母这话是对学姐说的。他当时正和学姐恋爱。是学姐追的他，不知为什么；谈了半年，又是学姐要分手，也不知为什么。可那时他已经完全陷进去了，痛苦得要死要活。师母看不下去，便以社会学学者兼过来人的双重身份劝学姐回心转意。师母有点偏袒他的，觉得他老实。但学姐最后还是和某个"房间外的男人"结了婚——想起来，几乎恍若隔世了。

"去电影资料馆怎么样？"他在电话里征求周黍意见的时候，感觉电话那头的周黍停顿了好几秒，然后才说，"也行呀"。

声音里有一种拖泥带水的黏滞。

他还以为周黍不喜欢这个建议呢。后来才知道这只是周黍的说话习惯，即使是她再喜欢的事情，她也是停上好几秒之后来上一句"也行呀"——好像不情不愿似的。

但那天他们并没有看成电影，这怪他，他之前没有做好功课，竟然不知道电影资料馆因为维修那几天闭馆。他没有准备第二方案的，一时间站在门口茫然失措。怎么办呢？周黍用眼光问，他也不知道怎么办。他虽然已经在巴黎住了小一年了，但因为平时不怎么出门，所以对巴黎的地理并不熟悉。"要不随便逛逛？"最后他尴尬地问。"也行呀"周黍说。

她那天穿的是高跟鞋。他始终不明白女人为什么要穿高跟鞋，那样不舒服的东西，和三寸金莲所受的罪也差不多吧？但女人却爱不释脚，真是不可理喻的生物。好在没走多远就看见了一家书店，他建议进去看看。是家旧书店，里面的书却不少，文史哲什么都有。还有一张单人布沙发，靠窗放着。巴黎的书店差不多都这样，看上去像中产阶级家庭里舒服的起居室。店员是个老妇人，笑着和他们"Bonjour"（你好）一句之后就埋首看自己的书去了，是莎士比亚的《仲夏夜之梦》。这怕是老妇人看了一辈子的书吧？像他母亲一样，喜欢看黄梅戏《女驸马》，看了无数遍，每回还看得如痴如醉。"你不是看过吗？怎么还看？""就因为看过，才看呀"，他真是不理解这逻辑。但还是喜欢这样的光景。女人叽叽喳喳的时候是让人厌烦的，比较而言，他还是愿意看女人安静地沉浸于书的样子。巴黎到处是读书的女人，地铁上，公园里，咖啡馆，随时随地，她们从包包里掏出书来就读。这是巴黎最美的部分，比塞纳河美，比凯旋门和埃菲尔铁塔美，他认为。像周黍这样坐在沙发上翻书，就很好。这样相安无事地过上半天——即或半辈子，也不错吧？他那时想。

如果没有后面的比较，他是没看出来周黍其实不喜欢书的。

那天他们从书店出来时已经快一点了，他被一本叫《电影是什么》的书吸引了，看着看着忘了时间。等到胃开始叽哩咕噜的时候,才反应过来,他总这样。"原来这么晚了。"他讪讪地对周黍说,是道歉的意思。第一次约会就这样,有点怠慢人家了。但周黍的表情还好,看不出有不悦之意。应该是个脾气很好的女人,他想。书店对面有一家意大利餐馆,"要不,就在这家吃?"他问。"也行呀",这一回语气词"呀"字更加柔弱,想必是饿了。他点了个一人份的玛格丽特披萨,一个洋葱汤,都是能快速烹饪的食物。而周黍却拿着菜单看来看去,那谨慎的态度好像在考试一样。他略微有些不耐烦,当然没有表现出来。之前她在书店不也很耐心地等了他吗?他不能输给她。男人在约会时应该更有风度的。来之前,余孟春对他说。想必有点担心他照顾不好周黍。他确实不是个会照顾女人的男人。余孟春知道的。最后她终于选了柠檬腌鸡块,蔬菜沙拉,和一小块提拉米苏。"你要不要来一个焦糖布丁?"她问他。后来他才懂了她为什么会有这一问,其实是她自己在两个东西之间难以抉择,所以建议他也来一份,这样才可以鱼与熊掌兼得。她的胃口总是好得惊人。"不要"他当时说。他从来不在饭后吃甜食的。

  吃完那些东西她花了一个多小时。好在他带了书,他把书店那本没看完的《电影是什么》买了。"你要不要买?"她在书店看的书好像叫《终极美味》。他本来想把它买了送给她,也算是见面的礼物吧。"不要——吧",她迤逦着说。不知是客气,还是不想买书。他也就没有勉强了。

  他试着读了几句《电影是什么》,在她一小口一小口吃提拉米苏的时候。"电影的发生,是因为人类要用它来对抗时间。人类想在电影里不朽。和埃及人在身上涂防腐香料道理是一样的。"

  这是他谈恋爱的方式。二十九岁的他以前也就和学姐谈过一次几个月的短暂恋爱。那几个月,他和学姐一起的时候,虽然也做恋人间通常会做的那些事情。但之前和之后,一般是读书,他给她读,或者她给他读,然后两人就书里的问题争论一番。学姐是个喜欢争论的人,总会对书里的某个观点,或者他的某个观点,展开十分激烈的批评。那些批评,多数是强词夺理胡搅蛮缠。不过,后来——尤其在和周黍结婚多年后,他偶尔会想起她争辩时面红耳赤的样子。

但周黍显然是另一种女人,在他读书的时候,她一言不发,只微笑着看他。那笑有点儿心不在焉。她整个人的注意力,似乎还在那块提拉米苏上。她抿嘴细嚼慢咽的样子,她若有所思不言不语的样子,当时他还觉得挺好的,"食不语"嘛,小时候他那读过四书五经的祖父这么教育过他的,这说明了周黍的教养很好。和一个教养好的女人结婚,应该是不错的。

他们后来又逛了一家叫"法国生活"的家居店。是在回去的路上,周黍被橱窗里的一个围裙吸引了。"进去看看?"她问。他颔首答应,以为也就几分钟的事儿,一个卖碗碟匙子和围裙的小店,能看多久?没想到,这一看,竟然是一个多小时!她差不多是像逛博物馆一样逛这家居店的,她看每个器皿的神态,都有琢磨的意味,好像那是古代的文物一样。他觉得好笑。这回她的脚不痛了么?穿了细高跟站那么长的时间。连他都站酸了。他不是个体力很好的人,因为平时缺乏锻炼。那些男人喜爱的运动,他是一样也不行的,所以之前学姐批评他"四体不勤"。这倒是真的,他确实有不勤的特点,别说吃饱了没事去公园跑步之类的事,就是在这样的一个小店,他也不会像其他男人那样亦步亦趋地跟在女人身后走过来走过去,而是很省力气地站在店门口,继续看那本《电影是什么》。

最后她买了两把咖啡小匙,和一个有着墨绿色橄榄枝叶图案的长条形花布。"这是什么?"他皱着眉问,语气已经有点儿兴师问罪的意思了。"桌旗呀,"她说。他不明白她为什么在比较和斟酌半天后还会花几十欧买这个华而不实的桌旗。中国人的餐桌也不作兴用这种东西。"我好喜欢这图案。"她似乎看出来了他的不耐烦和迷惑,解释似的这么说了一句。

是因为那个时候巴黎的光线作用吗?从店里出来后的周黍,他觉得漂亮了许多。之前她真如余孟春所介绍的那样,不好看也不难看。所以一天下来,他对她一直没什么感觉。无论是心理上,还是生理上。可当她对他说"我好喜欢这图案"的那个

47

时候,她两颊泛红,细长的眼睛亮亮的,几乎有一种"桃之夭夭,灼灼其华"的意思。也就在那一刹那,他对她,生出男人对女人的喜欢之意了。

所以,在地铁口分手的时候,他抱了她。在男女之事上,他从来不在行起承转合的,总是会有些生硬鲁莽。她稍微愣了一下,没想到的样子,随后就温顺地由他抱了。她的身子软软的,抱在怀里很舒服。和学姐完全不一样,学姐瘦且硬,像树。两人抱紧的时候,那硌在中间的什物,犹如两个硬硬的锥栗。但周黍柔若春花——是牡丹花,他感觉到了。

婚后的生活,在最初的几年,他还是觉得挺好的。

是那种《女曰鸡鸣》里的好。"将翱将翔,弋凫与雁。弋言加之,与子宜之。宜言饮酒,与子偕老",隔壁中文系的老鄢动不动就半闭不闭了眼摇头晃脑背《诗经》。老鄢是研究古代文学的,最喜欢用之乎者也的语言,酸腐得很。哪里有凫?哪里有雁?他故意和老鄢抬杠。有段时间,那是儿子季周生出生后的几年,他性情小变,变得比以前饶舌了些。好像繁衍这事,是有后遗症的,会在各个方面蔓延开来。腹腩、下颌,日常话语,甚至耳垂,有一天他无意间摸到耳朵,蓦然发现自己耳垂都比以前厚了许多。"比兴懂不懂?"老鄢不屑地说。老鄢不爱和他说话,嫌他是理工男,乏味。他说话时一般都是面向周黍的,"周黍,你这个东坡肉烧得好,烧得好""周黍,你这个剁椒鱼头烧得好,烧得好"——每回都是这些话,也不见得他这个文科教授多有趣。"我这是返璞归真,懂不懂?"老鄢又不屑了。他倒不介意老鄢的作对,老头不过以此表达对他婚姻生活的艳羡。老鄢说孙教授——也就是他夫人,这辈子也没有"与子宜之"过一回,总是面条:西红柿鸡蛋面条,青菜鸡蛋面条,丝瓜鸡蛋面条,再在桌上放一包涪陵榨菜丝,或半罐蓬盛橄榄菜,就算一餐了。有时面条都不煮,直接从学校食堂打点冷饭菜回来敷衍他了事。他发几句牢骚,她还不接受,翻了八大山人画里鸭一样的眼白问他,"你不可以'与子宜之'吗?"这是什么话?难不成别家是《女曰鸡鸣》,而他家要《子曰鸡鸣》不成？老鄢气得不行,有时就脖子一梗,绝食以示抗议。可没用,人家孙教授压根不吃他这一套,哗啦啦把买回来的饭菜往垃圾桶里一倒,自己该干嘛就干嘛去了,任老鄢在一边饥肠辘辘。你看我这么弱不经风,都是饿的,饿的,老鄢向周黍撒娇般地说。自从他们做上邻居以来,老鄢就成了他家的坐上宾。他不邀自来,拎着酒。老鄢有各种好酒,茅台、西凤、绍兴黄酒,他有一个学生老家是绍兴的,每年都给他寄上两坛黄酒——这可是陆游《钗头凤》里的黄藤酒哇,'红酥手,黄藤酒,满城春色宫墙柳',知不知道？老鄢一边夸菜,一边夸酒,还一边夸周黍。"宜其室家呀","宜其室家呀"他咏叹似的对着季尧说。每回都这样。可以说,季尧之所以觉得自己婚姻挺好,相当一部分是因为老鄢的赞美和垂涎。

当然,不仅老鄢,还有其他人:男同事,男同学,他少有的几个男性朋友,这些人,只要到过他家,在他家那张铺了墨绿色橄榄树图案桌旗的橡木饭桌上小酌过几杯,就会众口一词地对他的婚姻生活,表现出由衷的赞美。

甚至他父亲,在他家小住过一段时间之后,也说,"周黍可以了,你要知足的。"——好像知道日后他对周黍会不满似的。

到底是自己的父亲,对儿子有一种深入骨髓的了解,他那时自己都还不知道自己对周黍,或者说对自己的婚姻后来会生出那么大的怨恨呢。

他们住桂苑,桂苑是教授楼,季尧不是教授,他刚回国时连副教授都不是呢,只是个小讲师,但学校为了表示对他这个海龟博士的重视,破格让他住进了桂苑。

房子是旧房子,之前住这儿的是生物系的杨景行,杨景行的夫人也是生物系的,两个生物系教授住过十年的房子,自然留有生物学科的痕迹,墙上有史前微生物图解,有各式分子图,有单细胞动物草履虫介绍,还有蝴蝶及其它叫不上名字的昆虫标本,想必只是些一般意义的标本,没有什么学术研究价值的,不然他们在搬家时就应该把这些带上了,但除此之外,他们家和桂苑其他教授家也并没什么不同，都是卧室作卧室用，书房作书房用，也只能这样吧，就那么捉襟见肘的地方，还能搞出什么花样？

依季尧的意见，就那么搬进去住得了，又省事，又省钱。墙上挂的那些生物图解和标本，还可以作以后孩子生物学的启蒙。

可周黍这一回没说"也行呀"。她要大兴土木。她是学设计的，虽然学的不是室内设计，而是产品设计，小产品，什么纽扣吹风机台灯之类的。她毕业作品做的就是一颗类似于花朵的纽扣，当时季尧着实惊诧了的，做一颗纽扣就能拿巴黎大学的硕士学位？虽然周黍把那颗纽扣吹得天花乱坠，说它既有法国文化的元素，因为设计灵感来自普鲁斯特《追忆似水年华》里奥黛特胸前的那朵卡特来兰花，纽扣底端的贝壳纹路及粉紫色彩又是盛行于十八世纪的洛可可风；又有中国文化的元素，因为纽扣上端的花瓣造型完全是中国画的写意风格，和底端的精雕细琢不同，它追求神似而非形似，所以，这颗纽扣是中西文化的合璧。可季尧左看右看，也没看出中西文化合璧的意思来。不过就是一颗有些花哨的纽扣而已。当然他没有把这意见说出口，但也没有像余孟春那样热烈地附议，当时周黍是当了他和余孟春的面一起说这些的（是她答辩时的观点，想必之前练习过无数遍的），又说得两颊泛红，搽了胭脂一样。把季尧看得心痒痒的，恨不得余孟春马上离开他的房间。那时他和周黍的关系已经定了，所以一到周末，不是季尧到周黍那边去，就是周黍到季尧这边来——多数时候都是周黍过来，因为这边方便些，季尧自己住一间公寓房，而周黍是和别人合租的，客厅卫生间厨房都要共用，所以当最初的矜持阶段一过，周黍就情愿自己坐地铁过来了。而余孟春差不多每回都会过来蹭饭，这后来成了他们家庭生活的常态，饭厅里总会有某个男性食客。

那颗纽扣，不，按周黍的说法，是作品，现在就用铜边相框框了挂在他们的饭厅，那本来是杨景行家书房，也不单是杨景行家这样，桂苑所有教授家都把那间南面的房间当书房用的，房间虽不算大，但光线好，是看书的好地方。但周黍说，也是吃饭的好地方。季尧当时没意识到这句话的可怕性，还被她说得扑哧笑了,吃饭也需要光线好么?难道你会吃进鼻子里?周黍却认真地反驳他,虽然不会吃进鼻子里,但吃东西也是要看颜色的,所谓"色香味",色字在最前呢。《红楼梦》写食物,哪种不写颜色?听起来似乎也有几分道理。但季尧还是想把那间房作书房用,他书多,没有书房那些书怎么办?周黍有解决的办法,她在北面的客房床边放个书架,在过道里也放个书架,可书还是放不下,怎么办?只能一摞一摞靠墙堆着,堆到后来,下面的都长霉斑了。这也是后来季尧时不时会置气的原因,每次蹲在地上翻找某本书翻得头晕眼花时他都气不打一处来,凭什么他的书沦落到贱民一样的待遇?被发配到阴暗潮湿的角落;而那些杯盘碗盏,却可以呆在通明透亮的地方?他质问。可周黍理直气壮,"民以食为天",你听过"民以书为天"么?倒是把季尧呛个哑口无言。他发现周黍这个女人,虽然多数时候是"讷于言"的,可只要事关食馔,她也可以伶牙俐齿,可以语带机锋,像学姐一样。而季尧,还偏吃这一套。每回只要周黍面色泛红据理力争,他就欣然让步。

　　整个桂苑,也就他家是没有书房的,也就他家是有一个大厨房的。季尧家的厨房,后来在桂苑很有名气了。周黍在装修时对它进行了大破大立,她把原来厨房和饭厅之间的墙打了,这样六平米的厨房就变成了十四平米,甚至还不止十四平米,周黍不断开疆拓土:阳台上的花盆里种了百里香和迷迭草,那是做腌鸭和凉拌菜用的香料,周黍从法国带回的种子;书架顶上放了平时不用的电火锅;客厅的五斗橱里放了餐具——季尧搞不懂,一个家怎么会需要那么多餐具呢?和周黍结婚前,季尧过的是"一箪食,一瓢饮"的简单生活,结婚后两个人,难道不是"两箪食,两瓢饮"吗?生了儿子后不是"三箪食,三瓢饮"吗?却不是,他们家现在有无数箪,无数瓢。季尧结婚后才算明白了老子的"一生二,二生三,三生万物"的道理。季尧甚至觉得,婚姻的繁衍原来不是从儿子开始的,而是从厨房开始的,他们家有各种等级不同的餐具,一套景德镇青花玲珑餐具是家用的;一套蓝白条纹相间的日本"濑户烧"是待普通客人用的;一套镶金边有牡丹图案的釉下彩骨瓷是待贵客用的。可季尧家鲜有贵客，所以那套牡丹花餐具就常常被关在客厅的五斗橱里了。

为什么不同的人要用不同的餐具招待？难道余孟春就不能用青花碗吃饭？

余孟春现在是季尧的同事，也住在桂苑。

当初季尧来这个学校，还是余孟春游说的——"同济那样的地方，好是好，可压力也大。"

一开始，季尧是想过回同济的。导师和师母希望他回去，尤其是师母，几次来邮件过问。他一直踌躇。学姐也在上海呢，在上海某研究院。因为这个，他不知道自己是更想回上海呢，还是更不想回上海。

最后这事还是听了周黍的。虽然说到同济时，周黍仍然还是嗳嚅一句"也行呀"，但和周黍相处时间一长，季尧还是能听出其中的微妙区别——有时候，"也行呀"是"行"的意思，而有时候，所谓"也行呀"其实是"不行"的意思。

周黍为什么不想他回同济呢？她应该是不知道学姐这个人的，他从没对她提到过。虽然有一回，周黍试探着问过他，"以前谈过几个呢？"他马上沉了脸，她后来就再没说过这事。他也没问过她，有什么好问的呢？以前的事。

但他琢磨过她的那句问话，"以前谈过几个呢？"她这么问他，是因为他在性事上的直接老练？还是她觉得，以他那个年纪，应该"谈过几个"了？

他对她生出了些怀疑。是不是在他之前，她是"谈过几个"的？

她那么蛾眉宛转。他一抱，她就让他抱了，好像很习惯被男人抱似的。他们那次不过第一次见面，还是两个陌生男女呢。当他的胸，抵着她牡丹花般的胸时，她竟一丁点儿挪开的意思也没有。他当时很受用。但多年后反刍这事，就觉得有点儿不是滋味了。

尤其在知道了她和余孟春的事情后。他一直以为余孟春和周黍只是老乡，都是昆山人，都特别喜欢吃枇杷。"庭有枇杷树"——归有光,也是他们昆山人,不是在《项脊轩志》里这么写过吗?其实不止归有光家,昆山许多人家院落里都种枇杷的,余孟春以前这么对他炫耀过。他从来没多想过。直到后来有一回到北京开会,正好和余孟春师弟共一个房间,那个师弟是个话多的人,也不知是怎么说起的,就说到了余孟春和周黍的关系,说他们以前如何如何好,"我们这些人原来以为周黍会做我们嫂子的",季尧这才知道周黍是很喜欢过余孟春的,余孟春也喜欢过周黍——当然不是那种喜欢,不然,也不会把她介绍给季尧。

可这事,余孟春之前对他只字未提过。

"周黍原来喜欢过我"——真这么说的话,似乎也不对。

但季尧还是像吞了一只绿苍蝇般恶心。

他余孟春没看上的女人,难道季尧就看得上?

要命的是,季尧还真看上了!

当余孟春的师弟在清华照澜院吐着烟圈儿说起这事时,季尧的儿子季周生已经上小学一年级了。

"为什么余孟春不能用青花碗吃饭?"除了说几句诸如此类的话来表达他的郁闷,他季尧这个时候也不能做更多的了!

他们现在的学校,是没有工业设计这个专业设置的——就算有,以周黍的硕士学位,也不能从事教学岗,只能做做教辅工作。"委屈您夫人先做辅导员,或者教务如何?"主管人事的校长颇为难地问季尧。季尧还怕周黍——当时她就坐在他身边——不悦,"您夫人",这是把周黍只当家属来处理了,周黍可是在巴黎——写过《第二性》的波伏娃的城市呆过好几年呢,耳朵受得了这个?而且,她学产品设计这个专业,也学了好几年了,不说"为伊消得人憔悴"——这是学姐的口头禅,学姐脸色一不好,就要怪到"伊"——也就是物理学头上,但周黍不能这么说,打季尧认识她以来,就一直珠圆玉润着。这珠圆玉润的身体,也是她不怎么热爱专业的铁证,可就算不怎么热爱,毕竟也学了几年,不能轻易就放弃吧?但周黍还真没什么意见——"也行呀",还是那句话。

她倒是举重若轻！季尧觉得不可思议。女人这种生物——在对周黍生出嫌隙前，季尧动不动就以"女人"这种复数人称形式来指代个别女性的，因为这个，学姐曾经抨击这是一个"逻各斯中心主义"者的言语方式——对学了好几年的专业，怎么可以还不如对待一口汤锅忠贞不贰？周黍对汤锅尚有"不离不弃"的美德呢，他们现在用的那个德国 Fissler 不锈钢汤锅，是多年前周黍在慕尼黑买的，当时回国在戴高乐机场因为行李超重，季尧一再要周黍把那个重得要命的汤锅送给前来送行的小白，但周黍就是不肯，"你的书不也很重？"汤锅能和书比？难怪孔老夫子会有"唯小人与女子难养也"的喟叹。没办法，只得又花几十欧买了一个行李额度。因为这个，季尧不高兴，以至于在后来飞行的十几个小时，他梗着脖子，陌生人一样地坐在周黍身边。周黍倒是若无其事，好几次都杨柳般斜靠了过来——这也是季尧父亲觉得"周黍可以了"的原因之一吧？父亲喜欢周黍的会服软。婚姻中如果两个人都像泡桐一样笔直，是没有好下场的，父亲说。这是他的经验之谈，姆妈不是个会服软的女人，和父亲颉之颃之了一辈子，父亲也因此愤愤不平了一辈子。

后来季尧就不再是"女人这种生物"，而是"周黍这个女人"。

周黍这个女人，在汤锅这样的小事上可以表现出"不移"的品性，而在大是大非上，反表现出无可无不可的随便，辅导员也罢，教务员也罢，都可以；余孟春也罢，季尧也罢，都可以。

这不能不让季尧小看她了。

其实那个时候周黍有机会从事专业工作的。他们所在的城市，有一家叫《设计》的杂志社——之前叫《产品设计》，其时正好要改版，老主编下马，新主编上任。少壮的新主编雄心勃勃，要把《设计》打造成具有国际风范的品牌杂志，于是广向社会招聘人才：要求设计专业出身，要求至少精通一门外语，要求有自己的设计作品。季尧觉得这位置简直是为周黍量身定做的——那个带有洛可可风的卡特兰花朵钮扣，不就是主编要的"国际风范"？

可周黍不去,周黍讪讪地对季尧说,"我不喜欢有压力的生活。"

做教务员不也有压力?系里课程和考试安排,老师调课或请假,学生选修重修,所有杂七杂八,都是教务员的事情。说白了,教务员也就是杂役。其劳动的性质,和看门的大爷,打扫楼道的大妈,没什么区别,都属于体力劳动。

可周黍不介意。

季尧后来发现,周黍身上,有一种反知识分子的品质。自古以来,知识分子都有四体不勤的毛病,所以知识分子家庭的矛盾,主要集中在家务方面。谁买菜,谁做饭,谁洗碗,这些"不是事情的事情",在知识分子家庭,都可能会"风起于青萍之末"。这种事情在桂苑举不胜举。数学系的樊教授夫妇,就是因为一根鱼骨头而导致感情破裂而分居的——樊师母抹桌子时,把一根鲶鱼脊椎骨抹到了地板上,地板是樊教授的管辖地,他们家的家务,是量化后严格分工的。所以樊教授认为樊师母是故意的,"那么大的鱼骨头,怎么可能看不见?"拖地时就任那根鱼骨头留在那里。樊师母后来也看见了,看见了也不管,"地板是他负责的,我为什么要管?""可鱼骨头本来是桌上的。"两人都振振有词,那根鱼骨头于是就日复一日地躺在了客厅的地板上。"它就是成了标本我也不会捡"樊师母发誓说。"它就是成了化石我也不会捡"樊教授也发誓说。樊师母一气之下,把樊教授的被褥扔到了书房。书房就书房,樊教授从此在那儿安之若素,"士可杀,不可辱"樊教授说。鱼骨头后来不止鱼骨头了,知识分子都善于见微知著以管窥豹。豹是什么呢?对樊师母而言,豹就是樊教授不爱她了。为此她还伤心地写了一首题为《鱼尸》的诗,"当年的江风明月呢?当年的打鱼少年郎呢?怎么转眼间,只剩了地板上那冰冷的鱼尸"这首诗在学校风行一时,被中文系的师生誉为诗歌版的《初夏荷花时期的爱情》。许多人都借故去樊教授家参观过"鱼尸"——也就是那根始作俑者的鲶鱼脊椎骨。樊教授与樊师母的分居于是成了众目睽睽之下的公共事件。只能一直分居下去了。而哲学系杜教授家的情况更糟糕,因为一只灯泡导致了离婚。杜教授家卫生间的灯泡坏了,灯泡的位置很低,低到即使以杜师母的身高,换一下也是举手之劳,但她认为这机电类的事情是"男人的事情",非要杜教授换;而杜教授不干,"哦,这时候你分'男人的事情''女人的事情'了,那洗碗应该是'女人的事情'吧?为什么是我洗?"所以杜教授也不换,灯泡坏了一年,两人就几乎摸着黑——只借了走廊的微弱灯光洗漱和如厕了一年。"老杜,你就不怕黑灯瞎火的沾屎到手上?"对门的李教授揶揄杜教授。"不怕,庄子说,道在屎溺",杜教授一本正经。两人的婚姻就这样因为一只灯泡走到了尽头。"没意思",杜师母说。"没意思",杜教授也说。诸如此类的事,在桂苑,时不时的就会发生一起。大家也没有太觉匪夷所思。知识分子嘛,对体力劳动锱铢必较还是可以理解的,就如弄堂里的老太太,去菜市场一定也会计较葱蒜的得失,只是阶级习惯而已,谈不上多过分。

但季尧家永远不会因为家务闹矛盾。周黍买菜,周黍做饭,周黍洗碗,周黍搞卫生。季尧呢,什么也不用做。按老鄢的说法,"只负责吃"。季尧一开始还有些不安。毕竟也是小户人家出身,打小没有养成剥削阶级意识。所以周黍做事的时候,他会因为不安而在边上做些象征意义大于实际意义的"小工",比如周黍做菜,他就剥颗蒜;周黍收拾碗碟,他就胡乱地抹抹桌子;周黍烹茶,他就拿本书站边上看——这也算参与了,甚至是更高级的参与,他觉得。但后来就懒得了。他发现周黍并不需要他这样。她似乎更愿意独自做事,就像他也愿意独自呆书房一样。她仔细揩拭盏碟的神情,她一丝不苟料理食物的神情,都有一种如切如磋如琢如磨的专心致志,且有条不紊,自给自足。他在边上杵着,倒多余了。

他后来就习惯了过"只负责吃"的婚姻生活。

周末他们家经常有客人的,不是老鄢和余孟春那种客人,"三月一到是客,三日一到是仆",以老鄢和余孟春到季尧家的频率,差不多就是仆了。余孟春还好些,他是系主任,忙。所以有时会隔上那么几天。而老鄢,也不知是中文系闲,还是他老人家闲,差不多是每日必到的。有时下了课,不回自己家,拎了脏兮兮的讲义包,先敲季尧家的门。"你怎么不让周黍给你把钥匙?"孙教授问他,这当然是讥讽。但老鄢没听出来似的,还反问孙教授,"这不太好吧?"——似乎他真考虑过让周黍给他把钥匙似的。

客人中,最先动用季尧家那套镶金边牡丹图案餐具的,是他们院长。余孟春有一天带来的。

"季老师,听余孟春说你家厨房,比'莲记'还好呢,所以过来见识见识,打扰了",院长客气地说。

"莲记"是他们学校附近的私家菜馆,很有名的。学校的领导,喜欢在那儿请客,因那儿环境风雅。院子里种了好几竿绿竹,门前还有郑板桥的竹诗:"终日淡相对,俗车无至门"。室内养莲,莲后是屏风,屏风上是斗笠大的"予独爱莲"。那"莲"字写得飘飘欲举,据说寓两袖清风。本来"莲""廉"同音,有"清廉"之意。于是在那儿吃喝,就不俗,就风雅,就"出淤泥而不染"。

季尧没想到余孟春会把院长带到他家。来之前,余孟春倒是打了个电话的,轻描淡写地说要带个人过来。他以为又是顾小娓。顾小娓是余孟春的老婆,有时也会跟了余孟春过来蹭饭的。在知道了周黍喜欢过余孟春之后,季尧就觉得余孟春带顾小娓过来不怎么厚道了。怎么说呢?有点儿欺负人。既欺负了季尧,也欺负了周黍。但周黍倒是不在乎,还对小娓亲切得很。季尧纳闷了,"她这是大度?还是爱屋及乌?"他自己倒是不讨厌小娓过来的,家里总是男性客人,多个花枝般的年轻女人夹杂其中,像书里的插图一样,至少更赏心悦目。小娓比余孟春小七八岁呢!还活泼。这是不是余孟春当初看不上周黍的原因?

季尧和院长素无交道。"这家伙疯了吗?干嘛把院长带到我们家?"他在厨房压低了嗓子对周黍发火,好像这是周黍的过错。可不是么?如果不是她把厨房弄得那么名声在外,能把这些食客招来?招来老鄢之类也就罢了,反正他在与不在,都不会

57

影响到季尧什么。季尧该打嗝打嗝,该虚恭虚恭——老鄢把放屁叫做虚恭。有一回,席间突然有暗臭袭来,大家面面相觑,顾小娓用两个手指摁了鼻子,左顾右盼,老鄢神态自若地说,是老夫虚恭了——但招来院长就不同了。人家是领导,还是初次登门。季尧再怎么不通人情世故,也知道要客套客套:寒暄,奉茶,让菜,这三因素是必须的,就像写论文一定要有论点论据论证一样。季尧不喜欢写论文,更不喜欢席间客套。好在这些有余孟春帮他完成,余孟春反客为主——院长这就是周黍——院长您喝茶——院长您尝尝这个胭脂鸭。季尧什么也不用做,和以前一样,"只负责吃"就可以了。

除了院长,余孟春后来还带过其他领导来。

"打扰了"——领导进门时都客气得很。

但他们并没有太打扰到季尧,都是余孟春和周黍在忙——连"蓬荜生辉"之类的话,都是余孟春替他说的。

周黍也乐在其中,季尧看得出来。她的镶金边牡丹图案的餐具终于派上用场了,那硕大粉红的牡丹,在明晃晃的枝形水晶灯下,简直流光溢彩金碧辉煌。而周黍精心烹饪的菜肴,一道道端上来时,犹如春天的花朵般次第绽放。到底是在法国学过设计的,她的专业素养,在餐桌上有了近乎完美的体现。连季尧自己都惊艳了。虽然之前他对她的毕业作品——那颗纽扣所体现的中西文化合璧有不以为然之意,但周黍的餐厅,确实可以说体现了中西文化的合璧:不但有中国的牡丹花,有法国的柠檬生蚝和用餐讲究,有日本寿司——是改良了的日本寿司,周黍在糯米饭里掺了芝麻和红豆,中间再放糖渍五花肉,吃的感觉其实像中国粽子,又比中国粽子丰富,所以老鄢对此食物的点评是:既有松尾芭蕉的自然朴素,又有屈原的落英缤纷;既有《源氏物语》的暗香浮动,又有《红楼梦》的鲜花着锦。

老鄢对周黍和周黍的食物,从来不吝溢美之辞的,这是所谓的"吃人嘴软"了。

周黍,怪不得我家老余总往你这儿跑。就是我,在你家厨房一坐下,也不想动了,顾小娓说。

竟是"我见犹怜,何况老奴"的语气!

而余孟春,这时候倒是不夸周黍的,只是那表情,让季尧有点不舒服,仿佛有"周黍是他'拙荆'的矜然自得和自谦"。

这算什么?季尧无名火大。

季尧不知道自己的学问"没有长进"和周黍的厨房有没有关系。

"没有长进"是导师的话。

有一年到上海开物理学年会时,导师在电梯里,当了学姐的面说他,"季尧,怎么搞的,这几年没有长进呀"。

季尧被说得面红耳赤。当年他是导师看重的学生,理论基础好,身上又有导师欣赏的学者性格:安静,不浮躁,爱读书。所以导师极力举荐他到 Bastien 那儿做博士——Bastien 本来不收中国学生的,是导师再三游说他才破例的。不过,季尧在做博士期间表现还不错:参与了 Bastien 主持的一个法国教育部项目,还以和 Bastien 共同通讯作者的身份,在《Physical Review Letters》(物理评论快报)发表过论文——PRL 的地位,也就只在 Science 和 Nature 之下了,所以导师那时是很很地替他兴奋过的,认为他有成为一流学者的可能性——这也是季尧现在的学校不惜"重金"引进他且让他住进桂苑的原因,学校疯魔了般想要在全国高校评估排名中有所突破,所以就像赌马一样在年轻老师身上压赌资。

然而,季尧却是学校一匹赌输了的马。自来这学校后,他表现平平,既没有拿过国家重点项目,也没能再在 PRL 那种级别的期刊上发表学术论文。

或者连马都不是,只是一头黔之驴。他初来时,学校上上下下,对他客气有加。以为他是"庞然大物",可几年下来,大家对他就有"技止此耳"之慰和之失望。

人是很复杂的生物,他的没有长进,一方面让人失望,一方面又让不少人松了口气。

只是先前的客气没有了,不说领导,就连学校那些后来的青椒们，时不时也会"荡倚冲冒"他。

学校的人势利起来，比社会上更有过之而无不及。

有时余孟春会为他鸣不平。做学问，也不是农民种地，这个月种，下个月收，这个季种，下个季收。种瓜得瓜，种豆得豆。学问可是要做半辈子一辈子的。人家日本物理学家田中耕一，诺奖得主呢，一生不也才发表一篇论文？

这话，余孟春也当了季尧的面说过。有把季尧当"他的人"护着的意思。季尧应该领情的——却没有。

他不想领余孟春的情。也觉得余孟春多此一举了——比起让别人尊敬，他情愿别人不把他放眼里。

这是季尧做人的偏方。

你不把我放眼里，我也不把你放眼里，这样的关系不是更自由？

没有比活在别人的尊敬里更累的事了。

然而，当导师在电梯里说他"没有长进"时，他心情还是不好了。

国内的学术生态他不是不知道。身边的青椒老椒们经常在系里嘈嘈切切地发牢骚，他听得耳朵都出茧了。余孟春偶尔喝多了两盅酒，也会用陆游《示子遹》般的语气谆谆教导他：汝果欲学诗，功夫在诗外。可诗外之本事，他没有，有也不想用。做学问，也不是做妓做婢，犯不上连身子都搭进去的。所以就算这些年他没有什么所谓的科研成果，倒也反证了他某种操守，他是这么聊以自慰和自勉的。

关键是诗内之本事，他似乎也没有多少长进的。导师那句话，想必也是这个意思。老头可不是等闲之辈，在理学院是出了名的火眼金睛。他面试学生，从来不像别的导师那样还要事先准备好什么题目，总是在现场和学生三言两语聊几句，话家常似的，学生的几斤几两他就了然于胸了。所以，他瞒不过老头的——更瞒不过自己。

他怎么可能有长进呢？打结婚生子，不，打和周黍同居以来，他在厨房的时间，就比在书房的时间多，他坐在餐桌的时间，比坐在书桌的时间多。

他甚至都没有正经的书桌了。书桌是要放在书房的,可他家没有书房,书房被周黍变成了餐厅厨房的一部分。他的书桌就只能放进北面的客房了,客房不安静,总络绎有来客,不说别人,就是季尧的父亲,现在也动不动就来季尧家"小住",本来他们父子关系是典型的中国式父子关系,李安电影里那种的,只要单独呆在一起超过十分钟,父亲就开始咳嗽了。这是父亲的习惯,一不自在,就会假咳的。所以之前季尧从来没想过他家会成为父亲的避难所。可现在父亲只要和姆妈一闹别扭,就拎了包往季尧家跑。"和你姆妈这种女人,没法一起生活了",父亲说。"老东西翅膀硬了,有了吃饭的地儿了",姆妈说。确实,父亲以前对姆妈再有意见,也从不离家出走。因为吃饭是个现实问题。父亲节俭,在外面馆子店吃碗牛肉汤粉,也要啧啧不断的。如果姆妈不顾他的"啧啧",还加点了什么,父亲就要假咳了,"咳,咳,咳",好像呛着了一般。这种时候季尧就有暴风雨即将到来的紧张,但姆妈总是镇定自若地吃着。这是姆妈身上最让父亲讨厌的部分,姆妈个子矮小清瘦,有着很秀气的外表,但骨子里却有着好斗的雄性气概。"你姆妈哪里是只牝鸡?分明是牡鸡。"季尧成年后,父亲不止一次在季尧面前抱怨过。因为季尧的爷爷没去世前老用"牝鸡司晨"批评父亲对姆妈的纵容。父亲其实不是纵容,他只是降不住姆妈而已。这也是父亲为什么喜欢周黍。周黍天生的牝性,让父亲差不多产生了"缺什么补什么"的依赖和喜欢,所以父亲每回到季尧这儿的"小住",都要延宕成"大住"。"小周,明天我回去吧?"他试探似的问周黍,他总是喜欢问周黍的,从不问季尧,一问季尧,季尧马上就在网上给他订车票了。而周黍每回都会挽留,"爸,又没什么事,再多住几天呗。"父亲于是就多住几天了。几天后,他又问周黍,"小周,我明天回去吧",周黍又说,"又没什么事,再多住几天呗",父亲于是又多住几天了。多住到季尧的脸色终于不好看了,他才恋恋不舍地回去。然而没隔上两个月,他又拎着包来了。"和你姆妈这种女人,没法一起生活了"。周而复始的。季尧真是头痛，就算是自己的父亲，季尧也受不了。他一来，季尧就没法用客房的书桌了，只能把床头柜当书桌，床头柜只有端方半米，摞上几本书，就摇摇欲坠了。有时季尧因为肠胃突然痉挛，要上厕所，慌忙间把手上的电脑往床头柜上一挤，那摇摇欲坠的大厦立刻就倾了。他电脑因此出过几次问题，当时床头柜上还有水杯，水杯里的倾倒出的水把电脑的硬盘浸了，数据恢复不了。而季周生也特别喜欢捣乱，尤其在他蹒跚学步时，一不留意就踅摸到这儿，给他那一堆积木似的书来个釜底抽薪。人的破坏欲可能是天性吧？季周生每次看到有东西坍塌或破碎时都会张大了那只有几颗牙的粉红色的嘴咯咯咯笑个不停。

"我为什么结婚呢？"他不止一次萌生过这想法，如果没有结婚的话，他住的地方，就不可能这样上有老下有小的，也不可能有络绎来客。他这个人，不好客，又不擅言辞，最喜欢的生活状态，是"我与我周旋"，或"我与书周旋"。但周黍，虽也不擅言辞，但她的"厨房外交"使她成了男人缘很好的女人。"厨房外交"应该也算牝性吧？一种最原始的哺育牝性，是生物意义上的返祖。两性之争——至少高校里的两性之争，就是厨房和书房的斗争吧？而他在和周黍这场斗争中输了。季尧很怀念以前的公寓，虽然不大，但整个就是一书房，床上可以放书，饭桌可以放书，马桶边的架子上可以放书。而所有的凌乱和狼藉，不过是书的凌乱和狼藉，是乱中有序的，什么书大概在哪里，什么书大概看到哪页，季尧全部心中有数。可现在，因为和周黍的婚姻，倒是不凌乱了，他过上了井然有序的生活，但那序，是周黍的序，和季尧不相干的。季尧只知道，自己没有书房了，也没有书桌了。

连买书的自由也没有了。以前他虽然也不富裕，但因为没养成男人通常的烟酒女人之类的其他花钱爱好，所以买书从来可以随心所欲，想买什么书，买就是了，用不着优柔寡断的。书而已，又不是劳力士（原来他公寓里的一个意大利人，土木工程专业的博士，穿着总是像歌剧一样华丽，却因为一块二手劳力士表，to be or not to be 了整整一个月），他自鸣得意。可现在季尧没法随心所欲了。经济权基本在周黍手上——是他主动交出的,一种被动的主动——家里的吃穿用度大大小小的花销都是周黍在进行,他不交的话,难不成要"尸位素餐"?他后来发觉"被动的主动"是周黍的套路,在很多事情上,他都是这样不知不觉陷入了周黍的圈套,她看上去真是没有侵略性的,许多现代女人身上那种咄咄逼人和锋芒毕露她都没有,她永远都是软玉温香般的"也行呀"。这麻痹了他。

不过,这也是他家的传统。他父亲就是把工资交给他姆妈的,这是中国男人表忠心的方式。法国男人会一边说着"Jet'aime"(我爱你),一边坦然地和妻子AA制,哪怕只是去酒店吃个饭。但中国男人不说"我爱你"——至少老派的中国男人不说,老派的中国男人用托物言志的手法——奉上工资来表达"与子偕老"的心意。

当然,他也以为把工资交给周黍会没有问题的。周黍身上没有奢侈之习。他们住在巴黎的时候,离香榭丽舍街不远,离欧洲谷也不远,那都是女人趋之若鹜之地,但周黍不喜欢逛那些地方,她只是喜欢逛家居店和农贸市场而已——虽然家居店农贸市场有点庸俗,和季尧喜欢的书店比起来。但应当承认,那还是相当朴素的好习惯。

但季尧后来懂了,女人骨子里其实都爱奢侈的,只不过奢侈的方面不同而已。

他们回国时学校是给了季尧三十万安家费的。三十万,在季尧的概念里就是"家财万贯"了,但周黍竟在装修桂苑的房子时能把这"万贯家财"花得一个子儿也没剩下!

季尧简直不敢相信。但周黍没有贪污,她有账目明细的:光是那个带转角的樱桃木橱柜,就花了二万;还有那个花岗岩洗碗槽;那个staub珐琅铸铁锅;那个有意大利血统的巴拉利尼不粘锅——一口锅,竟然说什么意大利血统!

周黍在食馈方面的一掷千金季尧早就领教过的。在日本买那套"濑户烧"时,季尧也在。就那么几样小东西,看上去实在普通不过,就要二万多日币。二万多日币,相当于人民币一千多了,周黍就那么淡定地买了,没有一丁点"to be or not to be"的纠结。

"不好带吧?"当了那个一脸严肃的店主日本老头,季尧当时是这么阻止的。

但周黍笑笑说,"我喜欢"——还是买了。

因为这事,从日本回来的一路,季尧从头至尾,没碰那包裹,都是周黍提着。她反正吃得多,力气大,季尧气咻咻地想。

不单厨房器皿,就是食材,周黍也总是挑最贵的。

"周黍,为什么孟春做的藕没有你做得好吃?"

"因为我买的藕好。"

"周黍,为什么你做的鱼这么鲜美?"

"因为我买的鱼是冷水鱼。"

"什么是冷水鱼?"这一下,不单顾小娓,就是吃货老鄢,都不知道了。

"冷水鱼是山间泉水中生长的鱼。"

大家恍然大悟。对周黍简直崇拜了。

"民以食为天",这是周黍的人生哲学。

"那是,那是",每回周黍这么说的时候,老鄢都会鸡啄米似的附和。

"以食为天的时代是什么时代?那是生产力极其落后食物严重缺乏的封建时代。如今水稻都亩产一千多公斤了,这句话,现在怕只有非洲人用得上了。"有时季尧实在听不下去了,也会和周黍理论几句。

"可人类再进化,也没有把胃进化成阑尾呀。"

"那是,那是",老鄢又附和了。

老鄢自然可以说"那是,那是",反正周黍买冷水鱼花的也不是他的钱。

但季尧不同,因为周黍的以食为天,他就没有办法以书为天了。

如果结婚的是另一个女人,比如学姐,会不会情况不一样?

那次去上海开会,他和学姐单独呆了一下午的。

是学姐主动的。"我们一起吃个饭。"

不去,他想这么说。凭什么呀?当年她就这么对他,招之即来,挥之即去。这么多年过去了,还这么对他。

但他还是去了,鬼使神差般。

就在同济校门口吃的斋肠粉。他大份,她小份,外加一碗菠菜猪肝汤。她在吃上面,向来极简。十几分钟她就吃完了,比他吃得快,然后一抹嘴,说,去赤峰路书店逛逛。

不去,他又想说。然而又去了。

男女关系就这样,一开始定了秩序,后来再难颠覆了。

和以前一样。她翻书至某页有趣处,就读给他听。开始是小声,他蹙眉不笑。渐渐声音就高促起来。他嘘她,左顾右盼,怕打扰到其他人。她忍俊不禁。仍然且读且笑。她最喜欢捉弄他了。他只好气呼呼往外走。她也笑着跟出来了。

坐在书店外的公园长椅上,她把身子往后一仰,两只鹤一样的长腿伸直,整个人,就像一支斜放在笔撑上的铅笔。

她还是瘦,完全没有女人的曲线。衬衣下面的胸,还是小。

如果抱一下,那隔在中间的两个什物,是不是还像锥栗一样硬得硌人?

他咳了起来。像他父亲一样。他发现基因这东西真是没有办法。他只要脑子里一生出什么不好的念头,就会像他父亲一样咳嗽。警报器一样。

他觉得奇怪。她是哺育过的女人——之前她告诉过他,她的儿子已经八岁了,周末的时候,她喜欢带他到书店来放养。可为什么她的身体还像没发育过的男生?

她显得比他年轻。从书店门口进去时,他侧脸觑了一眼,玻璃门上映照出来的身影让他沮丧,他已经是那种饱食终日的中年男人样子,腹腩微腴,颈脖丰腴,而穿着牛仔裤白衬衣一头短发的学姐,竟还清瘦得如校园里的少年一样。那玻璃里一前一后的两个人,因此看上去不像男女,而像父子。

记得在哪本书里读到过——丈夫是妻子塑造的。那么,是周黍把他塑造成了这个样子?

婚后他和周黍一起出去过两回的。一回是去德国法兰克福,一回是去日本早稻田大学,他去开会,她顺便跟着去。这种学术会议一般可以带家属的。只不过家属费用要自理——说是自理,总还是有办法从课题经费里走一部分的。这些年科研经费管理得紧,但主要是对纵向项目抓得紧,而横向课题——反正季尧也只有横向课题,一个湖泊水资源综合治理和利用的子课题——多少还是有一些灵活度的。不过这个倒不用季尧操心,他们家报账之类的杂事,都是周黍去的。周黍在学校,关系比他多。

　　在法兰克福那回,是十月,正赶上著名的法兰克福书展。他觉得无论如何要去见识一下。会议的自由活动时间不多。他和周黍商量。周黍还是"也行呀"。他自然听出了她的不愿意,但他不管了。婚姻生活总会把男人变得没教养的。他没想到的是,在展馆门口买门票时,她竟然打退堂鼓了——"还要买门票呀?算了,你自己进去,我就在外面看看"。那意思,好像书展是个丑女人,不值得买门票进去看。他无语。婚姻生活就这样吗?到头来就是各看各的。他独自在书展上走马观花转了一会儿,有点儿索然无味。这是出版商版权买卖的地方,不是读者翻书看书的地方。太热闹了。热闹和书总是相克的。世界上有两样东西和热闹不相容相生,一是读书,二是恋爱,都要在僻静处方好,只有在僻静处,才能裸裎相对,水乳交融,这是季尧读书和恋爱的心得体会。但学姐不以为然。学姐批评季尧狭隘。读书也罢,恋爱也罢,都要不拘一格,僻静有僻静的好,热闹也有热闹的好。所以就是在他们好得最如胶似漆好得季尧只想两个人无休无止呆在房间里的时候,学姐也会把他拽到外面去。学姐是那种可以在闹哄哄的食堂谈恋爱和写论文的人——更可以在闹哄哄的法兰克福书展上旁若无人地翻书,季尧想。如果是学姐和他一起来这个书展,会如何呢?至少不会说什么"还要买门票"这种混帐话?这念头一出现,季尧就惦记起展馆外面的周黍来了。他从来不会在罪恶的乐趣里耽溺太久,总是小小的盘桓一会儿,就自觉抽身出来。结果,那一次会议的自由活动时间,他都用来陪周黍逛法兰克福的农贸市场了。周黍说,欧洲的文明,不是在博物馆里,而是在农贸市场。这是家庭妇女的文明观,季尧说——当然是腹说。婚姻里的男女,想必多数时候都要作腹语吧?不然,世上哪还有白头偕老的夫妇。

去日本那次也是这样。会议间隙他本来想去看看早稻田中央图书馆的,再看看东京街头的小书店。这是他的习惯,他到哪个城市都要看书店的;而周黍呢,她到哪个城市,都要看农贸市场的。"东京的农贸市场有什么好看的?难道日本的白菜萝卜长得比中国的白菜萝卜好看?"他实在忍不住揶揄了。他倒不是非要和周黍执子之手比翼双飞,像另一对来自上海的中国夫妇那样。但东京那么大,分头进行的话,就要约来约去——"在某某地铁口见""在某某街口见",可往往因为这因为那见不到,耽误时间不说,还让人着急。虽然不至于发生《东京物语》里那个老太太所喟叹的"要是不小心走散了,可能一辈子也见不到了"的事情,但在异国他乡言语不通之地,还是一起走好一些吧?可周黍不愿意看书店。"书店有什么好看的呢?你懂日语?"季尧一时哑口无言。季尧的日语,和周黍一样,都只停留在"すみません"(对不起)和"ありがとう"(谢谢)的水平。可到书店就一定要看懂书吗?看看书店,看看书店里的人,看看书的封面和插图,不也有意思得很?可这种"此间乐",周黍不喜欢。后来还是季尧妥协了,虽然父亲说周黍是杨柳般的女人,但有时候,周黍的杨柳之躯里,也是嵌了根细若游丝的钢筋在里面的。

当然,和周黍逛农贸市场,季尧已经很有经验了。在巴黎的那一年,他们几乎逛遍了那儿大大小小的集市。那些摆放整齐颜色鲜艳的瓜果蔬菜,看上去简直不像菜而像花了,"你不觉得我们像在逛花园?"有时他的表情里,不由自主流露出一点儿不耐烦,周黍看出来了,就哄他。集市上的周黍,精力旺盛,打了鸡血一样,从东走到西,又从西走到东,来来回回走上好几遍。他不理解,不就是买几个洋葱吗?印度人摊子上的洋葱,和摩洛哥人摊子上的洋葱,有什么区别?看上去一模一样,没有必要比较来比较去。可周黍说,怎么可能?你觉得一个印度人,会和一个摩洛哥人长得一模一样吗?一个印度人,会和另一个印度人长得一模一样吗?不会呀。所以印度洋葱和摩洛哥洋葱当然有区别,这一个印度洋葱和那一个印度洋葱,当然也有区别。季尧无语。每到这种时候,他还真说不过周黍的。

多数时候,他都由了她一个人兴致勃勃地逛,她不是说"像在逛花园吗?"——她倒是能升华,把买菜一类的庸俗事情变成了游春。反正他不动,在集市角落找个地方坐下,掏出包里的书边看边等。看上一页半页,再抬头找一找周黍。她一个人,如鱼得水,自得其乐,一边像赏花一样看菜买菜,一边用手机拍个不停。这是周黍的爱好,喜欢给那些来自不同国家长相不同的蔬菜瓜果拍照。她的电脑云盘里,存满了她在各地集市上拍的奇形怪状色彩缤纷的蔬菜瓜果,以及各种肤色各种夸张表情的小贩。关于那些蔬菜和小贩,周黍还作小记:"洋蓟,又名朝鲜蓟,菊科菜蓟属植物,生长于地中海沿岸,多用于意大利料理。于某年某月某日某地","西班牙的列戈和他的樱桃,于某年某月某日某地"。她从不拍自己,也不拍季尧。这一点,季尧觉得好。他不喜欢那些走到哪自拍到哪的女人。有的女人手上还拿个自拍杆,食指和中指作V状,可笑得很。

每次逛完集市周黍还像外出觅食的老鸟一样衔食回来,各种各样的食物:布列塔尼省的荞麦可丽饼,里昂的玫瑰腊肠,西班牙的油条,滴了柠檬汁的波罗的海生蚝——生蚝季尧吃不来,有饮毛茹血之恶心,但周黍吃得津津有味,且吃相文雅之至,像《我的叔叔于勒》里的那两个阔太太一样,身子稍向前倾,嘴很快地微微一动,就把整个生蚝连汤带水吸入口中,这是周黍的本事了,她不仅有一个法国人般敏感和挑剔的味蕾,还有法国人吃东西的风度和胆量——法国人一点儿也不介意在外面吃东西的,广场、街边公园、地铁上,到处可以看到吃东西的法国人,他们不但在外面吃,还吃得自然而然,吃得雍容优雅,似乎屁股下的坐椅不是地铁上或公园里硬邦邦的金属和木头椅,而是自家厨房和华丽的宴席上垫了金丝绒缎面的软椅一样。季尧对此十分佩服,在季尧的家教里,吃喝拉撒,应该都算私密的事情,不太好意思在外人眼皮底下进行的。所以季尧后来虽然入乡随俗,有时不得已也在地铁之类的地方吃东西,但那完全是"果腹"性质的,囫囵吞枣,食不知味。为了回避对面座位上人的目光,甚至动作和神情会带上几分做贼似的鬼祟。对此季尧也不满自己。

但周黍这方面真是落落大方的,而且极其认真,极其郑重,好像吃是一件大事,不能马虎半分的。

那次在东京,周黍也是如此,让季尧吃到了"比书还好"的鳗鱼饭。本来逛了一下午集市的季尧,筋疲力尽,只想在市场门口买两个鲷鱼烧或和果子带回去潦草打发一餐的,或随便在某家小店吃碗乌冬面。但周黍不愿意,非要找到一家叫"石桥的鳗屋"百年老店去吃鳗鱼饭。她看了《孤独的美食家》,对五郎吃的鳗鱼饭念念不忘。可那店隐藏在居民区,外观一点儿不起眼,很难找。但周黍还是按图索骥很耐心地把它找到了。是个十分幽静的所在,有一个颇似松尾芭蕉意境的庭院。"怎么样?比书还好吧?"当季尧急切地把那油光锃亮香艳动人的蒲烧鳗鱼往嘴里送时,周黍不无得意地问他,邀功请赏似的。这个时候的周黍,又两颊泛红,目光灼灼,几乎和那装在桃红漆盒里的烤鳗鱼一样明媚动人了。

讨厌之处就在这里。因为有些时候有些东西季尧也喜欢的,所以才不知不觉间被周黍一点一点地变成了现在这个样子。

后来他自己也沉溺起来。每回酒足饭饱之后,他本可以先离开餐桌的,多数时间饭桌上只有老鄢而已,而老鄢是不需要作陪的,老鄢更愿意和周黍说话,或者自斟自饮。即便有余孟春在座,也无所谓,都是老熟人了,他先离桌的话,不算失礼。再说,多数时候都是他们在谈笑风生,他在一边听而已。桌间若有谁妙语如珠,老鄢一激动,还会击瓮叩缶弹筝搏髀。这个时候周黍就紧张万分,赶紧把老鄢面前的碗碟移开——那套"濑户烧"的一个小碟,已经被老鄢击叩出了三条细若游丝的裂纹。后来那

69

个成了老鄢的专用碟。每回老鄢来,周黍就把它挑出来放他面前。老鄢不计较,裂纹就裂纹,更美,残缺美。"你们不觉得,这裂纹,颇有枯藤老树之画意?"老鄢虚了眼,看着破碟子问。"有,有,大有"余孟春也虚了眼,看着破碟子答。大家乐得不行,仿佛有没有他这个男主人在场是一样的。但他就是起不了身,身子沉重得像怀孕了好几个月的妇人。最初还会挣扎一下,心里想着"就坐一会儿","就再坐一会儿"。后来挣扎都不挣扎了,由了自己一动不动地坐着,直坐到肴核既尽,人走茶凉。

他把这个归结为生理原因,吃得太饱,血液都跑到胃里去了,脑袋和四肢因为缺氧,所以变迟钝了。

而且,餐厅——也可以说是厨房,因为它其实与厨房是一体的——是他们家最舒服的所在。尤其是冬天,尤其是夜晚,在阳光和灯光照耀下的橡木桌椅食器食物,熠熠生辉,宛若镀金,有一种魔法般的神奇美和力量,把他变成了桌边一棵长了根须的植物。

"这才是家",老鄢不止一次对周黍倾诉衷肠。

可就算老鄢再贪欢,之后他还是要回他的家,余孟春之后也要回他的家,他们的家季尧都到过,是典型的桂苑教授之家:书房大,厨房小,书桌大,餐桌小。适合读书写字清苦,不适合喝酒吃饭娱乐。于是他们到季尧家娱乐,在自己家清苦——倒是有张有弛,进退自如。

季尧恨不得也可以这样两全其美,在自己家的大厨房吃饭,到他们家的大书房看书。兀然独坐,偃仰啸歌,不亦快哉!

当然不可以。借书可以,借书房不可以。书房是男人的秘密之地,这个他早就知道了——有一回,那还是他读研究生的时候,导师约他去谈论文开题的事。他去时导师正在卫生间出大恭,师母让他在书房等,等得有点久,导师便秘。他随手翻起书架上的书来,大多是中外文专业书,或者和专业相关的理论:牛顿的《自然哲学与数学原理》,伽利略的《关于两门新科学的对话》,爱因斯坦的《相对性原理》——就在那本《相对性原理》后面,竟然是:福柯的《性经验史》,和古印度的《爱经》。

季尧那个心慌意乱！一时就如撞见了导师的赤身裸体一样。他没想到,那么严肃端庄的导师,被师母讥笑为"坐在马桶上也在思考湍流"的导师,会看这种书？会有时间看这种书？

后来在导师课堂上,偶尔季尧会走神,他无论如何没有办法把《爱经》里那杂技似的性交姿势和导师联系起来。

从此季尧再也不敢独自进别人的书房了。书房差不多是男人的宫闱,类似于私处了,怎么借呢？

可厨房不是,有哪个男人会把图文并茂的《爱经》,藏在厨房呢？

这真是要感谢周黍了,她生生地把他的私人领地,变成了人来人往的公共场所。

她是用蠹蛀蚀书的方式,几年如一日的,终于把他从一个学者,变成了一个酒囊饭袋。

有时他们有事,也会隔上个一周半周的,家里没有人来,一向热闹的厨房,陡然间清静下来,季尧竟然会觉得失落和不习惯。

喧嚣不成,清静也不成,他自己也不知道自己要什么了。

他甚至不能像余孟春那样抱怨,"哪有时间写论文？学校一摊子事,家里一摊子事"。

顾小娓不做饭。"不会做",顾小娓说。一个搞高分子材料研究的人不会做饭,怎么可能？大家一笑了之。反正桂苑"不会做"的女性大有人在。就连食品工程系的陈木槿老师也说她不会做饭。陈木槿老师在实验室研发的有机南瓜羹都创自己的品牌了,叫"槿记",是省领导校领导家里的特供食品,但她在家硬是连简单的素炒南瓜都不会。"这是两回事",她说,"在实验室研究南瓜和在家炒南瓜,完全是两回事"。

陈木槿家的保姆说,"别说炒南瓜,就是削水果皮,陈老师也不会,说会削到手,每天早上吃的苹果,晚上吃的香梨,都是我削的皮。"

余孟春家没有保姆,所以顾小娓吃的苹果和梨,是余孟春主任亲自削的。

71

"你不知道顾小娓在家是什么样子,她除了在阳台上种几盆植物——什么仙人掌,什么蕨卷柏,都是些养不死的植物——也就负责看书和散步了,春天要散步,因为外面的树木开花了,要出去看花;秋天也要散步,因为秋天的月亮好看,要出去看月。站在阳台上看不可以嘛?何必舍近求远呢?他问。顾小娓说不可以。非要下楼到小区外的李白湖去看,说月亮一定要就水看才好看。还非要和我一起看,说一个人散步没意思,一个人看春花秋月也没意思。可我这么忙,学校一摊子事,家里一摊子事,还要和她散步,还要和她看春花秋月,你说我哪还有时间写论文?哪还有时间搞学术?"

季尧见过余孟春和顾小娓一起散步的样子,一个小鸟依人,一个玉树临风,好看得很,是桂苑一景。

想必余孟春也知道这个,所以乐此不疲。

关键是还可以作为不搞学术的推诿。余孟春这些年,也和季尧一样,在学术方面没什么建树,但人家没有建树是情有可原的,系里行政事务纷杂,家里夫人又不能干,他又主外又主内,所以才耽搁了。不是他余孟春没学术水平,他只是没时间做学术而已!

不单余孟春,学校里不少男老师,平时都是这样推诿的:

"如果爱因斯坦要天天系个围裙下厨房,也提出不了相对论吧?"

"如果达尔文天天要一手拎讲义包,一手拎菜篮子,也写不出《物种起源》吧?"

那意思,他们之所以没有成为爱因斯坦和达尔文那样的人物,是因为围裙和菜篮子之过。

围裙和菜篮子成了他们的盾牌。

至少成了那只装薛定谔之猫的盒子。

可季尧呢,没有这样的盾牌和盒子保护他。

周黍这么贤慧,把家务全包了,让你季尧可以心无旁骛地搞学术,你季尧再搞不出来,怪谁?

季尧的退路,就这样被周黍的贤慧生生切断了。

别人都可进可退,而季尧,只能进,不能退。

他几乎有胡适的酸楚和幽怨了,"偶有几茎白发,心情微近中年,做了过河卒子,只能拼命向前。"

这是周黍之罪!

可这种话,连季尧自己也说不出口。

太混帐了!这不是"欲加之罪,何患无辞"么?

有哪个男人会怪罪自己老婆贤慧呢??

即使在自己父母那儿嘀咕,估计父母也会说他"屙不出屎来怪茅厕"吧?

但他就是恼,尤其在听余孟春说"学校一摊子事,家里一摊子事"的时候。既然如此,当初他为什么把周黍介绍给季尧呢?为什么不自己娶了周黍呢?娶了周黍的话,至少"家里一摊子事"不用管了。周黍又不喜欢散步,又不喜欢看月亮。也就爱逛个菜市场和家居店,那也可以一个人逛,不勉强季尧一起的,除非季尧自己主动请缨。这是周黍的好,周黍从不在他面前撒娇使泼的。她不是那种女人。别说后来已经意兴阑珊了,就是当初他们还有男女初好上时的新鲜热烈时她在他面前都没有作出过那种小女儿情态。可能因为打小没有了父亲的缘故。她父亲在她读小学时就去世了。继父倒是疼爱她的——有点儿太疼爱了。她姆妈不喜欢。所以周黍的中学是寄宿在她小姨家读的。这些季尧都是后来从周黍的某个女同学那里断断续续听到的。周黍自己对家史讳莫如深。和家里也几乎没有来往。刚住进桂苑时,季尧有一次问周黍,要不要请他们过来看看?"他们"是指周黍姆妈和继父。但周黍很冷淡地说不用。这让季尧有时会琢磨起那个女同学嘴里的"太疼爱"是什么意思。季尧其实不相信那个女同学的话。他对周黍那个女同学印象不太好。周黍在灶台那儿忙的时候。她不过去给周黍帮忙,或站在周黍边上陪周黍说话(像女人在一起通常会的那样),却翘了二郎腿坐在客厅里和季尧聊天,且聊的内容明显有居心叵测的成分。她独身,想必对周黍完整的生活嫉妒吧?季尧懂这个,所以也就姑妄听之而已。那个女同学有段时间还老来他们家,他们所在的城市东北面有个香火很盛的寺庙,她一年要在那儿灵修几次。每次灵修结束后就到周黍家来"看看我的老同学",好像她和周黍关系多好似的。周黍态度虽然淡淡的,但每回还是好吃好喝地招待她。"我们家是旅馆吗?"季尧后来实在受不了了——既受不了那个女人的没有良心,也受不了周黍的忠奸不分。

包括对余孟春,她也好过头了。他自己来,他带老婆来,他带领导和朋友来,他真是不见外,把这儿当自己家了。只是凭什么呀?凭当初周黍喜欢过他?凭周黍是个贤慧的女人?所以他余孟春虽然不娶周黍,仍然可以当周黍是他的"厨房妻"?

季尧简直有点儿憎厌贤慧了。

还有更难以启齿的。

是周黍在性方面的态度。

他听过那些男同事的戏谑。某次他们学院的闾丘教授——闾丘比季尧只年长一岁,却已经破格晋升为二级教授,是他们学校最年轻的博导——于酒酣耳热时说,他之所以取得现在"区区"成绩,是因为夫人有效的激励机制。夫人把性生活当小红花,他只有表现特别好时,才能得到一朵半朵。不然,她就"身体不适"。中途他也懈怠过的,虽然他是搞科学的理工男,也懂曹操的"对酒当歌人生几何",结果他懈怠小半年,她就"身体不适"了小半年。没办法,为了让她身体适起来,他只能在事业上一直表现好了。

老鄢也说过类似的话。有一回,他喝多了一盅,于是又一边用筷子敲打他面前那只有裂纹的"濑户烧"碟子,一边闭了眼摇头晃脑地背《离骚》。背古诗文是老鄢的拿手好戏,即便半醉,他也能一字不错地背上一篇字数好几百好几千的诗文。什么《长恨歌》什么《春江花月夜》,什么《九歌》,随便顾小娓点。顾小娓总是点《九歌》里《少司命》,"秋兰兮青青,绿叶兮紫茎。满堂兮美人,忽独与余兮目成",她听不厌。每次听后还起哄说,当初怎么嫁了个物理男呢？怎么没嫁老鄢这样的中文系的男人呢？嫁了的话，就可以在吃饭时都听这个了。老鄢就得意，说，是呀，是呀，怎么不嫁中文系的男人呢？又对周黍说，你怎么不嫁中文系的男人呢？不过，嫁了也白嫁，中文系的男人其实也没几个能背《少司命》，现在的年轻教授能写论文，但不能背《少司命》。他不同。他之所以能整本整本地背离骚背庄子，要归功于孙教授的枕上严厉。这个怎么说？这个怎么说？顾小娓一惊一乍。她年轻，是饭桌上最活泼的一个。被老鄢赞美为"动如脱兔"——老鄢说周黍是"静如处子"，说顾小娓是"动如脱兔"。你喜欢"处子"，还是喜欢"脱兔"？顾小娓又逗老鄢。老鄢饭桌上忠贞不渝，"处子"，他看了周黍说。不过，老鄢显然也喜欢顾小娓的"脱兔"的。所以每回顾小娓一闹，老鄢就招架不了，恨不得倾囊而出——新婚的时候，在相当长的一段时间里，孙教授——当然，那时孙教授还不是孙教授，只是孙讲师——会拿他，虽然拿他的方法很风雅，有点儿李清照赵明诚赌书泼茶的意思。她要他背《离骚》背《庄子》背《诗经》，点背，她点哪首他就要背哪首。还不好好点——孙教授年轻时也调皮得很，也漂亮得很，虽然现在看不出来了——《诗经》风雅颂，她很少点"风"，她知道他喜欢"风"，尤其郑风邶风，能背得落花流水。但她故意刁难他，点他背"雅颂"，雅还是"大雅"。背出来了，那好，乐莫乐兮新相知，他们那晚就是洞房花烛夜了，可以行合卺礼。背不出来，那也好，他们就悲莫悲兮生别离，他就要抱了枕头睡到床的另一头。没有耍赖的可能。孙教授课夫可是很严厉的，简直像课子一样。什么是合卺礼？什么是合卺礼？顾小娓又起哄了。合卺就是两个人用葫芦做的杯子喝酒。以一瓠分为两瓢，谓之卺。老鄢像上课一样对顾小娓解释。咦，就两个人用葫芦做的杯子喝酒哇，顾小娓故作天真地说。大家笑。老鄢面若桃花。仿佛又回到了那些个和孙讲师"行合卺礼"的美好时光里。

但周黍从没有在性事上为难过季尧。自从他们认识起，季尧就一直过着饱食终日的性生活。

周黍倒也不怎么主动的，但只要季尧想，她就是一幅"也行呀"的态度。两人刚在一起时,季尧对周黍的身体还是有些贪婪的。其时他二十九,也正是贪婪的年龄。在余孟春介绍他认识周黍之前,他在巴黎一直过着苦行僧般的禁欲生活。有时禁不住,也只能"我与我周旋"一番而已。他这个人,反正习惯了自娱自乐的,倒也不觉得特别苦。但认识了周黍,有了和周黍牡丹花般的身体周旋的美妙经验后,情况就不同了。人就是这样的,由俭入奢易,由奢入俭难。于是周黍每回来他公寓,只要余孟春不在,他差不多都要求欢的。说是"求欢",其实不确切,周黍不用季尧怎么求的,他们之间从来就没有《动物世界》里那样的雄雌求欢过程——雄孔雀为了和雌孔雀交配,先要开屏;雄珠颈斑鸠为了和雌珠颈斑鸠交配,先要上下翻飞拼命抖动两侧的翅膀;雄象鼻虫更夸张,为了和雌象鼻虫交配,甚至都长出了与身体不成比例的长脖子。季尧不用这么辛苦,他只需以逸待劳般伸伸手,像第一次在地铁口那样,周黍就燕婉相就了。从来没有扭捏拿糖过,像闾丘师母那样"身体不适",或像孙教授那样要老鄢背《离骚》。

  以季尧的清高个性,还是周黍这样的更合适。

  开始他真是这么以为的。

  什么时候生出腻烦的呢?

  是看出来了周黍比他还贪这个?这么说,好像有些不公平。打一开始,周黍就没有索需过,要或者不要,都是季尧说了算,且季尧行于自己想行,止于自己想止——至少表面上是这样。

  周黍一直是被动的,但那种被动,却有主动的意味。这一点,季尧也是觉察出来了的。她暗暗迎合的程度,还有她不可思议的耐性——简直和蜗牛一样。别看蜗牛软不拉叽,交配能力却是超强的,动作不大,慢悠悠的,时间却可以长达几个小时。周黍就是一只蜗牛,一只肥胖的白玉蜗牛。

  周黍是越来越胖了。他也一样。他是被周黍养胖的。他原来虽然不算瘦,但决没有现在这么丰满。美国圣路易斯大学的莫里博士用老鼠做过一个实验,得出一个结论,越肥胖的老鼠,交配的频率就越高。

他已经没有一个学者的身体了。

"明天要不要买蛏子,做蒜蓉蒸蛏子?"

"春天了,苏圃路的市场上应该会有香椿卖吧?"

这当中,周黍还会冷不丁地这么问上一句。

而他,一边憎厌着,一边又沉溺着。

莫罗阿说,一对夫妇总依着两人中较为庸碌的一人底水准而生活的。

季尧现在才反应过来,余孟春为什么不娶周黍。江浙的男人,到底精明。

然而又如何呢?余孟春有一回谈到顾小娓时,不也有"不说也罢"的神情?

不过,那已是另一个故事了!

季尧现在终于承认 Bastien 的观点了:婚姻委实是一件艰难的事情。

它的难,不是"蜀道难"的那种伟大之难,而是——你要日复一日地看一个女人坐在对面吃东西。至少在季尧这儿,是这样的。

他三十九了。按世界卫生组织最新统计,中国人的平均寿命是七十六岁,也就是说,如果他们能活过平均数,他就还要看三十七年周黍的细嚼慢咽。

周黍的牙龈已经不是那种鲜亮的珍珠粉色了,那是什么颜色呢?季尧一时倒说不上来了。

(选自《长江文艺》2018 年第 3 期)

候鸟的勇敢

迟子建

1

早来的春风最想征服的,不是北方大地还未绿的树,而是冰河。那一条条被冰雪封了一冬的河流的嘴,是它最想亲吻的。但要让它们吐出爱的心语,谈何容易。然而春风是勇敢的,专情的,它用温热的唇,深情而热烈地吻下去,就这样一天两天,三天四天,心无旁骛,昼夜不息。七八天后,极北的金瓮河,终于被这烈焰红唇点燃,孤傲的冰美人脱下冰雪的衣冠,敞开心扉,接纳了这久违的吻。

连日几个零上十三四摄氏度的好天气,让金瓮河比往年早开河了一周。所以清明过后,看见暖阳高照,金瓮河候鸟自然管护站的张黑脸,便开始打点行装,准备去工作了。而他的女儿张阔,巴不得他早日离家。她怕父亲像往年一样,十天半月地回城剃头,又会神不知鬼不觉地现身家里,带来意想不到的尴尬和麻烦,所以特意买了一套剃头工具,告诉他可以让管护站的周铁牙帮他剃头。

"剃头得去剃头铺,周铁牙又不是剃头的。"张黑脸拒绝把剃头用具放入行囊。

"那就让娘娘庙的尼姑帮你剃,反正她们长出头发也得剃,又不差你这颗头!"张阔说。

张黑脸把手指竖在嘴上,轻轻嘘了一声,对女儿说:"轻点,让娘娘庙的听见,可了不得。"

张阔撇着嘴,腮边的肉跟着向两边扩张,脸显得更肥了,她说:"隔着一百多公里呢,她们要是听得见,阎王爷都能从地下蹦出来,上马路指挥交通了!"

"嗬,哪朝哪代的尼姑给酒肉男人剃过头?那不是肮脏了她们吗,使不得。"张黑脸咳嗽一声,把剃头工具当危险品推开。

张阔急了,她喊来七岁的儿子特特,让他背朝自己,给父亲演示如何剪头。剃头推子像割麦机似的,在特特头上"咔哒——咔哒——"走过,特特的头发,便秋叶似的簌簌而落,她一边剪一边高声说:"瞧瞧呀老爹,就这么简单,傻子都会用!周铁牙和尼姑不能帮你的话,你对着镜子,自己都能剃!"

张阔没给特特罩上理发用的围布,剪落的头发楂儿落入他脖颈,扎得慌,他就像被冰雹拍打的鸡鸭,缩膀缩脖的。他不想受这折磨,抖掉发屑,溜出门外。太阳正好,泥泞的园田中落了几只叽叽喳喳的麻雀,正啄食着什么。特特觉得它们入侵了家里鸡鸭的领地,十足的小偷。反正爱鸟的姥爷在屋里与母亲说话,目光没放在他身上,特特便捡起房山头的两块石子,撒向它们,教训这群会飞的家伙。受惊的麻雀噗噜噜地飞起,像一带泥点,溅向那海蓝衬衫似的晴空。

张阔见父亲不肯带剃头用具,不再强求。自打十一年前他被老虎吓呆后,脑子就与以前不一样了。他感知自然的本能提高了,能奇妙地预知风雪雷电甚至洪水和旱灾的发生,但对世俗生活的感受和判断力,却直线下降,灵光不再。父亲以前性格开朗,桀骜不驯,而现在话语极少,呆板木讷,似乎谁都可对他发号施令。像今天这样能与女儿争执几句,在他来说已属罕见。

张黑脸带的东西,是换洗衣物,狍皮褥子,锅碗瓢盆,洗漱用具,常用药品,蜡烛火柴,各色菜籽,手电筒,望远镜,刮胡刀,雨衣,蚊帐,烟斗,军棋,渔具等往年用的东西。张阔发现父亲没带黄烟叶,就说:"带了烟斗不带烟叶,你吸什么?西北风吗?"

张黑脸有些慌张地说:"可不是,我咋忘了烟斗的口粮呢。"

张阔灵机一动,对父亲说:"老爹啊,其实你不带剃头推子也行。现在男人都爱留长发,有派头!这两年来咱这里的游人,我没见一个男人是秃瓢,他们的头发大都到耳朵边,有的留得更长,还有扎成马尾辫的,看着可潇洒呢。"

张黑脸一边用旧报纸包裹黄烟叶,一边"哦"着,似在答应。

张阔备受鼓舞,说:"老爹要是能把头发一直留到秋天,一定比电视里那些武林大侠还帅!"

张黑脸"嘿嘿"笑了两声。

张阔凑近父亲,推进一步说:"到时好莱坞电影明星也比不上你!"

女儿这一凑近,张黑脸闻到她身上一股达子香的气味,他抽了抽鼻子,嘀咕道:"你上山采花了?"

没等女儿解释,电话响了,张阔忙着接听,是周铁牙打来的,他说:"告诉你那呆子老爹,今年开河早,让他赶紧收拾收拾东西,明天一早我开车接他,去管护站了!"

"他都收拾好了,现在走都没问题!"张阔说。

周铁牙说:"给他多带几包卫生纸,这呆子不舍得用纸,老用树叶和野草擦屁股,也弄不干净,跟他在一个屋檐下,就像住在茅房里!"

"管护站又不是没钱,您也不能抠门到连几卷卫生纸都不给买吧?才几吊钱啊。"张阔毫不客气地说。

周铁牙说:"那钱都是给候鸟买粮用的,谁敢乱花?"

张阔嘻嘻笑了,说:"周叔,谁不知道您当了管护站站长后,烟酒的牌子都上了一个档次?您捏脚的地方,也不是街边小店的了,是大酒楼的豪华包间了!"

"谁他妈背后瞎传的?"周铁牙不耐烦地说,"我得修修车去,不跟你啰嗦了。你要是不给你爹带卫生纸也行,让他今年在家待着吧。反正这城里闲人多,找个喂鸟的还难么!"

"老爹爱鸟,咱这半个城的人都知道吧。您想找比老爹呆的,听话的,懂行又敬业的,好找吗?"张阔带着威胁口吻说,"站长呀,这几年里,您偷着从管护站带出来的野鸭子,卖给了哪家酒楼和饭庄,我都知道,虽说您有后台,但这事要是被捅出去,您这候鸟管护站成了候鸟屠宰场,滥杀野生动物,都够坐牢的啦!"

周铁牙在电话那头恨得直咬牙,说:"谁他妈这么栽赃我?老子还要告他诬陷罪呢。候鸟那都是我的亲爹娘,我恭敬还来不及呢。我带回的野鸭,都是病死的,有林业部门证明的。不就几包卫生纸吗,瞧您当闺女的这个小气,不用你买了,我给你老爹备足了,够他擦三辈子屁股的!"

"周叔,这就对了么。"张阔眯着眼乐了。

张黑脸把黄烟叶捆好后,想着烟斗对应的是黄烟叶,自己都给落下了,别再忘带啥东西,所以他在打点的物品中,一样样地找对应点,他自言自语道:"锅碗盛的该是米面油盐,哦,这个归周铁牙置备;钓鱼得有鱼饵,管护站那儿的曲蛇多,一锹挖下去,总得有一两条吧,不愁;雨衣和蚊帐是盾牌,要抵御大雨和蚊子这些长矛的,现在花儿还没开,不急呢——"他的话说得有条理,又有兴味,把女儿逗乐了,她放下电话对父亲说:"刚才来电话的是周铁牙,他让你准备好东西,明早接你去管护站了!"

张黑脸说:"这么说他也听见候鸟的叫声啦?"

张阔没有好气地说:"他哪像你,把长翅膀的,都当成了祖宗,他是听见银子的叫声了!"

金瓮河候鸟自然管护站的管理方是瓦城营林局,按照规定,只要开河了,候鸟归来,自他们进驻管护站那天起,就会下拨第一个季度的管护经费,周铁牙瘪了一冬的腰包,又会像金鱼的眼睛鼓起来了!

2

张黑脸和周铁牙到达管护站时,金瓮河的波光中,已有飞回的夏候鸟游动了。周铁牙下了车,先奔向木房子,看看一冬过后,有没有野生动物闯入,房屋是否有损毁而需修葺之处。张黑脸则张开双臂,以拥抱的姿态,扑向河边。他沿着开河的那段顺

81

流而下，走了一百多米，终于看清了最早回家的，是六只绿头鸭，两雄四雌。绿头鸭的雄鸭比雌鸭要漂亮多了，它不唯个头大，嘴巴是明亮的鹅黄色，而且脖颈是翠绿的，有一圈雪白的颈环，好像披着一条镶嵌着银环的软缎绿围巾，雍容华贵。雌鸭就逊色多了，它们是黑嘴巴不说，羽毛也不艳丽，主体颜色是黑，是褐，是白；羽翼点缀少许蓝紫斑纹，给人萧瑟之感。张黑脸心想，这正是鸟儿求偶的时节，两雄四雌，说明雄的选择余地比较大，难怪它们骄傲地迎着朝阳，游在前面呢。

然而现实画面，很快发生了改变，从空中又飞来几只野鸭，落在河面上，它们中绿脖颈的居多——真是雌雄无定，瞬息变幻啊。新飞来的一只雌鸭，大概与先前的一只雄鸭已私订终身，它的翅膀一触着水面，游在最前头的雄鸭，猛地调转头来，激动地飞向它。它们展开羽翼，互打招呼，缠脖绕颈，耳鬓厮磨，似在诉说无尽的相思，看得张黑脸耳热心跳的，手臂也跟着一扇一扇的，似在起舞。

这时周铁牙气咻咻地扛着一把铁锹，来到河边，他对着与野鸭共舞的张黑脸说："我说傻伙计，先别管鸟了，河里有它们爱吃的淤泥和小鱼，人家守着大粮仓，也不用支锅灶，啥时都能开饭。咱俩儿要想中午不饿肚子，得赶快搭灶。他娘的也不知是野猫还是黄皮子进去了，愣把咱的灶台给弄塌了！你赶快挖点河泥，从房山头搬几块红砖，把灶修起来！"

"咋会这样——"张黑脸看着周铁牙说，"咱秋后走时，不是特意在门外给野物留了几块猪皮，让它们过年打牙祭的么。"

"你这一说我明白了，肯定是那几块猪皮惹的祸！人家没吃够，就蹿进房子找，咱在屋里没留别的东西，它们啥也没翻到，贼不走空，野物也是一样的，就故意弄坏咱的灶台，带块碎砖头走，心里也是解气的！"周铁牙恨恨地骂着，把铁锹撇给张黑脸，然后热辣辣地看着河面的野鸭，吧唧一下嘴，说："妈的，个个肥呀，这一路飞回来，也没累着它们。"

金瓮河候鸟自然管护站，设在中游，是一幢平层的木刻楞房子，与金瓮河一样东西走向，近两百平米。它有三间住屋，一间粮仓,一个储物间,一个灶房。灶房进门就是,因为张黑脸和周铁牙个头都高,所以灶垒得也高,这样做饭时不会因过于低头而累着腰。但这也带来了一个问题,就是费柴火。有时一锅野菜饺子下锅了,可是火却上不来,饺子就煮成片汤了。张黑脸想趁此把灶台弄矮,这样省了烧的不说,火舌吐出,刚好舔着锅底,饭也好做。可周铁牙不同意,他说:"山里又不愁烧的,灶大,说明咱管护站人肚量大,多吃点柴火算啥,灶台跟人一样,能吃说明身体健壮;再说灶高运旺,不走霉运,还不用低头哈腰的,谁做饭一副孙子相啊!"

张黑脸点了点头,他听站长的。

一冬未住人,木房子又冷又潮,还有股难闻的气味,好像什么东西发霉了。不过只要灶火一起,可以带动两面住屋的火墙热起来,屋子一暖,潮气冷气也就散了。而再刺鼻的气味,只要门窗大开,阳光和暖风一进来,就会充当清新剂,把坏气味给驱赶了。

张黑脸修灶时,从灶坑的黑灰中,看见了动物留下的爪印,是人掌似的五指爪印,便明白这是黄皮子干的事儿了。去年他们养了几只鸡,黄皮子大清早的就敢偷鸡来吃,惹恼了周铁牙,他做了个大号捕鼠夹,放在鸡窝旁,拍死一只。都说黄皮子的肉不能吃,骚性,但周铁牙不信邪,他剥了它的皮(说要卖给皮货商做毛笔用),然后给它油红的尸体抹上盐,用一根桦树枝,从头到脚地将其穿透,放进灶坑火烤,美美地吃了一顿。张黑脸喜欢黄皮子黑亮的眼珠,也知道黄皮子报复心理强,所以没碰它的肉。当时周铁牙还嘲笑他,说他真是个没胆儿的男人,连黄皮子都不敢吃。

张黑脸怕他修好灶台后,黄皮子还会来搞破坏,所以他一边给红砖抹泥,一边低声念叨:"黄大仙,菩萨

心,别再怪罪了,以后有了好吃的,咱不忘了孝敬您。"

周铁牙所住的东南间,是三间住屋最大的,二十多平米,屋里有一铺能睡三人的炕,一个带镜子的衣柜,一张八仙桌和两把圈椅。张黑脸修灶的时候,他就收拾自己的屋。他先将带来的

行李打开,放在炕上,然后把衣服往柜子里搁。他拉开衣柜门时,发现柜底有只死鼠,心想难怪屋子有股难闻的气味呢。他怕沾手晦气,就唤张黑脸把它清理出去。

张黑脸答应着,放下手中的活儿,用一块引火的桦树皮,做老鼠的裹尸布,将其拾起。周铁牙嘱咐他远点扔,扔近处的话,再招来乌鸦,听它呀呀地叫,叫人心烦。

已是上午十点多了,太阳正好。飘荡的阳光宛若五彩丝线,开始给大地改换颜色了。它最钟情的色调是绿,当草和树叶变绿后,阳光才在绿色基调上,吹开野花的心扉。这里最早开的是河畔草滩上的耗子尾巴花,之后就是林子里满山满坡的达子香了。张黑脸闻到空气中有股淡淡的草香,知道小草发芽了。山林从一个黄脸婆,要蜕变成俊俏的姑娘了!

张黑脸捏着死鼠,走了半里路,才处理掉它。他向

回走时,听见一阵"笃——笃笃——"的声响,循声望去,见一只白色斑纹的啄木鸟,像林中侦探,正用铁锚似的灰爪,钳着一棵碗口粗的松树,那尖利的嘴跟掘土机似的,发掘着树皮下的虫子。张黑脸心想我们的灶还没修好,你们却吃上了,真是羡煞人也。鸟儿吃饭,全凭运气,啥时有食儿,啥时就是饭点。

这只啄木鸟白肚皮,屁股有一抹鲜艳的红色,但枕部黯淡,没有红色点缀,说明是只雌鸟。它喜欢把蛋产在树洞里,那些不会爬树的走兽,休想伤及它的宝贝。但对于善爬的黑熊来说,啄木鸟无疑是在树洞里,给它们预备下了春天的小点心。

啄木鸟吃了虫子,飞向另一棵树了。它飞起的时刻,张黑脸心跳加快,他太喜欢看鸟儿张开的翅膀了,每个翅膀都是一朵怒放的花儿!啄木鸟黑白纹交错的羽翼,在展开的一瞬,就像拖着一条星河。它很快在另一棵松树上站住脚,不过这棵树不待见它,它啄了十几下,一无所获,又飞走了。这次它飞得远,脱离了张黑脸的视野。

张黑脸知道,去南方过冬的鸟儿陆续归来后,像飞龙、野鸡和啄木鸟这种不迁徙的留鸟,要与候鸟争食了。他觉得这对熬了一冬的留鸟来说,有点不公平,所以他通常给候鸟投谷物时,

不忘了在留鸟出没之地,也撒上一些。

张黑脸回到木屋,修好灶,把各屋又彻底打扫了一遍,然后和周铁牙一起,将货厢式小货车上载来的东西搬下来,该放哪屋就放哪屋,一切打理完毕,已是中午了,他的肚子咕咕叫了,周铁牙也饿了,他吩咐张黑脸赶紧点火,削两个土豆,拨拉点面穗,做锅土豆条疙瘩汤。张黑脸答应着,把枝丫填进灶坑,当他拿起桦树皮要点火的时候,忽然想这刚修好的灶台,泥巴未干,火燃起来,会将它烧裂的。要是灶台裂了,冒烟,还得重修,于是他跟周铁牙说:"不是带了烤饼和罐头吗?吃那个吧。晾它一天,等灶台干透了再烧火。"

周铁牙说:"罐头先留着,又坏不了。猫啊鼠啊的蹿进来,纵使有铁齿钢牙,馋得它们满嘴淌哈喇子,也启不开。咱中午吃个烤饼垫补垫补吧。"

张黑脸说:"那还不如到娘娘庙吃斋去。"

周铁牙"嘀——"了一声,龇牙咧嘴地说:"你是想德秀师父了吧?"

张黑脸说:"我是想给她们送点雪里蕻,让她们炖豆腐吃。"

"刚回来就想看她们,还送腌菜,娘娘庙的人可真有福气!"周铁牙说。

"在夜里不用点灯的人,了不得哇。"张黑脸感叹着。

周铁牙一愣,他发觉今春回到管护区的张黑脸,与往年似有不同,有自己的主见了。他想万一张黑脸的脑子跟万物一起复苏,精灵起来,他将想方设法开掉他,因为他要的是没脑子的人。

3

从管护站去娘娘庙,要经过一座木桥。它百米长,弓形,像一弯月牙,镶嵌在金瓮河上,人们便叫它月牙桥。过了河,再翻过一座平缓低矮的小山,就望见娘娘庙的山门了。也就是说,娘娘庙和管护站,在金瓮河的一左一右。娘娘庙在北侧,管护站在南侧。由于小山的阻挡,它们相距不远,却无法相望。但他们是相知的,望得见彼此的炊烟。管护站的人知道娘娘庙的尼姑在夏天喜欢几点吃斋,娘娘庙的尼姑,也知道管护站的人,爱在什么时辰做晚饭。但炊烟也会隐遁,比如雾大的时候,烟与雾融为四海一家的兄弟,你就是有千里眼,也辨不出炊烟的痕迹;比如白云飞得低的时候,它一出烟囱就被云给卷走了;再比如风大的时候,炊烟会倒灌回烟道。所以这样的时刻,张黑脸是不看娘娘庙的炊烟的,因为他曾上过白云的当。有天早晨,他没看见娘娘庙的炊烟,以为出了事情,也没跟周铁牙说,赶紧过桥翻山去看。到了近前,白云散了,他见炊烟悠然升腾着。正当他要掉头回返的时候,又一片白云低低掠过,炊烟又消失了,他才明白它是被白云裹挟了。

候鸟更多地栖息于管护站这边的灌木丛,以及河畔的广阔湿地。娘娘庙地势高些,候鸟去不去呢?也去的。有一年白腰雨燕还在娘娘庙的前殿,做了个窝。结果它孵出小燕后,做母亲的却失踪了,巢里的小燕饿得直叫,德秀师父赶忙过来求助张黑脸,问这些小燕该咋办?吃些啥好?张黑脸说:"吃啥好?虫啊鱼啊,最对它们的胃口啦。"德秀师父说出家人不杀生,虫和鱼她们是不碰的。这样张黑脸就一早一晚地捉了虫子和小鱼,去娘娘庙喂它们。他本来要把巢穴搬到管护站的,又怕小雨燕的母亲回来寻子不得,会急坏的。但直到小雨燕会飞了,能自己找吃的了,它们的母亲也没见回来。张黑脸想它可能是在给孩子们觅食时,遭到了天敌的袭击,比如凶猛的雕。到了秋天,翅膀硬了的雨燕,飞向南方了。张黑脸特别担心它们没有母亲的引导,初次迁徙,会不会在途中迷路。这两年他也养成了习惯,只要发现白腰雨燕的身影,他就要停下来仔细瞧瞧,是不是他喂养过的呢?雨燕一旦冲他抖翅膀,打转,鸣叫,或是遗落下一片羽毛,他都激动万分,以为是在和他这个老熟人打招呼。

像以往一样,周铁牙背着手走在前面,张黑脸提着腌菜和周铁牙的茶杯,走在后面。两人个子高,步幅大,很快过了桥,越过山。以往只要周铁牙咳嗽一声,张黑脸就得快走两步,赶到他前面,递上茶杯。这回因为没生火,张黑脸提的茶杯是空的,周铁牙这一路,也就没咳嗽,他想着在娘娘庙讨热茶喝,然后再灌上一杯。

张黑脸走在后面时,得留神别踩着周铁牙的影子,周铁牙忌讳,说影子是人的魂儿。张黑脸一琢磨,心想是啊。因为人停尸时,还能借着太阳或是灯火,透出活生生的影子,可人却是再不能说话的了。张黑脸还搞不懂影子为啥左右不定的,上午在西边,下午就跑到了东边。有时影子比自身要长两三倍,有时却短得没自己一条胳膊长。看来太阳是很会捉弄人的。所以他跟周铁牙一起走,喜欢阴天的时候。没有太阳的日子,大地上就看不到什么影子了。他曾想试试踩了自己的影子后,会像周铁牙说的那样,有倒霉事吗?可他几经尝试,无论是阳光下还是月光下,他投映到大地的影子,自己总是踩不着。他问周铁牙这是为啥?周铁牙大笑着说:"为啥?因为你的魂比你死得早。"这句话他想得脑瓜都疼了,也没弄懂。但凡管护站来了人,周铁牙介绍张黑脸的时候,都会把此事当成一个节目来渲染,说:"他最爱琢磨,一个人为啥不能踩着自己的影子。你们说说看,狐狸就是再能耐,能叼着自己的尾巴吗?"听者无不开怀大笑。

娘娘庙其实是瓦城人对它的俗称,这座尼姑庵是有名字的——松雪庵。只因里面住的是尼姑,后殿又供奉着送子娘娘,所以人们都叫它娘娘庙。

娘娘庙依山而建,坐北向南,砖木结构,灰瓦黄墙,殿堂不高,面积也不大,每座殿只有六七十平米,敦厚朴实,更像一个大户人家的四合院。它有三重殿,加上山门、禅堂、斋堂、寝堂和法物流通处,共八间屋。从山门到后殿,建有一人高的院墙,将松雪庵围起来。因为院墙涂成明黄色,好像给它围了一条炫目的长围巾。庵里的门窗和梁柱,都是樟子松木的,透出松脂的气味。所以即便不点香,这里也始终洋溢着香气。而松雪庵的布局,与大多寺庙也有不同。庵里供奉的菩萨,是瓦城宗教局依据当地老百姓的喜好而设置的。

松雪庵山门的门柱,由整根的樟子松木做成,未做雕饰。山

87

门匾额上印着三个鎏金大字"松雪庵",门柱悬挂一副木质对联:朝霞披袈裟,溪流送禅杖。是松雪庵的住持慧雪法师题写的。进得山门,沿着一条短短的水泥甬道向上,是前殿弥勒殿。笑容可掬的大肚弥勒佛端坐殿中,左右护持的是四大天王。出弥勒殿,经过一个放生池,便是中殿大雄宝殿,这里供奉的是释迦牟尼佛、药师佛和文殊菩萨。因为是正殿,它是三座殿中举架最高的,殿前殿后设有青铜香炉。出中殿行二十米,经过两块菜地,便是后殿,也就是三圣殿。那里供奉的是西方三圣,阿弥陀佛头戴宝冠居于正中,右位大势至菩萨,左位就是当地信众喜爱的——观世音菩萨化身的送子娘娘了。送子娘娘前的蒲团,磨损最厉害,包裹着蒲草的黄色绒布,被香客们跪出裂缝,透出蒲草的本色,好像有天光从中溢出。

松雪庵的菩萨造像,均为泥塑彩绘,形象生动朴拙,色彩艳而不俗,给人亲切之感。香客们来松雪庵,在前殿的弥勒佛和四大天王前祈求快乐平安;在中殿的药师佛前祈求身体安泰、百病不染,在文殊菩萨前祈求金榜题名,在释迦牟尼佛前求官、求财、求寿;在后殿的送子娘娘前祈求子孙兴旺。总之,人们求的大都是世俗生活的阳光雨露。有没有人为尘世的自己和已故亲人求清净和超脱呢?极少。所以娘娘庙每年中元节为往生者办的超度法会,都很冷清。

在前殿与中殿之间,两侧偏殿是法物流通处和禅堂,在中殿和后殿之间,相对应的左右偏殿,是寝堂和斋堂。除了两片菜地,寝堂和斋堂后面的围墙前,还有两处柴垛。堂前屋后,遍种花木,它们都移植自山上,像大雄宝殿前的樟子松、榆树、野百合和达子香,后殿环绕的白桦树,以及山门前的鱼鳞松。两片菜地的边角,也有杂花点缀,好像给菜地镶嵌了花边。这些花儿不是移植的,而是庵里的师父在种菜的时候,随意撒下的花籽,虞美人、孔雀草、扫帚梅、手绢花等,哪种花出苗多,开得旺,就看它们的造化了,所以每年开在菜地的花儿,色彩都有变化。

松雪庵常住的尼姑有三位,她们的法名是慧雪、云果和德秀。因为慧雪是住持,虽说她比云果和德秀年岁小,人们为了区别她们,还是尊称慧雪为师太,称云果和德秀为师父。她们三人中,慧雪和云果是瓦城宗教局从外地恭请来此护法的,她们都是受了具足戒的,慧雪是在五台山削发为尼的,云果师父的出家的说法就不一了,有人说是河南,有人说是山东。从口音来辨别,应该是河南。因为瓦城山东后裔多,人们熟悉那儿的口音。一旦有香客问她来处,云果师父总是一挑眉毛说:"出家人只有去处,哪有来处。"虽然她说得禅意深厚,但因她爱挑眉毛,香客们说她修行不深。德秀师父是瓦城人,也是松雪庵最年长的尼姑,她的遭遇尽人皆知。她嫁了三个丈夫,头一个病死,第二个外出打工时犯下死罪被毙了。第三个丈夫是个离异者,他与德秀师父结婚后,哪怕只是头疼脑热的,吃饭噎着了,走路崴了脚,他都疑心自己会死。因为人们说他老婆克夫,她克死两个了,克他自然不在话下。他活得战战兢兢,总觉得老婆提着把看不见的屠刀,随时会刺向他心窝,最后他甚至不敢跟她睡一起了。德秀师父怕他吓死,主动提出离婚。她离婚后,日子过得清贫孤寂,不过有女儿在身边,心底也有寄托。女儿是她与第二个丈夫生的,貌美如花。她高中毕业后报考戏校落榜,便去南方打工。不出一年,领回一个比自己大二十岁的男人,说是她恋人。这男人有过两次婚史,在温州开了三家鞋厂,虽外貌不济,但性格随和,也算忠厚。德秀师父见女儿已怀了他的孩子,只好成全他们。谁料婚后他们刚从东南亚度完蜜月回国,这男人有天与生意上的朋友聚会,在酒桌旁突发脑溢血死了。女儿打掉孩子,回到瓦城跟母亲决裂,说她找了算命的,人家说她的不幸皆因是她女儿,母亲的命被上了诅咒,跟她沾边的人,都没好结局,必须跟她脱离母女关系,永不相见,才能摆脱厄运。女儿把户口迁走,彻底离开瓦城后,德秀师父大病一场。她说本想进山,找棵树吊死,但她听说自杀的人去了另一世,不得超生,她害怕了。那时瓦城政府部门为了带动旅游,刚好在金瓮河候鸟自然管护站对面修建姑子庙,正愁庙里尼姑少,知道她的遭遇,又知道她逢人就说活够了,便动员她去庙里。德秀师父对佛教懵懂无知,并不知道菩萨在哪里,但她在生活中遭遇难处时,爱在心里念一句"阿弥陀佛",可真要跨进它的门槛,内心还是不甘。她闭门两天,水米不沾,苦思冥想了四十八小时,最终难耐饥渴,还是喝了水,吃了一听午餐肉罐头。她想既然自己没勇气死,那么进庙门也算个出路,无非是把"阿弥陀佛"念出声来,把荤戒掉而已。她就把家里的房子卖掉,捐给庙里,带着可用的物件,来到松雪庵,出了家了。张黑脸记得慧雪师太为德秀师父剃度的那个晚上,他在月下劈柴,听见河畔传来嘤嘤的哭声。原来德秀师父落了发,心底不平静,溜出松雪庵,到金瓮河畔,跟水中的月亮诉苦来了。张黑脸问德秀师父哭啥。她说:"没了头发,这辈子就再也做不回女人了!"张黑脸说:"你剃了光头,身上轻快了,该高兴哇。"德秀师父忍不住笑了。张黑脸忘记了很多事情,但他记得那晚德秀师父的笑声,比哭丧还要瘆人的笑声。

快到松雪庵时,张黑脸想起德秀师父那夜的笑声,忍不住问周铁牙:"女人要是笑得比哭还难听,咋回事呢?"

"要么是她心死了——"周铁牙停下脚步,回身对张黑脸说,"要么是她遇见鬼了。"

张黑脸瞪大眼睛,说:"我不是鬼。"

"这么说你私会女人了?"周铁牙说。

张黑脸摇摇头,说:"遇见。"

周铁牙眼睛亮了,问:"谁呀?"

张黑脸想告诉他是德秀师父,可他说出的却是:"天黑,没瞅清。"

张黑脸多年不会撒谎了,这次谎话脱口而出,他有中彩的感觉,手舞足蹈的,忍不住打了声口哨。

4

张黑脸和周铁牙进得山门,最先看见的是云果师父。她向来喜欢在素色的僧衣上,以各类佛珠,增光添色。云果师父穿一件灰色齐腰棉袍,古铜色荷叶形禅裙,黑布鞋,颈上环绕着一串星月菩提念珠,左腕戴的是红玛瑙手串,右腕是明黄色蜜蜡手串,好像春天先爬上她的手腕了。她提着一把铜质油壶,刚从弥勒殿添灯油出来。

云果师父与周铁牙虽说男女有别,一高一矮,但有点兄妹相,都是四方脸,挺直的鼻梁,小眼睛,薄嘴唇。不同的是,周铁牙眉毛粗短如螺蛳,云果眉毛细长如柳叶。

"云果师父好哇,我们刚回管护站,惦念着师父们,赶紧过来看看,顺便讨碗粥喝。"周铁牙拱手问候。

"你们也来化缘啦?"云果俏皮地应话。

"是啊。"周铁牙笑笑,说,"今儿好像没啥游客?"

"有两个,上去了。"云果说,"这时节青黄不接的,来的人少。等树全绿了,花开了,候鸟人来了,拜佛的就多了。"

"冬天时人多吧?"周铁牙说,"我听说去年来看雪的人多,瓦城机场每天都有几百游客涌进来。"

"人家奔的都是滑雪场,来这儿的人不多。"云果说。

"滑雪倒是比烧香有意思得多啊——"周铁牙感慨道。

云果没反驳,但她挑起了眉毛。周铁牙自知在庙里说这话大不敬,于是做出掌嘴的手势,云果的眉毛这才像出鞘的剑,落了下来。周铁牙发现女人没了头发后,眉毛就突出了,成为脸部的旗帜了。她们的内心感受,都凝结在眉毛上了。你看慧雪师太,她那好看的新月眉,总是那么矜持,就像绣在眼睛上似的,无论遭遇什么,都不会有大的波动。不悲不喜,不怒不嗔,慧雪师太的眉毛就告诉大家了。而德秀师父,她虽不像云果爱挑眉毛,但她蹙眉的时候常有。

他们边说边向上走,经大雄宝殿时,果然看见一男一女在上香。云果进殿添灯油,周铁牙和张黑脸则穿过殿外小路,直奔斋堂。路过菜地时,他们发现地已翻过,肥沃的黑土在阳光下散发着特有的幽光,看来她们已做好播种的准备了。

德秀师父正在斋堂切土豆,这个冬天她发胖了,面色红润,长脸快成圆脸了,腰也粗了,先前的灰布围裙,扎着显小了。她见着管护站的人,放下菜刀,叫了声"阿弥陀佛",用抹布擦着手,说:"前殿的台阶上,前几天落了不少鸟粪,俺就想候鸟都回来了,你们咋还不见影儿呢?俺昨晚和今早,朝你们那儿望啊望啊,烟囱哑巴似的,也没个动静,敢情人都回来了。"德秀师父大嗓门,但以前因声音喑哑,即便动静大,也给人弱的感觉,可现在她声音洪亮。

"张师傅惦记你们,这不赶紧过来送他自己腌的雪里蕻么。"周铁牙说。

德秀师父从张黑脸手中接过雪里蕻,看了看,嗅了嗅,说:"菩萨保佑,你们这么善心!都开春了,这雪里蕻还油绿油绿的,看来去年秋天腌时,是用大粒盐搓的,没加一滴水,还得用瓷坛封了口,放在阴凉处!不然一冬下来,早就熬黄了脸,馊得不能吃了。"

张黑脸瞪大眼睛,吃惊地看着德秀师父,证明她说对了。

斋堂有两口灶,一高一矮,各走各的烟道。矮灶焖了一锅芸豆米饭,高灶烧着水,快开了,德秀师父说她正准备炖土豆海带。她说他们来了,得加个菜,豆豉炒萝卜。周铁牙和张黑脸渴了,德秀师父待水开了,先给他们泡茶。两个人坐在斋堂前的长条凳上喝茶时,德秀师父开始炖菜了,炝锅的油香气飘出斋堂。

周铁牙悄声说:"她们炝锅也不搁葱姜蒜,菜味却不错,德秀师父手艺就是不一般啊。可惜她男人无福消受,害得她当了姑子。"

张黑脸嘿嘿笑了两声。

周铁牙问:"你笑啥么?"

张黑脸告诉他,他想起德秀师父刚来庙里时,因不习惯不能吃葱姜蒜了,口里没味,还揣着俩馒头,去管护站的菜地里,偷着拔葱就馒头吃的事呢。记得她被他们发现后,很伤心地说:"不吃肉倒也罢了,因为杀生实在是罪孽,可你们说葱姜蒜又不是荤腥,佛家怎么就忌讳这味儿呢?"那时周铁牙还逗她,你要是后悔了,就还俗,爱吃啥就吃啥,德秀师父说:"再怎么着,我也不回人间了。"听她的口气,庙里就不是人间了。

周铁牙对张黑脸能记得那天的事,吃惊不已。为了试探他能否回忆起更多的事情,他故意编了个瞎话试探他,说:"还记得去年咱回管护站的路上,走到半道,一个姑娘想搭咱车的事吗?"

"对呀——"张黑脸梗了一下脖子说。

"最后你说深山老林出来个姑娘,恐怕是狐仙变的,不让我停车,咱就没理她。"周铁牙进一步引诱说。

张黑脸又梗了一下脖子,说:"对呀——"

周铁牙放了心,这至少说明,张黑脸脑子还是糊涂的,从他附和他的话来看,他意识中对他依然是服从的。

德秀师父炖上菜,提着茶壶出来给他们续茶。她说自正月起,瓦城人采达子香花快发疯了,近处的山采没了,都采到庙这儿来了。说是有商家收购达子香,运到大城市高价卖掉。一束达子香七八枝,能卖二三十块呢。这花儿又没成本,家家都想捞一笔,野生达子香花快被扫荡空了,看来今年的春色,不比往年好喽。

周铁牙说:"也怪这花命太硬了,你说它们大冬天的站在雪里,花心也不死。把它们采了呢,运到山外,十天八天的不喝一口水,也不枯萎。只要进了买家的门,得了温暖,喝上水,就美了,啪啦啪啦地开花了,你说它要是不这么皮实,能被人往远处卖么?"

"你不说采花的人有罪,倒说花儿命硬!"德秀师父气得手抖,差点把茶壶摔了。

周铁牙明白德秀师父为啥恼了,因为瓦城人说她命硬克夫,他说达子香花命硬,她听了自然不快,周铁牙赶紧拱手道歉,说:"凡是命硬的,开的花儿都不凡俗啊。"

德秀师父的面色这才平和了,她反身进斋堂,放下茶壶,看了看锅里的菜和灶里的柴,换了条围裙,又出来了。德秀师父新穿上的围裙簇新簇新的,蓝地粉花,围裙边缘还镶着肉色的蕾丝流苏。这条围裙她穿着照例紧巴,且花围裙与她的气质,极不相称,连她自己都不自信,很局促的模样,看上去像一只被缚住的野鸡。

93

"穿着这条围裙美气呀。"周铁牙违心说着,转头冲张黑脸眨了一下眼,说,"你说是吧?"

张黑脸用舌头舔了一下嘴唇,说:"还是灰布围裙更受看。"

德秀师父说:"张师傅说的是真话。我就说么,俺戴不了花围裙,可云果过年时进城,给我买了一条,不穿还觉着可惜了。"说完进了斋堂。

"云果师父这是把她往丑里打扮呢。"张黑脸说。

周铁牙狠狠地瞪了张黑脸一眼。

德秀师父再出来时,把灰围裙又请回身上了,她说:"俺听说现在公安局和资源监督办抽调专人,在各路口检查采达子香的。你说近山的都快被采空了,这花的花期也到了,现在才管,不是晚了三秋么。该赚钱的赚了,你能从人家腰包把钱掏出来?"

周铁牙附和说:"就是,不干正事的衙役,总是马后炮。"

德秀师父似乎憋了好些话,要与他们倾诉。她说上个月她在庙外拾柴,碰见一个采达子香花的男人,她劝他不要采了,留着花儿给菩萨看吧。可那人傲慢地说:"老尼姑,我问你,菩萨长着眼睛么?要是长眼睛的话,为啥正道人没好运,干邪门歪道的人却发财?我再问你,为啥和尚的戒律少,二百五十条,尼姑的多出快一百条?在庙门里还不平等呢,还说什么六根清净,四大皆空,骗你们自己吧。菩萨要看花,百姓就不看花了么。"

周铁牙心里觉得那男人说得没错,可他当着德秀师父,不得不谴责那人,他瞪大眼睛说:"他也不怕风大闪了舌头?!"

"男人要都像周站长这样,女人的日子就好过了。"德秀师父说这话时,目光是放在张黑脸身上的。

张黑脸以为她看他,是让他对周铁牙的话,发表意见,他就对德秀师父说:"站长一瞪眼睛,说的都是假话。"

"我刚才瞪眼睛了吗?"周铁牙眯缝着眼,凶巴巴地问他。

张黑脸一脸天真地说:"瞪眼了,就像猫头鹰的眼睛那样,瞪得溜圆溜圆的呢。"

德秀师父"咳——"了一声,说:"别说呀,这时候咋看不见猫头鹰啦?也不像冬天似的,总听它们叫。"

张黑脸说:"亏你是瓦城人,这都不知道?猫头鹰到了夏天去比这更北的地方孵蛋去了,它们冬天才飞回来。"

"也就是说别的鸟儿从南方飞回来时,它得给人家腾地方?"德秀师父说,"是不是它们长得难看,就得挪窝?"

周铁牙说:"这跟丑俊没关系,它不是冬候鸟么。"

德秀师父叹息着,说:"咱这还不够凉快?还往北飞,那不是飞进冰窟窿里去了吗。"

张黑脸说:"估摸着是它毛太厚了,夏天怕捂出痱子。"

德秀师父笑了,周铁牙也笑了。张黑脸不觉得他说的话可笑,他嘟囔着:"快开斋吧,肚子叫了。"

5

候鸟回到金瓮河自然保护区后,候鸟人也陆续到了瓦城。

候鸟迁徙凭借的是翅膀,候鸟人依赖的则是飞机、火车和汽车等交通工具。每到初春时节,瓦城的小型机场、火车站和客运站,便是人满为患。

夏季回到瓦城的候鸟人,大抵由两部分构成:本地人和外来人。其中外来人以南方人为主。

能够在冬季避开零下三四十摄氏度的严寒,在南方沐浴温暖阳光和花香的瓦城人,要有钱,也得有闲。瓦城人普遍认为,如今的有钱人,一部分是凭真本事、靠自己的血汗挣出来的,另一部分是靠贪腐、官商勾结得来的不义之财而暴富的。在他们没有案发前,可以过着锦衣玉食的日子。在老百姓眼里,这一部分人的比例要高,也最可憎。就拿根在瓦城的候鸟人来说吧,他们选择的冬季栖息地,多在沿海和经济发达地区,三亚、海口、珠海、北海、深圳、广州等。这些地方的房价和房租,始终是涨潮的海水,一浪高过一浪。能在这些地方买得起房,付得起房租,消费得起的,要么是瓦城各级领导的父母和兄弟姐妹,七大姑八大姨等;要么是与官员关系密切,从而包揽各种市政建设工程的商

95

人。他们深秋从瓦城带走各类土特产,去南方一住就是半年,直到瓦城春暖花开,南方也热了起来,他们才带着新鲜的热带水果返回。另一部分夏季来此避暑的候鸟人,多是生活在南方各火炉之地的老年人或自由职业者,他们生活上相对富裕,这些人很少在瓦城买房,以住旅店和租房为主。所以瓦城的旅游餐饮和房屋租赁市场,随着冰雪消融,生意也回暖了。

周铁牙年轻时当过伐木工,爬冰卧雪让他落下了老寒腿的毛病,一到冬季,膝关节又痛又痒,苦不堪言。他想趁着外甥女在瓦城林业局做副局长,无人敢动他,他在这个岗位多捞一些,再过几年,六十岁了,也能在冬季去南方避寒。

周铁牙和张黑脸回到管护站一周了。来到金瓮河的夏候鸟,多了一个品种,就是东方白鹳。它们站在金瓮河上,白身黑翅,上翘的黑嘴巴,纤细的腿和脚是红色的,亭亭玉立,就像穿着红舞鞋的公主,清新脱俗。他们观察了几天,总共发现六只东方白鹳,它们分三对行动。有一对喜欢在河畔湿地梳理羽毛,另两对爱去树丛。爱在树丛流连的两对,把巨大的巢,都坐在了树木顶端的树杈间,只不过一对选择了白桦树,一对选择了柳树。爱在水边嬉戏的那对,巢在哪里,他们还没寻觅到。总之,金瓮河飞来国家一级保护动物,他们都很兴奋。周铁牙高兴的是,此事上报后,管护经费将增加,他从中渔利的比例也高了;张黑脸激动的是,他终于见到日思夜想的恩人了。

张黑脸第一眼见到舞蹈在金瓮河畔的东方白鹳,就惊叫着跟周铁牙说,当年守护着他的大鸟,就是它啊。

熟悉张黑脸的人都知道,他当年在山中扑打山火,自称与主力扑火队员失联后,在一条长满稠李子的溪谷旁,遭遇到一只虎。饥饿加上恐慌,他昏了过去。等他苏醒时,天在落雨,可他的脸并没被浇着。他眼前有一把巨大的羽毛伞,黑白色,伞柄是红色的,是他此生见过的最华美大气的一把伞。他仔细一看,原来是一只白身红腿黑翅的大鸟,站在他胸腹处,展开双翼为他遮雨。张黑脸说,他一时以为,自己是到了天堂。他伸出双手,左右拂了拂,谁知左手碰到的是一株樟子松幼苗,右手触到的是一个娇嫩的桦树蘑——他把桦树蘑的伞盖给打掉了。张黑脸双手沾染的樟子松和桦树蘑的清香气,让他明白他还在大地上,因为他的手拂到的不是空中的云。他侧身一望,乌云正在他头顶翻滚呢。他苏醒后不久,雨停了,这只叫不出名字的大鸟,收束翅膀,一跳一跳地消失在密林深处。他吃力地坐起来,眺望天空,在彩虹现身之处,发现了这只腾空飞起的大鸟,它就像去赶赴一场盛宴,姿容绚丽,仪态万方。

从此之后,张黑脸就爱生有翅膀的鸟儿。

他艰难走出森林,是与扑火队失联后的第六天。据第一个撞见他的采野果的山民回忆,张黑脸看见他,说的第一句话是:"这是阳间吧?"得到肯定的答复后,他古怪地笑了两声,昏了过去。

他再次醒来时,忘记很多事情了,比如他单位的全称,他结婚的日子,他的年龄甚至他的名字。他本来叫张树森的,可他非说他这一段,一直在一个没有太阳的地方当判官,那里人都叫他张黑脸。他那年四十八岁,却说自己满六十了。他家的邻居姓秦,可他说人家姓阎。好在他记得老婆孩子,知道老婆叫常兰,女儿叫张阔。他告诉他们,自己在山中碰到老虎,它挓挲着胡子奔向他时,他吓昏了。等他醒来,发现一只神鸟站在他身上,为他遮风挡雨。当时人们都以为他瞎说,瓦城野生动物以棕熊、堪达罕、猞猁、狍子、野猪、灰鼠、雪兔为主,哪有什么老虎的踪迹?可是张黑脸被吓呆后的第三年,一支森林勘察小分队在那一带山里,发现了野生东北虎的踪影,并拍到照片,成为轰动一时的新闻,人们这才相信,张黑脸当年确实遭遇到老虎。可是他所言的神鸟,大家认为那是他对仙鹤的想象,并不存在,毕竟他被吓呆了,说点胡话也正常。

张树森成为张黑脸后,他所在单位防火办的领导,见他痴傻了,不适合做扑火队员了,就给他办了病退,每月领取一千多块钱,成了闲人。他老婆常兰与他恩爱,丈夫这一病,仿佛回到了童年,她有带小孩子的感觉,得处处照应他。怕他闷在家里脑子会更糟,常兰春夏时节,把菜园中种的菜,每日摘取一些,让他用筜筐挑了，担到东市场去卖。收取市场管理费的人同情张黑脸的遭遇，从不收他摊位费。事实上他也没固定的摊位，今天喜欢炸麻花的甜香气，就把担子放在炸麻花的摊位前；明天喜欢葱花油饼的气味，就把担子放在那儿。摊主们也都喜欢他挨着，生意不忙时，可逗他解闷。他们还常赏他吃的，麻花、油饼、玫瑰油糕、干炸豆腐圆子、卤蛋、烤鱿鱼等等，他卖菜时嘴上很少亏着。张黑脸不像其他摊贩，他卖菜不吆喝，不用秤，不定价，别人说给多少是多少。所以他担来的菜大抵是一种命运，贪图便宜的人会围聚过来，丢下块儿八角的，一抢而光。当然也有个别好心人看他可怜，多给他一块两块的，他也不知那是多给了，只管把钱收起。无论他赚多少回家，常兰从不埋怨，总是热汤热水地伺候着。

东市场的业主，都爱逗弄张黑脸。他在哪儿，哪儿就是免费的戏台。人们知道他遇险生还后，最爱有翅膀的鸟儿了。卖活禽的就说，鸡鸭鹅也有翅膀呀，从今往后，你就不吃它们了吧？一提到鸟儿，张黑脸的脑袋就不那么木了，他说，鸡鸭鹅又不能飞，是人养的，没灵气，咋不能吃！大家就笑，说鸡也能飞呀。张黑脸说，它也就飞个篱笆，一人多高，算毬，真正的鸟能飞到彩虹里去！有人反驳他，说女人发脾气时，常扔鸡毛掸子和鹅毛扇子，力气大的，能扔过房顶呢，这不说明鸡和鹅也能飞得高么？张黑脸一拍脑袋，说：也是啊，莫不是鸡毛鹅毛附着翅膀的魂儿？听者无不大笑。

最令东市场业主们捧腹的一件事是，有一天卖鱼的老王跑到他摊位前说，张黑脸哇，你还不回家看看，你在这儿卖菜，你老婆在家养汉呢，都被人瞅见啦！张黑脸信了，挑起担子就往家赶。老王说，你挑着担子，那得多耽搁工夫呀。张黑脸用手拍着扁担说，我不挑担子，哪有家伙揍人？老王追着他问，你是用扁担打你老婆呢还是打那个睡你老婆的？张黑脸愣了，说那得问问法官，判我打哪个就打哪个，他挑着担子奔法院去了。

张黑脸病退的次年，张阔要跟个开装修公司的人结婚了。常兰请了个会看黄道吉日的，为女儿择婚日。人家定了一个，张黑脸一旁听了,说那日子没太阳,大暴雨。常兰只当丈夫说傻话,说难道你比神仙还灵,知道半个月后的天气?张黑脸抽抽鼻子,没有吭气。结果张阔结婚的前日还晴朗如洗,可到了大婚的那天,乌云滚滚,电闪雷鸣,新娘入洞房时大雨如注,瓦城一片汪洋。事后常兰后悔没听丈夫的,她担忧那样的天象,会使女儿未来的生活遭遇暴风雨。张黑脸难得说一句安慰话,他对老婆说:"闺女多有福气啊,她成亲,老天都出动了,劳神费力打闪电,那不是给她放焰火么。"

常兰在特特周岁时,突发心梗去世了。没了老伴,张黑脸伤心了好长一段日子,说女人没长翅膀,但尽干些长翅膀的才干的事儿,说飞就飞了。每到年关,按照习俗,人们会给死去的亲人上坟,到了此时,张阔就是再忙,也得领着父亲上坟。因为他单独去的两次,被其他上坟的人看见,他上错坟了。一次他把鸡鸭鱼肉等供品献给了一个癌症去世的姑娘,一次是跑到墓主是个老汉的坟上。张阔这才明白,父亲不认得墓碑上的字了。她埋怨他上错坟的时候,张黑脸说,坟都是一样的,人都是埋进了土里,又没埋进云彩里,供谁不是供?

常兰死后,女儿一家搬来与父亲同住。张阔就手把位于城中心的楼房出租,到了夏天,候鸟人一来,轻松赚上一笔。她还把父母所拥有的这处位于城郊的平房,也部分改造成家庭旅馆,能容五六人入住。这样父亲和他们自己的住屋,也就狭小了。张阔觉得在享受的问题上,受点委屈值得,因为这样钱才能大方地进来。

父亲去了管护站后,春夏时节,她把他住的那间小屋,也租给候鸟人。她的个人生活,与候鸟人密切相关。除了做点野生山产品的收购生意,候鸟人活动频繁的季节,她就经营家庭旅馆。她爱吃,厨艺好,再加上爱干净,喜欢打扫卫生,她家的旅馆很受欢迎,回头客多。只是她在个人情感生活上,并不如意。张阔的男人近年挣了些钱,手上宽绰了,就常去洗头房和捏脚屋泡妞,很少碰她了。她想你忙活别的女人,让我闲着,我得多给你戴几顶绿帽子,才算对得起自己。她也找男人,不过不固定。今

99

天是修汽车的,明天是开茶馆的,后天又可能是个在她家居住的候鸟人。在她想来,不固定的关系是玩,固定的关系往往要互负责任,闹不好就是你死我活,她可不想在婚姻上伤筋动骨,还想和她男人过,毕竟他们有共同的孩子。所以父亲去了管护站,她非常开心。一则她掌握的父亲的退休金卡(当然户头名字还是张树森)里,每月会多出一千两百元的进项(张黑脸在管护站月收入是两千两百块,另外一千块,周铁牙按月给张黑脸现金,做他的零用钱),二来她更自由一些。所以父亲在管护站期间,她一点也不希望他回城。她与人偷情,常在父亲的那间小屋。有一次张黑脸回来撞见她和男人在床上,他皱着眉嘀咕一句,特特他爸咋变这模样了,转身出去了。他回来通常是去城中心的平安大街,这条商业街热闹非凡,他去那儿,就是两件事:剃头和吃饺子。所以平安大街理发店和饺子馆的店主,都熟悉他。

东方白鹳来到金瓮河后,布谷鸟、鹌鹑和夜莺也回来了。张黑脸起得比平素更早了,他朝圣似的,每天洗干净脸,刷完牙,穿着齐齐整整地去岸边投食。那对不知巢穴在何方的东方白鹳,是他观测的主要对象。看它们自哪儿飞来,又向哪儿飞去。他观察了几天后,告诉周铁牙,那对东方白鹳,一定是把巢筑在了娘娘庙附近,它们来去都是那个方向。候鸟没有不爱河里的鱼虾的,所以张黑脸投在岸上的粮食,消耗不多。它们也真是有本事,扑棱着翅膀似立非立于水面上,眼观水下,瞅准目标,利爪就是鱼钩,扁平的喙就是鱼漂,腿就是鱼竿,总能眼疾手快地把鱼拖出水面。

金瓮河完全脱掉了冰雪的腰带,自由地舒展着婀娜的腰肢。树渐次绿了,达子香也开了,草色由浅及深,这天清晨,张黑脸没有像平素那样在该醒的时刻醒来,他沉沉睡着。

周铁牙发动汽车,载着偷猎的野鸭回城了。

6

管护站成立几年来,一到夏候鸟飞回的时节,候鸟人回来了,周铁牙就得伺机逮上几只野鸭,带回城里,打点该打点的。

而他逮野鸭的前夜,必定犒劳张黑脸,用午餐肉和野菜做馅,蒸一锅香喷喷的包子给他吃。当然烧酒是必不可少的,烧酒里要兑上安眠药,这样才能保证张黑脸不会起夜,一觉睡到日上三竿的时辰。周铁牙趁他昏睡,将捕猎工具备好,下到金瓮河畔。

飞回金瓮河的夏候鸟,以各类野鸭居多。除了绿头鸭,还有斑背鸭、青头鸭、花脸鸭、凤头鸭等,这些鸭子一来就是一群。它们清晨和傍晚时,喜欢来河里找吃的。它们的巢穴,不像东方白鹳坐在高处的树杈,而是在草滩或灌木丛。瓦城林业局按照上级指示,停止采伐后,林地植被迅速恢复,野生动物也多了起来。所以野鸭的巢穴,常遭到动物们的破坏,尤其是产卵时节,对野生动物来说,找到一窝野鸭蛋,就是得到了最甜美的点心。因而野鸭孵化期间,雌鸭和雄鸭轮流守巢,生怕有闪失。

野鸭生性机敏,它们在河上嬉戏,总有一只野鸭,游弋在靠近岸边的一侧,为同伴放哨。任何风吹草动,都会令其紧张。只要负责警卫的野鸭发出预警信号,它们就扑棱棱飞起。所以逮野鸭对周铁牙来说,也是个智力活儿。林业局为管护站特别配备了一杆砂枪,以防野兽的袭击,周铁牙的枪法也不错,但他只在头两年用砂枪打过野鸭,此后改用他法。一则砂枪动静大,会惊扰其他候鸟,它们会把金瓮河视为危险之地,不再回来。没了候鸟,他的管护站也就不复存在了。还有就是对岸有了娘娘庙,对周铁牙也是无言的威慑。砂枪声传过去的话,等于告诉列位菩萨,他杀生了,周铁牙怕遭报应,所以捕鸭用自制的铁丝网笼了。

这个网笼与捕鸟的粘网不同,不是悬挂在树间,而是放置地上——离野鸭巢穴较近之处。其形态类似捕鱼的须笼,葫芦形。他在笼子入口处投放的诱饵是野鸭爱吃的玉米子,当然如果运气好,能打上一些杂鱼做饵,那就再好不过了。野鸭闻到腥味,会热情洋溢地靠拢过来。周铁牙设计的笼子也参照了捕鸟的滚笼,野鸭奔着食物进来后,网笼受到震动,悬着的门会自动弹下来，将它们关在里面。他做了六只这样的网笼，张黑脸问他这是干啥用的，他说是捕鱼的，可它们一次也没下过水。周铁牙对野鸭下手，通常在夜深时分，将网笼分别放在不同的地方，凌晨起来，一出木屋，听见野鸭在哪儿叫得冤屈，那就是它们在哪儿入牢笼了。循声而去，就能看见网笼里怨女似的它们了。

周铁牙随缘，只要逮着不少于两只，对他就够用了。当然有时他运气差，一只也逮不着，这时张黑脸就惨了，还得再被烧酒和安眠药折磨一回，直至野鸭"入瓮"。

今年周铁牙运气不错，逮着四只野鸭，全都活着，毫发无损。而他有一年逮的野鸭，被野猪给吃掉两只，落了一草丛的鸭毛，把他心疼坏了。野猪的獠牙很厉害，能把铁丝笼撕裂。周铁牙想着野鸭就被野猪生吞活剥了，心也抽搐，他想野鸭若有魂灵，一定恨死下网笼的他了。从那以后，他再下了网笼，会彻夜守候着，以防野兽捷足先登，掠人美味。

像以往一样，周铁牙把野鸭从笼中取出，用黑胶带粘住它们哨子似的扁平嘴，再用麻绳把腿绑住，这样汽车在经过瓦城森林检查站时，不会发出任何声息，而引起检查人员的怀疑。事实是，检查站的人看见管护站的车，看都不看，拉杆放行。周铁牙把野鸭分装在两个麻袋中，扔在货厢中。怕它们窒息，成了死鸭，于是敞着口，这样它们能伸出脖颈。放好野鸭，他把网笼清理干净，放进储物间，看了一眼睡得四仰八叉的张黑脸，暗笑一声，关上门驾车而去。

周铁牙在林间驾车，只要不是冬天，总把车窗敞开，更真切地感受花香鸟语，微风阳光，在他眼里，这是大自然赐给人类的糖果，分享时无比愉悦。天空晴朗，看着充满生机的森林，想着此次捕获甚丰，可匀出一只野鸭，去福泰饭庄卖个好价，他忍不住哼起小曲。

瓦城森林检查站设在城外十公里处，这里一共四个人，分两班轮流执勤。检查站不像候鸟管护站，到了冬天就关了，它常年有人值守。他们主要查猎捕野生动物的，偷伐林木的，防火期进山带火种的,以及像今年这样疯狂盗采达子香的。周铁牙认得每个人,他们知道他有来头,也当他是同行,对管护站的车辆,从不检查。

然而今天周铁牙的车出现时,横在检查站前的红白杠木杆,并未像往常那样拉起。站在检查站岗楼前的两个人,一个是他认识的手持手机的老葛,另一个是个陌生人,穿公安制服的小青年。

周铁牙只得刹车,满脸堆笑,掏出香烟,对着一脸痦子的老葛说:"兄弟,还没吃早饭吧?来,先抽支烟开开胃!"

老葛双手一挡,给周铁牙使着眼色,说:"老周客气啦,空腹抽烟我就没胃口吃早饭啦!咋的,进城给候鸟上货?"

"我这是进城报喜去,今年飞来了十来只仙鹤呢!"周铁牙夸大着来到金瓮河管护站的东方白鹳的数量。

"仙鹤?"老葛龇着牙说,"骗谁呢,我只在年画里瞅见过。"

"学名叫东方白鹳。"周铁牙说,"跟仙鹤长得一个样。"

"那你们在管护站就是过着神仙日子了?"老葛说。

周铁牙说:"哪如你们检查站好呀,离城近,手机有信号能联络人,还能收听广播。我在管护站拿着手机,跟搂着个木头美人一样。再干两年,我就得跟张黑脸一样成呆子了!"

"你们对面不是娘娘庙么。"老葛挤眉弄眼地说,"晚上找她们唠嗑去呀。"

"跟吃素的姑子住邻居,我都快成和尚了!她们把心里话都变成经,念给菩萨听了,跟我们臭男人哪还有话说呢。"周铁牙示意老葛把木杆抬起,放他过去。

老葛便对那个年轻人说:"小刘警官,这一大清早的,你查了不少辆车了,歇歇吧,这次我上车检查,你准备拉杆放行。这是管护站的车,跟咱们算是一行的,肯定没问题,不过按照规定,也不能放过它。"说完笑笑,跟周铁牙介绍小刘,说他是公安局森保科派来的警官,政法大学毕业的高材生,去年公安系统招录干警,考到瓦城的。

周铁牙知道,大学毕业生很难考上大城市的公务员,所以有些人选择报考边远地区一些系统内招,为的是先有一门工作,解决吃饭问题。这类人中,通常是家庭拮据而无背景的青年才俊。周铁牙见老葛执意检查,想他就是看到野鸭,也不敢刁难他,于是大大方方地跳下驾驶室,将后箱门打开,对老葛说:"上去查吧,查不到东西,可别哭啊!"

老葛说:"瞧您说的。"

周铁牙表面装得坦荡,满不在乎的,内心还是有点胆怯。老葛上车后,他生怕小刘跟上去,主动靠近他,递上香烟套近乎,说:"来支烟?"

小刘一脸严肃地说:"这是禁烟区。"

"嗨,瞧我这臭记性,把规章都忘了!"周铁牙讪讪地把香烟揣回裤兜,说,"一进管护站忙起来,我这脑袋就昏了!"他故意拍着小刘的肩头说:"这么帅的小伙子,一定有一群女孩子追你吧?"

小刘到底年轻,不知这是周铁牙在恭维他,他实心实意地说:"哪里,原来有女友的,都处了三年了,这不看我考到边远山区了,就跟我吹了。"

"现在的女孩子咋这么势利眼?!"周铁牙故意大声说,"瓦城怎么了?瓦城就不能活人了?我跟你说,这两年名贵的候鸟,都往这里奔呢,说明啥?说明这里是人间天堂!你要是能在瓦城扎根的话,就凭你这小伙儿,女孩子都得疯抢!"

与人说漂亮话,永远是遇卡时,最好的通行证。不等老葛下车,小刘已乖乖拉起木杆,准备放行。

周铁牙见小刘不构成威胁了,赶紧吆喝老葛:"老伙计,我说你咋还没查完?货厢是空的,难道你在里面遛弯?"

老葛应着"就来——",一分钟后,他握着手机跳下车,故意抽着鼻子,摇着脑袋,做出一无所获的沮丧样。

周铁牙连忙把后箱门"嘭——"的一声关上,说:"咋样?"

"刚上去明明看见一只小狐狸。"老葛装着哭腔说,"可是一眨眼它就不见了。"

"它变成花姑娘溜走了。"周铁牙笑着说,"晚上等着吧,她就来陪你守夜了。"

老葛和小刘都笑了。

周铁牙表面也笑着,可心里笑不起来。他登驾驶室的脚踏板时,腿软得踏了两次才上去。老葛看出他内心的慌张,找话跟他说:"你这小货车也用了好几年了,换一台吧,现在新出产的,后箱都装了液压托板,能托起两三吨的货物呢,你们装货卸货就不用那么挨累了。"

周铁牙说:"只要轱辘还能转,能给公家省点就省点吧,凑合着用,反正张黑脸喜欢卸货。"

周铁牙驾车过了检查站后,心先是轻松了一刻,继之沉重。老葛看到野鸭而没刁难他,这等于欠下一个大人情,得还。还什么呢?周铁牙想到了烟酒,但一想烟酒挥霍后,老葛会忘记他还了人情,不如买件能常伴他的东西送他,电动刮胡刀,或是一件抗风的夹克衫,他见老葛终年穿着的蓝夹克,袖口已磨破了。老葛家境不好,一直过着爬坡的日子,总是一副疲态。他所在的检查站隶属林业公安局,编制上属于协警,他比正式警察,每月少开一千多块钱,医疗待遇也低。老葛的老婆没正式工作,在家政公司做计时工。他们节衣缩食所赚的钱,都贴补到儿女身上了。老葛的儿子在长春一所大学读大二,正是用钱的时候;女儿大学毕业后,应届研究生和公务员都没考上,心灰意冷回到瓦城,目前在一家私人幼儿园当幼教。

周铁牙觉得自己比起老葛,日子好过多了,他和老婆的双方父母,只有岳父还在,跟他小舅子过,无老人的拖累。他的独子在天津读军校,是个优等生。老婆虽没工作,却很温顺,身体健康,操持家务是把好手,常去他那做了副局长的外甥女家,帮着干点活儿。周铁牙清楚,老婆这么快成了外甥女家的义务仆人,也是为了他。只是有次他在她家,见到老婆跪在地上擦地板,外甥女却偎在沙发上吃燕窝红枣羹,心被刺痛,再见外甥女时,有股说不出的嫌恶。

周铁牙与往年春天偷着带回野鸭一样,进城后先给领导进贡。他用麻袋拎着两只野鸭,先去了林业局邱德明局长家。局长的父亲邱老,刚从三亚回来,保姆打开门,他正咳嗽着,一见着周铁牙,立刻两眼放光,边咳边说:"我估摸着、你、该来了,半年、没见,咋、咋过瘦了?"

周铁牙笑着说:"肉吃得少,就瘦了。"

"咋了?你在管护站、还亏着、嘴上了?等德明、回来,我告诉他、多给你、拨点经费。也不能、让候鸟吃香的喝辣的,素着你吧?"邱老越说,咳嗽得越厉害。

周铁牙问他这是咋了?邱老说在三亚一待半年,虽说在瓦城生活了大半辈子,直接从那飞回,还真有点不适应这儿的气候了呢。以后要学候鸟,一路迂回,边走边歇,就不会出现不适了。明年他会在中途停留一周,选择那些能游玩的城市,比如洛阳、天津、青岛。

周铁牙一边跟邱老说着话,一边按保姆指引,把野鸭搁在厨房。他敞开麻袋口,见野鸭还都活着,松了口气。它们伸着脖颈,看着这个陌生之地。也许因为愤怒吧,周铁牙觉得野鸭的眼珠是血红色的。

"嘀,两只鸭,看上去、都挺肥呢。"邱老跟到厨房,看着野鸭,心花怒放的。

"是您老有口福哇。"周铁牙撒谎说,"我把逮着的,都给您老带来了!您可以先宰一只,过两天再宰另一只。不宰的那只放在阳台,给点杂鱼,养一个礼拜都没问题!"

邱老夸他的主意不错,他指挥保姆,先宰杀那只斑嘴鸭。说是开河的野鸭,天下第一美味,他晚上要好好喝壶酒。他说在海南岛过了一冬,让海鲜把胃给整寡淡了,他要让一锅浓油赤酱的野鸭,给他的胃弄高兴了,把病赶跑!

周铁牙出了邱局长家,又驾车到城南的外甥女家。他从后箱取出一只花脸鸭,塞进一只黑胶塑料袋,提着叩门。

不出所料,是周铁牙的姐姐周如琴开的门。她今年六十七了,矮个,枯瘦,头发稀疏灰白,目光黯淡,气色倒是不错。周如琴丈夫死得早,他们育有一儿一女。怕儿女受欺负,她没有再嫁。如今儿子在深圳做生意,女儿在瓦城林业局当副局长,儿女都出息,她的晚年生活也就人见人羡。依据候鸟的习性,她暑来寒去,半年跟着儿子在深圳,半年跟着女儿在瓦城。

女儿女婿上班了,外孙上学去了,只周如琴一人在家。虽然姐姐去深圳这半年,周铁牙给她打了几个问候电话,但姐弟俩毕竟半年未见了,少不了叙些家长里短的事情。他们说话时,周如琴始终抱着心爱的泰迪犬。它每年跟着主人,南来北往的。周如琴乘坐飞机,就把它放进宠物箱中托运。所以一到春天,候鸟人迁回时,瓦城机场的行李传送带上,常传来猫狗的叫声。若是主人喊它们的名字,它们叫得就格外起劲。

周如琴对弟弟说,现在不比从前,做官要处处谨慎了。她告诫弟弟在外不可仗着外甥女做官,任意妄为。水满则溢,月满则亏,不要说大话,为人低调些。以后野鸭也不要送了,不能因贪口腹之欲,铤而走险。话虽这么说,她对野鸭还是表示出热情。周铁牙知道,尝鲜加之特权享受带来的优越感,是姐姐钟爱野鸭的原因。周如琴吃野鸭从来都是清煮,不加调料,慢火宽汤,炖两三个小时,然后把鸭肉捞出,只留两三碗的浓汤,加少许的盐喝汤,说这才是真正的尝鲜。而捞出的鸭肉,她会为女儿罗玫做干锅鸭肉。这位瓦城林业局最年轻的副局长重口味,喜欢水煮鱼、麻辣小龙虾、香辣蟹、火爆鸡丁、熘肥肠,所以干锅鸭肉里要放足麻椒和辣椒,才称她意。这也是罗玫每年开春,最盼望出现在餐桌的一道菜。

周铁牙想像往年一样,帮姐姐把鸭子宰了,收拾干净再走。因为周如琴小心谨慎,不信任外人帮忙。可周如琴却对弟弟说,女婿和罗局长今晚各有聚会,不回家吃,外孙放学后会去吃他喜欢的麻辣烫,然后去家教家补课,所以鸭子要等到明天再杀。听到姐姐管外甥女叫"罗局长",而不是"玫玫",周铁牙心里很不舒服,起身告辞。走前周如琴送他一样东西,说是从深圳带回的,香港造的电动按摩棒。但凡腰颈不适,通上电后用它按压,舒经通络效果极好。周铁牙嘴上说着还是有姐好,心里却想自己半年在管护站,那里没电,送这个礼物给他,只能冬天使,看来姐姐并未真正把他放在心上。

周铁牙怅惘地出了姐姐家,去了福泰饭庄,顺利地以四百元的价格,卖掉了最后那只野鸭。处理掉野鸭,等于排除了所有地雷,周铁牙不怕上路了,他去了自己的单位营林局,让局长看他拍到的金瓮河上的东方白鹳照片。

局长蒋进发五十八了,正处于退休前的工作懈怠期,上班晚,下班早,每天喝茶看报,棘手的事情,一概往后推。他为迎接自己的退休生活,选择了一门爱好——风光摄影。他置办了一套高级摄影器材,随身携带,常在清晨傍晚,驱车去林中拍日出日落。拍得多了,他总结了一套人生哲学,说是人生就是两步棋,日出和日落。走完了日出,就得下日落这步棋。以前他对在文联工作的人嗤之以鼻,说那儿的人半疯,现在却乐得加入疯人的行列,参加他们组织的瓦城风光摄影大赛,作品还拿过金奖呢。

蒋进发看到金瓮河上东方白鹳的照片,不由啧啧赞叹:"美哉,美哉!"他当即喊来办公室主任,让他写个追加管护经费的情况说明,他要多批给管护站一万五千块钱,周铁牙自是喜出望外。蒋进发还喊来常务副局长,说是上头有精神,领导该多下基层,他明天早晨要去管护站做实地调研,待个三两天。周铁牙知道,他是奔着摄影去的。以往蒋进发去,只是打个转,这次去说要住下,周铁牙又喜又忧。喜的是伺候好了领导,经费还会增加;忧的是万一东方白鹳挪窝了,飞出保护区,蒋局长会失落。领导一失落,他失落的就可能是银子。

周铁牙表示,等他给候鸟买了粮食后,立刻返回管护站,做好接待准备。蒋局长说不必了,他这次不坐专车,就乘坐他的箱式小货车,明早出发。周铁牙说,他还从没让张黑脸一个人在管护站过夜,这呆子万一惹出麻烦就惨了。

蒋局长说:"他还能把房子点着咋的?"他拎起平素签字的金笔,豪迈地说:"他要真是烧毁了房子,你也不用担心,我给你批钱,咱再盖新的!"

周铁牙只能听命了。他想在城里住一夜也挺好的,中午回家让老婆给他做手擀面,下午去粮站给候鸟买粮食,空闲时间可以喝个茶,捏捏脚,泡泡妞。当然,还得去趟服装市场,给老葛买件便宜点的夹克衫,堵他的嘴。由夹克衫,他突然想到蒋局长要住在管护站,闲置的那套被褥不干净了,得给他买床新被子。

7

德秀师父拎着禅杖走到管护站时,是上午八点多的光景。

她过月牙桥时,特意停了一刻,看了看管护站的木房子。她发现烟囱没冒烟,以为他们起得早,吃过饭了。看过烟囱,她就看桥下波光荡漾的金瓮河。阳光铺陈在水面上,她望见不远处有一对野鸭在波光里凫游,翅膀忽而热情张开,忽而紧张地闭合,也不知它们是梳洗呢,还是有意撩拨水面的阳光。

望着那对相依相伴的野鸭,德秀师父忍不住叹了口气。出家人无喜无悲,可她的叹息还是多。她怕慧雪师太和云果师父听到她的叹息,所以很想叹气时,她就走出娘娘庙,找一个对象叹气,比如一朵花,一团雪,一棵树,一片云,甚至叶脉上的一颗晨露。

德秀师父叹过气,越过桥,走向管护站的木房子。她故意走得动静大,脚踏地时"嗵嗵——"的,还不时用禅杖敲地,想让他们知道来人了。可是直到她走到门口,也没人迎出来。她敲了敲门,无人应答。她想他们也许去灌木丛喂鸟了,就将禅杖杵在墙根,坐在门前的木墩上,边歇边等。坐了一刻钟,仍不见人影,她觉得口渴,想着门也没锁,干脆进去先找碗水喝。

德秀师父拉开门,走向灶台,拎起水壶,晃荡一下,听到的不仅是水声,还有西南屋子传来的鼾声。她蹑手蹑脚走过去,悄悄拉开门,见张黑脸躺在炕上,睡得呼呼的。不知是昨夜炕烧得太热,还是他身上火力过旺,蓝花被子被他蹬在一旁。他穿着黄背心,绿裤衩,仰着头,叉着腿,摊开胳膊,像只大青蛙。那腿和胳膊肌肉发达,透出红松色,一点看不出是快六十岁的人了。

德秀师父除了自己的三任丈夫,没见过其他男人的睡姿。猛一眼看见这样的张黑脸,不自觉地联想起她那三个男人,他的躯体竟比他们都好。好在哪里呢？是肤色好，还是健壮，抑或他憨憨的样子惹人怜，似乎都是，又都不是。德秀师父觉得她这样看张黑脸犯戒了，在心里叫了声"阿弥陀佛——"，赶紧出去了。她也没敢喝水，怕弄醒张黑脸，彼此尴尬。她再坐回木墩上时，脸热心跳的，口更加渴了，但她只有忍着，等他自然醒来。

又过了半小时，九时许，木屋终于有了响动。先是脚步声，随之是咕咕的喝水声。德秀师父连忙起身，抖了抖僧袍。因为她这一坐，僧袍长了皱纹似的，弄出了许多褶痕。

张黑脸推开门，先抬眼看了看太阳，然后又看了看手表，很困惑的模样。当他收回目光，发现德秀师父立在一旁，吃惊不已，后退一步，指着她说："你是娘娘庙的师父，还是影子？"

德秀师父叹息一声，说："你这个人啊，咋大白天的冒鬼话呢。"告诉他自己来了有一会儿了，以为他和周铁牙去喂鸟了，便坐等他们。

张黑脸挠着头说："噢，影子不能说话，你是真的德秀师父。"

德秀师父说："俺倒希望是个假的，真的就不在娘娘庙里了。"

张黑脸一脸狐疑地望着德秀师父，他没听明白她的话。他说自己也不知咋了，一觉把太阳睡得这么高了。往常太阳没出，他就起来了。

德秀师父说："春困秋乏，也是常理儿。"

他们说话间，几只云雀"啾啾——"叫着飞过，张黑脸仰头看时，其中有调皮的，趁机投掷"炸弹"，把屎遗在他脸上。德秀师父见张黑脸满面狼狈的样子，忍不住笑了。

张黑脸对德秀师父说，他憋了一夜，得马上去干云雀刚干完的坏事了。德秀师父摆摆手，示意他行他的方便去。

张黑脸出了茅房，先打了盆水，把脸上的鸟粪洗掉。他对德秀师父说，停在木房子后面的小货车不见了，看来周铁牙进城了。

德秀师父说："他进城也不跟你打招呼？"

张黑脸说:"进城跟拉屎撒尿差不离,平常事,用不着说。"

德秀师父说:"那你刚刚去茅房,不是也跟我说了么。"

张黑脸道:"你是客人,我去哪儿得跟你知会一声。"

德秀师父觉得张黑脸说得在理儿,她赞许地笑笑,问张黑脸早饭想吃点什么,她帮他做。

张黑脸说:"你可不能碰这儿的灶台,净是荤腥,肮脏了你们娘娘庙的人,那可坏了。"

德秀师父说:"你这是打发我回去了?那你也不问问,平白无故的,我干啥来了?"

"对呀——"张黑脸拍了一下自己的脑门,问,"娘娘庙出了啥事?是不是白腰雨燕又回来坐窝啦?"

"你能记着白腰雨燕坐窝的事,看来记性又发芽了!"听德秀师父的口气,张黑脸的记性是枯树,现在它返青了。

张黑脸愣了一下,咕哝着:"我的记性死了吗,俺咋不知?我记着这些年见过的很多翅膀呢,白的,黑的,绿的,蓝的,粉红的,金黄的,俺的记性就没不活过。"

德秀师父呵呵笑出声来,说:"你咋跟俺一样,说自己时,一会儿是'我',一会儿是'俺',你到底是'我'还是'俺'?"

张黑脸让她给绕迷糊了,嗫嚅着说:"我还是俺,俺还是我?"最后他似乎厘清了,一拍手说:"我是俺,俺是我么。"

德秀师父也跟着拍了一下手,喝彩似的叫了一声"对呀——",然后切入正题,说:"今年来的不是白腰雨燕,是一种俺从没见过的大鸟!"德秀师父张开双臂,比画着,"它白身子,黑翅膀,腿脚红色,腿都快赶上俺胳膊长了,脖子也长,飞起来怪吓人的,带着风声。它们一共两只,一天到晚忙活坐窝。你猜它们把窝坐哪里了?"

"是白腰雨燕相中的地方?"张黑脸说。

"才不是呢。"德秀师父撇了一下嘴说,"它们猴精,把窝坐在了三圣殿顶的烟囱旁。你想啊,那里是娘娘庙的后身,清净,在烟囱旁还能避风遮雨,它们的后身就是山,哪棵树上有虫子都瞅得清,它们等于待在暖窝,守着大粮仓呢。"

111

"真是不假啊。"张黑脸说,"今年来了三对白鹳,有两对的窝,我都找到了,就这对没发现把窝坐在哪儿。看来俺猜对了,它们把窝坐在你们那儿啦!"

"你聪明啊,咋猜出的呢?跟俺说说。"德秀师父眨了一下眼睛。

"它们到河里吃喝玩乐时,是从你们那个方向过来的,走时又朝你们那儿飞去。这就跟你在娘娘庙一样,你每天从那里进出,铁定就是住在里面的人么。"张黑脸说。

德秀师父有点不高兴了,说:"我从那儿进出,就是那儿的人了?"

"那是一定的。"张黑脸果决地说。

"那你每天进出茅房,难不成俺就得猜你住在那里?"德秀师父故意强词夺理,她想趁着周铁牙不在,探探张黑脸的智商,是否回升了。

张黑脸生气了,沉着脸回敬道:"要是猪这么猜我,我不和它计较,你这么猜,我和俺,都不高兴!猪和姑子,咋能是一样的脑子呢。"

德秀师父受了奚落,反而欢欣鼓舞的,眼睛洋溢着愉快的光泽,语气也温顺了。她比画着告诉张黑脸,白鹳坐的窝,在三圣殿下面望去,比脸盆还大呢。这鸟真有力气,衔来的筑巢东西中,不仅有树枝、苔藓、败草和湿泥,还有小石子呢。它们的窝,比白腰雨燕的要牢靠多了!现在的问题是,它们老在三圣殿顶交尾,还发出"嘎——嘎嘎——"的叫声,实在是对佛的不敬。她们进出三圣殿时,都得等它们离巢才行。还有,它们竟吃让人作呕的老鼠。有一天云果去三圣殿添灯油,看见其中的一只衔着老鼠回窝,恶心得她直吐,灯油也洒了,不敢再去三圣殿了。她是想来问问,他们能不能帮个忙,给这大鸟挪个窝?

"慧雪师太让你来的?"张黑脸问。

"云果让我来的。"德秀师父实话实说,"慧雪师太说来者皆是缘,不驱赶,也不刻意留,随它们来去。话是这么说,可她也不怎么喜欢它们吧。以前她每日早晚,各殿都要走一遭的,现在她也不怎么去三圣殿了。你说这刚刚是春上，游人还不多。等过一段进香的人多了，三圣殿香火又是最旺的，看见它们这样，成什么话！"

张黑脸明确告诉德秀师父，这大鸟当年救过他的命，是神鸟，它身上的每片羽毛都有来历，不能端它们的窝。它们把窝坐在三圣殿，是这座殿的造化，菩萨心底喜欢，才会招来它们。鸟儿和人一样，造个窝不容易，他可不想做野蛮的拆迁者。再说它们一起睡过了，估计就要产蛋孵蛋了，他更不能让它们的后代，居无定所。

德秀师父听到他说它们一起睡过了，脸红了一下，她用手掸了掸僧袍，说："既然这么着，就算我白说。俺们出家人，本也不该管鸟儿的七情六欲。它们又没出家。"

"鸟儿咋出家？"张黑脸说，"它们要是剃了头，等于让人拔了毛，那多瘆人啊。"

张黑脸对德秀师父说，他得去喂鸟了。他撂下她，去粮仓舀了一盆谷物，端着去河畔了。德秀师父望着他坚实的背影，听着他"咚咚——"的脚步声，心底不知怎的涌起一股柔情，尽管张黑脸说不用她做早饭，但她很渴望为这个男人做顿饭。她进灶房，喝了碗隔夜的凉白开，生起火来。她察看了一下灶房的吃食，米面油盐一样不缺，北侧墙角的阴凉处，有鸡蛋、土豆、洋葱、萝卜和一把芹菜。德秀师父最会做疙瘩汤了，她切了洋葱，舀了一碗面，放在面盆中备用。然后用面碱，把铁锅刷得干干净净的，烘干，倒油，七八分开时，加入洋葱爆香，添了一瓢水。她盯着那些蔬菜，觉得它们不够新鲜，就把灶膛的火向外撤了撤，出了门，拎起禅杖，去桥下采刚生出来的水芹菜。她刚才路过时，看见了一片。

德秀师父还没到走路需要拐杖的年纪，但她只要独自出娘娘庙，就要拎着它。禅杖于她来说，用途多了。雨水大时，山间会涌现溪流，她蹚小溪时，可试水的深浅；走路若遇见蛇和野狗，能做捕蛇器和打狗棒；看见高处够不着的稠李子，能打落枝丫，轻松吃到野果；还有，万一碰到心怀不轨的人，可把它当武器；还

113

有,她觉得慧雪师太赐她的禅杖,法力无边,如遇危难,能逢凶化吉。

德秀师父采水芹菜时,远远望见了张黑脸。他蹲在河畔,看着河面的野鸭。等她采完野菜,两只白鹳从娘娘庙方向飞来,她想这一定就是在三圣殿坐窝的夫妻了。它们悠然落在金瓮河上,不用说,那样的翅膀扑打出的涟漪,会像礼花一样绽放。

张黑脸喂完鸟回来时,德秀师父已做好了疙瘩汤。她打了两个鸡蛋兑在面里,所以搅和的面穗,既筋道又漂亮,像一颗颗琥珀。德秀师父把盛在海碗的疙瘩汤放在灶台上,唤他吃饭。张黑脸客气了一句,抓起筷子,呼噜呼噜,很快把它消灭了。吃完舔了舔嘴唇,忽然抱着头呜呜哭了。德秀师父从未见他哭过,吓了一跳,她用禅杖敲了敲地面,说:"做得不好吃,你也犯不着哭呀。你说我何苦给你做这顿饭,惹你伤心呢。"

张黑脸抬起老泪纵横的脸,抽抽噎噎地说:"俺好多年没吃过女人做的饭了,真是好吃得让人受不了啊。"说完,哭得更凶了。

德秀师父听了他的话,又喜又怕。喜的是他认可她的厨艺,女人被男人夸饭做得好,就跟他们夸自己好看一样受用;怕的是张黑脸过于感动,非礼于她,毕竟他的脑子和常人不一样。德秀师父没说什么,她用禅杖轻轻叩了一下张黑脸的背儿,算是安慰和道别,放开大步回娘娘庙了。在过桥的时候,她停顿了一刻,反身望了一眼管护站,叹息一声,这次她的叹息对象,是木房子中哭泣着的张黑脸。

张黑脸哭够了,洗了碗筷,又洗了脸,给水缸压满水。管护站和娘娘庙的洋井,都是专业的打井队打的。洋井的井头和压杆的形态,特别像一只单脚立着睡觉的白鹳。因为采用活塞式抽水机,每次压水前,得先向井头注些清水来引水,这样深处的水,随着压杆的运动,会从铁管中直线上升,喷涌而出。管护站的洋井,打了七八米就见水了,而娘娘庙的洋井,据说打了十多米才有水。越深处的水越好喝吧,张黑脸每回在娘娘庙喝水,总觉得那儿的水,比管护站的甘甜。

德秀师父走后，张黑脸突然觉得有些孤单，以前他是没这感觉的。他想多找些事情做，打发时光。他先淘了茅房，将粪肥用土培上，预备追肥用。回到管护站后，他已将茅房旁开出的那片地，种了各色蔬菜。现在菠菜和小白菜已经出苗了，前日泡在碗里的花豆角籽，也要发芽了。他淘完茅房，便用镐头打了两条垄，预备种豆角。做完这些活儿，他仍觉心里没着没落的，就把自己胡乱卷起的被子，重新叠了一遍，将炕和地，都扫了一通，又将木屋前的空地扫了，然后盯住德秀师父坐过的木墩，凑上前去。那是个半米直径的榆树墩，好几十年的树龄了，木墩被磨得光滑平整，但它的年轮清晰可见。仿佛这里也有鸟儿飞过，那一圈环绕着一圈的年轮，就像水面泛起的涟漪。张黑脸抚摸着木墩，不知是太阳晒的，还是德秀师父身体的余温犹在，木墩热乎乎的，令他想入非非。但他很快意识到这样对待一个尼姑不好，这不等于摸人家的屁股吗，连忙离开木墩，继续找事做。

张黑脸去了储藏间，打算拿须笼去河里捕点杂鱼，

晚上炸鱼酱吃。他进了储藏间，看见周铁牙做的网笼，心想也不知它们下水后，能不能逮着鱼，打算试试运气。他拎起网笼的时候，一片浅褐色的羽毛，像林间秋叶一样飘落下来。他一眼认出，这是斑背鸭的羽毛！难道周铁牙用它捕了野鸭？想想他刚才去河畔喂鸟时，发现今日出现的野鸭，确实比往日少，而且瞅着也不那么活泼，他的心阵阵下沉。

张黑脸走出木屋，攥着鸭毛，坐在木墩上，等着审问周铁牙。他没想到，这一坐就是一夜。

（未完，全文 17 节，节选前 7 节）

（此版本选自人民文学出版社 2018 年版
首发于《收获》2018 年第 2 期）

摊　牌

留　待

  我叫刘思信，今年四十二岁，是博达印务公司的老板。你如果对省城的印刷业稍有了解，肯定听说过我的名字。我一直对朋友们声称自己在鲁西北一个偏僻村庄长大。我经常说起小时候赤身跳进马颊河里捉鱼，从河畔的树林里逮了知了猴去村头小卖部换糖吃。当然，我更喜欢说到对肉的强烈渴望。别人馋肉时都是咽口水，我却是一见到油汪汪的酱肉便不停地打嗝，就像吃撑了一样。朋友们以为，我反复说到乡村是为了用儿时的贫苦衬托如今的成功，其实，我是为了掩盖在唐城的三年生活经历。

  我从来不对人说到唐城，首先是因为我在那个小城遭受过屈辱。屈辱就像被烧红的烙铁烙在心上，每当夜深人静时便会从心底凸起来。我在村里上小学时便表现出读书天赋，在一次全县语文竞赛考试中得了第三名。我父亲以为我家祖坟冒了青烟，他将我的奖状贴在堂屋最醒目的位置。上初中时，我按照学区规划只能进入一所乡镇中学。中学紧挨着喧闹的集市，教室窗户上没玻璃，感觉就像蹲在大街上，小贩的叫卖声清楚地回响在耳边。老师常常一边讲课一边侧耳倾听某种商品降价处理的消息。我父亲有次赶集顺便到学校来看我，恰巧看见一个老师抱着一捆大葱从集市回教室。老师把大葱放在讲台旁边，又拿起书本接着讲。那个老师戴着白边眼镜，裤缝非常整齐，不像误人子弟的人。我父亲从那捆大葱上看透了他的虚伪。于是,我父亲求了我母亲的一个表妹,让我插班到唐城实验中学。唐城离我家五十四里路,属于两个县。我怀抱捆成一团的被褥坐在自行车后货架上,听了父亲一路叮嘱。他提醒我住到表姨家之后要有眼色,放了学要帮着表姨多干家务活。我跟那个表姨只是前几年在某个亲戚家见过一面。父亲的反复叮嘱让我产生一种错觉,以为被送到表姨家当童工。如今想来,唐城不过是一座袖珍小城,狭窄的马路上混行着汽车、驴车、自行车。对于当时满脑子只有乡村土黄色的我来说,唐城无异于繁华都市。父亲的叮嘱声淹没在一阵又一阵的喧哗中,我忽然有种背井离乡的凄凉感。

表姨家在县城中心一条狭窄的胡同里。胡同底部有一栋四层楼房,黄色墙漆被风雨侵蚀得像是布满尿碱。胡同口有一家花圈店,门前的样品让人误以为胡同里正有人办丧事。表姨住在二单元402,一套七十平米的三居室。这套房子是表姨夫单位分的,我在他们后来的一次吵架中,听到表姨夫像疯子一样让表姨滚出去。我记得那天下午表姨接待我和父亲时还算热情,她从我父亲手中接过两瓶香油和半袋玉米面放在茶几上,顺手爱抚了一下我的头。她的手非常柔软,带着一丝淡淡的香味。我坐在沙发角落里偷偷看着她和我父亲说话,觉得她与我母亲有许多相似之处。等到我父亲刚一告辞,她的脸立马就变得有点儿冷。身处弱势的人很容易学会察言观色,身处弱势的孩子更为敏感。看到表姨将茶几上的香油拿进厨房时嘴角抽动出一丝不屑,我便急忙躲进向北的小次卧里。刚才,她让父亲将我的被褥放在小次卧的窄床上。

表姨让我住到她家是因为她心里那份难言的苦衷。她丈夫在机械厂跑业务,整天不着家。有人说他在外面包养了一个女人。表姨用了许多侦探手段也没能把那个女人找出来。她脑海中总是浮现着裸体女人和她丈夫抱在一起的色情画面,侦探的劲头愈来愈足。如此一来自然没心思管女儿的学习。小蕾读三年级时在全班考第五,如今沦落到倒数第四。我父亲求表姨帮我转学时,恰巧赶上她刚开完家长会。她听我父亲说话时脸上带着家长会给她制造的尴尬,刚听我父亲说完,便立时有种茅塞顿开之感。她对我的学习成绩早有耳闻,也相信"寒门出贵子"的说法。她痛快地答应并不是想成全我,而是觉得她家将迎来一个不花钱的小保姆。我可以接送小蕾上学放学,晚上还能辅导小蕾做功课。少了女儿的纠缠,她可以腾出更多精力对丈夫进行缜密侦查。关于小蕾我就不多说了。趁我睡着拿毛笔在我脸上画眼镜,在楼下垃圾堆前逮了蚊子放进我的蚊帐里。刚开始我以为她欺负我,后来发现纯粹是顽皮。

当时我躲在小次卧里拿手背不停地擦眼泪,感觉受了屈辱。听到表姨拿着拖把在客厅里拖地,我竟然忘了出去帮一下。直到我在泪眼模糊中看到自己的书包,紧缩的心才稍微松动一些。我盼着快点儿去学校,那里是我的舞台。我自信只要经过一次简单考试,便会引来老师的赞赏和同学们敬佩的目光。我没想到,上学第一天却再次尝到了屈辱的滋味。

我跟着江老师走进初一三班的教室。江老师个子很矮,留着小分头,头发上打了很多蜡。他的眼睛很大,眼镜却很小,眼珠稍微一动就像要从眼镜里跳出来。他站在办公室门前跟我表姨说话时,一直紧盯着她白皙的脖子和微露的胸脯。他跟表姨是高中同学,据说当年追求过她。江老师对表姨说,把他交给我你就放心吧。江老师领着我朝教室走时没跟我说一句话,甚至没有看我一眼。我背着沉重的书包尾随在他身后,感觉自己像一条被主人厌恶的小狗。他径自走到讲台上,教室里的交头接耳并没有因为他的到来而减少。他拿着板擦敲了敲黑板,说给同学们介绍一个新同学。说完才发现我站在门口没进来,他皱着眉头冲我招了招手。我往前蹭了两步。我一进门,教室里便陷入一片寂静。寂静里涌动着一丝诡异,我心里有点儿发毛。我孤独地站在门边,就像正在被罚站。我先看到了密密麻麻的人头,随即又看到他们身上鲜亮的衣服。我突然感到了自己的寒酸。临来唐城时,母亲连夜给我缝制了一身青布衣服,还专门给我买了一双球鞋。衣服做得有点儿大。我对着镜子试衣服时,看到领口里裸出的脖子特别长,像是伸着脑袋要去找什么东西。我将领口往上提了提。母亲说,正是长个子的时候,做大一点儿,明年还能接着穿。此时面对着一片探究的目光,我急忙将脖子缩了缩。江老师说,这位新来的同学叫刘思信。话音未落,同学中就有人问,他要给谁留"死信"?教室里爆发出一片哄笑声。江老师轻轻推了一下鼻梁上的眼镜,目光越过全班同学的头顶望着对面墙壁上的黑板,想静等哄笑声自动中止。哄笑声迟迟不停,又有个更高的声音喊道,瞧他的褂子,真够洋气的。有人接茬道,这是上海最新流行款式。我不知在门边站了多久,也不知自己在眨眼之间已经博得了"留死信"和"刘大褂子"的外号,我甚至不知道自己是怎样坐到最后排角落的位子上的。我的耳边一直回响着邪恶的笑声,我的脑子成了黏稠的糨糊,心底只有一个强烈的念头,赶紧离开这里。

我之所以没离开,是因为我很快和张伟强、李双海、王小路交上了朋友。有了他们,我在陌生的小城有了一丝归属感,再也没人当面叫我的外号了。

张伟强的老家也是一个偏僻村庄,连马路都不通。每次下大雨都会使他的老家变成一座孤岛。村里人如果有急事要办,就不得不像鱼一样游出来。他在唐城读书寄居在姑姑家。他姑姑在官道街开了一家包子铺,他每天早晨上学手里都握着两根油条,他一闻到包子味就恶心。他非但没因自己的乡村身份遭受城里孩子的歧视,反而是个被羡慕的人。他满口北京话,一张嘴便带着居高临下的气势。他父母在北京做生意,他在北京读完小学才回来。他主动找我说话是因为一次测验考试。我是全班唯一得满分的人。我的成绩并没有受到同学们的羡慕,反倒招来很多不服。刘大褂子怎么考那么高?有人说,肯定是他在袖子里藏着小抄。那天下了课,我上完厕所便坐在南墙根下的一块石头上,苦思着怎样对父亲说退学的事。张伟强凑到我身边说,思信,你好。我有点儿吃惊。我转学十天以来从未有人跟我说话,好像谁跟我说话便会降低身份。我特意辨别了张伟强对"思信"的发音之后,冲着他笑了一下。张伟强说,你是个有

119

真本事的人。我吓了一跳，以为他在讽刺我。看到他的表情很真诚，我又有点儿不好意思。他在我身边蹲下来，掏出一块口香糖递给我。他说，那天他没笑。我一蒙，随即想到他说的是我刚走进教室的那一刻，我的脸有点儿红。他说，当时他心里很难受，他想起了在北京上学的时候。我后来知道他家对他的学习非常重视。在北京没户口，考大学时还是要回原籍，早回来比晚回来强，山东的中学比北京的中学抓得更紧一些。张伟强也知道只身回老家读书肩负着光宗耀祖的使命，可学习成绩总是上不去。就像他对我说的，脑子使不上劲，所以他对我挺佩服。人和人之间的默契感很微妙。我听到他对"思信"正常发音时便感到一丝温暖。当他坚持要把口香糖送给我时，我已经非常感动。他见我一再推让，便直接将口香糖填进我的嘴里。

李双海和王小路跟我不是一个班，他们和张伟强很早就是朋友。李双海家在国棉厂家属院，父母是早年从省城下乡的知青。王小路的父亲是城关供销社第一门市部的负责人，母亲在土产公司当临时工。他家住在门市部后院的两间小房子里。院子里摆满了菜坛子和水缸。王小路的母亲对我很好，不时留我在她家吃饭，有次下雨还让我住在她家。她对治疗小孩儿感冒有一套独特的方法，不打针，不吃药，只需对小孩儿的后脖颈和双手手掌进行按摩。她曾经给我治过一回。她对我最常说的一句话是，思信，你学习好，一定要多带一带我家小路呀。

如今想来，他们三个人确实让我在陌生的小城里感到了温暖，可也正是与他们的结交注定了我的不幸。

如果不认识他们，我不会跟马奎的死亡扯上关系，更不会在后来的日子里受尽煎熬。

我的语速是不是太快？这是因为三天前的傍晚我突然变成了哑巴，今天上午刚能说话，我很怕自己再次失声，所以有点儿急不可待。

我突然失声时正在车间里给工人们开会。我每周五下午五点半都要开一次会。对于私营企业来说似乎没必要，朋友们笑话我是在满足潜意识中想当官的欲望。我觉得私营企业比国有企业更需要开会。国有企业本来就有个成型的壳，员工进入壳子便能随着约定俗成的规则运转。私营企业里是一群散兵游勇，每个人的脑子里只装满个人收益。我开会就是要提醒员工，不要以为企业死活跟个人没关系。我们相当于在一条船上。当然了，说法有许多种，都是从不同角度说明我与他们同荣共辱。开会的好处一次两次体现不出来，时间一长，我的员工跟其他私企的员工就很不一样了。

我对这次开会非常重视，前几天新招了六个工人，他们是第一次听我讲话，我想让他们尽快融入到企业中来。正是交接班的时间，我站在一箱尚未开封的铜版纸上，员工们像士兵一样整齐地站在车间的过道里。望着他们仰视的目光，我心里闪过一丝激动，不由又想起自己十七岁那年背着简单的行李来省城打工的样子。房顶的日光灯雪亮，甚至可以看清每一张脸上的毛孔。我对开会颇有经验，讲话时心里要做到目中无人，眼睛又像是在关注所有的人。目光集中在某个人身上，容易使自己分心，其他员工也会感觉受了冷落。我脸上带着习惯的笑意，看了所有人一眼，正想说话时，心里忽然莫名地一颤。那几张陌生面孔掺杂在五十多张熟悉的面孔里，我觉得像是在米饭里看到了沙子。我知道这种感觉很不应该，厌恶感却又如此强烈。我极力克制着心底的不适，想尽快把话讲完。腹稿的突然缩短使我的脑子有点儿乱。我又看了员工们一眼，脑袋像是挨了一棍似的晕乎乎的。我将手伸进裤袋狠狠地掐了一下自己的大腿，钻心的疼痛让我的心神稍微稳定了一些。我清了清嗓子，正要开口说话时，忽然发现自己根本说不出来。我的嘴张了张，用舌头舔了舔嘴唇，感觉嘴巴已经不是自己的。我心里的语言已经集结在嗓子眼，像梗着一堆鱼刺。我稍微扭了一下脖子，像是要呕吐一样喉咙猛一用力，第一句话终于钻了出来。话一出口，自己先吓了一跳。我竟然听不到一点儿声音。我以为自己失了聪，便抬起左手轻轻揪了一下自己的耳朵，我清楚地听到院子里货车驶过的声音。如此诡异的突然失声让我感到一阵恐惧，头上的冷汗像虫子一样顺着脸颊往下爬。为了不让人看出我的狼狈,我脸上始终残留着一丝笑意。我冲着工人们匆匆摆了一下手,从纸箱上跳下来仓皇跑出了车间。

  妻子带着儿子开车来厂里接我时,我正躺在办公室的沙发上翻阅一本我厂承印的文学杂志。儿子一进门便从我手中将杂志抢了过去。他说这期杂志上有他语文老师的一篇散文。儿子今年刚上重点中学。他不会像我当年那样因为穿着寒酸被同学起外号,也不必再借住在亲戚家被当成小保姆。正是他的出生让我下决心在这个城市扎下根来,他那毫无意识的嘹亮哭声是我创业的最大动力。妻子坐到我身边,用力拍了一下我的肚皮说,你闹什么鬼?她脸上带着一丝不悦。刚才她打电话问用不用来接我,我接起手机才意识到自己说不出话来,直接挂断又不好,便将手机在办公桌上敲了敲。我望了一眼办公室里迎门摆放的佛像和香炉里缭绕的青烟,庆幸自己的意识还算清醒。我没感到身体有其他不适,便决定不让妻子承受我突然失声的恐慌。我起身从桌上拿起笔,在一张纸上写道,从今天开始,我三天不说话。妻子瞟了我一眼,笑道,今年这病犯得早呀。

  我的情绪在每年中秋节前都会陷入低沉,呆头呆脑,连饭也不吃。为了不让人发现我的心结,那几天我把自己关在书房里独自面对佛像。妻子问我想干吗?我说,思过。妻子笑道,看来你做过的亏心事还真不少。现在她早已接受了我每年按时思过的癖好,甚至觉得我这种癖好很有价值。我们厂子每次扩张的决定都是在我思过之后做出的。她不知道我为什么偏偏要在中秋节前思过,她只知道我很爱她,这可以从性生活上感觉出来。我与她是一块打工时认识的。当年她是个干瘦的女孩儿,头发有点儿黄。随着年龄渐长,她的身材丰腴了许多,竟然显出了贵妇的姿态。过了这么多年,我愈来愈觉得娶了她就像捡了大宝贝。她对数字极其敏感,脑子像大型计算机,将全厂的账目处理得井井有条。我这辈子都不会告诉她我为什么思过。妻子以为她从小就认识我,永远不会想到我在十六岁那年惹上了命案。我心里一直无法抹去马奎临死之前的惨叫声,农历八月十四是他的死日。

轿车刚驶出印刷厂大门,我就急忙拍了拍妻子的肩膀让她停下来。我忽然意识到了自己失声的原因。我想写纸条,一时又摸不到笔,便拿手机给妻子发了一条短信,让她去把新招的工人名单拿给我。厂里招工的事是由车间主任老肖负责的。妻子扫了一眼短信,重新启动了轿车。她略显气愤地说,说句话能把你累死吗?她用手抻了一下勒在胸部的安全带,又说,新工人的名单都装在我脑子里。

二十六年前的农历八月十四深夜,我们躲在一棵大槐树的阴影里等待马奎出现时,谁也没想弄死他。我和李双海、王小路每人各握着半块砖头,张伟强手里拿着两块。

张伟强说,他女朋友小曼被马奎强奸了。张伟强在初三下半学期开始跟小曼谈恋爱。小曼属于早熟的女孩儿,个头儿高挑,胸部丰满,穿得花枝招展,一双灵动的大眼睛喜欢在男生脸上飞来飞去。她上学三天打鱼两天晒网,老师也懒得管她,都知道她正等着国棉厂招工去那儿上班。张伟强对我说要追求她时,我有点儿替他担心,我早就听说小曼经常跟社会青年混在一起。张伟强说,爱情到来时真是难以控制,心里整天像地震似的。张伟强并不是跟我商量要不要追小曼,而是已经开始了。他说要带着她去北京。他们已经一块看过两次电影,还在阴暗的光线中接过吻。张伟强正暗自筹划带她去北京住在哪里时,她却突然提出了分手。张伟强像挨了闷棍一样满眼冒金花,等理智稍微一恢复,才想起问为什么。小曼掉了几滴眼泪,说分手是为了他好。张伟强觉得一点儿也不好,想哭。他一再追问,小曼便小声说,她已是马奎的人了。

马奎比我们大几岁,早已退学混迹社会,经常骑着摩托车在午夜的大街上飞奔,据说颇受黑道头目马汉的赏识。马奎的头发烫成爆炸式,打眼一看跟歌星费翔有点儿相似。马奎自称他奶奶确实有着欧洲血统。他家住果木市街南口,家里开着一个自行车修理铺,门口挂着一只生锈的车圈和几条满是补丁的破车胎。他父亲非常苍老,有哮喘病,常常坐在修车铺门前的矮凳上咳成一团。

张伟强说到马奎强奸小曼时把我吓了一跳。我从没想到如此重大的刑事案件会突然出现在身边。我们说话是在唐城一中的操场边上。我上了高中,已经从表姨家搬到学校宿舍里了。张伟强没考上高中,依然留在初中复读。这几年他的个子长得挺快,站在一群初中生里像羊群里的骆驼。我下了晚自习,看到他正在宿舍门口等我。我的心立时一沉。自从拿到高中录取通知书的那一刻,我便决定跟他们三个人疏远。我跟他们的情况太不一样。张伟强上不上学无所谓,随时可以回北京。他家的生意愈做愈大,据说在昌平新买了一百亩地。李双海早就对上学没兴趣,初中没毕业便到国棉厂上班了。王小路考上了高中,却没上。他学习成绩一般,读下去也对考大学没把握,他家替他制订了一个稳妥的人生方案。他父亲提前办了病退让他接班,如今他已经站在城关供销社第二门市部的柜台后面,跟着两个中年妇女当学徒。门市部的生意很清淡,加上那两个阿姨挺疼爱他,他便整天无聊地捧着本闲书。我与他们疏远不是因为不重友情,而是他们各有前途,我的前途只能靠上学来争取。张伟强召集了三次聚会我都没参加。我不愿看到李双海和王小路那副小小年纪便终身有靠的得意神情,也不愿听张伟强聊小曼。我以为张伟强已经知道我的想法,却没想到他又到学校来找我。夜色中的操场空旷得有点儿瘆人。这一片原来是坟地,据说深夜站在操场边会听到女人的哭声。

张伟强掏出香烟点上,吸一口后便将烟头藏在掌心里,说话时带着咬牙切齿的劲头。

张伟强说,竟敢欺负到我头上,一定不能放过他。

我觉得小曼被强奸的事不应该由我们来说,应该让她去报案。

张伟强气道,报个屁案,她根本不承认被强奸。

我有点儿蒙,脑子转了好几圈才回过神来。我不由得替他感到一丝庆幸。跟小曼吹了是件好事,接下来可以安心读书,复读一年再考不上高中,太丢人。我心里这样想,说话时居然没忍住自己的好奇。

我问,那你怎么认定她被强奸了?

张伟强说,你看马奎家的条件,小曼怎么会看上他?她要不是被强奸,跟我说分手时为什么会哭?

我一时搞不清他的逻辑,心里忽然冒出一丝疑惑,他为什么来找我?看到远处宿舍窗口的灯光突然灭掉,我觉得在操场边待的时间太长了。我正想着中断马奎强奸小曼的话题,张伟强将香烟扔到地上,用脚尖狠狠踩了一下,说出了来找我的目的。

他说,咱们是两肋插刀的朋友,教训马奎时,你一定要帮忙。

我的心一下子提了起来。跟马奎打架,我们根本不是他的对手。我曾见过马奎带着几个长发小伙子在校门口揍一个高三男生。那男生又高又壮,是校篮球队的主力,眨眼间便满脸鲜血躺在马路牙子上。放学后拥出校门的同学还没看清是怎么回事,马奎他们就已经骑着摩托车跑远了。张伟强为了小曼的移情别恋竟想跟马奎较量,我觉得他有点儿疯狂。我不愿让他拿鸡蛋碰石头,更不想让自己掺和进古怪的情仇里。一阵微风吹过来,我不由打了个寒战。我看着他在夜色中又掏出一根烟,一时不知该说些什么。此时无论说什么都像是对两肋插刀的背弃。

张伟强问,你怎么不说话?

我梗了一下脖子,问,小曼跟马奎吹了之后,你还要她吗?

张伟强冷笑,我怎么会吃别人的残羹剩饭?

我心里一喜,以为找到了让他放弃寻仇的理由。正想说话时,忽然听到他又冷笑了两声。他的笑声里透着洞察一切的高傲。

他说,我知道你想说什么,现在这事跟小曼没关系,是我跟马奎的事,我不能咽下这口气。

我问,你跟王小路和李双海说过吗?

他说,还没有。

我忽然有了一丝解脱感。我相信他们也不敢找马奎较量。

我说,最好跟他俩说一下。

张伟强说,他俩肯定没问题,关键就是你,所以我先找你商量。

我一下子僵住了。我忽然感到四周特别静,就好像突然被抛进一个深邃的洞穴里。张伟强用话语将我所有的退路都堵死了,留给我的只剩一句话。我不想突然失去友情,更不愿让人看出我的懦弱。我深吸了一口气,努力控制住心跳,说出了张伟强此刻最想听的话。

我说,我也没问题。

张伟强接下来在召集人手时还是遇到了问题。问题出在李双海身上。李双海上班之后闲得无聊,新添了拉帮结伙寻衅滋事的爱好。他很高兴张伟强送来一个练手的机会。当听说交手对象是马奎时,李双海急忙摇头。他倒不是怕马奎。国棉厂家属院的孩子与唐城胡同里的孩子素有不睦,打群架的事时有发生。前些年曾有过一次大规模械斗,公安局抓了十几个人才平息下来。不久前李双海还看到马奎被国棉厂二区的一个小伙子揍得跪地求饶。马奎固然是国棉子弟的手下败将,但李双海却从马奎的失败中看到了他的能量。菜市街的马汉出面了。马汉在国棉厂有朋友,一起蹲监狱时认识的。揍过马奎的那个人一见马汉找上门,立时意识到问题严重,急忙答应出钱摆酒,给马奎道歉。

李双海苦着脸说,对付马奎这种小混混儿手到擒来,问题是他身后有马汉,我们不得不谨慎些。

张伟强早就知道马汉,以出手又快又狠而著称,因为打架已经"三进宫"。在马汉们的世界里,"进去过"不是耻辱,而是像在胸前挂了勋章。张伟强坐在李双海的宿舍里垂头丧气地抽了两根烟,不知接下来该怎么办。如果教训了马奎再被马汉逼着摆酒席,岂不是更窝囊?想到去跟马汉较量,张伟强自己心里先哆嗦了一下。又想到小曼的眼泪,张伟强抬手在脑袋上擂了一拳。李双海不愿看到张伟强捶自己,也不愿承认怕马汉,他如果承认了,相当于丢了全体国棉子弟的脸。他又递给张伟强一根烟,说先别着急,再想想办法。说着看了一下手表,说他马上要上中班,让张伟强先跟小路商量一下。

张伟强觉得跟王小路没什么可商量的。王小路长得有点儿瘦小,搬自行车都费劲,隔三岔五还闹点儿病,不是肚子疼就是脑袋疼,打架的事根本不能指望他。张伟强逃了一天课专门找李双海商量,就是看中他国棉子弟的身份。我们跟马奎打斗时如果吃了亏,李双海身后的弟兄们肯定会出手相助。没想到李双海还没听他充分表达出对马奎的仇恨,就先打了退堂鼓。张伟强出了李双海的宿舍楼在大街上发了一会儿呆,一时无处可去,便骑着自行车去了王小路的门市部。没想到王小路的一句话打开了教训马奎的新思路。

王小路说,明着干不过他,咱们给他来阴的。

王小路说话时眼睛里闪着光,张伟强很意外。他本来只是到王小路这里坐会儿,喝点儿水,熬到放学时间好回家。他进门时王小路正拿着苍蝇拍打苍蝇。王小路打死一只苍蝇便放在柜台角落的一个小茶碗里,茶碗已经快满了。王小路一见张伟强进门,立时握着苍蝇拍迎上来,说他正想去找张伟强呢。张伟强一愣。王小路说话前先朝左右看了看。门市部里很萧条,除了货架根本就没其他人,他只是以此凸显说话内容的神秘性。他凑到张伟强跟前小声说,我昨天看到小曼坐在一个男人的摩托车上。张伟强无精打采地说,我跟她吹了。王小路很纳闷。张伟强带小曼来过门市部一回,借打气筒给小曼的自行车打气。王小路顺手从货架上拿了一只新的给他们用。小曼比王小路高半个头。王小路偷瞟了一下她的胸脯,自己先羞红了脸。小曼大方地问他是否有女朋友,如果没有,她可以把一个姐妹介绍给他。王小路张口结舌不知该说什么,心里立时对小曼有了种亲近感。此时王小路不知道张伟强是被甩,只是对他们的恋情告吹很惋惜,他说他觉得小曼挺好的。这句话再次勾起了张伟强的怒火,他把马奎强奸小曼的事又说了一遍。王小路还没听完便像自己女朋友遭到强奸一样怒目圆睁,他拿着苍蝇拍在一捆麻袋上狠狠抽了一下,大声说道,大丈夫三不让,妻、财、子,绝不能饶了马奎。王小路的表情让张伟强有种突遇知音之感,很是兴奋了一下,可一看到王小路的身板,又闷头叹了口气。王小路说,叫上思信和双海,我就不信咱们四人办不了马奎。

张伟强无奈地说到了我的犹豫和李双海的顾虑。王小路轻轻点着头。他眨着眼睛望着货架上的几把茶壶,出神地想了想,决定来阴的。

张伟强觉得来阴的不好,不解恨。马奎不知道是谁冲他下手,这仇相当于没报。

王小路苦笑,你听说过匿名信吗?

张伟强茫然地看着王小路。他知道匿名信,却不知匿名信跟自己报仇有什么关系。

王小路说,写匿名信的人怕被报复,为什么还要写?

张伟强顿时觉得话题有点儿深刻,凝神盯着王小路的脑门。他记得王小路在学校时智力很一般,没想到坐在门市部柜台里之后脑袋里添了这么多弯弯绕。

王小路说,写匿名信的好处就在于不被报复的情况下一解心头之恨,这跟偷袭马奎是一个道理。

张伟强一听绕了一圈又回到偷袭上,便轻轻摇了摇头。

王小路有点儿着急,你怎么这么死心眼呢?

王小路见跟张伟强总也说不通,当天夜里,他独自找到了李双海。

李双海上班后自诩为"混社会的",他觉得张伟强在社会上受了气找他求助是理所当然。他知道自己今天的表现让张伟强很失望,他说"谨慎些"很容易让张伟强理解成他在推脱,或者直接认定他是个胆小如鼠的人。李双海上班时脑子里老是跳跃着张伟强捶脑袋的画面。李双海当时没什么感觉,过后却觉得像是捶在自己的心上。他想尽快把在张伟强面前表现出的懦弱弥补回来。下班时他约了几个朋友去国棉厂旁边的迎春街夜市喝啤酒,想商量一下如何做到教训马奎之后不让马汉出面。他随着下班的人潮刚一走出厂门,就看到王小路正在马路边的一棵柳树下等着他。

李双海递给王小路一根烟。王小路本来不抽烟,见李双海旁边的几个伙伴都叼着香烟,便接了过来。王小路说偷袭方案时有些激动,就好像自己突然拥有了运筹帷幄的才能。他在马路边等李双海时,心里又对偷袭方案进行了更周密的完善。李双海还没听他说完,就激动地猛一拍王小路的肩膀说,好主意。王小路不像李双海那样兴奋,反倒有些沮丧,说主意再好,可张伟强不同意呀,我来找你,就是让你劝劝他。李双海很纳闷,他怎么会不同意呢?

　　他们三个人商定方案时我不知道。张伟强一直没来学校找我,我以为他已经把古怪的情仇消化掉了。王小路跑来告诉我张伟强终于接受偷袭的方案时,我的心又提了起来,以为要马上拉我去找马奎打架。王小路说话时眉飞色舞。我呆着脸听了一会儿,终于明白他的兴奋是因为在他的奔走下使他们三个人统一了认识。我后来才知道说服张伟强接受偷袭是多么费劲。张伟强坚持跟马奎明挑,他想让小曼看到马奎被打趴在地的样子,即使为此拘留几天也在所不惜。王小路和李双海不想被拘留,坚持搞偷袭。张伟强觉得他们不想帮他,最终是李双海用另一套思路引领着张伟强从思维死胡同里走了出来。李双海认为偷袭成功后,即使不能把马奎整残,也会搞成重伤,反正再也不可能骑着摩托车带小曼到处转了。

　　李双海问,你觉得小曼会去照顾马奎吗?

　　张伟强肯定地说,不会。

　　李双海说,她如果去照顾马奎,俩人散得更快,我们都见过马奎家修车铺里乱七八糟的,小曼却是个喜欢攀高枝的人。

　　小曼已经到国棉厂上班了,跟李双海在同一车间,但不是一个班。李双海听说小曼最近开始和车间主任的弟弟眉来眼去,可能是顾忌马奎,俩人的关系还没公开。

　　李双海感叹,漂亮女人其实和狗屎差不多,都喜欢招苍蝇。

　　张伟强被绕得有点儿晕。马奎的事还没完,又跳出个车间主任的弟弟。如果哪天小曼再找个厂长的小舅子,或者是支书的侄子,他突然发现她后面遇到的都是他不认识的人,当然也谈不上仇恨。稍微一联想,张伟强心里就空阔了许多,不知不觉中对马奎的仇恨便淡了许多。

李双海见张伟强出神,立时意识到刚才的比喻不恰当。他不知道张伟强内心的变化,只想赶紧用话把刚才的比喻遮盖住,免得张伟强多心。

李双海说,当年武松因为嫂子被夺干掉了西门庆,放心吧伟强,我们也绝对不含糊。

张伟强的双手像洗脸一样在脸上搓了又搓,事情愈来愈复杂,已经超出了他思考的范围。他想快刀斩乱麻,让自己从焦虑中走出来。听李双海说到武松,他一时没回过神来。此时正在王小路的门市部里。下了班,门窗紧闭,屋子里的光线非常昏暗。仨人趴在柜台上,互相看不清对方的脸。张伟强感觉像是在梦里,听到王小路表决心时,他才知道身处何地。

他懒洋洋地说,好吧。

接下来在对偷袭的具体筹划中,张伟强变成了局外人,主角换成了王小路和李双海。他俩把偷袭当成自己的事,却对于实施时间有着严重的分歧。王小路主张趁着夜深人静,马奎一个人在街上走时,冲上去一棍子把他打晕,然后让张伟强猛抽他一顿。这种干法看似可行,实际上纯属异想天开,执行起来难度太大。别说很少看到马奎一个人在街上走,即使夜深人静在街上走时我们也不知道,这需要我们没日没夜地盯着他。李双海却对偷袭时间的选择非常苛刻。他觉得最好赶在他上夜班之前,夜里十一点半左右。李双海这样想是抱着好汉不吃眼前亏的心思。唐城太小了,走在大街上的人都面熟,打了马奎的闷棍难保不被人看见,如果马奎的兄弟们追上来,他已经及时躲进了车间里。可这理由又不便于说出口,所以,王小路催促行动时,他总是说再等等吧,他最近身体状态不太好。李双海不出手,王小路也不敢贸然行动。王小路坐在门市部里,每当看到马奎骑着摩托车从门口呼啸而过时,心里便会闪过一丝失落。这种局面下,无异于主动放弃了偷袭。张伟强整天闷头去上课,坐在教室里呆着脸出神。王小路在门市部里从失落过渡到了失落透顶。一天下午,马奎和两个人来门市部里买东西,王小路脑子里闪过偷袭方案,觉得特别遥远,不由得苦笑一下。马奎愣怔着眼睛问,你笑什么？王小路心里一颤,抖了抖从马奎手里接过的百元钞票说,听说就要出千元面值的钞票,我在想,到时候找钱多费劲呀。马奎怪怪地看了他一眼,接过零钱转身走了。王小路望着他的背影,非常佩服自己的机智。

八月十四晚上,我下了晚自习刚一走出教室,李双海突然从一棵树下闪出来。我吓了一跳。他将我拉进黑影里,诡秘而兴奋地说,马上行动。我后来才知道,李双海从没打算放弃惩治马奎。正是马奎让他先后在张伟强和王小路面前暴露了自己的懦弱,马奎成了他心里的一道坎,跨不过这道坎,他觉得这辈子都在朋友面前抬不起头来。连他自己都没想到,跨越这道坎的时机来得如此突然。马汉被警察逮捕了,因为他前天晚上在县政府招待所门前打断了一个日本人的三根肋骨。日本人是来唐城考察投资环境的。马汉手下的喽啰们陷入一片惊慌,再也不敢成群结队地在街上晃悠。此时马奎正独自一人在迎春街夜市的小吃摊上喝闷酒,待会儿回家时肯定要经过东关大桥。李双海已经通知王小路和张伟强。我们将埋伏在东关大桥西头的一棵大槐树下。

我懵懂地看着黑影中面目模糊的李双海说,我去能干什么？

李双海说,你去了相当于增强百分之二十五的火力。

这时正好有个同学叫我,我说可能是老师找我有事,想甩开李双海一走了之。我还没转身,李双海就一把将我拽住。

他气愤地说,刚开始是你挑着张伟强去和马奎拼命,我们的火都起来了,你又想甩手,什么意思？

我有点儿蒙,随即有种百口难辩的感觉。我还在发愣,李双海便已经从墙根推过他的自行车。他狠狠地拍了两下车座子,口气里带着命令的味道,走吧,我带着你。

我坐在李双海的自行车上去往埋伏地点的途中,刚开始非常纠结,当听李双海详细讲解了袭击方式后,反倒有点儿庆幸终于可以从一场麻烦里脱身了。砸闷砖比打闷棍强。打闷棍需要贴近马奎,危险性太高,砸闷砖无非是隔着老远把砖头扔出去,证明自己对待朋友的一种态度,砸中与否似乎都不重要。

我问,谁跟你说我挑着张伟强去拼命?

李双海一路上骑得太快,到北湖岸边的上坡路时有点儿气喘吁吁了。他说,那个不重要,重要的是今晚把马奎干趴下。

我把袭击马奎的筹备过程说得如此详细,并不是想推脱我对马奎之死所应负的责任,我只想说明我一直处于被动地位。他们商量时没跟我说,到了砸闷砖那一刻偏偏叫上了我。我一直在后悔,那天晚上我坚持不去,李双海也不会把我怎么样。我之所以坐到他的自行车上,是因为我心里突然燃起一团怒火。他说我挑唆张伟强去找马奎拼命,我要跟张伟强当面对质。我最恨的就是朋友中间有人玩两面三刀。

我一直没获得对质的机会。马奎的死亡超出了我们的预想。八月十五夜里,在李双海家,我们坐在沙发上谁也不说话。李双海住在国棉厂家属院四区,他父母回省城探望他爷爷奶奶了。屋里没开灯,炽白的月光透过窗玻璃洒进来。我们脸上好像涂满银粉,亮得瘆人,仿佛刚从墓穴中钻出来的鬼魂。邻居家有人在喝酒,他们说话的声音稍微一高,我们便同时哆嗦一下。不知过了多久,李双海打破了凝固的气氛。他说,老这样不行。说着起身去厨房拿来一个蓝花碗,另一只手拎着一把明亮的水果刀。我记得那把水果刀特别长,好像还很沉,坠得李双海歪斜着身子。它反射出的月光不停地跳动,晃得整个屋子像一座正要散碎的冰窟。张伟强、王小路和我吓了一跳,惊恐地看着李双海手里的刀。李双海将刀和碗放在茶几上,从旁边小柜子里拿出一瓶白酒,用牙齿咬开瓶盖,将酒倒进碗里。他倒得太猛,我眼看着一滴酒花像一颗珍珠似的跳起来撞在我的右脸颊上。针刺一般的冰凉使我全身起满了鸡皮疙瘩。李双海再次将刀握在手里,郑重地说,咱们本来就是两肋插刀的朋友,从今往后更亲近了。说着,他将刀尖麻利地探到左手食指上轻轻一挑,随即将左手伸到碗沿上,一串鲜血像被水枪喷出来似的射进酒里。鲜血沉到碗底，像是新投进一枚锈迹斑斑的古币。李双海将左手食指伸进嘴里轻轻吮吸着，右手的刀递到张伟强面前。

我不知自己用刀挑破手指时是什么表情，但我清楚地记住了他们拿刀扎自己时的样子。张伟强将刀接到手里时有点儿哆嗦。见我们都在看他，才紧咬着嘴唇将刀尖伸到指肚上。刀尖停在他左手的指肚上迟迟不动，好像在尽情享受刀尖的凉度。由于想象中过分夸大刀尖入肉的痛感，他的嘴唇愈咬愈紧，嘴唇上渗出了鲜血，刀尖依然在指肚上颤抖。王小路扎自己时特别坚定，就像准备捅别人。由于动手时紧闭着眼睛，刀尖挑偏了，右手的力度也没掌握好，使得刀刃在指肚上横着切了一刀。或许是因为手上的疼痛感跟想象的太不一样，鲜血已经流了出来，王小路却还发愣干坐着。最终是李双海拿起他流血的手指伸进碗里。伤口跟酒精一接触，王小路身子一抽，哭了。整个过程中数李双海最冷静。他动作娴熟，表情镇定，好像曾将类似的把戏玩过好多回。

我记得那碗酒特别黏稠，喝下去时就好像有个沾满肉汤的钢球穿过喉咙直直地砸进胃里。我不记得酒的味道，因为我喝的时候屏着呼吸。我们四个人轮流着喝干了酒，李双海将空碗举起来摔在地上。随着瓷花散落在地，我心里忽然掠过一丝轻松。我只是听说过这种仪式，从来没想过自己会亲身经历。接下来在李双海的提议下，四个人的手紧紧握在一起。然后，我们发了誓。誓词是现成的，从黑帮电影或武侠小说中随便挑两句就行。其实，我们每个人都清楚，在冠冕堂皇的誓词背后，是一句不敢说出口的话。

我从来不敢回想马奎的死亡。我每年中秋节前躲在书房里思过也不是想他，我甚至都不想张伟强、李双海和王小路。我像修行的僧人一样闭目打坐，恰恰是为了忘掉他们。

张伟强的突然出现，使二十六年前的那个夜晚又像梦魇一样罩住了我。

我坐在轿车里回家的路上，听到妻子像老师点名一样清楚地报出六个新工人的名字。当听到"张伟强"这个名字时,我的心脏突然变成了一颗被踩爆的地雷。他什么时候出来的?听说他前些年因金融诈骗进了监狱。

我一进家门便将自己关进书房。天逐渐暗了下来,迎面墙上的佛像看上去有点儿阴森。我有种欲哭无泪的感觉。这么多年我按时跪拜,非但没将我从愧疚和恐惧中解脱出来,反而使我逐渐陷入另一个深渊。

我隐约听到儿子在开电脑,妻子让他先写作业,儿子说老师没布置。妻子以为他撒谎,便打开微信家长群,又是语音又是打字问了一圈,果然没作业。她尴尬中正不知说什么,儿子便得意地唱了两句《双截棍》。妻子说,你把昨天的作业再做一遍。儿子急道,有意思吗?你到底是不是我妈?妻子说,反正你不能玩游戏。儿子说,那我也不写。我平时喜欢听他们母子斗嘴,每当看到妻子被儿子噎得张口结舌,便坐在旁边笑。她一见我笑,就喜欢将火气转嫁到我头上。

此时我却笑不出来,我脑子里塞满了张伟强。他来了不直接找我,却应聘到厂里打工,让我觉着他来者不善。这时,妻子敲门。房门一开,我发现她脸上并没有因怀疑儿子的诚实所造成的尴尬,而是一副若有所思的神情。

她说,我忽然想起一件事,你那个老同学借了咱六万块钱,现在有五年了吧?

我的心一沉。我不愿让她看出我心里的波动,急忙点头。

她说,没你这么办事的,亲兄弟也要明算账,你却连个欠条也不让他写。你现在既然要思过,顺便想一想怎么把钱要回来吧。

李双海来省城找我是在五年前的夏天。当时我正在院子里指挥工人从货车上卸下新买的设备,李双海冲过来一把搂住我。天特别热,我们身上满是汗水。汗水粘在一起,我闻到一股浓烈的馊味。我好不容易从他怀里挣出来,误以为是我的小学语文老师找上了门。他的相貌有些苍老,谢了顶。身上的T恤衫被汗水浸透了,像是披着块大抹布。他见我没表现出他所期待的喜悦,脸色立时一沉。

他挖苦道,真是贵人多忘事呀。

我一看到他紧皱的眉头,眼睛里便突然涌满了泪水。

我记得当年在唐城,正是在他的引领下快速融入了城市生活。我的融入方式说起来有点儿难以启齿,李双海带我观看了一次男女偷情。李双海住的家属院南墙紧邻土产公司的货场。院墙顶部拉着"电网",但这丝毫没造成李双海们的翻越难度,反而增添了刺激。他明知"电网"只是生了锈的铁丝,每次爬到墙顶却依然会从兜里掏出试电笔在"电网"上触一下。试电笔是他父亲的,他父亲在国棉厂当保全工。李双海应用试电笔时的神情很像电影里执行任务的特工。那是秋末的一个星期天,我做完作业之后感到无聊,表姨带着小蕾回娘家了。王小路跟他父亲去一个乡镇赶庙会了。张伟强每到星期天下午便帮着姑姑卖包子。我在这小城里所能找的人只剩李双海了。当时我已经去过王小路和张伟强姑姑家,我想到李双海曾对我热情地发出邀请,让我去找他玩。当时我经张伟强介绍跟李双海认识不久,还不是太熟。傍晚我在他家门前的胡同里找到他,他正和一个叫小飞的男孩儿站在墙根从墙上抽砖头。小飞有点斜视,眼睛瞄着砖墙时脸却对着胡同尽头,看上去像是在替李双海放哨。我没能与小飞成为朋友,是因为两个月后他随父母旅游时从泰山上掉下来摔死了。李双海一看见我走过来立时眉开眼笑,他将手里的砖头一扔,凑到我身边略显神秘地说,你来得正好,咱们一块去看戏。

我在李双海的带领下翻墙而过,蹑着脚穿过货场里已经发黄的杂草来到一座大仓库门前。从门缝里看去,仓库里摆满罐头箱子。仓库一角闪着一盏昏黄的小灯泡,一男一女正在提裤子。男的又矮又胖,女的倒是挺苗条。男的系好裤子,踮着脚替女人理了一下散乱的头发。我觉得这对男女没什么可看的,我的眼睛盯在罐头上,我从来没见过这么多罐头。真正刺激的情节马上出现了。小飞的眼睛盯着门缝,脸冲着货场里的一摞菜坛子,突然大喊一声,流氓。我吓了一跳,身子急忙一挺。我以为李双海会叫着我扭头快跑,可他却依然手抚着我的肩膀趴在门上。仓库角落里的灯灭了,眼前一片漆黑,突然一道黑影在漆黑中闪了一下。我感到李双海抚着我肩头的手猛然一紧。小飞的脸转到门缝上,眼睛在货场的一大垛毛竹上匆忙寻找逃跑路径。李双海大声说道,没事,他们不敢出来。李双海这话具有多种功能。一是自我壮胆,二是提醒我和小飞,再就是警告仓库里的人。果然没人出来。我们盯着门缝又看了一会儿,什么也没看见。后来我跟李双海和小飞在一大堆原木中间玩捉迷藏时,看到那个苗条女人脚步匆忙地走了过去,但一直没看到那个男人。天有点儿黑了,货场里亮起了灯。那天晚上李双海留我在他家吃饭。直到这时,我发现他所说的"戏"才算真正落幕。他叮嘱道,到了学校千万别跟人说。我觉得他的口气过于煞有介事,一男一女提裤子有什么好说的。李双海说,那男的是贾秀娟的爸爸,女的是孙文静的妈妈。我先是一惊,随即心里涌上一股隐秘的兴奋。孙文静跟我同桌,满脸高傲,平时都不看我一眼,书桌也被她占了三分之二。我仿佛一下子看透了城里人的许多事情,城市给我造成的压抑感突然消失了。我庄重地对李双海说,放心吧,我对谁也不说。

我请李双海在印刷厂对面的海鲜酒楼吃饭,席间我说到"看戏"的事。李双海停止咀嚼,愣怔着面孔,好像不知道我在说什么。我又提到孙文静的妈妈。李双海苦笑一下,说好像是有这么回事。同时,他脸上现出一丝匪夷所思,你怎么还记得这个?儿时的趣事在他心里早已被现实的艰难挤得没了踪影。国棉厂破产了,他成了下岗职工。他父母前些年退休后回到省城,住在爷爷奶奶留下的老房子里。父母的身体添了病,需要李双海搬来照顾。他不敢来。举家搬迁不是脑袋一热随便一说,省城虽然是他老家,但这么多年下来他像个纯粹的唐城人一样觉得省城特别遥远。他自认为自己不具备在省城生存的能力。现在他不得不来了,倒不是突然之间长了本领,而是老婆跟着菜市街一个卖肉的老板私奔了,唐城成了他的伤心地。李双海不停地讲述下岗后的种种难处,说到老婆私奔,口气里竟然带着一丝愧疚，好像他老婆本来不愿私奔，是在他反复劝说下才不得不走的。我叼着香烟看着他，心想，他当年为了别人的女朋友莫须有的被强奸都会热情地砸闷砖，轮到自己老婆跟人跑了竟然如此平静。李双海说话时低垂着眼睑，一点儿也没耽误吃海鲜。他吃得挺多，透着不吃白不吃的狠劲。我心里忽然有一丝不安，他提出到我厂里打工怎么办？他没技术，再者我也不好意思支使他。所以，当他提出借六万块钱时，我竟然有一丝解脱感。我记得那天从海鲜酒楼出来时，太阳像个大火球似的把空气烧得滚烫。李双海眯起眼睛看着门前一排轿车，感慨道，思信，你算是混出来了。

　　李双海拿我的六万块钱加盟了一个内衣品牌，在纬五路开了一家内衣店。门店很小，生意很萧条。李双海根本不把生意好坏放在心上，只关心所聘店员的相貌。三天两头换一个，他总以为下一个会更漂亮。那天下午我开车去内衣店找他，一进门便先看到两个半裸的塑料模特。他正跟女店员隐在模特身后聊天。我的身影使小店的光线骤然一暗，李双海的脑袋紧贴着模特屁股探出来。他有些诧异，你怎么来了？他的口气不但不友好，甚至还有点儿冷。我的笑容一下子僵在脸上。李双海从我手里拿钱时曾信誓旦旦地说最晚一年还清，还口头承诺了比银行略高的利息，如今已经过去两年。这期间我怕他多心，一直没找过他，他也没找过我。我们之间的联系只是过年时的短信。

　　他领着我站在内衣店门外的一棵法桐树下。上午下过一场小雨，大片树叶上积存着细碎的水滴，微风一吹，水滴便落在脖子上。我的印刷设备准备升级，急需一笔钱。我在银行没关系，通过民间借贷利息又太高。我问李双海能否帮我一下。他本来叼着香烟望着我，脸上透着麻木，刚一听我说完，便忽然皱紧了眉头。

　　他说，思信，我对谁也没说。

　　我有点儿蒙。

　　他轻轻一笑，就是你砸死马奎的事。

　　我浑身的汗毛乍了起来。我愣愣地看着他，脑子飞速运转，想搞清他为什么说这个。

他又说，马奎就死在你砸出的那块砖头上，我看得一清二楚。

我的心神突然稳定下来，因为我看到他嘴角隐约闪过一丝得意。我知道不能随着他的话题走，走下去我很快便会陷于崩溃。

我问，你的意思是不想还我钱？

你怎能这样想？李双海口气里带着一丝嗔怨，我是赖账的人吗？你也看到了，我的生意不太好，实在挤不出来。再说，我也有点儿纳闷，你的厂子那么大，怎么单单缺这六万块钱？

我记得那天离开他时我有些仓皇。我不知道我的手在颤抖，我在车里拿着车钥匙却迟迟不能捅进锁眼里。李双海将半个脑袋从半敞的车窗里探进来，轻轻拍了拍我的肩膀，小声说，咱们是永远的朋友，我答应不说出去，就一定不会说。直到开车走出两站地，我才忽然发现，我与他曾经的友谊是那样虚幻，他早就将我的少年形象从他心底抹除了。时间让我们变成了陌生人。我刚才的表现就像是默认马奎是被我砸死的。李双海变得比普通陌生人更可怕，他以为攥住了我的短处。他从车窗里探进脑袋时，脸上带着一丝莫名的笑。我非常后悔没有一拳打过去，我又非常庆幸没有打他。如果打了他，要钱的事就变成了另一回事。

我后来再没找过李双海。我宁肯不要钱，也不愿听他说到死去的马奎。

我对张伟强说起李双海对我的讹诈是在印刷厂旁边的一条胡同里。天地间涌动着浓重的雾霾，呼吸时鼻孔里充满了质感，可见度还不到三米，人像是行走在梦境里。我早晨八点赶到厂里，我从来没来过这么早。张伟强今天下夜班。他既然不主动找我，我只好找他，摸清他到此的真正目的。自从见识过李双海诡异的赖账方式，我不得不对张伟强保持警惕。我站在车间门口，看着交接班的工人们进进出出，每张面孔都模糊不清，没人跟我打招呼,好像他们都没看见我。我感觉自己仿佛正站在阴间集市的街口。等了好一会儿,张伟强满脸疲惫地走了出来。我叫了他一声。他停住脚步,像是不认识似的仔细打量着我。他的眼神让我心里一惊,以为他被监狱生活折磨得失忆了。

我说,伟强,咱们找个地方坐一坐吧。他说,坐什么呀,我只想赶紧睡觉。他的口气让我一时无法判断他是否失了忆。我问,你来了怎么不直接找我?他说,怕你误会,以为我是找上门吃闲饭的。看来他很清楚自己是谁。他的冷漠固然让我有些吃惊,但他的话却让我有点儿感动。我又提出找个地方聊一聊,他轻轻打了个哈欠,说,那你就请我去喝豆腐脑吧。

印刷厂旁边的胡同里布满早点摊位。我们在一家豆腐脑摊前的马扎上坐下,摊主热情地递给张伟强一根烟。这摊主又矮又胖,头上戴着白色纸帽,腰间围着沾满油污的白围裙。我觉得他有点儿面熟,仔细回想才发现他跟电视剧里的武大郎一模一样。他对张伟强表示感谢,张伟强前些日子给他无偿提供了一份豆腐脑熬卤的秘方。自从用了张伟强提供的秘方,生意果然兴隆了许多。张伟强接过香烟叼在嘴上,心安理得地任由摊主弓腰替他点燃,那神情很像主人面对恭顺的奴仆。张伟强抽了一口烟,见摊主还站在面前,便略显厌烦地一摆手。

张伟强见我正诧异地看着他,便淡淡一笑,说你忘了,我姑妈的包子铺旁边就是一家卖豆腐脑的。我点了点头。我记得当年张伟强带着我在那家喝了许多次豆腐脑,不要钱。那家的孩子到张伟强姑妈家的包子铺也是敞开了随便吃。张伟强说,我无意中记下了他们熬卤的秘方,反正我也没用,不如贡献出来。我的诧异并不是因为熬卤秘方的传送,而是张伟强跟摊主的熟悉程度。

我问,你来多长时间了?

他说,差不多半年吧。

我心里一紧。他应聘到我厂子还不到一星期,却已在厂子周围转悠了半年。这种行径一点儿也不像是找工作的人,更像是潜藏着不可告人的心机。

他说,你可能听说了我这些年的经历,现在,我只想吃一碗干净饭。

我说,让你在车间干活太委屈了。

他说,咱们如果不认识,你肯定不会这么想。我自打进厂的那天便决定不跟你叙交情,希望你也不要跟别人说认识我。其实,我非常感激招我进厂的肖主任,我到许多单位应聘过,他们都不要我。

我说,北京的机会应该更多一些,你怎么跑到小城市来了?

张伟强手托下巴若有所思地看着我,好像搞不懂我为什么关心他对生活地域的选择。

我急忙说,当然了,大城市也有大城市的难,小城市也有小城市的好。

张伟强说,我在北京早就没家了。

他蹲监狱时结识了盗窃犯小陈。小陈的姨奶奶通异术,生男生女、祖坟风水、官运财运,都能帮人指点。她虽然住在沧州一个偏僻的小村庄,家门口却经常停着从北京、天津专程跑来的高档轿车。小陈盗窃专门冲着官员下手,收入好,安全性高。小陈失手是在一个乡长家。乡长因鱼肉乡里而颇富骂名。小陈盯了乡长半个多月,临到下手的前一天傍晚,突然接到姨奶奶打来的电话,让他老实在家待着,紧闭门窗,三天之内千万别出门。再过三天恰巧是小陈的二十八岁生日,他本想拿乡长的财物当成送给自己的生日礼物。小陈不想让半个多月的努力白费,便按时潜入乡长家。夜色比他期待的还要黑,撬门时顺利得异乎寻常。没想到乡长家的大黑狗那么凶猛,差点儿把他撕碎。他本来准备了药,狗吃下之后像死了一样趴在院子里。等到小陈拎着皮包想离开时,大狗忽然清醒过来。小陈蹲监狱时每天临睡之前,像按时祈祷一样痛骂那个卖狗药的。他更后悔没听姨奶奶的话。小陈比张伟强早出来两年,约定好等张伟强一出狱,小陈便带着他去找姨奶奶算一卦。

张伟强苦笑着说,姨奶奶说我后半生注定大富大贵,要我来这里,因为我命中的贵人早就在这儿等着我。其实我对她的话并不怎么相信,我来这里只是因为实在无处可去,没想到莫名其妙地进了你的厂子。

豆腐脑端上来了。张伟强左手端着豆腐脑,右手攥着汤匙,闷头吃起来。我一点儿也吃不下。他的话合情合理,听上去他进了我的厂子不是专门冲着我,而是纯属误打误撞。可是正因为他的话过于滴水不漏,我总觉得是提前编好的一套言辞。张伟强眼睛的余光瞟见了我的疑虑,立马停止了咀嚼。他梗了一下脖子,将嘴里的食物咽下,认真看着我,说话时口气里带着一丝悲壮。

他说,如果我在这儿让你不舒服,我吃完饭立马去找肖主任辞职。

听他这样一说,我反倒因为我的表情让他感到不舒服而有点儿难为情。我坦承道,你来了不找我却到车间干活,确实让我有点儿不安,我并不是容不下你,而是被李双海逼得对谁也不敢相信了。

张伟强面色一凛,他怎么会逼你?

昨天晚上妻子让我跟他要那六万块钱。我怕他再提到马奎,便拿着手机犹豫了许久。妻子是个对数字相当敏感的人,所有账目都很清楚,这本来是长处,此时我却盼着她糊涂一些。我想到李双海内衣店的生意确实非常萧条,我那天去难道被他以为是逼债?他父母早就回了省城,我也没去看望。他是不是怪罪我对朋友太冷漠?他下岗后到省城来谋生,我并没给他提供更大的帮助,反而对那六万块钱耿耿于怀,我应该深知身处弱势的人有多么敏感。换位一思考,我忽然对李双海有了些理解。何况他也说过他不是赖账的人,只是一时挤不出来。心念及此,我决定问候一下他的父母。我刚拿起手机,手机里便突然跳出一条信息,是李双海发来的。我心里顿时涌上一股心有灵犀之感。

李双海:思信,我要结婚了。

我:太好了,恭喜!何时喝喜酒?

李双海:现在有件事想求你帮忙。

我:请说。

李双海:能否借我四十万块钱？我需要先买房子。

我拿着手机愣住了，一时不知该如何回复。

李双海:我现在生意好了，不然不会把结婚买房提上日程，最迟半年，连同上次那六万一块还你。

我:那六万你先不用急，买房的钱我现在真帮不了你。

李双海的短信停了，我以为他作罢了。我看着墙上的佛像正出神，他的短信又来了。

他说，按说结婚本来是好事，可我一点儿也高兴不起来。我最近老做噩梦，梦见马奎被你砸死的画面。我反复安慰自己，明明是别人砸死的，我一点儿责任也没有，没必要不安。可是不行，马奎在我梦里喊个不停，好像只有去公安局说清楚才能让我解脱出来。一想到对你的承诺，我又知道不该去。我真怕哪天说梦话时把你砸死人的事说出来。我老婆对咱们来说算是外人，她没必要替咱们保密。思信，你说该怎么办？

我的脑袋顿时像要炸裂了。

李双海最后说，我知道四十万不是小数目，你准备一下，明天回复我。

这时，摊主来收空碗。他站在我面前纳闷地看着我，因为我的碗还满着。张伟强听我说起与李双海的短信来往时，他腮部的咬肌不停耸动，额头上的青筋胀了起来。我拿不准他是因为气愤还是在监狱里落下了什么病根。我递给他一根烟，他将烟接过去后下意识地捏碎了。他的表情透着激动，说话的口气却很平和。

他说，马奎那种人活着也是孽障，咱们相当于提前替社会根除了祸害。李双海居然拿马奎的事要挟你，很不好。这样吧，你把他的电话给我，我来处理。

我的眼泪差点儿流出来。我虽然不知道张伟强怎么处理，但他的态度却让我感到久违的温暖。当年在我们四个人中间，张伟强相当于一个隐形的头目。我急忙报出李双海的电话。张伟强的眼神好像不太好，输号码时一只手将手机推出好远，另一只手一下一下小心地按着数字键。他用的是几十元就能买到的老年机。他输完之后正要把手机揣起来,忽然顿住了。

他问,王小路没拿马奎的事讹你吧?

我咂了一下嘴,一时不知该怎么说。

按说王小路不能算讹我。他隔三岔五便要求我替他花一笔钱,但那似乎应该算我自愿,尽管大多时候我不自愿。王小路若是感觉到我不情愿,也会将马奎轻描淡写地提一提。王小路要我帮他的方式不像李双海那样张嘴借钱,是通过念苦经。他这么多年来一直跟我保持来往,他肚子里的苦水几乎全倒给了我。单位破产后,他被分流去了唐城机械厂。他上了三天班便离职了,他被分到翻沙车间。别说让他拿着铁锨铲沙土,他进了车间连气都喘不上来。他原来在城关供销社第二门市部里虽然挣钱不多,但却是一副养尊处优的样子。直到单位破产通知下达的前一天下午,他还在梦想着被提拔。

王小路骑着"黑老虎"第一次找到我是在我离开唐城三年后的中秋。"黑老虎"的消声器很差劲,撕心裂肺的怪叫声远远地便给人制造出一种突然失聪的感觉。也正因为叫声太大,在村庄的土路上行驶时反而显出异样的奢华。我一看到他骑着摩托车驶进我家院子,脑袋就立刻像被砖头砸了一下,感觉又被笼罩在三年前八月十四的那个夜色里。王小路从摩托车上跳下来时满脸笑容,时间的节点却让我觉得他是别有用心。王小路没有发现我内心的疑虑,他从后货架上拿下盛满鸡鱼肉蛋的纸箱,一句话便将我的疑虑打消了。

他说,知道你在省城打工,我只能赶在你回来过节时见你一面。

那天中午我们喝多了,王小路躺在我家土炕上睡了一觉。他明明是第一次到我家,却像来过许多次。他对我父母的称呼非常亲昵,仿佛自幼便跟他们共同生活。我母亲在厨房做饭时不停地偷瞅院子里的摩托车,我父亲去村里小卖部买罐头回来时也将目光投注在"黑老虎"上。他们没想到我会有这么阔的朋友。吃饭时我的父母都躲了出去,以为我跟王小路有要事相商。我陪着王小路喝酒,眼睛总是不自觉地落在那个纸箱上,搞不懂他为什么给我送来一份厚礼。王小路喝酒的样子非常豪爽,我以为他的酒量很大,可他喝了三两后眼睛便睁不开了。他眼神迷离地望着我说,知道我为什么来吗?我说不知道。他说,兄弟是来求你的。我愣了一下,心里涌动着不安。我清楚自己身上根本就没有可求的地方。我说,只要我能办到,在所不辞。王小路一笑,说你肯定能办到。他还没说让我办什么,眼睛一闭便睡了过去。他临睡之前像说梦话似的嘟哝了一句,这酒肯定是工业酒精勾兑的,劲太大了。

三个小时后,在我家土炕上,在窗户里透进来的血色阳光中,王小路和我进行了一次深谈。话语不多,却透着掏心挖肝的劲头。

他的目光像锥子一样盯在我脸上,思信,我要被提拔了。

刚睡醒的王小路眼珠子特别亮。我虽然比他早醒了一会儿,但意识依然处于半昏聩中。王小路郑重的口气让我稍微清醒了一些。我说,太好了。由于我心里猜测他要我办的事,所以说话的口气好像有点儿言不由衷。我急忙又说,恭喜你。王小路说,组织上正在考察我,所以我专门来求你。我有点儿不解,我跟组织不认识,能帮你做什么?王小路的眼神稍微一虚,说,我求你,千万别把偷袭马奎的事说出去。我有点儿生气,我怎么会说出去?王小路的脸上忽然掠过一丝痛苦,目光急忙越过我的头顶望着我身后的窗棂。他说,我后来才意识到,那次偷袭,只有你损失最大。我一听,眼睛有点儿发涩。偷袭过后,王小路依然坐在门市部柜台后面捧着本闲书。李双海还在国棉厂上班,没事便约着朋友去吃羊肉串喝啤酒。张伟强回北京帮父母做生意了。他们的生活都没被偷袭影响。我的书却读不下去了。我本来想靠读书改变命运,现在只能去给人打工。我拿手在脸上揉搓了一下,生怕王小路看出我内心的波澜。王小路能这样想,让我着实有点儿感动。接下来我发现,他说这话并不是为了让我感动,而是因为另一种担心。他说,目前这种情况下,张伟强和李双海肯定不会说,我就怕你心理不平衡。我沉默了,突然感觉受了侮辱,如果不是正坐在我家土炕上,我可能会拿话还击他。我的眼睛紧盯着炕角的鞋。王小路的三接头皮鞋沾染了我家院子里的尘土,白色鞋垫上布满细密的针脚,鞋垫中央绽放着鲜艳的红梅花。我的黑色布鞋右脚上有一块油墨,是在印刷厂车间里打工时滴上的,我以为黑色落在黑色里看不出来,现在才发现非常醒目。王小路见我不说话,急忙凑过来拍了拍我的肩膀。我将目光从鞋面移到他脸上,强忍着泪水说,放心吧小路,我不会对人说的,说出去对我也没好处。

王小路被提拔为第二门市部的副经理之后,逢年过节依然会带着礼物来我家。王小路的单位早已处于破产边缘,他却野心勃勃地以为刚踏上仕途。我为了不让他担心,同时作为礼尚往来,我也按时去拜望他父母。我和他心照不宣,竟然像亲戚一样走动了起来。等到他单位破产,他从机械厂离职,在唐城农贸市场开副食批发部赔了钱,我们的角色突然发生了反转。此时我的印刷厂逐渐壮大起来。王小路对我的要求也不算高。他儿子转学需要给老师送礼,请我从省城寄两盒海参;他丈母娘吃的药在唐城买不到,便委托我帮着在省立医院买几盒;他爸爸瘫痪了问我能否帮忙买个轮椅;他的电瓶车坏了要我在省城给他买电瓶……这些对我来说都是小钱。有时我工作太忙一时顾不上,王小路便打电话来。他不是催着我寄东西,而是说起多年前的偷袭。他说,日子过得愈来愈不踏实,这块心病怎么才能除掉呢?

我说着与王小路这么多年来的交往,张伟强一直出神地听。我刚一说完,张伟强就叹了口气。

他说,真没想到,你这些年活得太不容易了。

我说,对王小路我还能应付,可李双海的做法太出乎我的想象了。

张伟强说,王小路用的是"零割肉",李双海是瞅准机会猛撕一口,其本质都是讹诈,朋友可以不再当,以朋友的名义坑人,太不地道。

当天下午,我正在业务室陪一个专门做教辅书的客户说话,张伟强在门口冲着我招手。我想让他进来,但看到他的表情略显狰狞,便急忙走了过去。

我随着他走进我的办公室。他明明是第一次进我的办公室,却对到处都很熟悉。他径直绕过老板台在我的皮椅上坐下,麻利地跷起二郎腿。我愣愣地站在老板台前,感觉自己突然变成了汇报工作的员工。

他说,处理好了,他俩再也不会麻烦你了。

这本来是个好消息,可我的头皮却有点儿发麻。因为我看到他顺手从桌上拿起一支弹簧笔,用手轻轻地反复按动,他的动作跟我的一模一样。

我问,怎么处理的?

张伟强说,监狱也不是白蹲的,我结识了许多朋友。李双海和王小路在我朋友眼里只是一道小菜。

我的心立时揪成一团,心想难道把他俩干掉了?

张伟强在皮椅上大大咧咧地仰着身子,说,我帮你解决了这么大麻烦,你怎么报答我?

我不知该如何回答。我突然感觉自己掉进了一个更大的陷阱。张伟强见我不言语,便一再追问。他的声音愈来愈大,最后变成狮子般的咆哮。我的身子在他的吼声中一点一点矮下去,逐渐缩成不到三厘米的小矮人。张伟强的皮鞋像一座黑色山脉横亘在我面前。我闻到鞋里散发出的浓烈酸臭,连声咳嗽。我看到他轻轻抬起了脚,鞋底的花纹像漫天重叠的乌云一样朝我压下来。

最终是妻子的敲门声将我从噩梦中拯救出来。我在书房里斜倚着墙壁睡着了。我手中紧握着手机,屏幕上显示着李双海的号码,好像还在斟酌怎样跟他要钱。

妻子在门外柔声说,该睡觉了。

直到此时我才觉得刚才的梦一点儿也不可怕。梦中的张伟强竟然是跟小曼谈恋爱时的样子。

如今的张伟强是个干枯的小老头儿,脸上的皱纹像是用刀镂刻的。我记得他的头发是自来卷,被风一吹透着超脱和飘逸。现在的短发紧贴着头皮乱七八糟地拧在一起,看上去像刚洗完澡的泰迪。他坐在老板台对面的长沙发上,垂着头,双手夹在并拢的两只膝盖中间,好像正准备接受审讯。我忽然觉得他有点儿可怜。因为我还处于失声状态,我用手机短信通知车间主任老肖把张伟强领进来。老肖进门时有点儿不安,以为我会埋怨他不该招这么大岁数的人。老肖解释道,老张说他会开四色机。张伟强本来一只脚踏进了门,一听老肖说话又想抽回去。我急忙冲他招了招手,张伟强立刻诚惶诚恐地走了进来。他好像不认识我了,难道他被监狱生活折磨得失忆了?我心里忽然一震,好像我在梦中也这样想过。

我把老肖打发走之后,拿着纸和笔坐在张伟强身边。他一见我靠近,便急忙往角落里挪了一下身子。我暗自纳闷,难道他这副样子能够惊得我在众人面前突然失声?

我在纸上写道,伟强,你知道我说不出话来,咱们就这样说吧。

张伟强点了点头。他的手从膝盖中间抽出来,想从我手中接笔。他的胳膊还没伸直便停下了,他好像突然意识到自己是可以说话的。

他苦笑一下后说,老板,有事您就问。

我写道,你不认识我?

张伟强脸一红,说道,怎能不认识?我自打进厂便决定不跟你叙交情,但愿你也不要跟别人说认识我。

我觉得这句话似曾相识。

张伟强又说,我现在的样子,让人知道了会给你丢人。

我想问他什么时候出狱的,正想在纸上写,又觉得不该问。我发现了用笔说话的好处,所有的话在写出来之前都可以经过深思熟虑。这时,张伟强说了一句话。他的口气里带着讨好,我却有点儿心惊肉跳,仿佛再次陷入噩梦里。

他说,我知道你突然失声,肯定是得了异病,我有个朋友,他姨奶奶通异术,我可以带你找她去看看。

我用手紧攥住笔杆克制着内心的恐慌。张伟强并没有看我。他除了看我写的字时扭一下头,眼睛总是紧盯着茶几旁边的碎纸篓。他在我的记忆中身材挺拔,好像自从我们分开之后就一直不停地萎缩,如今坐在我身边的他就像个早衰的儿童。我忽然觉得自己沉浸在昨晚的梦境里太可笑。既然他并不像梦中那样可怕,那个过于真切的梦居然引起了我的一丝好奇。

我在纸上写道,小陈的姨奶奶是不是说你命中注定的贵人正在这里等着你?

张伟强的目光刚一触到纸上,额头上便立时冒出冷汗。他惊恐地望着我,下意识地连连点头。他的嘴唇不停地颤抖,实在无法控制,就急忙将牙齿紧咬在嘴唇上。

张伟强的神情让我心中陡然一阔。我非常庆幸昨晚做了那个噩梦,那竟然是命运对我的一种提示。它帮助我与张伟强提前进行一次会面,恰恰是为了让我在真实的对话中占据主动。想到命运站在我这边,我再看他时竟然有了点儿居高临下。我发现他的嘴唇慢慢停止了颤抖,眼神中闪过一丝不易觉察的锐利,脸上的皱纹忽然一展,透着一股破釜沉舟的劲头。

他问,你怎么知道的?

他紧盯着我的手,以为我会用笔告诉他。我的手没动,只是认真看他。我感觉正在接近问题的核心。他为什么来?绝不是打工那么简单。我如果直接问,他肯定会像在我梦中回答的那样"只是为了吃一碗干净饭",可我又不能指责这种说法是谎言。如果想搞清楚他的真正目的,我只能长年累月盯着他。幸好他提前在我梦中说到了小陈的姨奶奶,这个未曾谋面的神婆竟然成了我攻克他内心防线的节点。我心里想象着神婆的长相,脸上一直带着微笑。在张伟强眼中我的笑容可能过于神秘,他的眼睑匆忙垂了下去。

我拿起笔写道,你觉得我不应该知道?

他像终于放下一个重包袱似的轻轻舒了口气,说道,思信,我其实是来帮你的。他见我满脸疑惑,又说,你没感觉到吗?你的厂子已经到了瓶颈期,若想再壮大,难上加难。你的思路仅仅是让鸡不停地生蛋,没想过让生出的蛋变成鸡再生蛋。或许你想过可不知道该怎么做。我来之前准备了一个方案,怕你多心,一时没跟你说。我想从基层做起,了解印刷的所有流程,然后再将方案呈送给你。现在既然你怀疑我别有用心,那就把方案告诉你吧。他顿了一下,看到我确实在听,又接着说,你的厂子要想再跨越一步,最好的出路是走资本市场,上市。

张伟强随即说起上市之后的种种好处和上市之前需要完善的环节。听上去我离亿万富翁只有半步之遥。因为他在我面前画的饼太大,我感到一点儿也不真实。再者,他所说的许多术语我根本听不懂。这么多年来我一直秉持着不懂的事情坚决不插手,我做企业就像农夫种地,挣的都是勤苦钱。张伟强愈说愈兴奋,就好像他的公司要上市。他不时拿起我用来说话的笔,在纸上列出一串长长的数字。他挺直了身子,我发现他比我还高。他身体的伸缩幅度让我有点儿不安,他刚才的诚惶诚恐竟然是伪装的。

张伟强说,我做金融投资虽然失了手,却积累了宝贵的经验。

我拿起笔,想拦住他。面前的纸上写满了数字,我不得不起身到桌上再拿一张。

我写道,我妻子不会同意的。

他依然处于打了鸡血的状态,竟然忘了他要操作的是我的公司。

他说,你老婆必须退出管理层,夫妻店永远不可能真正壮大。

后来要不是我将笔摔在茶几上,不知他还要讲多久。他看到弹簧笔跳起足有一尺高,在桌面上弹了几下又朝着废纸篓滚去,急忙一弓腰将笔接住。扭头看到我的面容,他的身体突然再次萎缩成了早衰的儿童。

我们俩僵了一会儿,都觉得有点儿不好意思。他是因为未经主人同意便信口操纵人家的企业,我则是觉得刚才打断他说话的方式太冲动。他或许真的想帮我上市,借着我壮大的契机分得一杯羹，也不能算恶意。我拿起笔凑到纸上，想写句话缓解我们之间的尴尬。这时，张伟强的一句话又将我的思绪推进了深渊。

他像通报神秘消息一样将身子朝我身边凑了凑，小声说，请放心，我对谁也没说。

我以为他说的是上市的事。可他的神情里却像是隐藏着更大的秘密。

他说，我接受审讯时也没把你砸死马奎的事说出来。

我终于说到了今天上午的聚会。在海鲜酒楼的夏威夷厅，我把张伟强、李双海和王小路召集在一起。让我欣慰的是，在酒宴开始之前我突然能开口说话了。这是自打多年前的八月十五深夜在李双海家喝血酒以来的第一次聚会。他们三个人在先后踏上夏威夷厅的红地毯之前不知道这是聚会，都以为是跟我单独见面。我昨天晚上通知他们时还不能说话，是发的短信。王小路接到短信后立马回复了一个微笑的表情。他说正好要到省城看儿子。他儿子今年考进了省师范大学，却没告诉我。他没要我帮着掏学费让我稍有感动。李双海接到短信后好像犹豫了许久，可能是以为我跟他要钱。他回复说实在不好意思，暂时还不了那六万块钱，刚买房，两个月后差不多可以给我。我问他是不是要结婚。他说已经结了，老婆是个著名内衣品牌的代理商。我本来没打算跟他要钱，可他对待欠款的态度却让我心头一暖。我断定那个女代理商是个通情达理的人。张伟强不想出来跟我吃饭，今天上午他在车间的机器前看到我用笔写在纸上的邀请时连连摇头。最终是我让老肖把他送到了夏威夷厅的门口。王小路和李双海见面时都愣住了，那惊愕的表情就像不期而遇的敌手，过了好一会儿他俩才略显笨拙地拥抱了一下。等到张伟强进门时，王小路和李双海同时吓了一跳。我从他们见面时的神情中断定，他们这些年没有联系。这让我对今天聚会所要达到的目的更多了几分把握。我把他们聚在一起并不仅是畅叙友谊，我还要让他们对有关马奎死亡的事当面对质。

我记得那天晚上坐着李双海的自行车赶到大槐树底下时，张伟强和王小路已经等在那儿了。王小路搜集了一堆砖头码在树根下。大槐树的直径足有两米，树身原本有个大洞，顺着树洞可以爬到树顶。后来有关部门不知从哪儿考证出这棵槐树是唐朝宰相魏徵亲手栽植的，便用水泥将树洞堵死了。大树旁边立了一块醒目的石碑：唐槐。石碑背面记载着魏徵种树时的心情。如今大槐树的主枝干枯了，好似一根粗壮的旗杆高高耸立着。三个旁枝却枝叶茂密，像是在东关大桥的西头撑起了一把大伞。夏季的夜晚有许多老年人坐在树下摇着扇子乘凉，此时的树下却透着一丝阴森。

李双海刚将自行车靠在树身上，王小路就立马递过来一块砖头。李双海用手掂了掂，扔掉又换了块小点儿的。王小路准备的砖头很多，有大有小。小的扔得远，可杀伤力差。大个儿的足以让马奎头破血流，可扔的时候难以掌握准头。李双海手握砖头从树身后探头看了一眼空旷的马路，又低头看着王小路备好的一堆砖，赞赏地点了点头。然后，他开始布置火力。张伟强一直坐在旁边抽烟，垂头丧气的样子，好像我们正在干的一切与他无关。李双海很不高兴，冲着他低声叫道，把烟灭了，别暴露目标。张伟强浑身一激灵，似乎刚意识到今晚的偷袭是为了他，所以他在挑选砖头时主动拿了两块，右手拿的是半头砖，左手拿的是一整块。其实他拿砖头的方式很不合理，两手的砖头不可能同时扔出去。如果先扔一块，另一只手里的重量反倒影响这一只手投掷的质量。没机会对他的握砖方式进行纠正了，马奎的摩托车顺着东关大桥冲了过来。

我手里的半头砖上沾着干结的水泥，不知是从哪座废弃建筑物上拆下来的，有点儿硌手。依照李双海的安排，当马奎的摩托车行驶到桥中间时，每个人先将半头砖猛烈地砸过去。如果砸不中，摩托车肯定继续往前冲。离着我们近了，再拿整块的砖砸他。李双海专门叮嘱，扔砖头时一定要从树后面跳出来。若是躲在树后往外扔，没准会砸破自己的脑袋。

马奎喝多了。他在远处朝东关大桥行驶时速度并不快，车灯摇来晃去像鬼子炮楼上的探照灯在马路上乱扫。王小路担心他在没驶上大桥之前摔倒，那相当于突然出了道难题，因为我们拿不准是否冲过去砸他。马奎确实到了生命终结的时刻。他在离着大桥还有五十米时，不知受到了什么启示，一下子将车把稳住了。车把的突然稳定好像出乎他的意料，他变得异常兴奋。他猛一加油门，摩托车发出一阵声嘶力竭的尖叫，尖叫声把李双海吓了一跳。摩托车眨眼间便驶上了东关大桥。李双海大声喊"开炮"，我们几个就从树后跳出来将砖头依次砸了过去。此时的马奎已经驶到大桥中间，迎面飞来的砖头使摩托车的车头突然朝右一扭撞在桥栏上。灯光照亮了墨汁般的河水。马奎一声惨叫，身子飞过桥栏栽进河里。

我在马奎发出惨叫声之后才将砖头扔出去。我一直害怕自己跟马奎扯上关系，李双海分配砖头时我又不好拒绝。我手拿砖头望着远处摩托车的灯光，暗自盼着马奎拐回去。马奎突然稳住车把时，我忽然从张伟强两手握砖的动作上受到了启发。他既然不能把两块砖同时扔出去，那我就等着跟他的第二块一起扔。这样一来，既尽了朋友的义务，又不至于对马奎造成伤害。

马奎没戴头盔，脑袋正好撞在河底一块翘起的石头上。

今天早晨天不亮我便醒了。我把自己关进书房回想马奎的死亡。这么多年来我一直回避那个夜晚。今天我要洗白自己，那个夜晚的一切都是有力的证明材料，所以我的回忆非常细腻。我想到了东关大桥上的灯。桥两边本来有四盏路灯，那天夜里竟然坏了三盏，显得马奎的摩托车车灯格外亮。大槐树上贴着一张治性病的广告。张伟强在拿砖头之前，先将它撕下来擦了擦手心里的冷汗。王小路在挑砖头时很费了一番心思。拿起大的想要小的，拿起小的又觉得大的好。拿拿放放，小心翼翼，好像在摆弄门市部货架上的商品。最终李双海替他做出了选择，递给他一块特点鲜明的砖头，不大不小，一头带着尖。王小路把它拿到手里像握着一把怪异的匕首，倒过来拿，又像抓着一只笨拙的锤头。那天晚上李双海就像伏击小队的队长，这是他提前便给自己安排好的职务。他虽然没说话,却用手势清楚地指挥着每一个人。他对袭击所做的准备太充分,甚至设计好了偷袭不成的逃跑路线。我记得马奎栽进河里之后,张伟强忽然像被厉鬼附了体,拿起两块砖想冲到桥上往河里看一看,顺势再给马奎来两下。李双海把他抱住了。撤退时张伟强很不高兴,埋怨这次干得不痛快。

次日上午,我在课堂上得知了马奎死亡的消息。

警察认定他是醉酒驾驶自己摔死的。

我的书读不下去了。我退学是因为见到了马奎的父亲。在我们发过血誓的第二天傍晚,我鬼使神差地骑着自行车去了马奎家,或许是想验证他是否真死了。其实我更盼着关于他的死亡是个假消息。我没敢进他家的门,我在马路对面望着他家的修车铺。门口挂着的那只生满铁锈的自行车车圈在秋风中摇来晃去,那条打满补丁的车胎裂开了,像是在门上晾着一大片烟叶。马奎属于少亡,不具备办丧事的资格。修车家什依然摆在门前,屋里一片漆黑,大敞的门好像怪兽的嘴巴。我忽然有些恍惚,仿佛面前的这扇门正在引领着我进入一个梦。马奎的父亲走了出来,他弓着腰一步一步挪到门前的马扎上。他没有咳嗽,面色出奇地平静,好像叠在脸上的皱纹也舒展了。他习惯地看着马路上来来往往的自行车,又茫然地看了一眼马路对面的我。我身上突然发冷。他那两只苍老的眼睛就像两个深不见底的黑洞。我想移开目光,但我的眼珠却像被魔力定住了。我痴痴地望着他的眼睛,感觉正在被吸进黑洞里。幸好他及时垂下了头,用手轻轻抚摸着身边的一个小黑盒子,就像抚摸着小孩儿的头。他说,臭小子,以后你就在家好好待着。说完,他脸上绽出一丝笑容。他的笑容像印戳一样盖在我的脑海里。

马奎父亲微笑着抚摸那个装有马奎骨灰的小黑盒子的画面让我恐惧了多年。直到我儿子出世,我才突然明白,一个父亲痛苦绝望到什么程度才能笑得出来。

今天的酒宴上,李双海和王小路喝得非常高兴。王小路不停地夸自己儿子聪明。李双海提出改天叫上他儿子再吃一次饭,庆贺考上大学,王小路急忙摇手,说小孩儿哪能参与大人的饭局。听上去是在客气,我却从他的表情里看到了恐慌。他不愿让我们跟他儿子接触。李双海开始夸他老婆,虽然是二婚,他觉得比一婚还幸福。他跟着老婆去参加招商会,竟然有人以为他老婆是带着父亲出来旅游。王小路说,这么好的媳妇别藏着,让我们也见一见。李双海尴尬地笑道,看机会吧,她实在太忙。他俩委婉地拒绝让亲人跟老朋友见面之后,气氛忽然变得有点儿冷。他俩将目光转向我,我正在想着如何跟他们摊牌。他俩看我时,我感觉脸上像突然溅上几颗火星。张伟强抽着香烟坐在旁边一直没搭腔。他对王小路和李双海夸妻儿很是不屑,又不好表现出来,只好极力压抑心里深处的高傲。我说,伟强,你也说两句。张伟强苦笑,我这身份能说什么?我感到突然被将了一军。我说,你就说一说上市的事。张伟强诧异地望着我,以为我在逗他玩。我说,你昨天说得挺好。王小路和李双海一听眼睛立时有点儿发直。他们知道上市,但没想到我的公司竟然也可以上市。他们知道张伟强混栽了,没想到还有帮我上市的本领。我本来是怕李双海和王小路小看张伟强,让他说点儿金融知识活跃一下气氛。没想到张伟强说了不一会儿,王小路和李双海就开始打听投多少钱可以成为原始股东。我觉得不妙。在张伟强跟服务员要纸和笔准备详细讲解时,我急忙端起酒杯止住了话头。

我说,这么多年好不容易再聚,就说咱们自己吧。

他们互相看了一眼,以为我的提议是要共同挖掘儿时的趣事。喝下一杯酒,李双海说到了当年带我去土产公司仓库里"看戏"的事,王小路说起当年他妈给我按摩治感冒时的场景,张伟强沉默地望着我。他已经意识到我召集聚会并不只是叙一叙友谊那样简单,他忽然恢复了儿时在我们中间当小头目时的神情。那时的他又阳光又单纯,虽然学习成绩总也上不去,但穿着打扮在男生中间却是鹤立鸡群。

张伟强打断了李双海和王小路,转头对我说,思信,有话就直说吧。

我环视了他们一眼,说,你们想过没有,是什么中断了咱们的交往?

他们三个人谁也不说话,三双眼睛像六束激光一样齐刷刷地射在我的脸上

他们同时一愣,好像已经知道我要触及的话题,各自表情里显出一丝紧张。他们互相觑了一眼,不知该如何回答我,一时也不知怎样将话题避开。他们没想到,我要问的问题比马奎的死亡更深一步。

我问,双海,那天晚上你说我挑唆张伟强跟马奎拼命,到底是谁跟你说的?

话一出口,我突然觉得压抑在内心二十多年的焦虑终于找到了释放的缝隙。我的目光也变得锐利起来。李双海看了一眼张伟强,张伟强看着王小路,王小路却看着我。我以为把挑唆加在我身上,只能是李双海和张伟强其中的一个,没想到王小路搭了腔,他的口气就像当年劝张伟强接受他的偷袭方案一样透着苦口婆心。

王小路说,思信,过了这么多年,你觉得追究这个有必要吗?

李双海说,我觉得咱们很不简单,这么多年谁也没说出去。

张伟强说,马奎是咱们合伙干掉的,谁也没想过推卸责任。

三个人轮番一打岔,我的情绪立时激动起来。他们不但不准备回答我,反倒将问题引向了其他方面。尤其是张伟强说的话让我格外气愤——谁也没想过推卸责任,那他为什么说马奎是我砸死的!

我说,咱们非常有必要理清楚,马奎是挨了哪块砖头栽进河里的。

这对我来说非常重要,比查清我是否挑唆过张伟强拼命更重要。此刻当事者全部在场,我相信通过对那天夜晚砖头投掷顺序的梳理,一定会让他们因将马奎之死强加于我而感到羞愧。我冷静地看着他们,以为他们会急不可待地讲述自己投掷时的心情和砖头飞出之后的运行轨迹,没想到接下来出现了令我毛骨悚然的一幕。

他们三个人谁也不说话,三双眼睛像六束激光一样齐刷刷地射在我的脸上。

警察同志,我来投案不仅是因为他们三个人不约而同地认定我砸死了马奎,更重要的是我今天上午听到了一个消息。正是这个消息让我突然恢复了说话能力。马奎的父亲十天前去世了。十六年来,我每个月都让人给他寄一笔生活费。

(选自《啄木鸟》2018 年第 3 期)

固若金汤

宋小词

秦江南解下胸罩的时候脑子里都在扯闪,这事儿太荒唐了,自己居然要跟马博文有一腿了。速度太快,快得有点不要逼脸了。从发错了那条信息,到今天偷空开房,一个星期都不到。当初谈恋爱,她男朋友糖衣夹着炮弹,软硬兼施攻了她四年,从大学校园撵到社会上,终于在领结婚证的前一晚,才彻底将她拿下。为此她老公私下里尊她为万里长城,可见城池之坚固,思想之节烈。婚后她老公一直把心搁肚里,终日把她这匹马放养在南山上,丝毫不担心有外敌侵入。

想什么呢?眼睛瞪这么大?马博文已经赤膊上阵了,还没动上两下就喘上了。

想你。秦江南顺嘴一说,有点不好意思。

马博文哈哈了两声,声音干巴巴的,肯定知道这是假话,但也受用的样子。这样子令秦江南有点恶心,恶心他也恶心自己。她自己也诧异,怎么一下变得如此少廉寡耻了。四十开外的马博文腹上横肉滚滚,胸口有毛,这令她有一丝惧怕,不知道自己能否招架得住。

她闭上了眼睛,装着享受的样子,黑暗给她带来了一些安慰。她心里清楚,他们之间不过是各取所需。他是她上级单位的副处长,班子里的人,手里有点权力,说得够话,而她不过是二级单位一个小小的员工,还是个临时工。在体制里,他是强者,她是弱者。弱者需要庇护,他呢,他不过是在寻求新鲜刺激吧。

她想。清醒令她觉得这事没有快感，只觉得尊严受损，倍感耻辱。

他喘息得越来越重了，速度也在加快，他的高潮比预想的要来得早，这令她如释重负，便也配合着呻吟起来，好像自己也很享受似的。这是一种奉承，是另一种拍马屁。头都磕了，揖还作不起，虽说才一个星期，可到底也是做了七天的思想斗争，既然选择了，目的还是要讨得他的欢心。

他总算是消停了，瘫在她的身上，这庞大的身躯和这份重量让她想到了小时家里的石磨，无论什么喂进去，都会被碾得粉碎稀烂，吃肉不吐骨头。

你不错。他说。就像是品尝了一道新菜，啧啧嘴后给出的评价。她笑了笑，也做出心满意足的样子。趁空她瞅了瞅手机。

几点了？他问。

四点半了。她说。

然后起身穿衣服，他们是趁上班时间开的房，还差一个小时就下班了，还得回各自的单位去晃一晃，要做出人不知鬼不觉的样子。

本来今天她是来处里给他送资料的，想他这几天给她发的信息那么肉麻那么油荤，见面后他一定是热情又殷勤，不像往常那么刻板。她想象不到一个严苛正经的领导骚情起来是个什么样子，她想见识见识，这点下流的想法也让她自己感到些难为情。可她没想到他坐在大班桌后面的皮转椅上面若石碑，一脸冰霜。是，那时回事的有两三人，进进出出，显得川流不息，但也不至于连看她一眼的功夫都没有。从她单位来这里虽然路程不太远，但没有直达的车，前后都需步行一段时间。大热天里，坐在办公室里吹空调都能吹出一身汗，别说顶毒日头挤公交了，这算是一份苦差事，当然，美差事也断不会落到她这种人的身上，临时工嘛。

汗湿的衣服贴着背，冷气一吹，惊得她一连打了三个喷嚏，办公室里所有的人都朝她看了一眼，她突然就局促起来。机关单位规矩大，着装仪表言谈举止都有一套规定，机关里的人表面看上去客客气气,显得很有涵养很有礼貌,实则背地里最爱嚼舌根,议长论短,每次他们这些小喽啰在处里办完了事回单位,关于他们的花絮就编排出来了,屁股还没挨着板凳,就有人推门进来故弄玄虚,说,你刚在机关里对谁谁谁笑了吧?你问,怎么啦?那人继续卖关子,说,机关里的人说我们食堂中午一定做了水煮白菜。你还一头雾水呢,那人噗嗤一声笑,说,因为你牙齿缝里有菜叶子啊,哈哈。虽然是些不足挂齿的小事,但也让人刺刺的,由此也知道在处里上个厕所走几步路也要当心,弄不好会被人评头论足一番。

她不知道自己这种矮人几分的心理是怎么产生的,虽然她读过的课本一再告诉她人与人之间是平等的,无论是富人与穷人、上级与下级、男人与女人,贵族与平民,但这只是大道理。大道理就像艺术品,不是被收藏就是被当成摆设,接不着地气便当不得真。在她们单位里,官大的比官小的要高一等,公务员身份的要比一般事业编制的高一等,财政全额拨款的要比半额拨款的高一等,有编的自然要比无编的高一等。比方此刻,按照不成文的规矩,无论她来得多早,都必须要等到上级机关工作人员把事儿回完后才能轮到她。她是最不愿来机关办事的,每次一踏进那电动的铁栅门里,她就觉得自己连气也不会出了。这里总给她一种旧时衙门的感觉,威严壮壮,暮气沉沉,秩序感和机器感强烈,所有人像零件一样按序号紧密排列,对于他们这些序号之外的人,来到这里便会觉得手脚没处放,上不着天下不着地。

那些排在她前面的人事情总算都了结了,终于轮到了她。办公室里没人了,可他依然面目森严,正儿八经的像香案上供奉的祖宗。她把手里的资料递到他的眼皮子底下,他看了看随手压到一边,说,放在这里,等我看完后再回话。然后他继续看他的文件,没有一句题外话,就跟往常是一样的,甚至比往常还不如,往常他至少会把送来的资料浏览个一页两页再下逐客令。她心里有些小小的挫伤和失落,便识趣地走了。

她刚走出电动的铁栅门,手机便吼了起来,是他,发来一条微信,叫她到邻街的商务酒店里开个房,完后把房间号告诉他。

159

她心里顿然一炸,像是平地里突然响了个雷,捏着手机在太阳下站了好一会儿才回过神来。阳光下,花坛里矮紫薇开得花团锦簇,马路上过往车辆川流不息,熙熙攘攘,吵吵杂杂,好一派盛世光景,可这一切在一瞬间变得空洞虚假,她好像一下看见了时空的缝隙里掩埋的人类真相了。她拽着那只手机,就像拽着这个世界的秘密,那会她才明白自己是多么的不知深浅。一只绵羊居然敢与老虎纠缠,她原只想着利用这样的交流,改善改善领导与下属之间压抑紧张的关系,她压根就没有想过要跟他发生点什么,即便要发生点什么,也得有个你情我愿暧昧的过程,水到渠成吧。这样的直奔主题跟黑虎掏心的招式一样,太过恶毒也太多凶猛,她有种受了惊吓的感觉,茫然不知所措,她只痛恨自己,苍蝇不叮无缝的蛋,他能打自己的主意,只能说明自己本就是颗破鸡蛋。先前的那点失落化为恶心。她恼怒自己的不检点,但也生他的气,像是凭空受了欺负。

她原本是想置之不理,扭头就走的,可是在公交站台等车的时候,心里却平静不下来,她在心里不断拿捏和掂量此事的轻重,这个人她可以不在乎,可这个人在处里的地位和身份是她不能忽视的,如果还想继续在这个单位干下去的话。在自己跟自己做了一番激烈的思想斗争后,她起身朝对面街道走去了。

周末过得寡淡,她不过是吃饭睡觉带孩子,老公呢做饭睡觉玩手机。结婚六年,日子早已过得按部就班。这么些年了,他们夫妻感情一直还算不错,当初大学校园里也有那么几对鸳鸯,可最终修成正果,至今仍在比翼双飞的也就他们俩了。她心里也很珍惜两人的感情,看着儿子在他们这种互敬互爱的气氛中长大,虽只五岁,却也是一个知冷知热的小暖男了,有一次她切菜不小心切到了手,儿子急忙扯着她的手指给她吹气,虽肉疼,但心喜。有这样的儿子,她才会觉得前方隐隐闪烁着光亮。

她老公是钢铁厂的一名普通工人,胸无大志,工作之余就爱好个喝酒撸串,好在是武汉本地人,有现成的房子,是公婆留下的,两个老人在抱上孙子后就相继去世了。可房子是老房子,只有六十平米,又破又烂,还在八楼,前两年卖了又贷了二十万,换了个九十平米的电梯房,虽然房贷不多,但因两人本来工资不高,职业也不稳定,这点房贷,也让他们有种重负感在和一种不安全感。

这份忧患意识,使她每天都过得小心谨慎,在单位里惟命是从,勤勤恳恳,工作上出一点纰漏便寝食难安,对于家庭支出则精打细算,力保一文钱都不落虚空。她要每月都有节余,如此才能让她稍安勿躁。看她这么操劳,夜里她老公问她,有必要这样吗,不嫌累?她未开言却先流出两行热泪,她说,是累,可是不趁我们年轻的时候累一点苦一点,难道这份累和苦要留到我们老了去受吗?你的厂子一直谣传说要被大企业收购,到时一场人事变动肯定免不了,你不一定还有班上,我呢,又是个临时工,虽说干了三四年,一直很安稳,但这份安稳不是板上钉钉的,随时都有可能没有班上。如果那一天真的来临了,我们怎么办?我们俩口子又不会做生意,做苦力又没那身力气。为了儿子,也为了我们以后,我宁可把这份累这份苦受在前头。

他抚着她的后背说,都是老公没出息,让你受委屈了。

黑暗中她的泪流得愈发汹涌,可心里却暖烘烘的。她将他搭在她后背的那只手移到了自己的胸上。

周一上班,因为路上堵车,迟到了大约二十多分钟,心里不免发虚,虽说单位对上班下班的时间要求得不严格,允许有弹性,但这次"弹"得就有点不像话了。大早上的万一被领导逮到,很容易搞坏印象。不过还好,走廊两边各办公室的门都闭得很严,只要她以迅雷不及掩耳之势溜进自己办公室,就算躲过一"劫"了,就在她伸手扭把手的时候,主任室的门开了,光头的徐主任站在了走廊上,一缕阳光透过窗户刚好照在他的脑袋上,使他看起来像根立式台灯。她的心一颤,立刻堆出一脸笑容,说,主任好。徐主任似乎很高兴,一点都没计较她的迟到,反而还关心地问她有没有吃早点。她的心又颤了一下,连连说,吃了吃了。还差点告诉他早上吃的是稀饭加馒头。她以为周旋到此就告一段落了,没想到她推开办公室的门,徐主任也跟了进来。

徐主任在办公室里说,小秦这次不错,送到处里的材料,受到了马处长高度的肯定,马处长说我们的案头功夫长进了不少,把中心上半年的工作总结得非常出彩,是重点的说得很有分量,不是重点的把握得也很有分寸。秦江南站立在自己办公桌前,被这通突如其来的赞扬弄得面红耳赤。办公室的另外两位同事立刻顺着徐主任的意思,一齐拿话捧她,一时间溢美之词令她无地自容。她一个劲地否认这些戴在她头上的高帽子,说,哎,哪有哪有,夸张了夸张了。徐主任对她说,这次的材料是你执笔,我当时看了就觉得不错,果然就不错,这也看出你对中心的工作已经很熟悉了,上手这么快,不简单啊。

是是是,办公室的老王点头赞同,说,别看小秦平时闷不吭声,其实可善于钻研了。

老朱则是给徐主任递了一根烟,说,小秦受表扬,我们办公室也光彩,我破个费,请主任抽支烟。呵呵。

徐主任抽了几口烟,办公室里顿时就云雾飘渺起来。老王咳嗽了几声。徐主任说,那你们忙吧。

徐走后,办公室里顿时安静了下来。老王起身把两扇窗户一齐推开,因为用力过猛,金属摩擦的嚣叫声像刀锋划过她的耳膜,令她一阵心惊。老王是个女的,是他们这个办公室的负责人,也是中心里资历很老的人,对比她年轻的徐主任有点口服心不服。老朱呢则是和稀泥,谁都不得罪,对谁都是一副笑眯子罗汉脸,可好像也没获得什么好人缘,中心里谁都不把他放眼里。对于中心里各同事之间的微妙关系,她一向只存在自己心里,从不跟人去交流。谁对谁有意见,谁对谁是貌和心不合,谁跟谁扎得很紧,这都是她用眼睛和耳朵视察出来的,有些是从事情上揣摩来的。这些复杂的人事关系多了解一些,对自己也没什么害处,心里有了数,做事说话就知道些禁忌,哪些是高压线,哪些是地雷,绕得远远的,这些体制内的人在她眼里都是马王爷,惹不起。

当初自己来这里上班时,就有个高人指点过她,说这地方一向都是庙小妖风盛,池浅王八多。当时只觉这话说得有趣儿,如今她是深深觉得这话说得太精辟了。一个单位里拢共才十几个人七八条枪,却整天还不得清静,一天到晚是非不断,各人都有一个小算盘,随口说句话也要动个心思,棉絮里裹麦芒。就像刚才老王当着徐的面说她,说别看她平时闷不吭声的,其实可善于钻研了。她觉得钻研这个词就是根刺。老王这个人向来自认比别人聪明,说话总喜欢七弯八绕,你心眼大呢,可以当好话听,你若心眼细,那话也可以琢磨一二。秦江南一般听到这种模棱两可的话,都咽下去了。她时时敲打自己,来这儿做事不是为了与人逞口舌之快,而是挣钱养家糊口的。她也曾巧舌如簧过,大学里一年一届的辩论赛,无论她是正方还是反方,每届都是最佳辩手,老王嘴巴上那点尖酸刻薄在她眼里算个毛线。

小秦,你如果再努力努力,也要成为红人集团的了。老王边说边打哈哈。

红人集团?就我这种三棍子夯不出个屁来的?呵呵,王老师我看您也是醉了。秦江南边说边摇头。

老王把中心里几个巴领导巴得紧,明里暗里得了不少好处的几个人称红人集团。无非也就是单位里一些强势出风头的人。在她看来红人集团没什么不好,单位里总要有人做事情,事情做得多,领导另眼相看,有所倚重,很正常。但老王有老王的看法,她对红人集团是心里既憋着火眼里又冒着热,背地里是各种猜测,谁谁谁过节的时候到领导家里去了,谁谁谁给领导送了什么,谁谁谁跟领导是什么关系,然后又各种腔调,说什么虾子螃蟹要红,那是开水烫出来的,枫叶槭叶要红,那是寒霜打出来的,要想人前显贵,必得人后受罪。又说什么登高必跌重,风光过后的黯淡那才狼藉不堪呢。总的说来,她的意思就是单位里那些门面人物,都是以扭曲心理换来的风光,而且风光也不过是一时。

嗨,三棍子夯不出个屁来又怎么了,闷鸡子才啄白米呢。老王依然是边说边笑。

无论老王怎么笑着掩饰,话里头的讥讽已经很明显了。秦江南的心里也有了些不舒服,便不再搭腔。两眼盯着电脑屏幕,不停点击着鼠标,一副进入工作状态的样子。

老王便转而向对桌的老朱感叹,现在的年轻人都不得了,比我们年轻的时候精多了。我们年轻的时候脑壳里装得全是猪油,也不知道跟领导搞好关系,不知道跑跑送送,所以一辈子就蹲在这枯井里。

老朱说,嗨,时代不同啦,年轻人少走弯路是对的,像咱们再不济,还有口枯井蹲着,现在的年轻人要像我们年轻时顶一脑袋猪油,那连命都活不了。

老朱比老王小十来岁,四十出头,照理应是小朱,但因面相老,脖头肿脸的,用老王的话说一副长垮掉了的样子,叫小朱反倒像是在嘲讽他,便叫他老朱。不过无论人前人后,她总是叫他朱老师。老朱爱好书法,她曾看过他写的一幅字,"丹青不知老将至,富贵于我如浮云",笔意灵动,潇洒不拘,她很是喜欢,便心生敬重。

手机在鼠标垫上震动了一下,她拿起来一看,是马博文的。他说,一日一抱呢?她脸顿时一片酱红。上周一,就是因为自己一时手快,把很严肃的一项工作"一日一报",打成了一日一抱,发现打错字后,她胆战心惊,连忙更正,可手机偏偏在这个时候失灵,按键突发紊乱,居然接连发出好几个抱抱,那样子就像是一个到了发情期的母兽,求欢求到了死不要脸的地步。她恨不得砸了这破手机,再剁去这双手,慌忙中将手机重启了一遍,待系统恢复正常后,在颓丧中打了很多个"报"发了过去,并诚恳而谦恭地写道,马处长,是一日一报,报。惴惴不安中,不料马处长回信说,抱,抱抱也没关系。她一时惊得眼珠子都快掉了出来。但出于礼貌,她还是给他发了一个笑脸的表情。此后,他便打炮似的向她发送许多言语放荡,肉麻露骨的信息。一时间她不知道该怎么处理,只知道他是上级单位的处长,不能得罪,便与之周旋一二。没想到上周五竟把自己周旋到床上去了。这事事后想起来除了羞愧还有点窝火,觉得自己没出息。

她给他回复,一日一报,我正在处理,很快发您。

按照处里规定,他们每天都要将单位的工作和重要的事情向处里分管领导进行汇报,而且还要留档存册,以便检查验证,这个工作就叫一日一报,属于老王办公室的工作范畴,具体却是由她来负责。

马博文说,一日,一抱,真快活。

她一看迅速删除,握着那只手机,差点呕出,心旗却在脏腑里一阵晃动。

忽然走廊里传来一阵敲碗声,叮叮咣咣。她看了看电脑右下角的时间,十一点五十。老王撅了撅嘴说,准是兰大懋,别的都晕,就吃饭最积极。老朱说,不有句话嘛,做事磨洋工,吃饭打先锋。老王很赞同,接着说,吃饭积极也就算了,最见不得他敲碗,张狂,把单位当什么了。正说着,门"轰"地推开,果然是兰大懋,一手拿着碗,一手拿着铁勺,吊儿郎当的倚在门框上,说,秦姐,吃饭啦。

老朱说,你们一天到晚情姐情郎,辣我们老同志的眼睛。

老王说,秀恩爱死得快。

秦江南笑了笑,顺手拿起桌上吃饭的家伙与兰大懋一起下楼。秦江南说,大懋,你以后吃饭能不能不要敲碗。兰大懋说,怎么啦?他们又说什么了吧。秦江南说,没有,你不要瞎猜忌。我们老家有句话,叫生前敲碗,死后无板。这个板是指棺材板,我们那儿的说法,敲碗是在唤鬼,惹那么多的鬼,你说能有好日子过么。兰大懋说,这话新鲜,我以后不敲了。顿了顿便上前一步贴着秦江南的耳朵说,我刚肯定又惹到鬼了吧。秦江南用筷子敲了敲他的头,微微笑了笑。

兰大懋也是单位招进来的临时工,刚来的时候分在他们办公室,秦江南与他走得近一些,一则大家都是年青人,再一个两人是同样的身份,无形中像是有一份阶级感情似的。为了让他平安顺利度过三个月的试用期,生活上工作上,她对他有过许多帮助,故兰大懋对秦江南的态度也别有一番腔调。兰大懋试用期过后,请中心里的人吃了次饭,很少在单位聊家庭琐事的秦江南在同事聊孩子入托的事情上掺了句嘴,兰大懋便随口说道,秦姐,这你也知道。秦江南说,我孩子入托是我亲自弄的,我能不知道。兰大懋顿时眼睛一瞪,像是迎头遭了一闷棍,惊道,啊,你孩子?你结婚了?秦江南一看他这反应,倒有点不好意思了。旁人便插科打诨,说,怎么,我们小秦结婚生孩子还得向你申请啊。又说,从前不知道没关系,如今知道了也不晚,把份子钱补给你秦姐姐就是了。众人你一句我一句,嘻嘻哈哈的,虽然挽救了当时的尴尬,但大家明显能感觉到兰大懋的情绪低落了很多。次日里,关于他俩的闲篇就已编撰整齐,在中心里广为流传,还流传到了处里。

对此秦江南的态度很明朗,她是一直把兰大懋当弟弟看的,她大他六岁呢,渐渐兰大懋也调整好了自己的心态,只单纯地把秦江南当姐姐看,两人的关系又变得坦然亲密起来,这自然惹得一些同事的羡慕,说果真是明贱易躲,闷骚难防,秦江南这个心机婊,放长线,钓小鲜肉。话传到秦江南的耳朵里,虽生气,却也只能当大风吹过。

饭堂在一楼,要穿过一个五金市场,这是中心的地,大约有两百多平米,听说以前是个堆杂物的仓库,自老徐来这里当主任后,就建成了门面,对外出租,已经经营了十多年了,一直相安无事。这两年好像有几位上级领导对此有看法,虽说是个弼马温的所在,但好赖也是一级国家单位,是展示国家形象的一个窗口,成天乱哄哄的,像个菜市场,成什么体统。上面多次要求中心停止对外经营。中心一直拖着,处里自然也是睁一只眼闭一只眼。闲时听同事们私下议论,秦江南也知道这是中心的一块肥肉。这种单位一不生产二不创收,也不是什么重要职能部门,像扁桃体和阑尾一样,有嘛也好,全须全尾,没有也无甚打紧,据说九十年代初期的时候,就差点被"割"掉了。就这个在外人眼里油星子都闻不着的穷单位,关起门来过的小日子倒挺滋润,小国寡民的,也办起了食堂,还请了两个炒菜师傅,且伙食标准并不寒碜,早餐包子、饺子、馄饨、牛肉面条、米酒汤圆、豆浆油条也能翻出很多花样,中餐三荤两素并一汤,那荤还荤得很有气势,口口都是肉。隔三岔五还能组织员工看看最新上线的电影,观影完毕还能会个餐,春秋两季能包车去郊外走走,饭间还能得个一二百的红包,把就餐气氛推向高潮。这样的小情小调,财政是不会考虑的,可浪漫是要花钱的,这些钱就出在这块地上,外人看着是菜市场,可在中心领导眼里,这是小金库啊。

忽然闻得一阵红烧肉的香味,俩人赶紧抢着把腿迈进饭堂。五个大铁盆已经整齐端在水泥台子上了,分别是油煎剥皮鱼、红烧肉、啤酒鸭、蒸茼蒿、炒菜薹和冬瓜虾米汤。秦江南看灶上还有火,锅里像是还焖着什么东西,便问,师傅,还有菜吗?师傅说,没有啦,五菜一汤上齐了,这是给徐主任单做的小黄鱼,他不吃剥皮鱼。秦江南"哦"了一声,与兰大懋对望了一眼,略笑了笑,便端着饭菜坐到了饭堂最里边的小角落里。这时陆续就有人进来了,不多会儿饭堂就热闹了起来,叽叽喳喳,像是放了五百只鸭子。

饭堂里有两张超长的餐桌,向阳一边的角落里另有一张小圆桌,桌上还摆了一束仿真花,背阴的角落里是两张小小的火车座。徐主任和樊书记一般都是在小圆桌上吃饭,老同志们都爱扎堆在长条桌上吃,秦江南从来都不爱出风头,公众场合就喜欢深入不毛之地,一开始就选了很逼仄的火车座,选择坐这里的也不光是她,还有中心的其他几个女孩子,从街道调过来的两个小年青也是跟他们坐一起,起初倒也没觉得什么,秦江南以为是年轻人不愿跟中老年同志坐一堆,这也很正常,跟老同志坐一块,多少要立些规矩,吃饭本是一桩美事,谁都不愿意受拘束。可没过多久,那两位小年青被兰大懋办公室的老宋叫到他们那个长条桌去了。刚开始以为是偶尔一次,利用饭间谈些事情,谁知他们一去不复返。慢慢秦江南他们就咂摸出了些别的味道。原以为是年龄上的沟壑,没想到是身份上的鸿沟,小圆桌,长条桌和火车座都同在不足二十平米的房子里,距离那么近,可是离得却又是那么远。秦江南有时候从饭碗里抬头四周环顾时,心里会莫名涌起些悲哀。

他们这一桌都是中心的临时工,分布在中心各个办公室里,寻常交流虽不多,但心力很齐,四个人还单独建了个微信群,经常联盟吐槽，交流各办公室信息，互通有无。兰大懋没来之前，她们仨女生饭间话题左不过美容美发、穿衣打扮、超女快男和爸爸去哪儿，自兰大懋来后，话题就猛然大增，什么中美关系、双边贸易、金砖四国、军事前沿、文史哲政经法无所不谈，讲话声音又大，长桌那边经常有老同志传过话来，说，这个兰大懋，真是无所不知，无所不能，来这里屈才了，应该去国务院当参事。他办公室的老宋立马就唱了起来，你说的是他？这个女人不寻常。然后又说，他天上的全知，地上的知一半。老王接过话说，只怕比我们徐主任知道的还多些，哈哈。徐主任在圆桌那边也插进话来，说，嗯，我是打算什么时候请兰参事给我们上一堂课的。谁都知道这话是说着好玩搞活气氛的，可兰大懋竟认真了，涨红个脸从椅子上起身，说，看是讲哪方面的内容，我好准备准备。话音一落，饭堂里顿时哄然大笑。秦江南急得在桌下猛踢了他一脚。此后秦江南就经常在桌子底下用脚踢他。

这次饭间的话题与往日不同，老肖办公室的谢君苗一脸神秘的兴奋，压低了声音说，嗨嗨嗨，听说上面要给我们拨下一笔钱，是中心去年的绩效奖，数额不小，每人差不多可以分两万多呢。谢君苗有个表舅在区政府上班，她的"听说"一般都是有根据的。

秦江南的耳朵也跟着一炸，但很快便冷静了下来，低低地说，你弄准没有，是不是每个人都有，我们几个人也有份吗？

一席话问得谢君苗把脑袋耷拉了下来，像是泼了盆冷水，很没有底气地说，应该会有吧。

兰大懋往他们两人脸上看了看，说，为什么没有，工作是大家一起捧着干的，胜利的果实就应该你有我有全都有。

秦江南伸脚把兰大懋踢了一下。说，闭嘴！

谢君苗说，新来的，懂个屁。

兰大懋讪讪地，呢喃着辩道，如果这也分彼此，就太不公平了。

秦江南心里一阵冷笑。这个世界多么地壁垒森严。小时候老师和父母告诉她，一个人的出身并不重要，重要的是后天的勤奋与努力,知识和汗水可以改变不堪的命运,可是踏入社会后,她却觉得父母辈的很多道理都瞎了,命运与出身轻易改变不了的,他们在这个世界里算什么呢?草芥?蝼蚁?也许连这都算不上,不过是粒尘埃,在苟且中求生,在黑暗中等死。她心里一阵胡思乱想,忽然就觉得嚼在嘴里的红烧肉没味了,像嚼块橡胶皮一样。她将饭菜倒在泔水桶里,起身离去了。

半个月后,关于上面要拨下一笔钱的事似乎很明朗了,成了每个办公室的热议话题,两万多块啊,从他们的谈论中可以听出,这是单位迄今为止拨下的数额最大的一笔款项了,每个人脸上都是一副要发横财的窃喜神情。不过单位里有编制的那些人可以堂而皇之的憧憬,而他们只能藏在心里偷偷摸摸期待。

老王跟老朱对桌而聊,老王盘算着用这笔钱把家里的电器和家具都换一下,结婚二十多年了,冰箱、洗衣机和沙发还是从前的样子。她儿子成人了,要防备他冷不丁领个女朋友进门,家里太寒碜了对儿子婚事不利。老朱呢则想着等钱到账了,就带妻子去北京看一看,也算是圆他老婆一个心意。这一次聊天她才知道老朱的事,七年前,他开车载着他怀孕七个多月的老婆去郊县看油菜花,高速路上出了车祸,他老婆腹中的孩子和子宫都没保住,只捡回一条命。经此沉痛一击后,老朱消沉了很长一段时间,后来就开始吃斋茹素,信起阿弥陀佛。他老婆好像身体一直都不怎么好,时不时就要卧床一段时间,老朱这些年就像照顾孩子一样照顾着妻子,他跟他妻子谈恋爱的时候就想着去北京看一看,一直也没去成。老朱说,这次,这次钱来了,就去,去定了。

秦江南在一旁听着他跟老王的一理一答,心里也一阵唏嘘,觉得离异的老王一个人拉扯儿子,生活过得不易,老朱呢,这个人仁义,其实他也算是单位里的老人了,在中心待了二十多年,但他从来不摆老资格,缝到单位有下力气的活儿,还跟年轻人一道抢着干,对于单位里评先进评优秀评职称,他从不去争一下,对谁都和和气气,但最能打动秦江南的是老朱对他老婆的这份情义。秦江南看了看老朱,说,朱老师,您真帅。老朱呵呵一笑。

老王转而问她,小秦,你对这笔奖金有什么想法?

秦江南面带羞色,微微一笑,说,没什么想法。

老王下巴一抬,说,也是,最好莫想,免得想了白想,空欢喜,几难过。

没想到老王说得这么直接,秦江南不由愣了一阵,一时不知道怎么接话。看着老王那种大无畏的神态,心里也有一丝丝的气愤。她向来不怕得罪他们这些临时工。这种仗势欺人的态度很是令秦江南很是不满,可不满又能怎样,诚如老王对他们的预料一样,他们只能憋着。

顿了顿,秦江南笑了笑,说,嗨,想想也没什么不可以,就跟马云说的一样,万一实现了呢。

老朱说,对对对,想想又不要本钱,一切皆有可能。呵呵。

老王鼻子朝老朱喷出一口气,说,朱前进,你别起哄,到时如果要你把荷包里的钱拿出一部分来贴补给他们,我看你还能像现在这样呵呵。我也希望人人都有份,毕竟大家都是一起做事的,他们临时工也可怜,但要我从腰包里拿钱出来匀给他们,那是不可能的。丑话说上前,好一些。

一席话说得办公室一片寂静。三个人都端坐在电脑前,各自沉默着。那一瞬,秦江南的心里像是钻进了一只刺猬,脏腑遍布着被扎的生疼感。挫败、灰暗、气馁、憋屈充斥着敏感的神经,胸中五味杂陈。这些天她也暗暗想,如果能分得几千块,她想给儿子买个乐高城市警用巡逻艇,那是儿子最喜欢的,要三四百块钱,儿子哭着要了几次,每次她都是冰冷回绝,说,你想都别想,哭死也没用。下个月就是儿子的生日了,她想给儿子一个大大的惊喜。如果有余,她还想给老公买瓶五粮液,她到专卖店问过,要一千三百多块。如果还有余那就存起来。如今朝这情形看,有可能还真的是想了也白想。忽然,胸中有股气顶了上来,凭什么想了也白想,凭什么一起架的柴火,到了却只能看着别人喝粥。愤愤不平中,她向他们的群里倾诉,这次绩效奖,有可能没我们的份。

群里顿时炸了,一个个像旧社会三代挖煤的劳工,吐不尽满腹苦水,一腔冤仇,继而又转变成慷慨就义前的革命者,言辞激烈,在群里声讨单位待他们的种种的不公,脏活儿累活儿全是他们干的,到了还讨不到一句暖心窝子的话,种种歧视,连一向沉默寡言、慢言软语的潘杏杏也说了几句粗话。一通发泄后,秦江南问道,怎么办?我们在这里发牢骚,他们又听不到。谢君苗反问道,那你说怎么办?秦江南说,我建议下班后找个时间,一起去找老徐说一说,争取一下。众人也都说好。

这时马博文发来一条微信,母鸡对公牛发牢骚:"人类让我多下蛋,自己却计划生育,这太不公平了!"老公牛说:"你这算个屁呀?全世界人民都喝我老婆的奶,谁他妈管我爹了!"秦江南看后笑了笑,这世界,别说人难做,连畜生也难做。她没有回复,而是删除了这条信息。她跟他之间没有什么可以存下来,供做日后回忆的。她原本想着,两人有过那一次就算了,只当是一次意外,人生那么长,总要有几次意外。这点,她想得开。可是马博文却还是骚扰信息不断,那些内容大多也都是网上的段子,虽说一长串,却没有一个字是劳动他的手指打出来的,秦江南便觉得这是一种轻视,人家根本没把自己放心上。这样一想,她自己也觉索然无味。只是她当时心里有一闪念,想把绩效奖这事跟他说一下,听听他的看法。但一想,没必要,他们这样的关系搅和上事儿,就跟缠毛线一样会越缠越紧,脱不了身。

这段时,老徐好像很难得碰上。直到四天后,谢君苗才捕到他,然后在他的办公室里赖着将时间拖延到下班后,待中心的人都走光了,他们一齐来到了老徐办公室。老徐一见他们,便呵呵地笑,一副心知肚明的样子。也好,省去了拐弯抹角,他们开门见山向他表露了想法,面对老徐脸上露出的为难神色,他们纷纷倾诉各自的苦劳、疲劳,然后各自讨要在这里的尊严和脸面。他们虽说不是体制内的,没有财政的编制,可临时工也是这个单位的组成部分,一个整体为何是两种待遇。做事的时候,说我们是单位的年轻人,后备力量,肩上要多压担子,到了得利益的时候又说我们不是单位的人,把我们撇一边,还口口声声说这是制度,这那里是制度,这分明是耍流氓。

他们不知道那里来的勇气,说着说着,情绪骤然激动,竟放肆着说出了几句大话。老徐在冷空调底下坐着,鼻梁上一片油光,他抽了两张餐巾纸擦了擦脸,嘴角处隐含着一丝愠怒,那是一种久居上位不容侵犯又被侵犯了便极力克制情绪以保持风度的威严。办公室的气氛有些紧绷。秦江南思忖,不欢而散是最不好的结局,于是便笑了笑,说,徐主任,其实我们大伙心里都是有数的,单位情况复杂,我们又处在一个很弱势的位置,您作为领导,明里暗里对我们也多有维护,您是单位的一杆秤,上上下下,既要不偏又要不倚,您为我们做得吃亏不讨好的事儿多了去了,我们也都看在眼里,所以在中心里,在您的领导下,该我们做的事情不该我们做的事情,只要您一句话,我们都是尽着自己能力去做,也都想着给您挣面儿。其他三人也都纷纷点头,表示赞同,老徐的神色也缓和了一些,还轻轻"哼"了一声,那意思是,算你们有良心。秦江南便趁胜追击,说,我们心里想着,我们这些人都是您招进来的,情感上跟您也亲近些,就觉得您是我们的家长,孩子受了委屈,不找家长哭诉找谁去。说着谢君苗和潘杏杏便手指抹眼,耸动肩膀,假装哭了起来。兰大懋也配合着抽了两张纸巾递给她们。老徐不禁呵呵笑了起来,用手指一一点着他们,说,你们,没一个是好对付的,哎,你们是要把我架在火上烤啊,其实这些天,我一面想着躲开你们,另一面呢,我也在跟马处长商量,想把这笔奖金公平地落在中心每个人的口袋里,毕竟去年的成绩是大家一起努力的结果,马处长也很为难,因为区里财政是按编制的人头拨付的,但马处长也没有一刀卡死,话里还是有松动的余地,我再努努力,争取让大家都满意。

徐主任给出的说法,还算合大伙的心意。末了,四人又联合着把溜须拍马、阿谀奉承的话给老徐上了一箩筐,逗得老徐直打哈哈,光光的头顶油亮亮的。

又过了一个礼拜,众人期盼着的那笔奖金一直悬而不定,中心的人打听到钱已经拨付到处里了,可处里却迟迟不下发。惹得中心上下怨声载道。他妈的,处里都是公务员,工资高,福利待遇又好,还他妈的分房子,他们不等着钱用,就以为老百姓跟他们是一样的,天天嘴上喊着关心民众疾苦,全都是狗屁。

当然这些牢骚,秦江南他们是不会发的,他们要是评价处里的人和事,话一出口,每个字都长脚跑到了当事人的耳朵里。所以好赖话他们都不吭声。可是不知怎么的,他们上次找老徐谈话的事竟走漏了风声,被兰大懋办公室的老宋知道了,继而中心所有人就都知道了,知道他们暗地里也蠢蠢欲动,觊觎着那笔钱。然后,单位的气氛就异样了,体制内人员与临时工之间有了对抗,开会、串门、吃饭,那些人都用一种提防的眼珠子盯他们,好像他们是打家劫舍的强盗,又似巧取豪夺的土匪,恨不得在办公室门上贴出警示语"防火防盗防临时工",那种抱锅护食的小气性儿和矫情样儿看得秦江南眼珠子都肿大了,如此,倒也把他们的挣劲儿给逼出来了,真就王八咬人不松口了。还不信了,那钱若分到咱们口袋里,天就塌了?地球就不转了?

但那些体制内的同事们却成天嘴里含沙射影,饭堂里吃顿饭话里话外都是梗。师傅打菜,人多挤了些,就会有人说,莫抢,莫争,使这些手段都没有用,这跟财政拨款一样,都是有份额得,不要心里没得数。有人就会接话说,我不争,我知道有我的份我争什么,要争的都是没得份的才争。倘若吃饭时有人呛着了,便会有人说,哎呀,叫你安分些,安分,这饭才吃得稳当,才吃得长久。也会有人在一旁发挥,说,是的,吃饭就吃饭,不要动心思,有些心思动不得,吃了红烧肉还想着小黄鱼,就有点不要脸了。呛着的人也不会争辩,知道他们要说的不是他的吃相,不过是借着他的事故做一场敲打而已。然后,他们窃窃私语后,还会集体发笑,别有一番深意似的。

他们呢,只埋头吃饭,谈论属于他们的小快乐,对于长桌那边故作的声势和唇枪舌剑丝毫不理睬,让那些人放空炮弹。秦江南、谢君苗和潘杏杏三个女孩子来这里都三四年了,熟悉了这里的腔调,加之性格都比较温和,遇事都还能忍住,但兰大懋有点沉不住气，每每听到这种带刺的话，他的脖子就犟了起来，像受到惊扰准备攻击的眼镜王蛇。几次，兰大懋想要拍案而起，都被秦江南给按住了。可这次秦江南硬是没按住，兰大懋嚯地站起来了，他一米八的个儿，一脸怒气立在地上，有点威风凛凛。中心所有的人都一脸惊愕地盯着他。

兰大懋说，你觉得你们这样一口砂糖一口屎地说话有意思吗？什么叫不要争不要抢，什么安分不安分，什么要脸不要脸，我们只是临时工，又他妈不是弱智，听不出你们话里头的音吗？秦江南拉扯着他，说，得了大懋，你少说两句吧。兰大懋甩了她一胳膊，继续道，我们要的不过是应该属于我们的，成绩是大家一起做出来的，那么奖励就该人人都有份，这是天经地义。有什么需要安分的，又哪里不要脸了。说完气鼓鼓地坐下。

秦江南抬眼看了看四周，两个长条桌的人脸上神情各有差异，有懵有呆的，有怒有恨的，有惊有讶的，也有面无表情的。圆桌那边空空如也，书记去党校学习去了，徐主任吃饭一向快，估计在兰大懋怒起之前就抹嘴走了。两个做饭的师傅趴在窗口倒是一脸喜色，像是看戏不怕台高。

老王到底忍不住了，嚼着一块粉蒸肉，哼了一声，说，什么叫天经地义，这话不该在中心的食堂说，应该去区财政区编办说。莫屙错了地方，伙计。还是那句老话，别人得多得少跟我没关系，但我荷包里的钱谁也不要动心思。那是我的辛苦钱。老宋也跟着帮腔，说，我跟你是一样，别人吃多少肉我不眼红，但要从我的碗里扒份子，坚决不答应。老宋跟老王一向跟得紧，单位里也总是姐妹相称，虽也有翻脸的时候，但重修旧好的速度快得像中国高铁。当初老宋以办公室缺少男劳动力，把兰大懋强要了去那会，她们友谊的小船说翻就翻了。那一仗闹得可真是惊天动地，老王说老宋惯会使这种下三滥的招儿，当初连老公也是挖别人墙角得来的。老宋怼她，说，你呢你呢，一向多吃多占，当初自己有老公了还去外边偷人养汉，终于把自己弄成了个半边户，报应。要不是中心几个男的拉扯着，两人的拳脚就上来了。可没过多久，她们又手挽手肩并肩说说笑笑共同向单位缓缓走来。

有时秦江南看着他们这些活了大半辈子的人，就会想起她老家那些穿开裆裤搓尿泥的小孩。

也有人跟着在后面起势，说，是的是的，这里又不是慈善中心。

这些话像钉子一样，一根一根捶进他们的耳朵里，秦江南的内心已烧起一片火光，但面上却依然不动声色。这是她在这个单位工作了四年，经过几番磨砺后，修炼出的隐忍之功。每一次"波翻浪滚"的时候，她都会质问自己，为何要趴在这鬼位置受这份罪。就跟老王她们背后说她们的一样，有本事走啊，广阔天地大有作为去啊，为何要箍在这里伏低做小呢，哼，还不是这里有她们可图的甜头，既如此，就得受得住这儿的规矩。是的，她们的议论是对的。哪怕这里不堪，但这是她在这个城市里找得最满意的一份工作了。

先前，她做过几家公司，全不是像电视电影上那种高端霸气的样子，明净落地窗户，优雅格子间，单身多金的老板，帅气潇洒的少东家，更没有传说中的带薪年假和升职空间。她所工作的公司大多租住在小区的居民楼里，客厅里弄四五个格子间算是工作区域，卫生间男女通用，厨房兼顾老板的居家功能，油污重重，打字接电话，还能闻到卫生间的尿骚味，没有工作餐，中餐需自己看着办，没有午休床，午休时间也只有一个小时，只能在桌子上趴着打盹，最好是不打盹，打起精神，因为头上有摄像头盯着，虽说是休息时间，但领导看见还是会不舒服，领导大多油腻肥胖，口臭得厉害，从不会做那种开香槟请吃大餐之类破费钱的事儿，他只会两眼盯着业绩，从不考虑加薪和福利，而且没有保险，更恶毒的是没有双休。条条规矩都反人类。秦江南吧别的都可以马虎，平时上班累点就累点，工资少点就少点，但没有双休，这个很要秦江南的命，每周休一天，她就觉得自己还有半条命没回来，拿半条命去抵抗一个礼拜的起早贪黑、挤公交和文案策划，那简直要死掉了，所以她每份工作都熬不到过年，进了腊月就辞职，将破碎的身心休养到开春后，再找工作。然后周而复始。

中心这份工作是她生了孩子后找的,她之前也找过一些公司,可那些公司都拒绝录用哺乳期妇女,对年龄也有严格要求。哺育幼小和年岁增长竟是罪过了,仿佛那些龟孙个个都是从树木孔里炸出来的。无意间在赶集网上看到了这个单位的招聘信息,招聘一名有经验丰富的文字编辑和文案策划的工作人员,要求大学本科学历,要求四十岁以下,要求女性,要求五官端正,要求家在武汉,条条要求她都符合,而且大学的专业还对口。起先她并不知道这个单位是属于国家事业单位,一直在外面私营企业上班的她对此没有多少概念,她是抱着有枣无枣打三竿的心态来应聘的,没想聘上了。

她是来这里上班后,才知道这里竟然有小食堂,包两餐饭,而且伙食这么好;才知道这里是双休;才知道这里不用加班,到点就走人,即使要加班,却真的有加班费,节假日双倍;还知道这里虽然是八点半上班,五点半下班,但稍微迟到一点早退一下,完全没有关系,传说中幸福的朝九晚五在这里啊;而且这里中午午休长达三个小时,办公室里配有午休床,吃饱了饭,就可以打开来四仰八叉地倒下,冷暖空调敞着开,不像以前在公司里,不到热得狗喘气冷得狗啃脚,是断不会开空调的,老板说阶梯电费可贵了。哎呀,这是天堂啊。虽然这里给她开的工资并不比在公司时高多少,但她已经很满足很满足了,满足到要磕头作揖山呼万岁的地步了。真是苦尽甘来啊,她对这份甜蜜很是珍惜,每天上班勤勤恳恳,严格按照墙上的规章制度来约束自己,虽然别人从不理会那些条条款款,但她不管别人,只管自己,而且她每天都第一个到单位,把办公室打扫得干干净净,把水烧好,把老王和老朱的杯子里留的隔夜茶倒了,用开水烫过放好,只等他们来后,就可以直接冲泡滚滚的茶,为了在版式编辑上多些花样,她买了许多专业书,一有空闲就啃上几页,挤地铁都在啃,他们都说自她来后中心编撰的那份内刊越来越好看了。她的殷勤、谦卑和才干使她顺利度过了三个月的试用期,成为了中心口头上的正式工。

她是慢慢地慢慢地从甜蜜中咀嚼出苦涩来的,原来口头上的正式工只是相对她的试用期来说的，并不是像老王老朱老宋小张小李那样的身份，体制内的，财政全额拨款，身体发肤受之于国家，吃喝拉撒终身保障，那样的身份带着一种被托底的安全感，是荣耀的。她虽然正式了，不过是单位正式的临时工。临时工从字眼上就能感觉出一种廉价、劣质、不稳定性，像明星的替身，无名无姓，不能露脸，露脸即穿帮。她跟他们虽然在同一个锅里吃饭，在同一个办公室里办公，在同一间会议室里开会，同乘一辆车去郊游，但无形的鸿沟质地坚硬地横亘在她与他们之间，在一些言谈举止的缝隙里，在某种说不清道不明的气氛里，更在她和他们的心里。直到后来来了谢君苗，潘杏杏，邓茹果，她的内心才稍稍舒缓了一些，虽然鸿沟还是那条鸿沟，如王母娘娘的银簪划出的天河一样不可逾越，但越不过去的人多了，也就有了一些依靠。后来邓茹果因为怀孕生孩子，中心只能给她一个月的假期，而当时老宋办公室的小田生了孩子快半年了都没来上班，领导连个屁也没放。樊书记给正在坐月子的她打电话，说，这没有办法小邓，你不能跟小田比，小田的工资是财政给的，你的工资是中心给的，中心庙小，一个萝卜一个坑，养不起闲人，你明白吗？尽管樊书记语气温和，循循善诱，但还是把小邓给恶心到了，这对比太强烈了，小邓像是受了奇耻大辱般，说了声"随便"就啪地挂断了电话。她月子坐完了没来中心上班，中心也就将她视为自动辞职，办公室便令财务从工资册上删除了她的名字。邓茹果一事令秦江南她们伤感了好一阵子，都觉得中心的做法太过分了，不近人情，可她们也只能私下里抒发一些情绪，谁敢明面上为小邓去讨个说法呢。这份工作虽然有种种不如意，让他们时时有尊严受辱感，但他们还是觉得这个单位好，不想离开此地。

离开了食堂，在五金市场里，秦江南一路踩着小碎步跟着兰大懋，全包围的柜台和半包围的柜台像集体厕所的蹲坑，紧密排列，柜台与柜台夹出的过道如羊肠般弯弯绕绕。看起来，秦江南像是在练青衣的跑圆场。其实，市场近年来生意冷清了许多，但人声还是像煮沸的开水,上下翻滚。她又不好使劲叫他,要提防周边怕有单位的人,再一个,叫,他也不一定听见,听见了也不一定会理你。在上中心楼的时候秦江南总算赶上了兰大懋,她说,你跟我站住。他站住了,然后她把他拉到街角的僻静处,她说,大懋,你就这么沉不住气吗,非要明面上与他们针锋相对。

兰大懋吐了一口气,说,秦姐,你要我像你一样忍辱负重,委曲求全,我办不到。他从屁股口袋里掏出烟和打火机,点燃吸了一口,说,我来这里是工作的,不是来让他们作践的。你不要总拿你那套忍字功来说服我。烦。他抬眼朝秦江南扫了扫,说,秦姐,说真的,我现在特别讨厌你。

秦江南顿时一噎,愣住了,心中又气又急,自己一片好心为着他,他竟然当成驴肝肺,这不知好歹的东西。可她还是敬重他,敢说敢当,一片男子气概。他当初被中心招进来后,徐主任就把他交给了老王,一米八的个头,祖辈传下的国字脸,浓眉大眼,四周的头发剃得很短,中间一片兴旺蓬勃,那是街头小年青正流行的发型,一身灰色的卫衣和匡威板鞋,看起来活力四射。单位里一向阴盛阳衰,年轻的男孩子是稀缺品,长得还这么周正的更是金贵。老王自然是欢喜。安排他坐在秦江南的下首。秦江南当然也欢喜,这么个帅气男生在眼对面坐着,感觉像坐在了大学的自习室里。为了让他尽快熟悉环境,秦江南把单位里一些忌讳和暗地里的不成文规则都说给了他知道,还把自己手里的事情分给他做。她告诉他,要想在这个单位长久留下,得靠有一份独当一面的工作,要把这份工作做得无人可替代,才算在单位站稳了脚跟。她毫无保留地传授她掌握的待人经验和处事要领,工作上,生活上,她都细心关照他,他不小心说错了话,她巧妙地为他打圆场,他做错了的事情,她替他弥补,弥补不了了,她便一力承担,两人一同完成的工作,受到表扬了,她把功劳全让给他,一有机会,她便在领导面前为他美言,替他讨老王的好。最终试用期的三个月顺利度过,他妥妥地留了下来。他对秦江南怀着感激,办公室里只要秦江南一拿拖把和抹布他就硬抢了过去,秦江南的快递,也总是不厌其烦跑下楼为她拿,虽然后来老宋要走了他,但他们之间还是继续保持着亲密友好的关系。

他喜欢高谈阔论,天南地北啥都说,失去了秦江南的看管后,他像是没了僵的野马,完全由着自己的性子了,老宋刚开始对他是欣赏的,不然不会冒着与老王翻脸的风险,把他挖走,但渐渐老宋对他转变了态度,说他眼高手低,好高骛远,没有刚开始来单位那股阳光可爱劲儿了,慢慢单位里许多人也渐渐对他转变了态度,说他说话愣头愣脑的,天上一脚地下一脚,完全搞不清楚自己是个什么身份。思想又偏激,很有点愤青。她有点为他担忧,单位里关于一个人的负面消息太多的话,不是好事,迟早会传到领导的耳朵里,弄不好工作会不保。她担心着担心着,今天他竟然顶天立地站起来公然与他们论长论短。

秦江南说,你讨厌我我也要说。你不知道,自古枪打出头鸟、出头的椽子先断吗?要你出这个风头,逞这个能。

兰大懋抽了一大口烟,抖抖衣服,说,秦姐,就算是一只鸟,被人踩到了脚下,它也要挣扎几下,哀叫几声吧。你的胸怀宽广得令人可怕,你的善忍在我看来并不是美德,而是一种精致的城府,是一种让人恶心的精明。你,你就是一个只为活着而活着的奴隶。他将烟头丢在地上,用脚狠狠捻灭。

看着他如此愤慨,她不知道该对他抱有怎样的情感,这个把脊梁和头颅还看得很宝贵的人,是该嘲笑他的天真,还是该尊敬他的情怀。但他那傻逼样的傲骨还是让她柔肠百转,那是他身上闪烁的光芒。

秦江南叹了口气,说,大懋,你不成家,不生养后代,肩头上没有担子,你就不知道生存比天大。她蓦地也感到些悲观,说,站起来是要付出代价的。

兰大懋还想高声辩白,但也感到些无奈,他两手握着秦江南的肩膀,说,秦姐,生活不只是眼前的苟且,还有诗和远方。

这两句被朋友圈刷烂的诗句让秦江南哼地笑了一下,说,不从眼前的苟且一步一步趟过去,又如何抵达诗和远方呢。她抬眼从两墙的缝隙中看着车水马龙的街道,远方对她来说也许就是衰老、病痛、死亡和坟墓吧。她有些伤感,也想起了一句诗,便轻轻吟了出来,我们要咀嚼下多少黑暗,才能换来那一丁点的光明。

兰大懋忽然怔住,像是被什么击中了,竟一把抱住了秦江南。一米六不到的秦江南只打齐他的脖子,贴在他结实的胸膛里,她听到了他铿锵有力的心跳声,蹬蹬蹬,像石道上跑着一匹鬃毛长长的野马。这强壮宽阔的异性怀抱,令她感到一阵阵眩晕,这微醺般的感觉让她生出迷恋之心,但残留的一份清醒让她警觉到羞耻,继而感到慌乱,她感觉到她跟他的身体都即将要分泌出湿润的物质。她将他推开,然后从他的怀里挣脱出来。他跟跄一下,她扶住他,说,大懋。

他终于稳稳地站住了,嘴里哦了一声,哀哀地说,秦姐,对不起。

她没做声。

他像是不知道说什么好,东拉西扯地说,秦姐,我是想说,想说,他们,他们不能把劳动者分为体制内和体制外的,这对所有劳动者都是一种伤害。改革如果不彻底,还不如不改,割一半留一半,太畸形了。

秦江南说,够了,大懋,以后像这样的话不要在单位里说了。然后她扭头走掉了。

下午她要去处里送资料。处里办有一份刊物,内部流通那种,组稿编辑校对和印刷发行都由中心承担,以前是老宋办公室负责,现在全落在了她身上。刊物两个月出一期,印出小样后要送到处里给马副处长审查。虽是小范围的宣传刊物,但领导得把关,得审查,标题不能敏感、配图不能丑化领导,不能爆出家丑,要正能量,要主旋律,要宣传成绩,捂住不足。其实就是让她捅娄子,她也不敢啊。

不知道为什么,自打跟马博文有了那一腿后,她就不想再去机关了,不想与马博文有正面接触,可是不去又不行。去后,马博文照旧是一副冷面孔,连脸上的各种纹路都像是用图钉钉住了,不喜不怒,不嗔不忧。秦江南静静站在一角,在人缝里细细琢磨着马博文的那张脸,心里也感叹,这是修了多少年,才能修成这样的道行,七情六欲全藏在皮下,面上滴水不漏。多累啊。偷个情,还得算计上班的时间,上床撒欢都要撒得争分夺秒。争分夺秒这词倒把自己惹笑了,悄悄地笑了一会儿。她替他想,这样的人生又有什么趣。她忽然也想到了自己,自己跟他不也是一样吗,他们都是善忍之悲,在人前将喜怒哀乐死死抿住,时时收拾住各种情绪,将自己机器化,以便好让人利用。这样想,她不禁对马博文也有一丝怜悯。

资料依然是看都不看一眼,就放在一边,只说待看后回话。她立即告辞,依然是走出机关大门,走到马路牙子上,手机一声吼,他的,内容还是那个内容,要求还是那个要求。她的内心依然是恶心、抵抗、窝火、松动、妥协、屈从。权力就像个魔咒、春药,让人无法抗拒也无法自拔。

她洗好后,躺在床上等了近十分钟,他才来,手里还提着一个黑色的塑料袋,他把袋子递给她,径直去了卫生间,然后就听得一阵水响。她打开塑料袋,里面是个大大的手提塑胶纸袋子,印着硕大的英文字母"GUCCI",她心里微微一震,是一个黑色的饺子形状的包包,皮质的搭头上镶着金晃晃的"GG"。他赤身裸体地走了出来,身上湿漉漉的,他用浴巾边擦边问,喜欢吗,这是我托人从香港带的。她当然是点头。大名鼎鼎的古琦,她不敢不喜欢,上司所赐,也不敢不收下。他的出手阔绰使她略感欣慰,使她躺在他身下的时候,没有了那么重的卑微感和下贱感。

事后,她说起了单位热议的绩效奖金。他问她有什么想法。她的头枕在他的臂弯上说,既然成绩是大家一起做出来的,当然应该人人都有份。她想起了兰大懋说的那句话,说,都是劳动者,怎么能有体制内和体制外之分呢,太奇葩了。说完,她抡眼瞧他,他闭着眼睛,面无表情,对她的话没有做出任何回应,这让她有点不自在,是不是说错话了,她怎可对他发牢骚呢,就算他们发生了关系,但他依然是处长,她依然是个临时工,怎么能有睡一觉就改头换面的想法了呢。皇帝宠幸那么多的女子,该是答应的还是答应,该是常在的还是常在,不是睡一觉就能翻身做主子的。正索然无味间,他开口了,说,处里对此事做了考虑,放心吧,你想的,处里也想到了。她还有一惑,便急急问道,可财政不是按编制拨下来的吗,一个萝卜一个坑,怎么考虑啊?他难得的微微一笑,说,这雨怎么下,不光听雷的,还得听风的。她虽然不大懂话里的深意,但听起来中心的绩效奖他们几位临时工应该都有一份的。

从酒店出来,太阳已经偏西了,但余威尚在,天依然闷热。走在大马路上,心里颇有点发虚,像是满大街的人都识破了她的奸情,知道她刚偷完人。肩上背着自己的无名包包,手里拎着威震江湖的古琦,她感觉异常别扭。在等公交的时候,她忍不住把那只包掏了出来,撤去丝绸套子,大牌就是大牌,看着就是那么亮眼,是皮的,做工和走线也都很工匠。她在网上查了查,这款包包售价是两万多。也许是假的,她想。但即便是高仿的,仿到这个程度,连油边都仿得这么漂亮精致,大概也要两三千块钱吧。对她来说,依然是奢侈品。

拎着这个包,她一路上都在犯愁,去了趟处里,凭空多了这么个包,这怎么说,中心里人民群众的眼睛雪亮着呢,虽没出过国门,但泰国新加坡印度尼西亚的事儿清楚着呢,万一他们看出是正品,那不得了,一向甘于平凡,把身子低在尘埃里的人突然有了个古琦,哪怕是假的,那也是有问题的,他们定会打破砂锅问到底,从字里行间寻找逻辑上的漏洞。她就是编一万套谎言也瞒不过那些猴精样的同事们。她的包包从来都不超过三百,她的开支一向量力而行,不攀比,一切花费都心安理得。好,就算单位里瞒过了,可回到家里呢,又怎么解释,老公再傻,古琦还是认识的,也是清楚分量的。家里藏个这,不是欺负人吗?就算单位和家里都没过问没在意,可自己背在身上又算怎么回事?偷情的物证?卖身的价码?那不是时时羞辱自己吗。无论它多么贵重,多么奢侈,也是一个见不得人的物件。那就送人吧,送人也麻烦,弄不好也会惹出一场事。在龙王庙这一站时,她下了车,步行上了江滩,行至亲水平台,她将手里的袋子往上一扬,将那个包扔进了滚滚江水中。

钱总算发下来了,体制内的每人一万五千块,她们几个临时工每人八千,虽然相差近一半,但她们已经很满足了。只是没有兰大懋的,事情不免有些美中不足。说他虽然是去年来中心的,可刚好是三个月试用期,所以绩效没有他的份。幸亏发钱这天,兰大懋去外面办事了,没在单位,不然看着同事们挨个被财务叫去领钱,单单没有他,心里肯定不是滋味。中午在饭堂吃饭的时候,秦江南同谢君苗和潘杏杏说起此事,秦江南试探性提议,说,干脆,我们每人给他匀一点。谢君苗说,我没有意见,不然以后我们相处起来心理都有膈应。潘杏杏说,我也没有意见,看匀多少。然后一笑,说,匀多了,我可是很肉痛的。秦江南说,呵呵,都一样的痛,钱,乃生命之本。谢君苗也笑了笑,说,太少像打发叫花子的,不好看,多了,我们也冤枉,每人匀一千块,你觉得如何?秦江南说,你倒是真大气,那一千就一千吧。潘杏杏撅撅嘴巴,说,那我还能说什么呢。为了给的体面漂亮,她们商议找老徐,走财务的路,假装这钱是单位给的,只是去年他在试用期,故奖金少了些。

老徐考量了半天,还是答应做这个顺水人情。对于他们几人的团结,老徐是既欣赏又有些顾忌,时常敲打他们不要搞小圈子,不要拉帮结派之类的话。但这次他饶有兴致地说起了他年轻时与一帮兄弟的江湖义气。他们几个自然是各种夸赞,好像奉承的话每人都备了一肚子似的。

下午兰大懋办完事回来,还只在走廊上,就被财务叫了进去,等他出来的时候,秦江南她们就在财务办公室门口候着他,看他手里握着一沓红钞票,都好奇地问他发了多少。兰大懋咧着嘴笑,说,三千,你们呢?谢君苗说,七千,比你多许多。兰大懋依然乐呵呵地笑,说,嗨,我以为我不会有呢,去年我刚好是试用期,别说三千,就是五百一千,也是大大的意外之喜。呵呵。

他们一起乐了起来。笑着笑着,秦江南忽然感到些酸楚,为他们这份容易满足的心态。秦江南说,要不,下班后我们聚一聚,重庆烧鸡公,我请客,如何?谢君苗咦了一声,说,你一向勤俭节约,新时代的旧女人,居然也能发起请吃的号召,哈哈。潘杏杏说,那还不赶紧响应。兰大懋顿时举起拳头一上一下,说,响应响应,响应铁公鸡的烧鸡公。谢、潘二人噗嗤一笑。秦江南愤而一脚踢向他的膝盖弯,兰大懋顺势就往地上一倒。他们再也绷不住,弄得静静的走廊爆发出一片响亮的哈哈声。

　　酒足饭饱后,秦江南去结账,却被告知帐已经被结过了,收银小哥指了指,说,你们桌的那位帅哥买的单。秦江南问,多少钱?收银小哥说,三百二十元。散席后,在回家的地铁上,秦江南在微信上给兰大懋转了三百二十元钱。她说,说好是我请的,你这是瞎胡闹。

　　兰大懋回复说,秦姐,我反正一人吃饱全家不饿,你还是把钱留着吧。

　　秦江南依旧说,把钱收下。

　　兰大懋回复说,不许任性!!!

　　秦江南心头一热,只笑了笑,收起手机后,她扶着吊环闭目养神,一时觉得人间有万般柔情,尘世有千种滋味。同时她也在内心问自己,为何她宁愿跟又老又有肚子的马博文睡觉,却不肯跟这么年轻帅气浑身散发着荷尔蒙的兰大懋睡觉呢,兰大懋对自己的感情她心里是清楚的,只要她肯,他们俩是完全可以水到渠成睡一觉的。可为什么就不肯呢,怎么在他面前就那么有原则性呢,就那么的圣人婊呢。自己难道对人家就没有一点想法吗?是有的,她在心里隐秘的承认了。也许是因为权力吧,马博文手里握有权力,他可以决定自己的去留,睡上一觉,可以为自己争取庇护的伞盖,兰大懋呢,只有活力,她跟他睡一觉,除了获得单纯的肉体上的快感,还能得到些什么呢?活力哪里比得上权力。她明白在选择跟谁睡觉一事上,是功利的。她虽然在城里混迹多年,但她的观点还是跟老家人一样,所有的土地都要用来种庄稼,不会用来养花养草。她睁开眼,复又闭上。她为自己感到一丝悲哀。

　　出了地铁站后,她直奔商场,花四百块钱给儿子买下了他一直想要的乐高城市警用巡逻艇,花一千多在五粮液专柜给老公买了一瓶五粮液,心里高兴,也想着给自己买点啥,逛了一圈,觉得啥都不划算,最终在屈臣氏选了支四十元的进口护手霜,临结账时,又改变了主意,换了支二十多块的。剩下的钱,她在小区门口的银行柜员机里存了四千多,留了八百元现金在手里做机动。

次日周末,恰逢儿子生日,他们乘车去了动物园,中午在肯德基就餐,儿子爱吃炸鸡,以前都是点一份,他们看着儿子吃。今天她叫了一个大大的全家桶,还点了肯德基新出品的海鲜粥。端上来后,她老公一直拿大眼珠子盯她,她知道他的意思,觉得她今天发了神经,怎么用钱潇洒了。她笑笑,心想,等着,让你瞪掉眼珠子的事还在后头呢。连儿子都觉得奇怪,问妈妈,妈妈,妈妈,你不是说你跟爸爸不喜欢吃炸鸡和汉堡吗,我看你们吃得也挺香的啊。她抬脸看老公,老公也正看她,好像都不知道该怎么回答儿子这个问题。

晚上她老公下厨做了几道菜,都是她和儿子爱吃的。儿子满心期待的生日蛋糕落空了,在餐桌边一直噘着嘴,不肯吃饭,连最爱的糖醋排骨也不吃,腮帮子鼓鼓的,眼看着泪水就要流下来了。她老公几次想责怪她,怎不给儿子买生日蛋糕,但最终也没说,只是一个劲给儿子道歉,说明年生日吃两个。儿子不干,将要张嘴大哭时她从桌布下面拿出了乐高,说,当当当当。儿子眼睛顿时放出光来,边哭边笑的将乐高抱在怀里,说,谢谢爸爸妈妈。儿子高兴了,她老公也安下心来,说,不早拿出来,非得逗他哭。她说,哎呀,哭哭就哭坏了。说着,又从桌下拿了那瓶五粮液,说,给你。果不其然,她老公眼珠子快从眼眶中弹掉下来。她撇嘴笑了笑,说,德性。老公说,你今天咋了,又是肯德基全家桶又是乐高巡逻艇,你弄得我一天心里都跳跳的,这会儿居然还上五粮液,你这是打算不跟我过了吗?我没做什么错事吧。她说,瞧你这出息,给你喝名酒,你不心里美着,还愁上了。老公说,嗨,我被小主冷落多年,如今一朝得宠,这不是受惊了吗。她老公还想留着,她一把夺过来,拧开瓶盖,笑着绷脸,大声说,喝。儿子有了乐高,无心吃饭,扒了两筷子就溜了。他们也随他,桌上两口子对酌,一口菜一口酒,说着一些日常琐事,她说她们单位发了一笔奖金,他说怪不得出手这么有范。他说他们钢铁厂在谈收购的事,并入到大企业后,不知道岗位有无变化。她说,水来土掩,兵来将挡,操那么远的心干嘛,我们有手有脚,难不成还真饿死。他向她举杯,真诚地说,老婆,谢谢你,我这辈子最牛逼的事,就是娶了你。

她心头一热。说,能嫁给你,也是我这辈子最牛逼的事。

她忽然想到,为什么要对兰大懋死守防线,不让他有非分之想了,因为他年轻,她怕他爱起来后的认真狂热,不管不顾和纠缠不休会伤害到她的丈夫,她的孩子,她的家庭。这安稳的,温饱的,小老百姓的日子,虽不富贵,却暖意融融。

国庆长假后不久,中心突然接到上面的通知,说国家部委有几个领导想到中心来看看。时间大概是下午三四点钟。是突袭。老徐召开紧急会议的时候,脑门子都是汗。他指挥各个办公室做好相关接待工作,环境卫生、资料装订、音响视频、香烟瓜果、热茶冷饮,事无巨细都进行了安排。但老徐还是心焦,从脸上就能看出他的惶惶不安,最后他道出了隐忧,那便是楼下的五金市场。

今年上半年国家就下发了红头文件,凡是属于国家事业单位的场地,不得对外出租经营,要一律收回,对于像中心这种性质的单位,文件也有批示,如有空置的场地,收回后要建成公共场所,对群众开放。区里的计划是建一个图书阅览室。但去年三月份,中心与市场经营户们续定了两年的租赁合同,得明年四月初才能将这个计划落实下来。老徐本想着拖一拖,拖到明年就可以了,钱财政策两不耽误,没想到点这么背,部里竟要来视察,还是临时起意的。

会刚开完,马博文并处办公室的小邱和小钱驾临中心。马博文在会议室同中心的每个人握手,握出了处长的气势与威严。他言简意赅地表扬了中心历来的成绩,然后强调了此次接待部领导工作的重要性,每一个环节都不能出半点纰漏。各种资料都要准备充分,全年工作的重要数据每个人心中都要有本帐。会议室里鸦雀无声,每人手里的笔都在本子上唰唰唰,秦江南也如此,只是自己都不知道在写啥,偶尔抬起脸看到会议桌顶头对着两支座麦的马博文时,脑子里就全是他跟她在幽暗秘密的酒店房间里肉搏的片段,收都收不住。只有埋头奋笔疾书,索性默写几首诗,一窝两窝三四窝,五窝六窝七八窝。食尽皇粮千钟粟,凤凰何少尔何多。这是她前两天无意中从一本清代文人轶事的书里看到的一首诗。

老徐一个劲地擦汗,屁股像是长了钉,终于忍不住打断了马博文的话,说,马副处长,楼下的小市场怎么办?

一语问得马博文喉咙一梗。他们各自瞪着鸡卵大的眼珠子彼此对看。老徐额头上的汗如油锅开炸一般。

他们商议派老朱、兰大懋、小李和处里的小钱去跟楼下经营户打商量,看能不能让他们立刻歇业,放下卷闸门,如此从外面看便是仓库的样子。对于经营户下午的损失,中心酌情赔偿。十三家经营户,每家赔三百,实在不行各家加一百,这是底线。

已经是中午了,四人连饭都没吃,在市场里交涉了近四十分钟,回来汇报的结果是,经营户们要求每家赔一千,不能少一分钱,而且要现结,否则坚决不歇业。

老徐气急,说,真是狮子大开口,他们一天能不能卖到三百块都是未知数,张口一千块,真是敢想。

老朱说,正是卖不到三百,生意难做,所以他们怨气重,跟他们一谈歇业,就像捅了马蜂窝一样。

老徐气愤地摆着手,说,刁民,奸商,真是无奸不商。眼睛里只有自己那一点利益。马博文在一旁沉默不语,像是一时也没有更好的办法,只能听之任之。

中午,各个办公室都没有休息,秦江南无所事事,推窗看了看街道,单位门口的马路上不知何时画了五个临时停车位,街道的保安明显比往常多,两名交警在楼下晃悠,似等待什么命令,估计一会儿这条路的交通要被临时管制起来。四周空气酝酿着一股高官即将驾临的气势。秦江南心里一时感慨,在中国当官真好,当大官更好,位高权重,一条走路都比别人宽展些。

不一会儿,中心走廊一阵喧哗,听起来应该是区里某位领导来打前站了,一时只听得走廊上马博文、老徐、老樊等发自肺腑的哈哈声。

等到下午三点,一阵熙熙攘攘,秦江南感觉门道光线陡然暗了许多,扭头一瞥,一群身着黑衣黑裤黑皮鞋,有的还手提黑皮包的人满满站了一走廊,这应该是重要的领导一行了。很快这些黑衣领导们就被老樊以排山倒海的热情能量迎进了会议室。约莫半个多小时,这群人就走了。

老徐和马博文又把各个办公室的工作人员慰问了一番,秦江南看他们的神色很是松快,便知道这次接待很成功,原先所担忧的那个问题并没有成为问题。她纳闷,那么大个五金市场,领导们竟然没看出来?

老王一定是有跟她一样的疑惑,忍不住打探,问,我们楼下那个市场。

老徐耸了耸眉头,压低了声音,说,区里采取了手段,工商和公安联合执法,强制歇业。

他们一起恍然大悟地"哦"了一声。政府是有如此超能力的。

这时潘杏杏捏着一摞报销单急急走进来,她是来找老徐签字的,想必今天为接待购买的水果是她垫付的,她得快点把钱报出来。见到办公室里还有处里的马处长,她在门口迟疑了一下,想收腿回转,没想到马处长正好转身看见了她,她只得礼节性地朝他微笑。小潘是个美女,经得起近距离细看,拍照从不用美肤和滤镜,平日里不笑也动人,随便一笑,红唇白齿,美得像二月初桃。秦江南发现马博文的眼睛不动声色地光亮了一下。这如流星一闪的"光亮",像一把寒光闪闪的匕首直插在她的脏腑里,令秦江南心底升起一阵凉意。

待他们走后,老王去了趟厕所,回来将门一关,突然神秘兮兮问老朱,说,喂,你说现在马博文见到你心里会是什么感觉?

老朱喝了口茶,慢悠悠地说,他如今高高在上,我在他底下趴着,见到我,心里肯定美滋滋的。

秦江南听得一头雾水,难道马博文跟老朱还有什么过节不成?从来两耳不闻窗外事的她,心里被这点好奇勾得坐不住了。便也凑近身子不耻下问,说,朱老师,您难道还跟马处长结过梁子?

老王撇撇嘴一笑,说,结的梁子可大了。把人家一生的老底子都揭穿了。

秦江南便瞪着俩探索与发现的眼珠子看老王,两手托腮,把一张真诚打探八卦的脸搁在老王面前。老王鄙视地一笑,说,啧啧啧,还真以为你与众不同呢,原来你也跟我们一样俗不可耐,关于隐私、秘闻,你也会举起小雷达。不过老王很快就说了他们之间的纠葛。

当年,马博文是中心的主任,老朱是中心的副主任。一天快下班了,老朱去仓库取东西,钥匙总拧不开门,感觉像是有人从里面反锁了,就觉得奇怪,就叫唤,是谁在里面,把门开开。里面没人应声。老朱又是拍门又是叫的,把中心一些人就惊动了,大家以为是贼,准备破门而入时,门开了,是马博文自己开的,他的身后还站着中心财务室的一位会计,一男一女,衣衫不整,大家便都清楚是怎么回事了。

老王说,你的朱老师领了一帮人捉了上司的奸。

老朱说,我哪里知道是这回事,早知道这回事,我不躲开点,撞见这样的事并不是好事,倒霉得很。

秦江南听得心下一沉,十多年前老马就睡过女下属,她以为是自己那次误打误撞的撩骚令他守不住晚节的呢,原来人家早就在乱搞男女关系。还搞出这么大的动静,弄得世人皆知。秦江南自己都替马博文感到羞耻,感到无比的难为情。她问,作风问题被抓了现行,还能当处长?

老王说,这才叫手段高撒。又对着老朱说,当时还是受了处分的,撤了中心主任的职去另一个二级单位靠边站去了,我们都以为老朱会当主任,结果是老徐上位了。后来区里上任的区长是他同学,老马才又开始活起来,调到处里,没几年就当了副处长,进了处里领导班子。

秦江南"哦"了一声,有些失落又无趣地离开了老王的办公桌。她觉得老王给她讲了黑暗的恐怖故事。作奸犯科者居然还能堂而皇之地身居要位,从马博文与她之间的关系和他方才看潘杏杏时眼里闪出的那点亮光来看,他好像并没有改正当年的错误。他所处的位置和手里的权力使他在享受一己私欲时更加的便宜了。她一时觉得这耀眼的阳光下,一切美好与和平都是虚假的。她忽然间对人世有了一些绝望和厌恶。

楼下五金市场虽然一时瞒过了部里领导,但听说此事令区领导十分窝火,次日就召开了会议,态度十分强硬,要求中心即刻马上停止对外出租,一个星期之内将场地收回来,年底之前就要建成阅览室,供市民采暖纳凉。此事不容商量,完不成,处里中心所有的工作将一票否决。老徐从区里回来在中心会议室里向他们传达区里的意见时,整个人像是被人打断了肋骨,有气无力。回到办公室,老王忍不住呵呵大笑,说,处里的人说老徐今天被区长骂了个狗血淋头,骂得他畏畏缩缩,老徐真正成了老鼠。武汉人的徐跟鼠是一个发音。

老朱也呵呵了一下。她也跟着笑了笑,只是不知道这有什么可笑的。

中心迅速成立专班小组,老徐任组长,办公室主任、财务室主任和兰大懋办公室的老宋为副组长,所有男同志都被列为专班成员,中心男同志不多,把老徐算上也才五个,意外的是,秦江南居然也列进了专班,名单在会议室上墙的时候,连秦江南自己都惊讶不已,真是扯淡。

散会后她想去找老徐商议,把她的名字从专班里去除,她委实不想出这个风头,参与这样的事情,她一没力气二没身份,出丑弄怪。但老朱却把她拦下了,老朱说,我知道你要干什么去,但我觉得没必要。她问,为什么,朱老师。老朱说,年轻人有机会多经历一些事情,是好事,智慧都是从做事情上得来的。你去推辞,一让领导难堪,再一个别人也会认为你不识抬举。秦江南想了想,老朱这番话说得有理,方方面面都是为她考虑,心里一直对老朱隐藏的那份好感便更真切了几分。秦江南真诚地对老朱道谢,也接受了老朱的建议。一进办公室,老王就对她满脸堆笑,说,你看看,我说的没错吧,你这不就进了红人集团,呵呵。

秦江南一时语短,不知道怎么回答。老朱便笑呵呵地接过话去,说,个板马,这也叫红人集团,这叫坑人集团好不好。一语说得老王哈哈大笑,她也便笑了起来。

专班成员雷厉风行,当即就下楼去把区里决定告知了市场经营户,令他们三天之内全部撤离。话音刚落,五金市场跟翻了天似的,所有经营户都觉得中心的人是在放屁,放狐臭屁,青天白日,朗朗乾坤,没有这么欺负人的。刚拽了几句文,便开始骂爹骂娘操起祖宗来了,说,操你妈逼的,跟老子死远些,你们是些什么畜生变的,叫老子们歇业老子们就歇业,叫老子们滚蛋老子们就滚蛋,老子们是强奸你姆妈了还是挖你们祖坟了,想天方设地法的与我们过不去。骂着骂着,情绪起来了,一个个动手把秦江南他们往外搡,中心办公室的小李一步没退赢,摔在了台阶上,滚了下来。小李是九零后的小年青,血气方刚,其父是底下某县市局的一把手,从来没受过等冤枉气,一下恼羞成怒,刚好墙边竖了一根坏扳手,他捡起来就要抡,被老朱一把拉下了。但小李的狠气架势却进一步激怒了经营户们,一个男的上前一步,说,你还想打人是吧,来来来,有种朝爷这里打。

开局不利,秦江南已感觉到了此事的棘手,不是温柔和平能解决得了的。从经营户们破碎的骂骂咧咧中可以听出,这些年他们没赚到什么钱,房租水电年年看涨,工商城管消防又时不时过来检查,心里本来就积累了许多怨气,昨日里还遭遇强制歇业,太混账了,他们没偷没抢,本本分分做正当生意,遭谁惹谁了,竟要受此等奇耻大辱。

经营户们说着他们的道理,中心的人也说着他们的道理。老朱说,也不是我们这些人要逼你们,我们也是打工的,上面要我们怎么做,我们就怎么做。这个场子,中心出租了十多年,本是不该的,只是先前没有政策下来,我们钻了政策的空子,话说回来,这也是双方都占了便宜的事儿,你们再怎么埋怨说租金年年涨价，可到底还是比别的地儿租价要低，这一次也不是说我们不要你们做，要赶你们，是政策下来，红头文件，不允许啦，所以对不住各位老板。我们徐主任也说了，按照合同，我们违约，该赔多少，我们按照合同上来。只是政府要地要得紧，还望各位老板今天就明天的，赶紧去我们财务结账，撤离了算了。

有几个经营户神情有所松动，文件他们也看过了，知道此事是板上钉钉，争也没用了。经营户中有一个彪形大汉似乎在这群人中有些威信，他们都称他七哥。他们都看着七哥，似乎都是在等这位七哥发话。七哥终于开口了，说，这样吧，我们考虑考虑。

他们以为考虑考虑就是答应下来的意思，便班师回朝，都夸赞老朱说话有水平，不愧是以前当过副主任的，孔明之才，舌战群雄，说如果拆迁队请了老朱，就不会有钉子户。老朱从来没有享受过这等马屁，便也一一受用在耳，乐呵呵。他们陪着财务等到夜里九点，却不见一个经营户上来结账，也许他们明天会上来的，虽然是这样的猜测，但各自还是有满腹疑惑。

第二天一早上班，秦江南差点都不认识自己单位了，一夜之间，中心门前的一排梧桐树上全拉扯上了横幅，白布黑字，"国家干部胡作非为欺压无辜百姓，请求政府严惩""平头百姓无故受辱请求有关部门给个说法"还有一条横幅是一首诗"诚信经营十多年，不少国家一分租，如今油水捞够了，弃我良民如抹布"还有一个横幅居然写着"官逼民反，民不得不反"。秦江南看得眼花缭乱哭笑不得。无论横幅标语水平如何，但动静和声势都闹得很大，听说他们还联系了省电视台"百姓有事"栏目，围观群众驻足此地想静观事态发展，过路群众纷纷举手机拍照，估计不多会儿朋友圈里就会多一片义愤填膺的吃瓜群众。看来这些经营户昨晚一夜未眠，"考虑考虑"出了如此结果，也许背后也得了高人指点。知道如今政府处理群众矛盾的态度是稳定压倒一切，会闹腾的孩子有奶吃。

专班成员连早餐都来不及吃就召开了紧急会议，老徐气得鼻子脸都歪了。拍着桌子说,这帮龟孙真是马面无情,居然跟我来这一套。恶毒,恶毒。他在会议室点燃一支烟,平复了一下情绪。还是决定让专班成员与其做沟通,了解他们的真实意图,到底是对中心的不满,成心要对谁打击报复,还是如此折腾一番,只为增加赔偿的筹码,说到底事情总要有个结果,态度嘛要和缓一点,不能激化情绪,要多安抚,让他们尽快撤下标语横幅,不要闹到区里,市里。

会议还没结束,就听楼下一阵欢呼,他们推窗一看,原来是省电视台的记者来了,他们一下车就被人群热情包围了,记者一行共四人,一脸的责任与担当,正义与使命,举着摄像机将横幅一一拍摄,然后现场将话筒对准了七哥,七哥似乎很能讲,一双手一会儿比划这里,一会儿比划那里,怒目圆睁,表情悲愤,那身段那眼神像现代戏里沙奶奶对铁梅唱"闹工潮,你亲爹娘惨死在魔掌"一样。胖胖的摄影记者和举话筒的出镜记者还有两个拿本子拿笔的记者(估计是实习记者)收起摄像机和话筒就直奔中心来了。

老徐亲自接待了记者,中心办公室里烧水泡茶,将前天吃剩的水果迅速整理出五个果盘一一送进了主任室。谈的什么不知道。秦江南他们专班成员已经下去做工作去了,大约四十五分钟后,老徐老樊一干人将记者送到了中心楼梯口,他们跟道别的记者热情握手。胖记者说,主任放心,我们了解了事实真相,也知道此事的轻重,不会给主任给政府添乱子的。老徐满脸堆笑,说,谢谢,谢谢你们,等忙过这段时间,我们再聊。

记者下楼后,没有了先前一副人民大救星的样子,似乎有意回避着那群经营户,火速上车拉上车门摇上玻璃就走了。门口满脸期待,手握胜券的群众一脸茫然,他们在太阳底下看着远去的采访车,面面相觑,像是被兜头泼了一盆冷水,之前高亢的气氛一下暴跌了不少。忽然有人说,他妈的,记者肯定被他们收买了。哪里有我们老百姓说话的地方,还老百姓是天,老百姓是地,老百姓的事就是天大的事,都是他妈的哄鬼的。

老朱觉得对方气焰被打压了不少,正是做工作的好时机,便跟经营户代表七哥商谈,让他们见好就收,别把事情搞大了,到时不好收场。老朱说,你看看这几年,武汉的发展日新月异,武汉每天不一样啊,无论什么楼,说拆就要拆啊,无论什么大厦,说建就要建,多少人民抵抗过,闹腾过,没有用,兄弟,何况这地儿,本来就是中心的地儿,政府下了文件说要三天内收回,那必须就得三天内收回,如果我们协商没用,就会有比我们更能干的人来解决这问题。我劝你还是先把这些收拾起来。老朱指了指四周的横幅,说,你这上面写的全是谣言,国家现在对造谣者可是绝不姑息的,而且你看你这"官逼民反,民不得不反"这话要不得,一没有官逼你,哪个官逼你了,现在是和谐社会,全社会都在积极践行社会主义核心价值观,二,民反,你怎么反,反哪里去,你这要是搁过去,你们早就拖去菜市口被满门抄斩了,可如今,都这么久了,你们脑袋都还在脖子上,没有哪一个部门来传你们去问话,赶上这么好的时代,你还不得不反,你这不是笑话吗。赶紧收起来,收起来,莫没事惹事。

七哥想了想,指着那个"官逼民反"的横幅说,喂,你们把这幅给我撤了,写得什么玩意,狗屁不通。但其他的,他还是固执地留下了。这有点灭老朱的威风,老朱说,哎,你们真是油盐不进。

七哥说,你跟你们头儿传话,一,每个经营户赔偿三万,二,三天之内给我们找吃饭的地儿。否则,不搬。

办公室的小李早不耐烦了,一脸厌恶,说,嘿,你们还赖上了,凭什么赔偿你们三万,凭什么三天之内给你们找地儿,你们吃饭不吃饭关我们屁事,趁早把这个如意算盘收起来。你们这纯属敲诈。

这话又将众经营户的情绪激起来了,他们围拢了来,说,就许你们动不动让我们立刻歇业,动不动就三天之内,就不许我们也要求你们三天之内,我们敲诈,你们呢,你们敲诈老百姓的还少吗,七哥,不要跟他们说,越说越气愤,说得人火冒三丈。就这两条,办不到,不要再来跟我们说话。我们下午去区里静坐,去市政府省政府静坐,我们就看看,看到底有没有我们老百姓说话的地儿。

小李青筋直暴,说,去去去,最好去天安门静坐,当真以为我们怕你,下来跟你们谈,是抬举你们。老朱一个劲拦他,秦江南和兰大懋也将他往后拖,叫他不要说了,但他还是犟着说了句,不要敬酒不吃吃罚酒。

这话惹恼了经营户,七哥上前从兰大懋的怀里,一把揪住小李的衣领子,说,不要敬酒不吃吃罚酒,你在七爷眼里算个毛线,也敢撒这个野,看老子不捏死你个小逼卵子。说着将小李往地上一摜,令小李摔了个狗啃屎。小李两次受打压,心中积了一盆怨气,起身后迅速进行还击,但老朱和兰大懋却一把抱住了他,一齐将他往后拖,不许他动手,秦江南挺身挡在七哥面前,防止他再次伤害小李,又不停劝说一脸火光的七哥和七哥后面的经营户们,息怒息怒,有话好好说,有话好好说。

七哥将秦江南往边上一扒,说,走开,我从来不跟女的讲道理。他一掌把秦江南扒得一米开外,扒得秦江南也是一肚子恨,但她还是强压怒火,面上不敢作色。依然好言好语安抚。

一个经营户说,七哥,你莫跟他们这些狗腿子浪费口舌,跟他们讲得清什么,这些都是奴才,去找他们的主子谈。

一个经营户说,对,去找光头徐。

然后一群人气势汹汹浩浩荡荡上楼来了,一进走廊就高声叫嚷,姓徐的,给我出来,当面锣对面鼓跟我们说清楚,当初合同是怎么签的,你问我们要钱的时候,跟我们涨租金的时候,你不是挺能说的吗,现在怎么连个屁都不放了。

他们叫第一声的时候,老徐就出来了,中心所有的人都出来了,只是他们站在走廊的玻璃门里面进一步在观察势头。老徐推开玻璃门缓缓走了出来,中心所有的人也都跟着出来了。老徐扬着笑脸,从上衣口袋里摸出一包香烟,给为首的七哥让了一支,七哥推了,他又让了其他男同志,皆推了。七哥说,你莫搞些虚的,我们不吃你那套了,你把你那些花样收起来。你一根烟能解决我们兄弟后面几十年的活路吗?你要我们搬可以,第一,三天之内给我们找落脚的地儿,二,赔付要加倍,要现金支付。你

195

只要答应了,我们立刻下楼去打包,否则我们就到上面去闹,闹得你们永世不得安生。

老徐一张脸虽然勉强还挂着笑,但那笑已经比哭还难看了。老徐说,你们这就不讲道理了,我到哪给你们找地儿去。我如果有这本事,我还在这里跟你们说话。老徐说,国家有政策,我们以前属于违规,现在要收回,我们也没有办法。

七哥说,呸,你现在说没办法,那当初到期了,你就不该跟我们签合同啊,如今合同签了,我们往里投了钱,现在母钱还没生出子钱来,你又要毁约,动不动就强制我们关张,现在又限我们三天就搬,三天怎么搬,搬哪里去,这么多东西,我们今年刚投钱把市场重新进行了布局装修,砸进去的都是真金白银。

老徐一个劲地点头,说,我理解,我理解,我理解。

一个经营户说,你理解,你理解个锤子。我们一家老小都指着这生意吃饭呢,你这连锅端了,绝人活路,你还理解,你理解什么?

经营户那边的人群忽然涌动起来,中心这边也进了一步,剑拔弩张。七哥忽然揪住了老徐的衣领,然后许多经营户也上前揪住老徐的衣服,中心这边的人也就以解救老徐和劝架的名义动起了手脚,局势一下就膨胀恶化了。

老徐在推搡的人群里喊话,喝令中心的人不要动手,不要打人,不要管他。秦江南知道老徐的意思,老徐在之前的会议上就说了,这样的群体性事件,最忌讳的就是国家单位的人挥拳头打老百姓,干群关系本来就紧张,虽然这样的单位不是政府的要害部门,但凡是吃财政饭的,在老百姓眼里都是当官的,跟老百姓一动武,性质就变了。秦江南发现经营户那边已经有几个在高举手机拍照录像了。她顿时警觉,这也许是个坑。

她赶紧把兰大懋从亢奋的人群中扯了出来,叮嘱他,说,大懋,你千万不能动手打人,你只要打了人,势态就恶化了。我们这样的人,无根无基,出了事,没人能为我们兜着扛着的。

大懋说,秦姐,你放心吧,我怎么可能打人呢,他们也不是什么恶人,跟我个人又无冤无仇的,说白了,他们也都是本本分分的老百姓,闹一闹,也不过是出出不平之气。

秦江南望着他点头笑了笑。说完话他们便和在人群里与经营户们拉拉扯扯,吵吵闹闹起来。忽然人群一阵剧烈骚乱,继而一阵尖叫,然后秦江南很快在人缝里发现经营户那边的七哥倒在了地上,衣服上已经鲜血一片了,他用手捂住腰眼,但血还是不断汩汩涌出。

七哥,七哥。经营户们慌了神,彻底乱了阵脚,有几个女同志已经哭了起来。很快经营户那边就有人高声喊叫起来,国家干部打人啦,国家干部打人啦。这几声喊叫把经营户那边的民愤激起来了,几个大汉冲了上来一齐扯住老徐,说,我们不过要你们点钱,你个婊子养的竟然要我们的命,今天要是七哥死了,我们也让你们活不成。

你们给我住手。真是搞邪完了。老徐一反先前点头哈腰的低调姿态,奋力一挣,挣脱了他们的撕扯,脖子往上一扬,多年一把手累积而成的威风此刻全都挂在了脸上,那是一种再要胡闹别怪我不客气的警告。那几个大汉被镇住了。人群稍微安静了些,老徐对身边的老朱说,你赶紧拨打120,先把伤者送进医院,医药费我们先垫付,救人要紧。又转身对小李说,你赶紧去附近的社区诊所,叫一个医生带止血纱布,先把伤者的血止住。快去啊。一旁战战兢兢的小李好半天才突然领会老徐的话,猛的拔腿就跑了。

老徐说,你们放心,七哥只要有一口气,我们就会全力抢救,生命为重,大家为一点蝇头小利争来争去,如果为此把命送了,又有什么意思呢。大家要有长远的目光,留得青山在,还愁没柴烧。我跟各位打了近十年的交道,我徐某人是个什么为人,各位难道不清楚,这些年经济不景气,生意难做,你们有怨气,这些我都理解,我们都是上有老下有小的,知道生计艰难,你们自己想想,这些年我为难过各位吗,只有各位给我出难题的,本来这块地就是中心的,一直闲置,是我违规将它挪用了,有时候缝到上级有个检查,要各位遮掩些,各位呢,越是这个时候,越是张扬,恨不得把音响弄成炸弹。如今也不是我徐某人要收回这块地,是政策不允许，我们又何必要与政策作对呢。我劝各位拿着合同到财务室结账，等将来这儿的图书馆建好了，我请各位来这里品茶读书，都一起享受享受党的好政策给我们老百姓带来的福利。话音刚落，中心这边的几个人倒拍起了巴掌，响了两声，觉得不妥，便又停止了。秦江南他们几个相互对视笑了一笑。

随着那边的七哥倒下，经营户们先前杀气腾腾的愤怒已成强弩之末，没有了出头的人，经营户们很快就心力不齐了，老徐倒成了经营户那边的主心骨了，救护车来了后，老徐指挥东指挥西，安排这个安排那个，累得满脸冒油光。

好在跟到医院去的财务人员回了话，说七哥没什么大碍，虽说流血流得凶，但没伤到致命的位置，养两天就好了。但经营户们似乎已被折腾得身心俱疲，全无斗志，各人也都明白再怎么铲也铲不出油水来了，不如早结早了。有几个经营户已经到中心财务室结账来了，有几个还想继续抗争，但势单力薄，老徐估计他们成不了多大气候，也并未放在眼里。他们专班组成员陪同老徐回中心的时候，秦江南瞥见背转过身去的老徐微微笑了一下，那一边嘴角往上一提的顿笑，带着胜利的得意也带着不屑的鄙夷，这短暂的不易让人察觉的一笑令秦江南像是勘破了什么。这些公家干部心里对老百姓哪有那么多的真感情，可是说起话来，又句句恳切。秦江南在心里感叹，真是人生如戏，全靠演技。

虽然按照区里的指示，中心在规定的时间内把场地收回来了，但事情并没有结束，还是有几个经营户抱成团去区里静坐，说他们的七哥被人捅了刀子，不能说人没事，就连个说法也没有，要严惩殴打老百姓的凶手。区里自然是责成中心查处，尽快将事情了结，给人民群众和各级部门一个交待。

蹊跷的是这个动手打人的人竟然还很难查，找经营户那边，经营户那边几个举手机录像的，反复看了自己录制的视频，人群一片混乱，全是黑压压的人头在攒动，七哥流血倒地上的镜头倒是都有，就没有拍到是谁下的手。这一下弄得中心的人都急急撇清自己，说当时发生冲突时，身处外围，啥也没看见，啥也不知道。

此时又正值区里即将要召开两会,恐群众借此由头闹事,便又责令中心一周之内交出人来,无论是谁,一律开除。

老徐又是焦头烂额,一天到晚两个眉头像打了个死疙瘩似的。下午召集员工开会,吊诡的是这次大会没让他们几个临时工参加,不让临时工参加的会以前也有过,但不管临时工参加不参加,总归是秦江南做会议纪录,可这次连秦江南都撤了。

他们几个在微信群里胡乱猜测。谢君苗说这个节骨眼上,召集体制内的员工开会,不让秦姐做会议纪录,完全避开我们临时工,是几个意思?潘杏杏说,难道有什么不能让我们知道的秘密吗?他们是在密谋什么?兰大懋没说话,发了一个想问题的表情。秦江南说,别多想。秦江南虽然嘴上这么说,但心里早就隐隐有了不安之感。

散会之后,老朱和老王一前一后进了办公室,两人的脸都绷得紧紧的,而且都有意不与秦江南打照面,眼神里有一丝丝躲闪的意思。秦江南识趣,便也死咬嘴唇绝不多问。但也大致知道这个会开得绝对有关窍。

不一会儿,兰大懋就在群里说话,说,樊书记叫我下班后去她办公室,她有事找我。秦江南觉得这事越发奇怪了,一群体制内的人开了半天会,会后传达的指示竟然是要找一个临时工谈话。真不知道这是什么样的逻辑。秦江南内心的那点担忧更沉重了。在单位里,一般如果是业务上出了问题是老徐找谈话,老樊找谈话的一般都是思想上的问题,不是安抚情绪就是要求端正态度。兰大懋在单位里说话总是高一脚低一脚,又喜欢褒贬时事,她劝过他多回,他总当耳旁风,如果问题发展到要书记来谈话了,就是很严重的问题了。

终于捱到了下班的点,单位的人都走了。秦江南走到楼梯口又折回来了,她想等兰大懋。转念一想,在办公室等有点不妥,便去了单位对面的咖啡店。她给兰大懋发了信息,告知她在研磨时光等他。

大约一个多钟头后,秦江南总算是看见兰大懋走出了单位大门,他的脸色很不好,整个人的情绪似乎处在极度愤怒之中,黑风罩脸。她赶紧从咖啡店跑了出来,在台阶上大肆向他招手,把他招进咖啡店。她叫了两杯廉价咖啡,然后急急问他,老樊找你谈了什么?

兰大懋深吸了两口气,没有回答,像是无从说起的样子。

到底怎么了?秦江南急得头发都快冒烟了,她说,我叫你平时少说话多做事,不要去议论一些我们够不着的东西,这个世界,这个社会不会因为你的指手画脚而有丝毫改变的,在旁人的眼里,你就是一个临时工,一个口袋里没有半毛钱的穷小子,一个一眼能望见未来的没有出路的底层社会青年,去高谈阔论国家的政治、经济、军事、改革,这是一种傻逼的行为,没有人会看得惯的,他们只会给你扣上喷子、愤青的帽子。我们这样的人就应该满足于吃饱喝足洗洗睡的生活,连农妇山泉有点田的日子都算是高攀了。

你别说了,你什么都不懂?兰大懋突然火焰三丈高。他拍了拍桌子,拍得两个杯子里的咖啡直晃荡,一股浓浓的焦苦味儿被激荡出来。他将脖子上的领带拉了拉,已经脱位的领带索性散了架。他说,你知道老樊跟我说什么吗?她要我把此次群体性事件中捅人的事承担下来,要开除我,而且是要大张旗鼓开除我,要对外张贴海报,对上写报告地开除我。他重重叹了一口气,平复了一些愤怒,说,当然,也跟我谈了条件,只要我接受,单位愿意补偿我三万块钱,还说等这风声过去了,事情淡化了,我要是还想回来,照样可以回来。

啊!秦江南大吃一惊。在单位鬼鬼祟祟开那个会时,她隐隐想到可能是他们内部在商讨或是指认那天冲突时是谁动了刀子,毕竟上面追得那么紧,势必要交出一个人来。会上免不了激烈的狗咬狗,所以临时工回避,关起门来他们是一家,家丑不可外扬嘛。但她没有想到屏退他们是为了在他们当中挑选最佳顶替人选。她的心里也是有过这样的一念闪,但一想,此事他们几个确实能撇得干干净净,脏水想往上泼也不能够,再一个他们毕竟是临时工,分量轻如鸿毛,哪里能服老百姓的心气。没想到他们真的敢把屎糊在了他们的头上。她为此事的不可思议感到震惊,也为他们的胆大妄为感到震惊。

三万块钱就想打发你?不能够。秦江南同样气愤地胸脯一鼓一鼓的。

那你觉得几万块能打发我?兰大懋反问她。

最起码十万块。秦江南银牙咬碎,怒目圆睁。

兰大懋呵呵一阵冷笑。说,秦姐呀秦姐,你掉钱眼里去了吗?这事是钱的事吗?他们这是对国家对社会对老百姓的作弊行为。

秦江南随口应道,不作弊能及格吗?

兰大懋又说,认这样的事,是要毁我一辈子。人的名誉尊严骨头灵魂不是用来交换金钱的。

那你打算怎么办?秦江南问道。

兰大懋喝了一口咖啡,说,士可杀不可辱,他们这样羞辱我,我必要把这份羞辱还给他们,我要向有关部门检举揭发这种欺上瞒下营私舞弊的可耻行为,而且这里我也待不下去了,我要辞职走人。天下这么多树,不愁找不到吊脖子的。

秦江南没有做声,她躺在椅子上看着他嘴里的唾沫星子四处飞溅。虽然她也认同此事是对他的侮辱,是欺负人歧视人的做法,她也愤愤不平,义愤填膺,但她的理智一直在线。她手撑下巴,迅速审时度势,她知道兰大懋一个小乡镇里出来的穷教师子弟在省城无根无基,仅靠一腔热血翻不起多大浪来,如果按他的,他去检举揭发,他去告状鸣冤,一个年轻小伙子,不仅耗不起那时间,再一个也未必会有个理想的结果。最现实的,还不如拿钱走人。伤了面子,那就在里子上挣回来。

她冷静地说,此事不要冲动。既然你横竖是一走,穿鞋走和赤脚走是不一样的。

兰大懋沉吟了些许,问,秦姐是什么意思。

秦江南两眼盯着他,说,你知道在我心里,我一直是拿你当亲弟弟,我只想把我觉得对你最有利的方法说给你听,如果你觉得我也侮辱了你的清高,你可以不听姐姐的,就当姐是放了一个

201

屁。见兰大懋神色缓和了,对自己不是那么抵触了,便接下来说,既然是一走,姐希望你穿鞋走,他们开的三万补偿你坚决不同意,跟他们要价到十万。看到兰大懋惊了一下,秦江南笑了笑,说,只要你咬定不松口,他们会给的,就算单位没这钱,但那个真正捅刀子的会把这笔钱给单位,也让那人从此长点记性,捅刀子是要付出代价的。你说你一个穷小子,一下得了十万,算得上人生第一桶金,拿去创业或是投资什么不好,你还真指望靠劳动发财?

兰大懋捏着勺子一圈一圈搅着咖啡,似乎是在盘算考量。他抿了一口咖啡,吐出一口苦气,幽幽说道,我的奶奶那一辈,赶上饿肚子的年代,为了活命,吃过蛆,我的母亲心脏不好,家里没钱看不起病,听一偏方说吃一颗热的刺猬心脏可以好,她就真的吞下过一颗带血的跳动的刺猬心脏。这些都是令人恶心的东西,可是他们却不得不吞下它,我后来长大,就觉得这也是一种耻辱,可如今,轮到我了,却也一样要吞下一些令人恶心的东西,也一样没有摆脱这种耻辱。我……他讲不下去了,双手突然捂住了脸。而秦江南的喉头也像是卡了一根刺,一阵阵酸辣。她很想握住他的手,给他传递一些慰藉与友善,她甚至想要拥抱他亲吻他,以此缓解他内心的恓惶与无助,可是她怕纠缠太深,会招来些什么,便克制住了自己的情感。她静静地坐在他对面,等着他自己平静心情。窗外的天色暗了下来,街面上各种广告灯牌已经放出了光彩。秦江南望着那些变幻莫测的璀璨之芒,觉得时间露出了丑陋的青面獠牙,人生充满虚妄。她一时情绪低落的也想痛哭一场。

在夜幕降临时,他们出了咖啡馆,在门口的台阶上道别。她说了声再见,他也说了声再见,却又忽然转身猛地抱住了她,他在她耳边呢喃,秦姐,让我抱抱你。秦江南心荡漾了一下,她伏在他的肩头落下泪来,她知道,他这一走,他们不会再有交集了,即使有千万种联系的方式,却没有了联系的理由。她有她的日子,他也会有他的生活。紧迫间她生出一种贪婪,她仰起头迎接他俯下来的脸,他吻了吻她的额头,说了声秦姐珍重,便匆匆离开了。她心中虽有遗憾,却也如释重负。

她一个人走在喧嚣的街头,怅然若失,这种情绪像一颗生命力饱满的种子,在她的心胸里膨胀,令她无所适从。路灯将她和路人的影子投在地面上,然后他们互相踩踏。茫茫人海,她潜在这混乱里,感觉自己犹如一粒稻米,渺小没有根系,只能随波逐流,根本掌控不了自己的命运,又觉得冥冥中被一双巨大的手操控着,身不由己地活着,活得艰辛委屈,活得伤痕累累。

次日,兰大懋果然没有来上班,记得他昨天从单位出来的时候就提了个大袋子,估计已经把自己的东西都清走了。同事们大都知道是怎么回事,也都没发什么议论。倒是办公室的小李从楼下食堂吃完早餐,就提着塑料袋子给大伙发礼物,每人一条苗族蜡染围巾,说是休了年假,去云南旅游了带回来的。秦江南才突然想起自那次七哥倒地上,老徐叫他去喊医生来包扎伤口,他那一走,就好像再也没有出现了。她在心里默默震惊了一下。她前前后后又思索了一下,她觉得给七哥下刀子的一定是小李,小李几次跟七哥发生肢体冲突,早就有了恨心,问题是那天老徐为何单单叫小李去喊医生呢,现在回过头一想,老徐心里一定知道是谁向七哥捅了刀子,他叫小李喊医生,是在暗示他赶紧脱身。小李那一刀,化解了矛盾,从某种意义上来说,是给老徐解了围,老徐肯定得保他。如果那天捅倒七哥的是兰大懋呢,老徐会保兰大懋吗?她不知道,但本能地觉得不会。

下午的时候,兰大懋给她发了一条微信,告知了他与老樊谈判的结果,中心答应给六万,他不想纠缠下去了,接受了这个价格。她虽然为这个结果感到无力,但也没再表达什么,只是祝福他前途似锦,海阔天空。

临下班的时候中心忽然召集开会,说是传达区里什么会议精神。办公室的小李照例把会议纪录本递给秦江南,秦江南给推了,满面抱歉地说,我今天抠了一上午的图,手腕实在没劲了,叫别人记录一下吧。小李愣了一下,感觉像是休了一个年假,倒不认识她了。老樊在一旁说,让谢君苗记吧。谢君苗显然不情愿,但领导之命又不能违抗,只能对秦江南瞪眼珠子。

没几天中心的告示就贴出来了,过往群众驻足观看,个个面带喜色,像是打了一场胜仗。秦江南看着他们神喜二欢的表情,心中一片酸楚,又满是鄙夷。她一时也疑惑,真相可能真的是这个时代的奢侈品,细想想,真相假相对于吃瓜群众来说又有什么意义呢,哪里有愚蠢者,哪里就有谎言。

秦江南是突然感觉到没劲的,做什么都觉得没有意思,对工作也失去了热情,把事情做得说得过去就成了,很多活儿本不该她做的,是以前积极揽过来的,如今她也一件一件推出去了,她觉得做那么多没有任何价值。她的消极和懒散令很多人渐渐对她有了意见,老王多次用话敲打她,说什么单位不养闲人,什么大武汉的本科生研究生如韭菜,人才茂盛,有工作的都要有危机感,地球不是非要有你才能转。话已经说得很敞亮了,但秦江南依然只当耳旁风,置之不理。

内刊出了清样,她要送往处里。这事她本来就抵触,这段时闹情绪,越发不想跑机关,不想见到马博文那张中国特色的假正经面孔。可这是她分内之事,推不掉的,除非是不想要这份工作了。她坐在椅子上把清样校了两遍,挑出了几个小问题,拖拖拉拉捱到四点钟才起身,下楼梯不留神又崴了脚,疼得连站起来都吃力,还是门卫把她扶起送回的办公室。这样一来,清样是送不成了,老王扫视了一下办公室,拿起一本书在桌上一阵拍打,然后操起秦江南桌上的文件夹,说,那秦大小姐就好好养伤呢,我王老妈子去替你跑一趟。秦江南被话激得面红耳赤,老朱迅速起身,从老王手中夺下文件夹,笑着说,我去吧,我去。老王说,你去?别搞笑了。当然最后老王和老朱都没去成,老徐派了办公室的潘杏杏,潘杏杏在群里发牢骚,质问秦江南是怎么回事,怎么尽连累自己人。秦江南说脚崴了,动不了。心里也想不通,老徐为何派潘杏杏去,潘杏杏做财务的,跟这根本就不挨不上边。她只觉得老徐是越来越有意思了。

请了两天假养了一下脚伤,秦江南再去单位时,就感觉单位的气氛怪怪的。倒不是针对她,而是对潘杏杏,她能明显感觉老徐老樊对潘杏杏的异样感,遇着了都绕道走的厌恶,老王老宋她们也是在背后也是对潘杏杏嘀嘀咕咕。她悄声问老朱,老朱只摇头,摇得讳莫如深,她不想问老王,但不搞清楚,心里又不能释疑,便向谢君苗打探。谢君苗说,潘杏杏是个大傻子,那天她替你去处里送资料,说老马在接资料的时候,捏了她的手,让她恶心的同时又受了惊吓。你说恶心了就恶心了吧,不做声就行了,结果她像是受了奇耻大辱一般,一路气鼓鼓地回来,一回来就在办公室里破口大骂老马,说他是臭流氓,那双肥手,像猪蹄子一般,居然也敢打她的主意。她把她那双手用香皂洗了半个小时。她这一闹,中心里的人肯定早就把话传到处里去了。很奇怪,也不知道怎么了,中心里的人就突然对潘杏杏冷了起来,都把潘杏杏当笑话。潘杏杏自己郁闷死了,自己好端端吃了一个苍蝇,不仅没人安慰她,反倒觉得她是在出丑弄怪。

怎么会这样?秦江南纳闷。

谢君苗阴笑一下,问道,你送资料送了那么多趟,马博文有没有这样对你啊?

她淡然一笑,说,有啊。被我扇了一耳光,就老实了。

谢君苗说,我呸。呵呵。

她便跟着呵呵。

手机在她兜里响了一下,她们便终止了谈话。回到办公室掏出手机一看,是马博文的,他问她上周怎么没来处里送资料。她说脚崴了。他回了几个流泪的表情。她一下觉得无比恶心,便赶紧删除了。她一想到在那个暖气十足的办公室里,他试探性地捏潘杏杏的手,那下作的样子,便要作呕。他睡了她,还想睡一睡潘杏杏,他恨不得尝遍所有女人。这个下三滥的王八蛋。同时她也恶心自己,感觉自己像是被玷污了一样。

潘杏杏好像有点迁怒于她,在卫生间碰见了,掉头就走了,饭堂里吃饭也不跟她说话,凡是她的话,潘杏杏就不接腔。秦江南想劝解一下她都不能够了。便也只得随她。她是真心不觉得她做得不妥,对于这样的龌龊,有什么不能说的,这样的丑陋,有什么要为之遮掩。当然会做人的,精明的做法是可以声不做气

205

不出,像她自己这样,可近段时间她对自己是厌恶的,她开始讨厌自己的忍辱负重,她觉得自己活得像只狗一样。她从心里很欣赏潘杏杏的傻劲,一个敢揭穿领导臭流氓本质的姑娘,漂亮又干净。

天已经越来越冷了,办公室的空调一般都是三十度,暖和得让人那儿都不想去。可是内刊出出来了,还需往处里跑一趟,上次脚崴了没去成,这次总不能再崴脚。只得硬着头皮去了。冬天温暖的办公室和夏天凉爽的办公室所营造出来的气氛很是不同。马博文的办公桌上放了一盆水仙,开了两朵花儿,在暖气的熏陶下,幽幽散着香气儿。为了防暖气泄露,办公室的门是关着的。马博文这次一改往日佛爷似的面孔,对秦江南点了点头,还问了一些题外话,例如她是不是党员,有没有入党的想法,要她积极向党组织靠拢,还说他会跟中心樊书记打招呼,要发展像秦江南这样优秀肯吃苦的年轻人入党。秦江南一一作答,然后起身告辞。在出了机关大门后,她依然收到马博文的性需求信息。这次她没有了任何心理较量,直接删掉走向了公交站,刚好是自己要坐的公交车,便赶着上去了。

回到中心后,她收到他的信息,是一个问号的表情。她没有回复,接着他又发来一条微信,问她,你在哪?她想了想,回复了一句时髦的梗,我在人民广场吃炸鸡。然后心里的恶心之感莫名翻江倒海起来,便直接将他拉入了黑名单,所有的联系方式都对他进行了屏蔽,如果工作上的事情,他可以通过中心的电话来传达,她不想再跟他有任何私人联系。她长长吐了一口气,这龌龊的狗男女关系该有个了结了。她想。

虽然她的心里一直有一种潜隐的不安感,但一直也都身心安泰,没什么事发生。进入腊月了,上班的路上抬头望望天,总能看见各家各户阳台上晾晒的腊肉腊鱼,空气里都是一股肉腥味。又要过年了。秦江南在心里感叹光阴易老。上班还是照常懒散,老徐跟老樊已经对她冷淡很多了,似乎也在暗暗扛着劲,你不是不想做事吗,行,很多事儿也都不再分派给她做,大有晾一晾她的意思。秦江南也嗅出了一点危机,可一时也不想妥协,就那么软软的抵抗着,也不知道自己到底是在抵抗什么。她每天都处在郁闷压抑中。

办公室的老朱在老王不在的时候跟她谈过一次心。老朱说,我正在办内退,想离开单位,过几年自己想过的日子。这事倒令她诧异,问,怎么了,这不是好好的吗?难道这几年你过的不是自己想过的日子?老朱苦着脸略笑了笑,说,说的话也不是自己想说的话,做的事也不是自己想做的事,这哪里算自己想过的日子?转而又对秦江南说,小秦啊,你们看着我们安逸,我们看着你们洒脱啊。

秦江南的心里微微颤了一下。她对老朱说,朱老师,你内退是因为马博文的原因吗?照他的趋势,往后,他有可能是处长,还有可能调到区里、市局里,他站得位置总比你高,他就总能拿捏住你,所以,你选择提前退休是吗?

老朱没有接茬,喝了一口茶,往纸篓里吐出几根茶梗子。像是忽然想到什么,说,我请了一段时间的假,我老婆身体不好,我得照顾她,再加上办了内退,也就很少来单位了,咱们见面的机会就少了。我给你写了一幅字,字不好,同事一场,做个留念吧。

秦江南双手捧过老朱的牛皮信封,诚心诚意谢过,也为老朱的一番话感到情温肠热。想到老朱这一走,办公室里会更加无趣,心里满是不舍。她也想给老朱送个东西做纪念,现买是来不及了,也显得做作,翻箱倒柜一番,翻出一个竹制的笔筒,还带着密密的竹根,记得是单位一起组织旅游,在景区里买的,当时买的时候好像是想着要送给老朱的,所以才放在办公室,估计后来忘掉了。她把笔筒送给老朱,老朱倒也满心欢喜,说,这真是,这种带根的笔筒,我还真想谋一个呢,这倒是有缘了。

老朱与她道别后,她打开信封,将老朱的字展开,是草书,笼鸡有食锅中煮,野鹤无粮天地宽。她一字一句念着,心里竟有拨云见日,豁然开朗之意了。

老朱走了没几天,邻区闹腾出了一桩大事,一位文化局局长利用上班时间与女下属开房的视频被传到了网上,很快那位局长就受到了处分,下了课,那位女下属经查是一名临时工,说是这位临时工纠缠的局长,给局长下的套,视频也是她自己传到网上的。在例会上说起这个事件时,秦江南、谢君苗和潘杏杏仨面面相觑,谢君苗说,巧了,一到出了关键性的问题了,一查都是临时工惹的祸。但没几天,也就是过小年的时候,下班后,老樊将她们仨一齐叫进了办公室,首先是肯定了她们的成绩,然后传达了处里的决定,说是受邻区事件的影响,处里决定解聘所有的临时工,还说处里的临时工和兄弟单位的临时工都走了,中心是本想着把年拖过去再宣布此事,可处里催得紧,所以只好如此。谢君苗和潘杏杏一时泪眼婆娑,潘杏杏不住地问老樊,为什么呀,为什么呀,别的局出的问题,为什么会牵扯到我们单位,别的临时工出了事,为什么要无辜牵扯到我们身上。我们又没做错什么。

秦江南冷冷一笑,从老樊办公室的皮沙发上将自己的屁股赶紧弹起来,然后扭头便走了。出了单位门,她深深吸了一口气。天阴得厉害,冷得唞手,像是在酝酿一场暴风雪。她翻了翻手机,上面真的显示有暴雪橙色预警。

又没有了工作,她是走了一段路之后才逐渐明白问题的严重性的,她的心里像是绕了一团麻绳,处处都是疙瘩。她不想那么快回家,失业了,她像是少了某种支撑,对家人生出愧疚,没有勇气去面对儿子和丈夫了。从单位到家,她平常要坐四十分钟的地铁,这次她想一步一步走回去。

雪果然下下来了,一团一团的絮子铺天盖地的,很快树上车上房子上和衣上就有了一层薄薄的白色。街道异常冷清,平时热闹的街市如今全都落上了卷闸门。在城里的外地人都回老家过年去了。街上行人也不多,稀稀拉拉的,空旷的马路和荒无人烟的城市令秦江南感到些孤苦无依,内心一片伤感。

走在长江大桥时,她被一股怒气冲着,想掏出手机翻出马博文的电话,将他臭骂一顿,想想又觉得无聊,再跟他有一丝一毫的瓜葛都是恶心的了。她一个人像游尸一般行走在桥上,每走过一个岗哨,武警战士都目光炯炯地盯着她。天已经完全黑下来了,桥还没走完。长江两岸的灯光倒影在江水里,波浪将这些璀璨的五彩打成一片破碎。她怔怔地望着长江,仿佛那碎片的彩色中隐藏着另一个繁华的琉璃世界。不一会儿就有武警过来,他们可能以为她是要寻短见的,她害怕这种陌生的询问和关怀,只得拖着疲惫的身子踽踽前行。

雪越下越大了,从江面上刮过来的风像刀子,吹得人生疼。她的手机响了,是老公打来的,可能是问她怎么还没回家。她挂了,她不知道该如何向他解释这场晚归。他的钢厂年后就要并购,他十有八九也会下岗,这么些年了,单位也没有给他们买过任何保险,失业就意味着没有任何经济收入,要吃老本,这日子怎么过?

进到小区门,电话已经在兜里响七遍了。可是她还是没有胆量回家,她坐在白雪覆盖的木椅上,仰头看着自家的房子,七楼,当时买房的时候,是她坚持要买这个楼层的,七上八下,讨个好意头,想让日子蒸蒸日上,更上一层楼。那是对生活的美好祝愿,那是她的理想。如今她仰头望着这七楼,心里却一阵苦涩。

楼层里亮着灯光的人家不多,漂泊的都市人大多也回老家过年去了。但她家的客厅还亮着灯,厨房也亮着灯,有炸藕夹的香味飘散出来,那是她过年最喜欢吃的武汉小吃,她老公每年都给她炸。闻着这香味,她忍了许久的泪水终于奔涌而下。

(选自《当代》2018年第4期)

楼顶上的下士

王 凯

1

基地缩编是在秋天,司令部警卫连和通信连合并成了一个警通连。刚上任的连长和指导员彼此都挺客气,仅是新连队第一次晚点名由谁来组织这件事就相互谦让了好半天,让来让去,最终还是资历相对老些的指导员一拍大腿,带着点儿勉为其难的意思接下了这事。

指导员很重视自己在全连官兵面前这第一次亮相,特地理了发刮了脸擦了皮鞋熨了军装,又在军容镜前照过几个来回,镜子诚实地默认他确是一位年轻又帅气的空军上尉。在笔记本上详尽列出晚点名将要讲到的工作条目之后,指导员再次拿起新连队的花名册,并轻声读出每个人的名字。这很重要。刚上军校时,同宿舍一个广西的覃姓同学被他念成了"谭"。按说这算不上个事,除了字典,谁也没法认识所有的字,何况这字本来就是两音。但指导员是个追求完美的人,不容忍军装上的一个线头和饭碗里的一粒剩饭,于是那个念错的字便成了个小溃疡,时不时就发作一下,至今未能痊愈。其实他有些苛责自己。他现在已经是一个非常成熟的连队主官了,即便花名册里真的蹦出个把生僻字,他也可以跳过去不点。三年警卫连指导员当下来,他很清楚这类小花招。他只要径直点完剩下的名字,接着漫不经心地问一句"还有谁没点到吗",没点到的兵自然会打报告。

这时他再问一句"你叫什么名字",问题便消弭于无形。问题是他不想这么做。他不喜欢这种小聪明。他不打无准备之仗。他才二十七岁,眼睛闪闪发亮,略有些突出的下巴线条清晰硬朗,明显拥有坚定的意志和远大的理想。

值班排长整队报告完毕,指导员大步走到队列指挥位置,开始照着手里的花名册清点人员。被点到的人会立刻响亮地答一声"到",这种在命令-服从关系中生成的唱和或者呼应类似枪起靶落,很快就让指导员沉浸在快速准确的节奏中并受到感动。这种毛绒绒的感触无法示人却真实存在:刀削斧劈般的被子、朝阳里齐整的队列、被手掌磨亮的单杠、枪库里新上了油的一整排步枪……连队里的这类事物总是能够令他感动,而他也常常会在这种感动中体会到生活的意义。

遗憾的是,今天这种感觉没能正常地持续下去——他遇上了一个哑弹般突然失去回应的名字。通常情况下,不参加晚点名的执勤人员会有班排长替代回答"上哨"或者"值班",可这个名字点过后,换来的却是一片沉默。

也许这个兵走神了,指导员想。于是又点了一次,却依然无人应答。

姜仆射!指导员点了第三次,却仍像扔进无底洞的石头,毫无声息。他脸上现出一丝疑惑,接着听到队列里传来窸窸窣窣的低笑声。指导员来自警卫连,而警卫连向来以管理严、纪律好、作风硬著称,敢在队列里发笑的肯定是通信连过来的那帮老兵。他们为什么笑?肯定因为他们知道点儿什么而自己却不知道,信息的不对等造成的压力迫使指导员抬高了嗓门。

姜仆射去哪里了?请假了没有?

报告!队列后方竖起一条胳膊,指导员,我叫姜仆射,不叫姜仆射,那个字不念发射的射,念树叶的叶。

年轻的指导员听见涌上头的血像热油一样嗞嗞作响。他立刻意识到,又一个神仙出现了。说起来,"神仙"只是一个定义模糊的称谓,在基地的话语系统中,它的近义词还有二球、瓷锤、苕头、愣怂、癫仔之类,此外还有更多的叫法过于粗俗不便列举。

无论如何，对在连队待过的人来说有一点十分确定，那就是任何一个连队至少拥有一个神仙，没有神仙的连队就像没有缺点的人类一样是不存在的。以此类推，当两个连队合并时，意味着新连队起码会拥有两个神仙。基于普遍的观念，判定神仙的主要标准都是脑袋有问题，而军队往往习惯把有关脑袋的问题都归咎于思想问题，最要命的在于思想问题恰好属于政治主官的职责范围，这不能不让指导员感到警惕。他想起了李金贵。原警卫连炊事班的李金贵曾在相当长的一段时间内令他寝食难安，好在经过三年的不懈努力，头大如斗、食量如牛、嘴暴黄牙、目露凶光，走路总是先迈右脚的李金贵早已走下神坛，不太像从前那样为害人间了。

但对于这个斜刺里杀出来的姜仆射，指导员却知之甚少。花名册显示姜仆射生于1977年，1995年底入伍，今年21岁，第三年兵，空军下士军衔，共青团员。不过这说明不了什么，这一切信息都是自然的外在的，无法用来评估一个可能存在问题的脑袋。指导员站在队列前飞快地思索了一下。姜仆射的沉默和辩白跟扔向主席台的鞋子和鸡蛋一样缺乏最起码的教养，在严肃正规又等级森严的军营当中，这一点尤其不可容忍。好在指导员是个经验丰富心胸开阔的连队主官，他觉得神仙的出现并非有弊无利。戏剧性的事件往往令人印象深刻，而他必须要担当起剧中的主角。眼下姜仆射给他出了难题，但何尝不是提供了一个展示自己的契机呢？他清楚连队的规则和秘密。他已经平静下来了。

为什么不能念发射的射呢？指导员把质问隐藏在商榷的口吻中，多音字好像只在特定的词汇里才使用特定的读音吧？像报仇的仇只有作为姓氏的时候才念"球"，绿色的绿只有说到鸭绿江、说到绿林好汉才念"录"，对不对？

是。但是仆射也是特定的词汇。那个声音犹豫了一下说，这是古代的一种官职，相当于宰相。

好了好了不要笑了。指导员摆摆手，等待涟漪般的笑声过去，我好歹也读过四年本科，对仆射是个什么东西略有所知，这个就不用你费心教我了。我想告诉你的是,这个词加上你的姓,它就不再是专有名词了。说到北京,大家都知道那是祖国的首都,但如果一个人叫李北京,那它就只代表这个人而不代表首都了,我的意思说清楚了吧?

话说回来,指导员停顿几秒,确定没再听到异议后又说,这是你自己的名字,你想怎么叫都行,这点我尊重你。姜仆射,树叶的叶,没错吧?不过呢,也请你尊重我,遵守队列纪律。加强纪律性,革命无不胜。咱们是新组建的连队,更要强调这一点。这一点我不针对哪个人,而是对全体同志的要求,大家听明白了没有?

明白了!队列里爆发出响亮的回答,这么大的音量足以说明大家已经看到并认可了自己化解危机的能力,指导员对此感到满意。即使他不确定其中是否有姜仆射的声音,但他确定自己是个无神论者。所以点完名,他让文书叫来了姜仆射。

小姜,你有什么心事吗?指导员很和气,还是对我个人有什么意见?

没有呀,怎么会?姜仆射的两只眼睛透过泛着绿光的镜片挺惊讶地看过来,我就是想着我的名字不是那样读的,所以就说了一下。

嗯,我想也是。指导员说,有问题就提出来,这很好。不过有时候还是要区分一下场合。比方说,基地首长正在给我们开会讲话,不小心说错了一个字,我能马上站起来说,首长,您念得不对!这样显然不合适,对不对?但如果我散会以后单独给首长提醒一下,那效果可就大不一样了,你说呢?

理论上是这样。姜仆射想了想又说,不过我认为散会以后也不会有人去提醒首长的,所以首长下次肯定还得念错。

你很聪明,我看出来了。指导员愣一下,面前这个额头窄小颧骨突出嘴唇起皮戴一副银色金属框眼镜的小个子下士让他略感不适,仿佛看到洗漱间置物架上一个没有摆放整齐的脸盆。但他还是微笑起来,我房间的门永远都向每个同志敞开,有什么想法随时都可以找我谈,好不好?

2

　　指导员清楚地记得基地政委找他和连长谈话时的情形。政委亲自找一个新组建连队的主官谈话，而且还谈了一个多钟头，这在指导员的印象里绝无仅有。他猜想这跟政委多年前也曾在警卫连当过指导员有关。政委说，合编容易合心难，只有真正做到合心，连队才能合力向前。政委的话尽管是对着他和连长一起说的，但指导员却认定这番话本质上是说给自己听的。毕竟合并前几个月，连长才从通信科参谋改任通信连连长，而他却已是全基地排得上号的优秀指导员了。谈话结束时政委笑着说，工作要干，对象也要找，他希望基地的年轻同志都能事业爱情双丰收。政委才四十三岁，正师职大校都干了快两年，指导员一直视他为偶像。偶像的接见让指导员十分感动。他代表连长表态时浑身发热，他说请首长放心，就是不吃饭不睡觉，他和连长也要把新连队带出个样子来，决不辜负首长的关怀和期望。政委微笑着点头，亲自起身把他们送到了办公室门口，并与他们亲切握手告别。

　　政委说的没错，人搬到一栋营房里容易，真要把心拢到一块儿就难了。通信排玩的是技术，台站分散，人也懒散，而且老兵居多，根本瞧不起警卫排那帮理着小平头只会站哨的生瓜蛋子。警卫排的兵自然也看不惯通信排那帮一天到晚吊儿郎当没个正形的兵油子样儿。一口锅里吃了好久的饭，两边还是老死不相往来的架势。连长搞专业没得说，可带兵这方面还得靠指导员撑着。指导员在支委会上反复强调要加强团结。他说，团结就是水泥，不团结就是稀泥，而稀泥是糊不上墙的。他要求饭前一支歌只唱《团结就是力量》，哪怕听得他自己都两耳冒风也还是要唱。接着又在全连范围内开展"一帮一、一对红"活动，要求原先分属两个连队的战士互相结对子。没料到一对一的名单还没宣布呢，李金贵在食堂分菜时跟通信排领菜的兵一句话没说对，挥起大铁勺，电话班一个四川兵的耳朵便划出一条口子。警卫排的兵都知道李金贵学过武,练过铁头罗汉功,当初新兵下连时有老兵想欺负他,他跑到垃圾堆捡回个啤酒瓶子,在众人面前大叫一声,闭上眼往自个儿脑袋上狠命一磕,瓶子立马碎了一地。老兵们见状,纷纷转头找别的新兵欺负去了。不过通信排的老兵们对李金贵身怀绝技的情况不太了解,见自己人被打出了血,一拥而上二话不说,将李金贵摁倒在饭堂油腻腻的水泥地上,又找来内裹四根细钢丝的电话被覆线捆个结实,抬上三轮车拉到猪圈,喊着"一、二、走"的号子把他扔了进去。李金贵糊了一身猪屎不说,还差点被刚生下八个猪仔的老母猪咬上一口。警卫排的兵都认为身怀绝技的李金贵绝不会善罢甘休,接下来通信排那边肯定得血流成河,这样一想,大家都像看了周润发的电影似的兴奋异常。这下连长都有点紧张了,跑来找指导员让他赶紧想想办法制止事态进一步恶化。好在指导员十分沉稳,把李金贵和其他当事人叫去谈了一次话,等他们从连部出来,一个个都笑嘻嘻地,李金贵和那个四川兵还互相发了一根烟,这一幕不免让大家有点失望,可同时又不得不佩服指导员的确是一把带兵的好手。

为了缓和气氛增进感情,两个主官碰了碰头,又组织了一次趣味运动会。这个倒好玩。托乒乓球跑呀,三人四足呀,自行车慢骑呀,跳山羊呀,抢板凳呀,扔飞镖呀,等等之类,跟玩游戏差不多,傻子上来也能比划两下。指导员还专门派司务长去县城批发了一纸箱洗发水、香皂和牙膏当奖品,可是大家闹哄一番领走奖品,又开始井水不犯河水了。

工作局面打不开,弄得指导员很焦虑。他其实也可以不焦虑。连队主官任期四年,他已经干了三年,坚持到明年底就可以提升走人。更重要的是他干得出色,在全基地几十个指导员里头非常显眼,政治部的几个科长都琢磨着要把他弄到自己手下,据说有的科长已经提前找到政治部主任把他给预订了。指导员心里比较倾向于去干部科。干部科出干部,须知基地政委早年就当过干部科长。但就算去组织科或者宣传科,他肯定也会好好干。他相信事在人为。毕业分到基地这几年,他干过技术员、排长、副连长和指导员,每个岗位都表现出色。相比之下,很多连队主官就差多了。像通信连原来的指导员,不带脏字儿就不会说话,战士探个家入个党都得送礼,天天让司务长往家送鸡送鱼,名声坏得要命,所以这次合并他就没纳编,目前正在家待着等转业呢。指导员绝对不会拿自己去和这种人比。他希望自己在最后一年任期内把新连队带出模样,他希望临走时全体官兵都依依不舍,他希望给政委交出一份满意的答卷。他给自己定下了那么多美好的目标,所以他没法不焦虑。

趣味运动会结束没几天,机关通知各单位上报家庭困难官兵名单,要根据情况发放一定的困难补助,少则一百元,特殊困难甚至能达到五百元,而指导员每月工资也才六百八十元。名单还没统计好,李金贵跑来了。他告诉指导员,前段时间老家遭了水灾,十二亩麦子颗粒无收,家里快揭不开锅了。还说他四年义务兵马上当满,年底就得复员回家,恳请指导员给他申报五百元的特困补助,好让他愉快地踏上返乡的列车。

不愉快你也得给我踏上返乡的列车,这可由不了你。指导员对李金贵没什么好气,你家不是在邯郸吗,属于风调雨顺的华北平原,报纸和电视上没说过你们那里受灾了啊。哪条河发洪水把你家地给淹了?指导员抬头看着墙上的中国地图,来,你过来给我指指。

我也说不清楚。李金贵眨眨眼不动弹,反正我爸信里说水淹得厉害。

那行,叫你们村党支部开个证明,把受灾面积、经济损失之类写清楚,盖上公章寄过来,我拿着证明再上报。

这怕不行。支书兜里一天到晚别着两根钢笔,硬说我家院墙占了人家宅基地,我爸把他大牙都打掉两个,你说支书咋肯给开这证明?李金贵想了想,指导员你就给我申请一下呗,这不就是你一句话的事吗?

就是因为一句话的事,我才不能随便说。指导员说,你在基地不还有老乡吗?我先找你们同村的老乡了解一下情况再说。

不用这么麻烦了吧指导员。那给我申请个两百总行吧,实在不行就一百。李金贵挠挠耳朵,一百块总能申请到吧。上回我痔疮犯了都是我自己买的药,也没人给报。下次再犯了我也不自己花钱了,我请病假躺着去。

一天到晚把个痔疮挂在嘴上,你不嫌埋汰啊?指导员瞪一眼李金贵,行了行了,我给你试试吧。不过能不能批下来我可说了不算。指导员在本子上记了一笔又说,还有,复员前这段时间都要好好工作,别忘了你才入党没几天,少给我稀里马哈的,听到没有?

李金贵晃着能碎酒瓶的大脑袋高高兴兴地走了。指导员摇摇头,想到李金贵马上就要复员回家,心情又好了些,便开始看各班报上来的申请补助名单。这名单平常人看不出多少名堂,指导员看就不一样了。看完一遍,他马上发现了有价值的线索。

电台班副班长王军:父母务农,体弱多病,弟弟辍学打工,妹妹刚刚考上大学无钱交学费,特申请困难补助二百元。

指导员把王军这条情况抄在工作笔记上,然后去了连长宿舍。连长眨巴着眼睛,好一会儿才听明白指导员在说什么,显然,他对王军的情况一无所知。

其实炊事班的李金贵家里受灾也很严重,但我考虑了,几亩麦子肯定不能跟一个农村孩子的前途相比。指导员说,再说咱们现在是一个连队,是一家人,哪怕全连只有一个特困补助名额,那也应该是王军的。

那是那是。连长放下手里的程控交换机教程,你是书记,我听你的。

但补助也还只是杯水车薪,我想在全连范围内开展一个爱心捐款活动,大家自愿参加,数额不限。指导员说,一方面能帮王军解决一点困难,更重要的是能让大家在献爱心的过程中增进感情,你觉得怎么样?

连长一脑袋绝缘的通信线缆,闪不出这样的火花,当然说好。晚点名时,指导员就把这事讲了一下。可能是大家从未给身边的战友捐过款,队列里一对对眼睛睁得很大,听得都很认真。指导员又有点感动了。他心里涌动着热情。他相信事物蕴含的意义。他感到异常充实。

为了更好地发动积极性,指导员带头捐款,干部们跟进,各班接着也行动起来。指导员本打算捐一百,又担心给连长和其他干部带来负担(毕竟好几个干部家属都没工作,经济也不宽裕),最后决定捐五十。中间王军来找过指导员一次,脸红扑扑地说自己只是抱着试试看的态度申请补助,申请不到也没关系,但万没想到连队会为他捐款,这让他觉得很有压力。

这个你不用想太多。连队里我就是你们的兄长,你们有困难,做兄长的不操心谁操心?指导员拍拍王军的肩膀,个人的事交给组织来解决,你踏实干工作就对了,好不好?

一席话说得王军眼泪直打转转。他后退一步立正,向指导员认真敬了个礼,抹着泪出了连部。指导员自己也没想到王军反应会这么强烈,有点出乎他的意料了。然而感动终归是好事,不是吗?

3

指导员拿着连部文书用铅笔和直尺画好的捐款表格,对文书手写的阿拉伯数字赞不绝口。他现在对通信排的专业特点了解得越来越多了,知道只有受过严格的无线电报务训练,才能写出如此统一又美观的数字。他也知道了两百门人工总机的工作原理,知道了机台塞绳和扳键的使用方法,知道了无线电报务员用电键发出嘀嗒声的长短,知道了什么叫压码抄报,知道了什么叫单边带电台,并对卫星数据小站的286计算机终端和五笔字型输入法产生了兴趣。但作为专做人的工作的政治指导员,他最关心最敏感的依然是人。所以文书画的表格他头一眼看完十分满意,再看一眼又不满意了。

你看你看,还是粗心了吧?指导员瞅一眼文书,姜仆射呢?全连的人都写上了,你就给我漏掉一个姜仆射。

我是想把他写上,问题是他没捐钱呀。文书是通信连过来的老兵,向来嬉皮笑脸没个正形,但脑瓜子很灵光,连里有什么风吹草动没他不知道的,我问过他了,他说不捐。我问为啥,他说反正不捐。话说到这个份儿上,我也就不好说啥了。

他跟王军难道不是一个车皮拉来的老乡吗?指导员想了想,他俩是不是有过啥矛盾?

这个应该没有。文书说,老姜人家那是准备得道成仙的,天天窝在机房,没事就给杂志边边上印的那些笔友写信,要不就是拿本书在楼顶上晃悠来晃悠去。他都不和别人来往,就是想跟他有矛盾也矛不上啊。

指导员拿起捐款名单又看了一阵,戴上帽子去了办公楼。连里的通信台站都设在"凸"字形的办公楼内,总机在一楼西头,电台在四楼中间,四楼顶上的突出部分严格意义上并不能算做一层楼,当初只是一个用来放置水箱的大房间,中间用一堵墙隔出了卫星数据小站的机房。指导员上任以来,每天都会不定时去警卫哨位和通信台站转一圈,已经非常熟悉了。他从生锈的水箱旁边走过,推开了机房的门。

指导员请坐,我这接个电报。坐在电脑终端前的姜仆射转头打个招呼,又飞快地敲打起键盘。蓝色的终端屏幕上吐出一串串绿字,最后"啪"一个回车,旁边的针式打印机咕唧一声,开始在带孔打印纸上打出四个一组的一行行阿拉伯数字。

嗞啦嗞啦的打印噪音绵延刺耳,构不成一个良好的谈话环境。指导员只好站在姜仆射身后,做出饶有兴趣的样子看了一会儿。九针打印机速度实在太慢,让人很不耐烦,他只好坐在墙边的值班床上,看着保密机上一闪一闪的绿色指示灯发愣。终于等到安静下来,姜仆射开始沿着打印纸折线小心翼翼地往下撕电报。

搞好了?

好了。

嗯,知道我为什么上来找你吗?

不知道。姜仆射摇头,指导员,我得先把电报送下去,机要科等着译呢。

一会儿再送也不影响吧。指导员愣了一下,不差这几分钟。

219

不行的,这是特急报,要求即收即送即译即传。姜仆射把手里的电报冲指导员晃晃,一分钟也不能耽误。

　　什么一分钟也不能耽误,我就让你晚送十分钟又怎么样?指导员心里噗地冒出一个小火苗。这不对。他赶紧把它揿灭了。他不能这么说。他是来找战士谈心而非训话的。他要讲究方式方法。特别是对姜仆射这样的兵。更何况送电报并没错。

　　他尽力抚平内心的不快,像用装着开水的大茶缸熨平军装的褶皱。即便是李金贵,也不敢这样同自己说话。但他还是摆摆手放走了姜仆射,因为他相信一个心胸开阔的军官才会前途远大。他看着窗外巨大的光亮,感觉机房未免过于狭小,忍不住拉开窗边的小铁门走了出去。宽大的楼顶平台大概有几百平方米,覆盖一层黑色的沥青,平台中央是白色的锅状卫星接收天线,除此之外就没别的什么了。指导员站在楼顶上眺望了一会儿远处的雪峰,觉得好些了。

　　姜仆射不知什么时候回来的,还给指导员沏了一杯茶。指导员坐下来准备和他拉拉家常。对指导员而言,拉家常绝不是随意的行为,他总会提前做些功课。这段时间他确实没再找过姜仆射,但并不代表他不关注姜仆射。他每次上数据站检查时,姜仆射都在看书,指导员留心观察了一下,大多是历史书,还有一些花花绿绿的杂志。指导员专门找到宣保科干事,查了姜仆射在基地图书馆的借阅记录。记录显示姜仆射从两年前开始,几乎每周都会借书,一次三四本,算下来起码借过三四百本。这么多书,指导员不可能都看一遍,他认为姜仆射也不可能全都看过。不过他发现范文澜的一套《中国通史简编》姜仆射先后借过两次,时间间隔一年。指导员便把这书借了回来。书页发黄,又是繁体竖排,总会看错行,十分别扭,即使这样,他也硬是把这套书翻了一遍。姜仆射的确不讨人喜欢,他想,但自己跟其他连队主官的不同就在于他不会知难而退。他要像改变或者挽救李金贵那样改变或者挽救姜仆射。他要为连里的战士们负责。他决不放弃任何一个人。他是为了战士们好,他始终坚信这一点。

　　一旦聊起来,指导员就发现辛苦白费了。他想谈谈脉络分明天下一统的秦汉或者唐宋,可姜仆射显然对四分五裂乱七八糟的黑暗时代更感兴趣。看着姜仆射两眼放光地说起魏晋南北朝,指导员知道该换个话题了。

我发现你不太喜欢集体活动,对吧?指导员说,上次搞趣味运动会搞了三天,你就没报名参加。

我不太会玩,也不怎么喜欢,硬掺和没啥意思。姜仆射说,其实值班更适合我。一个人待着,感觉内心比较平静。

人总归是要在群体里生活的,一个人待一阵可以,但你不可能永远一个人待着。指导员说,你还是要和大家多接触,接触多了就会看到别人的长处,就会找到与人交往的乐趣了。

我也接触啊。姜仆射拉开抽屉。指导员一瞅,满当当的都是信,还用皮筋一沓沓地捆着,码放得很整齐,我有很多笔友,平时写信交流,也很有意思。

我是说连里的战友,他们就在你身边,随时可以交流,为什么要舍近求远呢?指导员说,再说了,社会上的人可比连里的战友复杂多了,你未必真正了解他们。

也许吧。不过连队的战友并不是由我选择的,它只是一种随机的安排。姜仆射关上抽屉,当然了,笔友有好多也谈不来,谈不来那就不联系好了,反正现在我联系的都是比较有共同语言的。

都是女孩子吧?指导员盯着姜仆射。

也不全是。姜仆射脸红一下,而且我们交流的都是读书体会。

我知道。我在军校里也交过笔友,不过后来觉得没什么意思,就都不联系了。指导员笑笑,老写信也会烦的。

也不会天天写,有时候很久才写。姜仆射说,其实我最喜欢的就是每次跟上面台站联络完以后,在楼顶上看看书,走一走。

我刚才上去看了看,楼顶上也没啥。

我倒觉得很有意思。姜仆射看看窗外,这个角度挺独特的,基地大院再找不出第二个这样的地方了。远处的风景一年四季都很美,像夏天的时候,院子里树是绿的,那边的龙头山顶还有

221

雪,特别好。而且阳光灿烂,视野开阔,我在上面走的时候就老有种奇特的感觉,好像自己站在山顶上,机房就成了竹林里的茅草屋,然后自己的心就放空了,就没有局限了,特别轻盈,特别自由。姜仆射说着挺直了身子,好像马上又要起身跑到平台上去似的,反正我特别喜欢这种感觉。

指导员也向窗外看了几秒,天线是金属的,楼顶是水泥的。他明白了,姜仆射是个比李金贵更神的神仙。他心里沉一下。他准备进入正题了。

对了,正好想起件事。指导员转回头,你跟王军是一个村的老乡吧?

是呀。姜仆射像个正在看动画片却突然被大人关掉了电视的小孩,呆了一阵才说,指导员,你是想问我为啥没捐款吧?

也倒不是专门问,就是忽然想起来了。指导员端起杯子喝口水,捐不捐倒没关系,反正我说过是自愿,我就是觉得有点奇怪,按说你最该捐的啊,全连近百号人,不就你们两个老乡吗?

是,他家和我家前后就隔一条路。姜仆射说,其实他爸很能干的,在村里开个小卖部,经营得也好,平时再倒腾点药材,在我们那里算是小康之家了。主要是他弟弟不成器,初中没念完就在社会上浪荡,后来吸上了毒品,戒毒所去过好几回,把家都败完了,还是照吸不误,最后一次出来就不知道跑哪去了,到现在好像也没下落。

所以他妹妹才上不起大学吧。指导员提醒说,他弟弟的错误,不应该让他妹妹来承担。

问题是王军他妹子并没有考上大学呀。姜仆射说,他妹子和我弟是同学,我弟今年考上西南政法了,他妹报了地区师专没考上,他爸妈让他妹子复读,他妹子不肯,非要自费去西安上一个民办学校,他爸妈不想给出这个钱,我弟来信说当时闹得还挺厉害,村支书都去他家做工作了。商量到最后,还是让他妹子再复读一年。要是她真考上大学,我再怎么也会捐一点。像现在这样,我就感觉没必要捐了。

越是这样,你才越应该捐啊!指导员无法理解姜仆射的逻辑,你知道全连就你一个没捐吗?

是吗?我还以为不止我一个呢。姜仆射发一下呆,噢,不过也对,可能只有我比较知道他家的情况。

好吧。不想捐也不勉强,不过这事就不要往外说了。指导员一时间不知说什么好,停了半晌才开口,不管怎么说,这次捐款大家积极性很高,确实也增进了战友之间的感情,你说呢?

大家捐款是挺好,姜仆射停了停说,不过我觉得也不见得每个人都要捐,有的人捐,有的人不捐,其实也挺正常的。

我觉得这并不正常。指导员盯着姜仆射,大家一起捐款,不正好体现了全连同志共同的情感和意志吗?心往一处想,劲往一处使,这样的状态难道不好吗?

好,挺好的。姜仆射小声说完,便不再吱声了。指导员本想再就此话题再说下去,可突然觉得索然无味,便起身离开了数据站机房。

4

老兵复员前几天,困难补助批下来了。指导员把王军叫到连部狠批了一顿,硬是把王军给批哭了。等他哭完,指导员又把装着五百元特困补助金的信封递给他。王军红着眼睛不敢伸手,直到指导员再次板起脸,他才赶紧接了过去。

我找你们村支书了解过了,所有的情况我都一清二楚。把自己的领导当蠢人,这就是你最蠢的地方。指导员倒不是虚张声势,他真的跑到县城邮局给王军老家村支书挂了个长途电话。不会再有哪个指导员像自己这么认真了,话说回来,过而能改,善莫大焉,你能认识到错误,我还是很欣慰。而且支书也说了,你家里确实有困难,所以这补助还是要发给你。钱你尽快寄回家去,回头把邮局的汇款存根拿来我检查,明白没有?

明白了,谢谢指导员!王军哽咽着,指导员,我向您保证,我一定好好工作好好表现,绝不辜负您的教导!

王军的话和指导员设想的比较一致,这让指导员心里多少

223

舒服了些。他本来已经跟宣传科的新闻干事说好了，要把这事弄篇报道在报纸上发一下。政委找他谈话时专门讲过，工作这东西，要么不干，要干就要干到极致。但跟姜仆射聊过以后，他决定不搞了。他不是沽名钓誉之人。他向来只信奉真抓实干。他有自己的底线和原则。再说，捐款的事不用他专门去说，基地首长也会知道，对他来说，也足够了。

接下来，指导员开始准备老兵复退前的一大堆工作。有三年指导员经验垫底，这个对他来说是轻车熟路。不过有的事依然挺让人挠头。比如李金贵，也不知他哪根筋又短路了，拿到一百元困难补助还不满意，那天晚上熄灯前，突然跑来找指导员要求留队。要不是指导员正坐在床沿泡脚，真有可能一脚把李金贵踹出门去。

你晚上吃多了吧？指导员瞪着他，全连就一个超期服役的名额，已经定了电话班的牛小林，民主测评早搞完了，留队名单都定了，我开会都宣布过了，你不知道啊？

我知道。李金贵小眼睛一闪一闪，问题是我爸不叫我回家，非叫我在部队转个志愿兵接着干。

你爸不叫你回家？你爸是司令员还是政委啊？指导员拼命压着火，人家牛小林第二年就入党当班长，全基地的电话线路都是人家负责维修保障，收放线比赛军区空军第一名，年年优秀士兵还立过三等功，这才超期留队。就算这样，明年底能不能转成志愿兵还两说呢！你呢？你干啥了？你说来我听听？

我也没少干呀。烧火切菜揉馒头我啥没干过？李金贵不服气，要不是我，牛小林头几年就饿死个球了，哪轮得到他在这里牛逼。

别闹了好吧，赶紧回去睡觉！

我不闹，你让我留队我肯定不闹。李金贵说，我一直跟着你干，连里我就听你一个人的，人家都知道我是你的人。

你说话给我注意点！指导员一拍床头柜，什么你的人我的人，我在连里没有任何私人关系！你别给我搞那些乱七八糟的江湖习气！

我就是那么一说嘛,反正我知道指导员你关心我,这总没错吧？李金贵赔着笑,留队的事你帮我找找关系,肯定能行的。

好啊,你等着吧。指导员从盆里拿出水淋淋的脚丫子开始擦,擦完了又开始剪指甲,剪完了指甲才抬头看看站在桌边的李金贵,你等着我当上基地政委再说吧。

指导员知道李金贵该走了,李金贵果然就走了。睡一觉起来,地球还在正常运转,指导员放心了。接下来几天,连队门前搭起了大红的充气彩门,老兵们每人拿到了一本精美的军旅相册,门外路边每棵树上都贴满了欢送老兵的标语,全是爱好书法的指导员亲笔在彩纸上一条条写好的。来连队检查老兵复退工作的基地政委很是夸赞了一番指导员的书法,又说警通连的欢送老兵氛围是全基地最热烈最浓厚的,要求基地机关直属连队的主官都要来警通连学习取经。

政委的表扬让指导员很受鼓舞。复员会餐前,指导员发表了热情洋溢又略带伤感的讲话,赢得了热烈的掌声,好几个老兵都听得泪光闪闪。饭堂宽敞高大,掌声显得异常响亮,气氛一下就上来了。指导员菜还没吃上两口,敬酒的老兵已经一波接一波地涌来。指导员来者不拒,碗里的啤酒都是一饮而尽。看着一个个自己带过的老兵,指导员的鼻子也不免发酸。

会餐接近尾声,指导员也有点头晕了,好在脑子还很清醒。他忽然想起来敬酒的老兵里少了一个人,紧接着目光便扫到了呆坐桌前满脸通红的李金贵。指导员立刻预感到有事将要发生,急忙把值班排长叫过来交代了两句。

请大家安静,安静！都回到自己的座位上！排长在桌椅摩擦磕碰的凌乱声响中高喊,请大家马上坐好,把杯中酒倒好,连首长要宣布集体敬老兵了！

等一下！我还没敬指导员呢！李金贵大叫一声站起来,端着碗晃晃悠悠地朝连部餐桌走来。

连长你也没敬呢,来,咱们一起吧。指导员笑着端起碗,连长也赶紧端起碗站了起来。

连长你坐,没你的事。我这碗单敬指导员。李金贵的脸红得像个蕃茄，两个瓜籽般的小眼睛迷瞪瞪地看着指导员，谢谢你啊指导员！

谢什么谢。指导员警惕地笑笑，大家都是兄弟，都是战友啊！

都是兄弟，那你为啥蒙了我三年？

李金贵！指导员低喝一声，你喝多了，回去休息！

我才没喝多！我今天要不是问了军务科参谋，我都不知道我这个炊事班班副是假的！炊事班根本就没有副班长的编制！炊事班编制只有一个班长、一个给养员和一个炊事员！李金贵的大嗓门在饭堂四壁回荡，我就奇了怪了，你为啥给我安排个炊事班副班长？你这不是玩我呢吗？我就奇了怪了，压根就没这个副班长，为啥我每月还领十块钱的岗位津贴？指导员你给我说说行不行？你给我说说呀！

指导员的胸膛剧烈地起伏着。他回想起大家都以为李金贵脑袋能碎酒瓶，铁定是块搞警卫的好材料，唯独他看出该同志连简单的单杠二练习（卷身上）都完成不了，绝不可能是什么练家子。回想起李金贵一去炊事班烧火，连队就天天误饭，他几次想把他弄走却没一个连队肯要。回想起为了让李金贵不再打架闹事，不得不满足他的要求，把他列入党员发展对象，宁愿忍辱负重，面对全体支委的一致反对而一意孤行。回想起为了让李金贵入党，他找了全连所有党员做了工作，好让他们在支部党员大会上举手同意。回想起李金贵想当"骨干"，他只好宣布让李金贵担任炊事班副班长，并每月从自己工资里支出十块钱作为李金贵的岗位津贴。自己为什么要这么做？自己可曾得到什么好处了吗？没有。丝毫没有。他只是想把这个连队带好。他不愿让别人看自己和自己连队的笑话。他只是想让大家在四年服役期里都尽可能各得其所。这他妈的有什么错吗？

指导员定定地看着李金贵，整个饭堂似乎只剩下心跳声。为什么没人出来说句公道话呢？或者来几个老兵把李金贵拉走也好。指导员心情坏透了。在他三年连队主官生涯中，还是头一次跟一个兵如此正面地冲突。当然，现在就定论为冲突为时尚早,因为他还没有回应。是否构成冲突,主动权依然掌握在他手里。他当然想指着李金贵的鼻子大骂一顿,或者一巴掌把他搧到墙角的泔水桶里去。他相信不论动口还是动手,李金贵都不可能是他的对手。李金贵曾在一次酒后告诉过他,自己并没有什么罗汉铁头功,他之所以肯把酒瓶敲在自己脑袋上,完全归功于他爸。李金贵他爸告诉他,只有来这么一下子,才能镇住所有人。所以李金贵才能横下一条心,抓起那个脏兮兮的啤酒瓶朝自己脑袋上磕。酒瓶子倒真是碎了,可要不是李金贵自己承认,谁也不会想到他头皮里还扎进了玻璃碴子,害得卫生队的小陈护士拿镊子给他处理了好半天(这事他后来亲自找小陈护士问过,基本属实),而脑袋上敲起的那个大包好多天才消了肿。用李金贵自己的话说,那几天,他看什么东西都是重影的。

但指导员不能对任何人提起这些。那样的话,他几年的努力就将付之东流。他无力否定自己曾经认为正确的一切。他不能放任这种后果发生。如果传到基地首长耳朵里(这是肯定的),他将永远不再是曾经优秀的那个他了。

李金贵同志,首先我郑重地告诉你,不存在什么假的副班长。指导员开口了,声音仍像从前一样沉稳,连队党支部任命你是,你就是!基地编制只有一名副政委,为什么现在有两位?司令部编制两名副参谋长,为什么现在有三位?军务科、干部科和财务科编制都没有副科长,为什么现在都有?既然这样,连队党支部决定给炊事班超配一个副班长,这奇怪吗?

李金贵嘴唇哆嗦着不吱声。

奇怪吗?指导员抬高嗓门,说话!

……不奇怪。李金贵低下脑袋,蚊子似地回答。

我还要问你,你是不是党员?你要认为自己是,现在我们就把酒干了,当什么事都没发生过。你要认为不是,那好,会餐之后,我们马上召开支部党员大会,取消你的预备党员资格。指导员说,你想好了没有?

我干,我干。李金贵慌慌张张地端起碗往嘴里灌,酒洒得胸口湿淋淋一片。

哪位老兵还有没想通的事,现在都可以放开了说!指导员厉声高喝,有没有?

饭堂里变得安静极了。

好!指导员端着碗雄视四周,每个人都仰头望着他,他觉得自己又找回了状态,现在我宣布,全体起立,为我们警通连历史上第一批光荣复员的老兵们敬最后一杯!

5

每年老兵走后,指导员心情都会低落一段时间,仿佛自己养大的孩子离开了家。虽然指导员眼下连个对象都还没有,但心情可以想见。他会想起一张张熟悉的面孔。他承认这些面孔中有的他喜欢有的他讨厌,但这种判断只在心里,表面上他不排斥任何一个战士,包括大脑袋的李金贵。即便李金贵早在他心里被凌迟了一万多遍,但此刻跟连队干部聊起来时,他更愿意回忆李金贵临走时在车站月台上抱着他大哭又向他认错的情形。理论上讲,李金贵的副班长确实是假的,但眼泪却是真的。他不太敢去想李金贵临走时如果不哭会是什么样。那样就太可怕了。好在四年义务兵役不是白服的,他们懂得了做人的道理,他们都变成成熟了,他们知道应该在何种场合作出何种表现。在他需要李金贵的眼泪时,李金贵提供了眼泪,从这点上说,这小子还算是有点良心。

让他低落的原因还不止于此。基地编制缩减,现有人员一时消化不完,上级机关决定缩编的第二年不再给基地补入新兵,而往年怎么也得接回百十来个新兵的。时间短了还能凑和,几个月下来,兵力不足的问题越来越严重,机关已经有人提出警卫战士在哨位打瞌睡的问题,更不要说安排休假的事了。指导员和连长去军务科反映情况,答复是"立足现有兵员,科学调剂使用",说白了就是让他们自己想办法。其他连队的主官天天骂娘,指导员不骂。他记得政委说过,难题都是给有本事的人出的。首长就是首长,永远都那么精辟。指导员琢磨了很久,甚至在笔记本上做过各种计算,最后决定让通信排的战士也每天站一班岗,这样排下来,警卫力量基本能够得到保证。

那台站值班咋办?通信排这边人手也不够呀。连长嘴张得老大,现在值夜班的第二天早上补觉都补不成,一个个都成熊猫眼了,病号也比以前多。

两头都缺人,我们总得先补一头对不对?要是两头都露着不是更难看吗?指导员显然早有考虑,我反复思考过,目前只能补警卫排这头。站岗简单培训一下就行,通信排的人培训两天就能顶上。但是台站值班专业性太强,警卫排的人肯定没法顶。再一个呢,警卫岗哨是基地的脸面,首长每天上下班都看在眼里,稍微出点状况就是大事,不像台站值班都在机房里,门一关谁也看不到,所以我感觉还是先补警卫这头比较现实,你说呢?

嗯。连长点着头,我个人倒没意见,主要是担心通信排这边闹情绪,毕竟他们值班也够辛苦的。

这没关系,咱们是连队主官,只要咱俩思想统一,事情就好办。而且我仔细算过了,虽然人手紧巴点,但肯定不会耽误通信值班。指导员提起暖瓶给连长续水,你放心,有我在,肯定不耽误你谈恋爱。

连长正在跟卫生队的小陈护士谈恋爱,跟女人打交道,那可比连队建设麻烦得多。指导员对此十分理解,每次连长要出去约会,他都主动替连长值班。有一天连长无意间说起小陈护士喜欢看电影,想攒钱买个VCD,指导员立马跑到宣传科借回一台超强纠错的VCD影碟机送到连长手里。这些事总让连长十分感动,何况他清楚,指导员也是站在连队建设的角度考虑问题,这些事他没指导员想得多,听指导员的肯定没错。

支委会上指导员把这方案一讲,通信排长意见挺大,但连长和指导员站在一起,排长只能闭嘴。指导员清楚,嘴是闭上了,心里肯定不服。为把一碗水端平,必须安抚通信排出现的不满情绪。他先是把通信排原先负责的水房、走廊和俱乐部等处的公共卫生区全部交给了警卫排,又让司务长给各通信台站定期供应速溶咖啡、茶叶和方便面,最后还专门召集通信排全体同志开了一个会。会上指导员推心置腹地把目前的困难摆了摆,让通信排的老兵们明白,承担一部分警卫执勤任务实属迫不得已,同时又表示每个同志都不会白辛苦,年底评功评奖时,党支部会优先考虑参加警卫执勤的同志。

大家还有什么想法尽管说,有什么困难连里会尽量解决。讲完以后指导员微笑地看着大家。讲道理固然重要,更重要的是要战士们自己把这道理讲出来,这样才能让人服气。指导员先点了电话班的牛小林,牛小林马上表示服从组织安排。他接着又点电台班的王军。

报告指导员,我没意见!王军噌地站起来,现在警卫排和我们排都是一个连队了,互相帮助是应该的。再说革命军人一块砖,哪里需要哪里搬。军人以服从命令为天职,叫我站岗一分钟,我保证眼睛瞪大六十秒!

好!非常好!指导员一拍手,这叫什么,这就叫觉悟!王军你坐吧,其他同志呢?小姜,仆射大人,你有什么想法?

指导员一开姜仆射的玩笑,大家都笑起来,气氛明显热烈起来。

我?我没啥。一直低着头的姜仆射在笑声中很意外地抬起头,左右看看才站起来,挺好的。

怎么个挺好法,说来大家听听嘛。

既然新兵干老兵的活是天经地义,那老兵干新兵的活为什么就不行呢?入伍是有先后,但这跟人与人的平等不矛盾。从这个意义上讲,老兵帮新兵分担点工作再正常不过了,我觉得这根本没必要说,其实这个会不开都行。

指导员有点尴尬地笑笑。姜仆射的回答和他想象的总是不一样,仿佛一个没按剧本对戏的演员。他倒不畏惧这种挑战,但也并不喜欢。换了别的兵,他们绝不会这样。他们会对指导员的关怀表示出真诚的感激,而不是姜仆射这样摆不正位置,不着四六地点评自己。不过话说回来,姜仆射的总体意思倒没错。看来神仙也是分类别的,至少姜仆射不会像李金贵那样没完没了地给自己找麻烦。想到这儿,指导员也就不再计较了。

6

转眼到了五月份,有天副连长半夜去查哨,把姜仆射给查住了。按规定,零点到六点是坐岗,那时基地营门关闭,卫兵都坐在营门东侧的警卫室内,透过窗户观察外界动静。姜仆射当天排的是凌晨两点到四点的岗,这班岗前后都睡不好,属于最烂的一班,所以警卫排长出身的副连长最喜欢查这班岗。副连长到了警卫室门前,里面毫无动静,推门进去,姜仆射怀里抱一支五六式半自动步枪,歪坐在椅子上大张着嘴,睡得正香呢。副连长脑海中立刻闪现出一伙武装分子拿走姜仆射的枪,一刀将他抹了脖子,然后趁着夜色潜入办公大楼或者首长宿舍区或者弹药库或者兵器阵地或者别的什么地方,总之鲜血四溅火光冲天是少不了的。副连长走过去从姜仆射怀里抽出枪,又用力拉了两下枪栓,姜仆射居然全无反应。这下副连长火大了,很想当胸一脚把姜仆射踹个四脚朝天,不过想想几天前刚学过严禁打骂体罚士兵的红头文件,只好退而求其次,一把揪住姜仆射的子弹袋,把他从椅子上扯了起来。

睡睡睡就知道睡,跟他妈猪一样!副连长比姜仆射高出一头,气呼呼地俯视着,你他妈这叫站哨吗?我他妈放条狗在这儿也比你强!

我睡岗不对,你可以批评我。姜仆射扶扶眼镜,但请你不要骂人。

我他妈就骂你怎么了?傻逼玩意儿!你看啥看,睡岗你还有理了你?副连长激动地挥舞着手里的步枪,枪叫人拿走了都不知道,你还说你不是猪?

姜仆射读了许多书,这会儿却派不上半点用场,只会用两枚白眼珠子瞪着副连长。副连长等了一会儿,见公然睡岗的姜仆射无屁可放,便一把将步枪塞回姜仆射怀里,他并不怕姜仆射会怒火攻心冲他开枪,反正是空枪,子弹都在对面总值班室的机关干部手里呢。

再叫我发现你睡岗,非他妈收拾死你不可!副连长气呼呼地说完,摔上门走了。

凌晨四点十分左右,指导员听到走廊里有动静,他披上军装出来,看见姜扑射正在敲连长的房门。

别敲了,连长不在。指导员想想竹竿似的小陈护士,想不出连长究竟喜欢她哪里。他打着哈欠,大半夜的,有事吗?

听姜扑射说完,指导员悬起的心又放下了。他最初以为副连长动手打了姜扑射,这样的话就比较棘手。但如果只是骂两句,事情的性质就简单多了。指导员还从没见过谁会像姜扑射那样,原原本本地复述出副连长骂人的话,这差点让他笑出来。

副连长骂人肯定不对,我早说过他,让他多读书多学习多注意工作方法,他就是听不进去。指导员想了想,不过实事求是地讲,他骂人也是情有可原,毕竟你睡岗也有错。这事回头我会批评他,你呢,下次站哨也要注意,不要再出现睡岗的情况了,好不好?

我不认为好。姜扑射看着指导员,我要求他公开给我道歉。

问题是你睡岗在先呀!指导员愣一下,你让副连长公开道歉,那你是不是也要公开做检查呢?

我愿意公开做检查。姜扑射说,副连长也必须公开道歉。

没这个必要吧?指导员和姜扑射对视一眼,又把目光挪开了。谁都知道告状是件令人讨厌并且显得软弱的事,即便真有人为这种小事告状,听了指导员刚才那番话,肯定也不会有任何意见。不过对于姜扑射,指导员还是储备了相当多的耐心。他手指轻敲了一会儿桌面,那这样吧,明天我让副连长私下里给你赔个不是,你呢,也向他认个错。然后你们握手言和,保证双方不再犯同样的错误,这不就好了吗?再说了,他也没当着别人面骂你嘛!

私下里杀了人也得公开审判呢。姜扑射站在那儿一动不动,私下道歉没意义,他不骂我,还会去骂别人。

你扯得太远了吧?指导员站起来,背着手在屋里踱了几个来回,停在了姜扑射面前,非得把事情闹大,这样做对你有什么好处吗？

没有。不过我不需要什么好处，我只需要他当众道歉。

你呀，真是一下子就钻到牛角尖去了。指导员沉吟一下，又微笑起来，对了，我一直想问你，年底就复员了，你入党的事考虑过没有啊？申请书写过没有？

我没申请过。姜扑射像是反应不过来，停了一会儿才说，不是说先进分子才能入党吗？原来的指导员谁给他送礼他就让谁入，我觉得我没法先进到那个地步，想想还是算了。

这确实不像话。我在警卫连发展党员的时候，从来只看工作表现。指导员说，不过人和人是不一样的，你也不要一叶障目。

也许我是一叶知秋呢。姜扑射的眼珠子转转，指导员，我现在不关心入党的事，我只关心副连长能不能向我公开道歉。

这事不是你说怎样就怎样的，这事还要组织研究。指导员觉得自己的耐心消耗得很快，便重新坐回到办公桌前，好了，情况我知道了，你先回去休息吧。

那明天能给我答复吗？姜扑射不动，直勾勾地盯着指导员。

不是说了吗，这事还要找副连长了解，还要跟连长商量，还要开支委会研究，有必要的话还要征求战士们的意见。指导员不想再搭理他了，先这样吧，我还要休息，你也回去睡吧。

好的，我明白了。姜扑射咬咬嘴唇。指导员还没来得及问他明白了什么，姜扑射已经敬完礼走了。指导员没来由地又想起了李金贵。神仙的套路都是一样的。李金贵的全部价值就在于他提供了一个教训。指导员决定明天不给姜扑射任何答复。他不能再重蹈覆辙。他不能再被索求无已的兵弄得步步后退。接下来的整个白天，指导员都等着姜扑射来讨要说法，可直到熄灯也没见他来，这才松了口气。

第二天上午，文书慌慌张张地跑来，一叠声地喊指导员接电话。一听是基地政委，指导员也毛了，拔腿就往值班室跑。

你们连是不是有个叫姜扑射的战士？电话里的政委听上去很和蔼，却仍让指导员出了一头汗。

233

报告首长,是有一个。指导员拼命保持冷静,是我们通信排的战士,首长您有什么指示吗?

　　噢,今天早上我上班,这个兵在门口站哨,忽然跑到我跟前说有事要向我反映。正好我急着开会,就答应回头再找他谈。答应战士的事,我要求你们要落实,我自己也要落实,对不对?我现在回办公室了,你让他过来吧,看看这小伙子有什么问题要给我反映的。

　　指导员攥着挂断的听筒,脑子出现了短暂的空白。不过他很快就清醒过来了,赶紧让文书去把姜仆射找来。他得马上做出决断。不过他不打算示弱。他可以接受首长的任何批评和指责。但他不能接受手下一个兵的羞辱和威胁。去他妈的蛋吧!他在心里呐喊着。他真的已经受够了。

　　到处找了,找不到他人!文书气喘吁吁地跑回来报告,按说他在楼上值班呢,可打了电话没人接!

　　行了,我知道了。指导员戴上帽子,抬腿就往办公楼走。数据小站机房没人,他径直拉开小门上了楼顶平台,远远看见姜仆射正坐在电台天线的水泥基座上,看着膝头上的一本书。指导员朝着他走过去,一直走过了卫星天线,姜仆射才听到动静,赶紧站了起来。

　　你行啊,一竿子捅上天了。指导员哼一声,政委让你去他办公室,你赶紧去吧。

　　我不想去了。姜仆射摇摇头,其实我不想找首长。

　　问题是你已经找了。指导员表情淡淡地,不是想告我的状吗?快去吧。

　　我没想告你状。姜仆射说,这跟告状是两回事。

　　对我来说没什么区别。告不告是你的事,你想说什么也是你的事。不过我也请你记住,不要以为抬出首长就能来要挟我,我不吃你这套,我也不怕任何下三滥的手段。大不了我这个指导员不干了,那也没什么,对于这个连队,对连队的全体同志,我问心无愧!指导员抬手看看表,时间不早了,你去吧!

　　我还是不去算了。

你想去就去,想不去就不去？不去你找首长干啥？指导员大叫起来,找了你就给我去,现在就去,马上就去!

姜仆射低头绕开指导员走了,抓着书的手指节发白。指导员在楼顶停留了几分钟。他简单回顾了一下自己被玷污的真诚努力。他从未感到如此难过。

7

连长不太明白指导员想干什么。事实上他认为指导员有点小题大作,于是他解释说,数据站的卫星天线就在楼顶,值班员经常要上去维护天线、调校信号,要是把门锁起来会很不方便。指导员却说,值班员本来就应该老老实实待在机房,而不是到处乱跑。特别是楼顶平台没有护栏,是个很大的安全隐患。万一有人在上面乱走,失足掉下去谁也负不起责任。何况天线并不需要天天维护,上了锁以后让排长和班长各拿一把钥匙,需要维护时去开锁,丝毫不会影响工作。

指导员如此坚决,道理也充分,连长没理由反对。事情落实起来很快。营房科的战士用了半个来钟头,就给数据站通往楼顶平台的小铁门焊上了锁扣。指导员亲自用一把黑色挂锁锁上门,又用力拉了几下,铁门咣咣地叫唤着,再也挣脱不开了。

他不会赌气放弃姜仆射不管的。指导员想。他只不过是换种方式。从前总是给李金贵吃糖丸,结果他上了瘾总想吃。苦口的往往才是良药。他很清楚自己年底任期就满了,完全不必这么认真。有一回在路上遇到干部科长,科长开玩笑说,科里正准备给他准备办公桌呢。那他为什么还要这么干？他归结于自己肩负的职责与使命。军中俗语有云:一年主官站着干,两年主官坐着干,三年主官躺着干,四年主官不用干。但他做不到。他依然保持着对连队的热情和责任心,哪怕当中掺杂着灰心和挫败感,他也将其视为掺入钢里的碳。只要这一切都是正确的,那么这一切就是值得的。

上上下下对你的反映都很好,越是这样,越要谦虚谨慎。一个战士直接找我反映连队管理的问题,事情不大,但背后还是反映出你们工作上存在短板,还是没有达到最高的标准。指导员在心里反复回忆政委的批评和教诲,话说回来,人一上百,形形色色。像你们连队的那个小战士,有个性,但也有他的毛病,首先他自己承认睡岗不对,另外一有点问题就越级反映,甚至直接来找基地领导,这也是缺乏组织观念的表现。不过我们不要去责怪战士,要多从我们自身找原因。作为一级主官,我们就是要努力把这些同志的思想和行动统一到部队建设的整体要求上来。现在的兵和过去不一样了,这就要求我们在带兵艺术上与时俱进。你要把我这个意思告诉你们的干部,严格要求没错,但一定要讲究方式方法。这件事上,我没有给你们那个小战士承诺什么,因为我相信你能把这些问题处理好,你说呢?

指导员为牵扯了首长精力而感到异常惭愧,他很希望政委把他痛批一顿,那样他反而会好受些,可政委那么宽厚,让他心底里涌起一种士为知己者死的激情。军人大会上,他先是严肃批评了姜仆射玩忽职守的错误。如果在战时,这可能会给部队带来无法估量的巨大损失,后果怎么设想都不为过,是不可容忍的。接着他又指出副连长工作方法简单粗暴的问题,这种看似随意的小事会影响连队建设的大局,也是非常错误的。他最后要求全体同志恪尽职守,加强团结,努力把连队全面建设水平提到一个新高度,不负警通连第一代奠基者的光荣使命。

之后有几天,指导员担心姜仆射会再去找政委,好在事实说明这种担心是多余的。他像从前一样,每天都去哨位和台站检查工作,遇到姜仆射值班时,他也照样会去。跟以往不同的是,姜仆射定然会待在小小的机房里,眼帘低垂着,而背也似乎驼了起来。指导员并不跟他说什么,该说的他都说过了,他也不欠姜仆射什么。眼下他更关心小门上的铁锁是否完好无损。这时候机房很安静,计算机终端的机箱风扇在小心翼翼地旋转。

8

这样的平静维持了差不多半个月,有天通信排长来汇报说姜仆射生病了,烧得很厉害。指导员的第一个念头就是姜仆射在装病。泡病号压床板这种事在连队很常见,比如李金贵以前就总拿他的痔疮说事,直到让他当了炊事班副班长才略有好转。但一个主官成熟与否的标志就在于他不会想什么就说什么,于是他交代排长带着姜仆射去卫生队看看。

不一会儿排长回来说,他亲眼看见体温计的水银柱上到了四十度,军医开了柴胡注射液,又用酒精物理降温,可体温一直下不去。军医找不出原因,建议送到市里的驻军医院检查一下。市区离基地有七十公里,指导员专门申请了车,跟着一起去了。驻军医院给姜仆射抽血化验,又做了各项检查,除了鼻孔喷着热气,身体有些发软之外,姜仆射并没有特别严重的症状。考虑到体温太高,医生要求先住院观察,指导员便自己带车回了基地。

指导员回来的第三天上午,姜仆射也回来了。他拿着出院证明找排长销假,说他住院当天烧就退了,以后体温都很正常,胃口也好,医生便把他放走了。

这样能值班吗?指导员听排长汇报完,要不再叫他休息两天?

他说他能值班。排长想了想,他还说,人手本来就不够,他要再不值班的话,会把全班的人都拖垮的。

他真这么说?指导员心里动了动。他像哈勃望远镜那样忠实地观测着幽暗宇宙中那些遥远星体微弱的光亮。他关心手下的战士们,即便是他所不喜欢的。他拉开抽屉,取出连长送他的一盒进口复合维生素片(这应该是小陈护士给连长的),让排长转交给姜仆射。估计他是免疫力差点。指导员说,你让他坚持吃一段时间看看,没准会起点作用。

晚点名时,指导员特地表扬了姜仆射,说他带病坚持工作,精神可嘉,希望全体同志都向姜仆射学习。姜仆射就在队列里,虽然还是站在后排,还是看不到他的脸。也许这是个契机呢。指导员想,在与姜仆射的关系当中,自己不存在任何私利。如果姜仆射那些书都没白读的话,那他就应该理解自己的一片苦心。

指导员不知道姜仆射是否领会到了他传递的善意,只知道姜仆射没值几天班又开始发烧了。还和上次一样,他又要车把姜仆射送到了驻军医院,而这家伙过了两天又回来了。这样的事情接下来连着发生了几次,指导员坐不住了。他甚至怀疑姜仆射得了艾滋病。这个念头像瓶子里钻出来的魔鬼,吓得他不轻。两个晚上没睡好觉,指导员终于在一个上午悄悄跑到汽车站,坐着班车又去了一趟驻军医院。

这个不存在。艾滋病毒不是你想的那么容易就能感染的。看上去经验丰富的中年军医很肯定地说,我们会诊过,这个小伙子没什么器质性的病变,目前倾向于是精神性发热。文献上有过一些这种病例,不过大多是女患者,而且以低热为主,像他这种高热的还真比较少见。你印象里,他最近受过什么刺激吗?还是他有什么事情导致精神压力过大呢?

指导员又坐着班车回来了。他不太相信医生的话。要按这种理论,监狱里的罪犯们应该都在发烧了。何况姜仆射的待遇和连队所有人并无二致,他也没理由要求自己与众不同。军队的特色就是整齐划一,士兵的天职就是令行禁止,不这样就没法集中统一,就不可能执行任务履行使命。他不打算把今天的事情诉任何人。他在心里再次确定,自己所做的一切只是想让姜仆射成为一个合格的军人。

事后指导员庆幸自己的坚持。因为这次私下的探访之后,姜仆射居然神奇般地痊愈了。气色明显好转,镜片后面的眼神也活泛了许多,正在积极训练,准备参加九月份的空军通信专业比武。起初指导员不太想让姜仆射作为选手参加。他向来认为比武选手首先应该是一个全面素质过硬而非单项冒尖的人。但连长反复强调,姜仆射的五笔字型录入速度比其他人要快出百分之四十,这是卫星数据小站的联络业务基本功,他要不去,拿名次肯定就没戏了。为了连队的荣誉,同时考虑到备战比武可以让姜仆射集中精力,不再去胡思乱想发什么"精神性"高烧,指导员最终还是点了头。

八月底,通信科长带队去参加军区空军组织的预赛,牛小林再次获得有线专业第一,王军拿了报务专业第六,而姜仆射居然也拿了数据站专业的第二名。三个专业有两个进入决赛,一个通信排的成绩比原来一个通信连还好,这个成绩得到了基地首长批示表扬,连长和指导员也兴奋得不行。参赛队伍回来当天,连里安排晚餐加了两个硬菜,另奖励每人一瓶啤酒。给选手们敬酒时,连长和指导员都一饮而尽,唯独姜仆射只喝了小半碗。

这怎么行!指导员说,都干了!

我晚上还要值班呢。姜仆射说,再说我也喝不了多少酒。

你喝你的,喝醉了我们找人代班!指导员十分豪气,都是参加比武的高手,高手就要有个高手的样子!

姜仆射犹豫了一下,端起搪瓷碗咕嘟嘟一口气喝了下去。

这就对了嘛!指导员高兴地拍拍姜仆射的肩膀,我要的就是这个精气神儿!

整个晚上指导员心情都很愉快。连队的荣誉也是他的荣誉,这毋庸置疑。而且姜仆射今天很配合,要是他硬是不肯喝酒的话,自己无疑会有些尴尬。这微小却正确的变化给姜仆射的形象打上了一圈柔光,看上去让他不再那么粗糙生硬了。

回房间休息了一会儿,指导员还是有点兴奋,便信步出来溜达。轻微的酒劲让人闲适而放松,是个适合谈心的状态。指导员走到办公楼前,给门口的卫兵还个礼,沿着安静的楼梯一路向上,在楼顶水箱边上搓了搓热乎乎的脸,然后推开了门。

同往常一样,机台上放着茶水和摊开的书,电脑终端和保密机的指示灯无声闪动,可姜仆射不在。第一秒时指导员以为他去上厕所了,但第二秒时指导员便看到小铁门上的挂锁不在原处,而是连同钥匙一起躺在旁边的窗台上。指导员脑袋嗡的一声,他几乎被这强烈的羞辱击倒了。他快步上前拉开门,冲上平台,对着黑暗中的楼顶大呼起姜仆射的名字。

谁让你把门打开的?谁让你出去的?谁给你的钥匙?指导

员感觉自己的吼声都在发抖,说话!

姜仆射不说。他眼帘又低垂下去,背又开始驼起来,还有他结实又隐形的鳞甲,让指导员想起了电视里的美洲犰狳。

指导员用愤怒到颤抖的手锁上门,拿着钥匙离开了。他觉得自己像不久前电视剧里的雍正皇帝一样痛苦。没有人能理解他的苦心。没有。包括最该理解他的连长。不然他怎么会悄悄把钥匙交给姜仆射?你这不是帮他,你这是害他!他对连长说,就算他拿了第一名又怎么样?他照样不是一个合格的军人!

我就是想着天线维护也是一项比赛内容,不上楼顶就没办法训练不是?连长尴尬地坐在指导员对面,我想着这也不是什么大事,也就没和你商量。

什么叫大事?战士的成长进步才是大事好吗?指导员怒视着连长,你这样纵容他,他能变好吗?能进步吗?能真正融入集体成为一个合格的兵吗?

那你说咋办?连长回答不了这么一串宏大的问题,再把他锁上?

我没有锁他!我是在规范他,警醒他,改变他!指导员怒吼起来,像是用尽了全身的力气,紧接着又疲惫地长叹一声,好了,随便你怎么办吧。我不想管了。他指指胸口,你知道吗?我累了,我真的累了。

9

那两天指导员房间里人满为患。兵就是这样,你对他们的一点好,他们往往会记上好多年。好比你只是轻轻按下了小小的发射按钮,发射架上的导弹便会轰隆隆地腾空而起。指导员被战士们簇拥着,听他们回忆在自己手下几年的点滴过往。节假日替战士站岗,帮他们在扭伤的脚踝上擦红花油,给他们家人写信沟通,或者是菜地里的一个玩笑,球场上的一次碰撞。这些事他做得太多,自己都记不清了,战士们说起来却像早上才发生过一样。他知道自己会长久地记住这些面孔,包括此刻正在楼上值班的姜仆射。

连长几次过来想和他单独聊聊都找不到时间,直到熄灯后才坐到了指导员的对面。连长先是对指导员的提升表示祝贺和不舍,又从口袋里取出一个信封放在指导员面前。

我们几个干部本来商量着要给你买个纪念品,后来实在想不出你喜欢啥,就合在一起打了个红包,算是我们的一片心意吧。连长有点不好意思地说,你千万别嫌弃。

你这是干什么?你知道我不喜欢搞这种名堂。指导员愣一下,咱们是搭档,是兄弟,你这不是打我脸吗?

我知道你为了工作没少自己垫钱,光是周末给战士们租影碟的钱,加起来起码四五百块,这没错吧?咱俩共事快一年了,你从来没在连里报过一张发票,这我心里清楚得很。连长很诚恳地望着指导员,说真的指导员,你这样的人,我还是头一次见,我不是吹捧你,我真是服气你。所以这点心意你要不收下,我们心里也过意不去呀!

你们要这么干,那以后别再跟我打交道了!指导员沉下脸,我没跟你客气,我是说真的。

唉,我现在最担心的就是你走了以后连队怎么办。再换谁来当指导员,也不可能和你比了。连长无奈地吧嗒几下嘴,把钱收了起来,这一年,我在你这儿真是学了不少东西,但有的东西真的学不来。

你说得也太玄乎了,其实只要认真负责一点,只要多关心关心战士,带好连队没问题。指导员说,连队还是很锻炼人的,好好干的话,后面发展的基础也牢实。本来我自己也以为要到年底才能动呢,没想到三季度就研究了,说明首长确实很关注基层。我到了干部科以后,有什么事我能帮上忙的随时都可以找我,咱俩是警通连的首任主官,这缘分可不一般,我还等着吃你的喜糖呢!

你也该找了,你比我还大两岁呢。连长真诚地注视着指导员,你是我唯一见过的,真正能说得上是以连为家的人。

在这个位置上,你不好好干对得起谁呢?指导员轻轻叹口气,我真想一直干到年底,把这批老兵送完了再走。可惜这也由不得我。

那你给我留点锦囊妙计吧。连长把脸向前凑凑,下一步抓工作还要注意点啥,你给我讲讲,你这一走,我真是有点发慌呢!

也没什么,说起来不过就是完成好任务,稳定好队伍,保证好安全,都是些老生常谈。指导员停了停,还有,快到年底了,谁走谁留你心里也应该有个数。都说明年兵役制度就要改革了,义务兵服役期可能要缩短到两年,这样的话,年底留队的名额肯定比较多,你得提前筹划一下。这事你考虑过没有?

考虑过,还真考虑过。连长一个劲点头,而且我这次是努力按着你的思路认真琢磨的,比如王军这样的,肯定得留下,而姜仆射呢,我还没想好。

为什么没想好?指导员显得有点意外,这还用想吗?

是是,你看我这人,总是优柔寡断。连长不好意思地笑一下,我也看出来了,这小子确实太独,很难融到集体里面来,更别说还惹你生那么多的气。嗯,我想好了,还是让他退伍比较合适,这样对大家都好。

不不不,这可不是我的思路。指导员呆一下,惹我生气那不算什么,其实我也没怎么生气。姜仆射这个兵是有这样那样的毛病,但这正是我们要努力改变他的地方,不是吗?再者说了,下一步他还要参加空军的比武,要是成绩好,年底又有名额的话,干嘛不把他留下,再给部队做做贡献呢?我相信他是会改变的,也许套改了士官再干上几年,他会彻底认识到自己的问题,真正变成一个懂事听话的好兵,我觉得这是可以实现的,肯定能实现的。

连长张着嘴,显然是没想到指导员会这么说,一时不知道如何接话了。

当然,这事还得你和新来的指导员商量着定了。理论上我现在已经是干部科干事,不再是咱警通连的政治指导员了。指导员笑笑,按说我不应该给你讲这些的,不过还是忍不住,我老觉得自己就应该以连队为己任,老以为自己负有不可推卸的责任,老想着自己的连队就应该是最优秀的,自己连里的兵就应该是我想象中的模样,该说啥话的时候就说啥话,该做啥事的时候就做啥事,我就是这么想的,因为我觉得这是正确的,你感觉呢?

10

几场雪过后,又一批老兵要走了。头天下午指导员已请了假,说第二天早上去火车站送一下,不想原定后天才到的上级工作组提前来了,他便被科长摁在电脑前准备材料。干部科办公室窗户对着营门,敲锣打鼓的声音和高音喇叭里送战友的歌声交织着,同阳光一起透过窗玻璃,弄得指导员心神不宁。

往年这时候,指导员会和老兵们一同前往火车站,挨个同他们紧紧拥抱,眼含热泪,无语凝噎。他会沉浸在这真挚的情感之中,体味普照一切角落的光亮和美好。然而此刻他无法再履行这最终的仪式了,仿佛一场被迫中途离去的欢宴,令他若有所失。

他没法再在桌前坐着了,他起身出了办公室,本想下楼,犹豫一下又转身上了楼。穿过熟悉的楼顶水房,他推开数据站机房的门,一个新兵慌忙起来向他敬礼。他点点头,上前几步推开那扇小铁门,信步走上了覆着积雪的楼顶平台。积雪如此洁白又如此平整,完好得连一个脚印都没有。指导员咯吱咯吱踩着积雪走到卫星天线下面,又拐个直角走到了平台边沿。他俯视着营区,运送老兵的一队军车正沿着主干道向营门缓缓驶去。姜仆射就在其中的某辆车上,他没有留队套改士官,因为他主动上交了退伍申请,这是指导员没想到的。听到连长说这事时,他差点就准备再去找姜仆射谈谈了,可考虑到他已经不再是警通连指导员,只好作罢。说真的,他很想看到姜仆射变成一个他理想中的好兵,所以他觉得有些遗憾。

车队和锣鼓声渐渐远去了,指导员站在楼顶,忽然想起有一次,姜仆射曾两眼放光地对他描述过楼顶带给他的诗意,不知道为什么,指导员总是会回想起那一幕。此刻,他对着阳光下的雪野和山峦极目远眺,可看来看去,依然感觉枯燥,于是他自嘲地笑一下,转身走了回去。

(选自《人民文学》2018年第8期)

龙　门

胡　学　文

庞丁或扁头

其实,庞丁才是我的本名。那时,我还是张家口第二小学的学生。我没觉得自己的名字有什么不好。五年级上半学期,新换了语文老师。他长了嘴龅牙,嘴巴外突,总是合不拢。我叫他鳄鱼,范大同认为更像野猪。龅牙每次喊我的名字,总要停顿两三秒,庞——丁！每次都有爆炸效果,整个教室都要笑翻了。他似乎很喜欢这种爆炸效应,每堂课都叫三五回。我很是不爽,决定给他点颜色。

大街上的车还没现在这样挤,老师的交通工具多数是自行车。龅牙的自行车并不难找,他到校早,喜欢放在角落。座包套是针织的,咖啡色。我和范大同扎过贺梅的车胎。范大同想和她好,她爱理不理的,脑袋翘得老高。轮胎没气,她只好推走着。范大同奔上去,愣是扛到修车铺。自此,她肯和范大同并排走了。龅牙当然没贺梅那么幸运,对他是惩罚式的。放学,我和范大同远远跟着龅牙。轮胎瘪瘫,自行车歪歪扭扭,龅牙也歪歪扭扭。跟到明德北路口的修车铺,我和范大同诡笑着离开。

次日,龅牙将我拎到办公室,问我一个人干的还是两人合谋。上来就给出选择题,非 A 即 B,我才不上他的当呢。龅牙一掌盖住我的额头,另一只手挤压着我的后脑,说还真是扁头。对了,我还有个绰号:扁头。你相不相信,我会让你的扁头变成面饼！这吓不倒我，我一言不发。龅牙并未继续挤压，他缓缓松开，突然扯了我的左耳，叫，十个，扎了足足十个窟窿呢。我暗想，不对呀，明明是九个，怎么成了十个？莫非范大同多扎一下，还是龅牙被修车的坑了？龅牙说，我没冤枉你吧，要不和修车的对对证？我的心扑腾一下，忙抿紧嘴巴。

龅牙没审出结果，很不甘心。他让我先回教室，如果放学前不主动交待，他就报警了。还没等放学，我就看见了小舅。让我带上书包跟他走。我说还没放学呢。小舅轻轻推我一把，说老师准假了，现在就走。

我一路磨蹭，想着怎么应对。见小舅发火了，才跟上他。我家住在黄土场六号，据说过去是枪毙犯人的场所，山脚下一垛挤着一垛的黄土，我和范大同仔细寻过，但没发现什么。

上坡便看见停在巷口的警车，我头皮阵阵发紧，想龅牙真够狠的。小舅又推我一把，走呀！

竟然来了三个警察，两男一女。杨翠兰坐在餐桌边的椅子上，双眼红肿。年长的警察在她对面坐着，年轻的一男一女分站在两个角落。第一次看到这种阵式，我慌了神。女警察摸摸我的扁头，叫我不要害怕，说着摘下我的书包。她把课本、作业本、铅笔盒掏出来，铺在地上，一一翻检。作业本上对钩不多，更多的是红叉。那一刻我挺羞的。末了女警察依序装回，冲年长的警察摇摇头。

警察离去，杨翠兰一把搂住我，号啕大哭。

警察不是冲我来的。一工厂的财务室被撬，盗走放在保险柜的2万现款。同一个夜晚，值夜班的工人不知去向。那名工人叫庞有亮，是我父亲。警察来了不止一趟，询问杨翠兰，还有我。旮旮旯旯都搜过了，连庞有亮的二胡都没放过。那一阵，杨翠兰的眼睛基本是肿胀的。开始她和舅舅小声嘀咕，后来说话跟放炮一样，有亮被挨刀货代替。

庞有亮没有踪迹，警察也一无所获。

两年后的某日，我放学回家，杨翠兰正陪李叔喝酒，就如她陪庞有亮一样。李叔是庞有亮的同事，也是庞有亮最好的朋友。

李叔每次来喝酒,都会给我带礼物,一盒饼干一包软糖还有弹弓什么的。庞有亮叫他不要惯我,李叔总会说,孩子嘛。我挺喜欢他。有次他翻我的作业本,我以为他要皱眉头,孰料他只是笑笑,说我比他强,他没一门功课及格。你看,我也当了工人是不?咱照样挣钱!还有一次,他喝多了,外面下着雨,被庞有亮强行留下,他和我睡在外面,第二天,他竟然有些羞,还向我道歉,说他呛着了我。

庞有亮没把李叔当外人,杨翠兰也是。庞有亮携款逃亡,他那些朋友生怕沾惹上麻烦,躲得远远的,杨翠兰就是这么说的。李叔不怕。除了小舅,李叔来的次数最多。有亮不是那种人,你要相信他,李叔每每这样说。或者,以我对有亮的了解,他没那个胆子。那时,杨翠兰便凶神恶煞般的大嚷大叫,他把我和小丁抛弃了,这总是事实吧?李叔叹口气,就算是,谁还不犯个错呢?等他醒悟——李叔的声音被杨翠兰排山倒海的叫骂淹没。我觉得杨翠兰有些过分,李叔本来是安慰她的,她却把人家当出气筒。

重体力活,自然是李叔干,如换煤气啦,买个米面什么的。张家口冬天寒冷,入冬前院子里必须备两吨煤。我们住的是排子房,前后距离很窄,没法进车,煤块只能卸到巷口。我家的煤都是李叔一筐一筐抱进来的。小舅得过肺结核,不能干重活,根本帮不上忙。庞有亮离开后,李叔就只干活不吃饭了。有时杨翠兰菜都炒好了,李叔也不肯。他总说有事,匆匆离去。杨翠兰就塞盒烟给我,我追上去塞给李叔。李叔总要摸摸我的头,轻轻叹口气。

所以,那天见李叔和杨翠兰喝酒,我很意外。杨翠兰也完全不是先前灰塌塌的样子,穿了件紫色的衬衣。庞有亮离开,她就没光鲜过。杨翠兰的腿动了一下,一颗光洁的篮球滚过来。我满心欢喜,抬脚踩住。知道谁给你买的吗?杨翠兰笑盈盈的。我已经是初中生,她还以为我是小孩子呢。我说谢谢李叔。李叔摆摆手,快吃饭吧。这时,杨翠兰的笑一点一点收捡起来,她的脸有些严肃,从今天起,你改叫爸吧。

247

我好一会儿才反应过来。有些东西突然涌上,说不清那是什么。我没说话,低头进了里屋。背后传来李叔的声音,别为难孩子。

毛　头

黄理朝我走过来时,我的肠子都快饿断了。他像我见到的其他公交司机一样,拎个特大号水杯。夜色昏暗,我仍能看清杯底的残水上飘了几朵菊花。

四月的张垣,特别是晚上,寒意甚浓。十分钟后,我和黄理走进明德北红焖羊肉店。一天前我就订了房间,酒早已摆好,五星的张家口老窖。黄理说买这么贵的酒干什么,二锅头就行。我说黄哥哪里话,二锅头是我这种人喝的。黄理说,也罢,不过下次可不能把我当外人。我说,我从没把黄哥当外人。黄理嘀嘀一笑,这就对了,谁跟谁呀。

黄理酒量大,我领教过。每次我都做干杯状,但杯底总要剩那么一点点。其实,我敞开喝,他喝不过我。我不是来和黄理比酒量的。我带了两瓶酒,如果我少喝一点,另一瓶可能就不用开了。还有,我尽量夹火锅里的萝卜豆腐粉条,油水足,也很好吃的。羊肉自然留给黄理。这样的小九九,我心里有一大把。我并非小肚鸡肠,可日子过成这样,不精打细算不行。大鱼大肉的日子谁不想?命里没有呀。

黄理喝到鼻尖冒汗时,往后仰了仰,他的目光穿过一缕缕热气,定在我脸上。我问过了,不大好办。我说肯定不好办,好办还用得着黄哥吗?黄理说,你倒是有啥说啥,只是,我直接挂不上话,也得通过别人。我说,这就麻烦黄哥了。黄理说,单给校长就得一万。我立刻道,没问题。我早打听好了,校长一万,借读费、杂费、书本费另算,也得一万。我妻子在附属医院打扫卫生,她打听的也是这个价。黄理说,中间人那儿……我说,绝不让人家白跑腿。我从上衣内兜掏出两沓钱,昨天就准备好了,一沓一万一沓五千。黄理愣了愣,旋即笑了,我没退路喽?我严肃地说,我没几个朋友,只能给黄哥添麻烦。黄理说,好吧,我试试,办不成可别怪我。我说,黄哥能办成的,到时我……黄理打断我,办成了请我喝酒,办不成也不要骂我。我说黄哥说笑了,我毛头不是那样的人。黄理问,为什么一定要去二小?我听说二小一个班七八十号人,跟煮饺子一样。我本来想说谁不想念个好学校,临时想起那句话,大声说,我不能让女儿输在起跑线上。黄理哈哈一笑,点着我的鼻子说,看不出来呀,毛头,真有你的。

那瓶酒还是开了。心情好,喝得痛快,餐馆快打烊了,我和黄理才离开。我住得远,在大境门外,走回去已是午夜。平时,妻子快睡醒一觉了,她起得早睡得也早。那天,她直愣愣坐在沙发上,我一只脚还没迈进门,她便弹起来问我结果。我说快渴死了,不能让我先喝点水吗。妻子接了杯自来水,递过来突又撤回去,你不说,就甭想喝!我说好吧,大姐,听你的。

被闹铃叫醒,天已大亮。我嗅嗅鼻子,顺着香气望去,看到餐桌上的炒鸡蛋和炸馒头片。想起昨夜的折腾,我笑了笑,觉得骨头也被炸过了,酥酥的。我洗过脸,将炸馒头片和炒鸡蛋放在饭盒里,拎上昨日喝剩的半瓶酒。

父母也住在大镜门外,与我隔一条河,直线距离不过几百米,但因为只有一座桥,每次去父母家要绕一大截。从桥这边走到桥那边,再从桥那边走到桥这边。如我的日子,反反复复,没有变化。

进院便听到父亲的咳嗽声,凿石头一样,咔!咔!!咔!!!我的脑壳阵阵发麻。

母亲正伺候小可洗脸,她护在小可身边,左手香皂,右手毛巾。她瞅见我手里的酒瓶,小声责备。我没接茬,说你别这么惯她,让她自己洗。小可说,我自己洗不了。母亲说,听见了吧,我可没惯她。我说,小可,秋天你就要上小学了,自己连脸都不会洗,老师和同学可要笑话你的。小可猛拍几下水,母亲忙说,那时小可就会了。

我没有马上进里间。又被凿了几下,静等片刻,掀起门帘。

屋子有些暗,父亲靠在角落,有些模糊。身旁放一个看不出颜色的痰盂,几年前他就离不开了。昨天好点儿了没?我问。明知是废话,但还是要问。每天问。父亲问,酒呢?我不由笑了,你耳朵倒是好使,我妈不让你喝。父亲一阵剧烈的咳嗽,我忙在他后背拍了几下。父亲喘息片刻,催促,拿进来呀,你是来馋我的?我说哪有大清早喝酒的。父亲没好气,大清早怎么啦?谁规定了?我妥协,好吧,那你少喝点。父亲哼了哼,以为你是大夫呢!

虽然母亲反对,我仍隔三岔五给父亲买酒。父亲好这口,他和母亲因为这个常闹别扭。早些年,父亲在工厂上班,我和母亲在村里侍弄那二十亩薄地。我们村庄管这叫一头沉。工资月月发,一头沉总是让人羡慕的。父亲倒是每月都回,但带不回多少钱,工资多半买酒了。夜晚吵了架,白天母亲仍是满脸笑意。乡亲打趣母亲是不是半夜半夜数票子,数得眼睛都睁不开了。父亲带不回钱,但他说会把母亲弄到张家口,还说我将来可以顶他的班。父亲倒是没有食言,我们的家在九二年秋天搬到张家口,但我并没能顶父亲的班。据说两瓶茅台就可以搞定,父亲也准备好了,但那天晚上他喝醉了,没找见厂长家。第二天厂长出门了。待厂长回来,已有了新政策。母亲自是经常唠叨,我也有过怨言,但能怎么样呢?活着的路又不只这一条。父亲仍然爱喝,母亲管不住。父亲住了几次院后,母亲的反对更加强烈。父亲照旧,只是不喝那么多了。我口头是赞同母亲的,行动却偏向父亲。他的日子不多了,喝点又能怎样呢?不喝怕也熬不到年底。我无能为力,能做的就是让他离开时少些遗憾。

范 大 同

死者是女性,裸体,三十岁上下,脖颈处有明显勒痕,嘴角有凝固的血迹,小腿处有两处梨状淤青。除丢散的衣服鞋袜,没有任何随身物品。宾馆监控显示,昨天中午,该女子登记入住,半小时后,一男子进入其房间,三小时后男子离开,手里多了个女式挎包。男子一米七左右,体形偏瘦,头戴鸭舌帽,看不清面容。

我对小李说,摸清死者的身份及社会关系,逐一排查。除了体貌,要注意是不是左撇子。小李问,为什么是左撇子？我说,重新检查尸体,再看一遍监控。小李点头,我懂了。

九天后,案子告破,我和小李辗转呼和浩特、鄂尔多斯,最后在包头将嫌疑人抓获。又是一起婚外情导致的凶杀。我经办的案子,与婚恋出轨相关的占有半数。五花八门,奇奇怪怪。闹出人命并非深仇大恨,常常是芝麻粒般的事。一个人住宾馆走错房间,屋里三个男人正在聊天,走错的人道歉后欲退出,其中一个男人骂了脏话,被骂者下楼买了把水果刀,捅死两人,另一个重伤。更离谱的一桩是一旅客在车站打了个喷嚏,对面的男人说唾沫星子溅他脸上,两人言语不合,撕扯起来。其中一人摸出酒瓶,对方重伤致死。遍地戾气暴气怨气,是不是很邪性？

案件虽多,我没有抱怨过。我是工作狂。第一次办案,验完腐烂的尸体,呕吐了三次。现在当然不会了,有时半夜突然想起某些疑点或意识到可能忽略的地方,会立刻赶到停尸房重新查验。我喜欢自己的工作,但还没到因嗜成瘾的程度。破获一个案子会休息一两天。

正好是周末,我打算把洋洋接回住一晚,当然,住两个晚上就更好了。我知道这有些困难,但必须试试。我给老头买了一盒虫草,给岳母买了两盒进口的钙片。给洋洋的东西不好买,她不像别的女孩喜欢布娃娃小熊之类,也不馋哪一类食品。我在商场转了两个多小时,选定几盒蔬菜饼干,一套有彩绘的童话。毫无新意,我自己都有些泄气。但实在不知道选什么,实在不知道她喜欢什么。她有个专门放玩具的柜子,都快撑爆了,其实叫垃圾箱更贴切,因为那些玩具丢进去后,她再无兴趣。

老头住在三义巷,四周高楼林立,小区显得老旧了。他在高新区还有一套房,带电梯的,空置多年。他舍不得离开三义巷,他对三这个数字情有独钟。他当年的办公室是301,住宅也在三层。我早已离开老头的羽翼,但每次进这个门,都觉得自己矮了一头。

刚刚吃过饭,餐具还在桌上。我叫声爸妈,同时瞥瞥洋洋的房间。老头点点头,拿起桌上的报纸,这是他多年的习惯,饭后读报。岳母问我吃过没,我说吃过了。岳母说,刚回屋,才上个三年级,就一大堆作业……你来有事?我捕到她眼底的警惕,说,今天休息,过来看看。

岳母走进厨房,老头仍埋在报纸里,我叫声爸,他抬起头。与我第一次见他的时候一样,雷打不动的表情,只是皱纹多了些。我说,我想带洋洋回去住……一晚,明天就把她送回来。老头看着我,似乎没听懂。我突然有些慌,这令我羞恼。但我毕竟不同于先前了,老头也不是从前的老头。我的目光晃了晃,稳稳地和老头对在一起。若云怎么样?他问。我说,上个月去看过她,她还好,就是瘦了一些。我没撒谎。老头说,你妈想去看看,你带上她。我迟疑一下,下周行么?老头说,看你时间。脑袋重又扎向报纸。我忙说,明天吧,我开车过来。老头说,你和你妈商量。

岳母自然不同意,每次都这样。她能摆出一万种理由。但老头只要点头,她难不住我。她嘱咐一遍,又嘱咐一遍,喝水,写作业,吃药,我没有失去耐心,一遍遍地应答,妈,我记住了。临出门,岳母突然又想起,洋洋昨天说想吃焖大虾,晚上回来吃吧,我说门口的餐馆虾做得特别好。岳母说饭馆不卫生,别带洋洋去那种地方。我说,好吧,那我自己做。我夹起洋洋,快步下楼。

洋洋对我和岳母的争夺——姑且这么说吧,无动于衷。有一次岳母让她选择,她看看我又看看岳母,垂下眼皮,任随发落的样子。她的茫然让我内疚,也让我有说不出的寒意。

一路无话。直到上了1路公交车,洋洋的眼睛方绽放出细碎的光泽。坐公交是洋洋唯一的爱好,她的嘴巴只有坐公交才撬得开。能坐到终点吗?洋洋问。我说,当然可以,坐到终点咱再坐回来。作业很多吗?我问。洋洋说,我能写完。她很聪明,能听出我的话外音。

坐了两遭,到明德北,已是中午。在就近的餐馆吃了点东西,我问洋洋下午想干什么,洋洋毫不犹豫地说,坐公交车。我暗暗叹口气,说,改天再坐行吗,咱换个花样,登山怎么样?你还没登过山吧,万一哪天老师让你写登山的作文,你都不知道怎么写。洋洋沉思一会儿,说,听你的。

西太平山就在明德北,一条缓坡,一条石阶,有些陡。我让洋洋选,她竟然选了石阶。倒也没多高,但爬到山顶,洋洋后背有些湿,额头也汗漉漉的。我脱下外衣让她披,她喊热。我说山上风大,一会儿就不热了,感冒就不能上学了。洋洋乖乖披上。

我和洋洋在朝阳亭坐下去。从这个位置能望见张家口的全貌。我和庞丁常爬太平山,后来多了贺梅,再后来是我和贺梅。每次都要在朝阳亭坐一坐,说说话。有时什么都不说,就那么坐着。我第一次和贺梅接吻,不是在树下,也不是在墙角,就在朝阳亭。后来有人上来,我和贺梅分开,人离开,又吻在一起。

本来打算坐一会儿就离开,但思绪飞扬,醒过神,一个小时过去了。洋洋两手托腮,目光如水。我问她想什么,她说什么也不想。我说去别处看看,她不肯,就要坐着。我只好陪她坐着。

从太平山下来,已近黄昏。我和洋洋商量,打个出租车,那么多作业等着。洋洋不说话,径直走向公交站牌。我跟过去,她说,我能写完。等公交的人多,我让洋洋靠后站站,同时拽了拽她。在站牌旁边立定,我便注意到那个瘦瘦的后生,长发细眼,还有他吊在手腕处的外套。他的目光游移不定,显然在寻找目标。干这么多年警察,我虽然没有火眼金睛,但这点儿判断力还是有的。2路公交到了,我拽着洋洋尾随后生身后。一妇女上车的瞬间,包到了后生手里。我喝了一声,将后生扑倒。我没穿警服,手铐却随身藏着。这时,我听见尖细的哭声,是洋洋。她站在几米远的地方,双肩抖颤。我说,别害怕,爸爸逗他玩呢,过来,咱们坐下一趟。洋洋迟迟疑疑靠近我,我拽着被反铐的后生退到台阶上,掏出手机。挂了电话,发现后生用异样的目光看着洋洋,我突然急了,大吼,你他妈给老子蹲下!

李 丁

如果一个人脾气暴躁,最好不要开出租。柔韧的血管也会变得脆烈,说不定什么时候就炸裂了。但开出租却又是治愈急躁的良方,一天天下来,藏在身体里的火星一粒粒熄灭,再无燃烧的可能。被车流挟裹,任喇叭轰鸣,也可安之若素,比如我。

　　我旁侧的哥们儿不停地按喇叭,虽然他清楚摁也无济于事,还是频频拍打。他肚里有火,他在发泄。可有的时候,越急越上火,越上火越急。我估计他开出租不超三年。长青路是张垣最堵的一条,早先市委市政府在这条路上,常有上访告状的,男男女女疙疙瘩瘩,从政府门口一直堵到新华书店。若运气差,被裹在其中,没有两三小时逃不出来。开发商跑路,工厂发不出工资,被坑的被骗的,每个人都是火药桶,你一个出租车司机,敢大嚷大叫吗?后来市委市政府搬到高新区,长青路变成单行道,但照样堵。第一附属医院还在这条路上,不光坝上坝下,内蒙古蒙古国的病人都往这儿跑。我拉的父女也是到一附院的,他们上车我就告知会堵。我从后视镜窥视,老人倒是安稳,女儿神色焦急,但没有狂躁举动。老人腿脚不便,若现在走着过去,二十分钟也到了。

　　终于捱到医院门口。比刚才好走多了,但快到三中时,又不动了。我想不对呀,这个时间不该如此。当然,堵就堵了,还能怎么着呢。我摇下车窗,正想抽支烟,脑里突然闪了一下。虽然只是预感,但我没有迟疑。钻出车门,穿梭前行。

　　还没到明德北,我就看见了在路口指挥的杨翠兰。她周围的车辆如一堆乱蚁,那多半是没听她指令被她逼停的。那时,已有一个交警靠近她,并试图将她拖离,哪里拖得动?杨翠兰化身交警,力气超凡,根本不像六十五岁的女人。我奔过去抓住杨翠兰,与交警形成左右合围之势。杨翠兰叫,干什么?没见我正忙着吗?我冲她耳朵叫,妈,我李爸四处找你,他快急死了。杨翠兰顿时被针刺一般,迅速偏过头,在哪儿,他在哪儿?我忙说就在前面,猛拽一下。杨翠兰步态不稳,身体不时碰到车身。交警尾随我和杨翠兰一直到人行道,我回过头,实在对不起,给你添麻烦了。交警说,今年已经是第三次了。我说,真的对不起。交警挥挥手,走吧,看好她。

杨翠兰左顾右盼,你李爸在哪儿?我牢牢抓着她,就在前面,拐过弯就到了。杨翠兰,你可别哄我啊。我说我不会哄妈的,李爸驮个煤气罐,你去帮帮他。杨翠兰脸上泛起喜气,没错,他是换煤气去了。

终于到了,我几乎被水洗了一般。杨翠兰问,你李爸呢?怎么不见他?我拽开车门,你上去,咱们开车找他。杨翠兰说,你又哄我,我不上。我大吼:杨翠兰!杨翠兰直定定地看着我,你叫我?我可是你妈啊。我说,你再磨蹭,就再也见不到李爸了。杨翠兰紧张极了,那快点儿啊。

我仍住在黄土场6号,上坡,杨翠兰认出来了。你怎么回来了?你李爸呢?她不像刚才那么狂躁了。我将车停在路口,他出远门了,没跟你说吗?杨翠兰叫,他没出远门,他换煤气去了。我说,驮回煤气他出的门,他会打电话回来,你必须守在电话跟前。我这么说,杨翠兰乖顺许多。

我结婚时李爸和杨翠兰将隔壁的房买下,拆掉院墙,改造成一个大院子。杨翠兰仍住原来的屋,数年前装修过一回,现在只是多了两扇护窗。那么粗的钢筋竟然锯断了,显然不是一天两天完成的。杨翠兰仔细地擦拭着那部红色电话机,每天不知要擦多少遍,快擦破皮了。等待李爸的电话,是杨翠兰五十九岁以后人生中最重要的内容,每次看到她一动不动地守在那里,我都心如刀绞。可此刻,我却有难以形容的惊骇和愠怒。我伸出手,声音如铁,拿来!杨翠兰问,什么啊?我指指护窗,钢锯条!杨翠兰甚是紧张,什么钢锯条?我抓起电话举过头顶,你要不交出来,我就把电话砸碎。杨翠兰慌了,别砸别砸啊。她转过身撩起床垫。我暗暗心惊,竟然藏了三根钢锯条。哪来的?我追问。杨翠兰摇着头,眼睛盯着我手里的电话,随时要扑上来的样子。我说,你办不到,电话一砸就碎,告诉我,哪儿来的?杨翠兰指指头顶。角落有个通风口。我看着杨翠兰,她说,我不骗你。我缓缓将电话放下。

通风口处扣着木盖,没有固定,我轻轻移开,沿四边摸了一圈,竟然还有两根钢锯条。此外还有一把扳手,一把改锥。我问杨翠兰什么时候放进去的,杨翠兰摇摇头。她抓过电话搂在怀里。我叹口气,妈,你可不能往外跑了,李爸打来电话,没人接,他该多伤心呢。杨翠兰拼命点头,我哪儿也不去。

下午我便把护窗焊好。我跑出租,妻子与人合开麻将铺,谁也没有大把时间陪杨翠兰。有时我想,这和监牢没什么区别,但有什么办法呢?让杨翠兰跑出去等于害她。

我又把屋子检查一遍,连杨翠兰的被褥枕头都仔细搜过,确认她没有藏匿别的工具,但我并不踏实。电话哑的时间久些,她就变得狂躁。妻子让麻将铺的客人假扮李爸往家里打过几次电话,但立刻被杨翠兰识破。李爸的声音已经渗入她的血肉,哄她可没那么容易。

妈,我出去接应李爸,你好好守着电话。杨翠兰一动不动,没有任何反应。我摸摸她的肩,说困了吧。她仍一声不吭。一绺白发垂在脸侧,我轻轻顺了顺。她就这样,前一个小时还大嚷大叫,后一个小时就突然痴呆无声。我把她扶到床上,试图把电话机拽出来。她搂得紧,只好作罢。

我给贺梅打电话,问她忙不忙,我过去一下。贺梅问,是不是阿姨的病又加重了。我说,有点儿。贺梅说在民政局听讲座,结束我去家里找你。我忙说,开点药就行,我在诊室等你吧。贺梅停顿一下,说也好。但不到十分钟,贺梅的电话就过来了,说已经往回赶。我说不急的,贺梅说少废话,等我!

开了药,贺梅执意要去家里看看杨翠兰,我说她正睡觉呢。贺梅白我,她是我的病人,我有这个权利。我只好笑笑。

杨翠兰仍是痴呆安静模式,贺梅给她量血压,她极为顺从。但对贺梅的询问,她一言不发。

她今天又跑出去了,从屋里出来,我向贺梅解释,她可能有些累。贺梅问,闯祸了?我说还好,没发生事故。贺梅说,再让阿姨来院里住一段吧,毕竟有人护理,各方面都比家里方便。我迟疑一下,吃完这两瓶药再观察。贺梅说,住院费用你不用操心,这个可以变通的,我们毕竟有福利性质。我立刻道,那可不行!贺梅目光犀利,我知你不缺这个,但如果可以省,为什么不呢？我说,已经够麻烦你了。贺梅说,我是医生,有什么麻烦的？把阿姨送过来吧。我说,今天不行了,明天吧。贺梅突然笑了,我可没规定日子。我说,其实我打算请个陪护的,我老婆的麻将馆现在也挺挣钱,只是……贺梅问,阿姨和你继父生活了多少年？我怔了怔,说,二十一年。贺梅问,和你父亲呢？我说,十五年零三个月。贺梅不语,半晌才说,难怪。我说,这和时间多少没关系。贺梅说,当然,我清楚,但未必一点关系没有。我不知道怎么开口。贺梅偏过头,你现在特烦我吧？我说,那又不是秘密。贺梅说,我想把治疗方案调整一下,不过你得配合。我说,这还用说？贺梅说,我还没说呢,说出来,你就不会这么痛快了。

贺　梅

　　站在楼顶边沿的是盛红敏,红衣黑裤,长发飘飘,格外抢镜。她喜欢红衣服,颜色随季节更替变化,粉红桔红紫红黑红。楼倒没多高,八九层的样子,但摔下来,非死即残。我双手呈喇叭状,冲她大喊。盛红敏没听见,或不屑于理我。她缓缓张开双臂,很优美的飞翔姿势。我的心几乎蹦出来。铃声大作,我从梦中挣脱。电话就在床头,两次才摸到。我不想安装固定电话,手机足够了,但院里有规定,谁也不能例外。半夜来电,肯定没好事。果然。挂了电话,我快速抓过衣服。衣服团在一起,其实井然有序,我焦急,却不慌乱。

　　还没到二楼,便听到疯狂的嚎叫。焦姓病人身子卷曲,如一张陈旧的弓,双手捂着裆部。值班医生跪压着焦姓病人,护士小贾手足无措,瑟瑟发抖。我问叫救护车了吗,小贾几乎要哭了,贺大夫……我喝叫,打120。她这才跌撞着往医办室跑。我蹲下去,抓住焦姓病人的胳膊,让他放松,慢慢抬离。他下身赤裸,挪开血淋淋的手,一目了然。我问,在哪里？值班医生没听懂,我又问一遍,他方醒悟,往四下里乱瞅。焦姓病人幸灾乐祸地笑起来,你们找不到了,哈哈。我瞅瞅开了半扇的窗户,让值班医生即刻下楼,无论如何要找到。记得带上手电,我说,叫上小贾。

我得留在病人身边。我不是外科大夫，处理不了这个，但我可以让病人镇定，减少出血。

终于能喘口气，喝口水，已经是次日中午。焦姓病人的命是保住了，但……他是三天前住进来的，我还没记住他的名字。不出所料，当天家属团就到院里交涉了。虽然焦姓病人还在一附院的床上躺着，虽然我认为患者为上，但我亦能理解家属的愤怒。院里临时成立了事故小组，院长自然是组长。院里不会让我参加，因为我总是为病人和家属说话，有一次院长急了，冲我拍了桌子。我不是故意和院长唱对台戏，家属也不会找我，但说着说着我就投敌叛国了。院长原话。院长挺不容易，上个月有个病人吞了钢笔帽，才消停几天，又发生自宫事件。

达成赔偿协议后，院长把我叫过去。他脸色晦暗，眼袋又大了一圈。他问，喝水不？我说不喝。他问抽烟不，我说不抽。院长拍拍松弛的腮帮子，牙疼，上火就牙疼，不等退休，牙齿非掉光不可。我说，你可以提前退啊，掉光牙，就啃不动排骨了。院长哼一声，我焦头烂额，你倒说风凉话。我说，不敢，我自知有罪，听凭院长发落。院长说，罪谈不上，但责任是有的，不能不处理。我说，你叫我就这事吧，你定就是，不用和我商量。我已经背了好几个处分，再多一个也没什么。就如我收到病人的锦旗一样，已经没了感觉。处分记载在档，那一大抱感谢信锦旗在柜子里沉睡。功过于我都是浮云。

院长感慨，我能像你这么洒脱就好了。我站起来，如果没别的事……院长做个手势，我又坐下。院长问，他的刀片是哪来的？我回答不上，这也是我疑惑的地方。入院时已经检查了他的衣物，没携带什么，自入院就没出过病区。事后我问过值班医生和小贾，傍晚焦姓病人没什么异常，除了想摸小贾的手。被小贾呵护后，也只是嬉笑一阵。自宫不是临时起意，入院前怕就有过念头。由此我推断刀片是他带进来的，没被搜到。但仅仅是猜测，或有别的可能。我问，这有意义吗？院长反问，你说呢？你不在乎多背个处分，我可不想被点着鼻子骂娘。我瞅瞅那几盆花，君子兰的叶子七零八落，龟背竹只剩下半个背了。每次纠纷,那些花都跟着遭殃。

　　院长说,他们拿花撒了气,就不在我脸上留记号了。我第一次感觉院长可怜兮兮的。我扭过头,我一直在想。院长说,刀片其实没什么可怕,可怕的是摸不清他们脑里藏着多少疯念头,没有刀片,还有别的。盛红敏的面容闪出来,我突然一悸。院长说,你常常让我不痛快,但我还真是敬重你,因为你像一把钻头,越硬的东西你越不服输,如果说有谁能钻进患者的脑子,那个人只能是你。我有些不适,略带调侃道,谢谢领导。院长目光凝重,为了医院,也为了你自己。我说,听见歌声了吗?我得走了。

　　院长室和行政科室都是平房,在医院最后一排,与病房楼隔着几百米距离,但我确实听到了歌声。盛红敏在唱。非常奇怪,无论在医院哪个角落,我能听到的。她唱的是卡伦卡朋特的《昨日重现》。卡伦卡朋特,一个32岁便离开人世的歌手。盛红敏最喜欢唱她的歌。我其实是个音乐盲,也完全没有音乐细胞,没有盛红敏,我不会知道这些。

　　快下班时,小贾把盛红敏带到医办室,仍是红黑标配。住这么久医院,她的身材依然令全院女性嫉妒。小贾退出去,只剩我和盛红敏。盛红敏每天要单给我唱一曲,不然她会狂躁不安。起初我只是作为辅助治疗的手段,渐渐的,我有些依赖盛红敏的歌声。如果某天没听到,睡觉都不踏实。熟悉的旋律,《时光飞逝》,《卡萨布兰卡》的主题曲。唱的专注,听的痴迷。直到小贾敲门,我的思绪才从另一个世界拽回。再见,贺大夫,盛红敏深深鞠躬,每次谢幕都如此。我微笑示意,她可以走了。随后立刻扭头,盯着另一个方向。

　　盛红敏在这座城市曾经家喻户晓,她是山城最美的主持人。那时,我读中学,最喜欢看她主持的节目。我没资格认识她,她与我是天与地的距离。后来盛红敏从屏幕消失了。传闻很多,她出国了,她失恋了。等等。我不相信那些传闻,她是什么人?她怎么可以失恋?还有说她精神失常,我认为更是无稽之谈,是嫉妒她的人故意编排。没想到盛红敏会成为我的病人,原来那些传闻并非空穴来风。盛红敏永远不会知道,她的仰慕者在那一刻突然被尖硬的利器刺穿。盛红敏和我不仅是医患关系,也不仅是歌唱与听众的关系。我说不上来那是什么,那该称之为关系,还是别的什么。我只知道,我对她,有不舍,有心痛。盛红敏的病情始终没有好转,但也没太大波动,不在重点监控之列,可我常常梦到她告别人世,割腕、跳楼、吞物……没有一个病人如盛红敏这样折磨我。院长说的没错,每个病人脑里都有刀片,盛红敏不会例外。但我钻不进去。

毛　头

　　在桥头蹲了不到半小时,我就揽上了活儿。谈妥价钱,我随业主看房,然后拉单子让他买料。我换上工作服,喷水,铲墙皮。我干过很多种活,跑车、装卸,还在屠宰厂杀过三个月猪。现在是刮腻工。这个城市每天都在建楼,不愁没钱赚。老鹰吃肉,麻雀吃谷,各有各的活法,各有各的奔头,我挺知足的。但我不能让女儿像我一样,她该往吃肉的方向努力。大女儿读了所技校,不怎么好,这怪我,从念那天起她就和别的孩子拉开了差距。在小可身上,我要下大注,让她进张垣最好的学校。

　　两天半,三百八十元到手了。业主不错,我少要了二十块钱。我买了两袋小可爱吃的无水蛋糕,割了二斤肉。叫化子鸡刚出炉,来了一只。这等美味自然要喝点酒,不然父亲还不嚷翻天?明德北堵车了,电动车、自行车、行人都钻缝儿走。我是他们中的一员,我可不傻傻地站在路边等待畅通。又是那个疯癫的老女人,我明白堵车的原因了。她有家人吗?怎么不看着她点儿?一个司机伸出头呵斥,这么窄,挤什么挤?我没理他,只要不蹭着他的车,想怎么走就怎么走。终于钻出来,我把肩上的电动车放下来,像打了胜仗一样挺挺脖子。

　　母亲面带惊讶,真是你呀,老东西说你回来了,我以为他胡说八道呢。目光落到酒瓶上,顿时冷了脸。我笑笑,少喝几口,养人。一阵咳咳之后,父亲说,已经买回来,就不要馋我了。母亲说,听见了吧,老东西不识惯。父亲提高声音,你再说我坏话,我把暖壶砸了。母亲气呼呼的,有本事你把房顶揭了。父亲啪啪拍墙,我掀开门帘,连洗杯的工夫也等不及了?父亲扬起的胳膊缓缓垂下,嗳嚅,我就是气气她。

两口酒下去,父亲的神色便活了。这酒不错,不过不如上次的,父亲评价。我说,那还用说,上次喝的是五星。父亲问,你请客了?请谁?我说,黄理。父亲的嗓子又开始呰了。黄理这个名字让他不舒服。他和黄理的父亲同一年进厂,黄理父亲不但把老婆孩子的户口转成非农业,还给两个儿子安排了工作。喝口水?我问。父亲摇摇头,大大喝下一口酒。酒比什么都管用,他说,小可妈不是干得好好的吗,怎么又想换工作?我说是小可上学的事。父亲问,念个书也得找人?我说,那得看上什么学校,我想让小可上张家口二小,没关系哪里进得去?父亲沉默一分钟,那得花不少钱吧。我喝了口酒,嚼了粒花生米,见父亲仍瞪着我,说,喝你的酒吧。父亲说,要花多少?我说,你操心自个儿吧。父亲便垂了头。

过了一会儿,父亲问,我还有多长时间?我装出生气的样子,胡说什么呢?父亲说,自个的病自个清楚,怕是没几天了,我想问问,医生是怎么说的?我说,我妈还指望你的退休费养老呢。父亲说,我对不住她,也对不住你,我是个烂人。父亲从没用过这样的词。我说,这酒劲大吧,没喝两杯,你就胡说八道了。父亲说,别看我嘴巴硬,心里一直愧疚,我就一混蛋。我说,醉了,别喝了。父亲挡住我的手,我是混蛋,却不是穷光蛋。我乐了,莫非你藏了宝贝?是祖传的吗?父亲窥窥门口,仿佛怕母亲听到,我确实藏了⋯⋯现在我不能告诉你,等快闭眼睛的时候,所以我得清楚自个还有多长时间。我嘻嘻哈哈的,你想立遗嘱,我可以请个律师。父亲一本正经,没那个必要。我说,行了行了,我不要你的宝贝,你少冲我妈发点儿脾气就行了。父亲说,习惯了,改不了。我说,那你留给她吧,省得你愧疚。父亲问,不相信你老子?我说,相信!行了吧?父亲说,你会相信的。

妻子带回一张《张垣日报》,第二小学校庆日,有两个整版都是关于二小的。我把那张报纸看了好几遍,妻子说都快吃了。

261

从第二小学毕业的名人很多，官员、老板、主持人、记者、作家、经济学家，连现任市长都是。社会上说二小多么多么牛都是有根据的，绝不是胡说八道。兴奋之余，我也有些不安。想把孩子弄进二小的家长绝不只我一个，在这个城市，太多人和我竞争。

一大早，我就给黄理打电话，黄理说正在进行中，有什么情况随时和我联系。他说，没那么简单，你别催！我听出黄理不高兴了，忙解释说不急的。上午，我特意去了趟二小，当然进不去。我扒着栏杆瞅了一会儿。气球和彩色条幅还在，鱼一样摆来摆去。

下课了，娃们涌出教室，叽叽喳喳的。没有比这更动听的音乐了。有朝一日，小可也会成为这音乐的一部分。我闭上眼睛，沉醉其中，直到铃声再次响起。眨眼之间，校园空空荡荡。另一种声音传来。一男教师走出楼道口，朝侧面的平房走去。又出来一女老师，径直朝大门走来。我盯着她，也许她就是小可未来的语文或数学老师。怎么这么面熟？我暗自嘀咕。她走到校门前，保安迎上去，不知说了什么。大门缓缓拉开，那是保安遥控的。女老师走出大门，我突然想起，女老师应该是第二小学校长，昨天的报纸登了那些从二小学毕业的名人照，也登了校长的照片。没错，她就是！我还记住了她的名字，孔侃。我敢说，见到总统我也不会这么激动，浑身过电一样。我甚至想跑过去，问声好。当然我没那么做。那会把人家吓坏。我像打摆一样抓着栏杆，望着那个背影钻进轿车，望着轿车消失……

范 大 同

去单位的路上，小李打电话，说晚到一会儿，随后说了弃婴什么的。我随便唔一声。昨天去戒毒所看若云，回来便心不在焉。整个夜晚都被她纠缠——结婚多年，她第一次进入我的梦境。她手持利刃，目光又凶又冷，在我的身体上比比划划，我被她震慑住，完全不能动。清早，我脑里似乎塞满糟糠，难以集中注意力。小李没必要打电话给我，不要说晚到一会儿，就是整日不露面，我也不会训他。过了三分钟，也可能是五分钟，脑里突然咔嗒一声，随即回拨过去。告诉小李在福利院门口等我，我马上赶过去。

一旦有事，整个人便上了发条，二十三分钟二十秒之后，我将车停在福利总院门口。婴儿放在一个没有提把的篮子里，身上盖一块荷花图案的薄毯。小李去柜员机取款时发现的，在靠近门口的地方。小李把攥着的纸条给我，我瞅瞅就说，我来处理，有事你忙吧。小李说，我没事。我说，那你找点事干。

小李没再说什么，他当然听出我想支开他。我没作任何解释。其实没什么秘密，有秘密就不会这么说了。

这个地方我太熟悉了，庞丁家就在附近，以前我俩常到这儿玩。总院下设三个分院，养老院，孤儿院，精神病院。无聊时，我们故意挑逗精神病人，冲他们扮各种怪相。有栏杆护着，丝毫不用担心他们扑过来。那些可以在院里自由行走的，病情较轻，没什么攻击性，但也不能刺激。唯一有趣的是小哑巴，每次见到我和庞丁都会敬礼，左手敬了右手还要敬。

办完交接手续，院长送我出来。我和院长见过两次，一次办案，一次也是送一个弃婴，算是老相识了。院长说你连杯水也不喝，我真是过意不去。我哈哈一笑，等我退休了，打算住到养老院，你给我留张床。院长也笑了，没问题，我争取当到你退休。精神病院是侧楼，通体白色。我拽回目光，对了，听说你们这儿有位大夫，特别擅长治失眠症？院长说，有啊，我们院的顶梁柱贺梅，贺主任，很了不起。然后压低声音，不瞒你说，市里有位领导，还有领导的老婆，严重失眠，都是贺大夫治好的，范队长怎么知道她的？你想找她瞧瞧吗？我说，最近睡眠很差，如果方便……院长说，当然方便，走，我陪你过去。我问，是在那座楼吗？我自己去吧。院长说她这个人很怪，我怕她冲撞了你。我说，不要紧的。院长推我一把，走吧，我得给她介绍一下。

算起来和贺梅有一年没见了，上次还是在同学聚会上。说了没几句话。我本想送她一程，但她喝醉了，由庞丁扶着，我没再上前。

263

我平时走路没什么声响,可不知精神病院的楼梯是什么材料做的,每迈一个台阶,都像锤子砸在冰上。贺梅正在给病人量血压,她很专注。院长打个手势,让我坐,我摇摇头。贺梅该是瞥见了院长,也该注意到了我,但她的姿势表情没有任何变化。量完,病人离去。她把测压仪放回盒内,这才抬起头。

贺大夫,这是刑警队范队长,院长介绍。贺梅的目光终于落我脸上,没有意外,当然更没有惊喜。我忙上前,伸出手,贺大夫好。贺梅冷冷的,队长?我犯什么事了吗?院长抢先道,瞧你这张嘴,范队长……我向院长示意,院长无可奈何地笑笑,那我下去了,让贺大夫给你瞧瞧。

我在贺梅侧面的凳子上坐下来。在老头面前,我矮了一头,在贺梅面前,我至少矮两头。我已经没有和他们并肩的可能,虽然我从未放弃努力。贺梅说,你别影响我工作。我说,我是来看病的。贺梅冷笑,你该明白,这是什么性质的医院。我说,当然知道。贺梅问,专程吗?我摇摇头,不,顺便瞅瞅。贺梅说,好吧,什么症状?她的目光柔软了许多。我问,不量量血压吗?贺梅带着嘲讽,这是精神科。我硬着头皮说,可是,你刚才也量了的,难道他看的不是精神科?贺梅审视着我,一言不发,就像我无言地瞪着犯人那样。我不是犯人,可我还是发慌。贺梅说,这里可不是刑警队。我说,对不起,我忘了。贺梅说,有一类病是妄想型的,病人总怀疑自己得了什么病,好吧,既然你想量,把袖子撩起来。我忙说,谢谢谢谢。她没理我。她一丝不苟,没敷衍我。我直视着她,甚至有些放肆。她注意到了,我以为她会脸红,但直到量完,她的神情都没有变化。一百到一百五,略高一点儿,也还正常,她边放测压仪边说,不用吃药,注意休息。

谢谢你,我轻轻地说。贺梅仍是医生的口吻,建议你找个专科大夫,你可以走了。我说,你还没给看呢。贺梅带了些愠怒,你到底想干什么?我说,我睡眠不好,真的。贺梅显然有所怀疑,你……睡不好?我说,忙起来还行,一旦没有案子,大脑松弛下来就睡不好。贺梅揶揄,你每天都盼望着这个城市发生点儿什么吧。我说,你错了,我向老天发誓,我从无那样的念头。贺梅瞪我一会儿,最差的时候,睡几小时？我说,说不好,三小时也可能两小时,还全是梦。贺梅笑笑,谁不做梦呢？很多人白天都做。我突然又矮了一些。我垂下头,我只做一个梦。贺梅没再笑,示意我往下说。我说,我总是梦见自己的身体长出东西,有时是一株花,有时是一棵树,有时是铁栏杆,还有一次一群蛇从身体里钻出来,摇摇摆摆。贺梅问,你害怕吗？我摇摇头,只是有些恼火,我不停地拔,可总是拔不完,累得要命,每次醒来都特别口渴,所以睡觉前一定要在床头放两大杯水。贺梅说,过度焦虑,不要紧,我开点药,你先吃着试试。我说,那谢谢你了。贺梅低下头,开了方子给我,到一楼取药。我站起来,却没马上离开。贺梅一动不动,还有事吗？我问,我可以给你打电话吗？贺梅说,当然可以,如果你咨询用药的话。我说,可不可一起吃个饭？你方便的时候。贺梅极其干脆,不可以！

发动着车,我看见庞丁拎着一兜水果往福利院走来。我从车里钻出,喊他。庞丁显然很意外,用那样的目光看着我。我再说一遍,我叫李丁！我说,叫惯了,改不过来呢。庞丁问,你怎么在这儿？我笑笑,我怎么就不能在这儿？你不接我电话,我只好在这儿等你。庞丁说,我开车的时候不接电话,谁的都不接。我说,你不用解释,接不接都是你的权利。庞丁问,找我干什么？如果让我约贺梅,我办不到。我说,我刚从她办公室出来。庞丁眼睛发硬,你找她干什么？范大同,是个爷们儿,你就离她远点儿！我说,你不用冲我嚷嚷,我只是找她开点药。我返身从车座抓出那两个药瓶,看见了吧？庞丁讥讽,不愧是公安,什么招都使得出来。我叹口气,我知道你不相信我,我也没指望你相信,你有理由这样。但我告诉你,在我心里,你仍然是我最好的朋友。庞丁说,我可没资格和警察交朋友。我听到心里的碎裂声,很响。我说,你是想说我没资格对吧,或许是,不过,你不要把我想得那么坏。庞丁说,哪敢啊,据说你是这个城市的英雄,常在电视上露脸。我家的电视不好,我总是看不清,不知道是不是你。真的是你吗？有个硬岳丈确实不一样。我有些生气,我是干出来的,庞丁,你不要把我想得那么无耻。庞丁说,我哪儿敢呀,你觉得我有这个胆子?没别的吩咐,我要进去了。我问,去看贺梅?庞丁的神情闪过一丝波纹,像水面掠过微风,很快就合回去。他用近乎严肃的声调说,我母亲在上面,这不需要向你汇报吧。我叫,阿姨住院了?为什么不早告诉我?我得去看看她。庞丁说,不必了,她不喜欢不相干的人靠近。丢下我,大步走开。

庞丁或李丁

初三毕业前夕,我参与了一场群架。一方是范大同,另一方是邻班的杨不凡。杨不凡的父亲是红星锁具厂厂长,据说常给学校捐款捐物。杨不凡拥有一辆雅马哈摩托,他常在操场上显摆,吓得女生们尖叫躲避。贺梅没躲,不但没躲,还骂了他。杨不凡就这样认识并迷上贺梅,常纠缠她。范大同和杨不凡干了一架,没分胜负。杨不凡约范大同再战,范大同当然不惧。星期六的黄昏,我随范大同到大镜门外应战。对方五人,为首的杨不凡持了一把水果刀。范大同问我怕不怕,我说怕个毬。其实我有些发毛。范大同捡起两半拉砖头,塞给我一块。混战持续了十几分钟,范大同小臂扎了一刀,杨不凡被范大同拍倒在地。两人都挨了处分。杨不凡没再纠缠贺梅。我损失最大,因小腿骨折,未能参加中考。

在医院的半个多月,基本是李叔陪我。我习惯叫他李叔,叫别的我别扭。杨翠兰负责送饭,中午一趟晚上一趟。不是炖排骨就是煲鸡汤,出院时我长了五斤肉。回家继续躺着,李叔请了半个月假,没法再请,杨翠兰也上着班,白天基本我一个人在家。我抓着遥控器,从头摁到尾,再从尾摁到头。喜欢的就停一下,不喜欢的就翻过去。范大同来过几次,其中一次与贺梅一道。他找了份零活,也呆不长。有时,任电视响着,我呆呆地望着窗外的杏树。杏树是我和庞有亮一起移栽的,那年我五岁,与杏树苗一样高。庞有亮说比比看,你俩谁长的高。我的个子蹿得快,一度超过范大同,但还是没长过杏树。又结果了,再有一个月就可以采摘。一棵树能摘两三筐,当然吃不了,庞有亮打发我给左邻送一碗左舍送一碗。李叔则把杏做成酱装在小罐头瓶里,仍与左邻右舍分享。庞有亮的影子一点点地从我和杨翠兰的生活中淡出。起初,杨翠兰说起他还咬牙切齿,骂他自私鬼,没良心,她隐约听到庞有亮有个相好,他与相好一起跑的。后来,她没了怨怨,如果说起来,用"那个人"称呼。李叔虽不会拉二胡,但厨艺很好。他只要有空,绝不让杨翠兰沾手。他最擅长红烧,红烧肉、红烧猪蹄、红烧鲤鱼、红烧冬瓜和萝卜。庞有亮和我一样总是吃现成的,如果杨翠兰不在家,他只会白水煮挂面。庞有亮的业余时间都用来拉二胡,仿佛这才是他的正业。杨翠兰为此常数落他,她最常说的一句话是有本事你搂着二胡睡。庞有亮没打过杨翠兰,偶尔嚷叫,多半是杨翠兰摔了他二胡的时候。李叔脾气更好,嚷都不嚷,邻居们说杨翠兰因祸得福,掉进了蜜罐。如果当杨翠兰面说,杨翠兰总会叹息一声,还能怎么办呢,我和小丁总要吃饭。听上去是被逼无奈,其实心里美着呢,这个我知道。就像那些被树叶掩映的杏,不管藏得多么严实,我还是能发现。一个两个三个……我像将军一样辨识着士兵的面孔。

那天李叔拎个编织袋回来,满脸兴奋地让我猜。还没等我张嘴,他就伸进袋子。竟然是一长尾锦鸡,我不由啊了一声。锦鸡受到惊吓,不停地挣扎,李叔抓得牢,几片羽毛飘下来。我以为是李叔抓的,他说他哪有那么大本事,是从别人手里买的。你一个人怪闷的,给你弄个伴儿。李叔连夜做了笼子。笼子吊在窗外我看得见的地方。锦鸡仍然惊魂不定,也可能是悲伤过度,对食槽里的大米粒视而不见。偶尔鸣叫一声,听着让人难过。第三天越发蔫了,一声都不叫。我问李叔怎么才可以让锦鸡进食,李叔想了想说,也许不合胃口,我试试吧。他捉了一些虫子,锦鸡终于有了兴趣。我喜出望外,说李叔你真了不起。李叔说如果你整天想着一件事,一定能做成。李叔让我快快恢复,这样就可以亲手捉虫子喂锦鸡。你喂它,它就喜欢你。我信李叔的话,每次都亲手放食。一个月后,锦鸡的羽毛亮闪闪的,叫声也不那么悲伤了。我取得了它的信任,靠近,它便扑闪翅膀。它的眼睛亮极了,像两面小镜子。哪天没捉到虫子,它也可以吃大米,当然只有我撒它才吃。范大同不信,试验过,嘿了一声,挺通人性啊,真他妈的。范大同问我怎么训练的,我没告诉他。说了他也未必信,那实在算不上密招。

九月底,我重返校园。但我的心并没有回来,常常走神,牵挂我的锦鸡。腿没好利索,不能快走,但是放学我就一路疾行。锦鸡见到我便欢快地扑腾。只是我没有虫子喂它,这个季节哪里找得到虫子?就算我有时间也不可能。当然,锦鸡可以吃米粒和麦子。一个冬天,锦鸡瘦了许多,羽毛常常是零乱的。李叔说也不全是吃不上虫子的原因,野鸡、野外的环境更适合它。我犹豫几天,把我的想法对李叔说了。李叔说,小丁,你有任何想法我都支持,只是它在笼里生活得时间久了,觅食能力褪化,这么冷的天,冻不死也得让野猫野狗吃掉,不如天暖了再放。我认为李叔说得有道理,就搁下了。

转年春天,一个周六的上午,我与李叔一起上太平山放生。真要放了,又怪不舍的,我的情绪十分低落。在那片树林前立住,李叔说,现在你还可以反悔,给你五分钟时间,你决定吧。我凝视着锦鸡,它也正注视我。我说,还是让它解放了吧。我缓缓打开笼子,锦鸡迟疑着,我做了个飞的动作,它也迈了一步,又一步,仍在迟疑。它终于站在石头上,却没有飞。我问李叔它是不是不会飞了,李叔说有可能,等等看。我连做了两个动作,它扑棱一声,飞到树枝上。我哈一声,它会飞呢。锦鸡鸣叫几声,飞向树林深处,转眼就不见了。我以为它会回头看看我,但没有。我怅然若失,李叔拍拍我的肩,回吧,它会记着你的。

我和李叔准备下山,锦鸡却又飞回来,仍旧站在刚落过的树杈上,冲我鸣叫。我兴奋得五官都变形了,快看,它还认得我。李叔说,它当然认得,在和你告别呢。叫了几声之后,锦鸡再次飞离。李叔说,怎么样?它也舍不得你,你信了吧。我双目放光,憋足劲儿叫了声李爸。他愣了愣,说,好小子!

268

毛　头

父亲咳嗽了多半夜,母亲没睡好,满脸倦意。母亲心疼我,说我白天干活,不让我留在父亲身边。可我也心疼母亲,她也一把年纪了,况且她白天也有忙不完的活儿。我提出和母亲轮流陪父亲睡,母亲没拗过我,同意了。

父亲是从午夜开始咳嗽的,断断续续,凌晨三点,他坐起来。坐着就没那么剧烈了。父亲让我睡,说再不眯一会儿天就亮了。我倒了杯水给他,坐他对面。父亲说,你要不睡,就给我倒杯酒吧。我不同意,哪有半夜三更喝酒的。父亲央求我,就一小杯,待会儿咽了气,就喝不成了。我心下不忍,倒了一小杯。父亲伸出舌尖轻轻点了一下,喘着粗气说,酒也能止咳的。我说,你喝酒总有理由。父亲咧嘴笑了。突然间,父亲变得严肃,毛头,咱爷俩说说话。

我到底还有多长时间?我清楚地记得,那个夜晚,父亲问的特别认真。我佯装生气,怎么又说这个?就不能说点儿别的?父亲说,人都是要死的,我想得开。我说,我要能掐算,不成神仙了?父亲说,你问问医生。我硬梆梆地,医生也不是神仙,要问你问。父亲说,你要不问,我就自己去,我还动得了。我瞪着他,你还嫌不乱?父亲固执地,我心里得有数,咽气前,把该交待的都交待了。我说,有什么话现在说吧。父亲瞪我,你咒我现在死吗?我气笑了,咋说你都有理。父亲说,你明天回趟老家,先把墓地选好。我说,我还没问医生呢,急什么?父亲说,选墓地很要紧。我不理他。父亲说,别把我埋在张家口,埋不起。这倒是实话,我咨询过墓地价格,最便宜的一平米也要三万,好一点儿位置都要七八万。我没敢和父亲提,不知如何开口。父亲如此说,我大大松了口气。父亲说,把我埋在祖坟,祖坟不要钱,活着是你们的累赘,死了不能再成为你们的负担。我突然一阵羞愧,为自己刚才的想法。我小声说,如果你……父亲打断我,我要和你爷爷太爷爷在一起。我说,听你的。父亲说,你明天回去一趟。我说，你急什么？父亲说，早晚也得回去，宜早不宜迟，定了我踏实。我问，还有啥交代的？父亲说，对你妈好点儿。他的腔调让我不快，这还用你交待？父亲说，你妈跟我一辈子，没享上啥福，说起来我是吃公家饭的，人人羡慕，可到头……连户口都没迁过来，我对不起她，也对不起你。父亲猛咳一阵，接着说，这房别卖，等着拆迁。显然在交待后事了，我有些难过。父亲说，这辈子让酒害了，我要不馋酒，不会这么糟，毛头，我是不是很自私？我说，我也爱喝两口，你都瞅见了。父亲说，我算个什么东西。我说，越说越离谱，醉了？父亲说，我还有些钱，不多，连你妈都没告诉。我笑了，那是你的喝酒钱吧？父亲在鞋垫下柜缝处都藏过酒钱，害得母亲每天像个侦探。父亲也笑了。我问，你的宝贝呢？现在拿出来让我瞧瞧？有一刻，父亲的脸变得僵硬，还有一丝尴尬。其实我是逗他的。父亲垂下头，我做梦都想有一件宝贝，咽气前传给你。我说，那你继续做，没准梦想成真呢。父亲抬起头，好像相信了我的话。

　　次日一早，我赶到长途汽车站。父亲催得急，况且如他所言，早晚要办。定了，他踏实，我也踏实。村庄距县城尚有四十公里，到村已经中午。我找到家族主事的长者，说明来意。我计划当日返回张家口。长者领我去了一趟墓地，我才知道事情远非先前想得那么简单。坟墓原本排列有序，也留了活人的位置，是按一具棺木的大小留的。那是过去的标准，现在丧葬风气变了，时兴大穴，一个逝者占去约两个位置。没有空位，后逝者只好埋在别处。虽然也在祖坟附近，但等于另立坟头。所以选墓不是一句话的事，要和族人商量，还要请风水先生。我只好住下。

　　长者问我墓穴什么样的标准，有一万八的，有两万八的。我吃了一惊，这么贵？长者说一万八的是硬砖砌墙，白灰壁，大理石地面，墓顶为水泥板。长者特意强调是张家口砖，三七式。二万八的仍是三七砖墙，但四壁全是大理石，有精美的图案。我问，含棺木钱吗？长者的表情有些复杂，顿了顿说，棺木是棺木的，有几千的，有几万的。我没吭声，这和在城里买公墓差不多了。过了一会儿,我问,不用丧葬公司不行吗?长者说,至少砌墓要用吧,莫非你还能自己砌?我真想自己砌,自己刮腻子,但我清楚,不大行得通。我问人们都选什么标准的,长者说当然一万八的多,也有选二万八的,你父亲怎么说也是吃官饭的,还是选两万八的好,不然面子上过不去。我说,其实都一样,人死灯灭。长者道,怎么可能一样呢?人在地上几十年,在地下是永久的,活着想好,死了就不想了?古代的皇帝坟墓盖的不比宫殿差,不就打算死了也过原来的日子吗?普通人活着过不上,死了总可以。你别认为黄土一埋就得了,那是你父亲以后的住处呀。我并不认可长者的话,不过没有反驳。况且,他只是建议,决定权在我。接下来又说了些别的,但我心不在焉。我来回权衡,睡觉前才决定。长者赞赏,这就对了,你父亲活着风光,跌倒头必须体面。

第三天我才返回。虽然超出我的想象,但还能承受,可以向父亲交差。我仰靠在座椅上,想眯一会儿,回去还有许多事等着。

电话响了,是黄理的。

贺　梅

上班的路上,我疾步如飞。总是这样,被追着似的,偶有人打招呼,我稍稍点下头,绝不停留。踏进总院大门,准确地说,捕到盛红敏的歌声,我的脚步才会放缓。院长虽多次批评我,但也经常表扬,从未迟到啦,爱院如家啦。他根本就不知道,我是因为牵挂一个人。值班医生不打电话,说明一切安好,但被噩梦扰了一夜,我管控不住自己。我只相信自己的耳朵。

盛红敏唱的是《廊桥遗梦》主题曲《此情永不移》。不知她脑里装了多少支曲子,如果上帝让我许愿,我第一个愿望就是钻进盛红敏的脑子。沟壑还是丛林?峡谷还是险滩?我常这样想。此刻,我小心翼翼的,就像踏过不知深浅的河流。

不待我问,值班医生首先汇报了盛红敏的情况。我点点头,问杨翠兰怎样。值班医生说还算安静,就是不让人靠近。顿了顿又补充,她只信你。我说应激性障碍常常把现实和想象混淆,思维混乱,但某一瞬间是清醒的,如果把那一瞬间拉长,长到几个小时甚至几天,等于在现实和想象之间竖起了隔离墙,那么就有治愈的可能。值班医生马上问,贺主任又有新点子了?我说谈不上新,只是把治疗方案调整一下。

把该做的安排妥,我才去杨翠兰病房。她每次来都住单间,谁让她是李丁的妈妈呢?我好歹有这个权利。除了去大街上指挥交通,更多时候她喜欢一个人呆着。单间对她的病有利。她仍抱着那部暗红色的已经磨破皮的话机,睡觉吃饭上厕所也是如此,她生怕错过丈夫的电话。我坐在她对面,阿姨,你今天好漂亮。杨翠兰露出羞涩的笑,你也漂亮。我说,与阿姨差远了。杨翠兰抓抓耳边的头发,都白了,怕他认不出我呢。我说,那怎么可能?你依然这么漂亮,叔肯定认得你。杨翠兰扭头望着窗外,换个煤气,咋这么长时间?不会被车撞了吧?我说,不会的,叔又不是第一次干这个,准是顺便办别的事去了,以前不也有过类似情形吗?杨翠兰的眼睛再度有了亮光,他车胎爆了,害我热了两次饭。我说,我就说是吧。杨翠兰嘟囔,也不打个电话。我说,周围没电话,怎么打给你?杨翠兰盯住我,手机呢?他带了的。我说,如果没电呢?他怎么打?她想了想说,也是。我作惊讶状,阿姨用什么牌子的搽脸油,好香!杨翠兰说,紫罗兰。我哇一声,这名字听起来就香。杨翠兰的脸颊微微泛红,他喜欢闻这个。我小声问,李丁不知道这个秘密吧?杨翠兰略显紧张,你别告诉小丁,他还小。杨翠兰的思维串台了。我立即道,好,我不告诉他,谁也不告诉。杨翠兰松口气,你真好。我问,外面有人唱歌,你喜欢吗?杨翠兰大幅度摇头,呜噜哇啦的,像哭一样。我笑笑,那是外国歌曲,你不喜欢,咱放点别的。我把小录音机拿出来,问,准备好了吗?然后轻轻一摁。低沉忧伤的二胡曲缓缓流出。杨翠兰怔了一下,仅仅是怔了一下。好一会儿,她才盯住录音机,眼睛有些大。我屏住呼吸,观察着她的反应。但她只是瞪着,仿佛那是她从未见过的怪物。阿姨,我轻声问,你以前听过吗？杨翠兰没有反应。等了一会儿，我又问，杨翠兰说，听过，老早了。我迫不及待，你能记起什么时候在哪儿听到的吗？杨翠兰说，老早了。我启发她，是不是和小丁一块听的？杨翠兰摇头，忘了。我问，你能听出是什么乐器吗？杨翠兰眨眨眼，不会是二胡吧？我竖起大拇指，阿姨太牛了！怎么样？好听吗？杨翠兰说，也像哭。我立即摁下停止键，不听这个了，咱换一曲欢快的。除了《二泉映月》，杨翠兰的前夫最喜欢拉《赛马》。激昂的旋律在屋里回荡，杨翠兰皱皱眉，但仍在倾听。她的身体慢慢向桌子倾斜，我小心翼翼地叫声阿姨。杨翠兰突然竖直，关了！太乱了！！我说，听阿姨的。杨翠兰喘气不匀，像随奔马跑了一圈。我问，你也听过是吧？是和小丁一起么？杨翠兰摇头。我说，不要紧，你慢慢想，想起来告诉我，有奖励哦。

  回到医办室，我从柜子里取出二胡。李丁送来时，两条弦均已断掉。我找人安了两根新弦，调了音，定了调。装扮换了换，身体仍是原先的。只待乐师奏响，那是下一步计划。循序渐进，不可操之过急。家具，器物，包括杨翠兰的记忆都与李丁的继父有关，唯有这把二胡是李丁生父的。李丁的生父挤进杨翠兰的脑子，那么另一个人就有可能往外退，哪怕一点点。我承认这个想法有些疯狂，但作为精神科医生，我知道药物永远达不到最佳疗效。我没十足的把握，只能试着往前走。李丁犹豫了几天才答应。我知他担心什么，那也是我担心的。但李丁还是相信了我。没他的配合，试验不能进行。今天是第一次治疗，还算满意。我给李丁打了电话，末了说，谢谢你。李丁叫，贺梅，你是打我脸吗？他在大街上，我听得出来。我说，不，我说的是心里话，阿姨出院那天，我请你吃饭。李丁生气了，你越说越不像话了。我笑了笑，小心开车，见面再聊。

  我不是心浮气躁沾沾自喜的人，但那天有些兴奋。很想找个人说说话，最好喝上一杯。院长、助理、护士，想了一遭，没有合适的。我犹豫一下，给他发了短信。他是我的病人，失眠症患者，是我治愈的。在治疗期间和他有了关系。但我从不联系他，除非他给我打电话。他很忙，几乎每天都能从电视看到他。离婚后我独自生活,有的是时间,他发信号,我即刻赶到宾馆,像个应召女郎,但我不以为意。除了时间,我只有寂寞。他曾提出让我去个轻松的地方,那是他一句话的事。我说考虑考虑。他没说什么,冲这一点,他挺善解人意的。过了半小时,他回信了,检查组来了。没有多余的话,但我清楚那五个字的分量。每一个都超过我的体重。我并不怪他。我想起范大同,也许他可以。有些滑稽,怎么想起他了?虽然我不再恨他。时间确实是良药,但也没有彻底将过去放下,对饮欢庆?拉倒吧。

夜晚降临,我开了瓶红酒。法国的。我没要过他任何东西,除了酒。我还抽烟。院长眼毒,问我平时抽哪种牌子。我当然不会回答。我只在自己的房间抽,什么牌子都与他无关。我打开录音机,盛红敏的声音响起,是《昨日重现》。我录了好多,说起来,盛红敏是陪伴我最多的人。酒与歌声一道流进我的身体,带着些许醉意,我跳了一段舞,在昏沉中进入梦乡。

次日,我的脑袋有些沉,但没在床上拖延。仍旧步履匆匆。范大同是在我抚摸那把二胡时进来的。我停下来,问他睡眠怎样,是不是还需要开药。范大同扬扬手里的食品袋,说来看看庞丁的母亲。我说,这里是特殊病人,没有家属的同意,不能探视,你问过李丁了吗?范大同说,我只是探望一下,送些吃的。我拿起电话,范大同可怜巴巴的,贺主任,求你。我说,那么,请你离开吧。范大同说,这些东西你交给她,好吗?我停了一会儿,说只此一次。范大同说我保证,如果……我竖起手指,他说,好吧,谢谢你了。他仍站着。我问,你还有事?他上前一步,欲拿二胡。我拦住他。范大同问,这不是庞丁父亲的二胡吗?我看了他好一会儿,你认得?范大同说,当然认得,你知道,那会儿我和庞丁天天腻一块,每次去,他父亲都拉二胡,喏,这缺了一个角,是庞丁碰到地上磕的,弦是刚换的吧?我说,没错,就是那把。范大同问,怎么在你这儿?我说,你开始办案了?范大同带了些歉意,对不起,我是好奇。或许是他歉意的神情触动了我,或许是我仍沉浸在治疗的兴奋中,对他简单讲了。范大同满脸疑惑,这管用?我说,你该离开了。范大同叫,我可以帮你啊。我冷冷地,这里不是刑警队。范大同急躁的,听我说行么?要唤起庞丁母亲的记忆,最有效的不是二胡。轮到我疑惑了。范大同目光闪亮,他生父不比二胡管用?我问,你什么意思?范大同把脸扭向窗外,你该明白的。

李　丁

突然看见了庞有亮。

我猛地踩了下刹车,坐在后排的女士几乎撞到隔离网。顾不得那么多了,我迅速右靠,停车,往庞有亮行走的方向追了几十米。已无踪影。从路口拐进去是古玩市场,人头攒动。我扫了几扫,不甘心地拽回目光。女士问发生了什么,听得出她的不悦。我说实在抱歉,收你半价。女士立即不吭声了。从火车南站返回,我走进古玩市场。我不懂行,平时极少到这种地方。转了两遭也没扫见那个身影。或许是幻觉,但也有可能是他。虽然只看个侧面,但脸形,走路的姿势都错不了的。二十多年过去,庞有亮还有他犯的事早已被忘记,他本人也会这么想吧,那么他回张垣瞧瞧也极有可能。如果是这样,总有一天会撞见他。

用庞有亮治疗杨翠兰的病,我觉得实在荒唐,但架不住贺梅劝说。那些理论那一堆专业术语我听不懂,她打的比方我是明白的。她说如果汤咸了,最好的办法就是用水稀释。我答应配合,万一有可能呢?就不用整日把杨翠兰关在牢笼里了。

庞有亮的痕迹已剔得干干净净,只有那把二胡留了下来,和钣手改锥一起藏在顶棚的角落。杨翠兰最该丢弃的是二胡,因为庞有亮拉起二胡便把一切抛诸脑后,杨翠兰深恶痛绝,几次扬言要砸掉二胡。可是,她没有丢弃。我想不通,问贺梅。贺梅说每个人心里都藏着秘密,本人也未必能破解。贺梅回答了我,我却不知道答案。但不管怎样,二胡是庞有亮的宝贝,唤起杨翠兰的记忆该是可能的。但愿吧。

庞有亮也移出了我的脑子。偶尔记起,也如飞烟,转瞬即逝。我以为和他再没有关系了。贺梅开始对杨翠兰治疗后,他频频闪现。起初只是一粒粒悬游物,慢慢连成一条条线,之后便一块块堆在那里,由模糊渐至清晰。那年中秋节,杨翠兰把排骨炖在锅里,让庞有亮看着,她去商场买月饼,这天月饼打折,她是会过日子的女人。她特意嘱咐庞有亮好好盯着。庞有亮倒是没拉二胡,值了夜班,他睡着了。杨翠兰风风火火地赶回来,庞有亮刚刚被烟呛醒。杨翠兰的嘴可不是吃素的,庞有亮招架不住,便向我求救。是的,只有我能平息杨翠兰的怒气。事后庞有亮塞给我三元钱作为奖赏。我常常闯祸,庞有亮常被请到学校,校长、政教主任、班主任都训过他,彼时的庞有亮像罪犯一样弓腰点头,发誓要狠狠收拾我。他把他们都骗了,他所谓的收拾就是他拉二胡的时候罚我站立。只有一次,他当着某女生的家长扇了我一掌,拎着我的耳朵怒冲冲地离开。走出校门,他就说,如果他不动手,那个女人就先动手了,或许就不是一巴掌。他还说,不管什么场合,都要动心眼。

我想起了很多……

是不是这个原因我出现幻觉,而并非庞有亮回到张垣?我不知哪种可能更大。我再难以专注,从早到晚,坐在车里左右扫视。当看到一个人,还在很远的地方,只是有几分相像,我便点下刹车,放慢速度。然后加速前进。我清楚,这很不应该,但就是不由自主。有一次,一个客人恼怒了,虽然我再三解释致歉,他还是叫我停车,骂骂咧咧地走了。

我给杨翠兰送换洗的衣服,贺梅说进展还算顺利,如果治愈杨翠兰,盛红敏也有希望。盛红敏的歌唱得棒极了,她没准能重返舞台。贺梅吃了兴奋剂般。盛红敏家喻户晓,我当然知道。贺梅从脚底拎出一盒茶叶,让我带走,说有些家属蛮不讲理地谢她,她实在招架不住。我说,那是谢你的。他们不知道我最在乎的是什么,她说,你该知道的。我下意识地瞅瞅贺梅的小臂,那儿有一道疤痕,是被家属划伤的。我当时说,干吗不改行?她回答我说,慢慢你就知道了。

我开始给阿姨减药了,贺梅仍沉浸在兴奋中,我找到一个愿意来医院拉二胡的人,在唤起阿姨一部分记忆后,我就让他当面拉给阿姨。然后,她突然盯住我,怎么了你?心不在焉的。我说,没有啊。贺梅笑笑,骗我!我问,什么时候可以出院?贺梅问,怎么啦?我说,没怎么,就是问问。贺梅摇头,我给不了你准确时间,心理疗法,我也是尝试。你安心开你的车,我在这儿,你尽管放心。费用的事,我已经向院里申请,应该没多大问题。我忙说,这就不必了,已经给你添了太多麻烦。贺梅反击,这话很伤人呢。我说,我检讨,不过,确实是,医院不是你家开的。贺梅说,不是没有先例,况且我在阿姨身上进行的治疗是试验性质的,在别的医院,所有试验药品都是免费的。我知道你这个人,怕麻烦别人。我不是别人,对不对?其实,应该感谢的人是我,没你的信任,我怎能进行下去?我说,好吧,听你的。贺梅说,这就对了,只要能治好阿姨的病,别的都是次要的。我说,是。贺梅打趣,那为什么还垂头丧气的?

我想向贺梅说的,见了她又不知道怎么开口。在她追问之下,我讲了最近的一切。沉默一会儿,贺梅说,幻觉的可能更大一些,相隔二十年,即便他真的回来,相貌体形会发生很大变化,你怎么可能一下认出来?我说,万一他真的回来呢?贺梅说,纠缠你的不是他是否回来的问题。我问,那会是什么?贺梅说,说起来飘渺,但你被困住了,他若回来,被你发现,你该怎么办?报警,还是视而不见?我被问住。

范 大 同

去年,局里将十宗案件列为重案,都是陈案。破获了几起,其中一桩命案,嫌疑人逃亡28年,更名换姓,娶妻生子,还是个小老板。此案的侦破给局里长了脸,庆功会副市长都参加了。海燕电子厂失窃案不在重点之列,根本就没人提起,似乎被遗忘了。如果不是去看庞丁母亲,我也想不起来。庞有亮外逃多年,或许练就了狐狸的嗅觉,但更重要的是缉捕他的网没有持久地张开,可能与涉案金额有关吧。如果庞有亮是一剂药,没有什么比把他本人带到杨翠兰面前更有效。我一直想为庞丁做些什么,我希望和他回到从前。那么,就从这个案子开始吧。

当年负责此案的队长三年前因病辞世,接手的警员也已经退休多年,在秦皇岛与儿子住在一起。我去了一趟,约老警员在餐馆见面。老警员双鬓斑白,但面色红润,状态很好。我迫不及待,直奔主题。老警员轻轻哦了一声,说,这是真正的海鲜,你尝尝,在张家口吃的不新鲜,即便是活的,也没这儿的味道。我说,我可不是来吃海鲜的,我更喜欢牛羊肉。老警员说,习惯就好了,我刚来也吃不惯,现在没海鲜喝酒都没味儿。我说,还是说案子吧。老警员问我多大了,我说这是你当年的习惯吧。老警员说,你四十上下吧,我在这个年龄也觉得自己跟铁块似的,一有案子几宿不睡,抓捕了嫌疑人,那个兴奋。但人毕竟不是铁,说老就老了,好些案子没着落,揣了一堆遗憾退休。哪能事事如意?可这股劲就是缓不过来。刚退那几年,做梦都是案子的事,现在好些了,那已不属于我。我理解你,但你纵有三头六臂,也难免遗憾,干吗这么急?我说,我已经订了返程票。老警员说,那么久了,总得容我想想,来,这是母蟹。

我拽掉螃蟹的腿,老警员缓缓开口。那个案子我记的,因为接手时我有点情绪。有一桩大案,没让我参与,理由就不说了。干咱这行,谁不想啃硬的?普通案子没什么劲。当然纵有情绪,我也不马虎。只是⋯⋯我调查的时候,海燕电子厂已经被北京一公司收购,生产的也不再是收音机,工人退的退调离的调离,认识嫌疑人且有过接触的也就三五个人。当时的两万块钱还算个大数,后来就不算什么了,我调查那几个人对嫌疑人不是很了解,对他的评价只有一个字:傻,竟为两万块钱扔下老婆孩子跑了。当然,也有关于嫌疑人的传言,如受情妇蛊惑等,没有证据,不足为信。他们对抓不抓到嫌疑人毫不关心,反问我,为什么还查?就是把他抓回来又能怎样呢?觉得嫌疑人不值得,警察也不值得。只有那个躺在病床上的原厂长有些激动,他因为这个挨了处分,但也提供不了什么线索。这桩案子在我手里没什么进展,我只是补充了些调查笔录,发了些协查函。你在卷宗里看到了吧。其实也没什么可调查的,窃款逃亡,所有的证据都指向他。如果发现他的匿身处,直接抓捕就可以。我一度想从他家属那里寻找线索,做那个女人很多工作,但没有收获。对了,你为什么突然对这个案子感兴趣?难道没有更值得破的案子了?我说,所有的案子都值得办,大小只是性质问题。老警员别有意味地笑笑,我差点忘了,你是个副队呢。我沉默一分钟,这桩失窃案发生时,我正读小学,嫌疑人是我要好同学的父亲。老警员点头,凡事必有缘故,祝你成功。我问,嫌疑人是否有同伙?老警员说,卷宗里不写着吗?我说,是写着,但我发现前后意见并不一致。老警员说,廖队长起先认定是有同伙的,后来排除了这种可能,理由写得清清楚楚,我倾向于有同伙参与,却写不到纸面上。我问,为什么?老警员说,只是个人感觉。我说,很想听听。老警员说,那天傍晚,嫌疑人去十字街口的商店买了一瓶二锅头,他常去那儿买东西,店主认得他。在他值班的办公室发现了瓶盖,但没发现酒瓶,应该是离开时带走了,或是扔到什么地方,反正厂子里没寻见。谁会在出逃时揣半瓶酒?我认为瓶里的酒已喝光了,他没那么大酒量,该是两到三人一起喝的。可是现场只有他一个人的脚印。还有,如有同伙,应一起出逃,但廖队长调查过,市区没发现无故失踪人员。他逃了,同伙像平常一样过日子,这说不通啊。所以,我只是感觉,你知道,干咱们这行的,有时管不住脑子。咦,快吃啊,都凉了。

从秦皇岛到张家口只有慢车,要坐十多个小时。距开车尚有两小时,我在街头转了转。买了几张报纸,好打发火车上的时间。广场入口处有一乞丐,蓬头垢面,每有人经过,就举起不锈钢茶杯。我扫他一下,没怎么在意,脑里似乎有东西在飘,我竭力抓住。走出十几米,我终于捕到,突然一个激灵。我返回,慢慢走到乞丐身边,将买报纸找回的一元硬币投进钢杯。当啷一声,很响。乞丐说谢谢,却没抬头。我摸了摸,没硬币了。我问,你饿吗?要不要吃些东西?乞丐仍未抬头,虽然头发长,脸也脏,但脸的轮廓还是看得清。那一刻,我的心都快蹦出来了。我说,如果你饿,我可以买些给你。乞丐说,包子,猪肉大葱馅。乞丐猛抬起头,两笼我才能吃饱。我愣了愣,说快到点了,丢下二十元离开。乞丐在我背后说,你是好人,愿你长命百岁。

我边走边想,也许庞丁的父亲已经沦为乞丐,两万块钱够干什么?以往的思路,总认为他藏匿在什么地方,如果成为乞丐,就没有藏的必要,或者说,是另一种形式的逃亡,是被警方忽视的藏匿方式。甭说在陌生的地方,就是在张家口的街头流落,又有几个人能认出他?缉捕思路该调整一下。只是——我突然想,如果将已沦为乞丐的庞有亮拎到庞丁母亲面前,他是药,还是毒药?我和庞丁的裂痕就此愈合还是越来越宽?在那一刻,我感觉自己和那些疑问同时悬在了半空。

毛　头

我登上公交,站在距黄理最近的位置。他说,我等你好几天,每天都揣着,恰今天没带。我说,我不是来拿钱的。黄理问,那你来干什么?我说,找你呀。

事没办成,黄理要把钱退我。接到电话那一刻,我觉得心被整个挖掉了。就在长途汽车上,我给其他人打电话。有的当场就拒了,有的过两天告知帮不上忙。妻子不知怎么和一个陪床家属搭上话,那人说试试。今天上午给了回话,又一扇门堵死了。我又想到黄理,他是唯一的指望。我没把钱取回,就是怕断掉这根线。到公交车上找黄理有些不妥,但我实在等不及了。

我小声讲了,黄理没吱声。到了终点,人下空了,黄理方说,不是我不帮,朋友说难度大,我有什么办法?我说,你再和朋友说说,使使劲呗。我掏出刚刚取出的一万块钱,说只要能成,钱不是问题。黄理斜我,毛头你疯了吧。他挡了一下,我还是把钱塞给他。你把我的话转给你朋友,帮帮我,行吗?我摇晃着,快站立不住了。黄理说他就再拽下脸试试。我说,无论如何也要办成。黄理说,没有这么说话的。我说,对不起,这两天我脑子要炸了。黄理问,为什么非要去二小?大境门有学校呀,他已是第二次问。我没有正面回答,说哪怕砸锅卖铁。

第二天开始,我不住地给黄理发短信,诸如,天热了,黄哥多喝水;吃了么,要不要坐坐?还有一些黄段子,让他解闷。黄理终于烦了,别催我好不好?我盯着那个问号愣了好一会儿,回复:对不起。我有催促的意思,但不完全是。

第九天,终于等到黄理的电话,他张嘴先骂我,但声音里满是兴奋。那时,我正站在架梯上干活,举一托板腻子。巨大的喜讯差点将我击倒,我晃了晃,一只手撑住墙,黄哥,谢谢你。黄理又骂,你小子,没日没夜的催。我说,今晚坐坐吧,我给黄哥赔罪。黄理说,还是免了吧,我都怕你了。我再三恳求,黄理应了。挂了电话,我仍打摆子一样抖,直到女业主进门。她是个孕妇。我的失态被女业主瞅在眼里,她问我是不是发烧了。我说没有啊。女业主说,你在抖哎,我瞧着都晕。我说,有点累。女业主说,那你歇歇吧。我笑笑,不妨事。女业主说,得给我刮平哦。我说,你放心,我干这个不是一年两年了。我凝神屏气,终于平静下来。女业主没有离去,这是要监督了。她有一搭没一搭地和我说话,提及孩子,我告诉她,小女儿在第二小学就读。女业主甚是吃惊,真的呀?你可不简单呢。我不是爱吹嘘的人,那一刻也不知怎么了。女业主问我家在哪儿,我说大境门。女业主叫,那更不简单呢。她说买这处房就是为了孩子将来能上二小,多花很多钱呢。我瞄瞄她的肚子,暗暗叹服,也就六七个月吧,与人家相比,咱那点本钱算什么?

中午,我买了两个肉包,一瓶啤酒,找处干净的台阶坐下。身后是女业主的小区,对面是第二小学,学校已经放假,校园空空荡荡。庆祝的彩色气球早已不在,只有旗帜在飘。我的小可就要成为这里的一员了。我觉得和这所高大上的学校有了某种亲密关系。一个人在校门前溜来溜去,立刻引起我的警觉。他有些鬼祟,我停止咀嚼,死死盯着他。如果他有什么企图,我会立即冲上去。过了一会儿,有一个人走到他身边,两人握握手,走向停车场。我吁了口气,继续吃包子。

啤酒只是庆祝序幕,晚上我和黄理猛猛喝了一场。我对黄理说,小可入学那天,要在张家口最高的旋转酒店摆一桌,约上他的朋友及朋友的朋友。黄理说等小可上了大学,我说那怎么行,一定要摆!黄理用手指点着我,你呀,真拿你没辙儿。

出餐馆,我跟跄一下,黄理问不要紧吧,我说再喝半斤都没问题,硬是把黄理送上公交车。路上的情景我仍记得,穿越小桥时,我坚持不住,趴在栏杆上呕吐起来。我醒来时,躺在父亲身边。父亲将水杯递给我,渴了吧?我揉揉发胀的脑袋,我怎么回来的?父亲哼一声,鬼知道你怎么回来的。我使劲地想,还是想不起。我说,这么晚了,怎么不睡?父亲说,我等着喝酒呢,你拎个空瓶回来。我看看表,已经后半夜了,说,赶紧睡吧。父亲说,睡不着,觉越来越少了,怎么喝这么多?我说,小可上学的事定了。父亲说,难怪,醉一场也值。又说小可的事解决了,该操心操心他了。我说,瞧你这话说的。父亲问,你问医生了么?我问,问什么?父亲很不满,我就知道你不上心。我想知道还有多少天,你就不能问问医生?我又气又好笑,没见过你这样的人,非要掰着指头算。父亲固执地,我想知道。我说,那你问去呗。父亲说,医生不会告诉,不然我就去了。我说,不告诉你,就能告诉我?父亲说,你不一样,医生会说实话。父亲像中了魔,我的争辩和劝说丝毫不起作用。

贺　梅

二胡曲唤起了杨翠兰部分的记忆,虽然我说不准那部分究竟是多少。是温暖的,还是伤感的,我心里也没谱。但我清楚,那部分的记忆如窗户的缝隙,终会变宽,直至彻底打开。也许会刺激到她——还有什么比目击丈夫的车祸过程更刺激呢?那是她应激性障碍的病因——但若能驱散她的阴霾,那也值得。

杨翠兰抱电话的胳膊松弛许多,我试着从她怀里拽出来,但未能成功。我一碰她又抱紧了。她紧张地,贺大夫,不能动。我说,我替你保管。她拼命摇头,不行,他李爸快来电话了。我说,好吧,咱边听边等。一天上午,我终于把她的宝贝拿到手。我轻轻放到桌上,继续和她听二胡曲。她很投入。一曲终了,她突然兴奋地叫起来,我知道了,这是《赛马》!我比她还激动,你确定？她的目光画画一样绕了一圈,就是《赛马》。我说,恭喜你。杨翠兰不安地,你真要奖我？我说,当然,有奖状,还有奖品。都是准备好的。奖品是一块放在塑料盒里的蜂蜜蛋糕。她吃了一半才想起电话。我说吃完再给她,她不肯,一定要抱在怀里。

半个月后,我觉得火候差不多了,电话脱离她怀抱的时间越来越长,最长的记录是三小时。播放的那几支二胡曲,她均说出了曲名。我和杨翠兰讲,她表现越来越好,所以打算给她举办一场专门的音乐会。杨翠兰问是不是要去剧院,我说就在这儿,观众就你和我。杨翠兰问李丁可以听吗？我说那就把李丁也喊来。

那天,杨翠兰换了一身新装,我打趣她像新娘一样好看。我注意到李丁的眼神,这样的玩笑让他紧张。接到我电话那刻他心上的弦可能就绷着了。杨翠兰努努嘴,竟有几分羞涩。

乐师如约而至,灰色中山装,黑裤子,这是杨翠兰前任丈夫最喜欢的装扮。我窥视着杨翠兰,她没有特别反应。像正式演出一样,乐师深深鞠了一躬,我碰碰杨翠兰,她随我鼓掌欢迎。没有序幕,没有过渡,乐师往凳上一坐,直接开场。乐曲如瀑,我立刻觉得自己被浸透。再瞧杨翠兰,微张着嘴,要大口呼吸的样子。也就是三五分钟,杨翠突然喊,别拉了！乐师颤了一下,并没有停。他在等我的手势。杨翠兰坐在我和李丁中间,这样安排自然是以防万一。没想杨翠兰动作神速,猛跳起来扑向乐师。相隔不过两米,乐师根本没有躲闪的时间和空间,径直被她扑倒。我和李丁把杨翠兰拽开,李丁死死抱住她。我扶起乐师,说了一万个对不起。杨翠兰仍在跳叫,我暗暗想,亏得李丁在场。

回到医办室,乐师摸着被杨翠兰抓伤的脸,很是恼火。你说她是个病人,可没说她是个疯子！我说,她就是病人,这世上没有不得病的人,她的病不过特殊些。又说了些致歉的话,在费用上做了补偿。

杨翠兰已经安静下来,那部电话又被她牢牢抱在怀里。我让李丁忙他的,李丁不放心。我说,我心里有数。李丁压低声音,你要继续吗？我说,当然,疗效很好,为什么要停止？李丁说,药还是用一些好。我说,心理干预也是药,而且是可以根治的药,你既然相信我,就相信到底。李丁垂了头,好吧,有情况随时给我打电话。我说,你配合我的最好方式就是安心开车。李丁说,这几天我挺好的。我说,那就好。

我削了一个苹果,一半给杨翠兰,咱们边吃边听好吗?就像昨天一样,女人多听音乐会变得漂亮。我观察着杨翠兰的反应。她没有反对。播完一曲,我问,是不是比刚才那个人拉得好?她好像没听见,小心翼翼地擦拭着电话机,但我知道她在听。好半天,她终于抬起头,带了些戒备。我笑笑,这是考试题,你必须回答。她的目光变虚,像被大雾笼罩住。我轻轻击击桌子,浓雾慢慢散开。我说,其实,我清楚你在想什么。杨翠兰缩缩肩。我说,乐师是我花钱雇来的,你把他赶跑了,不过,我不生气,他让你想起一个人,对吗?杨翠兰低下头,继续擦拭。我问,那个人,你恨他?杨翠兰顿了顿,说,不。我加重语气,你撒谎了,你还在恨他。杨翠兰抬起头,没有。我说,你该恨他,若是我,也会恨他。杨翠兰满脸惊愕。我说,你细细想想,有些地方,他还是不错的。杨翠兰摇摇头。我说,不急,你慢慢想,咱们再听一次《赛马》好吗?杨翠兰轻轻点头。

李　丁

我刚发动着车,范大同拽门进来。我就知道你在家,为什么不接我电话?我说,静音,没听见。范大同哼了哼。我也没好气,我犯了什么事吗?范大同说,想和你谈谈。我说,没空,还得挣钱呢。范大同说,我打车,你不至于拒载吧。我不情愿地,去哪儿?范大同说,南站,走西坝岗。

西坝岗堵车程度仅次于长青路,那天还好,踩油门的脚可以用力了。范大同喂了一声,慢点开。我问,什么时候司机归刑警管了?范大同掏出钱夹,将二张粉色的百元大钞拍在仪表盘上,是这个价吧,我包了。我没吭声。过了一个红绿灯,我放慢速度。我暗暗猜测范大同找我的目的。他肯定有目的。虽说后来我和他来往不多,但他是什么样的人,我最清楚。不需要问,等他开口就是。范大同发完信息,偏过头。我不理他,目视前方。范大同盯我一会儿,将头转向车外。我心里嘿嘿几声,你是刑警队副队长又能咋样,我不犯法,你还能把我铐了?我以为范大同只是暂时沉默,好大一阵,他仍没开口,不由扫扫他。他并没有陷入沉思或发呆状态,而是瞅来瞅去。这小子别是在欣赏风景吧?抑或是检查市容市貌?这不可能,他没这份闲。报纸上说他忙得没日没夜的,午饭夜晚吃,晚饭凌晨吃,他的时间像黄金一样。他似乎在寻找什么人……突然一个激灵,不由踩下刹车,猛了些,范大同上半个身子几乎倾倒。没这么撒气的,他说。我没接茬。庞有亮才从我脑里淡出,最近几日,我再没看见他。或如贺梅所言,那不过是我的幻觉。但范大同的怪异举动……我只和贺梅说过,难道贺梅告诉了范大同?有万分之一的可能,范大同也不会放弃,我又想起记者的话。他是来追捕庞有亮了。一定是这样。他以为坐在我的车上,抓捕庞有亮就更有把握。他打小就想当警察,也确实是这块料。但这次他要失望了。我冷笑一声。

  南站乱哄哄的,我说这儿不能久停。范大同说谁说要停?往回返,走清河路。我有些恼火,你这是干什么?范大同说,我不能告诉你,别忘了,我是包车。我说,把你的钱拿走,我不拉你了。范大同说,小心我投诉你。我哈一声,随便。范大同语气柔软了许多,庞丁,我——我打断他,我叫李丁。范大同说,好吧,那就李——丁,我没折腾你的意思,绝没有!我直视着他,那你要干什么?范大同说,我会告诉你的,但现在不行,先开,好吗?如果我拒绝,他会乞求我,这也是他的本事之一。

  说实话,我有点紧张。我粗声大气,也是为了掩饰。我并不担心庞有亮被范大同抓捕,如果他确实溜回张家口的话。可不知为什么,我还是紧张。这种感觉从来没有过,在范大同面前。

  范大同仍是捕猎的神态。他在找人,确定无疑,也许还揣着手铐呢。这时,我倒希望他和我说说话。我几次偏头,他没有任何反应。快到古玩市场时,我感觉心跳在加快。范大同嘿了一声,我下意识地问,怎么了?范大同回头望了望,路面有一只被压死的鸟,我以为你会躲过去。我讥讽,警察都这样?范大同说,你可是为鸟举办过葬礼。那是放归锦鸡的那年冬天,我在西太平山发现十多只冻死的鸟,用捡来的石头垒了个坟包。我说,挺奇怪的,一个连誓言都能扔到脑后的人,却会记住一些烂芝麻。范大同说,你有资格损我。我说,我哪敢,除非你借给我胆子。我以为他会回击,但他只是笑笑。

依照范大同的吩咐,我把车停在路边。范大同走向明德北超市。我摸出手机,翻出贺梅的号。听到贺梅的声音,我突然语塞。怎么不说话?贺梅问。我深吸几口,喉咙畅通了些。昨天吃多了,我说。贺梅笑了一声,学会幽默了,吃什么大餐?我说,烙饼卷大葱,还有酱菜丝。贺梅说,故意来馋我。我能想到她板脸的样子,忙说,打扰你了吧。贺梅说,真不经夸,是要和阿姨说话么?我说,不用了,晚上去看她。贺梅说,状态挺好的,安心开你的车吧。合上手机,我吁了口气。就算贺梅说了,也是无意的,怎么可以问她呢?

范大同出来了,拎了一大包东西。他把东西扔到后座,仍旧坐到副驾驶。西太平山,他说。我怔住,去那儿干什么?范大同反问,我必须告诉你吗?我说,开不上去的。范大同说,非要我一遍遍求你,你才答应?我一声不吭地发动了车。

山门在半腰,门是伸缩的。范大同亮出证件,守门人把门打开。我说,这算不算以权谋私?范大同笑了,你打算告发我?我反问,以为我不敢?范大同说,那我告诉你,我在工作。我说,这钱也是单位报销?范大同笑出声,审问我呀?我有权保持沉默。

就停在这儿吧,范大同指了指。路侧有几株山桃树,山桃拇指大小。山桃长不大,也就这样了。范大同拎着袋子走了几步,回头,下来呀。我说,我是司机,没义务陪你干别的。范大同走过来,算我求你,给个面子行不?我迟疑一下,推开车门。

范大同说到西太平山,我就想到朝阳亭。果然。范大同从食品袋掏出火腿肠、鸭蛋、矿泉水、罐装啤酒,还有面包。他拧开矿泉水瓶盖递给我,自己开了一罐啤酒。你还记得吗?咱们比赛谁吐得远。我说，忘记了。范大同说，那时，什么都有趣。我说，成功人士都喜欢怀旧。范大同说，反正没旁人，你随便损随便骂，就像——我立即道，我可不敢。范大同并不在意我的冷嘲热讽，继续道，一晃就四十了，真他妈快。我说，报纸上说你忙得睡觉都没工夫。范大同仰脖，把整罐啤酒全倒进去。你生父酒量多大？他抹抹嘴角的泡沫问。我愣住。我见过他喝酒，不知道他酒量多大。似乎漫不经心，但我瞧出他是有准备的。是的，他从来是有目的的。我瞪他好一会儿，才问，你绕了半天，就是为了问这个？你直接问就可以，何必兜圈子？还搭上二百块钱。范大同笑笑，直截了当，你会回答？我恼怒地，你以为兜个大圈子我就会回答？范大同说，前几日在秦皇岛火车站广场碰到一个人，很像庞叔。我哼了哼，那你把他抓回来呀。范大同说，可惜不是，我想他说不准会回到张家口。我问，有人告诉你了？范大同说，这倒没有，仅仅是个人推测。我问，你什么意思？要审问我么？范大同又开一罐，做个碰杯的架势，怎么总是气冲冲的？我意识到自己的反应确实激动了些。静默几分钟，我问，你到底想干什么？范大同问，你不想知道他的下落吗？我没有任何犹豫，极其干脆，不想！范大同说，那桩案子历经三任队长，现在我接手了，但要破获，需要你配合调查。我重声强调，我不想知道他的下落。范大同拍拍我，我躲开。他说，我是警察，既然接了，就不会罢手。

范 大 同

　　出了戒毒所，我没有立即上车。腿有些沉，每次都这样。你他妈把两个女人都害了。庞丁的声音带着彻骨的寒意，那是很多年前了。当警察一直是我的梦想，却被挡在门外。终于有了一线可能，我不愿错过，哪怕挤得头破血流。我是坏人吗？我不清楚。从帝王到乞丐，谁不设计谋划自己的人生？我没想伤害谁，许多事非我所愿。当然，不能排除我的嫌疑。那些被我抓捕的嫌疑犯个个都要辩解，有时我挺羡慕他们，信口开河，胡说八道。而我只能默默承受——干什么不付出代价？

　　我点了一支烟，望了望湛蓝的天空。一行大雁飞过，不留任何痕迹。我给岳母打了个电话，说若云挺好的，医院那边也已经联系妥当，明天一早我开车去接。老头散步淋了点雨，他没在意，夜里便发烧了。吃了药烧退了，却断断续续地咳嗽。老头似乎对医院怀有恐惧，我和岳母为劝他费了许多口舌。如果是我父亲，我早发火了。但对老头不能。以前不能，现在更不能。岳母压低声音，问那个专家的情况，我说没问题，放心。岳母不说话了，但并未挂电话，我眼前立马浮现出她嘴角下弯的弧度，于是补充了专家的相关信息。岳母嗯了一声，说听人说起过。

　　本来有别的事，路上接到小李的电话，我立刻拐了方向。小李一路小跑迎上来，叫声范队。看得出来，他已在台阶等候多时。翻来覆去就那几句话，嘴硬得很，小李解释，掩饰不住他的恼火。我摆摆手，让他先去休息。小李略显不安，范队？我说，后面还有任务，你把觉补够了。

　　疑犯看见我，坐姿马上有了变化，垮塌的腰立时竖直。昨日抓捕的，入室盗窃。审问非常顺利，连以前的两起也交待了。但问题就在于太顺利了，他有急于交待的迫切，似乎被抗拒从严坦白从宽几个字震住了。实话说，我之前没太把他放在心上，觉得不过是个小毛贼，他尚显青涩的脸在戴上手铐的同时几乎被恐惧扭歪，整个人都在战栗。审讯时依然战战兢兢，一度不能进行。我和颜悦色，说了些改邪归正之类的话，他方放松下来。其实，他交待的同时我就有所怀疑。他言语流利，眼神却游移不定，完全不在一个节拍。我相信自己的感觉，他不是普通窃贼。审讯交给小李，他需要锤炼。小李撬不开，只能我来。

　　我盯着他，一言不发。审讯时我有隐秘的难以言说的兴奋，因为在疑犯面前我不会矮着。我从不报怨忙碌，闲着对我是折磨。

　　和我对视一会儿，他的目光缓缓移开。该说的都说了，他等了几分钟，见我没反应，补充道，没什么可说的了。闭嘴！我喝，他甚为惊愕,眼神带着试探。我仍旧瞪着他,目光不凶,并非凶才起作用。有些疑犯耐不住我的瞪视,十多分钟就缴械。当然有例外,不是百发百中,那样我会改变套路。我是不是要坐牢?他想装嫩,但太嫩了。我几乎要笑了,脸肌外扩,然后慢慢收拢。他低下头,像睡着了。但我清楚他仍能感受到我的瞪视。他有点儿慌,低头不过是掩饰。许久,他偏偏头,我立刻将他的目光攫住。坐直!我喝。

我掠过墙上的钟表,整整一小时。仅仅有些慌张,绝对是个毛油子。开始吧,我轻声道,甚至有几分温柔。你先说,还是我先说?他说,该说的我都说了,总不能让我胡说吧。我说好,那就听我说。

我就讲去年破获的重点案件,疑犯潜逃28年,终于落网。抓捕他时,他和家人正在饭店为16岁的女儿庆祝生日。我们没有立即冲进去,一直等到他们唱完生日歌,吹灭蜡烛。带他离开的时候,他女儿扑上来,认为我们抓错了人。她哭叫着我爸爸是天底下最好的爸爸。疑犯提出想和女儿说句话,我们同意了。知道他说了什么吗?我问,他摇摇头,看得出来,他很好奇。我说,我们没听到,他是咬着女儿耳朵说的,但是他和女儿都流泪了。

接着讲另一起,也是潜逃数年。因为一个女孩,一个男孩把另一个男孩捅了,一刀扎在胳膊上,另一刀刺偏了,只伤及皮肉。持刀男孩连夜登上南下的列车,他不敢在一个地方呆太久,最多半年,遇到心仪的姑娘,姑娘也喜欢他,但他不敢和姑娘发展。逃亡九年没睡过一天踏实觉。他决定自首。被捅的男孩当年就和女孩结婚了,两人还到刑警队为逃跑的男孩说情。捅人的男人知道这一切后,追悔莫及。他自己把自己毁掉了。

你为什么和我讲这些?疑犯问,我又没杀人。我说,你害怕听这些吗?疑犯说,我有什么害怕的?随便你。我说,如果犯困,就说,我最会治了。疑犯马上端正身体。我接着讲破获的案子、抢劫、杀人、偷窃、纵火、强奸。说到案子,我记忆力出奇的好,许多细节都能说出来。

小李进来一趟,把盒饭和矿泉水放下便退出去。他知道我的习惯。从中午到黄昏,从黄昏到深夜。疑犯问能不能吃点东西,我说,到现在我连早饭都没吃。疑犯说想喝点水,我指指自己的喉咙,谁才有资格喝水?疑犯说,你不能虐待我。我说,你懂的词挺多呢,你没吃没喝,我也没吃没喝,我和你一样待遇,这叫虐待?疑犯问,吃点再讲不更好?我说,我有个习惯,得把自己掏空才吃得下去。疑犯说头晕,坚持不住了。我说我可以帮你坚持,如果你有需要的话。需要吗?疑犯揣测地看着我,摇摇头。他的目光已不如白日有神。

　　凌晨三点,疑犯已是满脸的困顿和倦意。审讯正式开始。半小时后,疑犯终于招供。确实不是普通窃贼,有命案在身。我喊进小李,让他做笔录。

　　五点半,审讯结束。

　　小李敬服地看着我,欲言又止。我说,我知道你想问什么,没有根据,只是感觉。小李劝我关掉手机,好好睡一觉。我说得去医院了。

毛　头

　　等车的实在多,我费了点儿劲才挤上去。黄理喊,往后走,别堵在门口。然后,他看到了我,皱皱眉。我没有朝后挤,我不是来坐车的。连续找他三天了。开学前,黄理托的人回话,校长让缓一星期,等开了学,稳定了,再往班里插。开学一星期,小可仍不能入学,回话说还要等,教育局和市政府收到了状告第二小学的信,上面正在查。两星期后,答复今年班容量实在太大,只能明年了。小可已经到了上学年龄,明年?那不是胡说八道吗?若明年还不行,那是不是要推到后年?我让黄理再叫朋友找找校长,黄理不肯。他说如果不愿意等,就让朋友把钱退回来。我并不是担心那两万五打了水漂,小可上不成学,我没法和妻子及小可交代。妻子打听到,开学后仍有插班的,校长给出的理由不足信。小可进不去,只能说明关系不行,也可能嫌钱少。如果是钱的问题,我可以再拿么。黄理认为不是钱的问题,并劝我别再砸钱。可不砸小可就彻底没了希望,我急得起了满嘴泡。

到展览馆下去一堆人。一个女孩登上来,身后跟一个中年男人,个头高,几乎摸到车顶。我偏了偏身,但两人没往后走,女孩几乎与我并立,她抓扶杆的手与我碰在一起,她往旁边稍移了移。抓牢了,男人对女孩说。刚才上车时,女孩稳稳的,他却做着护的架势。有些怪,但我没多想。

你连活儿也不干了?黄理问。我说,哪有心思干活?黄理说,你就是天天跟着我也没用。我说,再催催你朋友。黄理说,已经答复了,再等一年又能咋的?我说,不能等了,今年必须上!黄理苦笑,我实在是无能为力了。我说,只要能进,什么条件都行。黄理明白我讲的是什么,摇摇头,不能再往进陷了。我拼命克制,还是带出火气,我已经陷进去了!

车颠了一下。

我的肩感到厚实的力。是刚才上车那个高个男人。不要和司机讲话,他的目光像他的手一样有压迫的感觉,车上不是你一个人。虽然他高出我许多,但我并不怵他,满腔的怒火正没处发呢。你管得着吗?我有些恶狠狠的。我是乘客,当然管得着,如果你不把别人的安危放在心上,我就把你揪下去。他抓住我的胳膊,我不由龇了牙。女孩喊声爸爸,他松开手,仍死死盯着我。静默了两分钟,我向车尾走去。

只能躲开,骨子里我是怯懦的。车空了许多,我坐在最后一排,等男人和女孩下车。到白桥站,只剩下三名乘客。男人和女孩在前,我在后。男人偶尔扫扫我,他像猜透我的心思,故意和我耗着。我暗暗骂娘。我就不信他能陪到底。我有的是时间,看谁能耗过谁?他能耗下去,莫非他女儿会陪着他耗?

两个来回,上上下下,男人与女孩竟然没下车。我简直要疯掉了。到明德北,我冲下车。我疯了不要紧,小可怎么办?我打算明天继续找黄理,不信还能碰到男人和女孩。明天是周一,难道女孩不上学,男人不上班?

睡了一觉,我改了主意。我是个笨人,但某一刻突然灵光闪现。为什么非要黄理的朋友送钱呢？我自己也可以。校长已经拿了我两万块钱，并已经许诺，对小可的名字自然有印象。何必求黄理？何必让黄理找他朋友？捷径对我对校长都有好处。我打算先送一万，加上先前的已经三万，该差不多了。后来一想，再送两万胜算更大。妻子不同意，说四万块上大学也用不了。我好一顿劝，妻子仍不同意，还摔了碗。存折她保管着，她不同意我就拿不到钱。她下班回来，我接着做工作，她还是不肯。我火了，揪住她的头发揍了一顿。

取出钱的当天，我便守在第二小学门口。我见过校长真人，登她照片的报纸就在我枕下压着，出门那刻我塞进包里。我仍怕认错，隔一会儿就拿出来瞅瞅。有些紧张，有些激动，在我心目中，第二小学校长比市长分量重。脸被妻子抓破了，火辣辣的。

一个牵着狗的女人走过，那狗长得像狮子，浑身金毛，极长极长，脑袋上也是，几乎把眼睛盖住了。狮子狗在我裤口处嗅了嗅，我正想伸手摸摸，那女人喝叫一声。小狗好像没听见，倒是我吓了一跳，立刻缩回。一个背着手的老年男人走走停停，一瞅就是那种有退休金拿着闲得近乎无聊的人，遇见下棋的观一阵，碰上吵架的必伸长脖子瞅个究竟。经过我面前，他顿住。肯定是脸上的伤痕引起他的注意。我的目光直定定的，他立刻扭开。我碰碰伤痕，问自己，这么做会不会鲁莽了些？要不要和黄理商量商量？下课铃响了，校园立刻开了锅。里面本该有小可的声音。我的心立刻被油煎了，一阵阵抽搐。试试也没什么不妥，我想，小可实在是不能再等了。

校长是最后出来的，和一位教师相跟着，到门口两人说了几句话，校长似乎在嘱咐他什么。乘这个工夫，我又拿出报纸对了对。校长朝停车场走去，我跟在她身后，有十米左右的距离。她拉开车门，我喊了声孔校长。孔校长转过身，我快跑几步，自报家门，我是毛小可父亲。孔校长问，学生家长？我连忙点头。孔校长说，有事找班主任，几班的？我的脸突然就红了，还没上呢，黄理的朋友找过你，毛小可，想上一年级，你有印象吧。我的手已伸进包里。孔校长说我听不懂你说什么,人一闪,砰在关了车门。我呆呆地站着,眼瞅着轿车驶离。

回想整个过程,我没说不当的话,如果有不妥,就是不该当下就掏钱,那可是停车场。虽然没掏出来,但我的动作她是明白的。那时似乎有人经过,我听到了说话声。好在她没有翻脸,我有补救的机会。

我吃了几个包子,梦游似地转了半天,下午再次来到第二小学门外的停车场。看到孔校长的车,我长吁了一口气。然后我拦了一辆出租车,商量好价钱,我让司机把车开到孔校长车的对面,那儿正好有个空位。停车费我出,不待司机张口,我就说了。我给他指指孔校长的车,告诉他,一会儿跟在那辆车后面。我不干犯法的事,司机从后视镜窥窥我。我说,你看我像坏人吗?你大可放心,我们祖宗几代连个小偷都没有过。司机没再说什么。他的后脑被削了似的,比面板还平。他不是那种饶舌司机,除了必要的问题,没说过多余的话。正合我意。我无法预知结果,但我觉得运气正在转好。

孔校长终于出来了,她换了身装扮,穿了裙子。天气转凉,像她这个年纪的女人很少穿裙子了。我让司机跟上,别太近了,不跟丢就行。司机一言不发。大街上车水马龙,车厢内静得能听见心跳声。我换了几次姿势,但眼睛始终盯着前方。司机不错,始终与孔校长隔着两三辆车的距离。我还是不放心,生怕跟丢了,那样还得多花一天时间。我耗得起,小可耗不起。

堵了。我不由骂娘。虽然孔校长的车也被堵在路上,我以为司机会有所回应,但他仍沉默不语,孔校长的车过了路口,绿灯开始闪烁,我的心提到嗓子眼儿,在变成黄灯那刻,出租车冲了过去。孔校长原来住在富丽山庄,我在这个小区干过活的。我把钱塞给司机,车一停便推开车门。

293

贺　梅

我煮了碗面条,倒了杯红酒。碟子里半截吃剩的黄瓜,一块豆干。晚餐越来越简单,有时生个火都懒,两杯红酒,一碟小菜就打发了。刚吃两口,收到他的信息:我十点以后有空。这是他的信号,是他的召唤方式,没有多余的话,没有任何温度。这是多年修炼的结果,什么场合都滴水不漏。我把手机放到一边,虽然知道他绝不会有第二句,还是瞄了好几次。我吃完面条,喝掉两杯红酒,回复了一个微笑的表情。然后开始化妆。当然不会浓妆艳抹,我不喜欢,他也不喜欢。

我踏上宾馆台阶。坦然,平静,有时自己都怀疑是来约会的。刷门卡时,我下意识地看看表。十点一刻,刚刚好。我不是刻板的女人,但约定还是要守的。

凌晨,他还在熟睡,我悄悄起身。怕影响他睡觉,我从不开灯。但灯突然亮了。他坐起来,梦游似地看着我。我怔了怔,轻声说,还早呢。他没说话,直到我穿戴妥当,才提醒,别拉下东西。我笑笑,替他把灯关了。他的提醒得体、温暖,但我有奇怪的感觉。等电梯时,我拉开手包,多了一张银行卡。一定是趁我洗澡时放进去的。没有密码,但我猜得到。传言他要调离,这么说是真的。那么,他突然开灯算是告别仪式了。这是他的方式。我并没有什么不适。我没有向他提过任何要求,这张银行卡是他的补偿费了。可我并不觉得需要补偿。电梯上来了,无声地打开。我返回,把卡从门缝塞进去。

走出宾馆的旋转门,我打开手机,没有来电提示。我松了口气。回到家,我又看座机的显示屏。时间尚早,眯一会儿绰绰有余。但总觉被绳子拽着,煮了碗燕麦粥,煎了个鸡蛋,吃毕便往单位走。

下午三点,我把乐师带进病室。我讲了杨翠兰的故事后,乐师同意与我合作。这已是第四次演奏了,杨翠兰安静了许多。乐师落座,杨翠兰便主动把那部电话放到桌上。这次拉的是《良宵》,我不时观察着杨翠兰,她的身子微微前倾,虽不能用沉醉形容,但已经入戏。上次用了两分十秒,这次只用一分九秒。如果乐师换成她前夫……我不能预判她的反应,但我敢肯定,她不会抓狂。我已成功地帮她从记忆里捞起前夫的许多好。一旦扎根,那是会繁殖的。当然,那是个缓慢的过程,快了未必好。

院长不声不响地闪现在门口,我正要起身,院长摆摆手。这一段没出什么乱子,院长似乎不大适应,一趟趟往精神病房跑。以往不是这样,没有事故,很难见到他。送走乐师返回,院长正和杨翠兰说话。杨翠兰双臂垂顺,规规矩矩地站着。我对杨翠兰说,院长只想知道你吃得好不好,不用紧张。我推推院长,小声说,这不是你呆的地方。院长边走边说,你还给我划定范围了?问我晚上有无安排,想请我吃顿饭。末了强调,我每次请客你都不到场。我说,你知道的,我不喜欢人多。院长说,今晚单独请你,赏个脸吧。说到这份上,我只好点头。

我准时赶到明德北红焖羊肉店,院长已经在座。桌上立了一瓶红酒,我的目光不由自主扫过去。院长说,拉菲,九六年的。我怔了怔。院长说,红酒,你该比我懂。我很弱智地问,你怎么知道我喝红酒?院长说,猜出来的。我知不是实话,但这个也没必要认真。院长问还要为那个女人演奏多少次,我纠正,是治疗。院长说,好吧,还要治疗多少次?我说,十次左右。院长说,请乐师是你自掏腰包吧。我说,我不能预知结果,不想加重家属负担。院长说,你可以找我啊。我甚感意外,顿了顿说,已经减免了她的住院费用……院长说,这种带有试验性质的治疗,院里应该支持的,你何必?我不知该批评你还是表扬你。我说,那样最好,只是……院长摆摆手,那就这么定了。我举起酒杯,我代病人及家属感谢院长。

聊了一会儿杨翠兰,话题不知怎么转到他的家事。一箩筐。他女儿所在的企业倒闭了,又遇上婚变,她整日待在家里,他担心她精神出问题,想让我帮帮忙。我以为要我做心理辅导,但他说明意思,我突然愣住。我想起那张房卡,以为没人知晓我的秘密。许久才道,我不过是个医生,怎么和人家说上话?院长说,你治好他的失眠,你去找他,他肯定给你这个面子。在回来的路上,我曾想,如果范大同把李丁的生父抓回,找找他,或许会判得轻些。但也只是想想,因为一切都是假设。现在我与院长面对面坐着,他的要求实实在在。院长声音低沉,听说他要调走了,这是最后的机会。我端起杯,一点点地啜尽,斟酌着,院长这么信任我,我很感动……然后,我看看窗外,说,恐怕要让你失望了。

范 大 同

我找见了庞有亮曾经的两个同事。接到出警电话,我正和其中一个聊天。是的,聊天,而不是询问。我已经找过他两次,这是第三次。基本上是废话,但有价值的东西往往在废话中。这和淘金一个道理。只要有耐心,不愁没收获。庞有亮曾在元旦晚会上拉过一曲《赛马》,那人说以前并不认识庞有亮,他本人平日爱哼唱,所以散场后找到庞有亮,还给了庞有亮一支烟,谁知第二天庞有亮就不认识他了。不过也正常吧,有才的人难免古怪。我让他哼唱《赛马》,他刚唱出腔,电话响了。我说,实在不好意思,有紧急任务。

案子有点儿特殊,死者系第二小学校长,社会影响大,市领导作了批示,要求尽快破案。局长也立了军令状。在案情分析会上,局长连鞠三躬,甚是动情。然后他又把我叫到办公室,说破了此案,我将由代理正式升任队长。其实,他不许诺,我也不会懈怠。

死者被扼颈窒息。显然双方打斗过,其指甲处提取的血迹非她本人。但现场只有一个打碎的杯,其余并无损毁。死者包里的钥匙、身份证、银行卡、美容卡均在,另有八百元现金。连夜从外地赶回的家属确认没有丢失其他物品。盗抢钱物,基本可以排除掉。

监控显示,死者的车进入小区不久,一个男子跑进来。死者往3号楼方向行走,男子尾随其后。死者边走边打电话,显然没注意到身后有人。男子没有任何遮挡。我注意到他的挎包,不大。如果是凶器,那就是蓄意的。两人在楼道口消失,二十四分钟,男子仓皇离开。小李问要不要把疑犯的照片打印出来,我说暂时不用。我觉得在哪里见过疑犯,但脑里总有一个地方卡着。调看小区门口的监控时,突然记起来了。我对小李说,走,去公交公司。

二十三小时后,嫌疑人被抓获。还没到审讯室就交待了。结果令人瞠目,亦令人唏嘘。

次日一早,我在刑警队门口看见那个老头。昨日抓捕嫌疑人费了些周折,嫌疑人没抵抗,但老头死活不让带人。他显然身有重病,不说话还喘,激动起来更是剧烈地咳嗽,脸膛紫黑,似乎随时会昏厥过去。我解释半天,甚至嫌疑人也劝他,他仍颤颤巍巍守在门口质问为什么抓人。半小时过去,老头没有松动迹象,我试图拖开他。岂料老头突然抱住我的腿,说我们一定弄错了,他娃连个蚂蚁都不敢踩的,不会做犯法的事。我说只是去问个话,稍后就放他回来。他这才有所松动,说不放他娃,他就死在公安局门口。没想到他还真来了。

老头一手扶墙,一手掐着佝偻的腰。喉咙卡着,他费力地咳,感觉脖子要押断了。小李端过来一杯水,老头接了。他喝水的工夫,小李告诉我,老头早就来了,非要在门口等。

喝了几口水,老头呼吸通畅了些。然后被小李搀进办公室。说话不算话,老头坐定便这样质问我。我说,你家人呢?老头说,家人让你们抓了。我笑笑,我来告诉你为什么。

老头的反应出乎意料,半天才骂,傻娃子!然后冻僵似地定住。良久,脸化开,两行泪蜿蜒而下。我说你打车来的吧,让小李送你回去。老头猛又咳嗽起来,脸由青转紫。我让小李打120,声音不高,老头竟然听见了。他挥舞一下胳膊,大喘着粗气说,用不着,给我点儿水。喝过水,老头缓过一些。他问能判几年,我说我不是法官。老头问他娃有立功表现呢,我说当然没坏处。老头提出要和儿子见面,我说现在还不行。老头瞪着我,目光并不凶恶,像是揣测我。我示意小李,小李去搀他。老头甩了甩。我说,这不是你呆的地方。老头说,我要是犯人,你就不赶我走了吧。我笑笑,抱歉,我很忙。老头大声说,我没说假话!我怔了怔,盯老头一会儿,说,主动说出来,就是自首。老头问如果他自首,他儿子是不是可以减刑。我说这是两回事,你自首可以对你宽大处理。老头说那我不自首了。我说随便你。小李看我,我用眼神制止他。老头不像玩笑,我相信自己的判断。老头咳几声,我快死了,宽不宽大都一样,我只盼毛头……你请示一下上级。我说,那你等着。出屋,我在门廊站了片刻。打了个电话,是给岳母的。转回去,老头满脸期待。我说,打了。顿了顿说,上级说可以考虑。老头急切地,能减几年?我说,这不是做生意,不可以讨价还价。老头说,你别骗我。我说,还是送你回去吧。老头说,海燕电子厂。我突然一个激灵,然后盯住他。老头说,窝在心里二十多年了。我生怕老头反悔,小心翼翼的,你知情?老头神情里竟有一丝嘲弄,当然知情,那就是我做的。小李已经记录,我倒了杯水,让老头润润嗓子。

　　断断续续的,说了近两个小时。中间,我问了几个问题。躲了这么久,还是没躲过老天的报应,老头最后说。

　　关系重大,我立即向局里做了汇报。隔天,两台挖掘机开进海燕电子厂南侧的荒地。电子厂连同南侧的荒地被两米高的红砖圈着,这一区域已经属于某房企,不日高楼将拔地而起。白天,老头被救护车拉至现场,夜晚再送回医院。虽然安排了警察轮流监守,我还是不放心,当然不是担心他逃了。扑朔迷离,关键时刻,老头绝不能出意外。

　　第八天中午时分,白骨被挖出。法医摆出一个完整的人形。身份需要进一步确认,但基本明了。做DNA亲源认定,庞丁和母亲必须到场。我不知怎么和庞丁说,交给了小李。这不妥,大不妥。很快,我叫回小李。必须我去。

　　过程我不想说了。比对结果出来,我立刻回到病房。和这个红星锁具厂前技工聊了一会儿,我话锋一转,你说谎了。老头瞪大眼睛,都挖出来了,这还有假?我说,庞有亮死了这没假,但你还有隐瞒,没有全交代,我之前没问你,就是等你主动说出来。老头皱巴的脸轻轻抽了一下。他说,该说的,我全说了。我说,你有同伙。一丝慌乱掠过老头的脸。一阵猛咳。我说,有一点点隐瞒,那就不算自首。告诉我,同伙是谁?半晌,老头抬起头,告诉你也没用了,他死好几年了。我冷笑,既然死了,你为什么还替他藏着?独自担罪有什么好?老头说,钱大半归我了,我发过毒誓的。我审视着他,两人做案,你分了大半的钱?老头嗫嚅,他还得了别的。我问,什么?老头说,说了你未必信。我有些不耐烦,到底是什么?老头说,他娶了那个人的女人。

庞　丁

　　昨天下了一场雨,冷飕飕的。花谢了,花枝已被风雨摧打得满身污泥,不成形状。半山腰的枫叶仍红得耀眼,再有个把月,枫叶也该凋落了。

　　车停在山脚下,我一手拎锤,一手拎锹,拾级而上。不是很陡,但拐来拐去的。台阶两侧的松树一样高,据说长到一定程度就不长了。张家口有好几处墓地,这里是北山墓地,从西太平山可以望得见。他的墓地是我选的,不在中心,但也不是角落,我觉得这个位置刚刚好。墓碑是白色的,上面两行字,黑的一行是他的,另一行没颜色的是杨翠兰的。杨翠兰说过要和他埋在一起,人过世,字才能漆黑。墓前的石板颜色灰暗,那是焚烧冥币留下的痕迹。每年我都要祭奠三次,清明,中元,还有年根的时候。这个人,我先叫叔,后叫爸,连姓氏都改了。我至今难以相信,那又怎样呢?铁证如山!所以他不能再躺在这儿了。他失去了这个资格。我脱掉夹克,抡起铁锤,狠狠一击。墓碑竟然纹丝不动。我又一锤,再一锤。终于裂开,仍然没倒。似乎有什么声音,我扭头四望。也许他就在附近,在某个树杈上蹲着。我希望他在场,让他看得明明白白清清楚楚。如果他有疼的感觉那就更好。

299

再次举锤,双臂却抖起来。我不知何故。终于,胳膊垂下来,还有我的脑袋。我本该咬牙切齿,本该仇恨他,可鼻子一阵一阵地酸。我稀泥一样坐在地上。脑里过电影一样,全是他和杨翠兰那些事。他做的红烧鱼很好吃,那天杨翠兰或许是太饿了,粗心大意,一根鱼刺卡到喉咙里。她吃掉两个馒头,喝了半斤醋。没什么感觉了,以为没事了。第二天她的脖子就肿了,送到医院已经说不出话。做了两次手术才把那根鱼刺取出来。他二十四小时守护,我要替他,他坚决不让。杨翠兰出院,他瘦得脱了形。自那之后,餐桌上再没出现过鱼。他对杨翠兰的好,我能说出来一箩筐。可怎么就……我知道了真相,却更加糊涂。如果不是那场车祸,他至今……他换煤气回来,杨翠兰正好走出明德北超市,两人是斜对角,杨翠兰看见他,喊出来。他本该等在那里,杨翠兰的声音似乎有魔力,他连红灯都忘了。在那个上午,杨翠兰的喊叫也毁了她自己。他是这样一个人。可他究竟是怎样的人?

　　本想稍歇歇,可坐下去就是半天。中午,我缓缓站起来。墓碑砸碎了,但我没有把他挖出来。让他躺着好了,虽然墓地很贵。独自躺着吧,让他。

　　我不能把庞有亮埋在这个墓穴。

　　我在东山买了块墓地,花光我仅有的积蓄。这是我唯一能为庞有亮做的。埋葬那天,范大同也来了。我和他不是一路人,来往渐少,不过,这件事我挺感激他。庞有亮不再是畏罪逃亡。

　　从山上下来,我走得极快,远远地把范大同甩在后面。不知为何,我有一丁点紧张。范大同喊我,我假装没听见,径直走向停车场。庞丁!范大同突然提高声音,我只得站住。多陪陪阿姨,范大同拍拍我的肩,转身离去。

　　临近中午,我去清真食府买了一斤焖丁,胡萝卜牛肉馅。快到明德北,又堵车了。我给贺梅打电话,让她转告杨翠兰。到精神病院已是十二点一刻。贺梅在楼梯拐角站着,吁了口气,总算来了,阿姨等急了,进去吧。

　　以为你不来了,杨翠兰盯着我手里的餐盒,那是什么?我说,你猜猜。杨翠兰说,我闻到香味了,肯定是饭。我竖竖大拇指,真聪明。打开餐盒,杨翠兰欢叫,焖丁!我夹到不锈钢碗里端给她。她小心翼翼咬了一口,有汤滴出来,她吮了吮,咬第二口。我问,好吃吗?杨翠兰嗯一声。顿了顿,我又问,你记得第一次吃焖丁和谁一起吗?杨翠兰指指我。我问,还有谁?杨翠兰的眼珠不动了。她是想转的,但有些吃力。我忙说,快吃吧,趁热。杨翠兰的神情浮起一个大大的问号,你……不吃?我笑笑,指着墙上的二胡,你吃,我伴奏,想听什么?

(选自《花城》2018年第3期)

人　妻

马　金　莲

1

　　腊东梅狗墩子蹲在地上拆洗馒头，门口一暗，一个身影软囊囊立在门口。不用抬头，她就知道是右边的邻居，麻女人。腊东梅仰头对麻女人一笑，说你挡着我光了，我看不到外头的欢欢了。

　　麻女人腰一扭，不让，用身子将那一扇能活动的玻璃门挡严实了，然后一脸笃定地望着腊东梅淡笑。

　　腊东梅揉搓着蓬松的大黄馒头，两眼也不闲着，透过玻璃门看街景呢。冬天天气短，集来得早，散得也早，更是黑得早，六点钟街上已没什么景致可看。三点多集一散，那些奔奔车、大卡车把满街面的花花绿绿的货物全吸进铁皮肚子，油门一发，只留下破塑料、烂果子、菜叶子，被旋风赶着满地跑，满街绕动的身影一个个消失了。腊东梅这个点做完了一天的馒头，就开始清洗。如果馒头还没卖完，像今天，把清洗的活儿挪到晚上，得先腾出时间拆洗馒头。只有把黄得卖不出去的馒头拆碎了泡到清水里，才能腾出身忙活最后的大清理。

　　今儿手气差，头一拨面碱大得多，蒸出来一共六层子全是黄馒头，卖不出去不说，还没地方放。气得她直骂自己蠢，本事不行就不要怕麻烦，还学大狗屙屎呢。这不，一把碱撒下去毁了一拨面，也给自己留下了好多麻烦。

麻女人看了一会儿可能觉得没意思,目光落在腊东梅沟子上,静静地出神。腊东梅心里冷笑,你想看就看吧,又不是个男人,还怕你把我的沟墩子给看烂了?但一股恼怒还是从心头升起,腊东梅也不清楚在恼怒什么,就是觉得心气不顺。那种刚离开老家,胸口一下子敞亮的感觉正被一股看不见的云翳慢慢地侵占。

她狠狠地捏着一股馒头,把它撕成两半,然后再一回手,又撕成四半。丈夫苏龙昨儿就被她的动作给看笑了,说做馒头本事一般般,拆馒头倒是麻溜得很啊,从前咋没看出你还有这一手本事呢?气得她当时把一个馒头撕成了三瓣。

腊东梅穿一件短夹克衫牛仔裤,她知道自己这一蹲下来,屁股上头就苫不住,围裙前面长,后面用两道细绳子挽着,白花花一道肉就露到外头了。麻女人盯着看的正是那道沟壕。腊东梅恼意更浓了,在心里翻了个跟头,不动声色地往前寸寸身子,希望暴露的能少一点。

麻女人的目光终于疲倦了,像一只在秋天吃饱了闲飞的麻雀,懒洋洋在空中盘旋半圈儿,忽然落到了一个板凳上。那是一把粉红色塑料矮凳,圆圆的,正静悄悄放在腊东梅屁股后面。

麻女人努努嘴,轻轻笑,为啥不坐呢?放着不坐,难道怕它咬着你沟子?

腊东梅不动声色地挪挪身子,把塑料盆子往后移动,露出那只严重褪色的凳子。

不想坐,沟子疼。腊东梅热热地笑着说。

这样挤出一缕笑意的同时,腊东梅心里一团朦胧的雾气忽然透开一道缝儿。她恍然明白了,她是把这女人当婆婆了,所以她不自觉地拿出了面对婆婆时的心态,有些怕,却又忍不住给她一个讨好的笑。

看把你给金贵的,你长了个金沟子还是银沟子?你不坐拿来给我坐。

麻女人边说,边笑,笑容也是热的。同时目光已经越过腊东梅,往身后投去。身后是面案,两张巨大的案板并排支起来,一

303

张用来揉馒头,另一张专门晾刚出锅的热馒头。

腊东梅爱干净,到哪儿都拾掇得干干净净,就算这小店是租来的,她也不甘心凑合。初来时这屋里像跟刚刚发生过战乱一样,炉子、大锅、蒸笼、案板、压面机、面盆挨挨挤挤堆的垒的塞的压的,把这本来就狭窄的空间塞得严严的,简直乱得没地方下脚。尤其这对案板,真不知道前任主人小马子媳妇都是怎么使唤的,那嘴脸没法看,到处都是面,面给污垢染黑了,层层叠叠在案板上糊着,根本看不到案板的木头是什么颜色。经过她一番整理归置,小店变得整整齐齐、干干净净。

麻女人知道,小马子媳妇也不算是十分懒的人,只是这活儿干的时间长了,就把人的脾气心性儿都给磨得没有棱角了。

麻女人打量一圈儿,把这些变化看在眼里,无声地在心里笑,这小媳妇刚来,心气儿自然盛。不过她真是够麻利的,这才几天呀,就把这店里完全翻出个新面目来了。这么下去生意只怕要比小马子两口子那会儿还要好呢。麻女人悄悄咽了一口唾沫,嘴一努问,又没卖光啊?生意淡呢还是做得不好?这话问的。腊东梅把一个黄馒头生生地捏扁了,捏成一团脏乎乎的卫生纸。

麻女人冷眼看着。她自己也拆洗过馒头,知道腊东梅这手势已经不是掰碎馒头的手法,这是在恨人呢。麻女人盯着腊东梅的手看了看,装作看不出她的心思,也跟着蹲下来,哎,这碗饭不好吃,对不对?

腊东梅冷不防一抬头,一张麻脸离她很近,就差撞到鼻子尖上来。两片松松的紫嘴唇里吐出一股韭菜味儿,有点辣,泛着臭。心里说,看样子中午吃的韭菜鸡蛋饺子,这半天来还没消化完?这女人胃气不好。腊东梅慢慢缩脖子,装得很不在意,淡淡地说,好不好吃,反正都得吃。现在的社会,谁跑出来不是挣钱的?谁还窝在老家受穷?

麻女人被腊东梅的轻描淡写顶了回去,她有些讪讪的,目光闲闲地往案板上扫了几眼,伸手掂了掂旁边新案板的边。重,没抬起来。往发面大缸瞄几下,又看看蒸笼上的屉布,心里已估算出腊东梅今天所蒸的馒头量了。腊东梅不理她，由着她自己张望，她只管蹲着继续拆洗馒头。

一顿做出这么多黄馒头，想想心里就窝囊。生意本来就不好，这女人要是出去再跟人臭嘻一顿，自己以后这一碗饭肯定不好吃。

麻女人淡淡地说些无关紧要的话，说秋活儿开了，挖洋芋掰玉米铲包菜，打工的都要带干粮出活儿，卖馍馍的旺季要来了。说完开门要走。

腊东梅怔怔地揉着馒头。熟馒头和生馒头揉在手心里感觉是不一样的，揉着生馒头她觉得喜悦，有一种在创造什么的劲头。现在将好好的熟馒头大卸八块地分解，她就觉得像在犯罪，在糟蹋五谷。虽然这些馒头并没被糟蹋，而是泡化后又搅进面里蒸成新的馒头，但还是有做错事情的愧疚。这要是在家啊，那可怎么是好？真要是一口气蒸出这么多黄得让人想哭的大馒头，婆婆第一个就不会饶。

哎——麻女人忽然伸着嘴向腊东梅靠过来，神态亲昵得让人来不及明白究竟发生了什么，那张软乎乎的嘴已经挨到腊东梅耳边，压得很低，显得很神秘，哑哑的嗓子，说，小马子媳妇鬼得很，馍馍里头放那个呢，你知道吗？

腊东梅有些吃力地伸直身子，这样蹲的时间长了，腿疼，脚麻，连脖子也直了，就像里面忽然生出来一根棍在撑着。

腊东梅扯着脖子往后躲。浓烈的韭菜味儿喷过来，她吸了一大口。不能躲得太明显，她强迫自己忍着，脸上挤出笑来，装作什么都不明白，有些糊涂地摇头，说，你说的是啥，我咋不知道？

麻女人一看这个人终于对自己的话有兴趣了，忽然兴奋起来，半个身子全部扑过来，好像要扑到腊东梅身上来。腊东梅一直躲，眼看再后退就撞到案板上去了。

麻女人干脆一屁股坐到塑料板凳上，说你就装呀，不要以为我不知道，我啥都知道……话没说完，屁股下发出凌厉的碎裂声。腊东梅赶紧挪面盆，麻女人的大屁股已结结实实坐在地上。

305

她好像被这一跤跌昏头了,有些吃力地爬起来,伸手摸摸裤子,湿了,也脏了。她忽然抬脚就踩,本来裂开两半的塑料板凳咔嚓嚓响,成了碎片儿。

腊东梅站起来,声音都颤抖了,说,你干啥?你凭啥踏碎我家板凳?麻女人狠狠地拍着裤子,仔细瞅腊东梅,好像她是头一回看到腊东梅这个人。

我脸上没长花。腊东梅不饶人。

腊东梅心里说是你自己要坐的,是你来缠着不走的,是你自找的,我又没请你来坐这板凳,真是脑子不够用,凳子要是好我难道不知道坐?我蹲着腿不疼啊我?

麻女人发出一个奇怪的声音,不知道是哭还是笑,扭头冲出了门。半扇敞开的玻璃门被她故意推回来,玻璃门呻吟着在原地呼啦啦颤抖,似乎厚重的玻璃也能感觉到疼痛。

想得美,你以为你是谁的亲的还是热的,我凭啥要把秘密说给你?!

腊东梅目送那身影消失在右边,冲着远处笑哈哈啐了一口。玻璃门外还是老样子,只是天空的颜色好像比刚才灰暗了一点点。

腊东梅喜欢没事儿就这样瞅着外面看。有些顾客,在门口犹豫着,要不要进来买这家的馍馍呢。这时候她正透过玻璃门往外看,就冲外面绽开一个热情的笑。门口的人不犹豫了,她的馒头店就多了一笔买卖,也有可能会为此拉定一个固定的买主呢。

现在这个点儿,腊东梅已经不看人了,她看狗。

娃娃抽打的陀螺一样,围着案板、压面机、蒸笼和锅炉绕来绕去一整天,脚底的肉好像变厚了,木愣愣的,似乎胯骨那里有几个螺丝松劲了,累得只想瘫下来好好缓几口气。但还不能歇缓,得准备晚饭,同时发明天的面。这会儿要是身子一挨上软软的床铺,这浑身的肉就哗啦啦瘫了,不到明儿天亮,不要妄想能再爬得起来。

所以这个点儿上,她蹲在门口缓缓,顺便看看外头,也不耽误手里的活儿,还能松口气,把困扰自己的疲劳散散。但麻女人一来,这口气就不能舒舒服服地往出送,她得防着。她知道麻女人才不会没事儿跑来闲闲地打秋风,而是有目的的。可是麻女人的算盘打错了,谁叫她遇上的对手是腊东梅呢?遇上腊东梅,她要套走那个秘密,不会那么容易。

腊东梅端起一大瓷盆凉开水,猛灌一气。喝得太快,又吐出来一大口,觉得嘴里那股怪味儿才被冲淡了。她望着那一群流浪狗,自言自语说我又没吃韭菜,为啥心里这么潮?

2

往上爬楼梯的时候,腊东梅这才清醒地感觉到了两条腿的肿胀。她拖着它们整整走了一天,站着的时候只是觉得累,但腊东梅心里不说休息,它们就算想提意见也拿主人没办法,现在它们终于不顾一切地开始了反抗,好像要把受到的委屈都给发泄出来。这时候腊东梅就分外恨这狭窄陡峭的楼梯,一边慢慢地提着腿一个一个台阶地爬,一边说啥人造的楼梯,没长脑子还是咋了,这是给人走的楼梯吗?这就是给猴儿爬的嘛,他们也不想想,人在下面站一整天,哪还有力气上来呢?

她爬完最后一个水泥台子,刚直腰站起来,冷不防脚底一滑,差点一个倒仰。幸亏她一把抓住楼梯扶手,身子稳住了,脊背上早就冒出一层汗。苏龙从床上翻起来,说笨死了,比死驴还笨,这哪有我们工地上的钢筋架子难爬?

腊东梅没吭声,冷眼打量着爷儿四个人。好像这一趟爬上来把她彻底累傻了,连人都认不得了。

腊东梅看见三个娃都没写作业,并排趴在床上,六个眼珠子咕噜噜地瞅着桌子上那个又大又笨重的老式电视,看得正入迷,大儿子还咧着嘴叉子傻乎乎地笑。一股无名火顿时从腊东梅后脊背上冒起,她两脚一绊,甩掉了套在脚上的一对坡跟皮鞋,冲过去抓起床头的刷子,对着三个娃娃啪啪啪就打。

刷子的塑料长把打在肉上发出沉闷的嗵嗵声。大儿子不哭,老二跟挨刀一样夸张地叫。小女儿比两个哥哥都机灵,已经从人丛里溜出去钻进了爸爸的怀里。

腊东梅也不知道自己哪来这么大火气,好像是孩子一瞬间把她深埋在心里的一疙瘩火砰一声给点燃了。

大儿子咬着牙死挨,不开口求饶,让她更胀气,好像一盆子汽油在哗啦啦往火上浇。说我咋养了你这么个老牛肉,你这么大了,咋不知道把上头拾掇拾掇?你看看这还是人住的地方吗?狗窝也没这么脏吧?从小这么懒散,以后长大了哪个女人愿意跟你?跟你老子一个怂样儿!

苏龙慢慢从另一张床上爬起来,笑嘻嘻说,老婆不要这么大火气嘛,娃娃懂个啥?

腊东梅狠狠地瞪了一眼。

苏龙的话更是一勺子油,火苗子扑哗哗又蹿高了一截子,她甩开老大,又扭头来打老二。

她能听到自己的声音,有些尖锐,还有些沙哑,是一种混杂了很多东西的嗓音,好像有一股电流在身体里接通了,她不由得就要吵,就要骂,就要发泄。大儿子叫她生气,老二更叫她上火,还没挨打呢就已经哭得比女人还惨,这长大了还能有个男人样儿吗?她最讨厌那种扭扭捏捏女人一样的男人了。

骂到这里她忽然刹住了。屋子里出现了一瞬间的寂静。只有电视里那些花红柳绿的古装男女在不知人间忧愁地笑着,娇滴滴的声音在这间空大的屋子里回旋。

腊东梅恶狠狠瞪着孩子们说,楼梯口谁倒的水?咱跟你们说多少遍了,水泥地潮,还滑得很,不要倒水不要倒水,为啥偏偏不听?

女儿从爸爸怀里钻出头,赶紧举手,声音脆脆地喊,不是我,不是我,保证不是我。

老二跟着狡辩,不是我不是我,也不是我。

只有老大瞪着眼珠子,一副死乞白赖你能拿我怎么样的嘴脸。

腊东梅忽然泄了气,把身子丢到床上,亚麻板支起来的简易床发出嘎吱嘎吱的大叫,好像它不堪重负,马上就要散架似的。腊东梅习惯了它这种矫情,懒懒地把身子伸直,拉过被子盖上,吐一口气,视线有些模糊。但她才不会叫雾气凝成水珠落下来,她狠狠摸一把眼睛,喊苏龙下去把纸匣子抱上来,她要数钱。

苏龙晃荡着瘦高的个子,那件皱巴巴的夹克外套像一张动物皮子一样挂在身上,随着他一步一步晃荡着下楼去了。

她的声音赶在身后喊,小心脚下滑,小心闪了大垮腰!她是真担心呢,他每次叉着腿晃晃悠悠往下走的时候,她看着那场面都担心,担心他一脚踩歪一路滚下去,不把腰杆跌成几截子才怪呢。

苏龙端上来一个正方形的纸匣子。这是小马子两口子留下来的,专门装钱的。

苏龙把纸匣子塞进她怀里,笑嘻嘻说,老婆大人亲自数钱,要不要我帮忙?

腊东梅眼睛一瞪,没时间理睬他的贫嘴。真奇怪,她本来很乏了,看到这匣子好像顿时来了精神,坐起来靠住一个枕头,把匣子搂进怀里才打开。三个娃不哭了,不看电视了,都围过来看她数钱。去去去,离我远点。腊东梅赶苍蝇一样赶他们。

妈,妈,给我五毛钱,多不要,就五毛,买一包干脆面。老二已经伸着手,觍着脸凑过来了。女儿也不甘心,小嘴撅着,从鼻子里发音,妈,也给我五毛。

腊东梅抬手摸摸女儿的脸。秋风硬,搬到这里才几天呀,孩子的小脸儿已经起了一层皮。她觉得自己手心里摸到的是刺,心里不由得一软,笑了,抽出两块钱,说给我的女儿,明儿去对面的小卖部买一盒娃娃油,看我女儿脸蛋粗成啥了,简直像脚后跟么。

女儿捏了钱小脸笑开了花,举在手里跟两个哥哥显摆。老二很不屑地撇嘴,说我打今儿起再不和你耍了,我找那边的麻娃娃耍去。

老大不吭声,也摸他自己的脸,带着些幽怨,像女人一样慢吞吞说我的脸也粗成脚后跟了,咋没人疼我的脸呢?

309

气得腊东梅劈头就啐他,你是个儿子娃,你的脸粗成沟蛋子有啥关系呢?你只要给我把学习闹好,我和你老子就念知感了。老大讨了没趣,不敢犟嘴,躲到远处做作业了。

腊东梅往指头上吐一口唾沫,一边慢慢数着花花绿绿的毛票子,一边给苏龙感叹,说人爱钱的本性真是骨子里的,本来我乏得连放屁的力气都没了,但见了这钱,我咋又有心劲儿了呢?你说人是不是很贱,眼里就只有钱?

苏龙暂时关闭电视,凑过来帮着数钱,说钱嘛,没人不爱啊,不是早有人说过嘛,钱眼里有火哩。腊东梅不接茬,两口子全心全意数钱。

屋子里只有指头蘸着唾沫的噗噗声,指头捋平一张张十元、五元、一元钞票的噌噌声。

腊东梅已经练习得十分利索了,拇指食指摩擦着,一张张红的绿的纸片很快在他们面前攥出一沓子十元的、一沓子五元的,百元红色钞票不多,但也有几张,像红艳艳的花朵一样开在那里。最多的是一块,淡绿色的币面,大多数都是脏乎乎皱巴巴的。这让腊东梅总是联想到白天在店门外来来去去进进出出的那些身影。青草镇常住人口不多,真正撑起这一份热闹红火的,是逢集日从各个村庄来赶集的人。乡里人花钱节省,这些钱被他们从兜里掏出来,除了带着体温,还带着大家生活里的磨难和挫折,所以从他们手里出来的钱一张张几乎都面目沧桑,皱皱巴巴,可以预料它们真是经历了太多的周转和磨难。

腊东梅觉得一张钱,刚从银行里取出来新崭崭的,最后变得发毛起皱卷边,甚至上面写着字,被烟头烫出洞,还短缺了边角。钱也是不容易,像女人一样,很快就人老珠黄,变得又老又丑。

腊东梅握着这些钱心里有些疼惜,有些爱怜,又有些喜悦。还好,它们不管经历了怎样的波折,这不到了她手里了?她是十分爱惜它们的,一张张耐心捋展、放平,一张压着一张,等数够一百张,一百元,用猴皮筋一束,整整齐齐一扎子,看上去新的旧的破的都是一个样,以一个集体的面目掩护了个体身上的伤痛。

腊东梅舒一口气,说一百的一张,五十没有,十块的三张,五块的二十张,这两沓子都是一块的,里面还有我昨儿余下的一百元,算起来今儿卖了三百三十块零五毛钱,刨去面钱炭费电费水费,今儿挣了多少你算算?

苏龙懒洋洋躺倒,说还算啥哩,一袋子面六十二,三袋子面一百八十六,我们大概能落个一百五十块钱。

腊东梅不甘心,忽然推开纸匣子,一把攥住了苏龙胳膊,你肯定算错了,难道就挣了这么点儿?不对吧,长拉拉的一天呢,我脚不沾地地忙,走得脚跟都肿了,才落这么点?我还图个啥?

苏龙甩开腊东梅,冷笑。你以为呢,这还不算房租呢,一年八千六,这还是从人家小马子手里转让折算过来的,听说房主儿嚷嚷呢,想涨租子,到时候这摊头更大。

腊东梅瞪着头顶上的灯泡发愣,忽然抓起一条枕巾向着头顶上甩去,枕巾轻飘飘落下来,她再抓一条,是苏龙的。苏龙头油重,又懒得洗,枕巾又脏又重,砸在绳子上,顿时灯泡哗啦哗啦乱抖,满屋子的光跟着一明一暗。

几个娃首先跳起来,老大反应最强烈,妈你干啥啊?我写作业呢。

你妈发神经哩,发过就好了。苏龙狠声喝儿子。

灯火慢慢平静下来,屋子里的人也平静下来了。忽然,一阵笑谈从隔壁传过来。那笑声分外响亮,似乎放大了数倍,一阵一阵刺着腊东梅的耳朵,传进耳蜗深处,接着刺激她的心。

腊东梅把钱归置进匣子,又把匣子合上,放在枕头边的小桌子上,乏塌塌溜倒,喊儿子端一点热水来,这脚得好好洗洗,又疼又臭。

老大鼻子里哼着,才不会来伺候她呢。老二是个溜沟子虫儿,很殷勤地兑了水端过来,还帮腊东梅把袜子脱了。看着他妈的两个脚顺床沿子掉下来落进水里,他才站起来,搓着手试探着说妈,明儿给我五毛钱吧,一块我不要了,就五毛,一包干脆面的钱。

腊东梅连胀气的心劲都没了,感觉水热热地往自己的身体里渗,同时有一股不甘心的劲儿也在往身体里渗,她说好,明儿

311

给你一块,但你得给我好好念书知道吗?

等孩子们睡熟后,腊东梅爬起来看时间,夜里十二点半,她忽然睡不着。头在枕头上滚过来滚过去,身体稍微有个翻动,床板就嘎吱嘎吱地响。她干脆让自己像死人一样不动。嘎吱声听不到了,却听到有老鼠在跑动,还吱吱地叫,很快从开始的一只,到变成两只三只,大家在追赶,发出吱吱乱叫,好像在厮打。

腊东梅心里烦躁,忍不住骂了一声,说小马子两口子真是懒,楼房也能住出老鼠来。

苏龙说不会把面袋子啃了吧?腊东梅说你快下去看看,万一不行明儿买包老鼠药。

苏龙肯定在摇头,因为他身底下的床板比这边的响得还严重。苏龙说现在哪有老鼠药?公家早就不让卖了,我看得弄个电猫来打。

腊东梅顿时愤怒,一个电猫几十块,不就是个老鼠嘛,你难道还得花那么大的钱才行?

苏龙说好好好,我不管了还不行吗?早点睡吧,明早还早起呢。不是早就嚷着走不动了吗?咋这会儿又精神得连觉也不睡?

腊东梅竖着耳朵听,那边的说笑声听不到了,看来都睡了。腊东梅懒洋洋打个哈欠,刚把头放在枕头上,忽然,耳边多出来一个怪声,嘎吱嘎吱,嘎吱嘎吱。腊东梅说哎呀,快听——

苏龙的声音里透着浓浓睡意,说你呀,瞎操心。

苏龙也睡了。腊东梅还醒着,听苏龙的鼾声。都说胖子身体沉重容易打鼾,苏龙是个瘦子,想不到他也打呼噜,幸好不算太严重。要是像那边的那一个,腊东梅真是不知道这一屋子的人可怎么睡觉。

一袋子面,能做九到十笼馒头,一袋子面大概能卖一百五十块钱,刨去面粉钱六十二块,还剩九十块。再刨去各种零碎缴费,一袋子面净赚七十是稳当的。现在每天也就卖两袋子面粉的量,再多就剩下了,剩下的到第二天就是冷馒头,现在的买主挑剔,有热馒头卖,没人愿要冷馒头。冷馒头不能放,得赶紧拆洗。

腊东梅想起光手掰馒头的感觉。今晚大大小小掰了上百个,早晨顶着瞌睡一个一个揉出来,蒸熟了,晚上又掰碎泡化,想起来就心里难受,这样反复重复,啥时节能熬出头儿呀?

墙那边床在响,嘎吱嘎吱,再加上老鼠啃什么的窸窸窣窣,腊东梅在迷迷糊糊中想,这种把大房子用五合板隔开分租给两家的房东,真是恨不能钻进钱眼儿里去吧,不然也不会发明出这种奇怪的出租方式了。还有这老鼠为啥就那么多呢?明儿,真主慈悯,希望明儿的生意能稍微好上一点点。

3

闹铃响了。

铃声嘀嘀,嘀嘀——从小到大,从轻柔到顽固,像一个沉在深水里慢慢浮了上来的冤魂,在黑暗里不依不饶地叫着。这是腊东梅的手机铃声,她把闹铃调到了凌晨三点。

时间过得这么快啊,她觉得就像刚刚打了个盹儿,就又到起来的时候了。腊东梅苦恼地把身子往被窝深处蜷缩。

腊东梅用的是苏龙退槽不用的手机,很小但抓在手心里圆嘟嘟的,有些沉。苏龙没事儿捣鼓手机,上网聊天呢。她不识字自然不懂那个,也懒得去懂,穷日子都紧困到这个份儿上,她真想不通苏龙还哪来的心思玩手机。

苏龙说现在流行触屏,这老式手机除能接打电话,发个短信都累得指头疼,这烂锤子扔大街上都没人捡。腊东梅说又没坏,给我吧,我拿着接打个电话就行。腊东梅就真的办个卡,拥有了自己的手机。一个农村媳妇能有自己的手机,这对于腊东梅来说还真是奢侈了。

没出来到这青草镇做生意那会儿,她敢想吗?肯定不敢想,就算她真的想了,也真的用上手机了,别人先不说,单单是婆婆那一关可怎么过?她甚至都能设想婆婆一脸讽刺的淡笑,说一个下苦的庄稼汉媳妇,沟子上带个手机,你像个啥?你以为你是国家干部哩？

　　腊东梅拿着手机觉得来青草镇是对的,就算目前艰难点,但凡事开头难嘛,啥事都有个先苦后甜的过程,这馒头店才开门几天时间,就指望能像对面街口老杨家烤饼那么红？就指望能像下街头的马家大馒头那么旺？还是指望赶得上隔壁的麻女人？

　　铃声很单调,就是闹铃在响,声音嘀嘀、嘀嘀,在寂静的夜空里像严重缺乏润滑的压面机在运行,声响干巴巴的,刺得人耳朵疼。

　　腊东梅知道自己目前跟谁都没法比,没资格比。一家一家的早就把店面盘活了,经营出了一份人脉,这生意的路子走开了,就走得顺顺畅畅的。她是初来乍到,一切才刚开了个头,这才试着往开了踢腾手脚呢,所以生意不好也是意料中的。但只有她清楚自己是多么渴望生意能赶紧好起来。好起来,才能挣到钱,才能在这里站住脚,才能掏得起房租,才能缴得起水电费,才能供养三个娃念书。更重要的,是得养活一家人呐,大大碎碎的,五口子人呢,吃的穿的,花销的,哪一样能离得开钱哩？

　　要是挣了钱立住了脚跟,一切好说,要是挣不到钱,那时节不光是自己心里难受,一家人日子不好过,只怕等着揭短讽刺的人更多呢。别人不说,单单是婆婆那一张嘴……想起来心里就上火啊。

　　腊东梅狠狠按一下手机,嘀嘀声终于消失了。苏龙的呼吸均匀地响着。墙右边,听不到鼾声。麻女人起来了,她的丈夫肯定也跟着起来了。她不是头一回发现这一点,可不知为什么,忽然就觉得心里有些说不清楚的不舒服。忽然就不想起来了,心里气哼哼的,把钻出来的身子重新缩进被窝。秋天的凌晨已经有了寒凉的气息,尤其从后窗子那里钻进来的风,寒飕飕的,有一种透骨的冷意。

　　麻女人那样的女人,她丈夫倒是把她当事,别的不说,单是每天半夜陪着女人一起爬起来就是苏龙比不上的。她试着喊过苏龙,叫他起来帮自己捅炉子驾火,倒水端蒸笼。苏龙很不情愿,说我又不会揉面搅面,起那么早耽误瞌睡不说,啥都帮不上你。也是她自己心软,看到他被催起来,瞌睡得走路栽跟头,靠着案板打盹,她就心疼了,想想他陪着自己实在是白受罪,干脆叫他六点钟再起来,那时候正是生意高峰期,需要人手。

不用人家帮忙的话是自己亲自说的,所以人家现在睡得理直气壮,问题是她咋就忽然计较起这事儿来了?好好地,这是为啥啊?女人的心思,还真是难以说清呢,就算自己是女人,有时候也看不清自己的心思。她一边迷迷糊糊想着,一边摸索着起来穿衣下床。麻木的腿经过一夜歇缓,没把疲劳卸掉,相反,倒好像把一些不明显的东西给唤醒了,腿肚子里好像被强行灌进去沙子石头,一动弹就重。

下楼梯的时候,她双手握住楼梯扶手大声说,这些黑心的房主儿呀,盖的这叫啥房子?楼梯哪是给人走的?是给猴儿爬的!

身后男人和孩子睡得正香,短短长长的鼾声交替着响。

拉开灯泡,刷拉,一股子炫白的光刺满了眼,腊东梅感觉像有很多把刀子的细薄刃片同时刺进了瞳仁,那些像丝线一样缠绕着不肯散去的瞌睡终于被惊散了、逃逸了,她这才算是彻底醒了。拉开门就往外面冲,冲出门又折回身,一把捏起挂在门后的大矿灯。这时候冒着瞌睡起来的,都是开馒头店的。卖馒头这活儿就这样,不但要做得好,人手勤快,嘴巴甜蜜,还要起得早。腊东梅刚来那天麻女人就过来看了,临走感叹地说,人人都当这口饭好吃,都争着抢着往挤进来,要我说啊,干这个下的是冷苦,受的是冷罪,起得比鸡还早,成天跟磨道里的驴一样,围着面案子转啊转,有时候还不如个推磨的驴自由哩——

麻女人这句话就伤了腊东梅的心。用她给苏龙形容的话说,就是伤了肝花。所以腊东梅一开始就对麻女人没好印象,偏偏麻女人自己感觉不到,时不时跑过来。腊东梅表面上是应付着,心里早就厌烦得没法说了。

腊东梅心里说你吓唬谁哩?这口饭好吃不好吃,我还不清楚吗?我娘家嫂子就是开馒头店的,我要是没亲自去学过,心里没个八九不离十的主意,我还能冒儿扑腾就打这个店?

麻女人究竟是真的感叹太苦呢,还是在吓唬新手腊东梅,腊东梅没心思细究,但走在朦胧夜色里,迎面的冷风一股一股吹着,忽然第一次觉得麻女人不是吓唬自己,而是真的心里苦,这才有感而发。

现在她的心里就扑腾着一大堆这样的念头。哪里比推磨驴苦哩？光是每天半夜里牺牲的这两眼香瞌睡,就远远要比推磨驴苦。推磨的驴这会儿保准没有被赶起来套进磨道吧,至少还能睡个囫囵觉吧,卖馒头的只能夜夜都睡半截子残觉。

腊东梅打个大大的哈欠,忽然刷拉一声响,一道冷气裹着一个黑影子从街面上窜了过去。腊东梅反应快,吧嗒就打开了矿灯。雪白的光柱直溜溜扫过去,一只脏乎乎的狗已经蜷缩在小王杂货店门口了。这畜生——腊东梅骂,同时舒一口气,吓我一跳啊——

在这街上做生意,最煎熬的是买卖好不好;生活上最大的困难,却不是吃饭穿衣,而是水火问题。人有三急,水火就在其中。这水火来了,挡都挡不住。营业房里没有厕所,街面上也没有公厕,解决问题就得去乡政府大院里,但乡政府离这里远,要绕一大圈子路呢,白天还罢了,这夜里人家又关了大门。所以这两边街上的人,白天装模作样去乡政府上厕所,到了夜里一个个沿街找巷子。街道上通往背后的巷子倒是多,沿着巷子往深处走,走不远就是民居和庄稼地。巷子背后不是一堆堆的垃圾,就是脏水横流,要么是建筑的死角,要么是齐腰深的玉米地高粱地,反正都是解决困难的地方。

腊东梅不敢往深处走,稍微错过街口那盏路灯就赶紧灭了矿灯脱裤子往下蹲。憋了一夜,一泡尿大得像洪水,哗啦啦哗啦啦就是淌不完。腊东梅干脆不着急了,眼睛瞅着前后灰糊糊的夜色和高高低低的建筑,心里说怕啥怕啥,世上哪有活的怕死的？我可是煞气重得很——算是给自己壮胆子。

终于尿完了,腊东梅边提裤子边在心里狠狠骂了句粗话。骂的是谁,她不知道,也没有去想具体的对象,就是想骂人。送个屎尿都这么困难,这日子还是人过的吗？

重新揑开灯照着路面走,坑坑洼洼的石子路,路边洒满了黑的褐的灰的白的,有些干透了,有些还柔软着,都是人夜晚拉到这里的。大家随便拉,自然没人来打扫,幸亏是僻静处,白天走过这条路的,只有那些冒着土雾的奔奔车、摩托车。车轮子碾过,粪便飞扬,碾碎了一些,带飞一些,好像来来往往的车轮子是在为这里做着清扫。

腊东梅今儿穿的是一双软底布鞋。高跟鞋不敢穿了,走一天会把脚走断。麻女人穿的是塑料拖鞋。腊东梅知道穿拖鞋舒坦,但一看到麻女人那个样儿,腊东梅打死也不穿拖鞋了。她告诉苏龙,你换个位置想想吧,你要是一个顾客,想买馒头,进店里看到她那双大脚上穿着那么一双烂拖鞋,就那么踢踢踏踏走着,你还能吃得下她的馒馒?你就不怕她会拿手抠脚缝,抠完了不洗手直接揉面?

气得苏龙捂住嘴,说你就不能不那么恶心人?

腊东梅首先把自己拾掇得干干净净利利索索的。想起麻女人那个邋遢样子,她真是想不通那些老买主为什么喜欢去麻女人那里买馒馒,难道她的馒馒真那么好吃?遗憾的是同行是冤家,她就是想亲口尝一尝对方的手艺,竟然没那个机会。她总不能自己跑去买来吃吧?这也是同行之间很奇怪的一个现象,大家各做各的,各卖各的,就算有人私底下关系好,也有你来我往走动的,但很少有人去品评对方的馒馒。有一天腊东梅来了主意,叫儿子去隔壁买一块钱的馒头来。儿子空着手回来了,有些委屈地搐着鼻子,说人家说今儿的馒馒卖光了,要买明儿来,可我明明看到还剩下三层呢,咋能说没了?

气得腊东梅生了半天闷气。后来有个亲戚来走动,她叫亲戚帮忙才从隔壁买来馒馒。腊东梅仔细观察一遍,又掰开尝了馒馒,咬了几口她把馒馒丢在案板上,看着苏龙说,肯定用了泡打粉,不然哪会这么软,这么暄?

苏龙懒洋洋看一眼,说,这有啥稀罕的?这街上谁家不放哩?不放没人买嘛。

腊东梅踢了踢脚边的大纸盒子。那盒子沉甸甸的,其实有好几次腊东梅拉开侧面,从里面挖出一勺子白粉面。借着窗口的光亮瞅瞅,闻闻,又放回去,叹一口气,该不该把它们掺进馒头里呢?她终究是下不了决心。苏龙说得不错,不放这个东西馒头就不好看,看着不够炫白,吃着不够蓬松。

开店前,他们就在家里说放不放泡打粉。腊东梅说放肯定好一点,现在的馒头都放,咱只放一点点,主要用酵子面。苏龙说该放多少就放多少,怕啥?又不是做给你吃的,人都放,你不放就等着吃亏吧,你以为你不放大家就能买你的馒头?婆婆在边上冷冷听着,插嘴说你们这些人要遭瘟的,明知道那是害人的东西,还敢往里头放,这要把多少人吃坏呀?

腊东梅本来预备放,听婆婆这么一说,她心里结了个疙瘩,放不放呢?成了难题。不放生意肯定不行,生意不行那就是自己打自己的嘴巴子了,是自己一个劲儿撺掇着苏龙点头,明火执仗地吆喝着把家里农活儿都停了跑出去做生意的,要是挣不到钱最后还得回到老家种地,那时候她还有什么脸面去面对婆婆那张脸?可是放吧,她真觉得不太好,祖祖辈辈都是起面做馒头,只放小苏打,现在的人竟然兴起了泡打粉,这泡打粉吃多了对人的身体好不好呢?肯定是不好的,只是大家都不太在意罢了。

腊东梅反复咂摸着麻女人的馒头,然后看苏龙,说她没熏,但泡打粉的量很大。

苏龙在案板前揉馒头,一听这话不揉了,探长脖子,声音却压低了,带着点儿诡异,那咱放呀、熏呀。这满大街就马家馒头店生意最好,他们肯定是又放又熏。再下来何家生意也好,他们的重点是打锅盔。牛家生意好,人家重点卖油香,咱想要在馒头行里拔个尖儿,肯定得拿出跟旁人不一样的来。你说就那个一脸麻子的女人都能把馒头做这么好,咱刚开门的新手,凭什么妄想打败那么多老店呢?

腊东梅冷冷看着苏龙,忽然就愤怒起来,你小声点成不成你?这么大嗓子好像全世界就你懂这个!她竟然气咻咻冲着男人发火。

苏龙好像也被他自己的主意给吓着了,他缩了缩细长的脖子,嶙峋的喉结抽搐几下,有些艰难地咽下了一口口水。

他们都不说话,好像都没有多余的力气来说话。背转身在两张案板前默默地揉馒头。酵子面发得很好,里面撒了苏打粉,又是机子搅拌均匀的,揉起来手感十分好,腊东梅麻利地从压面机里扯出一大片面,快速揉几揉,滚成大团,飞快地切小,再滚,再切,最后变成拉长的圆柱。切刀闪着光在淡黄色的面团上嚓嚓嚓飞着剁,面团呻吟着变成拳头大的小疙瘩。

腊东梅干活的时候苏龙在边上发傻,他干不了这个,至多帮忙从机舱里往出扯面。要是由他一个人揉面分剂到揉成一笼馒头上火蒸起来,用腊东梅耍笑的话来说,肯定把满大街等着吃馒头的人都饿死了。他太慢。哪像做馒头呢?简直就是小脚大姑娘绣花,捏手捏脚,出不了活儿。但叫他啥都不干在边上看着吧,她又不甘心,那么高大的一个大男人,凭什么眼睁睁看着女人一个人忙死忙活?

如果腊东梅一人一天做完几袋子面,累不死也半死。所以腊东梅一开始就拉苏龙上手,就算慢点,你也得给我帮忙。苏龙很不适应,像一根光溜溜的硬棍子,直戳戳靠在案板前,好像不知道从哪里下手才合适,细溜溜的鸡爪子揉面吧,抱着一大团面在案板上滚来滚去,越滚越粗糙,就是不见他掐成个像样的剂子出来。揉馒头吧,大手按着一团面吭哧半天,手心里压着一个扁扁子,不圆不方,四不像。腊东梅还不敢嘲笑,万一笑羞了他给你撂下不干了,你能把他咬一口?

腊东梅像哄娃娃一样哄着苏龙干。苏龙一开始不愿意系围裙,说自己一个大男人,系围裙像个啥。腊东梅心里说这都是你妈从小给你灌输的大男子思想,好像我们女人就应该伺候你们男人,你大男人带着围裙帮女人上锅灶咋啦?难道把你男子汉的身份给降低了?

腊东梅不敢明着顶撞,但她也有自己的办法,她既然能把苏龙从婆家那个家教森严的家里给哄出来,她就有本事叫他服帖。腊东梅说社会不一样了嘛,你咋还是个老思想?你男人伺候我女人有啥不好?你大街上看看,男人买菜,男人拿重东西,男人

319

抱娃娃,我敢肯定,回到宿舍里也是男人炒菜做饭哩。这才像两口子嘛,说说笑笑的,热热火火的,女人也是人嘛,女人身体比男人弱,女人就要男人疼顾嘛。

苏龙瞅着腊东梅嘿嘿地笑了,挤着小眼睛说没看出来嘛,才到街上几天哩,你就学会浪漫了,满口的新词儿,酸得人牙根子疼啊——

腊东梅把一个面疙瘩往苏龙手背上砸过去,自己也笑得弯下腰。

苏龙虽然还是不愿意系围裙,但也有了变化,开始靠近案板学习揉面。

腊东梅把面剂子一个个掐下来,告诉他一块五的是多大,一块的又是多大,五毛的是一块的一半,把一块的面疙瘩再分成三小块,蒸出的小馒头一块钱买三个。

苏龙揉出一个面疙瘩交给腊东梅,腊东梅看了看,夸他手巧,这么快就学会了。嘴里夸奖,手心里却悄悄把这个四不像的馒头给揉了揉,揉成了一个半圆形。苏龙受了鼓励,憨笑着揉下一个。在腊东梅的鼓励下,苏龙学会了揉馒头,同时也学上笼、烧火、掌握火候,到最后揭笼出馒头。他慢慢也能顶事了,但还是指不住。如腊东梅纯粹不管,由苏龙起面、兑碱面、揉馒头,最后蒸出来,那馒头和腊东梅手底做出的是两副嘴脸。生意本来就不好,腊东梅不敢大意,事事都要亲自上手。

腊东梅的犹豫持续了很短的几天。这几天里天天都有剩馒头,她天天傍晚拆洗一遍,洗得她闻到馒头泡进水里的味道就想吐。这天她悄悄往起面里兑了泡打粉,馒头蒸出来和麻女人的一模一样,掰开一个,起面那独特的后味里,泛出一抹淡淡的味儿,不是五谷的香味,而是添加剂的化工味儿。

这回生意会好起来吧?苏龙望着加了泡打粉的大馒头,他的瘦脸红彤彤的。

腊东梅望着白花花的馒头,慢慢地咽下一口口水,说人真是奇怪得很啊,人的嘴不知道爱吃啥,想吃啥,稀罕个啥,我们啥都不加的馒头他们不认,现在跟大家一样也加了泡打粉,他们是不是也会喜欢上我们的馒头?

4

　　隔壁又响起嘎吱声。腊东梅静静听着。苏龙也听到了,忍不住翻身,一动弹床板就嘎吱嘎吱响。腊东梅扑哧笑了,小声说你也不老实了?心里有火。苏龙带着试探。腊东梅不接他的茬。苏龙再翻个身,坐起来,声音更低,哎,你乏吗?不乏的话咱也……

　　腊东梅打断他,少胡说,娃娃醒着哩。苏龙伸手摸摸儿子的头,更大胆了,下地摸黑走过来,把一只手幽幽地探进来,直接从领口进,轻车熟路一把攥住了腊东梅的乳房。腊东梅狠狠地推,胳膊酸,推不动,只能依了他。

　　放心,娃娃睡得死死的。苏龙说着整个人往被窝里钻。

　　腊东梅把身畔的女儿往边上挪挪。幸亏这张床板是直接搁在砖头上的,两个人压上来只发出一声沉闷的叹息就再没有声息了。

　　为了防止惊醒孩子,他们还是不敢放肆,小心地动作着。忽然腊东梅一把抱定苏龙的腰,不要他动,嘴唇在他耳边说,你听那边。两个人侧着耳朵听。那边的咯吱声断了一会儿,又接上了,很紧凑地交替着。

　　这么个事儿,还闹出这么大响动,你说他们要不要脸?腊东梅愤愤地说。

　　是两口子嘛。苏龙说着又动作几下。

　　腊东梅的心思不在正在进行的事情上,而是被那边的声响牵着心,又抱住苏龙不叫他动,哎,你说,他们是不是有点勤呢?距离上次床响这才几夜呀?苏龙湿漉漉的嘴堵住腊东梅的嘴,含含糊糊说你就爱操闲心,管他呢,早了事早睡,明早你还得早起哩。

　　腊东梅忽然就来了困劲,等苏龙溜下床走人,她依稀听到墙那边的嘎吱声也结束了。她蜷缩着身子,睡意朦胧中迷迷糊糊地想,可不能再这么合租下去了,要好好挣钱,攒多了第一件事就是盘一间独立的房子,摆脱墙那边的嘎吱声,同时也把孩子们分开睡,免得两口子干个事儿跟做贼一样。

怀着心事入睡,竟然梦到自己和麻女人在吵嘴。腊东梅好像气糊涂了,不知道吵架的原因,反正吵得很火,人也不顾了,就在大街上对骂,骂声引得赶集的人都围过来看。腊东梅心里知道这不合适,又不是牛羊市场,有啥热闹可看的?但她就是管不住自己的嘴,她和麻女人对着骂,你一句我一句,骂过来,还回去,谁都不饶谁,直到把腊东梅自己给骂醒。

睁开眼,闹铃在耳朵边叫,眼前还黑乎乎的,哪里有啥麻女人?原来是做了个梦。

腊东梅匆匆掺点热水洗大净。昨夜临睡烧的水已经不太滚烫了,稍微掺点凉水勉强能洗浴。怕儿子忽然惊醒睁开眼看,洗完小净把罐子挂上高处的铁钩子,然后灭灯摸黑洗。

水哗啦啦往地上落,有些落到了大盆里,有些落到了外面。冷气袭人,她哆哆嗦嗦打着战,心里忽然想,那边的麻女人,会不会也在洗头?看她那个邋里邋遢的样子,谁知道呢?

其实现在出来了,又不是在老家里。在老家时上面有老人,老人是一天五番乃麻孜不撇的细数人,做小辈儿的自然不敢马虎,多累多冷,两口子好过了,苏龙可以不洗,她做儿媳的都要换个水。现在不用那么讲究了,反正这街上杂七姓八的,回汉都有,大家也都不像在老家里那样细数了。

穿戴整齐,要下楼了,腊东梅猛地站住,睡梦里吵架的一句话忽然在耳边响起。是麻女人在骂她,说你没球本事,这么开下去,迟早得关门,不是做生意的料子,就趁早死心拉倒回家种地去吧。腊东梅被这话惊出一头汗,好像有人拿着鞭子在她脊背上抽了几鞭。泡打粉也放了,但生意没有好转,还是冷冷清清的。再不想想办法,就这么不死不活地拖下去,只怕真的得关门滚回老家种地去。

她胃不好,又起得早,感觉嘴里一股味道苦得噬心。她慢慢回咽下唾沫,望着沉睡的男人和孩子们,苦笑了。这一家子啊,都指望每天的生意养活呢,再这么犹豫下去,只怕真的得关门回去种地了。

腊东梅慢慢揭开静静睡在床底下的箱子,扯开一个小塑料袋,想了想,戴上胶皮手套,用手套从里面抓出一小把,抖进一个备好的小碟子。端着碟子下楼梯的时候,她觉得身子很沉重,粗笨得不提着气走就会被卡住。

苏龙和娃娃正酣睡,她回头听了听,鼾声均匀,没有异常。腊东梅忽然就又开步子大步往下赶,她好像下了一个很难下定的决心。

腊东梅麻利地揉完一袋子面的馒头,一共七层,约有一百个大馒头,都是一块五一个的最大的馒头,只有这种大馒头效果才最明显。

火旺起来了,鼓风机呜呜叫着,大铁锅里水开了,在黑乎乎的空气里冒白汽。腊东梅不放心,跑到门口瞅了瞅,四下里寂静,除了自家的鼓风机和麻女人的鼓风机,远远看到对面几家卖馍馍的也亮起了灯,其余的人都沉浸在睡梦里。起这么早的只有卖馒头的。

腊东梅把新揉的馒头连同蒸笼放在地上,一层压着一层,合得严严实实,最上面盖了笼盖。往一个早就备好的小铁碗里夹一块烧红的炭火,然后咬着牙发傻,有些犹豫,有些莫名担忧。这个过程她只是在嫂子的店里看到嫂子操作,具体亲手来做还是头一回呢。

炭火出了炉膛还红灿灿的,她不再犹豫,麻利地将一疙瘩淡白色物体放到火上,然后跪在地上双手往上抬蒸笼。坐满生馒头的蒸笼重得像死人。她咬着牙勉强抬出一道缝,赶紧把小铁碗往蒸笼下塞。铁碗里,白色硬块刚一碰上炭火,还有点傻,就像两个陌生人刚刚见面,但它们很快就出现了反应。像儿子偷偷买的一种叫深水炸弹的东西投进了水里,水面瞬间就炸翻了。腊东梅面前出现了一个小型爆炸的场景,爆炸声音很低,嗞嗞地响着,烟雾突然就冒起来,一大蓬白烟翻着跟头直攒,好像那白块里蓄藏着无数白烟,后面源源不断地冒着。腊东梅利索地将铁碗推进深处,手一松,蒸笼沉重地落地,将大团白烟扣了起来。

腊东梅捏住鼻子呆呆地站着看。她亲眼见过嫂子熏硫黄很熟练,自己是第一次操作,难免手忙脚乱。她抹一把脸,才发现自己被呛得泪水横淌,在脸上拉下长长的两道子。

她知道烟雾会沿着蒸笼的缝隙四窜,最后把上上下下的蒸笼都窜到。

屋里弥漫着呛鼻的味道。她不敢掀门帘子,赶紧出去搭火,看准麻女人没出来,赶紧冲进门端蒸笼。一层一层架在铁锅上,等最后一层端完,笼盖也扣好了,上面苫一片布口袋,才长舒一口气,有一种做贼成功的庆幸。

都是大馒头,需要大火猛烧五十分钟,不然熟不透。再弯腰往炉膛里丢一铲子炭块。看着白森森的蒸气已经沿着蒸笼最下面往出攒,腊东梅放心了,进屋搭门帘,用围裙扇着空气,把空气里残留的刺鼻味道往外赶。

苏龙今天起得分外早,他翘趄着步子趴下楼梯,腊东梅已经在揉第二锅的小馒头了。苏龙皱着鼻子抽了抽,在空气里捕捉着什么。

腊东梅心里虚,嘴上不饶,说闻啥呢你扎着个鼻子,跟狗一样。

苏龙打个哈欠,忽然凑过来,臭烘烘的嘴巴贴近腊东梅耳朵,你熏上啦?

腊东梅拧着脖子躲开他的嘴,抬手扇空气,又没刷牙是不是?难闻死了。

苏龙疑惑地揉揉鼻子,上去刷牙了。

时间到了,腊东梅拔了鼓风机插头,呜呜呜叫的风声和哗哗飞蹿的火苗同时停止。

腊东梅站在火炉边有些迟疑,她有点怕,感觉实在没有勇气上前揭开蒸笼盖子。

会啥样子呢?满满一笼咧着嘴欢笑开花的大白馒头,还是别的什么样子?她只是看嫂子熏馒头,毕竟亲手操作还是头一回啊。

再说,再说,如果熏成功了,那以后是不是就得一直熏?这些熏过的馒头会有人买吗?会不会有人看出来?会不会把人给吃出啥病呢?这可是害人呀,胡大哟,我这也是开始害人了是不是?到后世里要下多灾海的是不是?

路灯挂在木杆子上,上面扣着片铁皮罩子,灯泡从罩子下探出半个脸,像一只半瞎的眼睛,阴沉地看着腊东梅。腊东梅想找个人说说话,但这会儿人都在睡觉,找谁去呢?再说这种事敢跟人说吗?就连嫂子卖馒头的那个小镇,人们都知道馒头都是熏过的,熏馒头已经是公开的行业秘密,嫂子每次还是做得很谨慎,小心没大错,嫂子说还是小心点稳当。

腊东梅慢慢揭开了盖子。一股和平时不太一样的气味随着蒸气扑面上升。

腊东梅看着白汽终于散尽,她看到一个个又大又散的馒头像花朵一样盛开在眼前。

腊东梅端起一层笼进屋,然后再端下一层。等把所有的笼都端光,她没有像平时一样紧跟着把新一锅馒头搁上去蒸,她慢慢扣上门,往外出馒头。

热馒头不能压着,得一层一层摆开,她乘着热乎劲先挪动它们,像叫醒睡熟的孩子一样。两只手同时出动,先拍脸蛋,啪啪地脆脆地响着,带着点亲昵,还有点娇惯,边拍边带着一股往上拔的劲儿。一个个热馒头就喧腾腾懒洋洋地挪动身子,终究是不想动,也是蒸笼里空间小,它们挪挪屁股,又重新懒洋洋坐回去,四平八稳坐着等主人再次请它们才肯挪窝儿。

腊东梅的麻利劲儿这会儿全部派上用场,她啪啪啪飞快拍完一层,马上往案板上摆。一块五一个的大馒头真是大,捧在手里沉甸甸的,腊东梅很快摆满一案板。接着往一个大木板上摆,木板也满了,剩下的她不摆了,只是一层一层揭开了,将所有的馒头拍一遍,算是把所有的孩子都从睡梦里给叫醒了。这样乘热动一动,馒头就不会粘在笼布上,卖的时候一个个利利索索完完整整的。

这一轮活儿做完,腊东梅出汗了,她端起手边晾好的开水咕嘟咕嘟喝一气。这时候才注意到玻璃门外半空里的曙色开始下沉。

腊东梅掰一个馒头,先不看,望着外面的麻麻曙色闭眼睛养一养神,然后才慢慢地睁开来,凑近灯光一看,有点不敢相信自己的眼神。再掰开一个,馒头的热气稍微散去,表皮冷了,掰开来,肚子里还是热腾腾。她凑近鼻子闻闻,没什么味儿,和平时蒸的一模一样。这一刻,心才不那么歉疚了,刚揭开笼那股子有点难闻的异味好像也在心里散去了。

腊东梅大口大口吃着馒头,她边吃边擦一把眼睛,眼里有泪,湿湿的。她拨通嫂子的电话,嫂啊,她喊了一声。啥事呀,人正忙着哩,你不知道呀,秋活儿开了,生意好得不得了,一天能卖十三四袋子,我恨不能多长三只手来挖抓呀——你啥事儿?嫂子的声音脆生生的。

人还是要有钱。从前嫂子过得多寒酸,穿戴皱皱巴巴,整个人畏手畏脚的。嫂子现在翻身了,身上脚上穿的戴的就不提了,仅仅头上的纱巾就十来条,一天里要抽空儿换两回呢。化妆品用牛奶箱子装,瓶瓶罐罐扁的圆的,看得腊东梅傻眼,她哪里知道哪个是洗的哪个是拍的?哪个又是润的?人家还分个早霜晚霜。腊东梅说都是钱多害的,像我这怂样子,一瓶便宜油一年四季抹,还不是照旧过日子?

日子过得滋润了,嫂子也变得娇贵了,从前那个干巴巴的声音,现在嫩生生的,透着一股水。忽然心里不是滋味,她咽一口唾沫,压低了声音,嫂呀,我试着熏了,好得很,和你的手艺一模一样。说完就软软地把身子靠在案板边上,忽然连张口的力气都没了。

嫂子笑着说你呀算是开窍了,我就说嘛,迟早得走这一步,你们那跟我这一样,那些生意红火的,谁家不靠这一手呢?就你死脑子,一直不动手。现在我也放心了,你就踏实做吧,我敢保证不出半个月你的生意就回头。

腊东梅还在犹豫,似乎沉浸在一种心事里还走不出来。

嫂子不耐烦了,哎你咋还不高兴了好像,快不要胡思乱想了,赶紧忙去——我端笼去了!

腊东梅捏着手机出神,才通话这么点时间就发烫了,好像她的脸,也是发烫的。她发现自己竟然有那么一点恨嫂子。

腊东梅刚把第二锅小馒头熏完抬上炉膛,今天的第一个顾客推开了玻璃门。

为驱赶硫磺的刺鼻味,她点了卫生香,墙缝里别两根,板凳腿上插三根,还觉得不能盖过那味儿,干脆狠着心同时点了五根。正思谋往哪里插合适,门开了,一个身影挤进来。是个中学生,背后背着鼓鼓的书包。

腊东梅心虚,怕他闻到还没散尽的气味,故意抬手扇着,念叨说这卫生香有问题啊,咋闻着这味道呢,有点难闻。

男孩抽了抽鼻子,腼腆地笑了,阿姨我感冒了,鼻子啥都闻不到。

腊东梅快速把馒头装进塑料袋,目送孩子出门离去。

所有的顾客里,这个年龄段的孩子最好应付,不知道脑子里成天都在想些什么,拿上馍馍就走,根本不会在意你馍馍做得好不好,不像那些碎嘴的妇女那么挑三拣四反复对比。

他是第一次来这里买馒头。腊东梅目送那单薄的影子很快隐入已经亮起来的曙色里,心里有一点点的不忍,他也就比自己的大儿子大了四五岁吧,那熏过的馒头他能吃吗?他正在长身体啊,万一对以后的健康不好呢?

一个老汉犹豫了半天推门走了进来。

屋里刺鼻味儿早就散尽,腊东梅心里不紧张,含笑揭开白布,让老汉自己看,想要大馒头还是中等的或是最小的,都有。

老汉算不上老主顾,是那种隔三五天才偶尔来一趟的农村老人。腊东梅想不明白他为啥能起这么早。

老汉本来懒洋洋的,目光虚飘飘随着腊东梅的手去瞅案板。这一瞅,他两眼顿时亮了,呵呵地笑,今儿馒头不错哇,全是开花的大馒头,碱也合适,你这个媳妇子啊,原来手艺也不差嘛——我要五块钱的,快给我装五块钱的。

腊东梅装了两个一块五的,再装两个一块的,正好五块钱。

老汉把馒头提到门口借着外面的天光看了再看,回过头看了眼腊东梅,笑着走了。

腊东梅眼里胀胀的,心里热热的,想哭,想笑,感觉复杂,她忍住了,接着揉下一锅馒头。

好与不好,这才是开头呢,能一路顺顺利利地迈步走下去,才算真正的成功。现在最要紧的还是沉住气,拿捏得稳稳的。

等苏龙梳洗完毕带着娃娃们下楼来,腊东梅将昨夜起的三袋子面全部蒸完,扫净案板,解下围裙,坐在地上绣一幅十字绣。一天时间很长,要干巴巴坐着等人来买馒头,她干坐着不是办法,为解个心慌,她买了幅十字绣绣。

苏龙闲闲地走一圈儿,实在没活儿可干。他知道,生意淡了就这样,不敢多做,做多了卖不出去,只能少做点,然后两个人干熬着。

一个顾客进来,腊东梅坐着没动,苏龙揭开苫馒头的白布,给顾客装馒头。这时候天色大亮,顾客也满是喜色,本来要三块钱的馒头,临时改口说五块。这天的几十个顾客基本上都这样,本来要的不多,但看到馒头的样子,改了主意。有个老板模样的男人给工地上装馒头,抱怨说大家都爱吃马家大馒头,偏偏今早他迟了一步,马家的货订完了,只能临时随便到这里补充点。

要是过去,被人当面这么皮薄,腊东梅肯定心里会难过,今天腊东梅不难过,她咬着嘴皮稳稳地揭起笼盖子。

老板看到蒸笼里大白花朵一样的馒头,改主意了,叫给他装三十块钱的。拎起馒头走的时候说你家馒头实诚,同样是三十块钱的,马家馒头要轻得多。

腊东梅含笑目送他,却不多搭言。腊东梅知道马家店里有好几股预定的固定生意呢,中学食堂是一股,街面上几家羊肉馆是一股,还有好几家工地也在那长期定做。

有固定的大股顾客当然是好事,等于生意多了一重保障。

那样的好事,腊东梅目前还是不敢妄想的。

老板都已经迈下台阶了,却忽然回过头,声音从半开的玻璃门口传进来,从明儿起,我每天在你这里预定五十块钱的馒头,操个心,做好点啊——说完走了。

腊东梅在心里喊了一声妈。

五十块钱,就是半袋子面的量呢。

下午五点,腊东梅不再坐着绣十字绣,像往常一样一直坐到外面集市散尽,然后起身查看剩余的馒头,做拆洗馒头的活儿。这样时间一直要持续到下午六点半。

今天才五点,腊东梅三袋子面的馒头卖光了,蒸笼们空荡荡码在案板上。

钱匣子里躺了半匣子花红柳绿的票子。

腊东梅看着空了的案板和蒸笼,有点不敢相信这会是真的。苏龙也高兴,说要不称点肉,做顿肉饭犒劳犒劳?好运气要来了,时运开始向咱们好转了。

腊东梅强压着心里的乐,她心里惴惴的,难以踏实,因为今儿好了,明儿呢,后儿呢,以后的以后呢,她盼的是能稍微长久点,要是明儿还是卖不动,那不是高兴得太早了?

肉终究没买,晚饭照旧是洋芋雀舌面,吃过后腊东梅就早早洗了蒸笼锅灶,顺便把面也起了。起多少呢?苏龙说五袋子。看今儿这样子,再有两袋子也卖完了,可惜咱没有了。腊东梅想了想,只起了四袋子,比平时多了一袋子。她想还是稳稳地一步一步来吧,万一明儿又倒回去,晚上自己还得拆洗更多的馒头,白浪费力气。

馒头店生意一天天好起来,用苏龙的话说,没觉意就红了。这话腊东梅不赞同,怎么能说是没觉意呢?心差点操碎的日子过去才几天呀。

秋天果然是旺季,顾客一天比一天多,腊东梅就一天比一天多增加一袋子面,转眼就增加到了九袋子。现在腊东梅起九袋子能卖完,十袋子也照样卖完,有一天苏龙说要不起十二袋子吧。腊东梅摇摇头,还是稳稳地来吧,万一呢。

腊东梅心里总有个万一在那里挂着,她不踏实,总觉得自己这生意挂在半空里,她睡梦里也担忧着,怕一步踩空了,就是一个大跟头。

苏龙才没有这样的担忧,他现在挣钱的劲头更旺了,每天帮着她忙到黑,她数钱的时候他也在边上,他数钱要比女人快。一沓子一沓子数完了,腊东梅用橡皮筋捆起来,塞进床板底下。

苏龙说从前钱少我没好意思多嘴,现在很多钱,咱得存银行,不然万一屋里进贼了呢,万一被娃娃发现偷儿张呢,再说,不是有老鼠吗?

腊东梅心里不踏实了,这二楼也不高,窗户那么大,要是真有贼要进来,不是难事。老鼠不是半夜常出来活动吗?还有娃娃,估计碰上钱也是会拿的,娃娃瓜,哪里晓得啥轻重?她就催苏龙去办个存折。

一袋子面粉,做成馒头,刨去本钱和炭火费电费等,能净落七十块左右,一天卖十袋子,他们就挣回将近七百块。想到七百这个数目,腊东梅心里就暖烘烘的,那口一直悬着的气终于敢徐徐地吐出来了,蜷曲的腰也能直起来舒展一下了。

腊东梅每晚把钱清点后交给苏龙,她喜欢有空的时候闭上眼想象那折子上钱数在一天天增长的样子。

十字绣是再也没时间拿起来了,早就塞进水缸背后了。

忽然有一天,苏龙说咱雇个人吧,我们两个人太苦了。腊东梅这才记起来这段日子真是忙啊,忙得她都快一个月没和苏龙在一起了。

5

日子是闷着头一口气往前奔的,艰难的时候,从来不敢抬头看日子,远处,身后,现在,都不敢看,怕这一看就后悔,就泄气,支撑着自己的那一口气要是松懈了,该拿什么来支撑自己继续往下走呢?腊东梅有勇气抬起头打量自己在青草镇的日子,已经是馒头店开了半年之后,冬天过去,早春过去,晚春来了,生意终于完全地顺起来、好起来。

如今腊东梅每天做八九袋子面的馒头,赶天黑卖得一个不剩。也是怪了,生意好了,手气也好得出奇,就算闭着眼睛凭感觉撒碱,也差不了多少,就算偶尔有一回半回失手了,馒头模样不好,那些买主竟然不嫌弃。爱占小便宜的,求她便宜点处理给自己。爱耍笑的,指着馒头说媳妇儿,今儿馒头咋不高兴？不过不要紧,谁没个手轻手重的时候,明儿操个心就是了。

腊东梅脸上的笑就从来没断过,成天笑呵呵的。

馒头店的旧匾被摘下来,本来还能凑合挂着,但沙尘暴最厉害那次,挂它的钢丝断了,半个身子斜斜吊在半空里,风一来就在一楼和二楼中间的外墙上晃。苏龙摘下来要再挂,腊东梅一看,挂着时候没在意,这拿下来看咋这么难看呢？脏兮兮破呼呼的,早就烂场了。

重做一个吧。两个人想到一搭了。苏龙在街东的广告铺里订做了一个新的,名字还是手工馒头店,淡绿色底子上写着五个大大的黑字,老远看着很清爽。

牌匾挂上去的当天,他们雇来了店里的第一个人手小梅。小梅是山里女子,家离青草镇三十里路,来的时候坐在奔奔车上,一路颠簸,落了一身土。腊东梅第一眼没看上,见这女子邋里邋遢的,她心里就不热。但苏龙悄悄戳一下她的腰眼,说咱要的是打杂的,烧火扫地端蒸笼,你嫌弃她脏就不要叫她挨近面活儿嘛,再说在你手底下调教,还怕调教不出个利索人儿？现在人手不好雇。

腊东梅还犹豫呢,女子进门就拿笤帚蹲着扫地,地是睡前才彻底清扫的,然后再拖一遍。现在不是扫地时间,但腊东梅没拦,看着小梅扫。随口问一句,为啥蹲那么低？小梅抬起半张脸,喊了声姐,说我妈教给我的,扫地就要蹲,不能高把子扬,扬起来都是尘土呢。

腊东梅心里一动,看来这女子有家教啊。

小梅就这么留下来了。

还真是人不可貌相,三天后腊东梅就不觉得小梅邋遢了,她勤快、嘴甜,最重要的是知道看眼色,顾客多的时候闭着嘴闷头干活儿,没人的时候陪着腊东梅说几句闲话。啥活儿不等腊东梅动嘴,她知道抢在前头干。第三天腊东梅带着她进了斜对街的服装店,叫她试衣裳。小梅瘦高,穿哪件哪件合适,最后买了件深蓝牛仔裤,粉红夹克衫,脚上配了双白运动鞋。再去理发店剪了头发,把那条长长的拖在脑后的辫子给剪了,剪了个现在最流行的童花头。

　　腊东梅和小梅在街上走,碰上的人问这是谁家的呀,不是你亲妹妹吧。腊东梅笑,说是亲妹妹,咋地,要不要说给你兄弟当媳妇?

　　店里添了人,自然添了一份麻烦。白天还可以,夜里睡觉是个大问题。苏龙挪下去,每晚睡前把一块案板搬下来放在一张矮桌子上,就算是床了。小梅跟腊东梅挤一床。

　　有一夜墙那边又开始嘎吱。

　　腊东梅醒来忽然听到,听了会儿,装作没听到,继续睡。迷迷糊糊中感觉左边在动,一个身躯在悄悄颤抖,抖得厉害,床慢慢地发抖,枕头里的荞麦皮也在簌簌作响。她意识到是小梅,这姑娘好半天原来一直醒着。那刚才感到她呼吸平稳均匀,难道是在装?

　　嘎吱声断了又续上,断断续续前前后后坚持了大半个小时。等得腊东梅犯困好几次。终于听到那边彻底消停了。腊东梅忽然坐起来打开灯。灯泡的光扑下来,腊东梅看到小梅大睁着眼,正一脸惊恐地看着腊东梅。

　　腊东梅重新灭灯睡觉。从此心里对小梅有了疙疙瘩瘩的感觉。看她没有刚来时候顺眼了。悄悄给苏龙说,这女子虽然是山里出来的,但不老实,你看才来多长时间呀,就知道打扮自己了,成天拍拍打打洗洗刷刷的,只怕不是个平处儿卧的货。苏龙骂腊东梅事情多,没事找事,寻窟窿儿下蛆哩。

　　三个月后小梅跑了。

　　家里人找来,是一对脸蛋红扑扑的夫妇,一看就是在山里常年坐着,很少出来的那种老实人。

　　腊东梅怕对方找自己要女儿,一见面就开始数落小梅,从吃穿用度到行事做人。虽然她的话说得巧妙,听上去顺耳,其实聪明人谁都听得出她句句带着刀子,她就用这把刀子将这夫妇俩一直逼到了角落里。

一对老实人被腊东梅的话封了嘴,叹息着说自己女儿不争气,这么好的老板,不跟着干,好好的跑啥呀——背着女儿丢下的一包旧衣裳回去了。

他们走后腊东梅心里又歉疚,给苏龙说虽然小梅跑了是她的错,但毕竟是从我们这里跑了的,是我们没看好人,她父母没向我们要人,我们要念知感,以后寻个机会给那女人买件衣裳吧,好让我这心里的难过减轻一点。

小梅刚走,秀娟就来了。秀娟不是他们雇来的,她是苏龙姐姐的女儿。姐姐得知店里缺了人手,不等腊东梅开口就把人领来了,领进门说家里山地都退耕了,川里的水浇地也就那么几亩,闲着白闲着,不如在这里给舅母帮帮忙,娃娃也学个本事。

腊东梅没法推脱,只能把人留下。苏龙提前悄悄警告腊东梅,秀娟可是自家人,不能叫她受委屈。腊东梅摸着眼睛,说你说话讲点良心啊,我哪里就厉害了?小梅我待她不好吗?最后她跑了,也是对面手机店的小伙子勾引,又不是我赶她她才跑的。

秀娟胖墩墩的,说话走路都慢,做活儿也慢,腊东梅冷眼偷着留意,感觉这女子啥都好,就是饭量大。她来之前有时候一偷懒晚饭就不做了,去凉皮店随便提几份凉皮,就着馒头吃吃也是一顿。秀娟顿顿得吃饭,凉皮得吃两份。腊东梅心里就多心,想一个人吃两个人的量,这么下去还不把我吃穷了?

苏龙悄悄说腊东梅心眼小,计较这小事做啥?真是女人。她说,女人咋啦?你姐也是女人,人是她送来的,也不问问我就送来了。

有一天,腊东梅发现钱似乎数目不对。她没有张扬,第二天开始留了心。一周时间过去,这天晚上临睡清点账目的时候大家都在,一家人还有秀娟围在一张床上,苏龙玩手机,孩子们看电视。她最后把钱捆起来,推给苏龙,跳下地关了电视。娃娃们看得正有味,一个个跳着脚抗议。腊东梅抬手就给大儿子一个耳巴子,二儿子眼尖,要跑,被她撵着踢了两脚。没打小女儿。

333

腊东梅说老实交代,你们偷的钱藏哪了?

儿子本来哭得挨刀子一样,因为他们觉得平白无故挨打很冤枉,腊东梅这么一说,他们不哭了,他们心虚。

腊东梅说老大天天偷,一天三块,今儿干大了,摸了五块。老二一天一块,今儿还是一块。你们偷出去都买了啥?无非是方便面麻辣条水枪气球悠悠球儿,我也就不细细追究了,我只问你们一句,今儿我的匣子里丢的不光是五块加一块,还有五十哩,也叫人拿了。

这话一出口,两个儿子跳着脚不依了,老大哭了,老二一看情况不好,也赶紧抹眼泪,两个人咬紧牙根,瞪着眼睛就是不承认自己拿了五十块。

我赌咒,我要是拿了我这就死在你面前。我也赌咒,我拿了五十块,我眼睛瞎了,沟子烂了,出门叫车碰死。

气得腊东梅给哥俩一人一巴掌——你们都是我肚子里爬出来的,我养你们容易吗?谁叫你们随便把命赌上的——腊东梅说着,竟然哭了。

苏龙在用手机看CBA,这时扭过头来,说你行啦,这打鸡骂狗的叫做啥哩?不就是五十块钱吗?我拿了,我出去吃了碗烩肉。

腊东梅的目光从来都没有看半眼秀娟,这时候她才叹一口气,正式看着秀娟,说秀娟啊,你看了不要笑话,舅母挣几个钱不容易,一天挣几百几十几块几毛,我心里都有数儿哩,我还不是为了这一家人的穷日子嘛。

秀娟呆呆站着,不知道该说什么,就什么都没说。

背过秀娟,腊东梅和苏龙吵了几句,说钱是秀娟拿的,秀娟不能留了,手不干净。苏龙说抓贼抓赃,不要空口乱说。腊东梅没吭声。

一周后腊东梅把秀娟堵在偷钱的现场。

秀娟本来在扫地,腊东梅出去端笼了,脚步噔噔噔响着走远。秀娟扫到案板跟前,身子靠住案板,好像在休息,一只手伸进后面去了。她第一次抽出来十块钱,一看太少,放回去又夹,等两个胖胖的指头夹着一张五十的绿票子时,门口一暗,回过头的时候,腊东梅已经靠在门口盯着她的手看。秀娟像抓着一块炭火,手一软,钱滑落下来,轻飘飘落在地上。

这时候苏龙恰好从楼梯上下来。

抓贼抓赃,这一回堵到了现场。

晚上秀娟没吃饭,但她主动洗了锅灶,解围裙的时候,说舅母舅舅,我不想在这里干了,我已经把蒸馒头的本事都学会了。

秀娟由苏龙亲自送回家了。

人走了,腊东梅却忽然心里空落落的,时不时瞅着那钱匣子走神。放碱的时候手感没了,前面三袋子缺了碱,闻着有一股酸味。后面的又重了,揭开笼盖,一个个大馒头咧着黄灿灿的大嘴傻笑。

秀娟这女子,就这么走了。

不过走了也好啊,家贼难防,免得我成天盯着她了——腊东梅舒一口气。

看来以后不能再雇人了。招一个人进门,不是简单的事,不是知根知底的万万不敢招惹。不,就算是知根知底的也不雇了,自己一个人扛吧,还年轻,多吃点苦不算啥。

这时候一个小个子媳妇急火火出现在门口,怀里抱着一个娃,说嫂子,我叫祖儿,你见我家瓜了吗?

6

苏龙说妈又病了,睡倒起不来,饭也吃不到嘴里,咋办哩?

腊东梅默默听着,没吭声。脑子里却放电影一样回放着离开时候的那一幕。那时候,腊东梅感觉自己和婆婆彻底结下了仇。要说在以前婆婆不喜欢她,那只是婆婆的事,她还是尽心尽力地做儿媳妇,该做饭做饭,该烧水还是烧,每顿饭都是双手圆碗端到老人面前。她总觉得老人不喜欢小辈儿,那是老人的事,当小辈儿的该尽孝还是得尽孝。但离家的那一刻,她心里忽然恨起婆婆来了。

335

当时腊东梅在偏房里尽量收敛着手脚拾掇细软,轻轻地翻箱倒柜,这一倒腾不要紧,竟然很多。她抓起一件件地看,再换一件瞅,该拿哪些又不拿哪些呢,真是难以决断。不带吧,这一出去日子肯定艰难,都带上吧,这包包蛋蛋的,车里塞得下吗?正烦恼呢,听到娃娃的哭声。是女儿在哭。哭声越来越近,她肯定是边哭边找妈妈告状来了。是老大还是老二惹的?她忽然有些恼,两个当哥哥的,皮小子,都那么大了,就是不知道疼护妹妹。

忽然一个声音透过窗玻璃钻了进来,在耳朵碗儿里打个旋,她头轰一声就蒙了。是婆婆在骂人。是指鸡骂狗,在借机给她捎话呢。

快走,快走,都快走,早走我眼前头早清净,这一天到晚鸡飞狗跳的,哪像过日子的样儿?声音缓了一下,似乎婆婆被一口风封了口。这是婆婆一贯的骂人风格,她肯定咽了一口唾沫,调整下气息,然后再缓缓地拉开后面的长篇大论。婆婆的舌头有多毒,这些年她领教了无数次。果不其然,婆婆的声音陡然扯长了,说寡妇站在门背后,有走心没站心么?要走的留不住么?那就走么,把能带的都带上,能出气的,五个人,你们全走,不出气的,吃的用的花的戴的,你们都带上。去了我不想,你们愿意想我呢,就回来看看,不想回来就算了。我们两个老物儿老死在这院子里,是我们活该,我们没下场么,老了么……

婆婆自己把自己给说伤心了,哽咽起来了,听口气是在落泪。

腊东梅不由得挺直了脖子,她竖着双耳听完了婆婆的牢骚。一字不落,全收进了耳朵。她能想象婆婆此刻的表情。想着想着,她也禁不住伤心了,伤心什么呢?很多,杂乱,扑哗哗,气腾腾,像一把揭开了一锅热馒头,扑面而来,难以说清。心里头慢慢有了气,气头上冒着火,这火本来被极力压着、藏着,她也早想好了,就这么压着藏着,好好地离开。

谁能想到最后时刻了,婆婆还是把脸揭起来,狠狠地扇了一巴掌。这一巴掌,不轻不重,打在她脸上。她呆呆听着,她其实多么希望,能在这最后时刻,婆婆给自己一点笑脸。

哐当,刚打开柜门,一个包袱从最顶层掉下来,她打开看,是一双硬邦邦的鞋。鞋一直塞在最深处,受了潮,黑绒布面上生出一层白毛。看到鞋,她感觉有一勺子热油哗啦泼在已经燃烧的火头上。刹那间,眼里腾起一团雾,有些模糊,一股酸涩感哽在喉头。这是双新鞋,是准备收藏一辈子的一双鞋。她把鞋包好,重新放回去,忽然下了决心,动作重起来,乒乒乓乓地打包,衣服塞了两袋子,大大小小新的旧的鞋子一袋子,拿了几个碗,一把筷子,勺子铲子也拿了,最后把一个案板一口锅也搬下来。动静不再收敛,有意让声响大一些、重一些,婆婆听到就听到吧,不高兴就不高兴吧。

跟着苏龙走进青草镇街头那排门面房的时候,腊东梅看到了一大群狗,狗列着队热烈欢迎他们两口子的到来。

那个午后腊东梅的心情和街头的环境一样乱,所以根本没心情理会这些绕在身前脚后毛蛋一样乱滚的小家伙。苏龙比她更不耐烦,扯着洪亮的嗓子呵斥这些热情过度的原居民。但狗毕竟是狗,虽然有时候很聪明,但更多的时候它们是糊涂而率性的,挨了呵斥不生气,你追我赶跑前跑后,好像腊东梅就是它们的亲人,它们在欢迎她进驻手工馒头店。

苏龙把说过的话,又重复了一遍,妈又病倒了,屎尿有老汉伺候,只是这早晚一碗饭嘛,吃不到口里。腊东梅本来在掐馒头剂子,忽然不掐了,捞起切刀切,老切刀剁在柳木案板上,发出笨重沉闷的声响,咣——咣——咣咣咣——除了熟稔的麻利,谁都听得出,腊东梅是带着气的。

偏偏祖儿好像听不懂,她还是不紧不慢地揉着馒头,她笑着,说姐啊,前头那一笼是大馒头还是碎花卷,我咋刚做完就忘了?

腊东梅知道她是故意打岔,替他们两口子分神呢。她扑哧笑了,直起腰,右手揉着腰眼,说哎呀祖儿你不知道,有些事我不想说,说了一山两洼都晒不下,尽是眼泪么,还不如不说了。祖儿笑着说,姐你有我难么?你和我比比,你活得多好,我才是眼

337

泪里泡着的人么。

腊东梅揉着腰笑了,说死婊子,女人就是他娘的一个球命——苦得没法说。不过不管咋样,老家我是不回去的,他们老两口又不是只有他一个,凭啥眼巴巴就等着我们回去伺候哩?不是还有老大老二么?不是还有大姐么?

后面的话是说给苏龙的。

苏龙自嘲地嘿嘿地笑笑,说谁叫我们是老小嘛,小儿养老,我们说不过他们啊。

自从馒头店开始赚钱,随着日子好起来,苏龙对腊东梅的态度有了转变。这转变也许是一天天发生的,也许是最近才开始,腊东梅和苏龙都没有察觉,好像这本来是生活里应该有的常态,所以他们身在其中并不知道。

祖儿却悄悄看着,抿着嘴笑。

腊东梅就望着祖儿,也跟着笑。

苏龙见腊东梅态度好,跟着把后面的话也说出来。说当时分家时,我们多占了一分便宜哩,老大老二都是按人头分的家产和土地,我们呢,我们占了我们自己的一份,还有老人一份也归了我们,架子车奔奔车铡草机,啥大件儿都留给我们了,我们……

忽然咣一声,腊东梅一切刀没剁到面上,剁到个闲置的碟子上,碟子是搪瓷的,发出清脆的鸣叫,一路号叫着滚到案板下去了。

腊东梅说这碟子也是你娘老子留给我们的家产,一把子烂筷子儿摞子烂碗旧碟子,还算是家业吗?你也好意思说,为了这点不值钱的家业,我多受了多少气?有时节我真希望跟的男人不是老小,老小有啥好?老人的光沾不上多少,养老送终的事儿都推给老小了。

腊东梅有个优点,嘴里叭叭叭说着,肚子里胀着满满一肚子气,手里的活儿却不停,还更快了,就见那圆溜溜的大馒头一个接一个飞着从她手心里往外蹿。

看得祖儿眼睛都直了,祖儿轻轻一笑,说姐呀,你看你就是刀子嘴，嘴上不饶人，其实心肠还是善得很。最后老人要是真瘫在炕上了，回去汤汤水水伺候的不还是你？

腊东梅抬手在祖儿肩膀上狠狠按了一下，忽然那手腕子就酸得很，眼眶也酸了。看一眼苏龙，摇摇头说有时节啊，一个枕头上睡觉的人，还不如一个旁人贴心，我这心里啥时节恨过人啊？都是人在恨我，说着哽咽了。

苏龙冲着祖儿龇牙，偷偷地笑。祖儿望着他一个大男人不敢大声和媳妇折辩的样子，看呆了，好一会儿才回过头来，抿着嘴一直笑。

祖儿爱笑，人也勤义，最重要的是处境可怜，所以辞退梅子后，祖儿找上门要来这里干，腊东梅反复思考，不想再招人手，偏偏祖儿一进门就站到案板前搭手揉馒头，一边揉一边跟腊东梅说心里话，说的都是自己的难肠。

腊东梅还真是被这女人看透了，听到祖儿比自己还不容易，爽快地谈定一个月一千二，管饭。祖儿是这街面上的人，家在中学背后，白天干活，晚上可以回去睡觉。这也是腊东梅愿意雇佣她的原因，不然一个年轻轻的媳妇子，她雇进门来在哪睡觉就是个大难题。

谁的妈谁疼，自从婆婆身体不好，苏龙隔三岔五就回去一趟，一来老人真需要人尽孝道，二来有了祖儿，也不跟苏龙计较。苏龙慢慢地就不到案板跟前沾面活儿了，他要么帮着端蒸笼，要么烧烧火，慢慢地变得像个男人了。

有个晚上腊东梅数完钱，留下五十，准备攒多了买点啥去看看妈。人都是父母生养的，苏龙隔三岔五看他妈，腊东梅自然也想起自己的父母来了。八百交给苏龙，要他明儿去存。腊东梅顺便问了一句，我们现在有多少钱了？

其实腊东梅不问心里也知道，前天刚问过，十六万四千八。

苏龙想了想，说今晚的存进去，就是十六万，四千九——对，十六万四千九。

腊东梅不识字，但对数字还是明白一些的，尤其对钱数，像所有这个时代的人一样，保持着该有的敏感。

339

腊东梅忽地从枕头上爬起来,你说啥？今晚的存进去一共十六万四千九？这数字好像不对劲啊！前天你就说是四千八了,加上昨儿的七百,今儿的八百……

数字太大,她有点迷糊,就掰着指头算,四千八加上七百,再加八百,四千八,四千九,五千……那不是六千三吗？对,六千三,那你咋说四千九？把一千多哪去了？

苏龙怕冷似的缩了缩脖子,笑了,撒娇一般伸手来揽腊东梅。腊东梅躲开了,他扑了个空。腊东梅说你不要跟我耍这一套,说实话,你是不是背过我偷钱了？

苏龙嗨嗨一笑,你胡说啥哩,我好好地偷钱干啥？我们两口子过日子,你的钱还不是我的钱？都存进一个卡里了,就是我们一家人的资产,我好好的偷钱干啥？我那不是贼了吗？你把人当外人了对不对？

苏龙有些委屈。他这一委屈,腊东梅忍不住心软了。她瞅着这个个头比自己高出一半的苏龙,心里觉得嫁给这样的男人也算是幸福了,尽管有时候自己气不顺了,也会嚷嚷着抱怨几句,怨自己命不好嫁给这样的男人,但话说回来,还要嫁怎样的男人呢？细细想,这个男人还是不错的,没有啥大本事,但也没有啥大毛病,尤其自从离开老家之后,没有婆婆挑拨,他变了好多,她做啥饭他吃啥饭,她有时候撒懒不想做了,他去买点现成的凑合一顿也成,要是在老家,他一顿都不会凑合。

要说苏龙有啥毛病,就是太懒了。一双臭脚只要脱了鞋,臭味满屋都是,熏得人捏着鼻子替他掺洗脚水。腊东梅一面恨恨地骂着,一面笃定地指着他鼻子,你呀,也就是我倒霉跟了你,换了我看哪个女人愿意伺候你这懒货？

腊东梅疑惑地望着钱匣子,难道是自己记错了,冤枉他了？不对呀,一次两次错了,不可能三次都错。硬生生少了一千多,这咋可能呢？还是在自己亲手清点之后交给他的。难道自己这脑子真出错了？她苦恼地拍拍头,偏头疼风一吹就疼,今儿没风呀,再说自从祖儿来了,那烧火端笼的活儿都有祖儿跑腿呢,风吹不到她,咋又疼呢？腊东梅翻出一包安乃近吃下一片,说还是老式的药实在呀,这么一大板子安乃近才多少钱,吃一个就顶事,可比你那些感冒通啊啥的便宜还有效。

苏龙说你现在是老板娘么,风吹不着日头晒不着,你还头疼个啥?

老板娘,这称呼腊东梅爱听,听着心里受用,喜滋滋蹬一脚苏龙,舌头龇着牙花子,说咋,我是老板娘,你就是老板,你现在可牛得很啊。苏老板哎,我是老板娘,那我就是老板的娘了,这啥人想出来的呀,这不是骂人呢吗?说着嘎嘎地笑,笑得帽子都滑落了,笑得整个人软下去,好像没有骨头,只剩下一身软软的肉,软绵绵往苏龙怀里滑去。苏龙没笑,好像想什么重要的事,反应也有些迟钝,眼看腊东梅都要栽地下去了,才懒洋洋接住,两只手托着,靠到枕头上,关了电视上床睡了。

腊东梅心里的一捧火燃起来了,苏龙不帮忙是不能自己灭下去的,她有些吃惊地瞅着苏龙顶起来的那个包——苏龙这是老毛病了,睡觉喜欢用被子包头,好像总是担心有人会在睡梦里来割他的头。

腊东梅瞅瞅孩子们,早睡了,一个个发出了均匀的鼾声。再听听墙那边,估计也睡了,能听到那个男人的鼾声幽幽地回旋。

腊东梅说,哎死人,啥意思?不给的时节你缠着,现在想给,你倒是啥意思?苏龙翻个身,在被子里发出闷闷的回答,乏得很,早点睡。腊东梅干脆爬起来,说还要人家倒央你吗?苏龙又翻身向里,说真乏了,明晚吧。腊东梅一股子困劲犯上来,头挨上枕头也睡了。

祖儿这个人好是好,就是时间上不能保证,她隔三岔五地有事不能来,临时打个电话,说家里又闹仗了,不是两口子打架,就是公公婆婆又作难她,要么就是娃娃头疼脑热,腊东梅还能说啥?人家早就把话说在前头了,姐,我命不好,烂事情多,你给我按天数开工资吧,做一天算一天,不来的时节你少做点,少卖点,钱嘛,挣多少是个够呢?

本来腊东梅心里对她有点疙瘩,心里说你想来就来,想不来就不来,当我这里是自由市场啊,耽搁我生意哩。可是听了后半段话，她啥都说不出口了，倒是心里暖暖的，甚至有一点感念，想不到对自己最贴心的还是这个不相干的外人，出来干了这几年，婆婆就从来没有说过半句这样的话，每次见了，倒是话里话外地讽刺她现在膀子硬了，能起来了。

祖儿的时间不能保证，倒是把苏龙养出了一个坏毛病，就是再也不愿到案板跟前沾面活儿了，借着送馍馍、买菜、买面、拉水等借口，一跑出去就是小半天，有时节干脆一夜都不回来。腊东梅想闹，也试着闹了，苏龙瞪着眼，说钱你挣，你管，你是掌柜的，你还要我咋样？我是大男人嘛，你能拴在裤带上？

腊东梅想想也是，苏龙再出去，她过问的少了，反正这财政大权她牢牢握在手心里呢。

7

这天腊东梅和麻女人狠狠吵了一架，吵得这条街上的人都知道了。好事不出门，坏事长了翅膀飞呢，捂是捂不住的，又是在这人来人往的大街上。

刚开始腊东梅没想着公开和她撕破脸闹一场。但她躲着，麻女人不想躲，她捂着，麻女人不想捂。事情发生后腊东梅想通了，闹了就闹了吧，出丑就出丑吧，反正这冤仇结下不是一天两天了，是该揭开来挤挤脓包、透透气的时候了，再捂下去只怕她们两个人都要憋出病来了。

事端是麻女人挑的头儿。

如果不是对方挑头，腊东梅也不会黑了脸闹这一出。

冬天天气冷，两家门口的鼓风机都在呜呜呜叫，两股白汽像蘑菇一样森森地在那里翻着跟头冒。

腊东梅端着一层新馒头往笼上放，麻女人正踮着脚尖往下取蒸笼，一个买馒头的女人从腊东梅身边擦过，看样子想问什么，却又是一副不想开尊口的样子。腊东梅扭过头没理睬，现在生意好了，她用不着见谁都赔着笑脸去巴结，为了三五块钱，她觉得笑得她累。

女人皮鞋咯噔咯噔响着到对方那团白汽里去了。哟,刚出锅啊,闻着都香,快给我装上,这三层子都要,再要五十块钱的花卷,家里过事用哩。

腊东梅心里遗憾了一下,原来是大买主啊,早知道刚才路过的时候自己该稍微挽留一下。既然人家已经走了,腊东梅也就不再遗憾,埋头忙自己的。

很快那顾客拎着满满一大袋子馒头出来,是个罗圈腿的女人,叉着腿越过地上的电线,又从腊东梅家门口经过,弯弯的腿不太利索,高跟鞋撑着电线绳子走。绳子像一串烂肠子丢在地上,女人都走过去了,偏偏麻女人跟在身后相送,一直送过界到腊东梅这边来了,她还一副依依不舍的样子跟着。

腊东梅冷眼看着,她知道麻女人这是有意气自己呢。

忽然麻女人踩到那串烂绳子,一个跟跄,差点一跟头栽倒在地。人是没跌倒,撞飞了前面罗圈腿手里的袋子,大白馒头满地滚。

腊东梅赶紧帮她捡,同时招呼站在门口的大儿子也来帮忙。儿子不情愿,嘟着嘴说又不是买我们家馒头,多管闲事。

腊东梅瞪儿子一眼,这么小就鬼得很,干啥都计较。她没时间说儿子,捡起一个个大馒头,这一片满地都是鼓风机吹出的炉灰,馒头一落地就沾满了灰。腊东梅有些惋惜,这么白的馍馍真是糟蹋了。麻女人劈头就是一句话,把你大的球头子不拾掇好,放在地上挡人哩。

这是在骂腊东梅了。

腊东梅觉得头噗通一声就大了,有背笼大。来青草镇这么久,有时也会跟顾客起纠纷,有人第二天赶来算后账说馍馍没蒸熟,有人嫌弃馒头小,也有老太太回到家又来退馍馍说买多了,腊东梅都是笑着哄着给化解了,像今天这样被人逼着骂得这么难听,还真是头一回。

腊东梅觉得一股血直往嗓子眼里泛呢,但忍住了,心里说叫她骂吧,又不能把我哪里一块子肉骂下来,我就当被疯狗咬了一口。

腊东梅以为事情就这么罢休了,但麻女人不罢休,从罗圈腿手里夺过破了的袋子,哗啦全部倒到腊东梅面前,那些刚刚捡起来的馒头又滚了满地。

你得赔!麻女人看着腊东梅。罗圈腿好像在给麻女人壮胆,说你得赔,你家绳子绊倒的。

腊东梅把手往裤兜里一塞,咳嗽一声,说那才是你先人的球头子,你们自己跌的狗吃屎,我好心帮忙拾馒头,我还好心成驴肝肺了?再说是我请你们从这里走路的吗?

手一抬,指着麻女人的门前——你家门前不也堆着一堆烂肠子吗?谁家都是这样,电绳子都在地上走,难道你叫我在半空里走?

麻女人气得浑身乱颤,她没想到腊东梅茬口这么硬,一张嘴就把人呛个半死。

两个女人就这么直眉瞪眼地僵持上了。

罗圈腿一看这阵势有些怕,快快地捡了一包脏馒头说我不要你们赔了,我拿回家喂狗就是。一溜烟走了。

腊东梅站在锅炉前想,这时候有个人过来给拉一把架多好,她们就不用这么绷着了。偏偏没一个人来拉架,这集市上不像乡里,乡里谁跟谁吵个架大家争着劝,大街上你就是跟人动刀子也不一定有人管。

麻女人跟一只斗上瘾的公鸡一样,一边骂一边往腊东梅跟前冲,竟然是要来和她厮打的架势。腊东梅哪能跟人在大街上动手哩?再说她不一定是麻女人的对手,对方身材高大肥胖,手里还拎着一把火钳子。

腊东梅偷偷看,地上除了一盆子拌湿的炭沫子,火钳子火铲子竟然都不见,往远处看,都在儿子手里提着,这小家伙刚才添了火忘了放下呀,现在麻女人要是往她头上招呼一下,她拿什么格架?

儿子傻傻看着这里,他已经被吓呆了。

腊东梅不敢大声对骂,就低压声音和她辩解,同时盼着苏龙能马上回来。偏偏他不知道去哪里了,肯定是被麻将摊子吸

344

引了。

　　麻女人这张嘴真是厉害,还不害臊,脏话一张嘴就来。腊东梅觉得就像有一个粪铲子在对着自己轮,一铲子一堆粪,一铲子一堆粪,劈头盖脸都是。腊东梅觉得自己简直已经满身都是屎尿了,快要被淹死了。

　　幸好大家都不是很熟,麻女人能知道的无非两家隔着一堵墙做生意以来的鸡零狗碎,要不然谁知道她会翻出腊东梅的多少短处来。

　　麻女人问候腊东梅的父母、爷爷奶奶、祖爷爷祖奶奶,再往上,连坟坑里的祖宗八辈都问候了。

　　腊东梅不甘心,又觉得这样骂人不好,白花花的日头在头顶上照着呢,脏话骂出口,就是罪孽呢。她只能反复跟着对方的话把儿走,说你骂我啥,我也骂你啥,我先人祖辈不得安康,你的也一样……

　　左右邻居都出来了,跟集的路过的人也被吸引了,人越来越多,围了半圈子瞅热闹。

　　腊东梅觉得自己嘴脸涨得有脸盆大,不敢抬头看,往地上看,水泥地上除了撒着一片片炉灰,没有一个坑,要是有个大坑,腊东梅真会一头扎进去把自己藏起来。

　　妈——妈——电话响了——你的电话——儿子的声音穿透众人,有些微弱地在远处响。

　　腊东梅像大水快要淹死的人忽然抓住了一根稻草。她循着声音就走,小跑着冲进玻璃门。她这一走,就等于是她输理了,麻女人响响地跺着脚,不知道在跟大家说着什么。

　　她听到了硫黄,熏馒头——这词儿敏感,直往她脑缝里钻,麻女人是在揭露她吗?啥都可忍,这个不能忍。腊东梅一把捞起最粗最长的那个擀面杖,这生意不做了,跟她拼了。

　　儿子在身后紧紧抱住了腊东梅。妈——你不要跟那个泼妇计较。儿子在哭。

　　腊东梅心里忽然就清醒了,轻轻撒了手,回头摸儿子的脸。她惊讶地发现儿子的下巴再也不像小时候那样嫩嫩的绵绵的,

345

不知道什么时候他变得尖嘴猴腮的,下巴就像被一双看不见的手捏得变了形,这么近距离看着,她觉得他已经是一个长大的男人了。

麻女人终于也回去了。

要说腊东梅心里完全不在意不胀气,那是假的,她还是很气的,满肚子的气撑着,没心思做馒头,看着之前搅好的一袋子面在和面机的仓子里醒着,都醒过头了,变得软乎乎的。

有人来买馒头,馒头没了。

腊东梅鼓起一股劲,往仓子里倒进去半袋子面,再狠狠撒几把小苏打,搅动一阵,也没心思看碱,就那么扒出来丢在案板上,懒洋洋揉了一笼大馒头。没有熏,等要上笼了,才记起外面的火这半天没管,硬着头皮出去看,火剩下一团灰烬,她插上鼓风机吹。干活儿的同时偷偷扫一眼那边,那边的鼓风机一直呜呜叫着,一副岁月依旧的好景象,腊东梅在心里狠狠吐了一口痰。

夕阳落尽的时候,腊东梅蹲在地上拆洗馒头,满满的四层子大馒头,都得拆洗。没熏,馒头光溜溜的,掰开看,碱不大不小,其实很合适。但买馒头的一看就皱起了眉头,你姨,咋拉着脸不笑哩?——平和的女人跟腊东梅开玩笑——那些不爱说笑的,一看馒头不像平时的样子,就摇着头走了,就算是拿,该拿五元的也减到了一元两元。

你这娃娃昨儿的馒头那么好,今儿咋是这嘴脸?一个老汉不笑,板着脸问。

腊东梅苦笑,她能告诉对方,我没有用硫黄熏吗?她什么都没说。

六点钟,腊东梅决定拆洗。一个不留,全部拆洗。

天擦黑苏龙才进门,高大的身子门扇一样摇摆着晃进门,笑嘻嘻的,蹲下来往腊东梅脸上瞅。咋啦?吵嘴啦?咋搞的你两个?吃饱了胀得嘞吗?

腊东梅懒洋洋说你能想办法把那电绳子给咱挂起来吗,拖在地上叫人担心哩。

苏龙一脸无所谓,说怕啥,打死你我赔命。

第二天腊东梅蒸馒头的间隙,找了几个干净塑料袋把电绳子疙疙瘩瘩不结实的地方给缠了缠。缠完抬头望天,天灰沉沉的,一副不开心的女人脸。

腊东梅叹了一口气。

晚上开始下雨了。这地方就这样,夏季比较干旱,到了秋后总有一段时间阴雨天,一旦下起来就缠缠绵绵的。腊东梅端最后一层笼的时候抬头望一眼高处,心里说秋雨来了,地里的活儿要停了,只怕今晚不敢多起面,我明早睡到四点再起来吧。果然,第二天雨水更缠绵了。街面上的楼房不像农村的瓦房,一下雨雨水会顺着廊檐滴答。这里没有廊檐,雨水汇集到一起,顺着旁侧的水管子往下淌。腊东梅为节省水,拎着脏拖把出来到水管子下冲。

出门时瞅见麻女人穿了件翠绿的外衫,估计是新买的。今年要流行大红大绿吗?腊东梅望着白亮亮的水从胳膊粗的白塑胶管子里往出涌,拖把头被冲得散开又拧成一疙瘩。她想,下午得去服装店看看,有合适的也买一件穿。

想这些的时候,她好像跟什么人赌着一口气。

腊东梅提着干净拖把转过楼拐角,忽然听到了一声锐叫。

腊东梅脚底下一滑,一屁股坐下去,正好跌进个水坑里,结结实实坐了一屁股水。

秋雨真凉,一瞬间她感觉自己整个人都凉透了。

人们像蛰伏在水泥房间里的某种虫子,雨天街道上空荡荡的,偶尔有车辆瑟缩着疾驰而过,甩起的泥点子向后抢去。那一声惨叫,和随之响起的惊恐的呼喊,很快惊动了前后左右营业房里的人,人们像虫子一样扭动着湿漉漉的身子赶来。

腊东梅伸出手想让苏龙拉自己一把,苏龙却看都不看,跨着步子从她腿边跳荡过去,几步就跨到事故现场去了。

腊东梅扒掉脚上湿透的鞋才爬起来,顾不得湿漉漉的身子,胡乱踩上鞋,就往左边跑。

麻女人拉电绳子的时候被电打了,打得很结实,电流将她整个人贯通了。她呈现给大家的,已经不是那个邋里邋遢的女人模样,而是一段烧焦的黑木头。她的右手还紧紧地攥着一截子电线。看样子她是要插到搁在一块砖头上的插板里头去。

雨下得更激烈了,在头顶上往下泼洒。

仿佛那万丈高的苍穹之上水窖的底子破了,在不停地漏水,要把人间给一点点淹没。

腊东梅好不容易从人丛里挤到前头,一直挤到麻女人面前。有人说快去找门板来把亡人抬进去停好才对,有人说先不敢动,要快到派出所报案才合适。

麻女人的男人已经没主意了,像个娃娃一样站在那里大哭。

腊东梅听不到他的哭声,只看到这个胖男人一对肩膀在抽风一样抽搐着抽搐着。

腊东梅看了看麻女人的脸,脸已经不是脸了,她想到了炉膛里烧败暗淡下去的炭块子。

腊东梅深深吸了一口气,在心里喊了一声胡大啊。

腊东梅的店歇了三天业。这三天,麻女人的事情有了眉目。其实也没啥处理的,她自己大雨天不注意安全,触电是很正常的。房东哭丧着脸掏了两千元埋葬费。麻女人的男人回老家给女人送埋体,去了就再没来过青草镇,店里的东西是他兄弟雇车拉走的,店门锁起来了。

腊东梅静静睡在被窝里,听雨水打在屋顶上,噼噼啪啪响。腊东梅说楼顶上到底是啥,为啥就不漏水呢?苏龙说牛毛毡铺着,沥青浇灌了,还有排水管子,漏水才怪呢。

腊东梅望着头顶看。这楼房刚盖起时应该还算是雪白吧,现在挂着几个蛛网,白色电线上爬满了苍蝇屎,有些地方还有脚印。腊东梅知道那是把鞋脱下来甩上去落下的,她的两个儿子打起架来,也会拿鞋子追着打对方,有时候用的劲大,鞋底子啪一声就拍到了白灰屋顶上。

腊东梅说我要是知道她会这么快出事,我咋也不会跟她吵嘴啊!苏龙说你们女人就这样,心眼比针鼻眼儿还窄,有啥大不了的呢?腊东梅说细细地想,她也是个可怜人。你想想,每天天麻麻亮她就起来了,是我们这一排起得最早的,家里娃娃多,拖累大，又穷成那个样子，她只能多挣钱了，一大家子人的，都得养活。苏龙说谁都不容易，有办法谁丢下老家跑到这里来，混得人不人鬼不鬼的？

腊东梅忽然爬起来，声音也高了，你啥意思？还委屈你了是吗？你心里放不下娘老子，就把事情往我身上推，好像是我害你出来的。苏龙一跺脚，你们女人啊，一个个都是糊涂脑子，跟你们真没法说。转身走了。

腊东梅重新瘫在枕头上，瞅着屋顶看，软软地说，都是真主的造化，真主给我们造化了生，也造化了死，阿訇讲过，死是在生的前头造化好的，这就是你的造化啊！

屋子里静悄悄的，只有空气在默默浮动。

8

麻女人一出事，连着几家铺子的人都蔫蔫的，好像把大家的魂儿给勾走了一半。尤其腊东梅，很长一段时间都乏乏的，每天除了机械地起面蒸馒头，别的上头啥心劲都没有。

其实这街上多了一个人，少了一个人，大家的日子还是照旧过着。这一排唯一的变化是，所有蒸馒头蒸包子的店铺，不再随手把电绳子丢在地上走线，各家门口栽了小小的杆子，把电线高高地挂了起来，这样一来整齐多了。

忽然一天，那紧锁的门重新打开了，开始装修，沙子、水泥、白灰、木头板子，哐哐当当吵了几天，一副东山王家干炒货的牌子挂上去，一对年轻的小夫妻出现在店铺里。

腊东梅舒一口气，说这家店可算是租出去了呀！夜里腊东梅摸摸自己瘦了一圈儿的腰，感叹日子真是快。顺手再往下摸到了自己的身子，湿漉漉的，竟然有些渴。她悄悄地掀开苏龙被子，把半裸的身子钻进被窝，顺手去摸苏龙。苏龙伸出的手有些硬，似乎想往外推，终究没有推。但她有感觉，他的热情不高，没有从前那种大喜过望的欢迎，而是有些犹豫，用胳膊抱着她，低声说小心娃娃听着。

349

腊东梅像娃娃一样娇憨地笑着,一个劲儿往他怀抱深处钻,说你啥意思,不想啊……把手探进黑暗深处去摸。摸到了,抓在手心里,有点失望,不是自己想象的效果。就趴在他身上,慢慢地用手撩拨。

青草镇是小镇,白天逢集的时候,人流量很大,满大街都是黑压压的人头,人头中夹杂着白花花的小圆帽,那是回民男女,也有小媳妇不戴帽子,搭的是粉色紫色蓝色红色的丝巾,这五彩的颜色就像给单调的街头涂抹了一点鲜亮。

白天的喧闹终究会散去,到了夜里就显出安静和清冷来,夜色也昏沉沉的。这样的夜比老家的山村稍微亮一点,稍微吵一点,但还是寂静的。只有大车路过的时候,巨大沉重的轮子碾着地面发出颤悠和嘶鸣。

可能墙那边加了隔音板,又把连通的屋顶做了处理,现在那边卖炒货的小的口里夜里会不会折腾呢?那小伙子会不会打鼾呢?他们会不会吵架呢?反正从此什么都听不到了。

腊东梅的努力没白费,事情终究是做成了。但时间很短,腊东梅感觉自己的身子还没有舒展开呢,苏龙已经喘着气爬起来摸索找纸了。

站在大盆里洗大净时,腊东梅感觉一壶接一壶的清水淋下来,把她身体深处的邪火给浇灭了,却把内心里沉睡的一些疑惑给唤醒了。洗完后她没瞌睡,趴在枕头边抱着他的头,问他咋了,身体哪里出问题了,不会是病了吧。

苏龙有些害羞,但终究是点头承认了,说身体不好,有劲使不上。说完忽然抱住了腊东梅,嘴贴着腊东梅耳朵,问,我有一天成了残废,你会嫌弃我吗?

腊东梅心里忽然回荡着一股热辣辣的气流,心情莫名地好起来,激动起来,一点都不失望,好像怀里的这个男人成了自己的儿子。她溺爱地抱着他,轻轻说你放心,我不会嫌弃,有病你就该早跟我说嘛,咱给你看就是,咱挣钱为的啥?还不是有个健健康康的身体,有了病咱就看,我不怕花钱。

苏龙似乎被吓着了,一下子坐起来。坐起来又溜倒,重重地摆手,不行不行,这算啥病?还值得去看?花那冤枉钱干啥?估计日子长了它自己就好了。

腊东梅又把手伸进被窝去摸了摸,像拍着孩子的小脸儿,拍了拍,说你给我要麻达哩是不是?不怕,明儿咱就去看,青草镇的医院不行,太小了,咱去县医院看,关门陪你去。

三点钟闹铃唱起来,腊东梅爬起来照旧蒸馒头,等八点钟已经把九袋子面蒸了一半苏龙才下来。祖儿也在,是六点钟来的。腊东梅解下围裙,说咱拾掇走吧,店叫祖儿看着。祖儿你操个心,下午肯定就卖完了,你要是想再发点呢就发上两袋子面,要是撒懒就算了。

祖儿抿着嘴微笑,不说发还是不发。

腊东梅上去换衣裳,苏龙跟上来拉住不让换。苏龙的脸势怪怪的,说不去,看啥?这点病没必要花钱,你钱多就自己看去,我可不去。你不知道,男人过了三十五岁都这怂样子,我快四十岁的人了,不年轻了,还能像小伙子一样吗?这不是病,没必要看。

腊东梅气得笑,苏龙的脸都黑了,铁了心不去。

腊东梅想想,觉得苏龙说的也是,也许这点病真不用看,也就不勉强了,但心里还是不宽展,总觉得不踏实。心里搁着事儿,下去揉馒头时就显得心不在焉,手腕子都是软的。

祖儿在一边偷偷看,手在面里头,就用肩膀扛一下说,姐啥心事,说出来心里就宽展了。

腊东梅看她一眼,烦恼地说苏龙的事儿,你不懂。

祖儿扑哧笑了,拿手去捂嘴,嘴角顿时染了一层面粉。祖儿是那种汗毛很多的女人,眉毛凶,嘴唇周围和鼻子两边也生着一层毛毛的细绒,像男人的胡子。胡子上挂着面粉,她更显得眉眼生动,竟然有几分妩媚。

腊东梅看呆了,第一次发现她真的好看。

祖儿不自在了,轻笑,姐,认不得了啊?

腊东梅幽幽地叹气,哎,死货,你家里闹得咋样了?要不离婚算了,你说你真打算一辈子跟个瓜子过?你过的啥滋味啊?

祖儿心情顿时不好了,脸也黑了,用手背擦一把脸,一张脸又全白了,她不知道,幽幽地说我想离啊,可人家不离,我有啥办法?

腊东梅嘴一撇,腿长在你身上,你想走,他们还能拿绳子把你拴住?

祖儿头摇得树叶一样,说得轻省,三个娃哩,他们知道我舍不下娃娃,说离婚的话一个娃都不给我,叫我一个人滚蛋,你说我能就这么走吗?瓜子我不稀罕,但娃娃是我身上掉下来的,我舍得全都留给脑子不正常的人?

腊东梅没法回答,但靠住案板长长地叹气,人活着啊,都有个不容易哩,各家有各家的艰难,没法说了,也说不清楚。

祖儿摸一把眼泪,说你姐现在是老板娘当着,生意好得钱哗啦啦往进来淌,娃娃长着哩,男人好得很,你还有啥不如意的呢?

祖儿的声音哀哀的,含着无尽的悲伤。

腊东梅的心忽然就被这声音穿透了,她觉得这一刻哀叹的不是祖儿,而是她自己。她感觉祖儿都跟自己交了心,自己再瞒着那就是不把姐妹当姐妹了。有时候女人之间是需要拿秘密交换秘密的,是需要拿彼此的秘密来巩固和加深一些东西的——这一刻腊东梅忘了祖儿只是自己雇来的一个人手,她把她当姐妹了。

腊东梅压低声音说死货你哪里知道呀?他不行了,从前都是他缠着我,三五天不来一回就火气大得很,每一回都是半个小时哩。这些日子不对劲了么,冷清得很。我先还没觉意,这几天才发现不对劲了,起不来了么,三五分钟么……可不是病了,得去看看,他还不去,说男人上了岁数都这样子。

门口一暗,有人进来买馍馍,神秘的交谈顿时中断。

顾客离开后,两个女人之间却再也没有把谈话持续下去,似乎有什么已经横着插了进来,横在她们中间,那种情不自禁地让人想要往外掏心里话的欲望就这么枯萎了。

腊东梅不想说,祖儿似乎也不想听。腊东梅干活儿的间隙出现了好几次走神,站在地上望着某一个地方出神。祖儿也显得有些魂不守舍,一会儿捏着面愣愣的,一会儿又皱着眉头苦苦地想什么。

夜里腊东梅给苏龙念叨,祖儿迟早要叫那个瓜子男人给害死。苏龙没说话,似乎他某一方面不行,连谈论别的女人的兴趣都没了。

腊东梅终究抽空去了一趟县城,把店托付给祖儿一个人照看,她到县里一个有名的中医跟前抓了几副草药背了回来。

腊东梅亲自熬药。每天下午,炉火上架着一个砂吊子,里面咕嘟嘟翻着灰糊糊的草根树叶人参鹿茸枸杞红枣,前后熬三次,需要一个半小时,腊东梅顾不得腰酸腿疼,顶着集散后满地随风旋转的破塑料袋,熬出一大碗红呼呼的汤汁。她亲自看着苏龙喝下去才放心。

腊东梅花了一千多,苏龙喝下了十几副药汤,发现效果不明显,她也就灰心了。夜里搂着苏龙,很豁达地说算了,我也想通了,女人要男人,无非就是养娃娃,咱现在儿女都有了,不行就不行吧,三五分钟就三五分钟吧,只要咱两口子一条心往前过日子,只要三个娃给咱乖乖地长着,我就念知感了。睡吧睡吧,不行更好,以后我们都清净。

腊东梅发现自己其实是一个人在自说自话,苏龙始终静悄悄的。她强压着心里的难过,觉得黑暗里沉默的苏龙更像是受了委屈的没娘娃,她一把把苏龙揽进怀里,手心摸索他的头和脸,又掀起衣襟把奶头压在他脸上,希望这柔软的部位能带给他暖意。

从这以后苏龙很少来缠腊东梅,慢慢地腊东梅自己也淡了,多亏了每天的活儿辛苦,满满忙活一整天,夜里头挨上枕头就睡,没有精力想别的。不过腊东梅一颗心还是悬着,有时候想起苏龙的病,就觉得烦,毕竟是一种病在身体里慢慢长着,叫人咋能踏实呢?奇怪的是苏龙除了那方面不行,平时的生活起居倒是很正常,开着车东跑西跑,抽空儿也打打麻将,有时候兴致好了,会凑到案板跟前来,看腊东梅和祖儿揉馒头,听两个女人说话,偶尔也会给两个女人讲讲他从外面听来的事情。

祖儿爱笑,常常是苏龙刚提起个开头,她就笑,抿着双唇,嘴角上扬,把肉肉的嘴唇抿成一条上翘的线,五官挤成一团,笑得弯下了腰。她不管咋笑,却没有声音,这让腊东梅想起麻女人,麻女人的笑是有声音的,嘎嘎嘎,笑出的声浪在耳畔回旋。

有时腊东梅会跟着笑一阵,有时腊东梅没心情笑,也觉得苏龙带来的事情实在没啥笑头,但祖儿就是爱笑,好像苏龙的笑话是专门逗她笑的,她不笑就对不住苏龙这一番苦心。

腊东梅有点看不上祖儿这毛病,一个妇道人家,人家的男人一说话你就笑,还笑成那个样子,有必要吗?转念想到祖儿的男人,就不胀祖儿的气了。那男人据说祖儿嫁进门就是个瓜子,这些年除了和祖儿养了几个娃,还能给祖儿啥?祖儿守着那样的男人过日子,活得还像个女人吗?还有女人的乐趣吗?肯定是没有的,腊东梅有点同情祖儿。

这淡淡的同情一直持续到半年后的一个下午。同情瞬间就转变成了五味杂陈。

不知道是啥人打了举报电话,说青草镇的馒头店用硫磺熏馒头。忽然一天,几个穿制服的人出现在门口。

当时腊东梅在挽花卷。花卷相对要麻烦些,把面擀成案板一样大的一张,然后撒上苦豆子沫,用刷子蘸着姜黄粉和一点点清油抹一层,狠狠撒几把面薄,卷起来再切碎,一个一个用筷子压着挽,泛着淡黄清香的小花卷很快就花朵一样开了满满一案板。

这个祖儿,不知道今儿又啥事,死货,一直闹离婚,就是下不了决心彻底地离,一天天拖着,天天和男人闹事儿,有时候挨了打就不来了。她不来,腊东梅一个人要干这么多活儿,腊东梅觉得累,就叹了口气。

门口一暗,拥进来三个人。但不像买馍馍的。腊东梅痴眼看着。

果然不是买馍馍的顾客,一个稍年长的和腊东梅说话,基本上都是他在问,腊东梅给他回答。两个年轻的到处翻着看。案板后头,压面机背后,门背后,面袋子前后,几乎把所有的角落都看了。翻出来半袋子苏打粉,一包姜黄,一铁桶苦豆子沫,一桶清油,没有别的。

你馍馍里头放的啥?

早在他们开始翻看的时候,腊东梅就已经猜到了他们的来头。嫂子那里经常检查呢,所以嫂子说那东西万万不敢往显眼处放,要藏起来。

腊东梅说起面,放苏打粉。不放别的?腊东梅说有时节起的不好,就加点泡打粉。中年人点点头。

年轻人说,泡打粉?中年人说学名发酵粉,这个可以用。那没有别的?中年人笑眯眯的,看着腊东梅的眼睛问。腊东梅摇头,她听到自己的声音很坚决,没有。

他们走了。腊东梅扶住玻璃门,忽然想哭,想起楼上床底下剩下的半箱子白色粉末。

马家馒头店里查出了硫磺。据说罚款了,事情很快就传出来,在街面上流传。

腊东梅望着马家馒头店,心里不高兴,也不难过,隐隐约约觉得遗憾,那些人真是检查得有些潦草,只查出了马家一家,要是仔细查,这街上只要是卖大馒头的,没有人敢说自家的馒头没有熏制。

隔壁卖炒货的小媳妇走过来,却意外地跟腊东梅说了话。她拿眼睛环扫了一圈儿问,那个女人没在啊?

腊东梅不明白,问,哪个女人?那个白脸的女人,她伸手在肚子前方比画了一下,说就是你们店里帮忙的那个。

腊东梅说祖儿啊,她家里有事没来。你和她熟?

小媳妇忽然叹口气,两眼盯着腊东梅看。

腊东梅被这奇怪的目光看得浑身发毛,不知道自己哪里不对了这样吸引人,赶忙低头也看,难道是衣裳穿反了,还是纽子系错了,或是裤腰带出来了?都没有。

你还把她留在店里?要是我早就撵走了!小媳妇忽然恶狠狠地说,还跺了两下脚。有人在门口看货,她赶紧走了。

留下腊东梅,她一时间不知道自己接下来该干啥才好,就站

355

在风里看风。

青草镇常起风,跟老家山窝窝里的不一样。老家的风轻的时候摇得杨树榆树叶子轻轻动,起大风的时候对面的山头上有旋风,旋风从顶一溜烟地跑下来,沿着土路跑,跑着跑着小了,瘦了,消失了。和青草镇的风比,老家的风带着土腥味儿,更粗、更硬、更干燥。

这里的风叫人咋说哩,有时节觉得就不像风,像个啥说不清楚。她几乎每个傍晚清扫卫生时都要隔着玻璃门看一会儿,风从哪里来的,不知道。风来的时候没有踪迹,只有那些破烂垃圾跟着风乱跑的时节,才知道是风来了。这里的风给人的印象就是垃圾、破烂和飞扬起来很恼人的炉灰。给人满鼻子废水的臭味,满地大小便的臭味,炉灰的呛人味儿和满街新货留下的气味。还有,青草镇现在又添了拆迁和新盖的味儿,满大街都是瓷砖水泥沙子。

这一刻腊东梅望着风,她忽然有点怀念老家的风,那风里是庄稼的味儿、草木的味儿、炕眼洞里烧牛粪的味儿、家常日子的味儿。

为什么要撵走祖儿?炒货小媳妇和自己并不熟悉,好像祖儿也从来没有去那边走动过,小媳妇和祖儿有仇?小媳妇这话是信口胡说呢,还是背后有啥来头?

9

大儿子考到县回中了,腊东梅和苏龙一起送娃入学。苏龙拧着方向盘,腊东梅在副驾座上,后面放了铺盖,被子褥子毛毯枕头加洗脸盆子暖壶,塞了满满一车。儿子夹在一堆行李中间,怀里紧紧抱着大书包。

儿子偷偷观察前面那一对男女,他们很少说话,男人专注地开车,女人心不在焉地望着窗外看。

苏龙说现在娃娃念书啥都有,零花钱也不缺,我那时节自行车捎了个破铺盖卷儿就进县城了,父母在地里忙着割糜子哩,哪有时间送我？感叹着扭过头来看一眼，说儿子你要好好学记住了吗？不该去的场所不要去，啥歌厅网吧都不许去，你就给我乖乖念书。

儿子嘟着嘴没说话，倒是狠狠地白了老子一眼。

两口子把娃安顿下来就离开了。临走腊东梅看到儿子眼里泪汪汪的，就捏住他胳膊摸了摸，悄声说妈不会离婚，妈闹活的目的就是叫他跟那个女人断了，只要断了妈就不闹了。

儿子咬着嘴唇低头看脚，不点头也不摇头。

出了校门，腊东梅打了个出租到车站，坐了班车回到青草镇。回到店里她给二儿子和女儿穿上新衣裳，又坐班车出门。苏龙的车回来了，他觍着笑脸凑上来，老婆，想去哪里，我送你们么，咋能叫老婆大人多走路呢。

腊东梅不理，拽这娃就要走，偏偏娃不愿意走路，哭着要坐爸爸的车。腊东梅把他们塞进车厢，自己也上了车。车一路开回了老家。

公公婆婆都在，腊东梅发现婆婆还是老样子，好像更虚肿了一圈儿，公公蜷在被窝里，初冬才到，他已经不敢出门随便走动了，秋冬之交他最怕肺心病复发。

腊东梅一屁股坐在沙发上瞅着老人看，看着看着她视线花了，看到眼前是三个婆婆四个公公，三四张带盖头的白头，五六张拘得青紫的脸面。腊东梅低头，泪水簌簌落在膝盖上。她扯起婆婆擦炉子的黑抹布擦手、擦脸，从哽咽里挣脱出嗓子来，说大、妈事情我已经在电话里跟你们说了，就是这么个事，你们给个口唤吧，你们让我走我就走，你们要是还当我是苏家的媳妇子，你们就拿个公道，今儿当着我们的面把事情做个了断。

两个娃一回到老家就疯了。青草镇虽然大，但不自由，他们一回来就跑出去了，看奶奶喂的珍珠鸡，逗弄红眼睛兔儿，在老崖跟下刨土土。

公公慢慢地坐起来，靠着墙角坐了坐，可能不舒服，又顺着墙根慢慢地溜倒睡在枕头上。

腊东梅知道真正能起作用的是婆婆，公公属于老好人，不能

357

指望他有什么狠主意。

婆婆把一笼子洋芋倒在地上,在一个盆子里淘洗,一个一个地洗,洗完了,又开始削皮。

腊东梅没帮婆婆,她第一次像个亲戚一样坐着看婆婆干活儿。

想起十几年前,自己嫁进这个家门,从此在婆婆面前就没有闲过,不是忙外面地里的活儿,就是做家务活儿,做人媳妇的,日子永远没有清闲的时候。做女人的,凭啥这么苦辛呢?

婆婆削的洋芋放了一盆子,放不下了,又放进另一个盆子里。

腊东梅打破了沉默,她说妈,我进门十七年了,给你苏家养了三个娃,有儿子也有女子,我像驴一样下苦,这些年没有功劳,苦劳总是有一点点的吧?我不敢想多要,只要你们当老人的能说一句公道话。

婆婆软软地抬起头,好像她脖子里没了筋骨,那颗沉甸甸的脑袋没什么来支撑,所以不敢用力,一用力就会嘎巴一声从中间断裂。

婆婆慢慢地摇着头,说你们都是奔四十的人了,又在外头能挣钱,就不得了,谁还把我们一对老死人当老人尊抬哩?你们的事,我们管不了,也没精力管,你们自己看着办。

腊东梅不觉得失望,其实这结果她早就能预料到,老人的话没有错,她和苏龙都奔四的人了,这事儿还真的需要老人做主吗?

之所以回来闹,是她实在没办法没主意了,只要是一棵草就想抓住了求救才来的。

忽然,呸一声响,婆婆朝苏龙的脸吐一口唾沫骂,没羞耻的东西,有家有舍的,不好好过日子,是吃饱了撑的还是脑黄子胀得难受,胡跳腾啥哩?好好的家非得跳腾散了心里才好受吗?

腊东梅知道婆婆这一口痰是蓄积了好一阵才攒起来的,亮灿灿的一团顺着苏龙的眼眶往下滑,一直滑过下巴,落到膝盖上了。

苏龙孝顺,不跟他妈胀气,站起来嘿嘿一笑,说妈,谁没好好过日子啊?好好过着哩。

咣一声响,婆婆手里的切刀掉在地上。婆婆说滚,都给我滚,看你们回去咋闹闹去,我们眼不见心不烦。

被窝里的公公忽然剧烈地咳嗽起来,咳得整个人抽成了一疙瘩。

离开老家回青草镇的路上,腊东梅脸色平展展的,好像心里完全不计较了,这事情已经过去了。

夜里腊东梅坐到苏龙枕边,说我想通了,我们离,三个娃我要一个,我一个女人家三个都要我抓不大,存折里的钱,我们一人一半,店你愿意就给我,不愿意我走,我们好和好散。腊东梅一直很冷静,最后那个散字出口,她知道自己又一次落下了泪。没开灯,苏龙看不到她的泪,她也不擦,任它悄悄地流。

苏龙把腊东梅揽进怀里,胡子茬摩擦着她的脸。腊东梅不挣扎,静静地坐着,但很冷,冷得像一块石头。腊东梅慢慢推开这个熟悉的身子,声音在黑暗里慢慢扩散,你会比我过得幸福,你们两个那么爱,不像我没脑子的半瓜子一个,就知道下苦挣钱,到头来没下场。

苏龙又把她抱进怀里,说你闹些日子也就够了,今儿还亲自闹到老人跟前去了,也算是把我的脸打尽了,你还要咋?再说,一对老人都那么大岁数了,你这一闹他们肯定心里会吃力,你真是忍心。

腊东梅忽然拿头顶着苏龙的胸膛狠狠地撞。她撞得那么重,恨不能把他给撞死,把这胸膛给撞破,她揪住他头发狠狠地扯,手腕子却酸软了,那些半寸长的头发就乱草一样在手心里滑过。腊东梅说我有啥不忍心的。我做错啥了我,你们把不要脸的事情干下,到头来我不是人了,我成坏人了。

把两个娃娃吓醒了。老二开了灯,傻傻瞅了眼他们,不言语又倒头睡了。女儿哇哇大哭,扑进腊东梅怀里,小小的身子颤抖不停。

腊东梅一直强撑着让坚硬的那颗心终于软了,她抱着女儿呜呜哭了起来。

离婚这两个字真的从嘴里说出来,她才真正知道它们的分量,那么重,重得要压垮她整个人。真的离了,好好的一家人,就得分开,苏龙肯定是跟祖儿在一起了,自己呢,带着娃娃过,日子会好过吗?要是再往前走一步,谁知道遇上的男人又是啥样的?她和他可是一起走过了十七年啊,想不到半途上会出这种变故,以后遇上的万一也是这个样子呢?男人的心谁能保证呢?难道还能再离婚,再嫁?

她摸着自己的脸,这几个月一直闹,天天装着一肚子气,吃饭不香,睡觉也不香,她瘦得厉害,像被谁的手狠狠捋了一把,脸瘦成了薄薄的一片儿。

离婚,真的像嘴上说说那么容易吗?只是把存折里的钱一分为二那么简单吗?她彻夜醒着,前前后后地想,一会儿觉得一切都舍得,一会儿又想起和他一起过过的这些年。说实话,这个男人对自己是不错的,刚结婚那会儿尤其疼,有些疼惜,是刻在心里忘不了的……可是他为什么还要这样?既然心里装着我一个人,咋又能装下另外一个女人呢?他如今还能对着腊东梅说心里有腊东梅,舍不得离婚,但要他痛痛快快离开祖儿,不要再和她来往,他又犹豫不决,男人都是这毛病吗?还是只有自己的男人是这样?

这些年在青草镇住着,那些奇奇怪怪的事儿她眼里看着耳里听着,真的见了不少,也不算是那种特别没见过世面的窝囊女人,但那时候总觉得那样的事情只会发生在别人身上,永远不可能在自己身上上演。谁能知道其实早就发生了,祖儿来这里一年半,他们早在一年前就好上了。其实满街的人都知道了,都在风风雨雨地议论呢,只有她腊东梅一个人还蒙在鼓里,要不是隔壁的小媳妇那句话点醒了她,她真不知道自己这冤大头要做到哪一天。

现在明白了,回头去想,从前不经意的,不理解的,现在恍然什么都明明白白了。可是这种明白,多么让人心疼啊!自从祖儿来了,苏龙喜欢绕着案板转,跟她们说话,说话的同时总是爱往祖儿脸上看;祖儿总是抿着嘴笑,笑得羞涩,腊东梅还以为她是真的腼腆呢;祖儿隔三岔五有事不来,恰恰这时候苏龙就有事跑出去了,谁知道他们躲在哪里见面呢?可笑自己还为苏龙的身子担忧,给他熬草药吃,吃了那么多,都是为了啥呀?腊东梅觉得那口气又冒上来了,堵在胸口就要爆炸,她说离婚,坚决离婚,要是不离我就不是我先人养出的女儿,我就不姓腊!

  腊东梅两口子一面闹离婚,一面做生意,无论如何人还得活下去,钱还得挣,这个家一天没散,活儿就不能停。腊东梅恨着一口气,人瘦了,干起活儿来却更厉害了,从前祖儿在最多起到十三袋子面,现在她起十四袋子、十五袋子。好像她跟那些面有仇,要拿它们来泻火报仇。她不央求苏龙帮忙,咬着牙抱起一袋子面哗啦倒进面缸,搭笼的时候三四层子,一口气摞上去。现在她更喜欢做的是挽花卷,一个人面对一案板面,慢慢地挽,像开花一样挽出满满一案板的小花卷,然后把它们架在火上去经历蒸汽的淬炼,最后变得丰韵饱满,真的像盛开的花儿一样面对着买馍馍的人。

  花卷太小,一锅子八九层子也只能蒸半袋面的量,这样一来,一整天从半夜开始到晚上关门睡觉,她几乎一刻都不闲着,都在忙面活儿,屋子里整天升腾着一股香香的面味儿。

  生意好得出奇。腊东梅却没了数钱的兴趣,每晚很晚才爬上楼,把钱匣子丢进苏龙怀里,看着胖了一圈儿的苏龙抱着那个匣子一张张数。腊东梅瞅着他,心里一阵悲凉。真是奇怪,同样是离婚,她心里的世界黑暗得伸手摸不到前方,他居然发福了,难道他心里就空荡荡的狗舔了一样,什么事儿都不放在心上?

  苏龙欣喜地叫,一千二,今儿挣了一千二百元啊,老婆老婆你真伟大,你知道吗?你一天就挣了一千二!

  腊东梅疲惫地笑笑,慢慢睡到枕头上,说你看着存去吧,我现在看着钱没有那么爱了,那时节我就想多挣钱,多多地挣钱,可是我现在真的不爱钱了。挣那么多钱,好是好,可是,把家挣散了,把心挣凉了,把人也挣散架了啊!

10

　　要离开了,腊东梅看着苏龙把小锅炉搬进屋,她过去把鼓风机的电线缠起来收到一起,把插板子也收起来,然后她拿笤帚扫那一片子地面。

　　苏龙有些不耐烦,说你扫那干啥?吃饱了没事干手闲得难受吗?你现在的任务就是缓着,你给咱好好地缓着。

　　腊东梅不理他,她扫得很认真,一下一下轻轻掠过,用高粱穗子压着尘土,不叫灰尘扬起来。扫成一个小小的坟堆,然后用簸箕揽了。没去平时随意倒垃圾的地方,端着一簸箕炉灰一直走到街那边的垃圾箱跟前。看着一簸箕灰尘全部倒进垃圾箱里,这才磕干净簸箕,转身慢慢往回走。

　　边走边看街景。来这里前后七个年头,七年里她从来没时间,也没心情,这样慢慢地好好地打量过这个地方。

　　这地方叫青草镇,为啥叫这么个名字呢?好奇怪啊,难道是满大街都长满青草吗?看看陡然扩了一半的马路,再看看左边那些早年的二层门面房,再回头看右边新冒出来的这些规划整齐、外形和颜色统一的新楼,哪里能看到一片青草呢?事实上夏天的时候,楼后的那条乡道上有草,可是却不青,被尘土污染得要多脏有多脏,叶片白苍苍的,简直算不上青草。

　　据说那新的街道正式开通后,青草镇的集市要挪过去,这一片属于老街了,而且可能紧跟着也要拆。反正拆不拆,拆迁后又会是什么样子,她都看不到了。医院的医生古怪得很,嘴紧得很,不管咋问都不告诉她,这病究竟还能活多长日子。倒是一起住院的几个病友给她分析过,说情况好的话能活一到两年,那要是情况不好呢,她没敢再往下问。

　　苏龙把东西都归置进屋门,就要锁门了,腊东梅过来阻拦,说要进去再看一眼。苏龙跟在身后想搀扶,腊东梅伸手在背后摆摆,不要他扶。她看得很慢很细,看了迎门摆着的那个大案板,那上面他们放过多少馒头多少花卷呀,热腾腾的馒头,泛着苦豆子香味的花卷,里面的案板上,她起了多少面,又揉了多少面呀!可惜没做个记录,和面机和压面机太旧了,使唤的时候没注意,现在才发现它们真是太旧太老了,好多次都想着淘汰了买新的,想想又舍不得那笔钱,现在不用换了,她这辈子是用不上了。

腊东梅伸手摸了摸三根擀面杖,从长到短,像亲弟兄一样的它们,紧紧挨在一起。多么像她的三个娃呀,一个比一个大一点,长短之间过渡得那么自然,那么和谐,没有一点突兀。她最后把最短的杏木擀杖捏在手里。

都盘给人家了——苏龙看见了阻拦——你呀,擀了多少年,还没擀够吗?

腊东梅本来想带上它,听了这话又松了手。她现在很听苏龙的话,有时候想听,就温顺地听着,即便不想听的时候,她也不会像过去那样顶撞了。尤其温顺的时候,她会禁不住地想,这一刻的自己,是不是像祖儿一样乖巧。

上楼梯的时候腊东梅还是不要苏龙搀,一步一步往上走,她穿的是脚跟平平的胶底鞋。可是这胶底鞋怎么那么重呢?每迈上一步,她都觉得要花费十倍的力量。汗悄悄渗出来,后脊背湿透了。她咬着牙走,她就不信,这上上下下走了那么多年的楼梯,还能把她给难住。

一共十九个台阶。这个数目腊东梅就是闭着眼也记得清。

初来的时候没少磕碰呀,也曾摔倒过,后来彻底熟悉了,半夜三点下楼的时候舍不得开灯,能摸索着一路平平稳稳地下到楼底。她那时候是个多麻利的小媳妇呀,把个小店开得红红火火的,钱每天哗啦啦往店里淌哩。

麻女人看着眼红,一定是看着眼红,才处处找她麻烦,她们大大小小明里暗里没少纠纷,细想起来,还不都是为了生计呀?那时候是有些恨她的,但现在回头想,她和自己一样,都是为了过上一份好日子呀,可怜她已经口唤好几年了。

苏龙看着腊东梅总算是迈上了最后一个台阶,他悄悄舒一口气,这个犟女人啊!这辈子吃亏就吃在她那不服输的脾气上

363

了,这都啥时候了,还有心劲看这里。住在这里的时候常常抱怨说不好,天天梦想着换一家大点的店面,最好能把大人和娃娃隔开睡,夜里听不到隔壁摇床的声音,晚上两口子想什么时候亲热就什么时候亲热,再也不怕娃娃撞见。

就在他背过身擦眼泪的时候,腊东梅的腿忽然软了,软得撑不住身子。她瘦弱的身子像一片骤然离开树枝的叶子,轻飘飘顺着楼梯往下滚去。

下落的过程中,腊东梅听到了风。

青草镇的风,不知道从哪里钻出来,在散集后空荡荡的街上,裹着纸片塑料袋满街游荡,一直从街头吹到街尾。风呜呜咽咽地叫着,是那么大,简直要把整个青草镇都给卷起来带走。

(选自《红豆》2018年第9期)

偏　方

包　倬

　　这对父子天未明就出发。如果黎明到来前的村庄里有人偶然睁开一双眼睛，或许会看见一束手电筒光在黑夜里跳跃，像一朵摇曳的花；如果真有这样的偶然，同样也会听见这对父子在赶路时的喋喋不休。这对父子，是阿尼卡山区的木帕和古坡。三个小时的山路，他们说了很多话，从家族跨金沙江坐羊皮筏进入阿尼卡，说到抽鸦片的太爷爷；从家支间的混战，说到苏尼捉鬼。最后，木帕长叹一口气，说那些事都过去啦，人这一生几十年哇，不管是好的坏的，最后都要化成灰，埋进土，眼下就看你的了。他说的眼下，是上世纪九十年代初期。一个灰蒙蒙，穷兮兮的时代。

　　"你十二岁了，该是知天明的时候了。"木帕每天都要说这句话。

　　"嗯。"古坡的回答也永远只是这样。

　　"我老了。这个家，今后就看你的了。"木帕又说。

　　木帕其实不老，才四十岁。只是长期和泥土与石头打交道，像是受了传染，他的脸是泥土的颜色，双手是石头的硬度。但是木帕的心，却像鸟儿，长翅膀的。

　　"嗯。"古坡又回答道。

　　"你他妈别嗯嗯啊啊的，像个哑巴一样。"木帕生气了，他最烦儿子不善言辞，却又满腹心事的样子，"到了镇上，给老子放机灵点，别他妈的像只呆头鹅，丢脸。"

"好。"古坡说。

现在,太阳已经升起。他们到了山顶。父子俩站在宽不过尺的山路上,作短暂的休息,准备走接下来的下坡路。鸟儿在树林里发出欢快的叫声,风中带着松树、野草、野花、药材的混合气息。他们望见的瓦巫镇,在两山之间的开阔地上,是绿野中间的白房子。褐色的公路像一条陈旧的带子,将那些白房子串了起来。走到山脚,山路和公路合二为一。他们走在公路的最右边,汽车从后面撵上来又超过去,心惊肉跳。有条河流在左手边,由众多山洪汇聚而成,浑浊沉默,让人不知深浅。

这是一个夏天的早晨。木帕和古坡顺着公路走到了小镇上,首先闻到了玉米秆的甜味,包子的香味和鱼腥味儿。有穿着蓝色长围裙的人在路边卖鱼,活鱼在案板上垂死挣扎。有人的篮子里装着刚从山上拾到的野生菌,还带着泥。更远一点的地方,一个地摊前铺满了老鼠尾巴,一只老鼠被关在笼子里,却当自己是只猴子,睁着小眼睛,四处撩人。小喇叭里发出懒洋洋的梦呓般的声音,"老鼠药,老鼠药,老鼠吃了跑不脱。"

古坡站在卖老鼠药的摊位前,目光和老鼠对视了几秒钟,又看了看那个满口黄牙的外地贩子,然后目光向左移,盯住了包子铺。他已忘了父亲在路上的叮嘱。直到他从余光里看到走到包子铺前的父亲,他才羞愧难当地反应过来。但这短暂的羞愧很快被香味掩盖了。

"吃慢点,别噎着。车子还有半把个小时才到。"

古坡接过父亲递来的包子,塞进嘴里,他甚至用舌头和上下颚抵挡住了肉馅的滚烫。对他来说,新鲜的猪肉、姜末、葱花味,有种令人眩晕的香。他忍住了热泪。他心里明白,若非已经参加了小学毕业考试,并且有升至县城中学的可能,他不会吃到这又白又鲜的肉包子。

古坡狼吞虎咽着包子,木帕蹲在一旁抽烟。木帕穿一件藏青色中山装,最上面的一颗纽扣掉了;一条军绿色裤子显得有点肥大,但这颜色在当时并不落伍。他脚上发黄的运动鞋,原本应该是白色的。他蹲在街边,像是在拉一泡冗长的大便。

瓦巫街上，人渐渐多了起来，挑着担，背着筐，抱着公鸡或者牵着牛羊。群山之中的这个市场，像一块磁铁，每逢农历的二五八就将人们吸引到这里。客车从另一个乡镇开来，经过这里去往县城。

"你可以去逛一下，但别走远了。客车可是不等人的。"

木帕站起来，跺了跺脚，伸长脖子朝公路另一头看了看。古坡也跟着看，公路上很安静，连一辆牛车也没有。

"走，去给你买件衣服。"木帕说出这话，下意识地摸了一下中山装的前左前兜。那里装了几张钞票，他是一清二楚的。

古坡的身上穿着一件四个兜的天蓝色外衣，里面是红色背心。这背心大部分被扎进了裤腰，剩余的部分兜住了他的肚子。木帕可能发现儿子穿成这样，跟这个小镇格格不入。他花十块钱给儿子买了一件白衬衫，并且在试穿的时候让他别脱下了。红背心和外衣被塞进了书包里。然后，父亲看着穿上白衬衣的儿子，嘴里反复说，不错，不错，这样才像要去县城的嘛。

他们经过一家餐馆的时候，看见一台黑白电视机里正在播放着武打片。父子俩站在门口看了起来。那时候，他们生活的那个叫阿尼卡的地方还没有通电。他们也不知道，那部电视剧叫《莲花争霸》。父子俩看一眼电视，又看一眼不远处的车站。当看到候车点的人越来越多时，他们不得不离开了。

不远处的公路上，有一辆白色的客车颠簸着朝他们开来，扬起的尘土像一条尾巴。

"上车时不要害怕，你只管朝前挤。"木帕说，"如果挤不上去，就只有等下午了。"

"总得讲个先来后到吧？"古坡低声说。身边那几个候车人开始系鞋带，整理衣服，全都紧绷脸，眼睛盯着客车，一副要拼命的样子，古坡感觉自己的心脏紧张得像个拳头。

那客车带着风和尘土到了他们面前，吱嘎一声刹住，开了门。古坡从车门看进去，看到了密密麻麻的脚和身子。客车还没熄火，像是随时准备离开。身边的人开始朝车上挤，车上的人喊，上不了啦，上不了啦。与这种喊叫相对应的声音是，朝里走一点,再走一点。

木帕使劲将古坡往车上推,但古坡直愣愣的,并没有与父亲形成合力。一个穿牛仔裤的胖女人堵在前面,古坡的身子,紧贴着她的屁股。那女人边朝车里挪动步子,一边转过头来,瞪了一眼,骂一句,挤死啊?古坡红了脸,还来不及停下,已经被父亲推着站到了车厢里。

汽油味扑鼻而来。古坡撅着鼻子闻了闻,想吐。之前他听人说过,避免晕车最好的办法是分散注意力。于是,他将目光望向窗外,看到电线杆依次向后退去或倒下。他觉得自己像一颗被固定在锭子上的螺丝。公路沿河逆流而上,到了海拔更高的地方,山上怪石嶙峋,白色的绵羊出没于黑石头之间,咩咩叫着。草木稀疏,羊群瘦薄。

车厢里,有人拿出煮鸡蛋来吃。那鸡蛋似乎出锅太久,散发着一股馊味。不知是因为臭鸡蛋还是因为晕车,坐在古坡旁边的人已经朝窗外吐了起来。车窗打开,灰尘扑进来,有人开始咳嗽,一声接一声,带着呻吟。那是一个老人,他站在离古坡不远的地方,弓着腰,全力维护着那具快被颠散架的老骨头。

但很快古坡就发现,老人的咳嗽和灰尘没有太大关系。即使是车窗关上了,他依然在咳,并且需要时不时打开车窗,朝外面射出浓痰。在风中,那些痰好像还眷念着主人,摇摇晃晃向后扑去,粘在了车窗上。

"老哥,你哪里不舒服?"木帕拍了拍老人的肩,他的话被颠簸的客车摇晃得就要断裂开去,但老人还是听清了。他在咳嗽的间隙回答说,老毛病了,这里不舒服。他轻拍着自己的胸脯。

"人老了都这样,"木帕看着对方,慢吞吞地说,"我看你这是支气管炎。"

"你是医生?"那个老人凑得更近了一点。

"你说呢?"木帕的脸上挂着一丝冷笑。

他将别人这种下意识的怀疑当成冒犯,其实是可以理解的。他确实做过几年的赤脚医生,有几本关于中医和中药的书。而且,他也会给人和畜生打针,开一些简单的方子。甚至,他会骗牛劁猪,并且能说会道。

"那你给我开个方子吧。"老人说,"医院太贵了,进不起啊。"他又抛开一长串咳嗽,似乎这样能够博得木帕的同情。

"你不怕我是个骗子啊?"木帕笑了笑。

"哪有带着儿子行骗的。"老人说。

"吃酸喳啦肉就会好啦。"木帕说。

阿尼卡人叫酸喳啦的那种东西,学名灰喜鹊。这种鸟的尾巴比喜鹊长,声音很吵,整天叽叽喳喳,而且据说肉是酸的,人们对它并没有多大兴趣。

"咋吃?酸叽叽的。"

"炖了吃噻,良药苦口,好吃的是糖,不是药。"木帕总是能说出一些有道理的话。

那老人眼里有了一丝希望之光。咳嗽声渐渐少了。此时,有人中途下车,将一个装满公鸡的箩筐搬了下去。车厢里宽敞了许多。位子鸾出来了,乘客的心里也轻松了一些。

"你呢,去县城做啥?"过了一会儿,那老人又开了口。

"我娃今年小学毕业了,带他去县城选中学。"木帕抚摸着儿子的脑袋,将他从窗外的风景中拉了回来。

"考了几分?"老人随口问道。

"估计至少得有二百多分吧。"

古坡听到父亲这话,赶紧将目光移向了窗外。

客车翻过了几道山梁后,此时到达了一个坝子里的小镇上。看样子那日是赶集天,街上摆着花花绿绿的货物。公路穿街而过,客车越走越慢,最后在路边停了。司机说,在这里停五分钟,要下车上厕所或者买东西的赶紧。老人弓腰挤下车去,重回车上时,塞了一包价值五块钱的香烟给木帕。

"一点心意啊,莫嫌少。"老人说,"你给我的那个方子,我回去试试。"

木帕并不客气,理所应当地接了香烟,装进兜里。这时,又有三个乘客挤上车来。他们穿着羊毛制成的带流苏的披风,身上散发出羊膻味和酒味。

"别看他们,他们喝醉了。"木帕悄声对儿子说。

站在车上的人自觉地挤了挤,为那几个喝了酒的乘客留出足够宽敞的位置。他们倒也自在,抽着香烟,大声讲话,相互之间开玩笑,甚至对骂,又从兜里摸出白酒喝了起来。

可是,古坡还是忍不住看他们。他们也在看他。其中一个人朝古坡递过来酒瓶,用并不熟练的汉语高声对他说,哎,小伙子,来干一口。古坡缩着脖子,拼命摇头。他们笑了起来。

木帕捅了捅儿子的胳肢窝。

"你看,那就是县城了。"

他的手指向山下,那是一个更大的平坝,一条河流围着许多盒子样的白房子,像是给它们镶上了铜边。古坡的心猛烈地收缩,无端地紧张。那几个喝酒的人开始唱歌,他们的歌声带着一种挑衅,仿佛这就是他们的车,或者就是在他们家里。但除了他们,一车的人都沉默着。连那个生病的老人也不再咳嗽了。他一手扶着身边的座位,一手捂住胸口,似乎咳嗽是他肚子里的蛤蟆,被他摁住了。

下坡,客车的发动机熄了火,只有刹车不时发出吱吱嘎嘎的声音。他们就这样摇摇晃晃地进了县城。车从桥上经过,浑浊的河流卷起白色的泡沫奔向远方。河边茂密的草丛里,有人在钓鱼。先前那些盒子样的房子,此时能看见门和窗。客车走走停停,陆续有人下车。他们是有目的地的人。车厢里越来越空,最后只剩下老人和那对父子。其间,司机目视前方,高声问他们在哪里下车?木帕回答,车站。那老人回答,我也是。司机不再说话了,他面露不悦之色,猛踩脚下的油门,客车窜了出去。

他们三人在车站门口下了车,都是一副风尘仆仆的样子。这老人和木帕对望了一眼,同时问对方,去哪里?然后,两个人又同时摇了摇头。

"那就先走走看吧。反正这么小一个县城,又走不丢。"

木帕这么说时,脸上又洋溢着自信。毕竟,如果从年龄上考虑,他也应该是那个做决定的人。县城不是他们的,但逛逛无妨。没有目的地,就边走边看。

老人又开始咳嗽。他咳嗽时用手捂住嘴,将痰接住后,擦在自己的衣服上。他穿着灰上衣,痰渍在上面并不明显。他跟在这对父子身后,像一只牵线木偶。

　　"你来过县城没?"木帕问走在他身后的老人。

　　"年轻时来过,"老人回答,"三十八年了。"

　　古坡听到父亲发出了一声轻笑。他明白这笑的意思。父亲三年前来过县城。当时是计划去省城打工,但到了县城被小偷划破了衣兜,偷走了钱,只好返回阿尼卡。

　　"县城小偷多,要注意自己的钱包。"古坡突然提醒了一句。

　　"噢,对,注意小偷,小偷最喜欢你这样的人了。"木帕说。

　　"我哪有钱给他偷?"老人说,"像我这样的人,穷得连小偷也看不上。"

　　但世间的事,有时越是怕,越会遇上。他们在说这些话的时候,对面走过来三个大约十七八岁的年轻人。严格说,不是走,是滚,因为他们脚下穿的都是旱冰鞋。为首的一个染着黄头发,中间一个剃了光头,最后一个脸上有一道刀疤,目光比刀疤更凶。这三人迎着他们过来时,呈半包围状。走在最前面的黄头发突然踮起脚尖,堵住了他们的去路。而另外两个家伙,一左一右地精确停在了老人和少年身边。那黄头发昂着头,吼了句,"瞎啦?差点撞着老子了!"那父亲赶紧说,"对不起,对不起。"黄头发眯着眼说,看了看自己的两个伙伴,以及这三个惊惶的乡下人,取下嘴上的香烟,说,"一句对不起就算了?你虽然没有撞到我,但是吓到我了,吓出心脏病来谁负责?"木帕听了这话,赶紧从兜里掏出那包尚未拆封的香烟,撕开,递了一支过去,但被拒绝了。

　　"吓到了我们,一支烟就想打发了?"黄头发说。

　　"对不起,"木帕的手还在递着香烟,微微有些发抖,"我们来走亲戚的,请让我们过去。"

　　那小黄毛愣了一下,看看身边的同伴,习惯性地捋了一把额前的头发,让自己的中分发型更加明晰一些。

　　"啥子亲戚?在哪里?你喊来我看看?"小黄毛一副乜斜着

眼,步步紧逼。

"在公安局。"木帕说。

"哎哟,看不出来。"小黄毛笑了起来,"那你亲戚叫啥名字呀?"

"海武达,"木帕说,"公安局的海武达,你们要不要跟我去他家喝酒?"

他还在递着香烟,但脸上已经露出了一丝笑意,"来,抽支烟吧,给个面子,让我们过去,武达还在家里等着呢。"

那小黄毛接了香烟,顺手连烟盒也拿走了。他给身边的两人发了烟,点燃,突然打量起古坡来。古坡被看得心慌,目光无处闪躲。

"他是你爹?"小黄毛问。

"嗯。"古坡回答。

"那走吧。"

那小黄毛一侧身,带着另外两个家伙从他们身边滑走了。只留下这三个乡下人站在原地,过了一会儿才回过神来。

"小杂种,想吃老子,看错人了。"木帕又得意起来,他带着老人和古坡朝前走时,甚至将外衣脱了搭在肩上,露出两只光膀子。

"如果他们真的要去那啥达家喝酒咋办呢?"老人气喘吁吁地跟在身后,断断续续说。

"那就去啊,"木帕说,"我保证他们走不到公安局门口就跑了。我赏他们一包烟,算是给他们面子了。"

"烟是我买的,"老人说。

"不说这事了,继续逛街吧。"

古坡加紧步伐,走到了最前面。那时的县城,街道不宽,也不拥挤。中间是车道,人行两边。梧桐树枝繁叶茂,遮住了半边街道。汽车不多,很多人的交通工具还是自行车和摩托车。

他们去逛百货公司。三层楼,大白天也亮着明晃晃的灯。货物在玻璃柜里,标签上的价格让他们直摇头。每一段柜台的后面,都坐着一个满脸不耐烦的售货员。但其实那时,已经不止百货公司可以买到东西了。街道两边的商铺里,有更丰富的东西,而且那些生意人的态度要好得多。他们有的甚至站在门口,让过往的人"进来看,进来瞧"。

然后,他们进了一家服装店,木帕试穿了几件衣服,但因为价格相差太远,没有成交。"我只是穿着玩,故意还他一个超低价。"他得意地对身边人说。他们还去了家电卖场,对那些崭新漂亮的电视机和录音机啧啧称赞。但在这里,售货员对他们并不热情。

"我想把家里的电视机换了,"父亲说,"十四寸的太小了,像本书。"

古坡没有说话。他饿了,经过饭店门口时尤甚。他朝里看了看,有时候能看到别人桌上的饭菜,有时候,却只能看到几张空空的桌子。他父亲花钱买了三支冰棒,一人一支。他原本以为那老人会拒绝的,可他连一句客气话都没有。他将冰棒塞进嘴里,发出咝咝声,脸上洋溢出满足的样子。吃完冰棒,他咳得更厉害了。

老人陪他们去看学校。三所中学分布在县城的三个方向。他们看完三所学校,也就把县城逛得差不多了。他们确实是"看"学校,因为学校放假大门紧闭,连个可以询问的人也没有。其中的一所学校,在一个巷子里,他们只看到了大门和校名。然而,即使这样,也不影响他们谈论这三所学校。

"老哥,你觉得哪所学校更好?"木帕问。

"一中好,"老人说,"不然,怎么叫一中呢?一中一中,就是排名第一的嘛。"

"但我觉得二中更好,学校建设得好,这说明政府很重视。"

木帕之所以这么说,是因为二中在一个低凹处,他们三人爬上学校后面的小山,基本看到了全貌。他问古坡喜欢哪个学校,古坡说都行。他确实是这样想的。此时,跟学校相比,他更关心的是何时才能吃上饭。那老人也渐感体力不支,脚步慢了下来,双手护住胸前,也不知是怕贼偷他的钱还是病痛又发作了。

后来,他们在城郊发现了一块足球场。坐下去时,青草散发着热烘烘的潮气,舒适得让人想睡觉。他们三个人坐在草地上,从不同方向望去,仿佛是在等待消耗的精力重回身体。

"吃饭去吧。"木帕终于发话了,"吃饱了好找地方住。"

古坡第一个从地上爬起来。这时他听见父亲问老人,打算去吃什么?

"随便你们,你们吃啥我吃啥,我不讲究。"老人说。

"你吃啥我们吃啥,都是农村人嘛。"木帕说。

这样来回重复了几遍,两个人都沉默了。古坡以为他们会因为分歧而各走各的,但是没有。老人还是跟着他们。吃什么没有商量好,但他们走着走着进了一家小餐馆。就是那种早上卖早餐,中午过后卖炒菜的小店。他们在一张靠窗的桌子上坐下。一个胖嘟嘟的服务员走过来。她问他们想吃点什么?木帕说,你问他吧。老人愣了愣,说,你问他。那服务员有点发懵,她看了看客人,将一薄本脏兮兮的菜单放在桌上,转身走了。

"我不识字,"老人说,"看不懂这玩意儿。"

"你想吃什么,你说,我点。"木帕翻着菜单,朝儿子挤了挤眼睛。可那老人还是那句话,你们吃啥我吃啥。服务员端着盘子走过来,在他们每人面前放了一杯白开水。

"不用倒水了,"木帕说,"我们现在还不饿,过一会儿再来吃。"

于是,他们重新走上街时,气氛尴尬沉闷。这来来往往的人和车,看起来都像隔着一层纱,朦朦胧胧。走了一条街,那个老人突然说话了。

"要不这样吧。"他一说话,父子俩就站住了,"我有个亲戚在县城,我们去他家吧。"

"啥亲戚?"木帕问,"能不能找到一顿饭吃?"

"我表妹夫的哥哥,退休后住在这里一个叫园丁小区的地方。"老人说。

"我们刚才有从园丁小区门口经过。"古坡说,"离这里不远。"

他之所以记住这个地方,是因为自己的身份是学生,对跟教师相关的东西有一种亲近感。当他父亲决定和老人同去时,老人支吾着开出了一个条件:如果吃到了饭,晚上要为他买一个旅馆床位。木帕同意了。

寻找园丁小区并不费劲,难的是要找到老人的亲戚。那是一个刚建成不久的小区,外墙呈黄色,一个年老的保安坐在大门口的小亭子里。老人走过去问他亲戚家住哪里,那保安看了看他反问,你连人家住哪里都不知道,还来攀亲戚?老人说,不是攀,本来就是亲戚。那保安不理他了,继续埋头翻一本杂志。

此时,小区门口有人进进出出,老人开始一个个询问。"请问刘元清家住哪里?"被问到的人一头雾水,全都摇头。木帕突然笑了起来,说,"你以为是在你们村啊?这里是县城,两隔壁的人住一辈子也未必知道谁是谁。"老人听他这么一说,便泄气了。三人正打算离开,又突然听那老人嘴里叫了一声,哎!

"哎呀,这不是元清吗?"老人朝一个刚好想迈出小区大门的人打招呼,并快速走上前去握住了对方的手。那是一个清瘦的老头,小个子,头发稀疏,皮肤松弛,小鼻子上架着一副眼镜,手里牵着一条黑色的小狗。

"你是?"刘元清想了想,却叫不出名字来。

"我是汪小芳的表哥啊,我舅舅过世时,我们见过面,还一起喝过酒。"老人说。

刘元清想起来了。看了看老人,又看了看这对父子,一时不知道说什么,倒是他拽在手里的小黑狗朝陌生人汪汪叫了起来。

"你来县里做啥?"刘元清的态度不冷不热。于是,老人便将自己生病的事情说了一遍。刘元清听着,嘴里不时"哦"一两声。待老人讲完,也就没话了。小黑狗不停地挣着绳子,想扑不远处的一只小母狗。

"安静点!"刘元清对小狗说,"我聊几句就走。"

老人听了这话,便向这父子俩投来求助的眼神。木帕撇撇嘴,轻轻摇头,准备带儿子离开了。这时,却听刘元清问,"你们吃饭了没?""没有!"这句话在老人喉咙里憋太久了,他几乎是瞬间作出了回答。刘元清看了看身边的小狗,这小家伙此时突然乖了,呜呜呜发出声音,还摇起了尾巴。

"那去我家吃吧,"刘元清像是做出了一个艰难决定,拉紧了狗绳,转身在前面带路。

刘元清住在小区最靠里的一栋房子里,第七层。他们爬到他家门口时,已经累得气顺吁吁。老人咳嗽起来。刘元清问是不是传染病?木帕替他回答说,不是,只是支气管炎而已。

开了门,家里有一个烫了鸡窝头的女人在看《射雕英雄传》。刘元清向她介绍了客人,那女人眼睛盯着电视,说,"哦,坐吧。"狭小的客厅里,放了一个布艺沙发和几个小马扎。三个客人不约而同地选择了小马扎。

"比武谁赢了?"刘元清问她的女人。

"当然是郭靖赢了。"

"他们还没吃饭呢,"刘元清说。

那女人沉浸在电视剧中,似乎没有听到他的话。

"汪小芳的大表哥。"他说,"去给他们做点吃的。"

"只有面条,"那女人说,"还有一棵白菜。"

"去吧,"刘元清说,"都是亲戚,不用客气,哪怕喝杯白开水也是情意,对吧?"

那老人连连点头。木帕掏了香烟出来发,但刘元清摆了摆手。"我不抽烟的,对身体不好。"他说。香烟被塞回了兜里。

古坡感觉电视里的声音突然被放大,满脑子都是刀光剑影和打杀声。而他们这些坐在电视机前的人,仿佛被那虚拟的阵势吓懵了,不敢出声。那真是一场漫长的打斗,直到打斗结束,刘元清的女人站起身去厨房,他们的魂魄才回归到身上来。

"家里最近在忙啥?"刘元清问。

"忙着给庄稼施肥。"老人说,"今年雨水少,收成不好,很多庄稼已经干死了。"

刘元清轻叹了一声,但却找不到继续往下的话题了。

"看电视吧。"他说。

此时,电视剧播完了,属于广告时间。一个光头出现在荧屏上,夸赞一款牙膏。一个女人长发如瀑,乌黑发亮,说是用了某洗发水的效果。厨房里传来开水沸腾的声音和菜刀切在案板上的声音,少年心想,是在切肉吗?但过了一会儿,谜底全揭晓了。切的是小葱。

刘元清的女人为他们煮了三大碗面条。没有一星半点肉沫,连汤也很少,如果放的时间再久一点,便会化为满满一大碗面浆。但是,红辣椒和生姜是足够的。

"快吃吧。"刘元清说,"随便吃点,吃完我也就不留你们住宿了。"

客人们一边道谢,一边埋头猛吃,稀里呼噜的吃面声此起彼伏。刘元清两口子又投入到了电视节目当中去。此时,一台综艺晚会开场了。古坡抽空看了眼窗外,天黑尽了,霓虹灯招牌在远处闪耀。

面条连汤喝尽,客人们自觉将碗送到了厨房的洗碗池里洗净,放在旁边的水泥台上。主人家的厨房很干净,以至于让古坡打消了去他家厕所里撒泡尿的想法。三人重回客厅里站着,道了谢,道了别。而主人家呢,如释重负,自然不多加挽留。

"怎样?"在去找旅馆的路上,老人问,"我这亲戚还算热情吧?"

"有吃的就不错了,"木帕说,"哪管他热不热情。"

他们在一个巷子里找到一家旅馆。一个双人间一晚的费用是二十元,老板同意他们三个人挤两张床。木帕交了钱,领到一只红色开水瓶和一把钥匙。房间在二楼,最里那间,隔壁就是厕所。开了门,却发现房间的窗玻璃是坏的,夏天的风吹进来,蓝色碎花布窗帘像火苗在跳动。木帕在靠窗边的那张床上躺下,安排古坡和老人挤另一张床。他的理由是,自己个头比较高。那老人当然没意见。古坡心里不乐意,但不敢讲出来,只好脱了上衣,面对着墙壁,裹紧被子睡下。

但是,他们都毫无睡意。那个老人在咳嗽,不时爬起来喝水。木帕默默抽了三支烟,起身去外面撒了一泡尿。然后,他站在窗边,望着楼下的街道。

"唉,要是娃娃能够在这县城里过一辈子多好。"他说。

古坡轻轻缩进被子里,但还是听到了老人和父亲的对话。

"你就等着享福吧。"老人宽慰道。

"借你吉言,"木帕说,"如果真有那一天,一定打酒给你喝。"

"我是肯定等不到那一天了。"老人说。

两人又聊起了病情。老人反复问,酸喳啦的肉是否真的有效果?木帕随口举了几个例子,白雾村的张光明得病二十年,脖子里像是装了风箱,吃了我给的药方,一个月就好了,不信你去问;还有青果镇的秦江水,爬着来我家求药,现在已经去广东打开了,不信你去问。老人说我信我信,如果治好了,我每年去给你拜年。木帕听了这话,呵呵一笑,说,如果你真的信,你现在就去买瓶酒来喝。老人想了想,从枕头下的衣服里摸出十块钱递给木帕。

"我出钱,你跑腿,"老人说,"你想买啥,尽管买。"

"那至少得二十块。"

老人又摸出一张钞票来。于是,古坡听到自己的父亲哼着歌披衣起床了。

"别去了,太晚了。"古坡想了想说,"你忘记白天那几个小地痞了?"

"怕个啥?"木帕说,"你想吃啥快说,这是伯伯的心意,难得。"

"我要吃烧烤。"少年低声说。刚才在路上走的时候,他闻到了烧烤的味道。现在,当他说出这个愿望时,唾液立刻盈满了他的口腔。

待木帕关上门走远后,古坡翻过了身。他看到老人正半躺在床上,张着嘴喘气,脸上的皱褶像一道道被搅动的波纹。

"你爸的药方真的有效吗?"他问。

"我不晓得,"古坡说,"你相信他说的吗?"

"不信又能咋样?医院那么贵,我来县城也只是想随便抓点药。"

老人将双腿从被子里伸出来,坐在床沿,不停转动着自己的上半身。古坡听到他的骨头咔咔响,像是一架生锈的机器。

"你的成绩咋样?"老人问。

"我有点偏科,"古坡回答,"我只喜欢语文,数学经常不及格。"

"我儿子那时候也是语文成绩好,写字特别好。"老人说。

"那他咋不陪你来看病?"古坡问。

"他死了,小学毕业那年的假期,去河里游泳淹死了。"老人紧闭着眼睛,好一会儿才睁开,"所以,你不要轻易下河游泳,晓得不?"

古坡想起了自己最近几年死去的小伙伴。一人病死,一人游泳淹死,一人骑马摔死。他们原本像一群羊奔跑在山路上,但跑着跑着就散了。他心里难过,但没有说出来。

"那时我也像你爹一样。"老人说。

"哪样?"古坡问。

"将所有希望寄托在儿子身上,为了钱,恨不得把骨头卖了。"

"我的分数还没出来呢。"古坡说。

"我知道,这才考完试没几天嘛。当年我儿子,等分数出来时,已经死了。"老人的话语里已经没有了太多悲伤。

"我们阿尼卡还没有通电。"古坡又说。

"我晓得,你们那里更穷。"

敲门声响起,古坡赤脚去开门。他的父亲手上提着一个装了东西的白色塑料袋,很开心的样子。羊肉串的香味弥漫开来,古坡又咽了一口唾液。然后,他转身回到床上,钻回了被窝里。

"城里就是他妈的好,想买啥都有。"父亲将一瓶白酒、一包瓜子、一包花生和五串羊肉放在了窗前的桌上,但却发现老人和古坡并没有他想象中那样激动。他首先拿起了白酒,用牙齿咬开瓶盖,喝了一口递给老人。那老人摇了摇头。

"我这个病,不敢喝酒了,"老人说,"酒是给你喝的,我吃几颗花生。"

"喝!怕啥?现在你有了我的药方,还怕病不会好?"木帕

379

坚持递着白酒,"你不喝,我喝了心里也不舒服。"

老人勉强接过白酒,象征性地打湿了嘴唇后,起身拿起桌上的花生,撕开了包装袋。黑指甲剥开白色的花生壳,将红色的花生米扔进黑洞洞的嘴里。他吃了三五粒,咳嗽起来,停下了。

"小伙子,快起来啦。"老人对古坡说,"你的烧烤来了,香死了。"

古坡面对着墙壁,闭着眼睛,但没有睡。他张开了鼻孔,轻轻闻着香味,沉浸在想象中。

"你还在等啥?"他听到父亲吼了起来,接着咕噜咕噜喝酒的声音。

"我不想吃,"古坡说,"我肚子有点疼。"

"那就上厕所嘛,"木帕说,"烧烤给你留着。"

"不想。"

"不吃算了,又不会让它馊掉。"木帕又喝下一口酒,撕开了瓜子的包装。他熟练地剥着瓜子,攒够一定数量便扔进嘴里,下一口酒,发出惬意的咝咝声。

"这娃脾气怪,"木帕说,"他从小就怪想法多。"

"这娃心善,懂事。"老人说。

"这点跟我很像。"木帕说。

老人打了个嗝,将身子缩进被子里。躺下后,他的呼吸顺畅了一点。但他知道这是个假象,任何动作待久了,他的不适感都会加重。所以,他躺了一会儿,又翻身坐了起来。

"小伙子,快起来吃东西。"老人说,"你的烧烤冷了。"

"我不吃,伯伯,你自己吃吧。"古坡仍然将身子埋在被子里,面对着墙壁。

"起来吃一点,"老人说,"不够就再去买,伯伯再给你五块钱。"

被窝里的古坡,再也没了动静。老人在床沿坐了一会儿,起身在屋里踱步,边走边用右拳敲自己的颈椎,转动着脑袋,骨骼咔咔响。

"你的颈椎也有问题。"木帕说,"应该找个人治一下。"

"一把老骨头,有啥好治的。"老人走到了窗前,看着楼下的街道。县城并不繁华,但在他眼里,也足够震撼。过了一会儿,木帕也站到了窗前,两人一起看楼下街边昏黄的灯光,悄声驶过的黑色轿车,以及相互搂着,东倒西歪的醉鬼。

"要是娃娃能够在这里生活一辈子,那该多好。"木帕说。

"会的,会的。"老人说。

木帕手里抓着酒瓶,快喝完了。他不算是酒鬼,但是生活在阿尼卡一带的人,天生好酒量。若是家里有酒,那就一天喝三顿。他呢,其实是好久没酒喝了。

"像我们这种人,活一辈子,真没什么意思。"木帕突然变得哀伤起来,"吃不好,穿不好,一辈子像畜牲一样干活,穷得叮当响。"

"你咋能这样想呢?"老人说,"你至少有个儿子可以盼望,像我这种,就盼望老骨头硬朗一点,能多活几天。"

"老哥,跟你说实话,"木帕看了一眼床上,轻声说,"如果孩子考上了,学费在哪里都还不知道呢。"

"你是个能人,一定会有办法的。"老人说。

"我是又盼又怕啊,考上了,每个月要花钱,"木帕说,"而我除了会些药方,也没有别的办法。"

老人沉默了一会儿,转身回到床前,从枕头下面拿出了外衣,用两个手指往衣兜里掏,掏出一小沓脏兮兮的钞票来。他蘸着唾沫数了一下,一共是47元。他想了想,然后抽出两张十元的钞票递给少年的父亲。

"这是我给你的药钱,你别嫌弃,积少成多。"老人说,"剩下的,还要坐车回去。"

木帕目光一直跟随着老人,当老人抽出钱,递过来时,他瞪直了眼,涨红了脸。他的右手外衣上来回搓着,嘴里不由自主地念叨着,"哎呀,你这是整啥,你这是整啥,这多不好意思。"那来回搓着的右手,下意识地做出一个捻钞票的动作,它像一只并不听话的翅膀,随时准备飞扑过去。

"你拿去给孩子买支笔吧,"老人说,"再说了,哪有不要钱的药方?"

"你说得对,药要给钱才灵。"木帕伸手接了钱。这时,床嘎吱一声响,古坡翻过身来,看着喜不自禁的父亲。

"把钱还给伯伯。"古坡只说了这么一句,又翻身面对着墙壁了。

"你这娃,不懂事,"木帕说,"这是伯伯的一点心意,不要他会不开心的。"

"是啊是啊。"老人说。

古坡没出声。

"这也相当于是药方钱,不花钱的药方不灵。"老人又说。

古坡轻轻缩进了被窝里,蒙住了头。他听到父亲和老人继续聊天,比之前更加热络,像认识多年的朋友。过了一会儿,老人躺回了床上,古坡无意中碰到他冰凉的脚,轻叹了一口气。

"睡吧,"老人说,"小娃娃不要随便叹气。"

此时,木帕躺在另外一张床上,发出了鼾声。

吵醒古坡的是楼下的叫卖声。那是一个苍老的女人,拖曳着声音,在叫卖她的豆腐。她似乎一直在楼下的小巷子里转悠,声音在窗下来来回回。

卖豆腐咯——卖豆浆——

这声音也吵醒了木帕。

"老头子呢?"他问儿子。

古坡翻过身来,身边空无一人。他朝父亲摇了摇头,心里纳闷,却听外面响起敲门声。那个老人站在门口,手上拎着包子、油条、稀饭和豆浆。昨晚古坡没吃的烧烤还放在窗前的桌上。

"想吃啥自己拿。"老人将早点放在桌上,拿着一个包子啃了起来。

"老哥,你真的太客气了。"

木帕的脸上有着意外之喜。他起身去到房间外的走廊上,那里有一排生锈的水龙头。他拧开一个,用冷水洗了脸,回到房里,用挂在门后的一块毛巾擦了脸,抓起一根油条吃。他的吃相像是一个魔术师在表演吃蛇,不断往嘴里塞,不断咀嚼,吞咽。当一根油条消失不见,他咀嚼和吞咽都显得困难了。接下来,他咬破了一袋豆浆,用嘴接住,咕噜噜喝光了。

然后,木帕意犹未尽,从桌上塑料袋中抽出一串冷烧烤吃了起来。

"冷了,小心吃了拉肚子。"古坡提醒了一句。

"东西是冷的,但是胃里是热的啊。"木帕拿起一串冷烧烤递给老人,老人接过去递给古坡。古坡摇摇头,站到窗前去看风景了。他这才发现,街的对面是一片空地,种了玉米和豆子。他的目光越过田野,向更远的山上望去,那里没有树木,光秃秃的。如果他足够幸运,至少会在这里学习和生活三年。如果这样,那该多好。

因为囊中羞涩,他们决定,吃完早点就离开。去车站的途中,木帕花一块钱叫来一辆人力三轮,让车夫拉着他们前往。从旅馆到车站有一段斜坡,那车夫站起来蹬车,撅着屁股,裤子上的线缝裸露着,随时都有可能绽开。而如果忽略掉眼前的车夫,这是个惬意的早晨,万物生长,凉风拂面,骑自行车上班的人们将黑色皮包挂在车把上,吹着口哨。木帕哼起了不知他从哪里捡来的小曲儿,哼到忘了歌词的地方就哼旋律,哼到旋律也忘了就闭了嘴,掏出香烟来点上。他希望这路可以更长一点,但是没过多久就到了车站。那车夫抹一把汗,伸出手来要车费。

"一块钱。"他说。

"给你八角行不?"木帕问,"我身上没有零钱。"

"县城以内都是一块钱,"车夫说,"所有的三轮车都是这样。"

"拉货的三轮车也是这样?"

"我说的是人力三轮力。"

"拉货的三轮车也是人力的,不是烧油的。"

那车夫没办法了,依然伸着手,汗从他脸上流了下来,顾不上揩。而木帕呢,正坐在车上,跷着腿,叼着香烟,看着车夫。有那么一瞬间,车夫哭丧着脸,就要放弃了。

"你下车吧,"他说,"车钱你看着给就是了。"

车夫这么一说,木帕突然哈哈大笑起来。他潇洒地从车上跳下来,从兜里掏了两块钱出来,递给车夫。

"我逗你玩的。"他说,"你这个可怜人。"

老人也跟着笑了笑。古坡下了三轮车,率先朝车站的售票厅走去。那里排着长队。那时候的客车刚兴起个人营运,车主为了多赚钱,便会一直装人,直到塞不下为止。一路上也是走走停停,所以除了司机外,还需要一个随行的售票员。古坡去排队,钱在木帕兜里。而木帕呢,此刻还沉浸在戏耍车夫的喜悦里,脸上的笑容久未散去。

"让我来,看我的。"

木帕一脸自信地站在古坡的身后,一副要大显身手的样子。古坡退到了一旁。那咳嗽着的老人跟着排在他身后。两人排在人群里向前走时,木帕还在说起刚才那个车夫,忍不住又乐了。轮到他买票时,他对着那个小窗口说,给我来一张票。他伸出食指朝窗里的售票员强调,一张。

木帕将票塞进儿子的手里,脸上挂着莫名的微笑。

"一张票?"老人诧异地问,"你不回去了?"

"我坐车不要钱的,"木帕笑着说,"你就等着看吧。"

古坡紧握着那张票,就快捏出汗了。此时,广播里开始通知乘客上车。一道玻璃门打开,人们握着车票来到检票员面前,并由她撕掉票的一角,再进入停车场。古坡递出票,顺利通过,但紧随其后的木帕被拦住了。

"票呢?"检票员问。

"我送孩子上车呢,"木帕说,"我只到停车场,孩子小,不放心。"

"送人不能从这里进。"检票员说,"下一位!"

"那从哪里进?"木帕站着不动,依然堵住后面的人。

"从大门进,但时间不能太长。"检票员向排在他身后的老人伸出手,满脸不耐烦。

于是,两分钟后,木帕从车辆出入的大门进了停车场。开往瓦巫镇的客车已经打开了门,乘客正在排队上车。老人已带着古坡上了车。随行售票员似乎只有十七八岁,他又黑又瘦,浓密的头发被一分为二,像两片瓦似地盖在头上,手里捏着几张十元的钞票。

"票!"小伙子说。

木帕伸手掏衣服左前兜,伸出香烟、打火机和几十块钱;他又掏右兜,掏出一张不知是什么的票据;他依次掏完了身上所有的兜,然后看着眼前的小伙子笑了笑。

"票在我儿子那里,他上车去了,你等下来查,反正我跑不掉,先不耽误你检票了。"他说。还没有上车的乘客排在他身后,正在推着他上前,都想早点上车去抢个座位。那检票员想了想,放他上去了。

但是,车厢里已经没有了座位。准载19人的中巴车里,或坐或站着三十来人。抢到座位的人,得意洋洋地看着眼前那些挤挤挨挨站着的人。靠窗的已经迫不及待地拉开窗,呼吸起新鲜空气来。有人剥开新鲜的橘子,咬得汁水四溅,甜味飘满车厢。但买了站票的人就比较惨了,由于没有固定的位置,相互挤着,争抢着脚下的立锥之地。古坡和老人抢到了最后面的座位,虽然不靠窗,但已经足够幸运。他向前看,视线完全被大腿、胳膊和身子挡住了。车厢里塞满了人,每个人都在呼吸,像是在反复搅动一个大染缸。古坡感觉那浑浊的空气像沉重的乌云朝他压来,而他的父亲也奋力扒开了站着的乘客,站到了他身边。

"把你的票给我。"古坡听见父亲对他说。他递了票过去,有种如释重负之感。而拿到了票的父亲,旁若无人地看着车窗外,气定神闲。有那么几次,父子俩四目相对,父子居然朝儿子笑了笑。

站着的乘客身子向后轻仰一下,客车开动了。窗外的空气灌进来,像一泓清水注入洪水中。他们就像一堆被塞进口袋里的洋芋,相互挤着、撞着,上路了。

越往前走,颠簸越发强烈,车底不时传来刮擦声。站在车厢里的人,像蜘蛛或章鱼,手伸向四面八方,抓住一切可以抓牢的东西。有人受不了这样的颠簸,吐了出来,吐在车厢里,这样一来,别人离那呕吐物就远了一些。

客车轰鸣着,完全盖住了老人的咳嗽。此刻,他头靠座椅后背,闭上了眼睛。阳光从窗外照进来,他的脸让人想到沟壑纵横的黑土地。爬上这个坡,前面的路就要平坦一些了,好像已经到了前日老人下车买烟的小镇了。路边又出现了几个招手搭车的人,司机停了车,打开车门,但那几个人看了看车上这些挤得像饱满的石榴籽一样的乘客,摇了摇头。当车门带着某种情绪重重关上时,响起了那个随车售票员的声音。

"把票拿出来看看。"他说。

古坡浑身的肌肉紧绷着,他看向父亲,但见他仍然在欣赏窗外的风景。

"爸。"古坡轻唤了声。

"别吵。"木帕说。

古坡不再说话。那些密林样的乘客挡住了他的视线。但他知道,查票开始了,而且越来越近。

"你的票呢?"售票员的声音又传了过来,"没买?补票,10块钱。"

"小孩子也要买票的,至少半票,到骑骡沟15块。"

古坡松了一口气。大不了补票,他想。他的目光盯着车厢里的那片呕吐物,那里因此而留出了小块空位,大概能够容一个人站。他想,售票员会从那里扒开人群出现。而就在这时,他的父亲朝前挤了过去,费力地往站着的人堆里扎。

"这是我的票,刚才上车时没给你看,现在给你看看。"

古坡听见父亲的声音从人群里他看不见的地方传来,接着听到售票员"嗯"了一声。他的父亲很快从人与人之间扒开一条缝,钻了出来,脸上挂着笑。

"这是你的票,还你。"木帕轻声说。

古坡犹豫着,但票已经塞进了他手里。此时,他听到前面又有人因为票而发生了争吵。古坡接过票,装进了衣兜里。天气燥热,汗水从他的头发里渗出来,渗透眉毛,进入眼睛里。他用衣袖揩了一把,突然想哭。所以,古坡一直觉得那个售票员是模糊的,像张老照片。

"你的票,"售票员似乎没什么好心情,可能也跟天气太热有关。

古坡愣了一下。他的手已经伸进了衣兜里,甚至已经握住了票,但却无力将它掏出来。

"你的票,"木帕说,"票啊,车票。"

这带着愤怒的声音,让旁边的人回过了头。古坡在慌乱中掏出了车票,像一个初次得手的小偷。

"嗯。"

那售票员甚至没有将票接过去,他只是瞟了一眼,转身去检查其他人的票了。古坡闭上眼睛,似乎这样就能将自己置身于黑暗之中。他没有看见父亲得意的脸色,但听到他和老人的对话。

"怎样?看到了没?"木帕问。

"啥?"

"刚才。看到没?"

"我在睡觉,"老人说。

"睡觉?错过好戏了。"

客车爬坡时震动剧烈,他们的对话被抖得支离破碎。而其他人全都奇怪地沉默着。古坡睁开眼睛,果然见车正行驶在又窄又陡的路段。迎面而来的车,则是下坡状态,经常会像头发狂的野兽冲过来。有好几次,差点在弯道上撞车了。乘客发出惊呼,一身冷汗,司机则长鸣着喇叭。古坡居然辨认出了方位,翻过这座山,路就顺河而下,然后就到瓦巫镇了。

如此胆战心惊地行驶了一段,快接近坡顶的地方路平缓了一些。众人松了口气,却听车辆底部传来一声巨响,紧接刹车让乘客瞬间朝前倾了出去。然后,客车彻底停了。那个负责查票的小伙子下了车,趴在车身下看了看,然后回来说,麻烦了,油箱被撞破了,正在漏油。他这么说时,空气中飘着浓烈的汽油味,轻易就能点燃。司机也下去查看了一番,然后垂头丧气地坐回了驾驶室里。

"车坏了,"他朝车厢后面喊了一声。

但没人明白他这么说是什么意思。是需要推车?等待?还是换车?天知道。

车门敞开着,乘客陆续下车,在路边的树林撒尿,或者抽烟。在司机和售票员听不到的地方,他们嘴里骂骂咧咧,抱怨司机技术太差,睁着眼睛朝大坑里开。这样的抱怨声像瘟疫,传来传去就成了真。更令乘客们愤怒的是,那司机和售票员完全是一副无所谓的态度。他们也像别人一样,去树林里撒了尿,然后站在路边抽烟。有人走到了司机和售票员面前,想讨个说法。

"咋个办嘛?总不能把我们一直丢在这里吧?"

"我们正在想办法,"司机说着,又趴在车身下看了起来。他心疼那些白白流淌在公路上的汽油和破了的油箱,恨不得趴下身去喝了那些正在往土里浸,往空气中挥发的油。

"你快想办法啊。"有乘客说,"我还要赶回去开会呢。"

"这荒山野岭的,你至少得等我去城里找修改工吧?"司机蹲在地上,看着满地的油。

"要不就退票吧!"有人说,"退了票,我们好搭其他车。"

这个提议得到了大家的一致响应。此后,乘客们便不再询问怎么办了,而是纷纷要求退票。那司机说,卖票的钱在客运站,他没现金退。但乘客说,我们这一车人的车费,不超过一千块,已经坐了一段,就按半价退吧。

司机和售票员站在路边拦车,但好半天也没有成功。他们商量了一会儿,终于自认倒霉。

"把你的票给我。"木帕对古坡说,"你在一边等着。"

他拿着那张票顺利退回了五块钱,然后又拉着儿子排在了退票的队伍里。

"你就告诉他,你的票丢了。"木帕说。

古坡感觉太阳穴跳得厉害,他试着张了张嘴,想悄声演练一遍"我的票丢了",却像有根鱼刺卡住了喉咙。但是,马上就要轮到他们了。他回头看了一眼父亲,父亲紧贴在他身后,并且朝他努了努嘴。可古坡还是张不开嘴说自己的票丢了,他怕自己的话像冰,一吐出来就在太阳下融化了。正当古坡犹豫之时,他父亲木帕一把将我拽开,一步跨到了售票员面前。

"他的票丢了。"木帕说。

"拿票退钱,刚才说好了的。"售票员说。

"他买了票的,他还是个娃,不要为难他。"木帕声调不高,但底气十足。

"没有票,谁也不退。"司机走过来插了一句,"谁知道他有没有买票?"

"你的意思是这娃逃票?"木帕一副惊诧愤怒的样子,像一个可怜人遭受了不白之冤。他的目光望向众人,意思是说,你们看看,你们看看。可是,其他的乘客只是饶有兴致地围观着,并不说话。

"我可没这样说。"那司机冷冷地说着,掏了一支香烟出来点燃,满脸不耐烦。

"我和你是亲戚吗?"木帕问。

"谁和你是亲戚?"

"既然不是,你怎会让我儿子免费坐车呢?"

有人笑出声来,仿佛是在提醒别人,这是一场很有意思的争论。那司机被问得哭笑不得,直翻白眼。

"钱是小事,但你这样冤枉我娃,是侮辱人。"木帕望向其他乘客,问,"你们说对不对嘛?"

有人点头,有人继续保持着隔岸观火的微笑。

"即使你买了票,丢了,也不退钱。"司机说。

"我坐一趟车,查过了票,我留着票干什么?你给我报账啊?"木帕说,"再说了,哪条法律规定,买了票就要一直保留着?又不能当饭吃。"

"我懒得跟你说。"那司机很无奈,他一次次看向售票员,但那个年轻人却悄悄躲到一边去了。

"任何事情,都有个意外,允许你把车烂在路上,耽误我们的时间,就不允许我们丢一张票?"

389

木帕高声质问,将原本可以协商解决的事变成了吵闹。围观的人越聚越多,除了那个老人和古坡。他们沿着公路,走到大约五百米之外。在这里,他们已经听不到争吵声了。

"伯伯,"古坡说,"你叫我过来有啥事?"

"听听鸟叫也比听他们吵架要好啊。"老人说,"你听嘛,旁边的树林里有很多阳雀。那时候我经常用弹弓带我儿子去打阳雀。"

"我也有弹弓。"古坡说,"而且我枪法很好,基本上百发百中。"

"你打过酸喳啦吗?"老人说,"我现在怀疑它对支气管炎没有用。"

"我不打酸喳啦,他长得像喜鹊,凡是乌鸦和喜鹊我都不打。"古坡说。

"嗯,"老人哼了一声,看了看车前的人,他们已经散开了。

"你父亲,"老人说,"你父亲他……"

"他怎么了?"

"他不容易。"老人说,"所以,你要好好念书。"

"伯伯,其实他……"古坡欲言又止。

"我知道。"老人说,"走吧,他们已经处理好问题了。"

两人朝客车走去,见那些看热闹的人分散在路边,开始朝路过的车辆招手。木帕走过来,他脸上挂着笑,手里拿着一张崭新的五块钱。

"看到了没?"他朝老人晃了晃手中的钱,"退回来了,哈哈。"

"看到了,"老人拖长了声调说,"我啥都看到了。"

老人说这话时,将头迈向一边,从木帕身边走了过去,走到了人群中。那些乘客正在协商怎么离开这里。之前他们拦了好几次路过的客车,都失败了。

"也许可以试试货车,"木帕对大家说,"反正都是站着,站在货厢里,还可以看风景呢。"

众人点头,开始站在路边向去往瓦巫镇方向的货车招手。

果然有一辆货车停下来,讲好了价钱,众人便爬上散发着牛羊味的车厢里。先上车的人们站在货厢边,抓紧了铁栅栏,后上去的,只能站在中间,靠身体保持着平衡。

这一次,木帕是先爬进货厢的人,他抢到了司机身后那个绝佳的位置。如此看来,像是他在驾驶这辆车似的。古坡慢了一步,只能揪着父亲的衣服站在后面。那个患支气管炎的老人,就站在离他们不远的地方。不知为什么,他们之间似乎突然就生疏了,彼此不再说话。

木帕和古坡在瓦巫镇下车时,老人的目的地还没到,他依然站在货厢里,头发凌乱。父子俩从货车上跳下来,木帕看了看那老人,他的目光中没有任何神采,就像两个陌生人对视。短暂的停留过后,那辆货车开走了,顺河而下。而木帕和古坡,接下来还有很长的山路要走。

在从瓦巫镇回阿尼卡的路上,父子俩沉默了好一段。像是有一团什么东西堵在他们的喉咙,两人都开不了口。直到他们在路边的树上遇见了一只酸喳啦。

"酸喳啦的肉真的能治支气管炎?"古坡问木帕。

"不知道,我听人是这样说的。"木帕呵呵一笑,岔开话题,他催促儿子,"走快点,现在赶回去,还能下地干半天的活呢。"

(选自《文学港》2018 年第 11 期)

甜 蜜 点

须 一 瓜

——所谓甜蜜点,指的是在击球的瞬间,球与杆面发生接触的最佳区域。如果击球的部位正好在甜蜜点,我们可以认为能量没有损失,打出的球会又直又远。反之,离"甜蜜点"越远,能量损失就越大。

这是五月的、一个春风沉醉的晚上,初升不久的、红黄色的巨大月亮,透过佛光寺的十一层的舍利塔八角飞檐,照耀着山下的湿地公园。湿地公园占地两百多公顷,狭长如日本地图。靠海的那一段,为湿地公园前区;靠天枢山的佛光寺一带为后区。忽然被重视的湿地公园,前区开发得比较早,那里水域更充沛,有几个人文主题园区,黑天鹅湖、芦苇雕塑群、陶然美食长廊、书画休闲岛、古琴竹韵苑等等,节假日尤其人声鼎沸;后区则野气荒芜,沼泽与山石交错,山枯水瘦,游客稀疏,一派天然的原生态荒凉感。所以,在那个年度最大月亮之夜,前区游客灯火喧腾,后区依然是清幽月色统领江山寂静。

但还是有一些与众不同的赏月人选择那里。

一个女人把车子停在后区的一小片木麻黄林沙坡边。已经是汽车断头路了,但有一条石板小路,可以通往天枢山门。她下了车,轻车熟路地走向右侧的一条野草匍匐的草径,草径则通往海边的一条废旧短石坝,仿佛被弃小码头。石坝的两边,乱石交错红树林稀疏。她一直走到石坝的盲端,远方,能听到海潮哗哗,有点单调。她在一方废弃的石料堆边,铺下了一块旅行毯,悠然斜倚在旅行地毯上,不知怎么她手里就有一个苹果。咬苹果的沙沙声,呼应着前方海水的哗哗声。奇异的和谐感,让她笑起来。她打了一个电话:到哪了呀?——快点啊!月亮刚好被佛光宝塔的飞檐挂住了,你再不到,它就离开宝塔啦。巨大的月亮,由砖红转为粉黄。砖红色的时候,让女人觉得用一根别针,刺破它一下,它就会像没有煎熟的荷包蛋那样,流出浓稠的蛋黄般的月汁。她背靠石料堆,看着它由红转粉黄再转白,并在渐渐瓷白的过程中,又升高了宝塔两层。女人等候的人还没有到。这时,几个提着烧烤架、吉他和啤酒箱的青年男女,沿着废旧石坝,嘻嘻哈哈地也走到了石坝盲端。他们显然也看中了这个海天一色的最佳赏月点,看到已经有人捷足先登,显得集体懊丧。女人看出了他们想挤掉她的企图,说,我朋友马上就到。

三男两女互相张望着,收起烧烤架,怏怏离去。

走下短石坝,他们往西而去。这五个年轻男女,其中一个人,因为食堂饭卡不慎落地,低头寻找的时候,他看到有辆车开进后区,远光灯雪亮开道,车子停在了木麻黄林边。找到食堂卡的小伙子,赶到伙伴们身边还叨了一句:那女人的同伴来了。这些绝了念想的年轻人,把赏月地点改在了两方莲花塘中间的莲香拱桥。莲香拱桥的百年石缝里,青草劲生。拱桥前方,整个天枢山沐浴在月亮的光辉中。沿山形蜿蜒的寺庙黄泥外墙,在近乎白昼的月色下,新美如画。莲香拱桥的护栏两边,都是基本干涸的池塘,不过,等改造工程推进到这里,这些池塘会恢复水波荡漾,"曲曲折折的荷塘上面,弥望的是田田的叶子",一个女孩很文艺地来了一句。一个小伙子马上接口,语调是苍茫压抑的鬼腔:沿着荷塘,是一条曲折的小煤屑路。这是一条幽僻的路;白天也少人走,夜晚更加寂寞。荷塘四面,长着许多树,蓊蓊郁郁的。没有月光的晚上,这路上阴森森的,有些怕人。今晚却很好,虽然是超级月亮,却一派鬼气蒸腾……

女孩子尖叫,夸张踢打用鬼腔变造《荷塘月色》的小伙子。

——月光响亮的白夜啊。另一个小伙子在用别的方式吸引女孩们关注。

这帮有情调的小文青,没有想到两天后,他们看到了全市爆炸性新闻,就是那个时间,那个地点,一对情人在那个石坝盲端被杀。啊,我们看到过那个女人!我们看到了那个男人的车!凶杀就发生在我们身边——就在荷塘那一边!我们可能看到了凶手!年轻人兴奋大于惊恐,他们浮夸地讨论说,其实我们已经提前感受到煞气。那个晚上,那个时刻,绝对是不吉祥的。连女孩都发表意见,一个说,我就说那天晚上的月亮,像个血月亮;另一个女孩说,在西方,在中世纪,人们都相信满月使人精神错乱。疯子的英文单词 Lunatic 就来源于拉丁文中的月亮 Lunar 呀。

当警察辗转找到他们取证的时候,他们说话就挤掉了水分和文艺腔。捡工厂食堂饭卡的人说,当时弯腰寻找中,感到身后,远远地有一辆 SUV 车停到木麻黄林边,雪亮的灯柱还晃到过他,但他没有注意有没有人下来,就追伙伴们走远了;而那个自称看到凶手的小伙子说,他下了莲花桥在僻静处撒尿的时候,看到一个穿自行车骑行服的青年,大步穿过木麻黄林。虽然月亮很亮,但是那人戴着骑行帽、围着骑行面巾,面巾上是黄色夜视镜,看不清脸。个子不高,动作敏捷。不过,他马上承认,湿地公园这条路上,骑行者一向比较多。也许他也是停车撒尿的。他补充说,他身形矫健,绝对是户外运动者。他不再吹牛说那个男人是凶手。

他的谨慎措辞,后来被小伙伴们认为是恰当的。果然,又过了三周多,五月下旬吧,媒体的长篇报道出来了《超级月亮下的超级嫉恨———警察对出轨妻子及情人的残暴虐杀》,文章说,女人的丈夫,一个打黑警察,因为嫉恨,用角钢劈烂了幽会中的情敌脑袋,劈掉了妻子半张脸。两具尸体是在次日下午,被一个湿地施工队发现的。凶手对自己的犯罪行为及过程,已经供认不讳。

"那天的月亮,比平时亮百分之四十,也比平时的满月大百分之十五,但显然,那个年度最亮的月亮,照耀着人间的超级嫉恨"——文章的结束语这样说。

一

彭景甚至不知道那天晚上的月亮是年度最大的月亮。早在几天前,是有媒体在叨叨,年度最大最亮月亮来了。就像过去说的流星雨一样,他没有去注意是具体哪一天,这样自然也就模糊了好时光。妻子小鹿也没评说过一次超级

月亮,不然,他想,他会有印象的。午休前,小鹿打来电话,那也就是她的最后一个电话,她说,今晚要给一个孩子上课,在安延区哦,太远了,我干脆下班后,在外面随便吃点,直接去上课吧。彭景说,好,我也加班。小鹿说,那我叫我爸妈也不做你的饭了。彭景说,嗯,好。

但最终彭景也没有加班。本来约好要见面举报辛口村村长恶行的卖水暖夫妇,临了说有事不来了。举报人曾致电打黑办控诉,说辛口村两百亩盐场改造招投标是假的。他们去参投,被人莫名其妙打得耳骨爆裂、小便失禁,赶快逃离。后来村长中标,转包他人获得暴利,他们才知道村长是当地黑老大。线索转到了司阳公安分局。彭景所在的司阳扫黑大队,准备接待这对义愤夫妇。但是,他们临阵变卦了。举报人放警察鸽子,或证人反悔逃避,也是经常遇见的,更有甚者举报后又畏惧黑恶势力,出卖暗访查证的警察,害得调查便衣被揍得半死。这也是扫黑除恶工作推进艰难的原因之一。据报载,去年,本市"打黑办"受理举报电话近两千人次,接到举报信、接待举报一千多单,从中发现涉黑恶线索一百多条。对受害人而言,"黑恶"是他们生活的高度痛点。当然,也有情绪化的危言耸听。很多人一怒之下,举报信第一句赫然就是:某某某是黑社会!信马上就转到打黑除恶这一口了。一查,夸大其词、虚张声势,不过普通纠纷,无非是气愤不过,就来这么一句泄恨。所以,一激动,就说某某是黑社会,一冷静,就放警察鸽子,反正什么情况的发生,在彭景看来,都很自然。所以,卖水暖的夫妻爽约,他无所谓。既然妻子跟岳父母说了,不做他的饭,他便在分局食堂吃了晚餐,然后,换

了便衣和跑步鞋,乘公交车到了云山路口,开始跑步。

云山路,沿着云山山脉,一直通往郊外,单程七八公里长,还有专用的红色塑胶跑道,沿途夹竹桃、三角梅绚烂,有一个地段则是茉莉香气馥郁。所以,时间充裕时,彭景就会在那里跑一个来回。十几公里跑下来,两小时不到。浑身湿透,精疲力竭而身心欣快。彭景是在跑步时蓦然发现今天的跑道特别明亮,进而发现超级月亮。整条云山路,能见度高得简直可以看书。回家后,估计岳父母没有去遛豆包,他就把院子里的豆包直接牵了出来。岳父母不喜欢狗,尤其是土狗。对女儿女婿度蜜月捡回的土狗豆包,非常不满。豆包还居然是空运回来的,在岳父母眼里,这简直是败家子所为。所以,岳父母退休到南方客居,对小鹿夫妇的第一个要求就是,豆包不能进屋!只能拴在院子里。这令彭景不快,但孝顺的小鹿给豆包买了一个尖顶木屋,说,我爸我妈在我们这的时候,豆包就暂住院子里吧。没想到,狗木屋那么贵,让老人又很生气。更没想到的是,小鹿父母退休后的第一二年,还是经常返回北方,天天念叨,北方这好那好,可是,渐渐地,他们回去的时间越来越少,不止冬天秋天在南方,甚至夏天春天也不太回去了。他们适应了潮乎乎、黏糊糊的南方。最后,稳定的南方生活开始了。对此,彭景几乎掩饰不住焦躁。岳母个性天真或喜欢天真,总是不敲门就直闯小夫妻卧室,少女一样嬉笑而入,仿佛不知天下有隐私,而且,她用这种纯真举动,告诉对方,你们肯定也没有见不得人的东西。如此数次,彭景性意阑珊。此外,两人世界被彻底拉扯变形。本来居家过日子,观点看法不一致难免,但是,现在,小夫妻只要有分歧,立刻就变成三打一。彭景在背后厌恶地说,让你爹妈早点滚吧。小鹿说,如果你让我爸妈知道了你的卑鄙心思,你就别想我再跟你回东北看你爹妈!

让小夫妻一致生气的是小鹿父母对豆包的忽视与冷漠。这倒让他们夫妻同心。但彭景一旦表达,小鹿又会不顾原则地维护老人意见。这样下来,老人觉得豆包就是女婿执意不放手,十分可恶。

因为家不再如过去那么单纯宽松,也因为忙,彭景经常加班,早出晚归。他经常在单位吃饭,尽量避过日益主政的老人。如果避不了,在家,他几乎不跟他们说话。岳父母也不是迟钝的人,背后就跟女儿告状说,一天到晚不吭气,跟他说话,都是回答你一两个字:嗯。知道。好。行。不要。我们就是保姆,也要一点尊重吧。岳父说,不就是个中队长?这么骄傲要不得!老人家敢于生气,关键是他们明白,回燕小区,是他们女儿单位分的房子。这等于还是住在自己家,反过来,彭景倒有点像外人了。

当然,最凄惨的就是豆包。用小鹿的话说,

自己父母过来常住以后,豆包再也没有回屋住了。豆包并没有像小鹿预计的那样感化老人,相反,老人越来越明显地驱赶豆包,说,赶紧生个孩子!把不该养的送掉!遛狗也是问题。如果女儿女婿忙,请求老人带豆包走动一下,放掉狗屎狗尿——不能说遛,只能从卫生角度出发,不然院子里很臭。他们倒也愿意了。但一般是,豆包一拉掉屎尿,马上就被牵拽回院子。说起来,小区后的电台山走走,风景很不错。但后来老人听本地人说电台山上1949年以前是个杀人刑场,老人家就坚决反对上山遛狗了,怕阴气重。所以,最多带豆包往农贸市场方向走走。自己不进电台山,女儿也不许去,尤其是晚上,女婿去了,最好在外面撒泡尿回来,必须把山上的邪气什么的祛掉,才能进屋。

在那个月亮又大又亮的白夜,彭景跑步完,没进屋,就到院子里解开豆包绳子。一人一狗,直接往小区后的电台山路走去。电台山下燕回小区的房子,是市青少年宫分的房改房,就在电台山脚下。电台山说是山,其实不高,只是一座曲折幽深的平顶山岗。上山的路,曲折如"乡"字,在仅可两车交会的小山道上,沿途绿荫错落,茂密高大的老芒果树,两边枝叶相拥成穹顶。沿着"乡"字形曲折至极的绿色隧道,一人一狗就在到了豁然山顶。山顶开阔寂静,一栋电信旧楼里,几盏加班的灯光昏然欲睡。该单位已经搬迁到新区办公大厦,剩下零星扫尾人员。这栋八十年代的平顶旧大楼,前面是一棵巨大的橡皮树,树下是一排停车场。大楼侧面是荷花鱼池和紫藤深覆的假山,一座仿木水泥亭子。沿着观风亭子边的小径,就通往大楼后面大片葳蕤的杂树林子,盆架子树、李子树、苦练子、小叶榕、石榴、不怎么结果的老芒果树、棕榈、旅人蕉、大叶榕树、印度紫檀。树林间血管似的幽微小径边,散落着一些永远有落叶和鸟粪的石桌石椅。看上去它们都很干净,坐下去,肯定满屁股灰。

月光如淡金色的天水,濯洗着明亮寂静的山岗。因为四下无人,被解开牵引绳的土狗豆包,在如水的月光中奔跑跳跃,反复冲锋到树木深处,追野猫惊山鼠不亦乐乎。彭景坐在仿木亭子前的小鱼池边,蛙鸣如鼓。池边半浸着几块石头,一块最平整的大石边,是一大蓬斜倚探水的三角梅,另一边是半人高的杜鹃花丛。遮挡性很强,每次彭景都喜欢坐在这里,或两脚踩地,仰躺在石头上,抽着烟,看着天,看着观风亭顶上厚厚的落叶,等着豆包在山岗疯跑几圈,再一起回家。

小池塘里,鱼儿不时在月光中跃出水面。

一瓣白色的杜鹃花瓣,无声地落下,飘入水面。

这个时候,妻子小鹿已经在超级月亮下,命归黄泉。

这是彭景在电台山最后一次遛狗。

二

彭景进门的时候,老家人已经睡了。他知道,老人生活很有规律,一般九点半就上床、早上四五点就起来了。一听到彭景进门的声音,岳母迎出来了,一直看着他的身后,说,你们没一起?

小鹿没回?

岳母说,打她电话,都没人接呢。

小鹿平时私授课,最晚十点就回来了。现在已经十一点多了。彭景掏出电话。电话响一声就转短信了。他说,可能没电了,你先去睡。彭景洗澡前后,分别又打了四五个电话,都没有人接。他隐约不安了。可是没有寻找方向,不知道她今晚给哪个孩子上课。偷偷做家教,给孩子上长笛课,是工作之余的私活,同事不一定可问。彭景也不知道她现在手上还带着几个孩子,只知道,今晚上课的孩子,家在安延区,离回燕小区十多公里。夫妻俩只有一辆车,平时都是小鹿在开。没有车,又没有方向,而且夜已深,不便惊动她朋友同事,彭景只能在家干着急。大约凌晨一点四十,他打了110电话,询问安延区一带有没有车祸。对方说有两起车祸,但都不是小鹿开的那种红色海马。

也一直没有收到小鹿回电。结婚这七八年,这是从来没有过的。即使他们闹小别扭了,她懒得打电话,也会短信留言,告知去向什么的。彭景越来越不安,电视节目实在看不下去,电话在手里翻来翻去。有一次听到院子里豆包忽然叫起来,以为小鹿回来了,连忙开门出去,却什么人也没有。

早上七点一过,他开始给小鹿的朋友、同学、同事联系。这些都是走动比较多的人,但是,无一例外,他们都不知道小鹿在哪里。到了单位,他找到市局情报资料部门,询问昨晚是否有出现不明尸体的情况,也没有。彭景给青少年宫小鹿办公室打了第三个电话,接电话的人说,小鹿还没有来上班,也没有请假。

彭景感到绝对出事了。他借了车,直接到了青少年宫。办公室的人也热情地帮打了好几个找人电话,但都没有任何消息。自然也打听不到安延区上课孩子的家,但彭景还是模拟着小鹿下班去安延的线路,开了过去。毫无收获。这期间,他不断打她的电话,不通不通不通。家里的老人已经慌乱了,他们不断打彭景电话,因为没有结果,因为烦躁,彭景总是一句话,没找到!或者,别打了!找到我自然会说!就挂了电话。后来,岳母一打通,话未出,哭声就传来了。彭景直接扣了电话。他根本不愿意和他们说自己的焦虑,自己的苦寻,自己的担忧。甚至,老人家越着急,他就越讨厌。这个尚未做父亲的人,似乎还没有能力理解做父母的心。

这一夜比前一夜更加煎熬。彭景半夜十二点才到家,他没有去遛豆包,直接进了自己房间。岳父母也没有睡,一看到他,他们就急着要听他的想法。彭景把他们关在了自己卧室外,然后他听到了岳母嚎啕大哭的声音。彭景在里面使劲堵住耳朵,岳母却没有停下来的意思,相反,他听到哭声的空隙,两老人在公开地谴责:没心没肺啊,出这么大的事,还照吃照睡,一点都不担心老婆死活,只顾自己睡个死啊! 我们人生地不熟,不然我们早就去到处找人了……

彭景猛地打开门,门开得过于用力,打到墙又反弹欲关,他狠狠踢了一脚门:吵什么?! 都去睡觉!

岳父呆怔了一下,岳母大声擤了一把鼻涕,直接甩在了地上,说,你倒好,你当然睡得着,我们可是一分钟都睡不着,小鹿到底在哪里? 活不见人,死不见尸……

岳父一把捂住了她的嘴:说什么鬼话你!

——够了! 都回屋! 你们明天可以睡到自然醒,我还要上班!

岳父母互相看了一眼,公开交换眼神里的仇恨火焰。但是,他们也是第一次看到女婿这么放肆、这么恶狠狠地对他们说话,一时没有应对经验。女儿不在,这个家似乎马上就不像他们自己的家了。老人又焦急又愤怒,但还是交换着眼色,互相暗示着,回了自己房间。

日久见人心!

变死了这个人!

他们在屋子里也同样恶狠狠地咒骂着。

第二天,他们的女婿并没有按他自己说的那么正常上班,大约是下午三点多,他的领导、司阳分局有组织犯罪侦察大队长老谢过来问他吃中饭没有,他说没有。谢大说,走吧,我陪你到外面吃点面。彭景就和他一起离开办公室下楼,一到楼下,突然地,几个人扑上来就把他按住了。彭景莫名其妙,这不还在分局院子里吗,他挣扎着大喊:怎么回事?! 要干什么?! 他冲着谢大的身影喊,——谢大! 妈的怎么回事啊?!

谢大已经上了车。按住彭景的几个人,七手八脚地搜了他的身,然后把他推进了车里。彭景开始还怒吼了几声,发现大家死一样的沉默。他也不再吼叫了。他知道没用。同时他想,没有什么大不了的,有什么误会解释不清呢。这个时候,他还没有想象力把自己和小鹿失踪联系起来。他很困惑恼火,但并不害怕。彭景到底还是判断错了,车子直接开进了市局刑侦支队大门。他看到重案组的老丁走过来,笑了一下,似乎想说什么,但又泄气了,连带着脸上的笑容都很别扭。所有的人都不看彭景,熟悉的、不太熟悉的。一拨人没有表情地把彭景带进重案大队三楼的一个空办公室。两个小时都无人进来,彭景独自枯坐着,心里惦记着小鹿的情况。但手机已经被没收,他不知道是不是有好的消息已经传回来了。大约是暮色渐起的时间,门轻声一响,他扭头看见一个曾经和他工作配合过的支队重案队洪彦,吹了一声口哨,一瓶矿泉水就抛了进来。彭景接过的那一瞬间,门已掩上。洪彦青春帅气的脸,消失了。

三

早知道接下来会二十多天日夜不能睡觉,那么他在空办公室枯坐的时候,一定会设法让自己眯一会。作为一个训练有素的人,他知道越艰难的情况,越要照顾好自己。后来那些生不如死的炼狱日子,让他痛悔独自在那空办公室的发呆枯坐,实在是天大的浪费。

大约是晚上七点多,彭景所在司阳分局局长老孟和市刑警支队副支队长何大头和重案大队的大队长老丁几个走了进来。洪彦也进来了,夹着讯问笔录本。两个年轻警察给他戴上了手铐。彭景觉得太过荒唐,就像看别人被铐上一样,迟钝地看着自己的手。老孟看了一眼自己的部下,不知道是对谁点头,他点着头,环顾着这间办公室,说,嗯,好好想,慢慢说。政策、流程、工作方式,你比谁都熟。这么熟了,彼此不要浪费时间。

我妻子回来没有?!

似乎有个年轻的警察发出轻笑。但因为无人同步反应,那鼻息似的笑声便戛然而止。屋子里却因为这个无人共鸣的笑,氛围古怪。老孟说,我还有个会。何大头没有表情地看着老孟出去,然后把眼光平移到彭景身上。彭景盯着他。彭景和他不算熟,但是,新入职的时候,听过他的两场培训课。何大头个性暴烈,语速极快,自负乐观,雷厉风行,都给新人留下不好惹的印象。

老丁看了一眼做笔录的洪彦说,开始吧。你先说说5月6日这一整天的经过。彭景说,有我妻子消息吗?依然是无人回应。彭景感觉到了什么,沉默了一会,他把自己从早上起床开始,直到晚上遛完狗回去,说了一遍。他说,我现在急着知道我妻子的情况。先把手机还我一下!

何大头拍了一下巴掌,赞许地吁了一口气:这表情到位。好。你把当日下班后的情况,再仔细说一遍。彭景皱着眉头,又说了一遍。

你妻子说晚上给人上课,你就说,你也要加班?

是。

为什么又不加班了?

反映情况的群众不约了。

你妻子几点打电话,说晚上不回?

中午,大概一点左右。

群众爽约,是几点联系你的?

那是短信。我是午休起来看到的。

那短信时间,是比你妻子来电早,还是晚?

我没注意。我反正是午休起来看到的。

那短信比你妻子的电话早到。

你什么意思?

从时间上,你可以告诉妻子正常回家的。即使午休起来看到取消短信,你还是可以回家的。因为你不需要加班。但是,你没有回去。

对。

为什么?

不想回去。这很正常。我去跑步了。

有人看到你跑步吗,在你说的云山路?

也许有人看到我。

跑了多久?

来回十七点六公里,跑了两小时零四分。

记得很准哪。

春节后一直忙着加班,很久没跑长路段了。所以,特别看了时间。

几点到家的?

十一点左右。

你在分局食堂吃完晚饭是几点?

七点十分。

然后,你就去乘公交去了云山路口?

对——不,我还到办公室换了衣服,跑步鞋。还充了点电。手机快没电了。

充了多久?

二十多分钟吧。

那就是说,你七点半离开单位。

差不多吧。

好。何大头指了指手腕,听说你有个运动手环?能记录你的运动路程,时速,时间?

手环丢了。

丢了?!

对。

这个能够证明你跑步时间与路程的手环——丢了?

对。

难得有闲跑十几公里,居然手环丢了,没得记录了?——怎么丢的?

等想起来时,发现已经不在手腕上了。我妻子知道我丢了大半个月了。

嘿,你妻子!没错。她当然知道。

从司阳分局打车到湿地公园,半小时够了。是吧?

彭景盯着何大头,又转而瞪着老丁。凭职业的本能,他确定小鹿出事了,而且他被何大头盯上了。湿地公园?但湿地公园不在安延区。彭景的迟钝、空洞、思虑、丝毫的表情变化,老刑警

403

何大头都尽收眼底。

老丁把一个小塑料袋装的一颗银白色警服扣扔在桌上。

你警裤的后兜扣呢？怎么少了一颗？何大头问。

彭景说，我不知道。但谁都清楚，警裤纽扣质量差，很容易掉。

是啊，就你的掉现场了。

怎么就认定是我的？！

那好，根据现场的"嗅源"，警犬在七八件衣服里挑出了你的衣服。这又怎么解释？

是什么"嗅源"？

老丁把一个带有球形小陶器挂件的钥匙串放在桌上。隔着小塑封袋，彭景也认出，是他的家用钥匙。钥匙串上的球形小陶器，是小鹿外出旅行买的。彭景一眼就反应过来，小鹿又拿错钥匙串了。因为家里有老人，他经常不带家门钥匙。办公室的钥匙，都在包里。而小鹿每天带，是要在下班时去信报箱拿报纸信件。而拿错钥匙的错误，她经常犯。因为他俩进门都喜欢把钥匙串顺手放在鞋柜上，每串都是四把钥匙，又都有同款小陶器挂件，区别是，小鹿的小陶器上的绳子是暗红色的，陶器上写的是"惜福""感恩"；彭景挂件绳子是暗蓝色的，陶器上面的字是："知足""常乐"。彭景知道麻烦大了。这是难以解释清楚的。

是啊，拿错了，是啊是啊，她拿错了。拿错了，还在现场掏包秀出来给情人看……

应该是作案人搜找钱财倒出来的……

当然，当然……何大头突然一脚把办公室转椅蹬到柜门边，椅子猛烈撞到柜门，又反弹回来。——够了！混蛋！都他妈的圈里人，自己人，玩虚的，太他妈无聊恶心！实话告诉你，谁摊上这个事，未必做得比你好。够了！给我痛快点！——下班以后的经过！

我说的是实话。

何大头一把揪起彭景的胸襟：这样有意思吗，小子？！

我想知道我妻子的死活！

何大头一把将彭景揉在椅子上。

四

湿地公园月圆夜杀人案,震惊全城。

人心惶惶,警方压力极大,专案组配置了精兵强将。所以,本地新闻第一次报道时,警方就同步透露了嫌疑人已经被控制,及时松弛了社会神经。三周后,关于案件侦破的长篇披露,就算是给了公众一个明确的交代。可以说,警方是不乐意后续报道再度惊扰社会公众的。但是,如果不说清楚,也就是媒体不发声,各种关于该案的信息也一直在沸沸扬扬地流传。有些个不负责任的外地媒体,道听途说,用外围材料,拼凑报道了一篇《都是月亮惹的祸》,以博人眼球的小报写法,尽情渲染警察杀人。真是警方哪里痛,它就在哪里下刀子。它突出强调的是,凶手是警察!也就是超级月亮下出轨女子的丈夫,是打黑警察。警察杀人,心狠手辣,读者也觉得理所当然了。

这种被动局面下,警方加大审讯力度,最后被迫召开了新闻发布会,邀请本地几家严肃媒体采访。案组负责人详细介绍了案件侦破经过,低调承认凶案嫌疑人是同道。一时,媒体沸腾。也许那天晚上的月亮,实在太大太亮了;也许,那对情人在死前太过浪漫,而死法又太过惨烈;而嫌凶警察冲动杀人后,内疚不安,全面认罪伏法显得良心醒目。总之,各路记者的报道都显得很有激情。多家记者采写到,"嫌凶"出身科班、综合素质强、能力出众,在多起疑难案件中立下赫赫战功,曾获省优秀警察殊荣,不料一时冲动,自毁大好前程。总之,不论报纸、电视、电台的后续报道,都多角度地切入湿地公园杀人案,令人唏嘘感叹。

冲击波一直在持续。

市青少年宫每一间办公室的报纸,都被大家抢阅。教职员工们被小鹿老师家的报道惊骇到了,尤其是两名接待过上门寻找妻子的杀人犯的老师,她们后来再度回忆都非常后怕,说,当时,她们就感到这个男人像个杀过人的人。有一个老师说,她闻到了他身上的血腥气;也有老师对杀人的冲动表示同情和理解,毕竟是妻子有错在先啊。

类似的激烈议论,在政府最重要的隆启开发区管委会一间办公室里,也有这样的强烈效应。靠里屋的第一办公桌上,位置空了。它的主人,就是湿地公园被杀案里的男主角。这个在大办公室里排名第一的主人,一头白发,却是个青年才俊,做事灵活,尤其善于协调各种力量,偏偏为人谦逊。大学出来,很快就成为市里重要领导秘书,领导意外猝死后,很快也有喜欢他的贵人接棒,把他送到了新开发区的重要岗位,管委会主任助理,一人之下,仕途依然稳当,显然,这是要接主任的班的,但小李很低调,虽然手眼通天,贵人如云,做事却非常勤勉,而且,坚决让大家叫他小李。隆启开发区里许多有仕途追求的同僚,对于他的不良暴死,虽心有戚戚,却也个个满腹复杂猜测。

小李暴死,感到天塌地陷的是龙庭村村委主任李天禄一家。

正要午休的李天禄,接到儿子李海狮打来的丧讯,一声惊吼,吓得客厅里卧着纳凉的两只德牧,站起来就避窜而去。但很快,它们听到了李天禄呛咳似的哭声。他不断地咳嗽,不断地呛咳,这个噩耗像一团乱麻,捅进了他的心窝。他不再有哭腔,可是,泪水直淌。他想问儿子一个究竟,可是,他发不出声音,一动声腔就呛咳。

儿子海狮吁了一口浊气,骂了一句粗话。很明显,如果今天是他被人劈死,父亲一定不会这么伤心。李海山是大伯李天福的小儿子,比李海狮小两岁,从小就聪慧过人,腿勤嘴甜人乖巧,哄得李氏宗亲男女老少都喜欢他,而且书读得特别好。当年李天福被村民打死,李天禄就把他当亲儿子抚养。李海山也最听天禄叔叔的话,不仅如此,这个侄儿,竟然比他自己的三个儿子(小儿子被火车撞死)都像他。李天禄现有四个子女,李宝秧(已嫁人)、李海狮、李海龙、李宝船,两男两女,全部遗传了他老婆的溜肩、牛眼、菜罩鼻子。反观侄儿李海山,和李天禄一样魁梧壮实,连一头麻灰头发,发旋、发量、前后发际线,都和李天禄相近。李氏少白头在龙庭村远近有名,儿子女儿尽管也是少年白发生，却都不如侄儿李海山，袭承了李天禄的白发威武。李海山就是顶着一头麻灰白发，意气风发地考进了西安交通大学少年班。学成归来的李海山没有辜负天禄叔叔期望，不过七八年功夫，不论白道黑道，似乎都知道有这么个不可小觑的白发才俊，而他的根，就在龙庭村。李天禄引以为傲，对外人常称我儿子。比如，就在月亮最大最圆的那个晚上，本来李天禄打球后是赴鸡肠岛打牌的，那是一个土豪们的私密赌场。海山一个电话，说，刚调来不久的副市长老林，想招待一个大台商，你要不要来陪一下？当然要，什么叫陪一下，不是去买单那么简单，是一个合理勾连，赏赐你一个亲近权力圈的微妙机会。这是信任。多少人做梦都没有这个机会，海山才有，他会不动声色地安置一切，非常隐秘自然，宾主尽欢，个个自在。人人有收获。

果然，新领导老林对李天禄感了兴趣，愿意多聊聊农村经济发展情况及周边多个配套项目开发情况。海山看起来和老林有很自在的兄弟情谊，还有三个菜没上，海山就直率说自己早有约，得先走一步了。李天禄那天，因为打球，没有带保镖司机。他把车子给了侄儿，海山还谦让了一下。李天禄说，等客人尽兴后，他会让司机开别的车来接他。

这就是李天禄和海山的最后一面。这个晚上，接触到亲切市领导的李天禄一夜难眠。李海山被人一记打烂后脑勺的时候，李天禄在床上辗转反侧浮想联翩，满脑子都是李氏家族金光耀眼的未来。这个开局，实在太诱人遐想了，过去，海山也有制造机会，让李天禄和职能部门的权势者相识，但是，层次相对较低。海山也一再告诉自己叔叔、堂兄弟们，资本原始积累已经完成了，要告别打打杀杀的低级模式，可以尝试正经大业了。是李海山引导叔叔，一边捐助老人院，一边不惜重金进了区政协；也是海山引导，让叔叔接触高尔夫球，开阔眼界，扩大平台。打炮与打高尔夫，毕竟是云泥之别的人生；海山还带叔叔堂哥们去佛光寺拜见过法师，给寺庙送好茶油米；也是他坚决请求叔叔，把手臂上年轻时的粗劣文身去掉，这点和从日本学艺归来的李宝船意见一致，但海山照样反对堂妹要给父亲在胸口新文"艺术龙"图案。宝船妹妹说这是她设计的家族标志、艺术家徽,是图腾。李海山根本不辩,一笑否决。李天禄就不文。宝船便给海狮、海龙手下的李氏青年们大文特文,倒也很有团队精神。李天禄知道,随着李海山关系的拓展纵深,他们家族会进入全新天地。他还多么年轻啊。

没想到,这小子居然在阴沟里翻船!

那个中午,李天禄把桌面上能摔出响声的物件,统统摔在地上,李宝船刚从日本带回来的一套昂贵的江户杯子,被他用来砸烂了墙上的超大液晶电视屏。李天禄满腔悲愤,他愿意拿任何一个儿子跟李海山换命。这个念头,他一点也不觉得羞愧。他对李海山的陕西老婆更加怨恨。这个西北女子,嘴尖又霸道,一副克夫的狐狸脸。李天禄对侄儿,唯有这一点不满意,现在,李天禄相信,不娶这个西安狐狸脸,海山肯定不会在外面搞这些名堂。那么,海山就不会死。李天禄对海山老婆及十岁女儿,全部恨上了。

龙庭村很多村民却在窃喜难掩中。不是因为李海山的死,而是因为李天禄的悲伤。据说有十来个被村主任打过的村民,憋不住偷偷串门小联欢了。这个近千户人家的大村,上访告过李氏家族状的至少有两百多户,不安分的坏人刁民很多,不过,他们都没有赢。而李家马上就知道谁谁到哪个部门告了他什么,谁谁向哪个部门反映了他的情况,然后,村里连线所有人家的大喇叭,就会传来村主任警告与怒骂这些"鸡巴屌蛋"们:

喜欢告状是不是?去!尽管去告!中纪委、市纪委、茂田区纪委都来查过,国土局的人也来查过,能拿我怎么样?我不也没事?老子有的是钱,谁来查我我他妈轻松打发!钱怎么花,都比给你们这些鸡巴屌蛋强!多告几次,我还能多结识几个能人!——去告!赶紧去告!

有几个告状上瘾的刁民,被打断胳膊、腿之后,也慢慢老实安分下来。现在,有毅力告状的人越来越少了,妄议村主任家族的声音,也越来越隐蔽了。村委会的大喇叭里,强调安定团结,严禁拉帮结派,不许交头接耳、议论村是。甚至在结婚喜宴上,谁和谁在一起低声讲话多了,就可能被举报,自己也会紧张;几个喜欢闲嚼舌头的妇女,被大喇叭点名后,以"搬弄是非寻衅滋事"被村委严重警告,扣罚了三八节的礼物:一套浴巾和沐浴露;龙庭村还禁止没事胡乱串门。据说这是村里选举期间实行的新文明习俗,后来,慢慢就强制沿用下来。躲不起、打不过、告不赢、说不得,所以,龙庭村的村民,有点憋得慌。一听李天禄悲伤了,就有刁民忍不住开怀了。

当然,对全市更多的市民来说,这个冲击波,不过是饭后茶余一过性的刺激物。几天之后,他们就慢慢淡漠起这件白夜杀人案了。有人拿那张旧报纸包了单位新分的菠萝,有人拿它垫在屁股底下,坐在马路牙子上等人;在地下通道里,有个戴着棒球帽的女孩看到一个流浪汉,把那份报纸铺开,然后睡在上面。戴黑色棒球帽的女孩,一眼就认出那张报纸。她读过那份报道《超级月亮下的超级嫉恨》,里面有超级月亮挂在佛光寺舍利塔边的配图,看起来,塔和月亮,仿佛是一座巨大的表盘,固定下了那个凶杀时刻。棒球帽女孩身形俊逸,但脸色苍青,似乎不高兴。她大步流星地走过地下通道里的嘈杂人流,走过躺在那份报纸上的流浪汉。突然,她收了脚步,驻足谛听了一会,开始转身往回走。走回地下通道深处。她再度走过了睡在旧闻报纸上的流浪汉,停在他斜对面的一对老艺人跟前。

男的老艺人在弹吉他,音响震颤。他的个子很矮小,穿着敞怀的格子衬衫,里面是白色T恤,弹琴之势有超越年龄的青春洒脱,让他看起来很高大;女的老艺人起码有一米七五,她坐在一张酒吧转椅上,一头浓密灰发,扎着一根麻花辫。她的膝上是一个六角形的旧皮质手风琴。几个月前,也就是今年春节,大年初一的上午,女孩在城南庙门大街下的人行隧道里第一次见过他们。大年初一的清晨,呵气成雾,地下通道行人寥寥。男的老艺人似乎在修理他们的音箱,边修边用口哨在和女老艺人的琴声。打麻花辫的老太婆在拉琴,她闭着眼睛,坐在柱状麦克风前人琴合一,海浪拍崖、恍若无人地演奏着,莫名动人。是《贝加尔湖畔》。整个几乎无人的通道,构成了琴声极为美妙的回旋。

深情感伤的旋律,统摄了通道所有空间。这对七十多岁的老人,怎么演奏这样的曲子呢。女孩感动而茫然地看着通道的两头,似乎希望有人和她分享这动人的琴声,但仅有几个穿着春节新衣、脸上是熬夜后赶路的匆忙过客。女孩在老艺人的小花钵里,放下了一百元钱。他们似乎没有注意到她,老人似乎都不睁开眼睛,不知道女老艺人是怎么知道男老艺人调好了音箱,并拿起了吉他。他们默契地又开始了合奏,依然是《贝加尔湖畔》。

一曲终了,女孩默然离去。几步之后,女孩转身回喊:

嘿——新年快乐!

小个子的男老艺人睁开了眼睛,用吉他模拟人音,回她新年如意。女老艺人没有睁开眼睛,她谛听着女孩远去的脚步声。

之后,女孩再没看到这一对流浪老艺人。没想到,几个月后,在远离庙门大街人行道的中山公园西门,在市府大道的地下通道里,再次邂逅老人。刚才走得太急,行人视线遮挡,正好又是他们的演奏间隙,所以,她差点就错过了。女孩返回,是再度听到了让她熟悉的旋律。女孩重回老艺人跟前。男老艺人记忆惊人,一眼就认出了几个月前向他们问新年好的陌生女孩,所以,曲终他立刻用琴声再度问候新年如意。虽然,新年已经用旧了一半。女孩不由笑了。女孩往他们的小花钵里放了五十元钱,发现里面都是硬币。女孩语气有点抱不平,说,哈,这么少?

男老艺人非常得意:嘘——藏起来了。

女孩说,你们也喜欢这首歌?言下之意是:你们都这么老了呀。

你经常听我们演奏吗?女老艺人下巴指着她问。

嗯,是呀。每次都是它。女孩在夸大其词,但是老人并不揭穿她。女老艺人说,我们能演奏的歌曲太多了,不断地变换。也许,你来正好都赶上它了。

我喜欢赶上它。女孩的脸色比刚才好看多了,开始有了光。但她小声地嘀咕了一句:原来你们并不是特别喜欢它才演奏的。

不不,老人异口同声地指着对方,他(她)喜欢。

女老艺人说,姑娘你过来。男老艺人对着女孩,指了一下自己闭目的眼睛。女孩确定了自己的猜疑,女老艺人是个瞎子。女孩走到她的跟前,老太太拿掉她的棒球帽,摸索着女孩的头、脸,胸和腰臀,最后是手。

往北走吧,姑娘,女老艺人说,不要再回头。南方配不上你的美。

女孩离去的时候,听到身后再度响起了《贝加尔湖畔》。

五

何大头厌恶彭景。在他看来,彭景的耍赖很低级,很丢警察的脸。何大头私下认为,这事带来的羞辱感,每个男人都能理解。但是,这种事,要么不做,要么你做得无懈可击。都已经被逮住了,身为警察,再这么死不认账,很无聊也很窝囊。何大头越来越恼火,但审讯的前十天,何大头都克制了自己的脾气,一直没有对彭景动粗,只是轮着审。直到押送彭景到法院,完成了CPS心理测试,也就是测谎测试。彭景没有通过。测试结论为:知情或参与了作案。也就是说,彭景撒谎。虽说测谎结论,不能作为刑案证据使用,但是,何大头对彭景的鄙视,由此到了极点。专案组的耐心也全部用完。

事实上,彭景的骨头,也不是专案组想象的那么硬,继续审讯一周后,彭景全部招供认罪。就是在彭景磕磕绊绊全面认罪的次日的下午,警方召开了媒体通气会。应对公众舆论,一切都顺理成章了。

作为警察,彭景知道审讯手段的厉害,更清楚自己的认罪是在饮鸩止渴,因为他并没有把握自己在庭审的时候,有翻案成功的机会。

一开始,他以为自己肯定扛得住。但是,他对自己太自信了,想得也太简单乐观了。一度,他再次向何大头索要留置他的法律手续。何大头无比蔑视:你他妈不看过传唤证了?彭景说,传唤证最多只能留置我十二小时,你们却关我十二个昼夜,又拿不出其他法律手续,凭什么还要扣押我?

何大头笑:自己人,要什么法律手续?!

彭景知道自己完了。十来天的审讯,捕捉着东鳞西爪的信息碎片,彭景已经拼出了小鹿被杀案件的大致。他理解同事对他作案的推断方向,他自己都接不住这个球。只有他明白,他从未想过小鹿会给他戴绿帽子。婚姻跨过七年之痒,夫妻关系早已过了风吹草动的敏感期,甜的,不那么甜了,酸的,也不那么酸了。家庭已经进入平稳的、惯性运行的轨道,甚至可以无人机一样行进。猛然地,妻子出轨了,她翻车的动静如此之大,听上去,他们就是在野合中被杀。即使真凶被捕,妻子以这种方式昭告众人,践踏婚姻,作为丈夫都是难以接受的,是的,这种羞辱感令人窒息,而他还摊到了最残酷的结局:他成了谋杀者。CPS 尚未进行的时候,彭景就在心里对自己说,我通过不了。

5月6日,你是否跟踪了你妻子?

——没有。可他心里想的是,我当然要看看。

你是否杀了你妻子和那个男人?

——没有。可他心里想的是,我必须杀了他。

是不是你用角钢劈死了他们?

——不是。他心里闪过的念头是,角钢真他妈带劲啊。

你恨你妻子?

——不。可他心里想的是,她竟然如此欺骗我。

……

时间是弹性的,从业多年,彭景第一次感到审讯时间一刻长于百年。那是秒针都缓慢挪动的煎熬时光。彭景像死狗一样,瘫在办公室地上。

彭景说,给我一杯水吧。

老丁示意手下递过一杯水,但被何大头劈手抓过。何大头踢了踢彭景,示意他看水。说吧,说了喝水。

彭景绝望地垂下脑袋,不再看水。

既然……你们说,我妻子的现金、首饰,那男的劳力士表都不见了,会不会……只是偶发性的谋财害命?彭景声音虚弱。

这不就是你想引诱我们的侦破歪路吗?你以为我和你一样

蠢吗？劫财？劫财有必要下手这么狠？你是用劫财小伎俩迷惑办案人员,我告诉你,这恰恰证明你急着掩饰你的泄恨动机!

彭景看到老丁手上又有一杯水。他觉得极度的渴快要摧毁他了,这一杯水恐怕要收了他。他咬紧牙关。

我问你,老丁说,妻子跟人私通,你恨不恨？

彭景闭眼,算是点头。

用这种方式,被你看见,你恨不恨？！

彭景闭眼点头。

这就对了。你恨,你刻骨仇恨。只有满腔仇恨的人,才会这样出手,把情敌脑子打烂,把妻子打掉半个脸。

彭景猛地睁开眼睛。小鹿被打掉半个脸？！这个信息,刺激到了彭景。原来说的角钢劈死他们的说法,比较抽象。这么具体地说,被劈掉半个脸,彭景很惊异。这个爱美的女人,没了半个脸怎么走啊。忽然地,彭景心里泛起了轻微复杂的怜悯与痛惜。

浪费我们的时间,对一般人来说,是求生策略,而你这么干,面对兄弟们,就是不地道了！测谎你通不过,不在场证明你搞不出,耍赖你又编不圆。所以,还是痛快了断吧。老丁似乎再要给彭景水杯,但又担心何大头的阻挡而叹息不前。他说,兄弟,何大头说得对,你的自尊心、你的感情、你的举动,其实所有男人也都能理解。

彭景叹气:我是恨,我的确愤怒。我也许真会杀了他们！但是,我确实不知情。我根本来不及生气杀人,他们已经没了……

何大头一拍桌子:你他妈是不是警察？老婆这样了,你会一无所知？

我很忙,也信任她。

屁话！一个有私情的女人,居然能瞒过警察丈夫。你还他妈的是个不赖的刑警——你到底还想玩我们多久？！

彭景没有声音。

两个月前,你为什么和妻子吵架？

不记得了,我们不太吵架啊。也没时间吵架。

你摔了茶杯的那次！你岳父手还被割伤了。

哦,那次,只是有点分歧。关于孩子,她想流产,我想要。

你们也不是一次不要小孩了。

彭景点头。

那为什么这次火气那么大?!

老了,我现在想要孩子了。

恐怕真相是——你知道你的婚姻危险了。你想用孩子控制她,而她不干。

扯什么?!我要知道她出轨了,只会坚决不要孩子——我怎么知道是不是替别人养孩子?

——手铐紧点！找地方给他挂上！我看这样你的脑子比较清醒。

六

有一个地方,没有受到这个超级月夜恐怖案件的惊吓。那里,看起来依然是世外桃源。尽管它的一个西南之角,曾经就是龙庭村的一个部分,纤细的牵连,使它就像是龙庭村吹出去的一个美丽大气球,气球里,四千亩的绿草茵茵,阳光明媚,氧气清新,绒毯般的绿地上有凝风的古木、白金色的沙坑、激滟清澈的湖光,还有灌木缠绕奇石,果岭青葱。这个国际标准的27洞高尔夫球场,就像这个城市的美丽胸针,域外所有的一切噩耗,都染指不上它,它们抵不上美丽草地上的一个白色球影,果岭上的一阵风过,甚至不如球道上水池里的一圈涟漪。

尽管,死者的叔叔李天禄,那天下午就在这里打过球。是球童汪李婳接待他们的。但这样的交错信息,并非凶讯本身,所以,绿地阳光氧气的球场,丝毫没有受到不吉的干扰。

在高尔夫球场,客人们对球童,只重技术不重脸,但阳光高尔夫,还是被国内外客人们公认为球童最美的球场。球童们统一着装,女孩藕色上衣,卡其色长裤,白球鞋。上衣规定下摆扎在裤腰里,白色的皮带,让球童们显得干净又利索。阳光男球童约三分之一,大都又帅又礼貌;女球童占了大部分,个个眉清目秀,举止温柔。阳光球童入职的第一要求就是微笑。永远地微笑。再大的委屈,也要保持微笑。所以,冲着这一点,球童汪李婳就是个例外。汪李婳是总教练举荐过来的。她基本不笑。但她的嘴角天生上扬,面颊美丽,这会让人误会她在微笑。而她真正笑起来的时候,就像高速摄影下的昙花开放,那个粲然绽放的冲击力,令人脑子停摆。所以,当客人打出好球的时候,她未必按规定喊"nice shot",她只是一挥手臂,粲然一笑,客人就莫名感动,备受鼓舞。但汪李婳并非靠天生容颜征服球场的。她能保持A级顶尖球童,不断地被熟客点场预约,和她卓越的球场技能有关。无论是码数计算、球道的熟稔、风向草势判断、摆抓果岭线,她都准确果断。而她天赋的深度知觉感,使她在极远处照样能盯准落球,找球迅速。正如总教练说评,一个好球童和差球童,可以有五杆的差距。

  传说有一次,几个邻省的大佬在本地交易会的休闲期过来赌球。一个老板,因为输球,不断责骂跟随球童,从三洞一直骂到六洞,最后不让她上果岭,要她立刻滚回去换人。女球童哭着回去了,汪李婳替代出场。没想到,汪李婳迅速扭转颓势,最终还让客人抓了老鹰(比标准杆少了两杆)。这个脾气恶劣的老板反败为胜,赢了几万。最后给了汪李婳两千元小费。这是十倍于平时小费的价格。

  即使在A级球童里,汪李婳也是最有钱的那一个。出场费高,点场费多,小费高。和她同宿舍的球童,再好的性子,最后都难免嫉妒。因为,对比太刺激人了。毕业于北方科班的汪李婳,又总是独来独往。球童们聚在一起,评议汪李婳,也是一个排毒的休闲方式。但汪李婳似乎领会不到球童们微妙的排斥,她看起来始终心不在焉,或者根本跟不上趟,她定睛看人的时候,眼神总在迟钝傲慢与淡漠天真的混杂中,令人困惑。她似乎也知道自己频道不对,但是,她切换不进来。

  球童们议论她最神奇的是一个未经考证的例子。说有个台湾老板,经常独自或与朋友们过来打球。有一次,他把球打到六号洞边丘陵地的一个空墓穴里了。汪李嬿去捡球。因为比较久,台湾老板就跟了过去,看到汪李嬿在对空墓穴跪拜低语。听到台湾人走近,她才跳起来。这当然是违规了,球童就是必须在第一时间为客人捡回球,哪有时间让你这么玩。迷信的台湾人也匆匆拜了拜。两人一起往回走。汪李嬿无语,台湾人安慰球童说,我们在别的地方打球,这样打扰到墓地主人,也会请求原谅的。汪李嬿说,那是我奶奶。台湾人吓得差点跌倒。也不敢再多问。他相信球童的话。开发球场后,周边被征地的失地农民,会获得球场优先用工权。球童来自征地村,也很正常,奶奶墓穴在球场,也很正常。台湾人想也许是建设时挖坏了。打完十八洞,台湾人给了汪李嬿一个大红包。球童们说,汪李嬿不知道用这个方法,骗了多少客人的赎罪红包。议论得多了,领导专门问过汪李嬿,说,你爸爸不是外省人吗?汪李嬿含混点头,说,都一样。领导疲怠于与这个眼神游移的人较真。大家也都知道,汪李嬿的格格不入,汪李嬿的扑克脸,一直得到总教练和球场总监的庇护。当年,总教练在东北职业学院任教时,来自南方海边的汪李嬿,是班上最小的孩子。老师第一眼见到她的时候,就是在冰天雪地的拂晓,校园练习场,一个小小的孤独的身影,在苦练发球。当阳光国际高尔夫球场练习场把老师聘过来做总教头时,临行,老师曾问她要不要毕业后回南方老家,学生摇头,说她喜欢会下雪的地方。但是两年前,她突然要求回来。在老师的帮助下,到阳光直接做了球童。球场也认为这个女孩是天生的球手。正如教练评价:在发球台上,她能爆发野兽般的力量,在果岭周围又充满想象力。她可以很快转做教练,也完全具备走球童到职业球手的星光大道的过人禀赋,但是,参加过两次业余高尔夫球赛,她都表现平平,而且对成绩也心不在焉。

汪李嬿的无知任性,就这样一直得到主管们的默契性庇护。人的心理很奇怪,那些终日温存如天使的微笑球童,并没有获得相应的回应,而汪李嬿,一个扑克脸,因为难得一笑,反而使大家充满受虐后的欢愉。这当然是不公平的。

比如说去年春天的事。本来,来打球的客人就是上帝,得罪客人就是得罪自己的饭碗。客人语言轻薄、伸咸猪手、吃豆腐，一般球童都选择忍耐。但是汪李姮复仇心切，至少反击过三个客人，这是有目击者的情况下。如果一对一的战争，汪李姮自己是从来不说的。有个韩国人，愚蠢地把事情闹大了。一场球下来，客人都要填一张随行球童的服务评价表。分为非常满意、一般、差。按规定，球童一个月内有一个"差评"，直接降级，且半年内不得参加A级球童考试；一个月累计三个"一般"，也降级。被差评者除工资奖金大受损之外，还要向球童长递交书面检讨。

　　那天是周一，春雨连绵，没有客人。但是，那位韩国人独自来了。阿尼啊瑟哟，值班球童们问候他。但他点名要汪李姮做球童。雨中行，韩国人几乎每一个洞都在伺机吃汪李姮的豆腐。他能说一些简单的中国话，但还是借助手机翻译软件，给汪李姮看他的话：我身上带了几百万，你要不要跟我出去？汪李姮掏出手机，把他连手机内容都拍下。韩国人笑眯眯的。在18洞果岭最后终结，他假装庆祝似的抱着球童狂吻。汪李姮一把推开他，韩国人老练地晃动服务评价卡，威胁可能给的差评。汪李姮一笑。她是突然挥杆的，一杆打得韩国人踉踉跄跄了好几步，摔在地上。球童头都不回，开着电瓶球车就走了。

　　等韩国人浑身湿透地冲进球会服务站，咆哮着告状恶劣球童时，汪李姮已经洗过澡，耳朵里塞着耳机在听音乐。球童暴打客人？服务台人员都惊慌了。主管领导们纷至，最后，汪李姮掏出了韩国人的手机照。韩国人被拍手机屏幕上，还有细小雨水珠。汪李姮说，她只是轻轻教训了一下。韩国客人愤怒地出示了他的屁股，那肿得像嫁接了一个球形茄子。球童长、主管都差点笑出来。最后，是一个男球童护送韩国客人回酒店的，因为他开不了车了。很多女球童感到很解气，都在快乐地猜测那个韩国屁股最终烂掉没有。可惜，韩国客人再也不来了。

　　球童们、球童长、主管们全部站在汪李姮这一边。所以，说起来，这个风景如画、美如胸针的地方，一般俗事，是侵扰不到这个地方的。

七

彭景挣扎抗拒到第七天,终于垮了。

招供是个技术活。想说得合理正确,就要有一颗进取的心。比如,凶器。专案组判断出是角钢,那么在使用的时候,就要给个好说法。一开始,彭景说,我一下子劈下去,他以为是竖劈,大家说不对,要有一个角度。最后,他知道自己受制于现场,是站在一个特殊的角度,斜劈过去的。还有,跟踪线路什么的。最难完成的是凶器与赃物去处。彭景开始说,角钢扔在湿地公园垃圾桶,专案组人员翻遍了湿地公园后区的垃圾桶,一无所获;彭景改口说扔在现场红树林淤泥地,专案组又组织人力,在他说的地方翻了个底朝天,证明他又是胡说八道。彭景强迫自己进入角色思考,凶器和赃物扔在哪里是最符合他意志的。终于,他想到了一个地方。去年春天,小鹿和他带她父母去踏青,在二十公里外的竹井镇的竹林农场里有口青龙潭,很合适。因为当地人说,那里是深不见底的。彭景挺懊恼自己这么久才想到这么个好地方,这样,他们无法打捞到凶器与赃物,又无法指责他胡扯了。许多因为办案人员气急败坏而带来的痛苦也免了。

那天准备出发的时候,来了一阵大雨,彭景以为去不了了。没想到,雨一停,洪彦过来带他,说走,去竹井镇取凶器赃物。老丁亲自开车,何大头坐副驾座。洪彦把自己和彭景铐在一起,坐后座。一行人有点沉默,有点近午的疲惫,也可能跟何大头一看到彭景进来,就狠狠骂了一句有关,调子就定下来了。何大头说,小子,这次你再胡编乱扯,我剥你的皮!

一车人寂寞沉闷地跑了好一阵,穿越市区。临出北门旧城墙,忽然洪彦说:老大,谁坐过这位置啊,一排瑞士巧克力啊!洪彦从何大头座椅后背袋中抽出巧克力。何大头说,想吃你就吃,管它谁坐过。洪彦掰了一块,连声说,好吃。有榛果!说着,给老丁、何大头各掰了一块。何大头拒绝,说讨厌甜食。洪彦把它给了彭景。彭景也摇头,努嘴指矿泉水瓶。洪彦给他拧开盖子。

418

彭景不知道何大头是否反对,那只没有铐上的黑肿手,悄悄地拿起水瓶静静地喝了。

　　车祸是三十多分钟后发生的,车子右前胎突然爆胎,老丁本能纠偏,猛打左方向盘,何大头怒喝保持方向!已经来不及了,车辆猛力冲上对向车道,对向车道一辆惊恐躲闪的货车,刷着他们的侧面,喀喀喀摩擦而过,在更多车刺耳的急刹声中,他们的车子猛力撞向路边箱型石头护栏,轰咚地翻了个身,又侧立后晃倒了。车头基本烂平了。一扇右边车门散在地上,一扇车门像纸张一样皱起,满地杂碎,没系安全带的彭景和洪彦被甩在车外,老丁被压在变形的方向盘间,头脸都是血;何大头的脸上也全是血;彭景第一反应是自己左腿剧痛,但似乎能动。洪彦正困惑地看着自己的未戴手铐的手臂,彭景才发现,他灰色的衬衫袖子上都是血,再定眼一看,没有小臂了。彭景去摸洪彦的手铐钥匙,虽然手肿不利索,他还是把手铐打开了。他用牙咬,把洪彦已经剐出一个口子的衬衫,撕了一条下来,扎住他的断臂端,把他扶到安全的路边;彭景再到副驾座,踢开皱了一半的门,何大头似乎痛得有点神情迷离,一脸死白,彭景问他手腿有没有知觉,他含糊点头。把何大头抱拖出来,也拖放到路边,拖得一路鲜血淋漓。彭景再去洪彦的衬衫上,撕了一个布条,把何大头汩汩冒血的大腿扎住,然后,把它架高;彭景用何大头的手机打了110、120报警急救电话。随后,他把何大头、洪彦电话丢在他们够不着的沟边。

　　洪彦突然尖锐地嚎叫起来:我手在哪啊?彭哥——

　　彭景不睬他。彭景到老丁那,老丁已经昏迷,他也确认了老丁和他猜测的一样,卡在变形的驾驶座里。彭景到后备厢找出警告三角牌,一瘸一瘸地走了二十来米,放置在地上。这是为了防止老丁被二次撞击。何大头在痛楚中看着彭景走远,他当时的脑子里是想,这小子不会回来了。但是,彭景放置好三角牌,还是回头了,手上居然拿着洪彦的断小臂。他把断臂放洪彦和何大头之间,又在何大头口袋摸出钱夹子,拿走了几百元。何大头闭着眼睛,就当自己昏迷,彭景抽了他一巴掌:挺住!睡过去

419

你就完了！何大头睁开眼睛。洪彦泪流满面，目光充满恐惧。彭景说，也许能接上——记着！止血带！半小时松绑一次！还有，别让他睡过去！

这一次，何大头眯缝着眼睛，看着彭景一瘸一瘸走远。他当然不会再回头了，何大头想了想，还是匍匐着爬过去，拿起电话，他要下面的站点堵截彭景。但是，洪彦用残余的、同样血淋淋的手，夺过何大头的电话，扔到他们更够不着的地方。

何大头瞪眼看洪彦。

洪彦不断摇头：……不，不是他。

（未完。全文共 26 节，本书节选前 7 节）

（选自《当代》2018 年第六期）

城市海蜇

王威廉

孔楠又做梦了。那反复出现的梦境,让他突然醒来,感到心悸。不完全是恐怖,在稍稍平息下来之后,更多的是一种茫然。海滩上全是白色的团状物体,不是岩石,而是半透明的卷曲晶体,是塑料垃圾吗?那晶体忽然蠕动起来,像是裸露在外的运动着的胃。那是一种什么生物?来自外星的太空蠕虫?他想看清楚周围,可浓稠的海雾遮掩了一切,只能看到自己赤裸的双脚踩在沙滩上,沙滩极为松软,他几乎无法移动,而那些蠕动的胃正在向他集结而来,自己会在粘稠的胃酸中被消化掉吗?他似乎都闻到了酸腐的气息,一阵难以忍受的恶心,让他从梦中惊醒。

那是海蜇。

惊醒的一瞬间,他终于想到了这种诡异生物的名称。他蜷缩着身体,眼睛又闭上了,嘴里嗫嚅着海蜇二字。前几天收到的那张印着海滩与海蜇的明信片,就放在床头柜的抽屉里,署名是"张锋曾经的女友"。"曾经"两字,指的不完全是分手的事实,更是因为张锋几年前就死了。张锋的死,一度让孔楠难过了好几年,毕竟,他们是一起长大的朋友。那种感觉就像是过去的记忆缺失了最重要的证人,因而过去变得模糊失真了。不过,撕裂的痛感倒是可以忍受的,因为张锋死的那年,他们已经疏于联系了。他们没有什么冲突与矛盾,他们只是因为长期生活在不同的城市,日复一日的琐碎生活像泥淖一般,让人不停地沉陷下去,沉陷下去,变得沉重和笨拙,最终,与过去的事物绷断了那条联系的绳索。

　　他们是高中同学,因为座位离得近的缘故,于是便一起讨论作业,一起吃饭,一起跑步,成了形影不离的好朋友。张锋个头不高,五官清秀,身形也偏于瘦小,但是他坚持健身,到高中毕业的时候,他已经变健壮了,喜欢撸起袖子跟大家比赛肱二头肌。但他只要多穿两件衣服,看上去又变成一个瘦子了。没办法,骨架就那么大,肌肉再增长也是有限的。高考后,孔楠和张锋去了不同的省份读大学。在没有网络的时代,他们一直保持着通信,孔楠闭上眼睛就可以想起张锋那笔画粗大的字迹,像是螃蟹爬过的痕迹。张锋还在信里自我解嘲写道:"看我的笔迹,就知道我的心有多野。"

　　刚上大学的第一年,张锋告诉孔楠,他爱上了一个女孩儿,可那个女孩儿却吸烟喝酒,将头发染成鸡屎色的,他不知道该怎么办了,他请求孔楠指点迷津。孔楠没想到自己在中学阶段就谈过一次恋爱,这个时候却成了张锋眼中的情圣。十八岁的张锋那会儿还没谈过恋爱,他对待爱情有一种理想主义的伤感,觉得错过了正在爱着的这个女孩儿,生命的屋顶就会塌方一大块。

　　孔楠已经忘记了自己是怎么安慰张锋的,他使劲回想着,却无论如何也想不起来了。他忽然很想知道当年自己的回复,觉得那将会意味着当年自己是个什么样的人。他已经忘记了过去的自己究竟是个什么样的人了。人对自己,永远都是没法好好判断的。如今张锋死了,他的信一定早就当垃圾处理掉了,他失去了判断自己来路的一次绝佳机会。

　　最让孔楠难忘的一个细节是,张锋在那些苦情信的结尾,都请求他"处理"掉。"处理"这两个字写得格外大,并在字的下方画了一个×,还画着一朵火焰,暗示孔楠要烧掉这些信。但是,孔楠并不在意,他笑笑,把信叠好,跟其他的信一起,放进一个蓝色的文件盒里。很快,大学毕业,孔楠从这所西部的大学出发,前往深圳。传说中,那是一个遍地黄金的地方。孔楠最喜欢的王教授在他毕业的前一年去了深圳,听说去了一所中学。一个教授甘愿去那里当一个中学老师,足以证明那里具备的巨大吸引力。孔楠给王教授写了一封信，表达了自己也想去的愿望，教授没有回信，而是给他打了个电话，电话打到了学校的教务室，孔楠诚惶诚恐地走进去，接过教务主任递过来的话筒，听到教授用疲惫的声音说："来吧，这里随便一个中学老师的工资，是咱们那儿大学教授的五倍。"

他终于明白了一些什么，不免对印象中清高睿智的王教授有了一丝怜悯，但随即，他也感到了兴奋，"五倍"，他喃喃自语，那种节奏和力度出人意料。"五倍！"摇滚乐似的鼓点声，一直在他耳边回荡着，没完没了，简直类似一种耳鸣折磨着他。

没有什么可以阻拦他去深圳，去那里去做一个小学老师，一个幼师，甚至一个不知道是什么但只要能忍受下去的职业……他将这些年来收藏的书籍打包到一个纸箱里，托付给了一位当地的同学，然后带着几件衣服，便去了深圳。满满一文件盒的同学通信，也放在那箱书里边。两年后，同学打电话给他，很抱歉地对他说："我妈清理废旧书刊去卖，误以为你那箱书也是我的，给卖掉了，太不好意思了，我怎么才能补偿你？唉，主要是放得太久了，你也不早点来取，我塞到床底下，也早忘了。"

孔楠那会儿已经在一家广告公司找到了职位，虽然只是打杂的实习生，但他已经打定主意，要学习摄影和摄像技术，以后可以自己接拍广告，一次就能挣几千元，是父亲一个月收入的几倍。他已经不自觉地用"几倍"来思考世上的问题。当他得知那箱书丢了，心里首先想起的并不是里边的信，而是一套最爱的金庸武侠小说全集。他感到了一种惆怅，但这惆怅并没有达到揪心的程度。他也不好意思向同学发火，问题的确出在自己身上，他毕业以后，再也没有回过读大学的那座城市。老实说，他已经忘记了那箱东西。

事后，他为了"加倍"补偿自己的损失，去书店里买了一套珍藏版的金庸全集，放在书架上。硬壳精装，金光灿灿，却再也没有闲情逸致去看了，至今已经落满了灰尘。至于文件盒中的那些信，肯定已经化成了浆，重新制作成纸，变为中学课本里的某几页，或是一份报纸里的一张广告插页。这些信的物质形态

423

进入了循环的轨道,正如张锋的身体化成灰烬,融入土地,长成了稻谷或是一棵树。

  孔楠曾建议张锋也来深圳发展,张锋一度有些心动,还特意来过一趟的,对深圳的现代化气象赞不绝口。张锋是学工程的,来深圳还是大有前景。但张锋终究还是没有选择留下,他的父亲通过关系,把他安排进了市地税局,虽然只是合同工,但收入在当地也算比较高的。一年后,张锋通过了公务员考试,获得了正式编制,更是获得了一劳永逸的稳定生活。从此,孔楠和他只有过年时相见。渐渐地,就连过年期间,大家也杂事缠身,无缘得见了。好在通讯方式方便了好多,不写信了,还可以打电话、发短信、聊QQ、聊微信,总算没有彻底断了联系,只是话题越来越稀少。有时,孔楠暗暗感慨,还不如断了联系的好,那样的话,曾经的美好全都封存起来了,心底还留有纯洁的念想;现在,这种过于便捷的联系方式,反而让大家的关系变得越来越尴尬,记忆的美好也随着这种尴尬在变淡变弱……

  张锋的这位女友,孔楠完全不清楚,从没听张锋提起过。张锋一直没有结婚,他说没能碰见合适的女孩儿。有一回,过年的时候,他们约在一家茶馆见面聊了聊。张锋说:"其实,我身边不缺女人。我只是太认真了,一定要找一个自己喜欢的才能结婚。"鸡屎头姑娘这会儿已经彻底从张锋的聊天中消失了。孔楠当时倒是有个女朋友,但他们还没谈及结婚这回事,深圳的压力太大了,远不到考虑这件事的时候。张锋问孔楠:"那你爱你现在的女朋友吗?"孔楠竟然不知该如何回答,只好说:"你现在怎么变得这么肉麻了,一天把爱挂在嘴边,跟女人似的。"张锋笑了起来,说:"看来你也不老实。"孔楠说:"这跟老实不老实没关系,深圳和这里的生活节奏不一样,站不稳脚跟,还结什么婚。"张锋说:"你这都是借口。"后来,有个女人来找张锋,孔楠记得那女人的样子,脸盘圆圆的,前额没有刘海,后脑扎个马尾。笑起来,只有一侧的脸颊有酒窝,不过不能确定是左脸还是右脸了。也许,这次寄明信片来的就是那个女人?他无法证,他连她的名字都不知道。

无论如何,这个寄来明信片的女人是很爱张锋的,对他念念不忘。要有何等深沉的思念,才能让一个女人在数年后还有勇气写明信片寄给所思所念之人的朋友呢?孔楠想到这里,竟然对张锋有了一丝嫉妒。这是前所未有过的。孔楠在心理上,对待张锋还是有一种说不清的优越感。他也清楚自己并非多么优秀的人物,但他曾经暗暗列过一个表,将自己和张锋的优缺点写下来,看看谁更胜一筹。那次的结果是他完胜张锋,而且,他也深信自己列出的这些事项是完全客观的。比如身高,比如学习成绩,比如踢球……,这些都是摆在那里的,没什么可辩驳的。至于心理素质,他觉得自己似乎比张锋脆弱,张锋身上有一股顽强的劲头,有一次踢球,张锋摔得鼻血染红了球衣,但居然坚持到了全场结束。但那是孤证,再也没有类似的机会让张锋表现自己的顽强了。因为接下来的,只有沙漠一样伸展下去的日常生活。

这个寄明信片的女人喜欢张锋的什么呢?这种内在的倔劲儿吗?沙漠样的生活不是早已把张锋打垮了吗,张锋还有什么呢?

孔楠不知道该怎么回复这位张锋的曾经女友,正如他不知道张锋是如何向这个女人介绍自己的。明信片的第一句这么写着:"孔楠,我知道你是张锋最好的朋友。"张锋是这样向她介绍自己的吗?时隔多年,自己怎么还会是张锋最好的朋友?张锋一定会不断地认识新的朋友,其中一定有更加亲密的吧?也许,这只是女人落笔时的一种修辞罢了。女人一定是别有目的,也许是个骗局也说不定,这样的社会新闻实在太多了。他干脆把明信片放在一边。基于他曾经弄丢了张锋的全部信件,那种歉疚的心情让他把明信片放在了床头柜的一个私人物品盒里。结果,没想到的是,那个明信片像是施了魔法似的,总让他梦见那片印在其上的风景。

那片风景也真是够诡异的。

他从未见过那么多海蜇挤在一起:一望无际的大片海蜇聚集在沙滩上,像是一场海洋生物对大陆发起的登陆大战。作为以捕捉影像为职业的他，对画面变得极为敏感。那张明信片的照片无可挑剔，早晨的柔光与大海的蓝色都恰到好处，一大片海蜇的形象更是犹如神迹，他一闭上眼睛，那片海蜇变成了透明的礁石，出现在眼帘后边，眼皮都能觉出那种沉甸甸的质感。一大片海蜇有什么艺术方面的意蕴吗？他说不清楚，但他能感觉到。他有些暗暗佩服这个女人，她寄来这样的明信片绝不是偶然、随机的，她一定经过了精挑细选。这个女人拥有良好的艺术感觉，她要表达的情感很丰富。

明信片留有女人的电话号码，他只需打过去，就可以和这个女人说上话，知道这个女人的全部动机。即便这是个骗局，但他认为以他的智商，也是不可能被骗的。退一步讲，只要对这个女人的任何要求都否定，那么一定不会有什么损失。张锋已经不在了，拒绝他曾经的女友也不是一件让人为难的事情……这样的想法不时冒出来，犹如一场不知对象是谁的对话。他知道，他总有一天会忍不住去拨通那个电话的。

那女人倒也沉得住气，除了这个明信片，再也没有别的东西寄来了。等待数周后，反倒是他沉不住了，拨通了女人的电话。

"是孔楠吗？"电话那边的女人没有迟疑地问他。

"你怎么这么确定是我？"

"根据来电显示，还有直觉。"女人笑了，她的语速不快，这样的女人是有味道的，她可以和你慢慢聊下去。

他打来电话，就是想聊聊的，万一遇见聊不来的人，那是很扫兴的。

"明信片很漂亮，谢谢。"他想尽快把话题引上正途。

"那是深圳的海滩，"女人微笑了一下，"你熟悉的地方。"

"是吗？"他不敢相信，"我来这儿好多年了，从来没有见过这样的景象。"

"我还没去过深圳，之前听张锋说过深圳，说那里几乎被大海包围着。"女人的普通话很标准，音色混杂着电话的电流声，一时抓不住特点。

"是的，张锋来过深圳，我估计那时候他还不认识你吧，你们在一起多少年?"

"我们在一起三年,难忘的三年。"

"张锋走的时候,你还在他身边吗?"他几乎想到什么就问什么,不想有所顾忌。

"在的。"女人说完便沉默了。

几个要点问完,他反而不知道还能问些什么了,继续追问张锋的临终状况会显得太不人道。张锋的死讯他还是通过班级的QQ群知道的。有个老同学,他姨妈在医院工作,是他在群里发布的消息,说张锋死于急性胰腺炎,其他的事情他也不清楚了。张锋死的时候,跟这些中学同学基本上都不联系了。孔楠对此深感纳闷:他在深圳,跟同学们隔着千山万水,时间久了自然会疏远;可张锋在小城工作,那里有着太多的同学,有些同学还在市委一些重要岗位上任职,即便不是出自友情,而是出自个人发展的功利心,这些同学都是必须要保持联系的"统战对象"啊。张锋这是怎么了?他是放弃了未来,还是满足于现状?他像蜘蛛一样,盘守在自己建造的丝网中央,只允许这个女人走进他的秘密世界。

女人的沉默似乎还没有终结,孔楠只好抛出最关键的问题:"你……你为什么寄明信片给我?"

"我一直很怀念张锋,"女人叹口气,"张锋的一些物品还在我这儿,我当时想交还给张锋的家人,但我还是不舍得,这些物品没什么值钱的,只是一些日用品,还有就是他的一堆信件。"

"那里面有我的信?"他难以置信。

"当然,几乎一封不差,按照时间排列,用小夹子夹着,放在一个精致的曲奇铁盒里。"

"你是说,他收藏了我的信?他对其他人的信也这样吗?"

"其他人的信都是随意放着的,只有你的信是按照日期排列的。"

"真没想到……你全看了?"

"当然。"

"哈,应该也没什么隐私,都是些少年人的心事。"他自我解嘲,笑了笑,掩饰尴尬。

他曾渴望得到这些自己写的信,但现在机会来了,他却对此感到了迷惘。

"那才珍贵呢,虽然我看不到他写给别人的信,但我通过看别人写给他的信,也能间接地了解他这个人,理解他的灵魂。他那么在乎你的信,所以,我很想和你联系,想知道你对张锋来说为什么那么重要。"

"其实,我也没想到,我们是中学同学,那会儿是很好的朋友。"他的语气低沉,心里有了悲伤。

"现在不是了,对吗?"女人虽然小心翼翼,却直截了当。

"当然还是。我是说,从中学起。"他觉得女人这样问,像审判一样,而且还像是代表张锋的审判,这让他很不舒服。

她笑了下:"嗯,我相信你是张锋真正的朋友,你不需要有什么顾虑,我只是想……只是想和你说说话,仅此而已。"她哽咽,涌起的悲伤也被电磁波携带了来。

"好吧,"他擦去眼角的泪水,"我也一样。"

他合衣躺在床上,脑袋里想着的不是刚才的对话,而是女人的手机彩铃。刚才接通之前,那歌声、那旋律一直响着,注入他的记忆,等到他挂断电话,那段记忆仿佛被按下了播放键,那歌声、那旋律重新回来了。他记下了一句歌词:"萤火虫藏在我的身体。"他打开网页,搜索,下载了这首名叫《萤火》的歌。人海汹涌/森林也被城市替换/高楼重重/而长大以后/梦中飞舞的萤火虫/藏在我的身体/陪我做梦。他听着听着,迷迷糊糊地睡着了,梦见那一片海蜇在夜晚亮了起来,每一只海蜇都像是照射着光彩的眼球。他浑身颤抖,向前走去,走到海蜇的近旁,才发现每一只海蜇的体内都钻进了一只萤火虫。他蹲下身,打算仔细探究一下,可那萤火虫受了惊吓,瞬间飞走了。面前的这个海蜇熄灭后,他都来不及抬头,一个接一个的海蜇就开始了熄灭的接龙游戏。一只只明亮的眼睛渐次闭上了,他独自淹没在无边的黑暗中。

醒来之后,孔楠发现自己深感悲伤,前所未有过的悲伤。

是孤独吗?自从他来深圳之后,他已经忘记自己交往过多少个女友了。他经常想起肖莉,她是他来深圳交的第一个女友,在一家外资企业当文员。那时候他正疯狂地迷恋摄影,没有经过镜头过滤的事物,都不是真实存在的。女友,不经镜头的审视,仿佛也是虚拟的。在镜头下,肖莉像是一只剥去了防护的小动物,僵硬得缩成一团,像是一团揉皱的纸。他必须一边凝视着镜头,一边伸手打开她的身体,平坦的腹部舒展了起来,一双白皙的双腿伸展了开来,他感到了欲火焚身。他透过镜头注视着肖莉,进入了她,不知道过了多久,他达到了近乎黑暗的高潮。他关上摄像机,闭上眼睛,躺在床上喘气,边上的肖莉哭了起来。他觉得疑惑不解,再三询问,肖莉只是说了一句:"你把我当成什么了。""我把你当成真正的女人呀,你真的很美。"他真诚地说。后来,他给她拍了太多的视频和照片,他觉得有些照片实在美极了,他处理了脸部之后,便发布在了微博上,引起了疯狂的转发。

肖莉发现了,大哭着要和他分手。他涨红了脸,站在一堆摄影器材中间,徒劳地辩解着艺术与生活的关系。"没有人知道照片中的人是你,那是艺术。"他抱着她,她的身体在微微颤抖。没想到一周后,影星陈冠希的"艳照门"事件突然铺天盖地而来,这让他们原本有可能修复的感情,彻底崩溃了。"你是个跟陈冠希一样的变态!"这是肖莉分手时留给他的最后一句话。

他没有再祭出艺术的旗帜,艺术无法说服生活,生活也无法说服艺术。

肖莉分手时,逼迫他删除了有关她的一切影像资料。他哀求着,让她留下一些正常的生活照片,但她拒绝了。她毫不留情,像给记忆做外科手术样精准删除着照片。她是成功的。几年后的现在,他已经记不清她的身体细节了。他闭上眼睛,使劲回想着她的脸,模糊的轮廓出现了,他仔细填补着眉毛、眼睛、鼻子、嘴巴……然而,作为整体的面部越来越陌生,成了晦暗的影子。他的记忆力并不差,严格说来,由于职业的关系,他的视觉记忆力应该远胜一般人，但是，他终究还是忘记了她。这种"忘记"是他将记忆的画面与影像的复制对比后的结论。遗忘，像是雨水落在外墙上，有足够的时间就会模糊砖的颜色。他在肖莉单位网站的集体照当中发现了肖莉，他利用技术将肖莉提取出来，放大，放大，那模糊的样子，和他模糊的记忆，如出一辙。

他和肖莉在一起足足有两年时间，此后，他和女人们的稳定关系再也没能超过这个界限。越是短暂，他越是要把感情和女人置放在镜头之下，仿佛那才是真正的眼睛，仿佛那里连接着永恒。

镜头掩盖了孤独，每当他孤独的时候，他就举起镜头，他和世界之间瞬间便有了婚姻。这是一种怎么样的婚姻？无法定义，无法言语，却充满了不确切的抚慰，却充满了永恒无边的遐想。

现在，跟寄明信片的女人通完电话后，他感到了更大的孤独，一种通往过去却又连接着未来的隧道忽然开启了，向他发出了召唤。他开始重新怀念张锋这个早已故去的朋友，他用死者的目光重新打量周围、打量自己，一种渺小的悲哀重新涌出，他几乎要流下眼泪了。他找到了一张二十年前和张锋的合影，那种老式胶片早已模糊褪色，张锋穿着一件枣红色的夹克，蓝色的裤子，白色的网球鞋，土里土气的。而自己，穿着一身绿色的校服，裤子还是收脚的，像只直立的青蛙。幸亏以往的胶片会褪色，岁月让过去变得温馨。不像如今的电子照片，不会再有任何的变化了。

周末的时候，他开着车去了海边。一辆黑色的奥迪，配上他的墨镜，像是这个城市得意洋洋的成功人士。只有他自己知道自己的悲惨。自己的积蓄永远赶不上这座城市的房价，据说这座城市的房价已经堪比纽约了，对此，他的父母无法相信，还会露出一种难以置信的农民式的笑，但是对他而言，这不是什么笑话，这是不折不扣的青铜一般的现实。他放弃了在这座城市买一套房子的梦想，干脆买了一辆车，对于他这种工作来说更加必要。

这是一处人迹罕至的海滩，周围一个人影也没有。他把车停好，脱下鞋袜，在粗糙的沙滩上慢慢沿着海水边缘走着。细腻的沙滩都被圈起来收费了，那里的人多得像饺子。这个比喻是每个去那里的人的口头禅。但人们还是乐意当饺子，白花花的身体堆积在蓝色的海水中，远远望去，倒是有些像一大片海蜇了。真正的海蜇被拦截在防护网的另一侧，和伺机而动的鲨鱼待在一起。他和前女友去过大梅沙几次，再也不想去了。要找到真正的海蜇，只能来这些无人问津的粗糙之地。假如女人说的是真的（那明信片摄于深圳），那么，在这里遭遇到大规模的海蜇，并不是不可能的奇迹。

　　可这里似乎没有海蜇。

　　前方是一堆乱石，他赤脚踩了上去，生疼。他想起小时候在家里帮着做农活，赤脚下田的感觉。现在，村子里的地全都荒废了，人们都搬到县城里，干着各种各样的杂活。他的父母也在县城上买了房子，但他们没能找到工作，常年还在村里忙活，只不过不再种地了，种了一大片苹果林，每年的收入，刚刚好够他们自己的生活。过年回家的时候，他总会留给他们一笔钱，但他们从来不用，一直存着，说是为了给他买房子结婚用。他只能苦笑，也会感到心窝子隐痛起来。这么多年，父母竟然只来深圳看过他一次，那一次，为了证明他的孝心，他还带着他们去香港购物。维多利亚港夜晚辉煌的灯火，以及陈列着成龙、刘德华手印的星光大道，让父母很开心，同时，他们却也被高楼大厦和天价商品给吓晕了。他们所能做的，只是更加省吃俭用，多种苹果，努力让孩子在深圳有块立足之地。他一直记得母亲临走前，在火车站偷偷问他一个问题："为什么咱们种的苹果，一个才卖几分钱，在这儿却要十块钱？"他回答不出来这个简单的经济学问题，只能笑笑，指着刚刚给母亲买的"水货"苹果手机开玩笑："妈，你看这个苹果被咬了一口，不是还更贵了？"

　　母亲没有笑，她的脸像风干的苹果一样，皱皱巴巴的，她的表情更是惶惑，像是他深夜独自面对镜子时的迷惑和悲哀。

　　他们可以视频聊天了。妈妈每次为了更加仔细地听清他说的话,总是很近很近地把脸贴在手机上,镜头里全是黑褐色的皱纹;而他,端着手机,伸直手臂,保持距离,把自己的脸恰当地放在镜头中。但这样的聊天没能持续太久,一天晚上,小偷溜进家里,把母亲的手机偷走了。母亲借邻居的手机,惊魂未定地给他打电话,他说再买一部,母亲说什么也不要了。他只得给她买了个一百块钱的老人机,那种手机,小偷都不会要的。他看不见妈妈的皱纹了,只能听着电磁波带来的声音。老家的信号不好,在杂音中他辨析着母亲的声音,有一天,他惊讶地发现,声音也是会衰老的。

　　站在礁石上,极目远眺,大海一层层的波浪仿佛邀请的楼梯,云朵低垂,像是后现代的前卫建筑正在打开门户。孔楠对着远方大吼了一声,掏出手机来自拍了几张照片。他一扭头,发现左边不远处的沙滩上全是密密麻麻的白色。

　　"海蜇!"

　　他一个人惊呼起来,像只笨鸭子,挥舞着双臂,跳了下来,向那里狂奔而去。等到跑近了,看清了,他的脚下一软,跪倒在了地上,他的双手深深插进了粗沙里,然后攥紧,仿佛那里埋藏着仇恨。

　　这不是什么海蜇,这里全是白色的塑料袋,全是破损的塑料垃圾,全是毫无生命特征的无机残渣。有些部分掩埋在沙子下面,有些部分挂在礁石上面,裸露在空气中的部分,在海风的吹拂下,竟然还旗帜一般飘荡着,飒飒作响,像是地球的末日。

　　他跪直了上身,用手机拍了起来。效果超乎意料。他走回去,穿好鞋袜,拿出佳能单反相机,开始正式的拍摄。他整个人趴在沙滩上,用大广角镜头把全部的白色碎片都囊括进来,又适当地造成某种失焦,那些白色统统变成了通透的海蜇。他又尝试着找了不同的位置、角度与高度,拍摄了一组照片。在回放照片的时候,他一扫刚才看见垃圾的沮丧,变得很兴奋。垃圾变成了艺术,这就是艺术家的事业。深圳当然有大面积的海蜇,这就是。他要制作成明信片,寄给女人。他激动,因为这是一封只有他才能创造出来的回信。

临寄出的时候,他想了想,在明信片上写了一句话:"城市海蜇:像是过去躺在沙滩上。"他还认真标注了拍摄的时间和地点。他不期待任何回应,他所做的,完全出自一种艺术的本能,他将此视为对张锋、对过去的一种祭奠。类似一种行为艺术?也许是的。他知道自己其实并不是什么艺术家,他天天拍摄的都是广告宣传片,有着各种各样的模式与类型。他服从那样的模式,因为他要赚钱,可任凭他怎么赚,就是赶不上城市的步伐,他有些倦了,他有太多的困惑了,他需要放纵一下衰败的艺术感受力了。

这是心灵依然活着的证明吗?

一个礼拜后,孔楠正在给一对年轻夫妻拍婚纱照(他的支柱产业),女人的电话打来了。他知道她收到明信片了,接了电话后,告诉她自己正在忙,等会打给她。挂了电话,他举起镜头,恍然间觉得正在给张锋和他的女人拍婚纱照,他一阵酸楚,端着镜头的手颤了起来。他不得不重新调整姿势,再次蹲下,按下快门。他回看了一下,很显然没拍好,因为他的眼睛模糊了,有一层水雾。

送走客户,他打开手机,看到女人发来了一条短信,问他的微信号,他发了过去,对方很快加了,笑脸表情和语音讯息随之而来:"我最近正好有事要去深圳,见不见面?一起聊聊天吧。"他点击屏幕,重新播放了好几次。女人的声音不是尖细的,而是低沉的,缓慢的,温柔的,似乎还有些羞涩。

他也发去语音(事先还清了清嗓子,保证嗓音的纯正):"当然,一定要见面的,你哪天到?"

"三天后的下午五点。"

"好的,我开车去机场接你。"

"我要去看城市海蜇。"

他沉默了一会儿:"你还没看够?"

"我想去现场。"

"好吧。"他笑了,显然她没发现那张照片的真相。他在想,如果到时候她得知那是一堆垃圾,会不会十分失望?他要保守住这个不是秘密的秘密？还是带她去看看那壮观的垃圾场？

他还没想好。

孔楠开车去机场的路上，望着窗外没有尽头的楼房，晃眼的玻璃幕墙，拆迁到了尾声的城中村，越来越觉出了一种压抑，他刚来这座城市时的美好感觉彻底没有了，现在有的只是恐惧。这座城市像巨兽一般，不断吞噬着他积累起来的生存权利，是的，永远在挣扎，没有尊严。

在说好的出口，孔楠接到了女人。女人戴着泛着蓝光的墨镜，穿着亚麻色的西装裙，拖着银色的四轮行李箱，身后是机场巨大的玻璃幕墙，有种强烈的未来风格。女人上车后，他告诉女人自己的感受，女人说："未来早已来到了，你还没有意识到吗？"他回味着这句话，觉得很有意思。

"你是说，我们以前梦想过的未来，已经实现了？"他跟在机场拥堵的车流后边缓缓行驶着。

"我没有梦想过这样的未来，这样的未来早都超出我的想象了。"女人笑了下，把墨镜摘了下来，眼睛很大很美，但他看得出她戴了隐形的美瞳眼镜。还有那眉毛，更是经过精心修整的。

"也远超出了我的，"他说，"很多东西，比小时候看的科幻小说还科幻。"

"我们已经在设计未来，然后说这就是未来，可这是真正的未来吗？未来不应该是难以预测的，与现在保持着遥远距离的吗？"

她像说绕口令一般，说出这番话。他一时无言以对。他从没这样复杂地去想过事情。她是做什么职业的？他仔细回想着，应该是在一所职业中学教陶瓷。怪不得，这样的话也只有老师能说得出来。但一个教陶瓷的老师说这样的话，还是有些奇怪的。

"对了，你说你教陶瓷？"他偏头看了她一眼，问，"教学生们怎么设计和烧制陶瓷的工艺品吗？"

"我是教陶瓷，但不是什么工艺品，我教他们如何制作陶齿,陶瓷牙齿,洁白的假牙,装在老太太的牙槽上。"

"也挺有趣的。"他笑了,想起了那片冒充海蜇的垃圾,远远望上去,也是洁白的,充满了生机的。但他并没有说这个,他对她说:"去年的时候,我妈装了陶瓷牙齿,虽然吃饭时不敢用劲咬,但确实美白了很多,也许她嘴里的那几粒牙齿就是你设计的呢。"

"很有可能的,就算不是我,也是我学生设计的。"她笑了,露出一线白色的牙齿。

"你的牙齿那么白,该不是你自己设计的吧?"

"不瞒你说,我早就给自己设计了好几套烤瓷牙,但目前,这牙还是原生态的,以后就难说了。"她认真地看了他一眼,说,"再用不了多久,我们的身体也是可以随时更换的。"

"器官克隆?"

"类似吧,各种技术。"

"没想到你对这些有兴趣,"孔楠双手抱着方向盘,盯着前方那辆动不动就发出巨大轰鸣声的玛莎拉蒂,"你和别的女人不大一样。"

"你会知道的。"

两个小时过去了,天色黯淡,幸好还有一抹夕阳,让黄昏有了情调。孔楠带女人来到了一家海边的餐厅。

坐在临窗望海的位置,久居内陆的女人显然被触动了,一直用手肘撑着下巴,向远处眺望:虚无永远是最吸引人的。这个姿势拍下来会很好看,他几乎就要这么干了,但终于忍住了,这是个陌生的女人,尤其是她来自于遥远的朋友的身边,带着青春记忆的微薄气息。他不能去破坏。

"我在用张锋的眼睛看这一切,奇怪吗?"女人看着他的眼睛说。

"不奇怪。"他应道,嗓子有些干涩。

"你能跟我说实话吗,"她顿了顿,"要不是因为我,因为我那张明信片,你会想起他吗?你会怀念他吗?"

"这些年,的确比较少想起他,但不曾忘记,往往是遇见什么事情了,会想:张锋还活着的话会怎么样。这样说来,其实他进入我生命更深了,对我的影响也更大了。"

"这些年,我觉得张锋一直都活着,和我一起。"

在他听来,这是这种情况下、这种关系的人,常说的话。他直接问道:"你们为什么没结婚?当初。"

"想过,没来得及。"

"你还年轻,继续往前走吧。"这也是这种状况下,必然的安慰话。

这样的话说完了,似乎完成了一个必要的仪式,也缓解了初次对面而坐的尴尬。

穿着白色上衣的年轻侍者,双手端着菜谱,语气温柔地问他们想吃点儿什么。孔楠接过菜谱,在桌上打开,然后将菜谱向右旋转了九十度,邀请女人一起研究。他们扭着头,翻阅着一页页的山珍海味。当他们看到海蜇沙拉时,不由相视一笑,他觉得他们之间有了暧昧。于是,他要了一支不菲的红酒,来自法国雾禾山谷,那是哪里?这个名字翻译得很美,带来许多想象。

餐桌上有了一盘必然的海蜇。海蜇被调料浸泡着,呈现出半透明的黑褐色,尤其是经过处理之后,海蜇的身体没有那么饱满了,也失去了光滑,变得皱皱巴巴,完全没有梦中的海蜇那样晶莹剔透。

他们心照不宣地一起看着海蜇,仿佛这是从未见过的稀世珍馐。然后,他们笑了起来,似乎知道为了什么而笑,却又不是特别确定。

他夹了一口海蜇,脆中带着韧性,还有海的味道。他举起酒杯,他们碰了碰,喝干了第一杯。

"其实,有件事,我一直在犹豫,要不要告诉你。"喝完酒的女人,忽然说出了这样的话。

他有些措手不及,他预感到,他们之间总会出现一些新的情况,而不只是围绕着张锋说来说去。他隐隐期待着那一刻的到来,但没想到那一刻到来得这么快。这才喝了第一杯酒,一切才刚刚开始,是不是过快了一些?

"先吃点东西,不着急,慢慢聊。"他夹了只胖鼓鼓的九节虾放在女人的盘子里。

女人笑了笑,只好剥起虾壳,但她脸上的表情,分明还憋着说话的欲望。他知道,她吃完这只虾,就会继续刚才的话题。那会是一件什么样的事情?关于她和张锋的一些隐秘的回忆?还是有一些个人的情感,要向他这个陌生人吐露?

"如果,我是说如果,"女人吃完虾说,"张锋还没死的话,会怎么样呢?"

还是关于张锋。孔楠忽然有些厌倦了。倒不是说他对张锋没有感情了,而是说,他认为自己所熟悉的张锋,跟女人所熟悉的张锋,其实是很不一样的。他所认识的张锋,更是一个少年人,有着人之初那种纯粹和简单的品质。成年后的张锋,他们疏远了,隔膜了,他也不想再去深究,那样的张锋已经是一个陌生人了。对这个陌生的张锋了解得越多,只会覆盖记忆中的少年张锋,这是对美好的破坏。因此,他几乎本能地开始了抗拒,他不想话题继续围绕着张锋。不过,他也明白,不可能不聊张锋的,没有张锋,他也不可能和这个陌生的女人像老朋友一样坐在海边,看着黄昏的风景,吃饭喝酒。

"这是没办法假设的事情。有一次,我跟一个客户聊天,我说很后悔当年没有在深圳买套房子,哪怕是小户型的,现在已经买不起了,错失良机。客户说了一句话,让我现在都忘不掉。"

他卖了个关子,停顿下来,看着她。

"什么话?"她被吸引了,眼睛认真地望着他。

"他说,即使上帝也不能改变过去。"他看了她一眼,补充道:"他是基督徒,说出这样的话,给我触动好大。"

女人把头低下去,似乎在思考这句话。

"后来,我才知道,这句话不是他原创的,而是亚里士多德说的,一个比耶稣出生早好几百年的人。"

"那他怎么知道上帝的存在?"

"神一直都存在。而且,这只是一个词,就像咱们很早也有上帝这个词一样,现在用来对应 GOD 这个词。"

她笑了下。孔楠很高兴把话题引向了别的地方。如果话题涉及到信仰,那么这场交流就会不可避免地变得深刻,两个人的关系也会大为不同。

"我是个没有信仰的人,我奶奶是个佛教徒,可我还是没有信仰,这你是知道的。"她望着面前的那碟海蜇。

"这个,"孔楠迟疑了下,还是诚恳地说,"我还真不知道,你没告诉过我你家里的情况。"

"唉,实话说了吧,我就是张锋。"女人忽然抛出这么一句话,脸上也没有什么异样的表情,比如忍住的笑意,或是恶作剧的顽皮,都没有,她的脸上带有一种难以捉摸的平静,眼睛开始镇定地望着他,没有丝毫的回避。

"哈,你这个玩笑开得有点大。"他勉强笑了下,但实在觉得这个笑话好冷,无法让人做出附和的笑容。他的脊背甚至感到了一丝凉意,此刻没有风,这凉意来自内心。

"不,我没开玩笑。"女人还是那样的表情。

"是的,你没有。"他拉长音调附和着,眼睛却不看她了,摇摇头,又低头去看菜,并且夹起一团海蜇吃了起来。

"我真没开玩笑!"女人有些急了,"我说的是真的,我只是去整容了,严格来说,是做了个变性手术。"

他这次大笑了起来,食物差点呛到喉管,他拿了一张纸巾,捂着嘴笑。

"你……你是说张锋变性整容后,变成你这个样子了?"

"是的。"

"你开什么国际玩笑?我知道,张锋死了,你很难过,今天又见了他少年时代最好的朋友,你一定特别怀念他。我理解你的心情,你若愿意扮演一段时间的张锋,体验下他活着的感觉,那么,我可以陪你。"

孔楠端起酒杯,想跟女人碰碰杯。但女人没有动,又一次固执地说:"孔楠,我不是和你开玩笑,更不想和你做游戏,我说的是真的,这是我这次来见你的真实目的。"

"如果你是张锋,那你告诉我,我们初三物理老师叫什么?"

"张彩霞老师,当时才四十岁,有个女儿,长得很漂亮,后来却出车祸瘫痪了。"

"这个事情太极端了,肯定是张锋告诉你的。"

"那你再问个不极端的事情。"

"高一那年,你做过一件很丢脸的事情,你当时说只告诉我一个人的。你现在还记得吗?"

"如果说丢脸的事情,我一定有很多,不一定说得清楚,但是,你说的这件事我立刻就能想起来,因为我的确只告诉过你一个人。"

"那么,你说吧。"

"我因为偷看学校附近的女厕所,被抓到了,那个女人的老公狠狠打了我一个耳光。要不是我下跪求饶,他就要把我送到学校去,开除我。"

这样羞耻的事情,张锋难道也会告诉这个女人吗?孔楠感到了害怕,难道面前这个女人真的是张锋?且慢,他转念想,也许是成年后的张锋,把这件事当成了年轻时的一个笑话讲给女人听?男人和女人之间有了鱼水之欢,还有什么不能讲的呢?

"我还是不相信。"他咬着牙说。

"那你可以继续问,问各种各样的问题。如果我不是张锋,那么你觉得张锋可能把他过去的全部事情都告诉另外一个人吗?那是没可能做到的啊!"

"是的,他不可能把全部的过去都告诉你,但他只要告诉你的足够多,比告诉我的还多,那么,我所知道的,你也是知道的。"孔楠觉得自己找到了问题的核心。

"我的女朋友不可能比你知道得更多,我们才是一起长大的朋友。"女人转换身份竟然愈来愈顺畅。他看着那张脸,突然感到气愤,他觉得那张脸正在变成一张全然陌生的面具,给他带来无法逃避的惊恐。

"你们是情侣,可以积年累月,无休无止地聊天,聊各种琐事,一般人可没那样的耐心。"他忍着火气,喝了一口酒。

"但你以前分明跟我说过,男人本质的一面永远不能让女人知道,尤其是感情方面。当时你正在追求我们班的文艺委员,那个脖子细长、歌喉嘹亮的女孩子。你欺骗那个女孩子,对她说她是你的初恋。"

女人似乎对他的过去可以随口拈来,作为反驳他的有力证据。更要命的是,自从女人直接以张锋的第一人称对他说话以来,嗓音都变得低沉了,仿佛张锋寄居在那个身体内部。

孔楠的恐惧在繁殖,对方像是具有魔法似的,正在一点点地变成张锋。

"那是多少年前的事情了,我那会儿说的话都是少不更事的傻话。无论你怎么说,我都不会相信的,我又不是傻瓜。"他说出这样的话来,自己都深觉沮丧。这是一种无力与懦弱的反抗。

女人掏出手机,打开新闻,指给他说:"你忘记了?我们一路上聊的话题都是在为这个事情做铺垫。你自己看看,这究竟是一个什么样的时代。你看,你看,今天的新闻,这可不是我安排的。诺,这条,《瘫痪男子大脑植入芯片:意念操控机械手臂》,再看这条,《新一代自动驾驶汽车上路试驾》,再看看这条,《和VR男友在一起生活》,尤其是这条《人体换头手术:成本七千万》……这是一个提前到来的未来时代。"

"你想说明什么?"

"我想说明,张锋变成你面前的这个女人,并不是天方夜谭,不是科幻小说,这在技术上是没有问题的,为什么你就不能相信呢?难道你不知道现在最火的电视节目,金星秀,就是一个变性的艺人在主持吗?"

"好,即便我相信技术上没问题,但是动机呢?张锋为什么要变成你这个样子?他有这个必要吗?他和金星并不一样,他热爱自己的男性身份,他热爱漂亮的女人,就像你提的,他还去偷窥女厕所,这样欲望强烈的男人会变成女人吗?还有,他有稳定的工作,安定的生活,他为什么要从一个税务官变成一个做假牙的。"他的话有些刻薄了,但他不这样不足以表达此刻的心情,一种急于想从这个怪圈中摆脱出来的心情。

"孔楠,你曾是我最好的朋友,但后来我们疏远了,只保持了最基本的联系,只在逢年过节发发短信什么的,你知道我所遭遇到的精神危机吗?"

"我不知道你的精神危机,但我知道,我们每个人都有精神危机,如果有过不去的坎,一个人有可能得抑郁症,但不可能去变性整容,改名换姓。那太疯狂了,是疯子吧,要么就是罪犯。"

"你知道我考上大学的第二年,父母离婚了,父亲再娶,那女的比我大不了几岁,后来他们还有了孩子。我不可能和他们生活在一起。我是一个敏感的人,和母亲的感情非常深,想和母亲生活在一起,为她养老送终。可是母亲在奶奶的感染下,信了佛教,整天就是吃斋念经。后来跟着一群人,跑去终南山修行,竟然断了联系。这在现代社会说出来,简直就是传奇故事。我不相信当今还有什么修行的人,专门去了一趟终南山,没想到,山里还真有那样的人。只是,我没有找到我的母亲。就这样,我既失去了现实的家园,也失去了精神的家园。我当时特别想来深圳投奔你,但是我父亲托人给我安排好了工作,我无法抗拒,一方面因为他是个强势的人,另一方面,我想留在那座县城,因为我觉得母亲随时都可能回来。我谈了许多女朋友,我并非滥情,而是无法找到让自己真正动心的。我一定要找到一个我爱的女人,这是我卑微生命的全部渴望,要不然,我留在县城里就像是已经死了的干尸一般。有一天,我终于遇到了文樱。你没见过文樱,文樱长得就是我现在这个样子。我们俩在一起,似乎有说不完的话。我说什么,她都微笑着看着我,就算我发脾气,她也像对孩子似的哄我。跟她在一起,我觉得生活变得可以忍受了。我以为自己是很坚毅的人,哪怕一辈子单身都无所谓,但实际上那会儿我已经处在快要崩溃的边缘了。是文樱救了我,我强烈地想和她结婚,结了婚,我在小城就有自己的家了。母亲要是回来看到我成家了,也一定会感到欣慰。可是,人太脆弱了,就在我们筹备结婚的那几天,她突然病倒了。她得的病竟然是急性胰腺炎。你对这个病肯定一无所知,我之前也是。这个病的凶猛程度真不是一般的癌症、心脏病可以比的。从发病到死亡,只有十几个小时,而且是无法忍受的剧痛,你根本来不及与病人告别。医生说,胰腺液像硫酸一样,腐蚀了文樱的整个腹腔。"

女人的眼睛里闪着泪花,声音开始哽咽。这些事情,当年张锋从未和他说过。他完全不知道张锋的家庭发生了那么大的变故。他已经无法摆脱这个故事了,真与假变得不再重要了。因为,这个故事营造的真实远胜事实的真相。

"从此,我继承了她的身份,那个叫张锋的人死了。"女人哽咽着说不下去了,匆匆用一句话作了总结。

他鼓起掌来,女人吃了一惊,惊慌失措地看着他。

"好故事!"

"不相信算了。"

女人举起酒杯,一饮而尽。而后,她低声说自己饿了,开始认真吃饭,眼睛也低垂下来,不再寻求他的回应。气氛变得诡异,但至少不用再争辩了。孔楠暗自松了一口气。尽管他还想问问那个故事的细节,比如张锋是如何继承文樱的身份的?这似乎不是一件简单的事。比如张锋对陶瓷一窍不通,怎么可能突然从事陶瓷业呢?但他忍住了。如果女人那么渴望变成张锋,那就随她好了。

吃完饭,黑暗笼罩下来。四周亮起了灯光,他们之间的空间也变得昏黄,如果不凑近,几乎看不清对方的五官了。孔楠盯着女人,希望她突然露出一丝不好意思的笑容,那么,刚才的一切就会迎刃而解,成为一次难忘的谈话。但是,女人的脸上丧失了表情,她顽固地沉默着。

"吃好了吗?"他礼貌地问。

"非常好,好久没吃海鲜了。谢谢。"女人也很客气。

"那我买单了。"他对不远处的服务生挥挥手。

"你说,活着,仅仅是自己活着,和别人没关系的活着,那该多好。"女人突然冒出这么一句话。

他正准备说些什么,可服务员已经来到桌前了,他便将话咽了下去。等到结账之后,他发现自己忘记了适才要说的话。于是,他提议一起去散散步,吹吹海风。女人点点头,站了起来。

从吃饭的地方走出去,光线更暗了。涛声也更大,像是宇宙粗重的喘气声。他们循着涛声,来到了海边的一座木桥上,两边有扶栏,让他们稍稍感到心安。沿着木桥一直走,尽头是一座巨大的礁石,上面雕着楼梯,两侧是铁锁链。"太危险了,要不就到这儿吧?"他说。但女人抓住铁锁链,开始默默往上爬,他只好紧跟其后。攀到礁石顶端,周围是一圈铁栅栏,大海就紧贴在礁石下面,每一次波涛的冲击,礁石似乎都会微微颤抖一下。

站在栅栏前远望,大海变得像墨汁一样黑暗,什么也看不见。这是个没有月亮也没有星星的夜晚。偶尔,一架飞机掠过,像是璀璨的流星一般。"小时候,有一次晚上停电了,我从学校回家,路过麦田的时候,就像现在的大海一样可怕。黑暗像是一种颗粒状的东西,可以越来越密,越来越黑。死亡就是那样子的吧。"女人面朝大海说着。他不确定这是以谁的身份和口吻说的话。张锋的小学是在别的地方上的,初中的时候才转来。因此,张锋看见大片的麦田也是毫不出奇的。

孔楠想说些什么来回应,但始终想不出来。干脆深深叹了口气,什么也不说了,任由海风在耳边呼呼作响。海是人类最渴望和最恐惧的虚无。在虚无面前,生与死都会失去重量。他们站在礁石上,再没有别的人上来,他们手扶栏杆,彼此保持着不远不近的距离,一动不动。两个孤独的剪影。良久,女人说冷了。孔楠说走吧。女人说真舍不得走,还想再看看大海,虽然什么也看不到。孔楠忽然心中一动,说:

"明天带你去海滩,去好好看看大海,还有海蜇。"

"城市海蜇?"

"是的,城市海蜇。"孔楠已经想好了,明早带这个以张锋自居的女人,去看看那一大片白色的塑料垃圾。他的心情已经有些迫切了,似乎有一种报复的心情。为什么而报复?这个女人说自己是张锋,他要说垃圾是海蜇?僭越和混乱的交响曲。

"等到了海边,我会送个礼物给你。"女人故作神秘道。

443

"谢谢!"他咳嗽了几声,说:"我也是,也有礼物送你。"

回到孔楠租住的两居室家中,女人好奇地四下打探着。他干脆带她简单参观了下,一间是自己的起居室,一间是自己的工作室。起居室看起来凌乱不堪,被子都忘记了叠;可工作室一派后现代的高冷风格,打扫得一尘不染。孔楠让女人坐在工作室的休息椅上,说:"我已经帮你订好了旅馆,就在附近,你要是累了现在就可以过去休息了。"

"不急,"女人望着周围陈列的那些摄影器材,眼睛里流露出了复杂的神态,"给我拍几张照片吧,做个留念。"

"现在?要不明天?"

"何必等待,我怕我明天没有了拍照的心情。"

"好,那就来吧。"

这对孔楠来说,其实是求之不得的。镜头才是他真正的眼睛。他要用镜头审视这个女人,就像用照妖镜去捉妖,他可以细细分辨这个女人到底是不是张锋。他压抑着内心的欣喜,装出机械麻木的神情,端起了相机。镜头中的女人,坐在沙发上,姿态端庄,抿嘴而笑,比起吃饭的时候更加无懈可击。孔楠按动快门,然后回放,放大,他想从中看到张锋的轮廓。不知道是不是心理作用,他越看,越是觉得相似。其实,对他这样以摄影为职业的人来说,用镜头拍摄了太多的人脸,将人脸单独拎出来,总会有种陌生化的效果。一开始他还去分辨这个人美那个人丑,但到了后来,他发现脸和脸之间的相似要远远大于它们之间的差异。自此,他反而变成了一个对长相不挑剔的人。他选择女友时,相貌也成了最后才考虑的问题。不过,这种脸与脸之间的相似性眼下让他深感恐惧,他可一点儿也不想在女人的脸中看出张锋的那张脸来。

"怎么样,看出我是张锋了吧?"女人不失时机地说道。

"唉,你这样说,不知道我会害怕的吗?"他只能这样敷衍着。

"有什么好怕的,你永远也不知道,我为了成为一个女人付出了多大的努力。"

"无效的努力。"他低声说,抱歉地笑笑。

"你记得吗,高一的时候,我爸妈出差后,你去我家玩,我们就睡在一起整晚聊天。那个时候,我们压根不知道世上还有同性恋这回事,因为我们谈论的话题百分之九十都是关于女人的。你还是在我家,第一次看了色情片。"女人哈哈大笑起来,"没想到你没过多久就去实践了,我是到了大学,遇见那个鸡屎头的女孩儿,才有了第一次。"

他有些无法承受了,浑身哆嗦起来,忍受着痛苦似的说:"为什么你偏要扮演张锋呢?难道你……?"

"孔楠,不拍了,不拍了,忽然没兴趣了。咱们还是继续喝酒聊天吧。"女人打断了他的话,挥了挥手,像是一道不容置疑的命令。

他起身,去冰箱里拿出一打啤酒,还有一碟鸭脖,一包榨菜。冰箱的冷气竟然让他瑟瑟发抖,他觉得自己胆小如鼠。他把吃喝的东西都放在一个小凳子上,然后两个人在地毯上席地而坐。

话题似乎又回来了。没法不回来。这是他们两个人之间重大且唯一的话题。

"孔楠,兄弟,来,你摸摸我的肌肉。女人能有这样的肌肉吗?"女人捋起袖子,鼓出肱二头肌。她做出这个样子,实在是极为滑稽。但这个动作曾是张锋的招牌动作,女人连这个都会,越来越令人不可思议。

孔楠像梦游者一般抬起头来,再次打量着身边这个真实的女人,只觉得梦又深了一层,像是梦中梦。他机器人般的伸出右手,用手指捏了捏女人的肱二头肌,的确还挺结实。他又用手背在女人的胳膊上抚摸了一下,皮肤是冰凉而光滑的。一阵奇异的感觉传遍全身。靠抚摸能分辨出男人和女人吗?

"嗓音也能变吗?"他像发球一样,抛出问题。

"当然。"

"字迹呢?"

"这个你也问?你练习几天书法,你看看你的字迹变不变。"

"陶瓷职业没法解释吧？完全风马牛不相及。"

"你是不是以为这原本是文樱的工作？其实并非如此。我不可能完完全全、丝毫不乱地继承她的社会身份。这是不可能做到的。陶瓷材料研究是缘于我大学时的辅修课程，我一直喜欢陶瓷，从来没有放弃。"

"我从来没听张锋说过这个，张锋大学时辅修的是机械工程。"

"这就是咱俩的不同。我对你的每一个阶段，都记得异常清楚，而你，对我的记忆总是似是而非的。我现在再说一遍，我大学时辅修的专业是材料工程，全名很长，叫无机非金属材料工程，我主要研究的方向就是陶瓷。"

"你胡说，我一点印象也没有，张锋从来没和我提过什么陶瓷。"

"我说了，你不感兴趣罢了。其实我也理解你，你是立志要当艺术家的，对于理工科的这些东西，没有半点兴趣。"

"唉，我不想再和你这样纠缠下去了。不妨这样说吧，我现在暂且假定你是张锋变成的女人，那么，这一切有什么意义？你继承了文樱的身份，文樱还能活着吗？文樱已经死了，什么也不知道了。"

"我和你说过，我那会儿已经无法忍受自己的生活了。文樱走后，我差点儿就跟着自杀了。后来，我就决定变成文樱，以她的身份活着，这样原先困扰我的那些绝望不就没有了吗？"

"那你还真是幼稚，你觉得这世上只有你有困境，别人就没有？"

"我不是那个意思，我觉得自己的困境比别人的要更加绝望，比如，我就比你绝望。"

"事实如此吗？"

"我是幼稚的，我不否认这点。一直微笑的文樱，我都不知道她是如何可以微笑的。她曾告诉我，她老家的县城也开始模仿大城市，大建商品房，建那种高档小区，名字都叫罗马家园、枫丹白露之类的。总之,因为房地产业的发展,她老家的房子也被拆迁了,得了一笔不大不小的补偿款。她哥用那笔钱买了一辆哈雷摩托。你知道那种摩托吧,有着高高的把手,前轮也向前伸得远远的,看上去特别酷。她哥哥天天骑着那辆车,在县城的街道上轰隆隆地飞驰。一天傍晚,她哥正在飙车,一辆运输卡车忽然从岔道转了过来,她哥哥连人带车撞到了卡车的保险杠上,然后高高地飞了起来……"

"救过来了吗?"

"不可能的,头骨都碎了。"

"太惨了。"

"但我觉得,这属于人生的意外,和我母亲主动选择失踪是不一样的。"

"还没你惨?"孔楠摇摇头。

"后来我才知道,文樱她上中学的时候,曾被一位老师强奸过。"

"你之前不知道?"

"不知道,在我变成文樱之后,她的一个好姐妹和我说的。我知道后,快要哭死过去了。我想给文樱报仇,我去跟踪那个老师,他已经很老了,退休了,得了哮喘,走到哪儿都是大张着嘴巴呼吸,声音比鼓风机还大,嘴角耷拉着白色的口水沫子,一副快死的样子。他看见我,似乎也想不起什么了,他神情呆滞地望着我,似乎在使劲回忆,我赶紧走开了。我对这样的人还能做些什么呢?什么也伤害不了他了。我心里只求着他不要那么快死,再多受点罪吧。"

"所以说,人生是无法逃避的,每个人都有每个人的沉重,那是一种隐秘的沉重,像是无形的十字架。你想逃避这种沉重,反而会变得愈加沉重。"孔楠喝了一大口啤酒,继续说,"我印象中的张锋是很顽强的,踢足球满脸是血也不会逃避的。"

"你说的那个张锋,倒是早就死了。"

"我在想,你应该是得了人格分裂综合征,把自己想象成另外一个人了。"孔楠说完之后忽然觉得一定如此,他之前怎么没

447

想到呢?"

"不,我不是人格分裂综合征,我知道那种病。我在还没有整形成文樱的时候,就有人说我得了这个病。我没有,我正常得很。得了那种病的病人,一种人格对自己的另外人格是一无所知的。可我不同,我知道自己曾是张锋,然后主动去做手术,变成了文樱。"

"那你现在究竟是谁呢?"

"现在是文樱啊。"

"那你又口口声声说自己是张锋,你不是错乱了吗?"

"因为你是张锋的朋友,那么,我就用张锋的身份来和你沟通,不是更直接吗?"

"不是这么简单的,那意味着你拥有两个身份,张锋的和文樱的,所以说,实际上你也已经彻底分裂了。不知道你有没有感觉到这种危险?"

"没什么危险的。能有什么危险呢?还有什么危险能大过死亡呢?"女人说完,一口气喝光了剩下的半瓶啤酒,重重放在凳子上,这个举动倒是充满了男子气概。女人望着他笑了下,那笑容看上去极为惨淡。

孔楠不忍直视,扭过头,拿起酒瓶,也喝了几大口。他的头开始发晕,他这才意识到自己不知不觉中喝多了,那些酒精开始冲破他身体的防护网。

"是的,如果你是张锋,你都变成这样了,还有什么事情能让你觉得危险呢?"孔楠顺着女人的话接了下去,希望女人继续往下说。

"我跟死过一次很像,只不过没有喝孟婆汤,还保留着前世的记忆。"

"我看你对前世的记忆反而更清楚。"

"也许吧。"

孔楠和女人的对话再次进入死胡同。他还是猜测女人是不是患了某种人格分裂症,这并不是没有可能的。她无法接受张锋的死亡,先是幻想自己是张锋,但她的女性外表时时提醒她并

448

不是张锋,因而她就延伸那个幻想,幻想张锋为了变成她的样子而去整形,那么这样一来,这个幻想人格便天衣无缝了。只是,她知道张锋那么多事情又作何解释?真的只是因为曾经聊天聊得深入吗?那得需要多好的记忆力,女人有那样超凡的记忆力吗?孔楠再一次陷入了困境。他的脑仁愈加眩晕,他干脆侧着身子,在地毯上躺下了。他用胳膊肘撑住脑袋,仰视着这个女人,心里想道:这是一场梦境,梦醒了就好了。

女人看他躺下了,也并排躺在他身边。当女人不说话的时候,尤其是不说自己是张锋的时候,他们彼此四目相对,孔楠还是会觉得这其中有点儿男女之间的那种正常的暧昧。没办法,他想,人注定要被自己看见的东西所迷惑。要不然佛学怎么说所见者皆为虚空呢。于是,他干脆不去看女人,心中还是想再问她些什么,好从迷惑当中摆脱出来。

"那你既然决定让张锋死去,选择自己成为文樱,那么为什么还要和我联系呢?文樱和我之间是没有任何关系的。"

女人沉默了。她用手抚摸着自己的裙摆,像是陷入了沉思。

"我不知道,"女人喃喃道,"你的问题太多了……当然,这也不能怪你,这种事不论谁遇见了,谁都会喋喋不休问个没完。其实,我自己也无数次问自己,与自己争辩,与自己撕扯,与自己一同陷入深深的绝望……哈,你现在千万不要问我,我所说的自己究竟是哪个自己。话说回来,我事先的确没想过要找你,是在整理过去信件的时候,被触动了,给你寄了张明信片,我以为事情到此为止了。没想到,我们很快有了见面的机会。但是,直到那一刻,我说自己是张锋的那一刻,我都没有下定决心,在犹豫要不要把事情的真相告诉你。现在我忽然有了一个想法,也许,我来找你,是在跟张锋更彻底地告别吧。"

"好,让我们彻底告别张锋吧。"孔楠闭上眼睛,那个记忆中的张锋,瘦瘦小小的,在球场上奔跑着,脸上和身上都是鲜红的鼻血,因此,他看不清张锋的脸。

他睁开眼睛,发现女人正望着他。他刚想说句话,女人挪了过来,伸出胳膊抱住了他。女人的气息和身体笼罩了他。纯粹的女性气息,没有丝毫的男性元素。他的呼吸有些急促,主要是由于陌生和复杂心态引发的尴尬。女人的胳膊一使劲,他们靠得更紧了。他都能感觉到女人身体的线条了。他忽然想,他们可以做爱吗?他没想到自己竟然会冒出这样的念头。随即,他又深感羞耻。这种羞耻让他闭上了眼睛。他这才明白这个念头并非来自性欲,确切来说,是来自于心底的报复之心。也不是针对女人或是张锋的报复,是针对一种模糊不明的事物,是命吗?是活着的这一切吗?有可能。如果他粗暴地撕破这个陌生女人的衣裳,和这个女人做爱,那么她便是一个确切的女人,一个陌生的女人,一个斩断了和张锋关系的女人……

"你对我有异性的感觉吗?那可不好,我真的是张锋。"女人似乎感受到了他的念头,取笑了两声。

"哪有的事……"他尴尬地笑着,想推开她。

可忽然女人哭了起来,从笑到哭,毫无预兆,而且哭得伤心欲绝。哭声并不大,但身体颤抖得厉害,眼泪更是肆意奔流。他回抱了她,轻抚她的背,希望她能平静下来。"张锋。"他叫,脱口而出,这句话凝固了世界。女人"啊"了一声。这个时刻,珍贵得难以言喻,他瞬间就意识到,在他的一生中这样的时刻一定是独一无二、意义非凡的。这个时刻,含义复杂,暧昧难名,像是过去复活了,而未来不再存在,自由可以永恒。他闭上眼睛,内心的伤口全都敞开了,充分体验着这一刻。他也想哭,可哭不出来。女人的哭声愈加沉痛,却让他的心底愈加释然,因而女人的哭声像是他自己的哭声,他与她共享了一次永远也说不清所以然的哭泣。

他们就这样拥抱着睡了过去。

第二天,孔楠和女人早上醒来,看着彼此睡眼惺忪的狼狈样子,都笑了起来。笑罢,孔楠觉得心口一热,是那种老朋友之间的温情。这个人是张锋吗?他发现自己的心情和昨天大不相同了,他当然没有被女人完全说服,但他觉得,这个问题似乎也并不急着要得出一个确切答案。相较于这个答案的确定性,眼下的这种复杂而神秘的状态更值得全身心去投入。洗漱之后,孔楠带女人去家附近的酒楼"虾饺妹"吃了早茶,玲珑多变的粤式糕点让女人很高兴。女人说昨晚光顾着申辩了,没吃饱,浪费了一桌好菜。孔楠做出痛心疾首的样子,说那可是我半个月的工资呀。女人不信,说应该是她半个月的工资才对。他们笑。女人高兴的时候,笑得很大声,好在整个酒楼都很嘈杂,她的笑声并不突兀。他给女人冲了一种叫"萝卜麻花"的茶,他也不懂茶,说不清楚,女人便望着茶笑。女人的状态和昨天也完全不同了,笑容多了许多。而且,她也很少主动再说"我是张锋"这样的话了。吃早茶期间,他们天南海北地聊,楼市,股市,工资,人生,新闻,明星,和其他人聊得没什么不同。孔楠心中暗想,无论这个女人是谁,她在单位里、在社会上,和人相处是没有问题的。

　　走出茶楼,阳光热烈,抬头望,天空中心蓝得都发乌了。这种好天气,即使在滨海城市,也是相当难得的。

　　"昨晚你不是说没看清大海,今天可以看个清清楚楚、明明白白了。"孔楠笑道。

　　"希望能看到海蜇,我还没见过活着的海蜇呢,"女人抬起右手捋捋头发,"我是指那种自然状态中无拘无束的海蜇。"

　　"你肯定在电视里见过的,就那样。"他在空中舞动着手掌,像两片落叶。

　　"那你了解海蜇这种生物的习性吗?"她转头看着他,微笑中带着挑衅。

　　"其实……没有特别去探究过。"他坦然承认。

　　"我最着迷海蜇的,就是这种生物既可以有性繁殖,也可以无性繁殖。"她低下头去。她穿了一双黑色的高跟鞋。

　　"什么意思?海蜇是雌雄同体的?"

　　"不是,海蜇有雌雄,可以结合后用受精卵繁殖,但神奇的是,它们也可以脱离异性,自我繁殖。"

　　"自我繁殖……"

　　"是的,自我繁殖。"

　　他笑笑,思忖着弦外之音。

他开车带女人去海边。女人望着窗外,为了避免沉默与尴尬,时不时询问着路边的景物。他发现自己没白在深圳生活这么多年,那里是腾讯的,那里是万科的,那里是华为的,他指指点点,如数家珍。他对此也暗暗惊讶,他从未认真去研究过这座城市,可现在,自己竟然像是这座城市的设计师似的。

"你真行,"女人说,"我对自己的那座小城几乎没什么了解。"她叹口气,继续说:"在小城里很平静,没有激动人心的事情,因而也就没有渴望,没有动力,甚至,有时会觉得自己和世界没有什么关系了。"

他迅速瞥了眼女人,半开玩笑说:"你这番话是代表张锋还是文樱呢?"这个话题的重提,让他绷紧了神经。经过一夜的发酵后,他想听听女人会怎么说。

"他们过得都是那样的生活,我代表了他们两个人。"女人用轻松的口吻说。

"好吧,你越来越厉害了。"他彻底放松了,笑道:"你代表了他们两个,再加你自己,你现在成三个人了。"

"嗯,是的,我由一群人构成。"

他们一起笑了,这时车开进了隧道,光线昏暗了下来,隧道的墙壁上画满了各式各样的涂鸦,有蜡笔小新,有成龙,有怪兽,还有巨大的男性生殖器,他们仿佛忽然置身于另一方世界。等车出了隧道,强烈的阳光重新降临,他们被照得睁不开眼,孔楠本想戴上墨镜,但他只是眯着眼睛,放下了头顶的遮光板。他现在不想戴墨镜,似乎那意味着一种疏远。

"大海肯定快到了。"女人忽然坐直了身子。

"你怎么知道?猜的?"他搜索着记忆,对此也没法判断。

"光线变得更强了,一定是来自大海的反射。"

"果然是理科生,不管张锋还是文樱,你们都是理科生。"孔楠也学会了这种似是而非的幽默。

"大海是世界上最大的镜面。"

"好吧,不但是理科生,还是诗人。"

车一转弯,瞬间,大海就出现在眼前。那种浩瀚无边的蔚蓝带来了一种无处逃遁的逼迫感,他们不再言语,陷入了各自的沉默中。她伸出手指,按下按钮,车窗打开了,海风吹了进来。他深深吸了一口,像吸烟似的。他注意到海面上蒸腾着一层薄薄的白雾,不知道是被风吹皱的细密波纹,还是因为炎热而蒸腾的水汽。女人忽然重重叹了口气。他的心提到了嗓子眼,不知道女人会说点儿什么,然而,女人终究什么也没有说,似乎只是转过脸来望了望他。他不确定,因为当他扭头看的时候,女人已经继续望向窗外了。他看不清女人的表情,女人白皙的脸部快要被明亮的光线给融化了。

海边的堤坝开始变矮,树木也越来越稀少,沙滩的边界出现了。

"到了。"

他打开车门,下了车,沙子立刻软了下去,包围了他的脚。女人也跟着下了车,风有些大,把她的长发高高抛在空中。

他们一前一后向海滩走去,远远的,就看见了那片白色。

"海蜇!"

女人在风中喊了一句,嗓音有些飘忽。她和孔楠那次一样,身不由己地开始奔跑,她越过孔楠,跑向那片虚构之地。他注视着她兴奋的背影,心里开始数数,刚刚数到七,她就停了下来。她站在原地,然后缓缓回头,迟疑地望着他。

在这一秒钟,因为看到了女人失望的样子,他的心掠过了一丝懊悔。但一秒钟后,他还是笑了起来,笑得上气不接下气,像是小时候在愚人节设计的恶作剧终于得逞了。

"这就是我送你的礼物,"他说,"对不起。"

他走了过去,那片白色的塑料垃圾在海风中瑟瑟发抖,灿烂的阳光让破败无所遁形,格外触目惊心。

他期待着女人失望、生气或是大笑起来,可都没有。

她在沙滩上缓慢走着,把那些白色的塑料踩在脚下。她高跟鞋的后跟深深陷入沙中,留下了一个个孔洞。那些塑料早已风化朽烂,随着她的脚步,碎成雪片,然后被海风激荡着,向身后的城市飘去。那座他寄居其中的城市,无数的陌生人来了走了发了亏了笑了哭了有了没了醉了醒了……恰如这垃圾可以美如海蜇的沙滩。

"还是很美的。"

女人轻轻说道。

"你之前问我对海蜇了解多少,没错,我对海蜇确实了解不多,但我知道,海蜇的生命是很短暂的。"他被一种情绪驱动着说:"它只能活几个月,但它在海水里跳舞的时候,像外星生物一样让人着迷。我还做过一个梦,每只海蜇的体腔里都住着一只发着微光的萤火虫。"

"真美……"

"你是海蜇,而我,是这垃圾。"他或许想开个玩笑,但说完后,又觉得非常准确,补充道:"不用反驳。"

"你没必要这样说自己。"女人沿着海岸线慢慢走着,离孔楠越来越远,她的背影成了与海相依的一道风景。

女人站住了,转过身来,朝他喊道:"孔楠,你不想看看我这天衣无缝的杰作吗?这就是我要送你的礼物。"

孔楠还没反应过来,女人便解开了拉链,脱下了连衣裙。裙子成了一圈不成形状的布,女人抬脚从里边走了出来,只穿着内衣站在沙滩上。孔楠像雕塑一样呆立,不安地望着女人,不知如何是好。女人的动作没有停,她脱掉了文胸,脱掉了内裤,一丝不挂地站在那里,安静地望着他。

那饱满的乳房,在强光中闪耀着细瓷的光泽;腰部的线条收拢得恰到好处,凸显了胯部的浑圆;两腿间,是一抹淡淡的阴影,像是海面上漂浮的雾气。海风的吟唱,沙的温软,凝聚成谜一样的存在。他凝视着,身心越来越平和,他不再不安,他越来越专心致志,只有那样的凝视,才对得起这样的时刻。在凝视中,他也不再困惑。因为在凝视中,他的自我消失了,像海天之间的空无。

(选自《收获》2018 年第 6 期)

寂 静 史

罗 伟 章

一

　　有那么一小会儿,我恍惚觉得自己变成了对面的女人:一位土家祭司。祭司似乎是相当古老的职业了,属于土司时代,也由土司供养。供养这个词就是她说的。这个词在我眼前立刻化为一只褡裢模样的胃。那只胃早已割除,弃在历史的深处,被时间之水泡得发白。可跟它血肉相连的人,竟还鲜活明亮。这个人就坐在木桌的那一边,和我相距不过两米。

　　她叫林安平。

　　林安平给我讲她的出生。她说的每句话,几乎都超出我经验的范畴,在她面前,我感觉自己是根生错了地方的藤蔓,茫然地挥舞着手指似的卷须。无所适从当中,我想:林安平,你是在虚构。这么一想,我终于放松下来。意识到她祭司的身份,她的话我就全能理解。祭司上通天、下通地、中通人世的职责,使她天然地获得了虚构的特权。

　　但这样说又并不准确,甚至不公平。她出生时的见证者,除了她母亲和姐姐,还有千峰大峡谷黄岭滩的两户邻居。她的描述来自于他们的描述,她是通过别人的描述来确证自己,也可能是别人的描述,迫使她走上了做祭司的道路。

　　我是这样想的。

　　或许我错了。我不该不信有些人来到世间,就是为了承担某种使命。

那是一九六八年农历七月初七。

怀胎七月的谢翠芬,打早起来,烧着柴禾,两根苞谷棒子煨在炭灰上。煨熟了,就做她和女儿的早餐。吃过早餐,她要去出工。这时候,三岁的女儿在睡觉,丈夫数月前就去了峡谷深处的满月坡,在那里修路:不是修公路,是修人行路。许多年来,峡谷地区勉强能叫路的,只有背二哥们双脚踩出的栈道,那些穿着麻耳子草鞋的背夫,驮着食盐和桐油,一路唱着相似的爱情和哀伤,迤逦前往陕西。能当背二哥的人,都是命好的人,他们有体力,累得吐血,吐出的血把路边一丛野草淹死,也只是抓把干净草,将嘴巴揩了,又接着上路。多数人身上没那么多血,更没胆量吐那么多血,便只能守在老地方,脚下无路,就四肢并用。因这缘故,峡谷地区的男女,胳膊都较常人长一大截,包括林安平,也包括她母亲谢翠芬。

这天谢翠芬坐在火塘边,听着烤苞谷的炸响,想着自己的男人。

出脚即河,河岸即山,河被山壁挤压,翻卷咆哮,杀气腾腾,而那山壁,刀砍斧削,如从云端垂落。在这样的地方修路,需借助山外送来的黄药和雷管,爆炸声撕山裂石,相隔几里,也能震碎一头老熊的肺。他会不会出意外?每一种联想都可能成为预言,谢翠芬的男人林康,最后就死在修路的工地上。不过这是十多年以后的事了。

想了男人,又想睡在床上的女儿。谢翠芬扳着指头,把女儿从三岁数到十五岁,十五岁就可以嫁了,但愿她嫁个好人家。峡谷地区几无贫富之别,大家都穷,睡觉是"冲壳子",也就是钻进晒干的苞谷壳中,钻进去就像尸体,不能动,否则苞谷壳流向两边,梦里都在吹风落雪;这里昼夜温差大,即使三伏天,太阳一阴,就凉得浸人。谢翠芬所谓的好人家,是男人不打女人的人家。这里的男人,累起来像牲口,一闲,就扭住女人不放,不是想女人就是睡女人,不是睡女人就是打女人。谢翠芬挨打的次数不算最多,却痛得最久,林康是铁匠,手也像铁一样硬,随便一巴掌,就皮肉开花,自从嫁过来,谢翠芬就难得睡个囫囵觉,一寸一寸的痛,总是把她的睡眠掐断。但愿女儿成为女人过后,不再吃她这样的苦。

想过女儿,又想偏厦里的猪,土墙外的鸡,山梁上的一块自留地……

——就是没想肚子里的那团肉。

想也没用,那还算不上个人。出生过后,胎毛脱净,从母亲的奶子上下来,自己能扶墙走路,端碗吃饭,也还算不上个人。到拿着弯刀砍柴,举起锄头挖地,照样算不上个人。结婚了,嫁人了,那时候算人,却也只能算半人:好些人家的房檐底下,都蹲着一张毛竹制成的轮椅,是有人出行或劳作时摔残了,成"半人"了;若轮椅空着,是那人已经死了。

所以对从未谋面的肉团子,谢翠芬懒得想。

苞谷已烤熟,弥漫着糊香,猪闻到香气,以头撞圈,尖声嘶吼。谢翠芬拍了苞谷上的黑灰,凉在小桌上,去喂猪。她边舀昨夜煮好的猪食,边骂那只养了半年却不到五十斤重的家伙:还好意思叫,还好意思发气,屙泡尿个人照照,还不晓得羞死!这么骂着,半桶发黑的汤汤水水已倒进石槽。喂了猪,又去看鸡。猪是一头,鸡是两只,一公一母,在屋外寻食。谢翠芬要去把它们收回来,否则人一出门,它们就可能被野物拖走,只在某片竹林或刺藤丛中,给你剩下一堆血毛。

两只鸡如一对夫妻,歇在李子树下。往天清早,它们跳出门槛,精精神神抖了毛,在石头上鏾几下嘴壳子,就急不可耐地找虫子、啄土坷垃。今天看来是没睡醒。那只公鸡刚学会打鸣,母鸡的颜色也才定型,它们都还是孩子。孩子瞌睡多,人和畜生没啥两样。谢翠芬有了不忍。让它们再睡会儿吧,睡了起来还要吃几口才行,一旦关进屋,就没得吃了。

青色的晨光里,她朝远处望了一眼。在这夹皮沟,所谓远处,就是高处。高处清风雅静。唯有一只乌鸦,在不知哪片密林里声声叫唤。乌鸦善学同类的叫声,还会学人说话,这时候它说的是:"还不起床!还不起床!"谢翠芬笑了一下,回身走进里

457

屋,将苞谷壳一阵扒拉,唤醒了女儿。谢翠芬要把她带在身边。那些丛林中的性命,不仅吃家畜,也吃孩子。

女儿名叫果果。果果搓着眼睛起来,跟母亲一道啃烤苞谷,也学着母亲,不仅啃下苞谷粒,还龇着两颗小门牙,卖力地把棒子啃成渣,舌头搅拌几下,就颈项一伸一伸的,咽下去。

谢翠芬说,慢些,看哽住了。

这时候她想到肚子里的那团肉了。

她觉得那团肉像没长毛的雀子,正蹲在她心脏下面的窝里,直杠杠地顿起颈项,嘴全力张开,接纳她送下的食物,因此她尽量嚼得细碎些。

是嚼得还不够细、把那团肉哽住了么?她的肚子痛起来。

其实是心里怕,吓痛的。今天出工,是去猴头岭清理塌方,怀胎七月的妇人,累得下来吗?可不去又挣不到工分。想到工分,就不能不去。越这么想,肚子越痛。她粗糙的手掌,怜惜地在肚皮上画圈,像在安抚被惊吓的孩子,实际是在挨时间。

太阳已蹦出对面山头,古铜色的光芒,利剑似的劈下来,把山体劈成明暗两半。再不能挨下去了,她撑起身子,又去门外看鸡。她心想鸡该睡够了,吃过些东西了。

可那一公一母,依然躺在那里,脖子耷拉着,纹丝不动。

她说:嘿,害瘟症啦?

话音刚落,那只笋箨色母鸡,抽搐几下,立起身来,摇摇晃晃朝前走。走三五步,翅膀一裂,飞上李子树,脖颈一截一截抻长,抻到极致,便开始鸣叫:喔喔喔——。它自知悖了天意,鸣叫声生涩而怯懦,但它已经豁出去,叫了一声,又叫二声。叫第二声的时候,李子树也跟着叫,那叫声像婴儿啼哭。母鸡打鸣,草木哭泣,这是凶兆。谢翠芬的肚子里,像有人使劲扯了一把,撕裂般的痛,使她蹲了下去。裤子是阴丹布,穿了几年,早就汤了,这猛然一蹲,从屁股丫破开,破到裆口。母鸡叫第三声、李子树叫第二声,她听见破开的不仅是裤子,还有羊水。母鸡叫第四声、李子树叫第三声,那团肉掉下来了。肉刚沾地,太阳的光芒打着卷,嗖嗖嗖的,眨眼间从地上卷到天上。光芒一收,天昏地暗,电闪雷鸣。

这个被母鸡鸣叫和树木哭泣催生出来的,就是林安平。

她生下来就是个有罪的人。

二

跟林安平接触,我是带着功利的,这一点我必须承认。

我是县文化馆馆员,前些日接到一项任务:搜集千峰大峡谷独有的文化资源。原因是县里将多方筹措,斥资百亿,打造千峰大峡谷景区。地理学家告诉我们,神农架、张家界与千峰大峡谷,共同构成了中国华中与西南神异地貌金三角,神农架和张家界,早已名满天下,游人如织,而千峰大峡谷却养在深闺,遗世独立。经济学家告诉我们:这是对资源的巨大浪费。千峰大峡谷在我们东轩县境内,东轩是几十年的国家级贫困县,日久天长,把贫困当成了习惯,还为贫困找出振振有词的借口,比如身处山区,资源稀缺,不知道大山大水和旖旎风光,就是最大的、也是最时髦的资源。县里把这话听进去了,几番踌躇,下了决心。

要开发旅游,单有风光不够,还得有文化。风光只具有生物性,文化才能持久共享。我接到的任务很明确,既要搜集原生文化,更要学会制造文化。头儿给我打比方,说原生文化是棵白菜,你有本事,就能做出四百块钱一份的开水白菜,没本事,就只能做五块钱一份的白菜汤。头儿说他有回去某地参观,见一口枯井,当地旅游局长掷地有声地宣称:我们准备把这口井,搞成女娲井!这就是把白菜做成开水白菜。又比如神农架,闹了多少年的野人,可至今也无人真正见过野人,这是另一种思路:不让你吃到,只吊你胃口。不管怎样,都是在"制造"上下功夫。人家有了女娲文化、野人文化,你总不能跟着人家的屁股转,说我们这里有盘古文化、外星人文化,那就闹笑话了。头儿让我多动脑筋。

既然可以制造,我当然就可以闭门造车。但闭门造车超出了我的想象力。主要是没有糊弄头儿的想象力。这次点名指派我的头儿,不是我们馆长,而是负责文化和宣传的上级领导,他曾是某名校艺术学院的高材生,毕业后教过几年书,就走上政坛。在我们以前不多的交往中,每次见面他都对我说,世上最富想象力的职业,不是艺术,是政治。

我只能采用笨办法,先搜集,再制造。

于是我挎着相机,背着笔记本,去千峰大峡谷采风。

进去就被迷住了,那河水,动处白浪滔滔,偶尔安静下来,就蓝得发翠。河岸山野,怪石奇之,林木秀之,鸟鸣于远处,云生于脚下;那云,白得空茫,有风奔驰,无风也奔驰,感觉不是云在奔驰,而是群山在急急赶路。走再远的路,也只觉腿软而呼吸平和,是因为氧气多得能舀一瓢就喝。山中多溶洞,跟随日光进去,光怪陆离,跟随月光进去,又如梦如幻。奇特幽闭的处所,正是生命的繁盛地,虎熊潜踪匿迹,猕猴随意嬉戏,水里有鲵,即俗称的娃娃鱼,海拔二千余米的葛杨村,有世界极危物种崖柏……

但我这次来,到底不是欣赏风景。风景是天赐的,给富人,也给穷人,给义人,也给小人;文化是人的专利,有所选择,是人的智慧,也是文化的精髓。整个峡谷地区的民众,都属土家族,特别爱唱歌,但喜好唱歌算不上独有,藏族,维吾尔族,包括黄土高原上的汉族,都爱唱歌。高天之下,人烟寥寥,世事苍茫,就用歌声跟自己和自己的命运说话。

千峰大峡谷河只有一条,山峰却何止千座,山山相连,绵延天际。峡谷人干活,舍不得把光阴耗在路上,每到农历二月下旬,穿着半旧衣裳进山,吃杂花野果,饮露水山泉,夜里就睡在田地旁边的寮棚里,等点完苞谷,收罢油菜,割了燕麦,接着又掰了苞谷,长长的时日就漫过去了,回家的时候,衣服烂成巾巾,周身挂着苍耳子,男人多毛的胳膊和女人半裸的乳房上,生满青苔。不过这是前些年的事了,现在干农活的少得很,我在里面转了四十多天,偶尔碰到几个,没见谁身上长青苔,也没听见半句歌声。他们现在连歌也不唱了。

继续这么瞎转,已毫无意义。

正在一筹莫展的时候,西柳乡文化站站长陈婷婷,给我推荐了林安平。

陈婷婷说，林安平是她小学同学，是个祭司，也是个医生，本是西柳乡人，但早已离开西柳乡，住到了土门镇。

陈婷婷还说，林安平是我们这一带仅存的祭司。

三

我没想到跟林安平见面，她会那样心生戒备。她说，你是谁？我回答了，还把身份证递给她看。她说，有介绍信吗？我又把介绍信递过去。她说，为啥找我？我问陈站长是否给她打过电话，她不说打了，也不说没打，脸色相当难看，眼里是山隔水阻似的拒绝。

话题无法展开，两人尴尬地沉默着。当然，是我尴尬。但直觉告诉我，坐在我对面的，是个特别的人，走近她，或许真能完成我的使命。想一蹴而就，根本不可能。没有人有义务向另一个人倾吐自己的故事，尤其是没有义务倾吐自己的内心。除非彼此信任。我感觉到，信任也好，提防也好，都是一片湖水，彼此贯通，林安平在提防我之前，我是否已对她有了提防？我提防她，是因为她跟我们不一样。首先是那身装扮：头发盘在顶上，挽成髻，发髻里插一根金鸡翎、一只山羊角，脖子上套着六个渐次扩展的银圈，衣服青黑色，前胸、衣襟和袖口，都绣了花，同样是青黑色的裙子上，也绣着花。

最好的办法是不回避，我就盯住她的穿戴，请教那些繁复的花纹是什么意思。

你只对这个感兴趣？

她这么问一声，轻轻舒了口气。可紧接着，眼神落下去，像她眼睛背后有个漏斗。

我正疑惑着，不知道怎样回答，她就回答我了。这是祭司服，她说，当然，我是土家祭司，服饰也带着土家标记。然后她站起身，一一指给我看：这胸前，左绣青龙，右绣白虎；第二颗扣子以上，绣的是祥云；这袖口，绣花卉蔬菜，要是男人，就绣兵书宝剑;这裙边或裤脚,绣的是山川河流。总起来就是:头顶青天,脚踏大地,在祖宗的护佑下,依靠勤劳的双手,过上幸福的生活。我的祭司标记,在头上,也在脖子上。脖子上最小的这根银圈,是我的本命圈,其余五根,是五行圈。别人不能戴,只有我——祭司才能戴。

说到这里,她的眼睛凛然一亮。

在她裙子的中间部位,绣着一朵红花,她没说,而我非常想知道。

这朵花么?她像通晓我的心思,以这样的口气向我解释:这是人世。人世间就是个花花世界。你的衣服上同样有,无非是没绣出来,看不见,也摸不着,但并不是没有。我跟别人不同的是,别人在花花世界里逍遥、享乐和受苦,我为花花世界的人礼赞、祈祷和祭祀。我充当人世与鬼神之间的使者,调和他们的冤仇和矛盾。我为人送魂,也为人喊魂。我给人占卜、消灾、治病。我是医生,既医肉身,也医灵魂。人的灵魂和肉身是分开的。古话说,活不认魂,死不认尸,意思是,人活着时,肉身不认灵魂,死去后,灵魂又不认肉身。灵魂不认死去的肉身,证明了灵魂的不灭。花花世界里的人,对短暂的肉身看得很宝贵,生怕它吃亏,对不灭的灵魂却不闻不问,任随它遭虫子咬,被蚂蚁叮。人活得很糊涂,很可怜。

说完她盯我一眼,像我就是很糊涂、很可怜的人群中的一个。

她真是把我看穿了……

我决定在土门镇住下来。

这里是千峰大峡谷的起点,河水从镇外流过,河岸全是石头,镇上的房屋,也多用石头垒成,包括林安平住的那间。她在那石头房子里,吃饭睡觉,开中药铺,也参神、做法事。药铺后面,有她的圣殿,供着数十尊小如一握的菩萨,还有个不知什么年代供养过祭司的土司造像;从造像看,那是个精瘦的男人,尤其是脸,瘦得只剩骨头,他整个人就是由骨头凝成的意志,他的万般计谋和消灭对手的决心,以及被传说的慈爱,都藏在鹰隼般的眼睛和又陡又窄的额头里。圣殿下去，右边是厕所，木门上用粉笔画着一个相当复杂的怪异符号，怪异得像里面不是厕所。左拐十余步，是玄祖殿，殿里的菩萨与人等身，林安平给人做法事，通常就在这里；若做大型法事，比如三月三的春祈会，九月九的秋报会，再比如祭日光天子、月光神、水神、火神、土地神等，就得去玄天观。玄天观在下游鹿走乡的龙头山，从乡场东边的桥头上去，上到一千八百米高处，有处孤零零的殿宇，就是玄天观。

第二天我又去林安平家。头天夜里，我已在网上做了许多功课，知道祭司不是随便能做的，须知识广博，儒道释三通，也是这三教的领袖。我凭自己的理解，向她阐释三教的关系，本意是卖弄一下，让她不至于把我当成只是在机关里混日子的饭桶，没想到我的一通解说，很合她的心意。趁她高兴，我请教厕所门上的那个符号。

你不是只对我的衣服感兴趣吗？

真是那样的话，今天我就不来了。

我把县里打造千峰大峡谷的宏伟规划，还有我自己的任务和行踪，讲给她听。

我为你出不了力，她颓然而又高傲地说。然后回答我：你问的那个，既然写在厕所门上，当然就是厕所的意思。但那不是符号，是文字，只是现在没人用了。

她的手抖索了一下，接着又抖了一下，像是在犹豫该不该干一件事。

最终，她从抽屉里拿出一本软面抄递给我。

翻开来，写了十来页，共三百多个会意字，旁边注着汉文，比如玉帝、伏羲、男人、女人、高、下、美、丑。说是会意字，其实好些无法会意，比如美和丑，因为各自的标准不同。我问怎样分辨，她便给我讲了个故事，说很古很古的时候，有个酋长，去遥远的地方走了一趟，带回一个女人，从此把结发妻子冷落一旁，让妻子伤心，族人也议论纷纷。这时族里的巫师出面，巫师在夜间的茅舍旁燃起篝火，让远方来的女人跳舞，舞影映于墙，巫师将影子画下来，遍示族人，族人都说：昼夜失序，好丑啊。接着让酋长

463

的妻子跳舞,巫师将舞影画下来,遍示族人,族人都说:日月调和,好美啊。以影绘形,就创造了文字。每个文字都不单纯是一个形状,还埋藏着天地观和道德观。人不能做到灵肉合一,人创造的文字却能做到。

把本子还给她时,我说,你或许要出大力,不仅仅是帮我。

之后我每天去她那里。她不表示欢迎,但也没赶我走。我看她给人把脉、开药。病人不多,只有在医院久治不愈的,还有被医院判了死刑的,才会来找她。以前来找我的人起路路,她说,自从搞了合作医疗,可以报账,来的就少了;我这里不能报账。她的医术是师傅传的,为拿行医资格证,又去医学院读了函授。每开一张药单,签过名,她都要立起身,庄重地盖上一个大印。我从没见过药单上要盖印的,一看,印上篆字刻着:汉寿亭侯。这是关羽的印!她说:关帝爷义薄云天,神鬼敬畏,盖上他的印,再恶的鬼也不敢作祟了。我的药医身体,关帝爷的印医心。有些病人在医院开了单子,把单子拿到我这里来盖了印,再去医院取药,可医院见了这印章,就不给取药了。用机器治病的医生,不懂治病救人这句话,以为治病就是救人,其实治病跟救人各是一门子事。

正这时,一个妇人进来。那妇人三十岁模样,或许有四十岁,因为她生得很漂亮,漂亮能让人显得年轻,这是老天双倍的恩典。林安平让妇人坐下,却不把脉,也不问任何话,就开单子。单子上只写着一句:出门旅行。然后盖上汉寿亭侯的大印。只要不给药,她就分文不取。妇人瞄了一眼药方,低头疾走出屋。望着妇人的背影,她说:你看她,胭脂搽得多,衣服穿得少,这是男人不喜欢她了,她对自己作为漂亮女人的资本,绝望了。她的身体没病,就是焦心,是心病。出门旅行,或许能在路上碰到喜欢她的人,她又能找回信心。

可是,随着年龄增长,容颜不再,她总有那样一天。

每个人的身体里都埋着神秘的青春,哪怕这个人再老。至于你说的,光明耀世,光阴仍亏,那是每个人都逃不过的命,但要每个人自己去悟,不悟,就消除不了幻想,跟着也就消除不了恐惧。我不过是给她一次机会。人的一生,有一次机会就够,不要梦想总有机会给你。老天已经待她不薄,她该满足。其实我是理解她的,不然也不会给她机会。她是想突破边界。道家炼丹,行外说是想长生不老,当然并没说错,但最根本的,是想突破边界:生老病死的边界。她也是。她希望自己永远年轻,永远美丽,永远被追求。

这样做合适吗?比如说,她是有夫之妇,却在旅行途中有了艳遇……

我至少没叫她一个人去旅行。

我觉得这是狡辩,想继续问下去,又怕破坏了交流的气氛,反而封了她的口。毕竟,她从未有过婚姻,还是通常意义上的姑娘。

其实这担心是多余的,她正等着我问。在她心目中,人至高无上。她说,老天赐人,有人就好。她从那妇人的焦虑或者说绝望中,看到的不是青春和爱情的流逝,而是人脉的断绝。另一方面,人在明知某些生活的趣味正离自己远去时,却不愁苦,也不设法拯救(虽然往往无效),这样的人看上去正大光明,其实是无心也无脑;一个人的生活方式并不等于生活本身,生活方式不论多么圣洁,只要无心无脑,就无任何道德可言。

原来她特别爱说,也特别想说。只是没有听众。她的听众都是她的信众,为数不多,文化很浅,除极个别跟她年龄相当,大都比她年长十多二十岁,甚至三、四十岁。

她需要别样的听众,包括从俗世来的听众。

现在我成了她的听众。经过半个多月的交往,我感觉自己跟她有了默契。她也是这样感觉的。她表达这种感觉的方式,是问我一句话:你还记得我们第一次见面吗?

人不会忘记不愉快的事情。那天你不愉快,我开始也不愉快。

你不愉快是真的,她说,像你们这种县上的人,往下面一溜达,到处都对你们笑脸相迎,我没做出那样子,你觉得受了怠慢,当然不愉快。而我,那天是盛装见你。我的服装分为三种,樸服、合服、胡服。我那天穿的是襆服,那是我的盛装,只有特殊场合才穿,平时是不穿的,你来这么多天,哪里见我穿过第二次?

我很惭愧,也很感动。只是不明白,既然盛装见我,为什么要给我脸色?反过来问也行:既然不打算欢迎我,为什么又要盛装见我?这事很久以后我才琢磨出来。

四

风在传,鸟在传,河水在传——传的都是林家生了个灾星。说那灾星非比寻常,耳朵像扇子,眼睛像灯笼,还长着獠牙。消灾除祸最简便的办法,是将她扔进河水,或者带上崖顶,投入山谷。命定的灾星都是这样收场的,不管是人,还是畜生——像狗长单耳,猪生六爪,都是灾星的标记。

可究竟如何处置,谢翠芬决定不了,也可能是忍不下心做决定。

她等着当家人回来。

林康是三天后赶回来的,进屋时已是后半夜。他进屋做的第一件事,是点上桐油灯,从柴屹崂里摸出弯刀,再去鸡圈里抓出母鸡,垫在门槛上,一刀剁了。随后,李子树淡黄色的木渣,把刀身上的鸡血舔得干干净净。这两个敢跟天意叫板的家伙,死得却这般平常,就是像鸡那样死去,也像树那样死去。死的同时已背上诅咒,再不能投生,再也没有来世。

接着,他回到屋子,扯下挂在墙上的一团乱麻,用桐油浸了,塞进吹火筒,做成火把。他将火把点上,横在灶台上,再吹熄油灯,进了里屋。出来时,他赤着上身,手里拎着一个包袱。当他举起火把,踏步出门时,谢翠芬的声音追出来:你要做啥子?他没回话。谢翠芬的声音再一次追出来:我的女儿呢!他这才知道是个女儿。说什么女儿,分明就是怪物!他的步子更实沉。谢翠芬的声音第三次追出来,这一次是哭声,很压抑,很低。

夜晚静得像是老天老地都闭了气。其实河水的喧哗排浪般涌来,只是他听不见。他只听得见婆娘的哭声。火把椭圆形的亮光之外,是胶成块状的黑暗,婆娘的哭声穿透黑暗的壁垒,一滴一滴,往外浸。天地间只剩下这哭声,这让他心烦意乱。为啥要哭得那样低呢?他站住脚,回过头怒吼:你狗日的是羊子变的呀?要哭不晓得大声哭哇?是哪个龟儿子把你喉咙捏住了哇?这一吼,女人不哭了。她不哭,那哭声却在,丝丝缕缕,将他缠住。

他继续走,每跨一步都特别用力,像要把缠住他的哭声挣断。

他是朝河边去的。

这条贯穿整个千峰大峡谷的河流,河岸都是一样的景致:石头挨挨挤挤,不留丝毫缝隙,连根草也不长。石头在暗夜里顽强地吐出白光。夜有多黑,石头就有多白。他迈着大步,直奔河沿。只是奇怪,包袱里的东西咋不吱一声?你再是个怪物,在生死攸关的时候,也该吱一声。他使劲抖了几下,那团肉在包袱里跳荡,但就是不吱声。未必死了?死了更好。死了的话,把她扔进河里,就不是杀,是埋。峡谷地区的死人,最近这些年才是往土里埋,以前全是往河里埋,拿深腰竹篓装了,往河里一丢,死人以站立的姿势,随水漂流。水不烂人烂,烂了也就是埋了。他没带竹篓,却带着包袱,包袱是他的衣服,尽管穿出了许多窟窿,却是他最见得人的衣服,用这衣服做她的棺材,也不算亏她。

冷气隐隐扑来,是快到河边了,固体般的浪头子,从光影里闪过。

他站在冷气的当口,拎包袱的手臂,使力划出一个半圆。

他闭上眼睛,咬紧腮帮,等待着包袱破水的响声。

响声迟迟没有传来。

因为包袱还在他手里。他没有扔。

他不甘心,要看了这怪物的模样再扔。

他蹲下身,将包袱放在石头上,瑟瑟索索地要去解开。

可他似乎还没动手,那小人儿自己就蹦进了火光里。

顿时,他惊得眼球外翻。

这孩子的耳朵不像扇子,眼睛不像灯笼,更没长獠牙。这孩子漂亮得让人心酸,是一个漂亮得让人心酸的孩子！毕竟只在娘胎里待了七个月,个头是小了些,可她身上没多出一样,也没减少一样,嫩红的皮肤底下,蜷缩着她安宁的睡眠。他就是这样想的,觉得女儿的睡眠,是被她吹弹即破的皮肤包裹着的。女儿井水、莲花和种子般的安宁,比她的漂亮更让他震惊。

　　火把在他手里呼啸。他站起身,将火把高高举起,像举着一面旗帜。猎猎风声里,他对着长河呼喊:她不是灾星,我的女儿不是灾星,我的女儿是从天上来的！

　　河水不管这些,一如既往地奔向更加狭窄的山口。

　　但从此以后,从天上来的,就成了林安平的符号。

　　当父亲把她拎回家去,告诉母亲说,我们的二女子是从天上来的,母亲就无日不对着她的耳朵讲:娃,你只是借我的肚子成了人形,可你不属于我们这个人世,你是从天上来的。妈生了你,就把你养大,你长大过后,就不要在家里待,自己回到你的仙班里去。

　　为了女儿,也为了家,林康给二女取名安平。

　　但这并没起到什么作用,没过多久,大女果果病了,吐绿水,绿水里夹着血块。果果刚病,猪又死了,早上去喂的时候还活蹦乱跳,下午再去就硬梆梆的了。才把死猪拖出圈,那只公鸡又死了,死之前,它努力地想往树上飞,被伐倒的李子树旁,是棵深梢的桉树,桉树根部以上丈余高处,都是光溜溜的树干,你一只鸡怎么飞得上去？你真想上树,周围到处是树,又何必死盯住那棵桉树？可是它着了魔,飞一次不行,又飞二次,二次不行,又飞三次,就这样活活累死了。猪死了,鸡死了,也就罢了,果果可不能死。果果都长到三岁了。果果是个普通的孩子,远没有她妹妹好看,但她是个正常的孩子,正常到人人都能接受。安平却不被接受,自她出生过后,除了那些不得已来请林康打铁的,没人再靠近林家的房子。

　　与其让果果死,不如……这想法,在林康和谢翠芬心里同时萌生。

　　他们对视了好几眼,都等着对方把那想法说出来。

谢翠芬首先开了口。她说:当家的,去……去……
　　林康生怕她说出口,因而没等她说出口,就翻身出门去了。
　　这一去,就第二天下午才回来。跟他一同来的,还有肖道长。肖道长是峡谷地区最具法力的端公,四方游走,居无定所,但他是水口乡人,林康就去水口乡碰运气,结果没拢水口,就在路上遇见他了。林康正要说话,肖道长往前一指。指的是林康身后的路,意思是少废话,快走。他像是正往林康家去的样子。可他年纪太大,大到老态龙钟,走路像捡绣花针。为了快,稍微平整些的地段,都是林康背着他跑。他用于作法的家什,林康接过来,挂在自己脖子上,一荡一荡地跑在两个人的前面。即使这样,还是晚了,两人进门时,谢翠芬已在为果果备殓衣。所谓殓衣,无非是给她换身干净衣裳,穿上大人的鞋子;给夭折的孩子穿上大人的鞋,死后就能继续长,直到脚把鞋塞满,这样,那孩子就不枉来趟人世。
　　哭过了吗?肖道长问。他是问谢翠芬哭过没有。谢翠芬神情呆滞,一言不发。没哭就好,肖道长说,哭过就没救了。而这时候,林康正抱起果果,嘴巴大张,听了肖道长的话,那张嘴慢慢闭上了。肖道长从布袋里取出法器,一样一样地摆设和穿戴:先是圣母娘娘画像,再是绘了牛头马面和乌牙凤嘴的桌围,之后是花冠、道袍,最后取出师刀。他摇着师刀,围着灶台,且舞且唱,从半下午,跳到次日黎明,才收了家伙,站到门口去,望着在黑暗和静寂中显得愈发盛大的山野,念念有词,之后回过身,往嘴里包一口清水,走到身体僵硬的果果面前,噗的一声喷在她脸上,再盯住她的额头,右手扣成金刚指,右、左、上、下地比划,每划一下,就念一声咒语:一划成江,二划成河,三划人延寿,四划鬼断绝!
　　果果的身体软了,眼睛睁开了。
　　肖道长拒收劳务费。这在他是从没有过的。林康感激不尽,让果果给他磕头,但他也不让。他对果果说:我来,不是为你。说完就离开了。
　　肖道长的话令人费解。但不管怎样,果果萎了几天,就精神起来,从此再没生过怪毛病。

林安平也一天天长大。

伴随着林安平成长的,是母亲每天必说的那句:娃,把你养大了,你就回你的仙班里去。

峡谷地区,"大"的标准跟外界不同,外界至少十六岁,这里只需十二,这里的女孩子十四五岁就可以嫁人了。自从会数数,林安平玩耍的方式,就是扳着小指头,数她还有多长时间,就要离开亲人,回到仙班。她数得越认真,越快乐,林康就越酸楚。几年以后,她就要单门独户地去对付这个世界了,尽管她是天上来的,但终究是活在这个艰难的人世间。

怕二女将来吃亏,林康决定送她上学。

这里的孩子大多不上学,比如林安平的姐姐就没上过一天学。即使上,发蒙的年岁也没个定准,一般都不小于八九岁。林康希望二女能读到小学毕业,因此七岁就把她送进了学堂。

林安平说,许多年来,她是那学堂里年纪最小的学生。

五

我的手机响了。我的手机很久没响过了。初来峡谷时,手机就像害怕寂寞的姑娘,动不动就唱歌。是县城的老朋友让它唱的,他们约我喝酒,打牌。我们的业余生活一直是这么过,现在我不得不缺席了。我不想说自己在哪里,更不愿透露在干什么。头儿说给我半年时间,我希望在这不长不短的时日内,能弄出一个像样的方案,如果早早嚷出去,最终却遭弃用,就要被嘲笑了。我知道自己越来越脆弱,怕人嘲笑。我对每一个电话撒谎,不是这样事就是那样事,总之是不能赴约。很快,他们把我忘了,忘得像水洗过,再不跟我联系。何况现在天还没亮明白,也不是城里人的作息方式。这样的作息方式只属于山区。我租住在一对老夫妻家——其实两人都才四十出头,却带着大群孙儿孙女,最大的孙子已经十一岁。可见人是被后人推老的。这对夫妻也自以为老,动不动就是我这老头子、我这老太婆,像他们过得太难,现在终于混老了,很是欣慰。他们来自半山,在镇上买了房,儿女出门打工,老两口带着孙子辈在镇上念书。凌晨四五点,就常听见他们的电话响,无一例外开着扬声器,铃声大得吓人,说话的声音更大,不是说,是喊,连对方说啥我也能在隔壁听得一字不漏。

可是谁这么早给我来电话呢?

我只能想到林安平,结果不是。

是她同学陈婷婷。

陈婷婷问我找到林安平没有。

这话让我恍然如梦。差不多一个月前,她给我推荐了林安平,而且据情形判断,我去找林安平之前,她还帮我联系过,现在才问找到没有。

我把情况大致讲了,陈婷婷格外惊讶:啊?

我能想象出她"啊"那一声时的样子。她脸胖,唇薄,说话很用劲儿,每说一句,都把上唇一掀,鼻头一皱,顶住滑落的黑框眼镜。

千峰大峡谷共五个乡镇,除已经提到过的西柳乡、水口乡、鹿走乡、土门镇,还有风源乡,五个乡镇的文化站里,我最熟识的就是陈婷婷,她是县政协委员,每次到县里开会,都到文化馆来,讨要些我们编辑整理的书;啥书都要,只要是书。其实那些书里的不少内容,都来自她本人的讲述。她是个有心人,去山上割野菜、挖药材(药材也是野菜,党参到处是,乡场上的人喜欢挖来炖鸡),撞到茅草丛中一段几米长的石墙,也要打电话给我们报告,不管我们的态度如何,她自己都满山满岭寻访老者,探究那石墙的来历,得出的结论是:那不是墙,而是古道遗迹;非一般古道,是荔枝古道。她说当年杨贵妃吃的荔枝,是从四川广元送去的,途经东轩、万源、镇巴、安康到长安。想想,杜牧描写的"一骑红尘",就从我们东轩县奔驰而去。如此,那段残墙就越千年风雨,直通大唐。

凭良心说,要说制造文化,陈婷婷并不输给头儿讲的那个要把一口枯井搞成女娲井的旅游局长。进入峡谷之初,我就想到过她,但我认为,她说的那些,编进并不公开发行的书里是可以的,要正儿八经纳入一项工程,就渣了。你总不能拉着游客,天远地远走到深山更深处,就为看几块垒起来的石头。那会引起游客的反感。前年我去某地游览,跟随旅游团颠簸大半天,去到一个比普通堰塘还小的水池边,导游举着干喇叭动情地讲述,说王母娘娘在这池子里洗过澡,像王母娘娘洗了澡刚离开,那导游还伺候她穿了衣裙。我当时就很反胃。我想,既然头儿把任务交给了我,我就希望自己发掘出的文化,包括制造出的文化,不这样漂浮无根,而是带有某种体验性,能在生活和心灵中流淌。

可是,陈婷婷由一段残墙,想到大唐,想到贵妃,想到荔枝、奔马和烟尘,想到"在天愿作比翼鸟,在地愿为连理枝"的绝世爱情,难道与心灵无关?

或许,我的想象力真是很稀薄的,我只是在嫉妒陈婷婷。

有时候我想,如果头儿知道有陈婷婷这么个人,就不会指派我了。

越这么想,越不愿见她。如果不是进峡谷四十多天还一筹莫展,我肯定不会跟她联系。

不过幸好联系了,否则我就不会认识林安平。

对陈婷婷给我推荐了林安平,这些天来,我一直心存感激,尽管她的推荐完全是我引导的结果。我并没向她透露自己的真正目的,只说这段时间闲,想来峡谷找些"文化活体",跟他们聊聊。她一如既往地,说到耍狮子的、跳钱棍舞的、打薅草锣鼓的……那些人我都见过多回。也可能是见得太多,我感觉不新鲜,更不"独有"。但除此之外,她就想不出别的人了。中午时分,我们去吃饭,席间谈着网上八卦,她问那算不算文化,我说算,她又问那种文化是不是正意味着文化的堕落,我说不是,我们的文化太重,而且依赖于重,久而久之,就失去了轻的能力。说到这里,我突然觉得,她的那些考证,比网上八卦更离谱,我的话也并非真心,而是暗含着自我辩解。在这一刻,我们都走向了自己的反面,却都做出真诚执着的样子。不如执着到底。于是我说:传统文化追逐典型,现代文化不要典型,只要例外。可能就是这句,让她想起了林安平。林安平是祭司,且是仅存的,当然例外。

我正感激着她呢,她却"啊"这么一声。

"啊"一声过后,她问我见到林安平的女儿没有。我说还没有呢。林安平早给我讲过,她有个养女,叫林芳,在鹿走乡卫生院做护士,不忙的时候每周回来,忙起来两三个月也不回来。她说自己领养过十多个孩子,养大了就让他们远走高飞,只把林芳留在了身边。

听说我没见到林芳,陈婷婷似乎很遗憾,吞吞吐吐几声,就把电话挂了。

这个电话在我心里留下了一丝阴影,说不清阴影的方向,但它存在。

可吃过早饭,我又找林安平去了。

走在清冷的街道上,我揣摩着陈婷婷的意思,揣摩不透,就放下了。我只是觉得,自己跟陈婷婷其实是一路人。我们都是在考证某一段痕迹。这段痕迹存在过,现在被遗忘了。从这个意义上说,陈婷婷发现的那段本没有名字的残墙,比荔枝古道更重要,荔枝古道还活在传说中,而那段残墙早就死了,曾经摸过它的手,化为连天荒草。我们都是死人的后代,死去的不仅是先辈,还有自己身上的某一部分,所以人也是自己的后代。

我把这想法讲给林安平听,她略为思索了一下,说:你这是把时间分出段落了。时间没有来路,也没有尽头,因此每个人的每时每刻,就都处于时间的中心。比如我,她说,我的出生,还有我七岁那年走进学堂,都不是发生在多年以前,而是今天,是此刻。

——她进的那个学堂,师生共34人,但开学第二天,变成了56人,多出的,是部分学生的家长。他们来要求清退林安平。没人相信她是天上来的,只知道她是灾星。校长传话,让林安平的父母去,当众描述女儿出生时的景象。父亲没有发言权,因为他并不在场。只有母亲来说。母亲说的是,七年前的那天早上,她正要去出工,女儿怕她受不住累,就从她肚子里出来了。只有这些了。人群中站着她的一个邻居,也是临时请来的。地广人稀的峡谷,最近的邻居也有两里多路,其间横亘着嵯峨乱石和茂林修竹,但那邻居板上钉钉,说那天他看见了林家的母鸡上树,听见了林家的母鸡打鸣,也听见了李子树的哭泣。然后他说,那年七八月间去找林铁匠做过活路的,谁见他家养母鸡了?他家里现在都不养母鸡!谁又没见那棵李子树遭砍了?那棵树每年结的果子把树都压趴,要不是它接灾星下世,林铁匠舍得砍?

其实我妈不该扯谎的,林安平对我说。

你觉得是你妈扯谎不是邻居扯谎?

当然啦!她眼睛一瞪,这样回答。之后告诉我,她出生时,不仅有那些众人皆知的征象,后山一棵浓荫盖地的黄桷树,叶子落得像下暴雨,歇在枝叶间的鸟,全都坠地而亡。

关于那天的事情,她像比所有人都更清楚。

可在当时,要不是肖道长,她就读不成书了。肖道长啥时候游到了学校,站在操场外的杨树底下,无人知晓,听见他沙哑的声音,才注意到他。那个沙哑的声音说:七主地势临渊、以寡服众,林安平的命里,不是一个七,是四个七,在娘胎里待七个月,七月七日出生,七岁上学。天一地二,天三地四,天五地六,天七地八……你们以为说她是天上来的,是胡说?

肖道长德高望重,他的话,让弥漫在人群中的愤怒被风吹走。

可肖道长毕竟太老了,很可能老糊涂了。这是许多人的看法。因此,林安平虽然入了学,却被安排在最后一排,单独坐。同学都不跟她玩,和她对面走过,立即别过头,或者用双手蒙住眼睛。他们在家里就受到父母的警告,说如果跟林安平对看,就会被她吸了魂,慢慢失了元气,变成纸人,变成鬼———还活着的时候就变成鬼;疗治的办法只有一个,就是戳瞎你的眼睛。真有个男同学的眼睛被他母亲戳瞎了。那同学不信邪,偏要盯住林安平看。林安平自己也怕吸了别人的魂,因为她不知道把别人的魂吸来干什么,又装在她身上的哪个地方,跟人路遇,她自己都会躲。可那男同学不让她躲,她躲到东,他就跳到东,她躲到西,他就跳到西,她闭上眼睛,他就去扯她头发,扒她眼皮。她哭了,说:我给你妈告!她当然没去告诉他妈,是那同学自己说出去的。过了两个礼拜,他发现自己既没变成纸人,更没变成鬼,就忍不住,骄傲地把这事讲了。他母亲闻言,怔在那里,然后去撅下一颗洋槐的老刺,把儿子往怀里一抱,只听噗噗两声,儿子的两个眼球便流出红白相间的液体。

但没有人认为那男同学的眼睛是被他母亲戳瞎的,都说是林安平看瞎的。

那一年,林安平读到了小学四年级,还有一年多才毕业。在这一年多时间里,她被同学随便打。她不仅是有罪的人,还成了魔鬼。打魔鬼是每个人的义务。都是从背后进攻,擂拳头,或者扔石子。有几个同学不满足于这样,因为打人的主要乐趣,是看清对方的表情,背后看不见表情。于是他们聚在一起商量:她的眼睛那么厉害,何不给她戳瞎?

我的眼睛看三界,哪是想戳瞎就戳瞎的?林安平对我说。

但我想的是,要戳你的眼睛,必须看着你的眼睛,他们不敢看,才没把你戳瞎。

当然只是想,并没说出口。我差点儿出口的话是:陈婷婷也打过你吗?

六

峡谷是化外世界,时日慢得慌,可在林康和谢翠芬眼里,那些年的时间比河水跑得还快,眨一下眼睛,女儿毕业了,再眨一下眼睛,女儿该回她的仙班去了。

林安平十二岁生日这天,她父母都没去出工。那时候,外面的土地已经下户,但峡谷人不知道,土地还捏在集体手中。林康和谢翠芬却都没去出工。他们要守住女儿。守最后一天。

那天夜里,林安平也是睡在父母的床上。

最好是天不亮,永远不亮。

可天还是亮了,跟往天一样准时。

林康拿出两圆盘备好的鞭炮,送女儿上路。
　　从路程上说,林安平倒并没走远。黄岭滩以西,有个不知何年修的小庙,年深日久,既无道士僧侣,也无香客光顾,墙面塌了半边,门扉也烂得没了形迹。但这无关紧要,遮不住风,能挡雨就行,晚上在外面烧堆火,吃人的野兽也不敢拢身。林安平就在那里安家。
　　离家的当天,她就回来了。但不是以女儿的身份,是以徒弟的身份。
　　这是林康的主意。林康舍不得女儿,便想了个办法:让女儿跟他学手艺,这样,女儿就能经常回去了。他不收女儿学费,还每天给她五角工钱。
　　我学得很快,林安平说,才学四个月,我就能甩鞭锤。她把铁匠用的小锤,叫问锤,大锤叫鞭锤;她说打铁的全部学问,在于会听,听谁?当然是听铁。你先用小锤问它,看它怎么答你,以什么声口、什么心情、什么态度答你,你听懂了它,甩起鞭锤来就丝丝入扣。甩鞭锤的难处不在于它沉,而在于要会使巧力。世上的难事,从来就不是难在事情本身。
　　说这话的时候,她把上身倾前来,两条长臂盘绕在桌上,看上去像有许多条手臂。
　　幸亏学得快。第二年四月间,她父亲林康就死在了修路的工地上。黄药雷管高于雷阵的爆炸声,震垮了悬垂的巨石,林康被压在巨石底下。把石头粉碎后掏出的尸体,是一张碎皮,还有深坑里那个仿佛是人的形状。
　　他做事天理不容,峡谷人说,把一个有罪的人养了十二年,还让这个人跟他学艺。
　　林安平自己,完全认同峡谷人的看法:父亲是因为她死的。
　　她母亲和已出嫁的姐姐,又完全认同她的看法,并因此恨她。
　　母亲给了她一套锅碗瓢盆,断了她的归路。从此,她真正成了无家可归的人。
　　好在还有那个破庙,还有父亲的那套行头。她把父亲的行头继承了,因为母亲不想放在家里,怕看着伤心。只是,她的手艺再好,峡谷人也不会去找她。

无奈之下,她把铁匠铺搬到了峡谷之外。

从西柳乡,一路过风源、水口、鹿走、土门,过了土门,就不属峡谷地带了。距土门几十里外,有个乡叫华锦,许多高悬庙堂的史书,也要记述这个地方:华锦出美女,从唐至清的数代君王,都在这里选妃子。按陈婷婷的考证,早于唐千多年,站在商纣王身旁观酒池肉林、赏炮烙之刑的苏妲己,就是华锦人。陈婷婷说,苏妲己在家乡时,清纯快乐,可十四岁那年的某一天,她在河边洗头发,被一骑快马掳走,快马如风,风声止息,她已进了纣王宫,从此忧愁苦闷,见商纣王荒淫无度,更是万箭穿心;她知道逃跑是不可能的,便腹生一计:引诱纣王还荒淫些、再荒淫些,以此促商速亡。两年前,我们到华锦搞文化下乡活动,各乡镇文化站站长也参加了,中午休息时,陈婷婷领着我和我的一位同事,沿河走三里多路,到一处形如鸭嘴的河岸,指着一块石头说:妲己当年洗头发,就蹲在这块石头上。

十二岁的林安平,当然不知道这些。她只觉得华锦人有一种从骨子里透出的傲慢。这不是看到的,是感觉到的;她始终低着头,不看人的眼睛。见这么小个孩子,且是女孩子,独自在一棵大榕树下,架着砧板,扯着风箱,那些人便围过来,围一会儿就散开。她把带来的一把旧锅铲伸进炉火,让铁变成飘逸的丝绸,随着锤子的几声叩问,丝绸还原为铁,还原为锅铲———更加漂亮的锅铲,那些人依旧是沉默地看着,然后沉默地走开。

夜里,她睡在榕树底下,搂着风箱和铁锤。

十天过去,她没做成一件生意。

就在第十天晚上,林安平说,我做了个梦,梦见有个人来到我身边,抖着白胡子说话:林慧静,你要当一辈子铁匠吗?你忘了自己的职责吗?他是谁?林慧静又是谁?但不容我问,我像被人牵着,站起身来,朝前走。路是黑漆漆的路,可每一脚我都踩在该踩的地方。我就这样走进了峡谷,走过了白天,又走过了晚上,都是迷迷糊糊的。当我清醒过来,发现到了一间木屋前。

477

木屋单门独户,立在山尖子上。那时候正有恶风路过,再骄傲的树都弯腰让道,有些树因为弯腰不及时,当即折断。山野鬼哭狼嚎。可我面前的简陋木屋,一点事儿也没有,连挂在挑梁上的蛛网,也平平静静,一只黑蜘蛛趴在网心,安闲地睡大觉。潮头一样的风声里,有个苍老的声音从木屋里传出来:林慧静,我等你好久了。

她推门进去,看见了躺在床上的肖道长。

肖道长成了我的第一个师父,林安平说,慧静是他赐给我的法名。

肖道长那时候已久不出门。

他着实太老了,老得不知年岁,身边又无妻室儿女(若干年前,他女人生头胎时死于难产,他便再没婚娶),峡谷人都以为他死了呢,都把他当成死人在传颂他的神迹呢。做端公驱鬼,只是他最浅俗的法事。老辈人记得,有年大旱,草木枯焦,河水断流,接连几十个夜晚,都听见狼群对着月亮苦涩地悲鸣,肖道长着人搬了口垆缸去河边,寻上下十里,寻到半缸子水,他放三枚鸡蛋在缸里,说:上来。鸡蛋听令,浮出水面。他握住一枚,扔向头顶打天,烈日阴了,天暗了;扔二枚,起风了;扔第三枚,下雨了。瓢泼大雨。当时围观的除普通民众,还有位葛巾青衣的道士,那道士说:天本来就要下雨,哪是他的法术!肖道长气急攻心,将垆缸踢翻,对天发誓:我自废道法,永不传世!从此,那法术在人间失传。但他还会踏炼度,就是赤脚从炭火上踏过,为罪孽深重的亡人超度。还会驱蛇,他念过咒语,叫蛇走哪条路,蛇就走哪条路。包括他住的那间木屋,狂风刮得飞沙走石,木屋却岿然不动,是因为他在屋前埋了挡风石,狂风见了这石头,知道屋里住着高人,便不敢侵犯。

我问林安平:这些手段,肖道长都教给你了吗?

她不回我,只说:师父让我行了拜师礼,陈说了我的前世因后世果,此外还给我讲了一件事。这件事是他一辈子的悔恨。他十岁那年,峡谷来了个云游道士,姓苏,但都不叫他苏道士,而叫苏端公。苏端公跳神、祭坛、驱鬼,他往哪里一站,前五里,后五里,左五里,右五里,中五里,五五二十五里的鬼,都归他管,也归他收;车碾马踏,岩崩树打,水陆两途,胎前产后,寒林山下,室内穷魂,五音子亍,这些凶魂之鬼,他全收,收回来有坛归坛,有庙归庙,并负责为他们超度。那时候人挨饿,鬼也挨饿,苏端公怜悯人,也怜悯鬼,某些个夜间,他挑几粒饭,往山谷里撒,那饭是他慈念过的,几粒撒出去,到鬼面前就满盆满钵。他还敢斥责菩萨。有回他路过落儿山,见满山树皮都被剐掉,地上无蚂蚁,枝头无鸟叫,农民辛辛苦苦种出来眼看就要收割的庄稼,更是颗粒不剩。这是因为十天前下过冰雹,冰雹岩崩似的,下了个多时辰。落儿山有个灵官庙,苏端公走进庙门,扯住灵官菩萨的胡子,厉声质问:你是什么神?不保一方平安,你说你算什么神?菩萨被问得情急,泪流不止。

说到这里,林安平停下来,像陷入了沉思。

几分钟过去,她才继续说:我师父十三岁那年的六月初九,去山里打柴,碰到苏端公,苏端公说,小娃子,跟我走吧。就这一句话,师父就扔了柴刀,随苏端公去了。他的法术,全是苏端公教的,但苏端公留了一手,他用这最后一手来考验徒弟。我师父二十岁那年,也是天旱,苏端公对我师父说:鹿走乡龙腾山下有个洞,洞里住着一条龙,我去请龙出来下雨,你站在洞口等我,我出来的时候,你千万不要叫我师父,要叫我天兵天将。我师父应了。苏端公傍晚进去,三更天才骑在龙背上出来。我师父见龙闪着两只巨眼,吓坏了,忘了嘱咐,高叫一声:师父喂!龙听到这声喊,立马退了回去。没多一会儿,苏端公的骨头从洞口流了出来。龙以为是天兵天将请他,没想到是凡人,来了火气,将苏端公害了。

这也怪不得你师父,任何人遇到那种情况,都可能失口。

见她神情苦恼,我这样安慰她。

你的话没错,但……如果是故意的呢?我师父对我说了,他是故意的。他想的是,反正我会了那么多法术,只要苏端公不在,即使不学最后一招,我也能统治整个峡谷。师父说他终于遭了报应,孤身一人,还活这么大岁数,经历这么多悔恨和痛苦。

包括他扔鸡蛋求雨的道法,也不是他自己废的,是苏端公的阴魂废的。"我自废道法,永不传世"这句话,表面上是他说的,其实是苏端公的诅咒———站在一旁的那位道士,就是苏端公的灵。

林安平喝了口水,沉默了一会儿,说:师父把这件事给我讲了,就落了气。正因为给我讲了这事,虽然他没给我传过任何一样法术,却不能说他没教我。他教了我很多。在他的影墙上,写着一个大大的"心"字。心,刀带三点,一点自己,一点众生,外面一点是邪心,所谓修行,就是把邪心去掉。师父就这样教了我。他落气过后,我想着把他埋在哪里,刚出门查看,房子就垮了,垮成个棺材模样。入棺为殓,我师父也算寿终正寝。

七

林安平从此再没出过峡谷。时至今日,她也只去过峡谷外的华锦。

肖道长死后,她回到了那个破庙。她说:我需要等待再一次天启。

当时峡谷的土地也已陆续下户,但林安平没到分配土地的年龄,因此没有土地。她靠老天的赐予为生,老天扔下一个千峰大峡谷,并慈悲地养活这里的万物,她便也有活下去的理由。野山羊能走的路,她就能走,野狗能吃的食,她就能吃。后来,她学会了开荒种粮。她在荒地上忙碌时,经常看见母亲在田土里忙碌,想去帮母亲,但母亲不要她帮。母亲真的不把她当自己的女儿了。许多个夜晚,她悄悄溜到老屋前,坐一阵,又跑到父亲坟前去,抱住一堆土哭。父亲听不到她的哭声,她说这并不是因为父亲死了,而是因为父亲死得不完整。

平常日子,她是这样过的:白天去荒地上站,夜里在破庙里躺。

但到了腊月二十三,连破庙也躺不成了。

腊月二十三被称为小年,从这天起,峡谷人开始办年货,最高级的年货,是杀猪和推豆腐。峡谷之外,还包括推汤圆和米豆腐,但峡谷地区是石灰质土,存不住水,因而不产水稻,峡谷人没吃过米,也不知道有米;林安平去华锦的十天,见到过米饭,但不知那叫米饭,也从没吃过,她只吃红薯、苞谷和土豆,这是她吃惯的粮食,且认为是世上最好的粮食。推豆腐要点卤水,一年到头只做一回豆腐的峡谷人,很难掌握火候,要么点轻了,要么点重了,点轻了出不了花,成一锅浑汤(峡谷人叫点醒了),点重了变黑,变硬,像一砣铁(峡谷人叫点死了)。这年马背梁的李富贵就点出了一砣铁,他抱起那砣铁,对着山梁下的破庙大骂。峡谷人的嗓子,长着千万条腿,出口就亡命飞奔,山山岭岭迎着那条嗓子,加大它的马力,并添进新的内容:我家的豆腐点醒了。我家的猪血成不了血旺。我家的锅炸了口……九九归一,都是破庙里那个灾星的缘故。因此,每到腊月二十二,干部就到林安平的住处,站在庙子背后(怕看到她的眼睛),喊着说:安平啊,你是啥人,灯笼一提就亮了的,就不用我多说了,这些天就委屈你啊,明儿一早你就动身走人啊,免得乡里乡亲办不出年货啊。

于是林安平收拾行装,上山去。

西柳乡有座山,叫老黄山,高得很,把她赶到那里,她就害不了别人。

你到多少岁才不被驱赶?我问。

十七。

我想起峡谷地区的女孩十四五岁就可以嫁,而她十七岁之前还被撵来撵去,显然无人给她提媒,更不可能有男孩追求她。我把这想法对她说了。

连看都不敢看我,还给我提媒,还追求我,你这不是开玩笑?

然后她说:其实你不晓得,在这地界,找个女人难上难。这里生活太苦,老天爷怕女人吃不下那个苦,就舍不得女孩降生。我爹妈生了四个女孩,十分罕见;我过后,妈又生了两个妹妹,都是没满月就病死了。她们死后,爹妈很伤心,有时异样地看我,但从没在口头上怪我。这是爹妈对我万万年也报答不了的恩情。爹妈可能还觉得,女人活得苦,早早病死,也是她们的福分。女人少,男人讨女人当然难,可是男人不晓得珍惜,讨到家里就经常打。我为啥要让男人打呢？我是天上来的,凡间的男人没资格打我!

我附和她,表示赞同。

然而接下来,她却道出了一个让我不可外传的秘密:她嫁过人。

她十六岁那年的初秋,有天夜里,她被麻袋一笼,横担着上了一个人的肩膀。凭汗味儿,她知道自己共上过三个人的肩膀。三个人换来换去,第二天上午,将她扛到了拐枣弯。拐枣弯住着谢旺财。谢旺财一家大小都信五毒教,信这教的人不惧五毒,锄地时,挖到蜈蚣吃了,捉到蝎子吃了,在墙上抓住蜘蛛吃了,逮住四脚蛇也吃了,所以灾荒年间从没饿过饭。谢旺财有四个儿子,长子谢土,一年前死了老婆,将两岁多的儿子交给父母和兄弟,就出门做生意去了。一年过后回来,身份是逃犯。他出峡谷就当人贩子,把本县的女人,卖往北方,这次回县"装货"的时候,被公安抓获。但是他跑了。他知道迟早要被捉回去,就对家人把事情说了。他爸谢旺财听罢,立即想到了她:林安平。儿子灾事太大,需以毒攻毒,他要用比五毒更毒的灾星,嫁给儿子冲喜。至于那灾星的眼睛,已经顾不得了,那年头,卖几个人就要枪毙,谢土卖了三十几个,被灾星的眼睛吸了魂,总比吃枪子儿强。

峡谷结婚,程序简单,男女去祖坟前跪拜了,就算夫妻。林安平被扛着抖了一夜,把她放下时,她只能趴着。她看见那个男人坐在阶沿上,搂住他儿子,像个女人那样在哭。他妈去把娃娃抱开,他爸拖他去坟前。林安平被他二弟拎着,提到了坟前,还是被拎着,跟他并排磕了头,又被拎回院子里。他回到院子,立即抱过娃娃,又哭。正这时,出去放风的三弟四弟慌慌张张跑回来,说戴盘盘帽的来了。他爸去抢娃娃,叫他快跑,他死也不放,更不跑。公安员很快扑来,把他捉了。这时候他很温驯,主动把娃娃递给妈,让公安戴了手铐。

带他走的时候,林安平说,他转过头看娃娃,还看了一眼我,满脸泪水。

言毕垂下眼皮,左手拇指之外的四根指头,抽搐似的抠着右手背。这样子已经完全不像一个祭司,而是来自尘世、受过不少委屈充满无限怀想的女人。

那次出嫁,可说是她唯一的"俗世"。她的表情告诉我,绣在她裙子上的那朵花——人世间这个花花世界,她的职责虽是礼赞、祈祷和祭祀,内心却何尝不希望也如俗世之人,在其中享乐和受苦。而且我感觉到,在这一刻,她对那个男人特别想念。他是她曾经也有过俗世生活的见证,他被带离时满脸泪水地看她那一眼,成了她烫人的回忆。

没过多久,他就伏了法,林安平说。

又说:死之前,他给我写了封信,说我是自由的。

其实她并没在谢家住,谢土被带走后,她就回了破庙。抢她去是为冲喜,喜没冲成,她也就没什么价值,而且留着她,也终究是留着一个祸害。

信是给他爸的,林安平接着说,他爸讲良心,转给了我。他字写得多好的。

她拉开抽屉,抽出一本很厚的中医书,准确地翻到某一页,取出那封信,递给我看。信上写道:"林安平,感谢你做我婆娘,我活不成几天了,你莫耽误各人,你是自由的。"其中有好几个错别字,字不仅不好,还很差,比林安平的字差多了。纸张是粗纤维,发黄发脆。

我把信递还后,林安平小心翼翼地折好,压进书里。可当她把书放进去,关抽屉的时候,手却下得很重,像是突然间有了深深的厌恶,再不愿就这个话题说下去了。

于是回过头,说她春节前被撵上老黄山。

雪下得扯天扯地,不是下,是奔流。茫茫雪尘盖了远山近水,世界小得只剩了眼前。每个人,每条狗,每棵树,都是孤独的。除雪花奔流的声音,天地静寂,连穿越峡谷的河,也在浩大的落雪声里收敛自己。野苍苍的背景下,一个黑色的人影,重浊地呼吸着,动物似的在雪坡上攀爬,越来越小,越来越黑,黑到极致,便被白吞没。这个人正月十五之前,不许下山,否则任何人都有权打她。这不比在学校挨打,在学校打她的都是跟她一样的孩子,无非是觉得她可以打,并没把打她跟自己坚硬的生活,以及对生活烈火般的渴望联系起来,因此只是朝她背后挥拳头、扔石子;现在的人打她,却是往死里打。

这时节,山上不可能找到食物,她就自己背去,能背多少是多少,背得多多吃,背得少少吃,实在没吃的,还可以吃雪,吃草根。她坚信自己饿不死。她说,人一旦还原为动物,就消除了饿死的恐惧,大地再荒凉,也没有一只动物觉得自己会饿死。

千峰大峡谷的山野间,有很多风洞和溶洞,住虎,住龙(比如害了苏端公的那个龙洞),住蝙蝠,住妖魔鬼怪,但更多的是住人。许多洞子都有人生活过的痕迹。凡是人住过的,在陈婷婷口里或书面报告中,一律称为"蛮子洞",她说数千年前,里面就住过蛮子,清道光年间的白莲教起义,义军被剿杀时,也多在蛮子洞里躲藏。现在又添上林安平了。

每年的大年三十,她说,都有人给我送吃的来。送到洞口,就走了。我最先看到的是我妈,看到她匆匆下山的背影。后来又听到响声,我想肯定是妈又转来了,这是大年三十啊,妈要跟她女儿说几句话;尽管她不再认我这个女儿,可我是从她肚子里爬出来的,她还养了我十二年。结果不是我妈。也不是我姐,姐嫁得远,峡谷的规矩是过了腊月三十才走人户,她只有来看妈的时候才可能来看我。我看到的是别人,有的认识,有的不认识。他们给我送来豆腐,还有五花肉,都是煮熟的。他们也让我过个年。

最后一句,林安平说得声音哽咽,随后用戴满指圈——类同于脖子上的五行圈——的手,蒙住脸抽泣。

我一言不发,任由泪水从她指缝间拱出来。她像这样当着别人的面流泪,大概很少很少。我只是望着门口,看有没有病人上门。自从跟她结识,我注意到,到她这里来的,只有病人,最多再加上陪伴病人的家属,从没有人来闲聊,她也从不出门去找别人闲聊。

情绪稳定后,她用手抹了脸,说不好意思啊。

我有意把话岔开,问她:你睡在洞子里,不害怕?不冷?

不害怕,她说,我经常想我师父,心里有了师父的脸面,就不怕了。也不冷,有牛羊陪我。峡谷人放牛羊,都是把它们赶上山,特别是冬天,不像峡谷外有稻草作饲料,这里没有饲料,拴在家里就只有死路一条;他们在牛羊身上作个记号,几个月后再到处去收。那些牛羊跟我亲热,晚上偎着我睡,最贴身的是小羊,外面是大羊,再外面是牛,我暖和得很,暖和得连委屈也没有。

她笑起来,笑得像刚哭过的孩子,泪花还挂在睫毛上。

正是这时候,我觉得,自己变成了坐在对面的女人。

我说,林安平,我像是变成了你。

她惊异地望着我。

原来,真有一个变成了她的人。

八

说不清具体从哪天开始,峡谷人敢正视她了,连言之凿凿指认她出生时诸多异象的邻居,也不再回避她的眼睛。这是一次偶然的发现,那天她去拾柴,想着苍苍茫茫的心事,完全没注意到那个邻居在松林里捡菌子,邻居跟她打招呼,她吓一大跳,猛然抬头。邻居撅着屁股,脸扭过来,朝向她。她跟邻居对视了。她迅疾转过头,又惊又恐,连声道歉。邻居宽厚地笑了一声。从那以后,类似的事情便时有发生,像老天故意用这种方法,让她知道别人敢看她,她也可以看别人。她看到了人面的美,也看到了那些眼睛里的苦和乐。

这可能与老黄山有关。那些给她送吃食去的,见到了围在她身边的牛羊,如果她是灾星,牛羊都会死,可它们不仅没死,还因为她活得更好。二十多天里,不管下多大的雪,结多厚的冰,整个白天她都在找牛羊,她把它们从深雪里救出来,从危险的崖顶唤到缓坡。它们跟人一样,稍不小心就会摔残,摔死,人残了还可以坐轮椅,它们残了就跟死了一样。她把它们聚在一起,给它们开会,讲安全知识。牛羊听得很专心,还微微点头。待春暖花开,主人上山察看,只要放牧在老黄山的,都不像先前那样少了只数。

天地开放,如花。在峡谷地区,这是林安平才有的感觉。

十八岁那年的十月间,她去了乡场。

西柳乡的乡场窄得像根皮带,北面五虎山,南面轿顶山,河水从轿顶山与场镇之间流过。这一带曾是万载荒野,到光绪十一年,才来了四户人家,后来逐渐增多,成为集市,并设甲里,民国初年设乡,叫三清乡,乡长是个外地人,过不惯高天远地的日子,一年中有大半年,见不到他的影子,三清人因此过得很散漫,很自由,峡谷人把自由说成"西柳",解放后,就改叫西柳乡了。林安平来到乡场,在场镇傍河的涵洞里铺上苞谷壳,住下来,白天背着篓子,去居民家收破旧衣服,逢赶场天,就在场边摆个摊子,将衣服卖给山民。

经常到她摊子前来的,有位老人。老人白发苍苍,手臂黑筋盘曲,他来并不买货,只是捣乱,本来卖两块钱的,他问五角卖不卖?看他实在太老,你答应五角钱卖给他,他又不要。到春节前夕,集市收了,林安平只好回家去,也就是回到那个破庙里去。远远地,她就看到老人坐在庙门口,像在等她。她很欢喜,要是老人无家可归,正好跟她一同过年。她有整整五年没跟人一起过个年了。她欢喜得简直没去想老人怎么知道她的住处,只顾着跟老人开玩笑,说:嘿,我像在哪里见过你呢。

老人说,当然见过。

言毕摸出一面镜子,叫她凑拢了看。

她看到,本是男相的老人,变成了个年纪轻轻的女子,小圆脸上有两个酒涡,嘴唇含苞欲放,眼睛大而明,却像渊面,明的是日月之光的反射,命里的动荡与沧桑,都藏于深处。

这是她:林安平自己!

我跟她是一个身体两个灵魂,林安平说,从那以后,在人前,我出现,她就不出现,她出现,我就不出现。我们一起待了大半年,她对我说,她是龙女,石头开花马长角的时候,她犯了天条,被贬到凡间——就是说,龙女的罪,不犯在过去,是犯在未来,如果真要给时间分出段落的话;石头开花马长角,是遥不可及的未来。龙女说,她到凡间,化为男身修炼,可至今也未修成正果,现在她要走了,请我在她灵魂出窍后,用火烧她肉身,帮忙除掉她的妖气。她说你虽然不像你师父肖道长那样会踏炼度,但因为你经常想着师父的样子,他已在冥冥中把法力传授给你。她还指点我,说五虎山头有个武圣宫,武圣宫里住着一对姐妹尼,是双胞胎姐妹,合称斋姑娘,因为姓牟,又称牟斋姑。她要我去拜牟斋姑为师,说肖道长只是把我引进了门,牟斋姑才能让我真正承担起来到人世的义务。

跟林安平结识二十天左右,她曾对我说,过些日子,她要去五虎山给师父烧纸,现在明白她指的师父,就是牟斋姑。既然说到了牟斋姑,我问她啥时候去,她以期待的眼神望着我,说:明天就去。我说我陪你。真的呀?又是那副小女孩模样,拳头握起来,在胸前晃。

很快她变得严肃起来,说:你去了,我师父会高兴的,会感到光荣的。

这话让我如荷千钧。一个尘世间的小人物,怎么可能给仙界里的人带去光荣?

你是县上来的嘛,林安平说。

我内心颤抖了一下,深感卑微……

林安平不看我,接着说:我当年去五虎山找师父的时候,师父刚好六十岁。姐妹俩早已立下誓愿:不收弟子。可她们拗不过我。主要是舍不得不收我。她们不收弟子有很多原因。这条路太苦了。此外,传人有相当严格的要求,需辨宿缘,观人品,察体相,度慧根,合八字,属相必须是四个脚的,指尖上的纹路,要么是十个簸箕,要么是十个箩箩,不能岔。这些我全具备,而且我不怕吃苦,她们不收我,简直舍不得。

你找到舍不得不传的传人了吗?

沉默片刻,她说:我是小祭司,只能传女;男祭司称大祭司,女祭司称小祭司,大祭司男女都可传,小祭司只能传女。你说的人,我心里有,有三个,但我知道一个也传不了。

为什么?

她转过头,扫视了一眼门外的街景。

她的房子像个火柴盒,窄而深。她扫视过去的时候,正有几个妇人走过,隐约传进来的声音,是说谁的那把牌打得臭。现今的峡谷,除了学生,就无姑娘,姑娘都天南地北务工去了,中年妇人也务工去了,就女性而言,留在当地的,老妇之外,便是少妇,老妇带孙子,少妇带幼子,幼子多睡,当母亲的无所事事,便邀约着打牌。无论从哪个方向进入峡谷,立刻就能感觉到别天别地,而女人们的装扮,却也是空调衫、森女裙或里裤外穿。时尚的浪潮,并没有遗忘了这个角落。

林安平说无人可传,我以为是因为现在的人要懒了,只想过安逸日子,但她不是这意思。她说:只做祭司不开药铺的话,我吃穿都成困难。开了药铺照样难,没几个病人,开销又大。鹿走乡龙头山的玄天观,是唐太宗时代留下来的文物,却无人经管,是我请个哑巴在那里看守。我在玄天观主持法会,祈祷风调雨顺、国泰民安,或者报告上天,说今年收成不错,地方太平,感谢天神保佑,这既不为我,也不为我信众当中的任何人,但都是我和我的信众凑钱在做。当然,你可以说没叫你做,你搞迷信活动,没找你麻烦就不错了。可是人错就错在这里,认为自己的生活是自己挣的,跟天无关,跟地也无关,不知道雨润万物,地发千祥,人才能代代相传。总之一句话,你做的事不挣钱,只花钱,人家觉得跟着你没前途。

前途这个词,用在这里是如此嶙峋,却又如此现实。

我私下掂量,开发千峰大峡谷,林安平的"前途"会很可观。头儿找我谈话的时候,特别提到,我搜集和制造出的文化,中心是为一个剧目服务,目前国内的诸多景点,都有剧目演出,不管实景剧还是舞台剧,反正有,没有的正在准备有,有了的正准备做大,我们一步到位,开始就做大,大投资,大制作,大气派,总之是在大字上做文章。头儿还说,我们要请大团队,大导演,大编剧。说到这里头儿笑了笑。我懂他的意思,是说我当编剧显然不够格。我的任务是提供材料,既包括原生的,也包括制造出来的。

林安平就是最好的"材料"。除了她的人生故事,我还见过她跳舞。几天前,她说到自己的饮食,说她并不忌荤,但不吃狗肉和牛肉。她没说不吃狗肉的原因,只说牛太辛苦。说罢起身,取下颈项上的一根银圈,跳芒牛舞给我看。在她面前,仿佛站着一头牛,她跟牛嬉戏、闹气、和好,牛是她的玩伴和兄妹。跳罢芒牛舞,又跳水神舞,她仰首向天,悠长悠长地舒叹一声:啊!随后双臂波展,细浪追逐,天地间清水幽幽,百川喜悦。接着跳稼神舞,禾苗能分平原山川,贫沃能种五谷麻棉,能养蚁民心和性……她的舞蹈,正是心、性和命的语言,放入剧目,绝对精彩。而且她远远不该只服务于剧目,她可以教一批学生,既在剧中跳,也可在很多场合跳,比如在县城建个风情广场,让她的学生去广场表演,游客一入县境,马上就能感觉到独有的氛围。"独有",正是头儿强调的,只要头儿高兴,钱是不缺的,如此,林安平的前途就很光明,何愁她相中的传人不跟她。

　　可我又怎能给她承诺?且不说我的方案不一定被采纳,关键在于:千峰大峡谷真的要开发吗?这是很难讲的。以往的事实证明,县委书记换了,蓝图也跟着换了,而书记换得是那样频繁。书记一换,上届开始的项目,立即停下,去做别的项目,上届为那项目投入了几百万、几千万乃至几个亿,无所谓,说停就停,比做什么事都态度坚决。

　　我又哪里能够给林安平承诺什么呢?

九

　　夜里星斗满天,可被房东的电话吵醒后,却听到嘭嘭的雨声。还要去五虎山吗?听林安平说,坐车到了西柳乡,出站就爬山,山势陡峻,很难走。下雨天必定更难走。

　　不管怎样,先准备好。天色未明,我就起床,去厨房煮面条。房东从没见我起这么早过,男主人从卧室出来,边穿上衣,边问我今天咋这么早。我说明后,男主人哦了一声,站在那里,欲言又止。我以为他是觉得我在骗他,担心我离开土门,且一去不返,而又忘了我是交过房租的,于是提醒他说,房租我交了两个月,现在还没到期。他一听,深紫色的脸又紫一层,连忙申辩,说他知道,说房租交不交有啥关系呢,你愿意来我们家住,是看得起我们,家里多个人,也闹热些。说完却不离开,而是凑到我身边,很体己地问我:你跟林安平是亲戚?我说不是。那你为啥天天往她那里跑,还陪她上坟?我不习惯人家这样打探,抽出一握挂面,往沸腾的锅里下,没回他。他不仅没尴尬,还凑得更近,说:她那里去不得哟。

我心里咯噔一声。

前些日陈婷婷那个电话在我心里留下的阴影,若干天过去,已经淡了,或者说我已经习惯了,此刻又意识到它的存在。我用筷子在锅里搅拌,浓烈的蒸汽蓬住了我的脸。

为啥?从蒸汽里浮出的声音,又潮又热。

你没见满街人都不去?

这是事实。前面说过,去找林安平的,只有病人和陪伴病人的家属。虽是早已知道的事实,我却并不明白是因为"去不得",心里禁不住又蹦一下。

她呀,是个勾人精。男主人双目发亮,格外神秘。女人怕男人遭她勾,不让男人去,男人怕女人从她那里学会了勾人,又不让女人去。

原来如此。我笑笑说:今后,你们病得再狠也不要去找她,免得遭她勾引。

他听出了我的话外之音,干笑几声,说:她手段好嘛,不找她咋行?

可他离开厨房后,我却感到一丝悲凉。

很显然,那样看待林安平的,不光是土门镇,也不光是普通居民,远在西柳乡的文化站站长陈婷婷,同样那样看她。陈婷婷"啊"那一声,内容更清晰了,她或许在想:你是不是被林安平勾上了?在峡谷人心里,林安平就是一个女人。一个没有男人的女人。只在某些时候,才变成医生和祭司。我猜想,她是在西柳乡待不下去才到了土门镇。她当然知道土门同属峡谷,但这是她能退的最远的距离了。无法想象去了峡谷之外,她还可以在药单上盖汉寿亭侯的大印,还能以她自己的方式,替人栽花树(使小儿肯长)、接寿(寿数快尽时,将寿命接通)、收影(影子跑了,失了魂魄,将其收回)、送亡魂禳灾(亡魂揪住某个生人不放,她帮忙把亡魂遣走,让生人安稳)……我曾见她给一个女人禳灾。那女人奶子痛。两年前深秋的某一天,她跟婆妈打架,失手把婆妈推进了堰池,婆妈被人救起时,伸手朝她抓了一把;相隔六七米远,当然抓不着,但能感觉到抓的部位是她左奶。十余天后,婆妈死了,死于伤寒。婆妈落气的同时,她的左奶就痛。从此一直痛。林安平听罢,让她撩起上衣,用毛笔在她左奶上画慧(咒语)。画过慧,又去楼下的玄祖殿做法事,为她婆妈超度。第二天早上,那女人打电话给林安平,说婆妈给她投梦,表示从今往后原谅她,她醒来,发现奶子不痛了!

如果到了峡谷之外,以这样的方式为人疗治,不会有任何效果。

因为峡谷外的人不信。

峡谷是林安平的土壤,峡谷人的"信",使她能方便地探究人的秘密,帮助患者实现自我疗治。她不能离开了这片土壤。也可以说,她是在利用这片土壤。但所有主动都暗含着对等的被动力量。她利用这片土壤,也被这片土壤利用。人们利用了她,还要戳她的脊梁骨。她是女人,一个没有男人的女人,是她最软的脊梁骨。

我感到悲凉还因为,别人不来找林安平闲聊,她也不去找别人闲聊,非但如此,我想起有一天,移动垃圾车停在她门外,她提着垃圾袋出去,老远就往车上一扔,迅速转身回屋,像稍稍慢一点,就会被什么抓住。现在看来,是怕被闲话抓住。邪径败良田,闲口乱善人,这是古训,她再是祭司,也不能不顾忌。我相信,她那火柴盒似的又深又窄的房子,也是她自己设计的,是有意跟"闲话"拉开距离。顾忌如此之深,却允许我天天去找她,除了因为我来自县上,她觉得街坊大概不会把我跟她扯到一块儿,还可能因为,她对我是抱着希望的——为了她的处境。包括

491

跟我初次见面那天,本来不欢迎我,却要盛装见我,或许也是这个原因。而我,却不能给她任何承诺……

雨越下越大,可我三刨两下吃了面,到林安平那里时,见她早已收拾停当。

我说了去看师父,她这样解释,师父就在等我,下刀我也得去。你不去就算了。

怎么可能,走吧。

峡谷内的公交车班次很少,好在我们赶上了头班。公路是沿河切割山体修成,直的时候笔直,弯的时候像蛐蟮滚沙。左岸是河,右岸是山,河水的吼声给人错觉,像是车窗外奔涌的绿光在吼;过了水口乡,雨小了,接着停了,太阳并没有出,百草千树,却流淌着绿茵茵的光芒。两个钟头后,我们下了车,车站正对五虎山。西柳是林安平的家乡,她母亲已去世,姐姐从不跟她来往,因此她没什么人要见。走出站口,她却问我要不要见谁。我猜她指的是陈婷婷,说算了吧,不过看你。她不回答,直接上路。她挎着一个沉甸甸的布袋,我要帮她挎,她不肯。她说你个人把路走好就是万福了。爬山我确实畏惧,好在出脚不久,她就指着山上的一朵白云,说我师父的坟,就在那朵云上。那朵云并不太高。

虽单名五虎山,深入进来,却见前后左右,到处是山,山与山相互牵扯又各自为政,形成苍茫万山。开始的路较平缓,一直往石头沟里走。这条沟称剑门峡。林安平说,剑门峡左面的山体,一年要垮好几次。是因为若干年前,山里住着一户人家,开着幺店子,女主人美艳风骚,男主人愣头愣脑,是个傻子,生个儿子也是个傻子。远远近近的浮浪子弟,有事无事到这店里喝酒,意在跟女主人调情和上床。有天来了不少客人——跟女主人调过情上过床的,差不多都来了,男主人拿钱给儿子,让他去打酒,儿子多拿了一块,男主人追出去,追到远处,身后的山垮了,把浮浪子和女主人埋了。一年垮几次,就是让他们永世不得翻身。

讲完这故事,林安平说:这个世界不干净。

我想到了她的肉身和灵魂之论,也想到了自己在县城几十年的生活。调情算什么？可以说，没有调情，就没有酒局和牌局。汉语的任何一种意象，都能用来调情，荷叶莲花藕，鸡巴卵子球，男人说得，女人也说得。区别在于，古时的调情让汉语含蓄、优美，今时的调情让汉语直接、凌厉。至于上床，古时要费大堆工夫才能走到那一步，我相信，即使想勾上那个美艳风骚的女主人，也不是三两句话就能办到，而今时的人，用手机"摇一摇"就可以去开房。在县城里，我没觉得这种生活有什么不妥，只在自己遭遇伤害的时候，才感觉到疼痛。但此刻，在这深山峡谷中，枝叶凝着水珠，天上飘着白云，一只岩鹰在谷口无声地滑翔，宽阔的翅膀，庄严地把天空镀亮……我才感觉到，我几十年的生活过得不干净。

可林安平的话并没说完。

如果只是蠢人和傻子的干净，她说，你觉得有意思吗？

我无法回答。我不知道。

走完剑门峡，爬山真正开始。

十余丈高处，有间土坯房，房前傍崖处，有个蜂桶，有个大石水缸，一个五十岁左右的男人，站在蜂桶与水缸之间，大声喊"林先生"。他是周善人，林安平对我说，是儒教先生，我在玄天观做法事，他做我的辅祭。周善人从岔路上迎下来，左手提茶壶，右手拿弯刀，拿弯刀的手上还捏着两只土碗。林安平向他介绍我。在她口里，我已经不是县上来的，而是县里请来的专家。周善人朝我们走近，不看脚下的路，只笑眯眯地望着我。

我最见不来他拿弯刀的样子！

喝过水，刚跟周善人分手，林安平就这样说。

这也奇怪，他是农民，弯刀是他的工具。但林安平说，他拿弯刀既不为砍柴，也不是干别的，是要跟摄影家走。六年前，峡谷来了个摄影家，拍了一组照片，获了联合国教科文组织的什么奖，从那以后，来这里的摄影家就没断过，他们雇当地人带路、背器材，还砍树枝。他们遇到一处风景，可那风景被树枝挡了，就把树枝砍掉。周善人就经常被他们雇用。他觉得跟着摄影家走，自己也成了摄影家，摄影家用相机，他用弯刀。所以不管去哪里,哪怕去街上赶场,包括刚才给我们送水来,他也把弯刀拿在手上。

我似乎听明白了,周善人把弯刀当成了自己的身份,却不把儒教先生穿的米黄色袍子当成身份。他刚才穿的是一身灰白短装。按规矩,见到祭司,他应该穿上袍子出来,但他没有。

弯刀能给他带来现实的好处,袍子不能。

林安平在他面前吹嘘我,大概是想稳住他的心。你看,县里请的专家也来采访我,还跟我一起去拜师父的墓;你的那些摄影家,虽然得过奖,却不是县里请来的。

她已经感觉到,其实是早已经感觉到,她在峡谷地区的土壤,也日渐稀薄了。在她的法事里面,有一样叫"定女人",就是女人跟野男人私奔了,经她一"定",十天半月过后,女人便自行回转。而我亲眼看到,有三个找她"定"过女人的,都没定住,来问缘由,她一声不吭,只是拉开抽屉,数出钱来,退给人家。因为那些女人不只在峡谷里私奔,她们私奔到峡谷之外,甚至县外、市外、省外,那是别样的世界,林安平无能为力……

过了周善人家,就见不到一个人。偶或碰见一间半垮的木屋,里面空空荡荡。坟茔倒是经常遇见,就卧在路边,对我们翘首相望。人活着,仿佛不是大自然的一部分,死了才是。山中是巨大的寂静,静到既没诞生时间,也没诞生空间。可转过一个桠口,却兀然听见轰轰乱响。是山洪。山洪石头般砸下来,形成宽沟。沟上横着圆木,圆木铁黑,生着木耳。许多地方,路像从峭壁扔下的一根绳子,早上的那阵雨,胀得满山水气,路面打滑,脚趾抓不住,手指抠不住,就请牙齿帮忙,咬住垂枝或藤蔓,甚至直接咬住路上的石钉。更多的地方宽不盈尺,右是山壁,左是绝壁,眼光随便一溜,就直透谷底。宽阔的山谷间有电线飞越。山民曾每人平摊千元,不惧粉身碎骨地把电拉通,但电费没用到百块,就都把家搬走了。

十

　　林安平说,她师父从娘胎里就吃斋。我不知道这是表明她师父的母亲也吃斋,还是她师父跟她一样,出生时带着异象。不过我相信一句话:富人需要信仰,是因为除了信仰什么都有了;穷人也需要信仰,是因为除了信仰什么都没有。她师父属于哪一种?她告诉我,牟斋姑是绥定府(现在的绥定市,距东轩县六十公里)人,父亲是大盐商,人称"牟半城",姐妹俩刚过十岁就离家,到这深山峡谷的武圣宫修行。十来岁的孩子,即便锦衣玉食,也还不懂得富贵尊荣的含义,更不需要用信仰去填补空虚。或许,我相信的那句话并非真理。

　　上世纪中叶,武圣宫被人烧毁,牟斋姑被收编为当地社员。她们在距武圣宫不远的松林里,搭了个寮棚,一面参加集体劳动,一面偷偷念经参禅。"偷偷"二字,已暗示了结局。姐妹俩被揪出来,双手反绑,跪在人群中,然后牵来一条狗,当着她们的面,用青杠棒把狗打死,又当着她们的面,把狗剥皮炖汤,再掐住她们的腮帮,把狗肉灌进她们的喉咙,为此还取了个名字,叫"狗肉开斋"。

　　说到这里,林安平突然停住,侧过身,对着绝壁下深不见底的山谷呕吐。

　　呕得很厉害,却啥也没吐出来。

　　我明白了她不吃狗肉的原因。

　　这是一段险路,我生怕她出意外,可她就像长在石壁上。人岂止可以像动物那样过日子,人简直可以变成动物,还可以变成植物和石头。这是林安平说过的话。

　　她从壁缝腾出一只手,揩了眼帘上瀑布样的汗水,又往上爬。爬过那段险路,她接着说师父:这里找女人难,那时候比现在更难。现在峡谷出生的女孩,只比男孩少两成,老天爷不怕降生女人了,看来峡谷的天真的要变了。可那时候,女人就像麦田里的豌豆苗。明明这么少,却有两个空在那里,死不嫁人,在他们看来,就是天大的罪过。个个男人都去打斋姑娘的主意,把她们的寮棚烧了,家具毁了,让她们没法过活,逼她们嫁人。我的两个师父,虽然一辈子也没有嫁给谁,可不晓得被强奸过多少回。我受龙女指点去找师父的时候,一路上都听见有人骂她们,说那两个斋姑娘不是好东西,生私娃儿。

我很想问:她们生过吗?

还想问:如果生过,那些孩子又是怎么处理的?

可这样的问题太残忍。

恍然间,已走了三个钟头,林安平指的那朵云,依然高悬山崖。再行一程,又见一座孤坟,孤坟旁是间塌了屋心的空房,檐下横着一张条凳,林安平一屁股就坐下去了。凳上灰积寸许,我实在放不下屁股。她瞄我一眼,说:有人才有灰,有灰才有人,这就是尘世。这话让我莫名的感动,便也坐了。她打开布袋,摸出一瓶矿泉水递给我,接着又递给我一袋饼干。

她自己却不喝,也不吃。

我要敬了师父才吃,她说。

类似的话,几十年前她就是这样说的。

她去拜师,让牟斋姑恐惧,但如她所说,牟斋姑拗不过她,又舍不得不收她。她们把她藏起来,教她绣花和诵读经书。牟斋姑曾有三百余部经书,数次被焚,幸存的二十多部,姐妹俩打成包,外面缝上巢脾,挂在高枝上,别人便以为是蜂巢。后来怕好事者去把"蜂巢"捣掉,又取下来藏进树洞。林安平去拜师的时候,书依然藏在树洞里,每个树洞藏几本,藏了八个树洞。书从洞里取出来,带着深邃和秘密的气息。林安平很快接纳了这些气息。在牟斋姑看来,聪明是次要的,主要是宿缘深厚。姐妹俩再次品鉴弟子,发现她的受胎、属相与生期,全都对应同一星辰。这样的人信仰坚定,万分难得。

几番挣扎过后,姐妹俩对弟子说:我们要教你一种文字。这文字受过大难。嘉庆十八年,天灾人祸,民变蜂起,我们的祖师在川东一处名叫狗儿坪的地方设坛,祈求上苍大发慈悲,痛顾万民。法会要做五天,刚做一天,狗儿坪就发生了抢粮事件。那里有个粮库,也不知是听从了哪一个神秘的号令,方圆百里的饥民,水一样朝狗儿坪流过来。打个喷嚏的工夫,万多斤粮食就被抢劫一空。县令派兵追来时,已过去三天时间,抢粮的早不见踪影,只有祖师和他的信众。祖师正领头跪在烈日底下,代民向天赎罪。兵丁不由分说,将烈日下的人捆了,带回县衙,说他们是抢匪。祖师用那种文字为上天写的颂词,他们不认识,就层层上交。最终判定,大江南北的民变,正是通过这种"巫文"相互联络。一起普通的抢粮事件,就这样演变成了颠覆朝廷的事件。使用那文字的人,包括那文字本身,遭到血洗。

讲过这段历史,牟斋姑再倒回去,讲那个远古酋长的故事,讲那文字以影绘形的来历,还有文字的神圣以及埋藏在文字里的人心。然后说:那次血洗过后,这文字只能偷偷传。师父传给我们的,有378个,我们全部教给你,你要像保护自己的性命一样,保护好它们。

言毕撅根树枝,在泥土上教,每教会一个,立即擦去。

林安平一直记在心里,两年前,她感觉自己的记忆力在衰减,而且对找到传人失去信心,才用笔记下了,并在厕所门上试探性地写出了一个……

学艺期间,怕被发现,也想帮师父改善生活,林安平并不在师父那里久住,学几天就离开,去乡场做生意。倒卖旧衣服的生意已不好做,又没法再拾起打铁的营生,父亲的那套行头,丢在华锦了,现在她置办不起,再说久了不摸,铁已跟她生疏,要打也打不出个样子。于是她买来布匹刺绣:绣鞋垫、衣裙、帽子。这些是刚跟师父学会的,可她绣朵云,那云就能飘,绣朵花,那花就有香气,别人喜欢得很,抢着要。她就这样存钱,存到一定数量,就买上馒头、麻花、海带、菜油、桐油、糖果,经黄岭滩、竹林滩、剑门峡、凉风桠、向阳包……直到五虎山,去看师父。往往是走了十里八里,天才亮。

路上再饿,她也不吃,要师父吃了她才吃。

我师父说,这样的好东西,只有父母给她们吃过,然后就唱歌,就哭。

唱啥?

她们唱啊:清静之水日月花开,中藏北斗内蕴三台……

哭啥?

她们哭啊:天神把她们降生得不是时候。

旁边的坟头前,长着狗尾巴草,草茎上一只蚂蚁,快速往上爬。爬上草梢,茫然四顾,随即倒转身子,又急急忙忙下来了。世间万物,都是这般不得闲暇地过完一生。林安平看着那只蚂蚁,眼神沉静而悲哀,自语似地说:盘古天聋,地母地哑,天聋地哑造化众生,盘古听不见痛苦的声音,地母说不出痛苦的滋味,但知道有痛苦这个东西,就用忙碌作众生的解药。我师父唱过了,哭过了,就去锄地。天黑做一团,也去锄地。汗水一流,师父又欢喜起来,又开始唱,她们唱啊:即使鸟不语,花不香,女人无情,男人无义,老天也从没对人失去信心。所以我师父说天神把她们降生得不是时候,并不是怪谁。她们连命也不怪。

话音刚落,她突然立起身,望着屋檐外一碧如洗的天空:你听,有神仙路过!

我悚然一惊,起身侧耳细听。

可我是凡人,只听见蜂群的嗡嗡声。

她跺一跺脚:那就是啊!

山野壮阔,天宇无垠,那些微物之神,完全融化在透明而恢弘的背景里。它们不显形,只用自己的声音,来阐释寂静的真谛。

蜂群远去,我们离开空屋和孤坟,接着上行。林安平也接着讲她师父。那时候,村里的大人不去师父那里走动,小孩却不顾忌。师父心痛别人家的孩子(尽管那个"别人",可能是给她们灌过狗肉的,可能是强奸过她们的),把糖果和粑粑饼饼给孩子吃。这些孩子长大后,为祖辈父辈消孽,做了不少好事。说着,林安平站住,回望来路。其实完全看不见路,只看见密林和密林掩映下的巉岩。但路就在其间。那都是他们修的,她说,每个脚印子,都是他们用錾子打出来的,花了整整十七年的工夫。人做起好事来,真不简单!……

那朵云不见了,但五虎山到了。是并排的五面石壁,白中带红,状如虎脸,虎须也历历在目。林安平向右边一指,说那地方曾是武圣宫。现在只能看见断崖。崖畔一棵栎树上,挂着一口大铁钟。林安平把布袋递给我,自个儿抠住石缝,踩着晃晃悠悠的几根朽木,度到那铁钟底下,弯了腰,手伸进崖口,掏出一根铁锤,对着钟敲:当——当——当——

山鸣谷应,久久不绝。

藏身密林的鸟,在钟声里群起群飞。

山林为之动荡。

她过来后,我问她:是为了告知师父吗?

不,她说,是让人世听清音。

牟斋姑的旧居即墓地,松林、蓼叶和茅草,比试着乱长。茅草高得像树。林安平给我指,哪里是师父的伙房,哪里是师父的卧房。完全看不出来了。只有齐肩而立的坟堆,让我知道这里曾生活过两个苦难的老人。而林安平毫不悲伤,非但如此,还相当快乐,又快乐成了小女孩模样。她从布袋里摸出香蜡纸钱,点上之后,敬上果品,在师父坟前各磕了九个头,就转身坐下,拿块饼干嚼着,望着对面遥远的山脊和与山脊相接的天空,乐不可支地对我说:有好多回,我跟师父躲着看云,有次在云里看到两个人打架,一个追另一个,追上了用刀砍,把那人砍倒了,我们为他加油,叫他站起来,可他没能站起来,被砍成了一张皮。又一次,看到飞来很大一个球,后面跟着个大汉,把那球一脚踢开;那球不是天上的,神仙把它踢出了天。再一次,见大队人马,扛枪的,背花篮的,拉板板车的,朝我们走来,我师父说,这么多人来,我这里住不下呀。这时另一人出现,朝那群人吹喇叭,那群人就不见了。

我觉得,林安平和她的师父牟斋姑,都没有过完整的童年。

她们是在寻找自己的童年。

十一

　　从五虎山回来，路过鹿走乡，林安平想看看女儿。她女儿很久没回去过了。这季节泥石流多，伤员也多，做护士的女儿很忙。反正后面还有一班车去土门，不愁回不去。在鹿走下了车，我们朝卫生院走，竟然碰到县环保局副局长熊强，不过他现在的身份是千峰大峡谷工程指挥部指挥长，指挥部就设在鹿走，目前的中心工程是修拦河坝，将水位提高四十米，形成峡谷深涧的气势，营造湖光山色的美景，也便于开展峡谷漂流。以前的河流太急，河里石头太多，水位提升后，石头埋于深渊，相当于清理了河道，又因地势的缘故，落差依然存在，漂流起来既舒适又刺激。熊强对我说，这项工程涵盖整个峡谷，到时候将是货真价实的百里长漂。然后他放低声音，以他惯常的把不是秘密当成秘密的口吻说：苟书记下了死命令，要我们搞成中国第一漂；前些日市里开会，刚上任的市委袁书记宣讲未来五年规划，对我们县提的要求是：以千峰大峡谷为核心，开发全域旅游。

　　即是说，项目升级了，不仅峡谷，全县都成了旅游开发区。而且既然纳入了市里规划，即便更换县委书记，该也不会流产。我想象着水位抬升后的景象，那将淹没现在的公路——这是几年前才耗巨资外搭几条人命修好的；风源乡与水口乡，也要整体搬迁。我终于明白了头儿为什么说最富想象力的职业，不是艺术，而是政治。

　　熊强还告诉我，进入千峰大峡谷的快速通道，市区一条，县城一条，已开始招标。

　　他每说一句，我都情不自禁地瞄一眼站在两米外的林安平。我是要用兴奋的眼神告诉她，熊指挥长带来的消息，对她是件大事。老实说，去五虎山的途中，我心里一直有个负担，生怕林安平对她师父说：师父，某人也来看你们了，你们一定感到光荣。我承受不起这样的话。结果，这样的话她一句也没说。可她越不说，我心里的负担越重。现在这种负担解除了。

然而,林安平皱着眉头,像是既没听熊强说话,更没注意我的眼神。

熊强却注意到了。他也朝林安平看。他开始还不知道我跟林安平是一起的。因为是去给师父上坟,林安平带着青色襆服,太热,只在师父坟前穿了,去来的路上都脱下来,露出灰色胡服,缠青帕子,打黄绑腿,脚上却穿着解放鞋,这是别处见不到的古怪打扮。熊强的眉宇间刻着很深的迷惑。当我跟他告别,与林安平一同朝前走,他的迷惑更深了。我知道,往后的很长一段时间,只要碰见熟人,他都会以告诉人秘密的口吻,讲起这件事。

鹿走乡卫生院在一段斜坡上面,林安平在斜坡下给女儿打电话,然后站在那里等。很快跑出来一个高挑的女子,合身的白大褂,使她显得更高,更清爽,而且那么漂亮!说华锦出美女,我几次去华锦,真没见过有林芳这么漂亮的。她的身影和她娇滴滴的声音一同出现,"妈!妈!妈!"这么连声叫着,朝母亲扑过来。林安平张开双臂,跟女儿抱在一起。她们彼此都有一种攫取,对感情。我觉得自己不该在这个气场里,于是躲到十米开外的一棵树下,靠住树身抽烟。这么一靠,才知道腿有多软,小腿肚里像长了无数个心脏。

林芳说她的忙,问母亲为什么来鹿走。母亲还没答完,她就扭扭身子,撒着娇说:妈,好烦哦,张医生马上做个手术,我要回去帮忙。林安平连忙推她:那你不早说!推一把想起了我,指着我说,那是何叔叔。我快步走过去。然而迎接我的,是一张冰冷的脸。

女儿跟母亲一样,对陌生的世界和陌生的人,心生戒备。

我们回到路口去等车,这时候林安平问我:刚才那个人讲的,都是真的?

我说那当然。

我不喜欢那个人,她说,他以为他是在干惊天动地的大事,可他也不想想,水位抬高那么多,在低岸生活了千千万万年的山岩和植物,也要永绝于世;还有动物呢?河岸的动物多的是,水里的更多,单是鱼,就不晓得有好多种,有些鱼只能生长在现在

501

的环境里,像阳鱼、娃娃鱼,特别是娃娃鱼,平时是钻进水下的岩罅,水的深度和温度变化太大,就只有死路一条。有些鱼要回流产卵,堤坝一修,就回不去了,也是死路一条。

我想起曾在川南某段江堤下见到的景象,白沙沙一片,是想回流而不得的硬头鳟鱼,纷纷撞死在堤坝上。

他杀死这么多条命,林安平又说,还以为自己是在干大事、做好事。他又不是佛。佛可以普度众生,也可以杀人如麻,佛才是自由的,但佛的自由也是在决断之前,一旦决定,开始行动,佛也要被行动捆绑,也不自由。所以佛通常不行动。

仿佛是为熊强,其实是为我自己,我辩解说:这也怪不了他,他不过是执行任务。

林安平冷笑一声:世上的责任就是这样推掉的,坏事就是这样做出来的。

这话有理,却太刺耳,太伤人。如果不是熊强来电话,我或许会对林安平说,你怕鱼们没活路,就别指望改变你的处境。这话更加刺耳。我没有权利把这么难堪的选择题,扔给林安平去做。幸好电话响了。熊强请我吃夜饭。我说不了,我马上去土门。熊强问:跟你一起的……我说是祭司,林祭司。他显然不知道祭司为何物,以为祭司就是巫婆,说你要问神,县城花街的马老太婆就灵得很,何必跑这么远?我生怕被林安平听见,走远了些,细声给他解释。我照例不想透露自己的使命,只说文化馆想为林祭司写本书,我到土门采访她,待了好几十天。熊强对我前面的话毫无兴趣,只是问:你几十天都没回过县城?那你晓不晓得……雅玲结婚的事?十天前办的婚礼。我说:早晓得了!说完把电话挂了。

回土门的车上,林安平一言不发,且一直把脸掉向窗外。我知道她是累了,或者心里有事,不想说话,但我非常感激她,我认为她是知晓我不想说话,才故意沉默的。

当天晚上,我一夜未眠。爬山五个多钟头,下山三个多钟头,一去一来又坐了四个钟头汽车,使我浑身酸痛,尤其是腿。这是一夜不眠的好借口。真正的原因是雅玲结婚。雅玲是我前妻,跟我离婚刚满一年。不过这与我有什么关系?离婚次日就结婚,也是她的权利。可我为什么要在熊强面前要那一点自尊?不知道就是不知道,为什么要说早晓得了?

我睡不着,正是觉得我应该知道,觉得自己依然对雅玲拥有某种权力。

而事实上,这样的权力在一年半以前就失去了。

她知道了我跟另一个女人的关系。我跟很多女人有过关系,但以前的她不知道,这一个她知道了。在我们的夫妻关系中,她习惯了弱者的地位,她可以向我哭。但她不哭。在这个问题上,她丝毫不将就,且突然由一棵草变成了一棵树。

只是这棵树再不愿长在我的土地上了。

我们的婚姻死了。

我们把婚姻的尸体,封存在那个名叫家的棺木里,封存到儿子高考结束,才埋葬了。

现在雅玲有了新丈夫。那是位声誉日隆的重彩画家,比我小两岁,此前从没结过婚。来峡谷的前几天,我在滨河路还见他俩手挽手散步。

我承认,我爱她,虽然这话很叫人恶心。有时候我想,是不是因为她跟了别人,我感觉到失去,才"挖掘"出了对她的爱?或者,她找了个有出息的男人,我有了嫉妒,才感觉到她值得爱?事实证明不是,我回忆她的时候,鲜明、质感、踏实;而回忆她知道的那个"她",包括"她"之前的她们,全是一片雾。我和她们,都是在有性无爱的风月场中。

表面上,我顺从地接受了这种失去,可我比以前容易喝醉,好几次进洗脚房,我在按摩床上一觉睡到大天亮。我不想回家。离婚的时候,雅玲要了店面(她一直开服装店),我要了房子;是她挑的,我觉得她是故意的,故意把一个装殓过我们婚姻尸体的棺木扔给我。

不管从哪种角度说,我都要感谢指派我到千峰大峡谷的头儿。他让我的逃离有了光荣的理由。我是真心实意想做一点事,为自己赢得一点尊严,让雅玲看见。我想让她看见的,并不是作为她前夫的尊严,而是补偿她对我的失望。当初,她认为我也是有出息的。她嫁给我的时候,我是县里有名的文学青年,写的小品,到省城演出还获过奖。我不知道自己是如何变成了现在的模样,只记得她曾多次劝我,说人经不起耗,不要有空就吆三喝六,说人掉进河里还有救,陷进人堆就没救了。开始听了,我还要想一下,还要愧疚老半天,后来越陷越深,她再说我就发火。她早就对我失望了。她跟林安平一样,洞悉我的肉身和灵魂。

十二

连续多日,我没去找林安平。腿痛了一个星期,让我啥事也没心情去做。当疼痛减轻,我依然躲在租房里,清理各种信息,分辨哪里还需补充,哪里可以制造。县城方面,我已没什么念想,既然头儿说过给我半年,我便下定决心,半年都不回城,一次性交齐了余下时间的房租。房东家的吵闹,对我已无任何影响,孩子们白天上学去了,本来也算不上吵闹,两口子会时不时爆起一阵笑声或者怒骂,接打电话和招呼街坊的声音,也响若雷霆,但于现在的我,这些声音都构成奇异的安慰。窗口南开,当窗的黄桷树上,鸟儿果子般悬挂,彼此呼唤和应答,阳光像开在枝叶间的花朵。乌云一来,雨也就来了,乌云是落到天上的雨,天上的雨和地上的雨交接,弄出空茫繁响。我的心里,总是涌起突如其来的温暖和悲凉。

正是这时候,馆长的电话来了。馆长生硬地问,你在哪里?我说峡谷啊。你在那边干啥?这让我一懵。当时头儿找我谈话的时候,他也在场,头儿说,半年之内,馆里的事你不必做,这个嘛,老夏会支持的。馆长急忙表态:全力支持。可现在却问我在峡谷干啥。

我突然来了火气,说我在玩儿。

大学毕业后,我就在文化馆上班,跟我一同进馆的,全都离开,且都在各自的单位混了个一官半职,唯我守在老窝子,并且依然是个馆员。但这并不证明我不该受到尊重。馆里的实际事务,编书,培训,整理非物质文化遗产资料,不是我成头在做,就是我独自完成。我当初朝雅玲发火,就曾拿这些东西,来表明自己有多忙、多累。

馆长听出我口气不对,却并没理睬,再一次问我:你为啥一直不汇报?

他是说我为什么不向头儿汇报,当然也暗含着为什么不向他汇报。但那次,头儿除了说半年内我不做馆里的事,还说我不必汇报,他也不过问我。他只要成果。

馆长很是恨铁不成钢:你就是这样在理解领导的意思?你不汇报,他怎么知道你的进度,又怎么知道……嗨,我也不拐弯抹角,我问你件事:听说你成天跟一个寡妇泡在一起?

我的脑子里,立刻浮现出熊强的那张肥脸。我早就猜出,他会把我跟林安平同行,当成秘密到处传播。可是不对,如果是他,会把林安平说成巫婆,不会说成寡妇,而馆长说的是寡妇。只有峡谷人才知道林安平嫁过人——如果被抢去跟那个人贩子见过一面,也算嫁的话。林安平以为那是秘密,其实峡谷人多半早就知道了。

果然是她。陈婷婷。

陈婷婷到县里开会的时候,知道了发掘千峰大峡谷文化资源的消息,写了份长达46页的报告,打印出来,亲自呈给了县委办公室,县委办公室呈给了牵头领导这事的头儿,头儿读了三遍(他亲口说的,读了三遍),交给下面几位文化人,包括馆长,让他们甄别。

馆长说,陈婷婷的报告,内容极为丰富,荔枝道、苏妲己自然是有的,还对峡谷里的地名作了梳理。比如落儿山(林安平的师祖苏端公曾在那里斥责灵官菩萨)、满月坡(林安平的父亲曾在那里修路),陈婷婷是这样写的:楚汉战争期间,刘邦大将樊哙镇守千峰大峡谷,同时还肩负着一项使命,保护刘夫人吕雉,那时候刘邦在汉中御敌,将吕雉交给了樊哙,吕雉怀着孩子,某个风雨交加的傍晚,楚军突袭,吕雉脱险,跑到水口乡一面山上,

505

将孩子生下了,从此,那面山就叫落儿山;生过孩子不到两天,吕雉又跑,跑到河对面的半坡,藏在一户农民家里,直到满月,从此,那面坡就叫满月坡。吕雉生下的这个孩子,叫刘盈,即汉惠帝。如此,普普通通的地名,变得高大上起来。还比如状元碑,状元碑位于西柳乡葛杨村最高处,山形如状元戴的顶子,因而得名,但陈婷婷说,不是这样简单的,它是有来历的:许许多多年前,有个妇人从那里过,遇到一个正歇气的背二哥,姓孙,孙见妇人独行,就把她奸污了。孙背着重物,爬了这么高的山,又行性事,性事毕,倒下即死。妇人跑回家,左右不安,就告诉丈夫,说我看见一个人倒在路上,很可能死了。她跟丈夫上去,见了孙的尸体,把他埋了。而妇人却怀了孙的孩子(妇人跟丈夫从没育过孩子),这孩子长大,考上了状元,状元从母亲口中知晓了自己的来历,为表达对生身父亲的怀念,去接受父精母血的山头立了块碑,就是状元碑,只是年深日久,那块碑不在了而已。

  馆长等人看过陈婷婷的报告,都说落儿山和满月坡还有些蛛丝马迹,状元碑却完全是胡编的,把史书翻烂,也找不到东轩县出过状元。他们把这意见反馈给头儿,头儿只是冷笑,然后说:出没出过状元有那么重要吗?想当状元才是重要的!你们说,哪位家长不希望自己孩子当状元?我看这个故事不错,我看那个文化站站长不简单。

  馆长问我:前几天来了几位国内知名的旅游策划专家,去千峰大峡谷转了一圈,你知道这事么?我说不知道,也没碰见他们。馆长说,今天上午开座谈会,我们都参加了,专家谈了他们的看法,总体说来是风光绝美,前景大好,对县里制作的规划图和宣传片也作了充分肯定。领导听得非常亢奋,头儿在专家之后发了言,专谈文化打造,说我们已有专人做这方面的工作,而他说的专人,是陈婷婷,不是你何先文——一个唾沫星子也没提你!

  说完,馆长等待我的反应,可是我没有反应。于是他接着往下说。正题之前特意交代:下面这些话,是有回陈婷婷进城,我们招待她吃饭,她在酒桌子上讲的,确不确实我们也不晓得,我只是提醒你注意,莫把自己弄"夹"起了。

是关于林安平的。

1992年,牟斋姑死了。姐妹俩死于同年同月,相差四天。这四天是留给林安平的,好让她安埋,姐姐俩害怕同一天死,她忙不过来。从此,林安平接下了师父的衣钵。但这人心性很高,不愿意只像师父那样做个斋姑,而是要做三教领袖,可三教当中,她只学过道和释,尽管那时候她连道教的皮毛也没学到,毕竟拜了师。她还差儒教。祭司文化里,儒教是基石。道教重今生,佛教讲来世,儒教则提倡利世,因而特别重视秩序——入世的秩序,在铁一样的秩序底下,修习学问和人格,然后为国为民贡献自己的能力,虽九死而不悔。所以儒教是大观思想,没有它,其他教飞不起来。林安平是个聪明绝顶的人,又是个雷厉风行的人,想到了,就去做。当时,鹿走乡有个儒教师,名叫梁明有,林安平就去跟他学。梁明有把林安平安置在无人经管的玄天观里,他本人是合作社职工,要周末才能上去,为徒弟授业。整个玄天观,只有他俩。那时候梁明有四十九岁,秃发独臂,但眉眼里有英武之气,他本来就文武双全,早年去川西青城山,用独臂施展的余门拳,打得几个月找不到对手。他不教林安平拳法,只教她儒家经典和中医。但谁都知道,他不止教这两样。

陈婷婷在酒桌上说:你们没见过林安平,更没见过她年轻时候的样子,那是个美人胚子。十七八岁前,她都垂着头,一副可怜相,这以后突然就变了,那双眼睛……那双眼睛……比天还深,没几个男人经得住它吸。儒教师梁明有照样经不住。传言四起,梁明有的老婆气病了,后来吊颈死了。十多年后,梁明有也死了,死之前给林安平留了一笔钱,让她去峡谷地区场面最大的土门镇开中药铺,这样就不愁吃穿,也不愁养不活女儿。林安平确实领养过许多孩子,但有个女儿不是她领养的,是她生的——跟梁明有生的。

馆长突然不说了。

我问:还有吗?

别的没啥,只是你不要再跟那个女人瞎混了。凭你的条件,你要再找个女人,城里有一个连的女人供你挑,何犯于……一个村妇,名声那么糟,神叨叨的,听说还比你大! 当然这些都是你的私事,但我这里要说句公事:你是去工作的,不是去混女人的。

这最后一句,深深地刺伤了我。

我直接把电话挂了。

馆长立即又打了过来。你现在咋这么大的火气? 是这样的,我打电话,是叫你回来;不是我叫,是头儿叫! 然后他告诉我,那几位专家不仅到过千峰大峡谷,还到过半岛。半岛位于县境东北部,十余年前发掘出古巴人遗址,因而"惊世骇俗";史学界早有论定,巴人"神秘消失",而半岛的出土文物显示,这里很可能是古巴国的中心王都——最后一个王都。十余年来发掘了四期,占遗址面积的十分之一,每次发掘后都回填,现在整个半岛都是庄稼地。专家们去看了那片庄稼地和部分文物图片(实物送到了省博物馆清理和暂存),认为,既然你们要搞全域旅游,文化方面就应该以巴文化为主题,千峰大峡谷是你们的核心区域,峡谷是土家族聚居区,而土家族正是巴人后裔。你们要在这方面动脑筋。如果搞剧目,以巴文化为视角,就比以土家文化为视角古老得多,大气得多,也神秘得多。头儿边听边点头。

馆长说:开完会,我到头儿身边,专门提到你,是想让他回忆起派的是你去做那工作。他像真的忘了,只是说,专家就是专家,巴文化的思路太有意思了……何先文编过那么多书,看他有没有这方面的资料和想法,你叫他啥时候到我这里来一趟。

十三

我并没立即回城,而是两天后才回去的。这两天时间里,我去了鹿走乡。我要弄清楚,林安平的女儿林芳,究竟是她养女,还是她亲生的。我知道,弄清这个毫无意义,但无意义并不等于不重要,我觉得它很重要。老天赐人,有人就好,这是林安平说的。说这话的时候,她还特别强调,自己作为医生,旗帜鲜明地反对用 DNA 来揭示一个人隐秘的命运,一个人是否到世间来,什么时候来,以哪种方式来,是沉默的欢乐和悲伤,人类和握在人类手掌里的科学,都无权揭示。对此,我当时是赞同的,可现在有些动摇了。每个人从自我出发,都能总结出一套貌似真理的言论。

而今想来,对林芳的身世我早有怀疑。林安平领养了多个孩子,都让他们鸟一样飞走,唯独把林芳留在身边,这是为什么?那次陈婷婷给我打电话,知道我跟林安平泡了很长时间,别的不问,只问见到她女儿没有,又是何故?但我怀疑的时候,还没见过林芳,不知道她有那么年轻,我以为林安平讲她十六岁那年嫁给谢土,并没讲全,林芳是她跟谢土生的。果真如此,我也并不觉得她骗了我。可现在我觉得她在骗我。房东说她勾人的时候,我还对房东含讥带讽呢。我回忆着林芳的长相,看有没有跟林安平像的地方。可我只能想起林芳的漂亮,五官简直回忆不起来。漂亮本就是一种光彩,在这光彩之下,五官是模糊的。

我本来很想直接去问一下林芳,但念及她那冰冷而戒备的眼神,就知道问不出什么来。再说这也不关她什么事,而且她还不一定知道实情。于是我在鹿走乡走访老人,走访了数十个。老人们异口同声:梁明有的女人,确实是因为林安平吊颈死的。可林安平从没大过肚子。自从林安平住进玄天观,几乎天天都有人去求神问卦。虽然她是梁明有的徒弟,但人们信的,是她,这个小时候名贯峡谷的灾星,变成了名贯峡谷的神婆。她能活出来,本身就是奇迹,就令人敬畏。何况她还跟过肖道长,跟过龙女,跟过牟斋姑。玄天观是这些年才冷落的,它冷落的时候,林芳都有四五岁了。当年,人们天天看到林安平,谁也没见她大过肚子。

不过老人们又说:林安平有法术,怀了娃儿,却不显肚。娃儿在她肚子里是一股气,长成熟后,她不用从下面生,而是从嘴巴里吐,吐出后把气聚拢,就是个婴儿了。林芳就是林安平从路上捡回的婴儿——林安平自己是这样说的;她收养的孩子,无一例外都是别人扔掉的,有的是非婚生,有的是养不起,有的是生着病。老人们还告诉我,林安平不过读了几年小学,读书的时候年龄小,个子小,却坐在最后,连黑板都看不见,还经常挨打,根本不可能学到啥,但你听她现在说话,比中学里的先生还有文化,那不是她在说,是龙女在说!她跟龙女互相幻化。虽然龙女毁了肉身,可她的精魂,是附着在林安平身上的。

我听明白了一些,同时又不明白。

我就带着这样的明白与不明白,回县城去了。

去头儿办公室的路上,我设想了种种情形,唯独没想到的,是他对我那样热情。我刚到门口,他就站起来迎接了。这让我错愕。看来,头儿对我或许有不满的地方,但并不是馆长说的那么严重。是馆长自己觉得很严重。他把我迎到沙发前,跟我并排坐下,没有任何寒暄,就说:前几天到峡谷,有件事弄得我很尴尬,专家问我那条河的名字,我说了,又问为啥叫那名字,我却说不出来。后来去半岛,专家又问形成半岛的两条河,同行的没一个能说清……

我说,我能说清。

贯穿峡谷的河流,叫前河。

在半岛交汇的两条河,一条叫中河,一条叫后河。

从发源地和流程看,三条河无法用前、中、后确立。确立的依据不是方位,是文化。《山海经》载,身居中原的太皞伏羲,是华夏民族共同的始祖,伏羲的曾孙后照,是巴人的始祖。由此推断,后河是后照河的简称,中河本该叫中原河,它们得名,是巴人为纪念自己的世宗和根脉;前河,则是前进之河——敌势汹涌,巴人在半岛那片膏腴之地无法生存,被迫迁徙,但他们不改勇毅,步履维艰,也要勇往直"前"。而前河流域山高路陡,蛇蝎倒退,鬼神见愁,追兵以为巴人会在绝境中自灭,止步息戈,才使这支困顿行旅得以在峡谷栖身。

头儿听后,双手抱头,长叹一声:这就对了,靠上巴人了,连成整体了。

这是我依照他的指示,临时"制造"的。昨天黄昏时分,我回到县城的家里。家里灰蒙蒙的,跟我陌生了。当我走进久不光顾的书房,把嵌在镜框里的雅玲的照片取下来,更是陌生得像是别人的房间。陌生好,陌生意味着可以重新开始。明天要见头儿,我得理出一些思绪。专家们整合巴文化的想法,为我打开了一扇窗,这是听馆长转述时我就想到的。只是有关巴人的史料极少,无非是说,巴人浪漫疏阔,能歌善舞,而且特别好战,武王伐纣,汉王伐楚,都曾以巴人为前驱。可这能说明什么呢?与县境东北部的半岛和西南部的千峰大峡谷,有什么关系呢?我想不出来,便随手翻阅在峡谷拍摄的数百张照片,第一张就是那条桀骜不驯的河,前河。灵感这东西或许真的存在,由前河,我立即想到中河与后河,并根据《山海经》的记述,"制造"了三条河流的内在联系。没想到这是头儿首先需要的。

趁他高兴,我提到了林安平这个人。

头儿意味深长地盯我一眼。这表明他也听说了我跟那个"寡妇"的事。本来没事,我却怯了一下。我这才发现,自己一直处于怯的状态,完全没必要怯的时候,内心里也在左顾右盼。几天前跟馆长发火,接了电话没立即回城,对我完全是个例外,却也因此深感不安。我对情爱的滥施滥用,或许只是以肉体的麻醉来抵押灵魂的亏空。

我本来应该好好讲一讲林安平的,却只是摸出手机,打开视频,让头儿看。

林安平跳芒牛舞、水神舞等,我都用手机录了像。

头儿看是看,兴致并不高。那个剧呢?他问,你对那个剧有设想没有?

当然想过。早想过了,只是昨天夜里又作了修正。我说林安平曾解说心字,说心是刀带三点,一点自己,一点众生,外面一点是邪心。那台剧,就可以心入手,以心为魂,也以心结构,比如,演员在舞台上构筑一个宏大的心字,再一"点"一"点"去掉,去掉三点,心就成了刀,刀光剑影的巴人史,由此展开。通过艰苦的认知和努力,把那三点再次第加上去,最终合成一个完整的心。心的三点是怎样被去掉的,又是怎样取回来的,其中一点"邪心",是怎样被约束的,整台剧就表现这个。这会很特别,也有慷慨悲歌的冲击力。还可以用另一种结构,以那种文字的起源来结构,同样很有画面感和历史感,还可能是一种发现。我把林安平记下的三百多个文字,以及它的来龙去脉,包括狗儿坪事件引发的大清洗,讲给头儿听。

头儿像在点头,又像只是神经性的抽搐。

好一阵过去,他问我:你认识陈婷婷么?

没等我回答,他起身走到办公桌前,拿起一本有红色塑胶封皮的资料,似乎准备给我,想想又放下了。我知道那就是陈婷婷的报告。头儿没回到沙发上,而是坐在他的圈椅里,说:你把你的想法,也要写成文字……听人说,你讲的那个林安平,像是口碑不好?

信,就是口碑不好,不信,就是谣言。

头儿默然。

我又说:林安平身上确实有巫的一面……

巫不是问题,头儿打断我,巫也是一种文化嘛。现在又不比以前,现在要保护这些传统文化。你应该很清楚,当年的巴人跟楚人一样,本身就崇尚巫鬼。所以我是在想,林安平要改造身份才行,不能说她是土家祭司,要说是巴人祭司,而且她自己就要这样认识。

很明显,头儿已同意我的提议了。

我向他保证,林安平那里,由我去说。

走出县委大院,我立即给林安平打电话。

传过去的是报喜的声音,可传回来的,却是勿庸置疑的否定。

不不不,那是乱说,我师父从没讲过我们是从巴人来的。

我空空地咽下几口唾沫:你师父也并没说你们不是巴人。

没说就是不是!

态度坚决,完全没有商量的余地。连续几通电话,都是如此。

到了晚上,我又拨过去。我想再试一次。

林安平接得很慢,第一句话是:你回去也不给我说声。像把我上午的电话完全忘了。

我也装出忘了的样子,把上午说过的又重复了一遍。经过一个白天的发酵,我把她改造身份后将得到的益处,根据我的想象,格外渲染。最后对她说:你怎么能说自己不是巴人后裔?当时巴分两支,一支虎巴,一支蛇巴,虎巴敬虎,蛇巴射虎,后来两支巴人遇到了共同的敌人,只能联合,联合的标志,就是衣服上既绣虎也绣龙,蛇飞起来就是龙,你看看你衣服的前胸,左青龙,右白虎,不就是这个意思吗?

林安平沉默着。电话里断续地响起砰、砰的声音,像在捣药。

砰砰声停下后,她说:何先生请你原谅,也多谢你的好意。可我们的代谱和祖脉,一是师父传,二是问心。师父没那样传,我只能问心。既然你说我们是从半岛来的,明天我就跟你一路去半岛听听,听到了祖先的声音,我就认,听不到,就不认。

十四

去半岛必须从县城过,第二天,我在县城等她。

林安平最快也要九点才到,但不到七点半,我就去州河大桥东头等着了。她是十点零几分到的,当她下了车,站在县城的水泥路上,我发现,她是多么小啊。她个子本来就小,可在峡谷只是略有感觉,到了这边,小得简直叫人生怜。我在二十米外朝她跑去,边跑边喊她。但她没听见,也没看见,东张西望,茫然失措,像被抛弃的孩子。她一生只到过紧邻峡谷的华锦,从没来过县城,县城这个"人世"给她的冲击,该是何等的惊心动魄。

她穿着盛装,也就是青色襆服,因为她是去认祖归宗,尽管那里可能没有她的祖宗。这种装扮让城里人对她侧目而视。我觉得那些目光也会伤害她,跟她走得很近,弯腰对她说话,显得格外亲热,以此表明她不是异类。带她走过一条大街,在建设局旁边的巷道里上了车。那里停着许多做生意的私家车,跑各个乡镇。以前从县城去半岛所在的前锋镇,要差不多两钟头,现在只需三十多分钟,绥定至西安的高速路,从县城和前锋镇外通过。半岛与镇子只一河（中河）之隔，遗址发掘前，是推渡船，而今修了钢架桥。

半岛上烟雨濛濛。正是稻子成熟的季节，微微起伏的田野，弥漫着宽阔而丰饶的气息。走在石板铺成的小路上，稻叶和稻穗在身上扫来扫去。

这里真富！林安平说。

这是她在半岛上说的唯一的话。我没接腔。是不想打搅她。我来过好多次，虽然发掘后被回填，也很清楚哪里是动过的，哪里没有动。我把她带到半岛中心，就站在那里，让她自己朝后河边去。遗址的主要区域，就在后河边。

个多钟头后，她回来了。她不言声，我也小心翼翼地不去问她。

我们在镇上吃了饭，就回县城。她没在县城作任何停留，就搭车回土门去了。

我到了，傍晚时她打电话说。

我听见了，她又说。

言毕，电话那边痛哭失声。

三年过去，我还经常想起那哭声，也经常琢磨她为什么哭，还哭得那样伤心。或许，百余年前一个名叫桑托的刺客，能给我一些提示。桑托勇敢地刺杀了法兰西总统，可临刑时，他却颤抖得厉害，几乎没法走向绞刑架，于是人们说，桑托死得像个懦夫。无人理会他声音微弱地说出的遗言。遗言是他的信仰。到死，他也没放弃信仰，向现实投降。但无人理会。人们把他肉体的恐惧视为灵魂的恐惧。肉体被当成唯一真实。我不知道林安平的哭，是不是与这些事情有关，是不是她觉得，人们对这个世界的怀疑，其实从来就没错过，并因此悲伤。

三年后的千峰大峡谷，已开门迎客。我们县的全域旅游，也初具规模。但这没我什么事，也没林安平什么事，尽管她认了半岛上的巴人做祖先。千峰大峡谷的文化打造，特别是那个剧，头儿和他请来的大导演，选了陈婷婷的方案作底本。剧目的故事是这样的：

苏妲己——陈婷婷说苏妲己是华锦人,剧里改成了水口乡人——被纣王抢去,悍勇的巴人自然不依,但巴国毕竟弱小,便派说士去见周武王,力陈纣王的荒淫残暴,游说周武王发动义战。周武王洞悉巴人的意图,说:别的都是废话,你们想抢回妲己是真,前些日我跟纣王相会,见过妲己,美艳绝伦,值得拼命。你回去告诉巴君,请他放心,我会全力相助。如此,武王伐纣的战争,变成了古希腊的特洛伊战争;特洛伊战争为美女海伦,武王伐纣为美女妲己。这台名叫《魂系巴国》的舞台剧,也因此成为了"东方的《荷马史诗》";鉴于那位大导演的影响力,剧目排成后,去全国许多地方巡演过,海报上都是那样宣传的。

此外,在葛杨村顶,塑了尊高达十米的大理石碑——状元碑,旁边还修了个庙——文昌庙,每年高考前夕,去那里搭红敬香的,压弯路途。

方案敲定过后,头儿找我谈过一次话,安慰我,说你的那个方案不是不好,只是太沉重了,人家是出来玩的,要那么沉重的东西干啥?除了沉重,还缺乏国际视野。

从那以后,我就再没跟林安平联系过。

(选自《钟山》2018年第6期)